nowledge. 知識工場
Knowledge is everything！

nowledge. 知識工場
Knowledge is everything！

nowledge.
知識工場
Knowledge is everything！

nowledge. 知識工場
Knowledge is everything！

1題背4單字！

讀懂原文小說・報紙・雜誌・期刊・網站前一定要會！

用選擇題破解7000單字

激速秒殺選擇題記憶法

單字記憶高手絕口不提的獨門秘技，目標鎖定全數完背！！

透過
7000單字
與全世界
無縫接軌

on 61～90 

What are you holding in your _______?
(A) finger (B) eyes (C) hands (D) body

Point 你手裡握著什麼？

★ finger [ˋfɪŋgɚ] 名 手指 動 指出 片語 finger food 手抓小食品
☆ eye [aɪ] 名 眼睛 動 看 衍生 eye-catching [ˋaɪˌkætʃɪŋ] 形 引人注目的
★ hand [hænd] 名 手 動 攙扶 片語 hand baggage 手提行李
☆ body [ˋbɑdɪ] 名 身體 片語 body language 肢體語言

( ) 62. Sandra has a kind _______.
(A) head (B) mind (C) name (D) heart

Point 珊卓有顆善良的心。

單字速記

★ head [hɛd] 名 頭腦；首領 動 率領 片語 head out 前往
☆ mind [maɪnd] 名 頭腦；思想 動 介意 同義 brain [bren] 名 腦
★ name [nem] 名 名字 動 命名 衍生 nickname [ˋnɪkˌnem] 名 綽號
☆ heart [hɑrt] 名 心 片語 heart to heart 坦率的

1 Round
2 Round
3 Round
4 Round
5 Round

( ) 63. Abby's parents always give her a goodnight _______ before she goes to bed.
(A) lip (B) leg (C) knee (D) kiss

Point 艾比的父母總是在她睡覺前給她一個晚安吻。

★ lip [lɪp] 名 嘴唇 片語 lip gloss 唇蜜
☆ leg [lɛg] 名 腿 片語 leg warmer 針織暖腿套
★ knee [ni] 名 膝蓋 動 用膝蓋碰撞 片語 knee mai
☆ kiss [kɪs] 名 動 吻 片語 kiss goodbye

張翔 編著
Justin Prystash 審訂

使用說明 User's Guide

1 MP3聽力測驗/聽力訓練光碟。特聘外師親口出題，題與題之間預留五秒時間作答，作答時謹記Listen Carefully。搭配學習7000單字正確發音，讓老師帶領你提升語感能力。

2 每章分為10大回合，每回合各有30道測驗題(除每LEVEL最終回合外)。

3 題目與4選項單字。題目中變色加粗之字體，與正確單字連用即為該單字的慣用法，應加以牢記。選到錯誤的答案可當成反面教材，學會避免誤用。

Point小提示。欲提升單字熟悉度者，可參考POINT小提示，選出最適合的答案。欲增進單字判斷力者，可蓋住POINT小提示，直接由題目推敲最適答案。

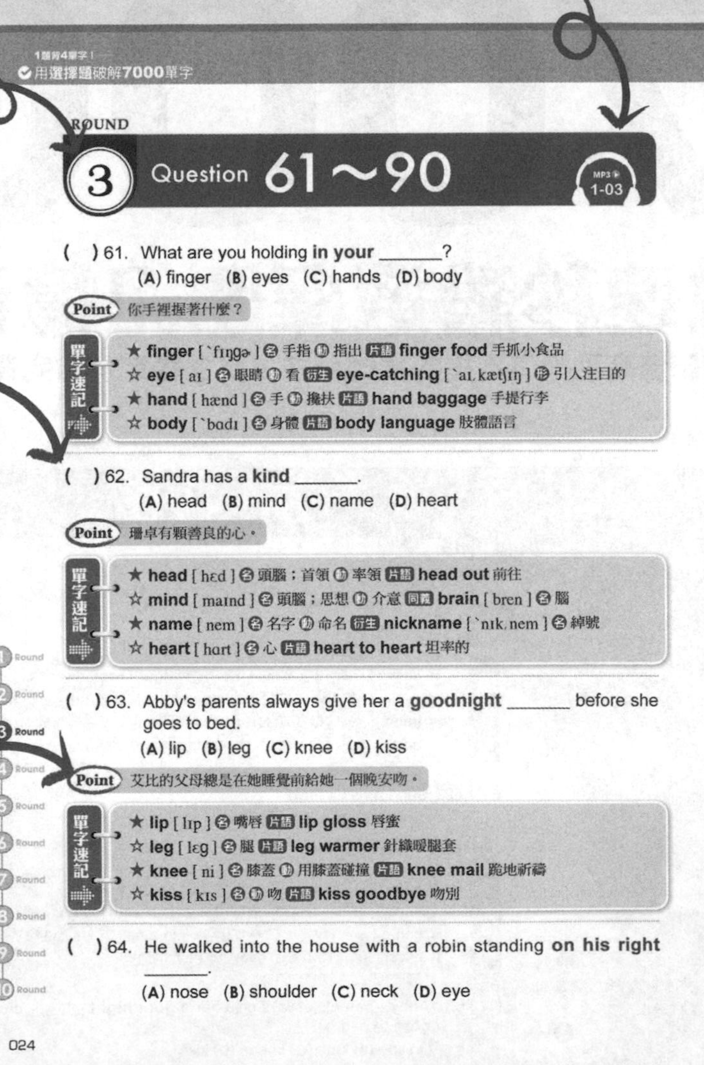

1個背4單字！
用選擇題破解7000單字

ROUND 3 Question 61～90 MP3 1-03

( ) 61. What are you holding **in your** ______?
(A) finger (B) eyes (C) hands (D) body

Point 你手裡握著什麼？

單字速記
★ **finger** [ˋfɪŋgɚ] 名 手指 動 指出 片語 **finger food** 手抓小食品
☆ **eye** [aɪ] 名 眼睛 動 看 衍生 **eye-catching** [ˋaɪ͵kætʃɪŋ] 形 引人注目的
★ **hand** [hænd] 名 手 動 攙扶 片語 **hand baggage** 手提行李
☆ **body** [ˋbɑdɪ] 名 身體 片語 **body language** 肢體語言

( ) 62. Sandra has a **kind** ______.
(A) head (B) mind (C) name (D) heart

Point 珊卓有顆善良的心。

單字速記
★ **head** [hɛd] 名 頭腦；首領 動 率領 片語 **head out** 前往
☆ **mind** [maɪnd] 名 頭腦；思想 動 介意 同義 **brain** [bren] 名 腦
★ **name** [nem] 名 名字 動 命名 衍生 **nickname** [ˋnɪk͵nem] 名 綽號
☆ **heart** [hɑrt] 名 心 片語 **heart to heart** 坦率的

( ) 63. Abby's parents always give her a **goodnight** ______ before she goes to bed.
(A) lip (B) leg (C) knee (D) kiss

Point 艾比的父母總是在她睡覺前給她一個晚安吻。

單字速記
★ **lip** [lɪp] 名 嘴唇 片語 **lip gloss** 唇蜜
☆ **leg** [lɛg] 名 腿 片語 **leg warmer** 針織暖腿套
★ **knee** [ni] 名 膝蓋 動 用膝蓋碰撞 片語 **knee mail** 跪地祈禱
☆ **kiss** [kɪs] 名 動 吻 片語 **kiss goodbye** 吻別

( ) 64. He walked into the house with a robin standing **on his right** ______.
(A) nose (B) shoulder (C) neck (D) eye

1 Round 2 Round 3 Round 4 Round 5 Round 6 Round 7 Round 8 Round 9 Round 10 Round

024

LEVEL1 LEVEL2 LEVEL3 LEVEL4 LEVEL5 LEVEL6

Round 1 Round 2 Round 3 Round 4 Round 5 Round 6 Round 7 Round 8 Round 9 Round 10

( ) 88. I **made a** huge _______ to let you go. Would you forgive me?
(A) mistake (B) problem (C) purpose (D) question

Point 拋棄你是我犯的大錯。你願意原諒我嗎？

單字速記
- ★ **mistake** [mɪˋstek] (名) 錯誤 (動) 誤解 (片語) **make a mistake** 犯錯
- ☆ **problem** [ˋprɑbləm] (名) 問題 (片語) **no problem** 沒問題
- ★ **purpose** [ˋpɝpəs] (名) 目的 (片語) **on purpose** 故意地
- ☆ **question** [ˋkwɛstʃən] (名) 問題 (動) 質疑 (片語) **question mark** 問號

( ) 89. Barbara began to cry **for no** _______.
(A) rule (B) reason (C) statement (D) idea

Point 芭芭拉毫無理由地開始哭泣。

單字速記
- ★ **rule** [rul] (名) 規則 (動) 統治 (片語) **rule out** 排除
- ☆ **reason** [ˋrizṇ] (名) 理由 (動) 推理 (片語) **reason out** 推理出
- ★ **statement** [ˋstetmənt] (名) 陳述 (片語) **financial statement** 財務報表
- ☆ **idea** [aɪˋdiə] (名) 主意 (片語) **idea hamster** 點子王

( ) 90. Would you like to **share your** _______ and feelings with me?
(A) thanks (B) guesses (C) purposes (D) thoughts

Point 你願不願意與我分享你的想法和感受？

單字速記
- ★ **thank** [θæŋk] (動)(名) 感謝 (片語) **thanks to** 由於；幸虧
- ☆ **guess** [gɛs] (動)(名) 猜想；猜測 (片語) **by guess** 憑猜測
- ★ **purpose** [ˋpɝpəs] (名) 目的 (片語) **to the purpose** 中肯地
- ☆ **thought** [θɔt] (名) 思維；想法 (衍生) **thoughtful** [ˋθɔtfəl] (形) 體貼的

Answer Key 61-90

61~65 C D D B C　66~70 B D D B A　71~75 B A D C A
76~80 D C A D B　81~85 A C D B D　86~90 A C A B D

031

5

全書依單字難易度分為六大章節，LEVEL 1 為最簡單、LEVEL6為最難，分別符合美國一至六年級學生所學範圍。

6

單字速記。詳細介紹單字的形、音、義、詞性等，並補充同義、近義、反義、衍生字、相關字、片語等資訊，全方位學習。欲針對單字逐一學習者，可直接閱讀單字速記，再回頭做題目。

7

Answer Key參考解答。每回合終了處附上參考解答，供核對之用。

A to Z 單字索引表

A

8

7000單字A-Z索引表。附於本書之末，供檢索單字。按字母序排列，顯示數字為該單字第一次出現在單字速記之頁碼。

「激速秒殺選擇題記憶法」，記憶單字超高效！

近年來，不斷有讀者無奈地向我反映：若是當初有好好學習英文、把基礎7000單字確實背起來，現在的生活或許會有些不同吧。或許職場生涯可以順利許多；或許休閒生活可以更多采多姿；或許有更多不同的生活方式可供選擇；更或許，可以透過足夠的語言能力，以最直接的方式、第一類的接觸，親身經歷地球村的精彩、世界為家的暢快！然而，現在開始背7000單字還有救嗎？

我知道，7000單字一直是許多人心中的痛。雖然教育之前人人平等，大家都在求學時期接觸過7000單字、也嘗試著想把它們背好；但卻因為種種因素，導致遲遲無法達成目標。或許是求學時的心態不夠認真、態度不夠積極；或許是那時的英文老師，無法透過有效的教材設計、以及引人入勝的教學方式，引發你的學習動機；更或許，是因為一直沒有一套**兼具高效率與高效能的系統性單字記憶法**，幫助你學習單字。

然而，逝者已矣，來者猶可追；你的人生依然可以不一樣。甩開那些無窮無盡的「或許當初…」與「早知道我就…」，就是要讓自己的人生，從現在開始不停向前大步邁進！把握當下、就趁現在；下定決心，學習永不嫌晚！利用這次機會把7000單字一次背好，未來依舊大有可為！

本書依據「激速秒殺選擇題記憶法」，設計出兼具高效率、高效能及系統性的學習內容，協助讀者背好英文裡最基礎、同時也最重要的7000單字。根據本人數十年的教學經驗、以及長期對學習者的觀察，發現學生在進行測驗的期間，擁有較平時佳的專注力。而擁有高度專注力時，學習效果可大幅提升，因為此時人類大腦的運作，由於專注度充足而產生效率及效益的極大化。本書的內容規劃，便是以「**引出高度專注力→提升學習效果→系統性學習單字→7000單字全數完背**」為設計概念。

透過選擇題的形式，將7000單字依「4單字1系統」的原則，安排在每個題目的選項中。藉此，學習者可自然而然接受引領，進入高專注模式。此時腎上腺素經刺激而瞬間飆升，專注力與記憶力大躍進，此刻學習7000單字，記憶留存度百分百！這就是本書可以讓學習者做選擇題的同時，就能不知不覺背好7000單字的原因。

本書歷時兩年彙編，從整理單字、蒐集資料、編寫題目與補充資料，至完稿後經編輯單位的審核、與主責編輯來回不停地討論、討論、再討論，深怕漏了這個單字、或疏忽了那則題目的邏輯性等；這兩年來所付出的每滴汗水，都是為了使這本書籍盡善盡美。對於本書整體以及細節的苛求，不外乎是為了要對讀者有一個對得起的交代。

這本**《1題背4單字！用選擇題破解7000單字》**書籍，我有信心，能為讀者在學習單字上，大大助上一臂之力！讀者們可參考使用說明，並且詳讀內文，按照本書所設計的方式背單字；無須多想，只需照著測驗的氛圍及感覺走，就能把單字背起來！

從事英語教學數十年，我對自己的期待，就是當個「稱職」的英語老師。今天，我竭盡所能、貢獻所知所學來編著本書，衷心企望讀者能夠感受到此用心，也希望這本書能夠真切地對於記憶最基礎、實用的7000單字有所幫助。若能容許我有再多一些期望，就是讀者能透過這本書掌握實用單字後，進而對英語產生興趣、或者不再那麼排斥；畢竟，英語是我們增廣見聞、開展視野、培養國際觀的一扇窗口，希望能藉由本書，讓讀者有信心去開啟那一扇窗。

張翔

目錄

Level 1

突破1級重圍的292道關鍵題

符合美國一年級學生
所學範圍

名 名詞
動 動詞
形 形容詞
副 副詞
冠 冠詞
連 連接詞
介 介系詞
代 代名詞

ROUND 1 Question 1～30

( ) 1. Mangoes are **tropical** _______.
(A) fruit (B) cake (C) candy (D) cookie

Point 芒果是熱帶水果。

★ **fruit** [frut] 名 水果 動 結果實 片語 **fruit bowl** 水果盤
☆ **cake** [kek] 名 蛋糕 片語 **rice cake** 年糕
★ **candy** [ˋkændɪ] 名 糖果 片語 **candy apple** 太妃糖蘋果
☆ **cookie / cooky** [ˋkʊkɪ] 名 餅乾 俚語 **cookie cutter** 俗套

( ) 2. He ate **two bags of** _______ while watching TV this afternoon.
(A) jam (B) coffee (C) cola (D) chips

Point 今天下午他看電視時，吃了兩包洋芋片。

★ **jam** [dʒæm] 名 果醬；堵塞；困境 動 不能動彈 片語 **jam jar** 果醬罐
☆ **coffee** [ˋkɔfɪ] 名 咖啡 片語 **coffee shop** 咖啡館
★ **cola** [ˋkolə] 衍生 **Coca-Cola** [ˌkokəˋkolə] 名 可口可樂
☆ **chip** [tʃɪp] 名 洋芋片；籌碼 動 切 片語 **potato chips** 炸洋芋片

( ) 3. Don't eat too much **microwave** _______.
(A) apple (B) banana (C) popcorn (D) orange

Point 不要吃太多微波爆米花。

★ **apple** [ˋæpḷ] 名 蘋果 片語 **apple pie** 蘋果派
☆ **banana** [bəˋnænə] 名 香蕉 片語 **two bunches of bananas** 兩串香蕉
★ **popcorn** [ˋpɑpkɔrn] 名 爆米花 片語 **microwave popcorn** 微波爆米花
☆ **orange** [ˋɔrɪndʒ] 名 柳丁 形 橘色的 片語 **orange juice** 柳橙汁

( ) 4. Mom bought **two loaves of** _______ from her favorite bakery.
(A) vegetables (B) bread (C) sweet potato (D) corn

Point 媽媽在她最喜愛的烘焙坊買了兩條麵包。

單字速記

★ **vegetable** [`vɛdʒətəbḷ] 名 蔬菜 片語 **organic vegetable** 有機蔬菜
☆ **bread** [brɛd] 名 麵包 片語 **bread and butter** 生計；謀生之道
★ **sweet potato** [`swit pə`teto] 名 甘藷 同義 **yam** [jæm]
☆ **corn** [kɔrn] 名 玉米 片語 **corn chips** 玉米片

( ) 5. Ian gave us a bottle of **white** _______ as a gift.
(A) tea (B) soda (C) wine (D) juice

Point 伊恩給我們一瓶白葡萄酒作為禮物。

單字速記

★ **tea** [ti] 名 茶 片語 **tea leaf** 茶葉
☆ **soda** [`sodə] 名 汽水 片語 **soda water** 蘇打水
★ **wine** [waɪn] 名 葡萄酒 動 喝酒 片語 **wine cooler** 冷酒器
☆ **juice** [dʒus] 名 果汁 片語 **grapefruit juice** 葡萄柚汁

( ) 6. He likes **a bottle of** _______.
(A) milk (B) glass (C) cup (D) bar

Point 他要來一瓶牛奶。

單字速記

★ **milk** [mɪlk] 名 牛奶 動 擠奶 片語 **milk chocolate** 牛奶巧克力
☆ **glass** [`glæs] 名 一杯；玻璃 片語 **glass house** 溫室
★ **cup** [kʌb] 名 杯子 動 放入杯內 片語 **World Cup** 世界盃
☆ **bar** [bɑr] 名 酒吧 動 禁止 衍生 **bartender** [`bɑr͵tɛndɚ] 名 酒保

( ) 7. The chocolate _______ bitter.
(A) cooks (B) tastes (C) butters (D) cans

Point 這個巧克力嚐起來苦苦的。

單字速記

★ **cook** [kʊk] 動 煮；烹調 名 廚師 衍生 **cook-off** [`kʊk͵ɔf] 名 烹飪比賽
☆ **taste** [test] 動 嚐 名 味覺 同義 **savor** [`sevɚ] 名 滋味 動 品嚐
★ **butter** [`bʌtɚ] 動 塗奶油於 名 奶油 片語 **butter knife** 塗奶油用之餐刀
☆ **can** [kæn] 名 罐頭 動 可以；裝罐

( ) 8. The _______ **curry stew** is delicious.
(A) chicken (B) cocoa (C) egg (D) ham

Point 燉咖哩雞肉很美味。

單字速記
- ★ **chicken** [`tʃɪkən] 名 雞肉；雞 片語 **chicken pox** 水痘
- ☆ **cocoa** [`koko] 名 可可粉 片語 **cocoa bean** 可可豆
- ★ **egg** [ɛg] 名 蛋 同義 **ovum** [`ovəm]
- ☆ **ham** [hæm] 名 火腿 片語 **ham hock** 蹄膀

( ) 9. We cannot survive for long without _______.
(A) ice (B) pie (C) food (D) supper

Point 我們沒有食物就活不了多久。

單字速記
- ★ **ice** [aɪs] 名 冰 同義 **frozen water**
- ☆ **pie** [paɪ] 名 派 片語 **pie in the sky** 不可及的夢想
- ★ **food** [fud] 名 食物 片語 **canned food** 罐頭食品
- ☆ **supper** [`sʌpɚ ] 名 晚餐 同義 **dinner** [ `dɪnɚ]

( ) 10. She wants **fried** _______ for lunch rather than instant noodles.
(A) soup (B) rice (C) meat (D) pie

Point 她午餐想吃炒飯而不是泡麵。

單字速記
- ★ **soup** [sup] 名 湯 片語 **soup spoon** 湯匙
- ☆ **rice** [raɪs] 名 米飯；稻；穀 片語 **rice milk** 米漿
- ★ **meat** [mit] 名 肉；實質；內容 同義 **flesh** [flɛʃ]
- ☆ **pie** [paɪ] 名 派；餡餅 同義 **tart** [tɑrt]

( ) 11. _______ the milk until it is boiling.
(A) Oil (B) Heat (C) Salt (D) Sugar

Point 加熱牛奶直到煮開。

單字速記
- ★ **oil** [ɔɪl] 名 油 動 塗油 片語 **oil leak** 漏油
- ☆ **heat** [hit] 動 加熱 名 熱度 同義 **warm** [wɔrm] 動 加熱 形 溫暖的
- ★ **salt** [sɔlt] 名 鹽 動 加鹽 片語 **sea salt** 海鹽
- ☆ **sugar** [`ʃʊgɚ] 名 糖 動 加糖於 片語 **sugar cane** 甘蔗

( ) 12. My daughter **broke a** _______ this morning.

(A) dishes (B) bowl (C) breakfast (D) dinner

Point 我女兒今天早上打破了一個碗。

單字速記

★ **dish** [dɪʃ] 名 盤子；碟子 動 盛…於盤中 片語 **hot dish** 熱食
☆ **bowl** [bol] 名 碗 片語 **mixing bowl** 攪拌缽
★ **breakfast** [ˋbrɛkfəst] 名 早餐 動 吃早餐 反義 **dinner** [ˋdɪnɚ] 名 晚餐
☆ **dinner** [ˋdɪnɚ] 名 晚餐 片語 **dinner dance** 舞宴

( ) 13. My sister _______ her cat twice a day.
(A) feeds (B) eats (C) mouths (D) spoons

Point 我姊姊一天餵她的貓兩次。

單字速記

★ **feed** [fid] 動 餵 名 一餐 片語 **feed back** 反饋
☆ **eat** [it] 動 吃 片語 **eat away** 侵蝕
★ **mouth** [maʊθ] 名 嘴 動 不出聲地說 衍生 **mouthful** [ˋmaʊθfəl] 形 滿口
☆ **spoon** [spun] 名 湯匙 動 舀取 片語 **wooden spoon** 木匙

( ) 14. I cannot find my **dark** _______ anywhere in my bedroom.
(A) lunch (B) glasses (C) bell (D) light

Point 我在房間裡到處都找不到我的墨鏡。

單字速記

★ **lunch** [lʌntʃ] 名 午餐 動 吃午餐 片語 **lunch box** 便當
☆ **glasses** [ˋglæsɪz] 名 眼鏡 片語 **3D glasses** 3D眼鏡
★ **bell** [bɛl] 名 鐘；鈴 片語 **bell fruit** 蓮霧
☆ **light** [laɪt] 名 燈；光 形 明亮的；輕的 反義 **dark** [dɑrk] 形 暗的

( ) 15. Sarah took **a large ring of** _______ from her backpack.
(A) lives (B) gas (C) keys (D) actions

Point 莎拉從她的背包裡拿出一大串鑰匙。

單字速記

★ **life** [laɪf] 名 生活；生命 反義 **death** [dɛθ] 名 死亡
☆ **gas** [gæs] 名 瓦斯 動 放出氣體 片語 **tear gas** 催淚瓦斯
★ **key** [ki] 名 鑰匙 形 關鍵的 片語 **key card** 電子開門卡
☆ **action** [ˋækʃən] 名 行動 片語 **action film** 動作片

( ) 16. John always **takes** ______ in class.
(A) notes (B) paper (C) airmails (D) letter

Point 約翰上課時總會作筆記。

單字速記
★ **note** [not] 名 筆記 動 注意 片語 **take note of** 注意
☆ **paper** [`pepɚ] 名 報紙；紙 動 掩蓋；粉飾 片語 **paper clip** 迴紋針
★ **airmail** [`ɛr͵mel] 名 航空郵件
☆ **letter** [`lɛtɚ] 名 信；字母 片語 **letter box** 郵筒

( ) 17. The restaurant is noted for its **fine** ______.
(A) smoke (B) address (C) service (D) mail

Point 這家餐廳因極佳的服務聞名。

單字速記
★ **smoke** [smok] 名 煙 動 冒煙 同義 **fume** [fjum]
☆ **address** [ə`drɛs] 動 填上地址 名 地址；致詞 片語 **address book** 通訊錄
★ **service** [`sɜvɪs] 名 服務 動 為…服務 片語 **medical service** 醫療服務
☆ **mail** [mel] 名 郵件 動 郵寄 片語 **express mail** 快件

( ) 18. She hates her **red** ______.
(A) hair (B) barber (C) haircut (D) size

Point 她討厭她的紅頭髮。

單字速記
★ **hair** [hɛr] 名 頭髮；毛髮 片語 **hair designer** 髮型設計師
☆ **barber** [`bɑrbɚ ] 名 理髮師 同義 **haircutter** [ `hɛr͵kʌtɚ]
★ **haircut** [`hɛr͵kʌt] 名 理髮 片語 **butch haircut** 平頭；短髮
☆ **size** [saɪz] 名 大小；尺寸 動 按尺寸排列 片語 **size zero** 紙片人

( ) 19. The **bikini** ______ is too skimpy.
(A) bag (B) bottom (C) cap (D) hat

Point 這件比基尼褲布料太少了。

單字速記
★ **bag** [bæg] 名 袋子 片語 **Birkin bag** 柏金包
☆ **bottom** [`bɑtəm ] 名 褲；底部 動 尋根究底 反義 **surface** [ `sɜfɪs] 名 表面
★ **cap** [kæp] 名 帽子 動 覆蓋 近義 **hat** [hæt] (有邊的)帽子
☆ **hat** [hæt] 名 帽子 片語 **hat stand** 立式衣帽架

(　　) 20. He put on his **dust** _______ and walked into the dark.
(A) pants (B) pocket (C) ring (D) coat

Point 他穿上風衣並走進黑暗中。

單字速記
- ★ **pants** [pænts] 名 褲子 同義 **trousers** [`trauzəz]
- ☆ **pocket** [`pakɪt] 名 口袋 動 裝入袋內 片語 **pocket money** 零用錢
- ★ **ring** [rɪŋ] 名 戒指；鈴聲 動 按鈴；包圍 片語 **ring tone** 手機鈴聲
- ☆ **coat** [kot] 名 外套 動 覆蓋 衍生 **sugar-coat** [`ʃugə͵kot] 動 加上糖衣

(　　) 21. Peter lay on the couch and loosened his **bow** _______.
(A) shoe (B) shirt (C) tie (D) hat

Point 彼得躺在長椅上，鬆開他的領結。

單字速記
- ★ **shoe** [ʃu] 名 鞋 片語 **tennis shoe** 網球鞋
- ☆ **shirt** [ʃɝt] 名 襯衫 衍生 **T-shirt** [`ti͵ʃɝt] 名 短袖圓領汗衫
- ★ **tie** [taɪ] 名 領帶 動 打結 反義 **untie** [ʌn`taɪ] 動 解開
- ☆ **hat** [hæt] 名 帽子

(　　) 22. I am **too** _______. I need to lose weight.
(A) round (B) fat (C) beautiful (D) yummy

Point 我太胖了，我應該要減肥。

單字速記
- ★ **round** [raund] 形 圓的 介 在…四周 反義 **square** [skwɛr] 名 形 正方形(的)
- ☆ **fat** [fæt] 形 胖的 名 脂肪 反義 **thin** [θɪn] 形 瘦的
- ★ **beautiful** [`bjutəfəl ] 形 美麗的 反義 **ugly** [ `ʌglɪ] 形 醜的
- ☆ **yummy** [`jʌmɪ] 形 美味的 相關 **yum** [jʌm] 嘆 好吃！

(　　) 23. The mirror is round **in** _______.
(A) black (B) blue (C) shape (D) brown

Point 這個鏡子的形狀是圓的。

單字速記
- ★ **black** [blæk] 形 黑色的 名 黑色 片語 **black and blue** 遍體鱗傷
- ☆ **blue** [blu] 形 藍色的 名 藍色 片語 **blue Monday** 星期一症候群
- ★ **shape** [ʃep] 名 形狀 動 使成形 同義 **form** [fɔrm] 名 形狀 動 構成
- ☆ **brown** [braun] 名 褐色 形 褐色的 片語 **brown sugar** 黑糖

( ) 24. The ______ **size** of elementary schools has been reduced.
(A) course (B) class (C) examination (D) homework

Point 小學的班級人數已減少。

單字速記
★ **course** [kors] 名 課程；路線 動 追逐 片語 **course book** 課本；教科書
☆ **class** [klæs] 名 班級；階級 動 分等級 片語 **upper class** 上層階級
★ **examination** [ɪgˌzæməˋneʃən] 名 考試 同義 **exam** [ɪgˋzæm]
☆ **homework** [ˋhomˌwɝk] 名 家庭作業 同義 **schoolwork** [ˋskulˌwɝk]

( ) 25. Nicholas is ______ to play the cello now.
(A) shining (B) lining (C) wearing (D) learning

Point 尼可拉斯正在學習大提琴。

單字速記
★ **shine** [ʃaɪn] 名 光亮 動 發光 片語 **rain or shine** 不論晴雨
☆ **line** [laɪn] 名 線條 動 排隊 片語 **line up** 整隊
★ **wear** [wɛr] 動 名 穿戴 片語 **wear out** 穿破
☆ **learn** [lɝn] 動 學習 同義 **study** [ˋstʌdɪ] 動 名 學習；研究

( ) 26. All the irritating **street** ______ awoke the baby.
(A) noise (B) loud (C) noisy (D) sound

Point 惱人的街道噪音把嬰兒吵醒了。

單字速記
★ **noise** [nɔɪz] 名 噪音 片語 **noise pollution** 噪音汙染
☆ **loud** [laud] 形 大聲的 副 大聲地 衍生 **louden** [ˋlaudn̩] 動 提高聲音
★ **noisy** [ˋnɔɪzɪ] 形 吵鬧的 反義 **quiet** [ˋkwaɪət] 形 安靜的
☆ **sound** [saund] 名 聲音 動 聽起來 形 健康的

( ) 27. There are six _____ and thirty mistresses in that senior high school.
(A) lessons (B) masters (C) reports (D) shots

Point 那所高中裡有六位男教師、三十位女教師。

單字速記
★ **lesson** [ˋlɛsn̩] 名 課程；教訓 同義 **instruction** [ɪnˋstrʌkʃən]
☆ **master** [ˋmæstɚ] 名 男教師 動 精通 反義 **mistress** [ˋmɪstrɪs] 名 女教師
★ **report** [rɪˋport] 動 名 報告 片語 **progress report** 進度報告
☆ **shot** [ʃat] 名 鏡頭；拍攝；嘗試 衍生 **one-shot** [ˋwʌnʃat] 形 只有一次的

1 Round 2 Round 3 Round 4 Round 5 Round 6 Round 7 Round 8 Round 9 Round 10 Round

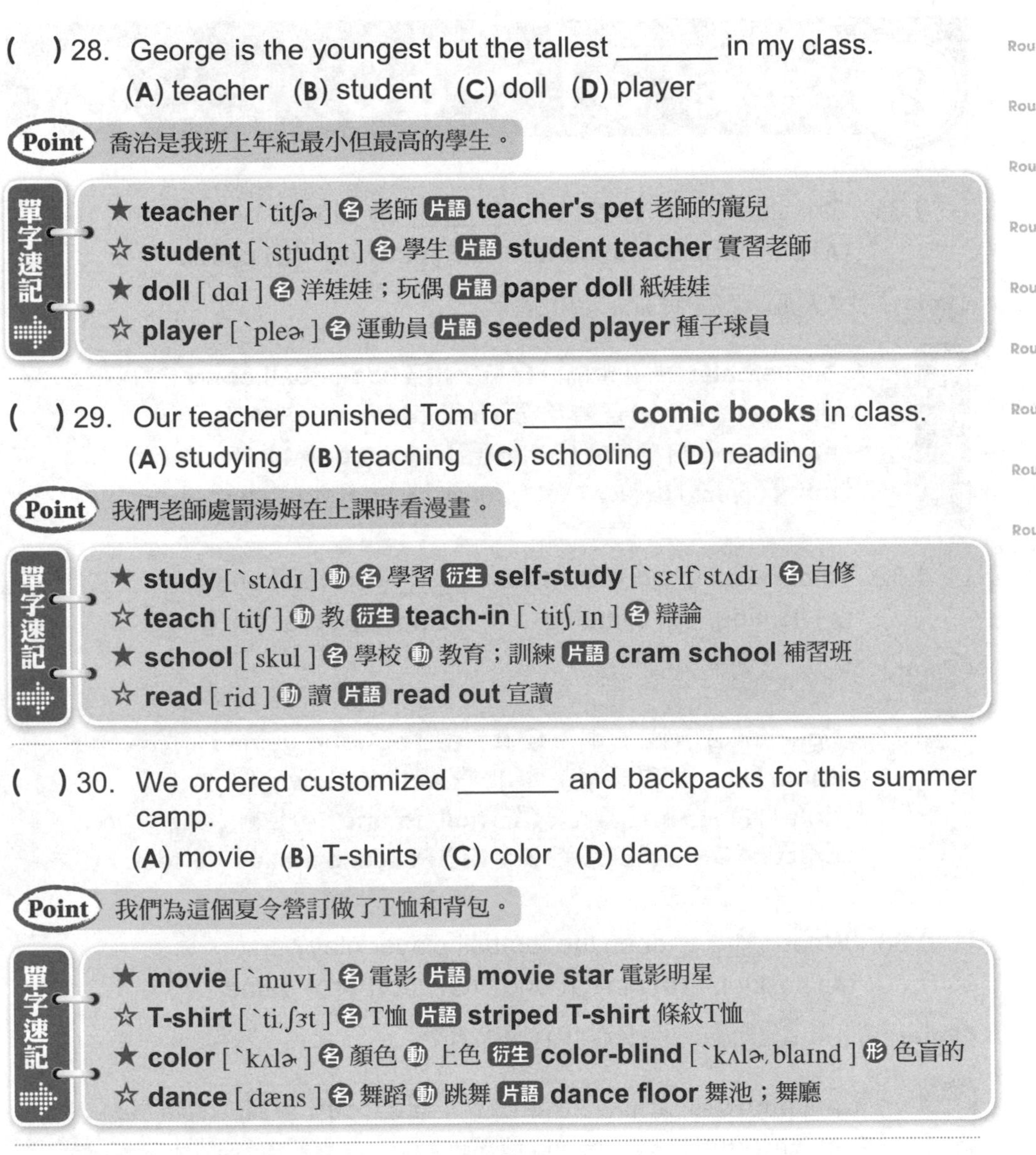

( ) 28. George is the youngest but the tallest _______ in my class.
(A) teacher (B) student (C) doll (D) player

Point 喬治是我班上年紀最小但最高的學生。

單字速記

★ **teacher** [ˋtitʃɚ] 名 老師 片語 **teacher's pet** 老師的寵兒
☆ **student** [ˋstjudn̩t] 名 學生 片語 **student teacher** 實習老師
★ **doll** [dɑl] 名 洋娃娃；玩偶 片語 **paper doll** 紙娃娃
☆ **player** [ˋpleɚ] 名 運動員 片語 **seeded player** 種子球員

( ) 29. Our teacher punished Tom for _______ **comic books** in class.
(A) studying (B) teaching (C) schooling (D) reading

Point 我們老師處罰湯姆在上課時看漫畫。

單字速記

★ **study** [ˋstʌdɪ] 動 名 學習 衍生 **self-study** [ˋsɛlfˋstʌdɪ] 名 自修
☆ **teach** [titʃ] 動 教 衍生 **teach-in** [ˋtitʃˏɪn] 名 辯論
★ **school** [skul] 名 學校 動 教育；訓練 片語 **cram school** 補習班
☆ **read** [rid] 動 讀 片語 **read out** 宣讀

( ) 30. We ordered customized _______ and backpacks for this summer camp.
(A) movie (B) T-shirts (C) color (D) dance

Point 我們為這個夏令營訂做了T恤和背包。

單字速記

★ **movie** [ˋmuvɪ] 名 電影 片語 **movie star** 電影明星
☆ **T-shirt** [ˋtiˏʃɝt] 名 T恤 片語 **striped T-shirt** 條紋T恤
★ **color** [ˋkʌlɚ] 名 顏色 動 上色 衍生 **color-blind** [ˋkʌlɚˏblaɪnd] 形 色盲的
☆ **dance** [dæns] 名 舞蹈 動 跳舞 片語 **dance floor** 舞池；舞廳

Answer Key 1-30

1~5 A D C B C
6~10 A B A C B
11~15 B B A B C
16~20 A C A B D
21~25 C B C B D
26~30 A B B D B

ROUND 2 Question 31～60

(　) 31. Our side needs **two more** ______ to win the game.
(A) basketballs (B) dancer (C) matches (D) points

Point 我方需再得兩分才能贏得這場比賽。

單字速記
★ **basketball** [`bæskɪt͵bɔl] 名 籃球 片語 **basketball court** 籃球場
☆ **dancer** [`dænsɚ] 名 舞者 片語 **belly dancer** 肚皮舞者
★ **match** [mætʃ] 名 比賽 動 相配 片語 **match point** 比賽致勝分
☆ **point** [pɔɪnt] 名 得分；要點 動 指向 片語 **point of view** 觀點

(　) 32. Annie likes to **go mountain** ______ on weekends.
(A) fighting (B) climbing (C) holing (D) practicing

Point 安妮喜歡在週末時去爬山。

單字速記
★ **fight** [faɪt] 動 搏鬥；打架 名 戰爭 片語 **fighting game** 格鬥遊戲
☆ **climb** [klaɪm] 動 名 攀登；攀爬 片語 **climb down** 從…爬下
★ **hole** [hol] 名 洞 動 穿孔於 片語 **hole in one** 一杆進洞
☆ **practice** [`præktɪs] 動 名 練習 諺語 **Practice makes perfect.** 熟能生巧。

(　) 33. What ______ does the football player play?
(A) position (B) playground (C) sport (D) game

Point 這名美式足球運動員在比賽中打什麼位置？

單字速記
★ **position** [pə`zɪʃən ] 名 位置 動 放置 同義 **location** [ lo`keʃən] 名 位置
☆ **playground** [`ple͵graʊnd] 名 運動場
★ **sport** [sport] 名 運動 片語 **sports lottery** 運動彩券
☆ **game** [gem] 名 遊戲；比賽 片語 **mobile game** 手機遊戲

(　) 34. There were thirty runners who competed in the ______.
(A) run (B) swim (C) race (D) throw

Point 共有三十名跑者參加賽跑。

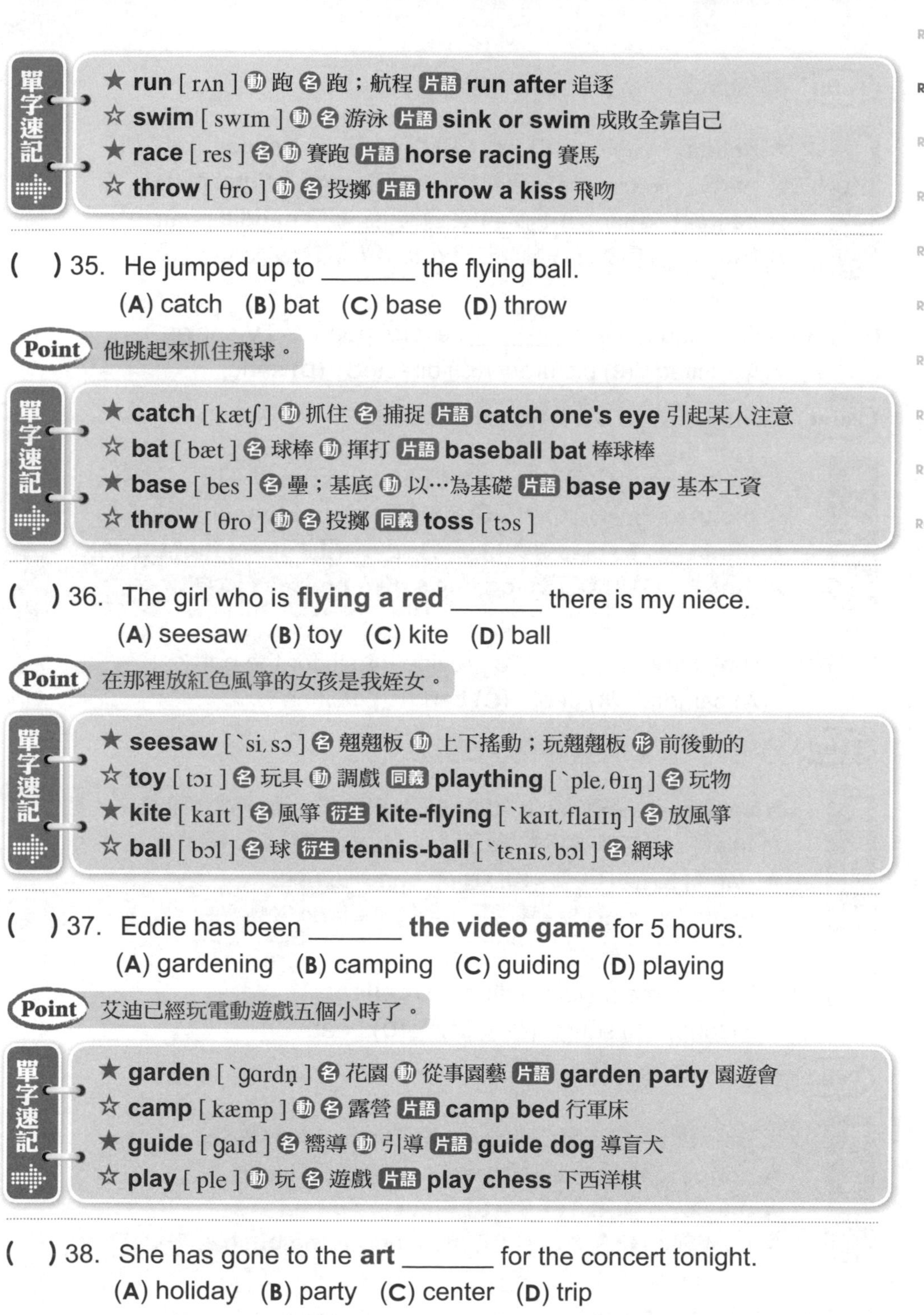

單字速記

★ **run** [rʌn] 動 跑 名 跑；航程 片語 **run after** 追逐
☆ **swim** [swɪm] 動 名 游泳 片語 **sink or swim** 成敗全靠自己
★ **race** [res] 名 動 賽跑 片語 **horse racing** 賽馬
☆ **throw** [θro] 動 名 投擲 片語 **throw a kiss** 飛吻

(　) 35. He jumped up to _______ the flying ball.
(A) catch (B) bat (C) base (D) throw

Point 他跳起來抓住飛球。

單字速記

★ **catch** [kætʃ] 動 抓住 名 捕捉 片語 **catch one's eye** 引起某人注意
☆ **bat** [bæt] 名 球棒 動 揮打 片語 **baseball bat** 棒球棒
★ **base** [bes] 名 壘；基底 動 以…為基礎 片語 **base pay** 基本工資
☆ **throw** [θro] 動 名 投擲 同義 **toss** [tɔs]

(　) 36. The girl who is **flying a red** _______ there is my niece.
(A) seesaw (B) toy (C) kite (D) ball

Point 在那裡放紅色風箏的女孩是我姪女。

單字速記

★ **seesaw** [ˋsi͵sɔ] 名 翹翹板 動 上下搖動；玩翹翹板 形 前後動的
☆ **toy** [tɔɪ] 名 玩具 動 調戲 同義 **plaything** [ˋple͵θɪŋ] 名 玩物
★ **kite** [kaɪt] 名 風箏 衍生 **kite-flying** [ˋkaɪt͵flaɪɪŋ] 名 放風箏
☆ **ball** [bɔl] 名 球 衍生 **tennis-ball** [ˋtɛnɪs͵bɔl] 名 網球

(　) 37. Eddie has been _______ **the video game** for 5 hours.
(A) gardening (B) camping (C) guiding (D) playing

Point 艾迪已經玩電動遊戲五個小時了。

單字速記

★ **garden** [ˋgɑrdn̩] 名 花園 動 從事園藝 片語 **garden party** 園遊會
☆ **camp** [kæmp] 動 名 露營 片語 **camp bed** 行軍床
★ **guide** [gaɪd] 名 嚮導 動 引導 片語 **guide dog** 導盲犬
☆ **play** [ple] 動 玩 名 遊戲 片語 **play chess** 下西洋棋

(　) 38. She has gone to the **art** _______ for the concert tonight.
(A) holiday (B) party (C) center (D) trip

Point 她已去藝文中心欣賞今晚的音樂會了。

單字速記
- ★ **holiday** [`hɑlə,de] 名 假期 片語 **Christmas holiday** 聖誕假期
- ☆ **party** [`pɑrtɪ] 名 派對 動 尋歡作樂 片語 **party animal** 派對愛好者
- ★ **center** [`sɛntɚ ] 名 中心；中央 動 集中於 同義 **middle** [ `mɪdl̩]
- ☆ **trip** [trɪp] 名 旅行 動 絆倒 衍生 **round-trip** [`raʊnd,trɪp] 形 雙程的

( ) 39. He produced and _______ several popular TV shows.
(A) visited (B) pictured (C) directed (D) sang

Point 他製作並執導過好幾部受歡迎的電視節目。

單字速記
- ★ **visit** [`vɪzɪt] 動 名 參觀；拜訪 片語 **visiting card** 名片
- ☆ **picture** [`pɪktʃɚ] 名 相片 動 照相 片語 **picture book** 圖畫書
- ★ **direct** [də`rɛkt] 動 導演；指示 形 直接的 片語 **direct flight** 直飛航線
- ☆ **sing** [sɪŋ] 動 唱 諺語 **sing one's own praises** 自吹自擂

( ) 40. They hired a _______ to provide music for the party.
(A) camera (B) beat (C) band (D) piano

Point 他們雇用了一個樂團在派對演奏音樂。

單字速記
- ★ **camera** [`kæmərə] 名 照相機 片語 **digital camera** 數位相機
- ☆ **beat** [bit] 名 節奏 動 打 同義 **strike** [straɪk] 動 打；擊
- ★ **band** [bænd] 名 樂隊 片語 **rock band** 搖滾樂團
- ☆ **piano** [pɪ`æno] 名 鋼琴 片語 **upright piano** 豎型鋼琴

( ) 41. She lent me a violin with an **excellent** _______.
(A) tone (B) song (C) music (D) beat

Point 她借我一把音色優美的小提琴。

單字速記
- ★ **tone** [ton] 名 音調 動 使變調子 片語 **tone down** 使柔和
- ☆ **song** [sɔŋ] 名 歌曲 片語 **theme song** 主題曲
- ★ **music** [`mjuzɪk] 名 音樂 片語 **music box** 音樂盒
- ☆ **beat** [bit] 名 節奏 動 打 諺語 **beat about the bush** 拐彎抹角

( ) 42. I studied **Renaissance** _______ at school today.

1 Round
2 Round
3 Round
4 Round
5 Round
6 Round
7 Round
8 Round
9 Round
10 Round

(A) voice (B) ghost (C) tale (D) art

Point 今天我在學校上了文藝復興藝術課。

單字速記

★ **voice** [vɔɪs] 名 聲音 動 表達 片語 **voice message** 語音訊息
☆ **ghost** [gost] 名 鬼 片語 **ghost brand** 過氣品牌
★ **tale** [tel] 名 故事 同義 **story** [ˋstorɪ]
☆ **art** [ɑrt] 名 藝術 片語 **art gallery** 美術館；畫廊

( ) 43. Gigi _______ a giraffe with chalk on the blackboard.
(A) paint (B) drew (C) penciled (D) acted

Point 琪琪在黑板上用粉筆畫了一隻長頸鹿。

單字速記

★ **paint** [pent] 動 繪畫；油漆 名 顏料 片語 **paint ball** 漆彈
☆ **draw** [drɔ] 動 畫 片語 **draw a picture** 畫圖
★ **pencil** [ˋpɛnsḷ] 名 鉛筆 動 用鉛筆寫 片語 **pencil sharpener** 削鉛筆機
☆ **act** [ækt] 動 扮演；行動 名 行為 片語 **act up** 任性

( ) 44. My sister just **had a/an** _______.
(A) actor (B) aunt (C) baby (D) singer

Point 我姊姊剛生了一個嬰兒。

單字速記

★ **actor** [ˋæktɚ] / **actress** [ˋæktrɪs] 名 演員/女演員
☆ **aunt** [ænt] 名 阿姨；姑姑；伯母；嬸嬸 同義 **auntie** [ˋænti]
★ **baby** [ˋbebɪ] 名 嬰兒 衍生 **baby-sit** [ˋbebɪˏsɪt] 動 當臨時保姆
☆ **singer** [ˋsɪŋɚ] 名 歌手 片語 **folk singer** 民歌手

( ) 45. William has a three-year-old _______.
(A) daughter (B) daddy (C) grandfather (D) husband

Point 威廉有一個三歲的女兒。

單字速記

★ **daughter** [ˋdɔtɚ] 名 女兒 衍生 **daughter-in-law** [ˋdɔtɚɪnˏlɔ] 名 媳婦
☆ **daddy** [ˋdædɪ] 名 爸爸 同義 **father** [ˋfɑðɚ]
★ **grandfather** [ˋgræn(d)ˏfɑðɚ] 名 (外)祖父 同義 **grandpa** [ˋgrændpɑ]
☆ **husband** [ˋhʌzbənd] 名 丈夫 反義 **wife** [waɪf] 名 妻子

( ) 46. Fiona has a large **extended** ______.
(A) brother (B) father (C) grandson (D) family

Point 費歐娜有一個大家庭。

單字速記
★ **brother** [`brʌðɚ] 名 兄弟 片語 **blood brother** 親兄弟
☆ **father** [`fɑðɚ] 名 父親 動 做父親 片語 **foster father** 養父
★ **grandson** [`græn(d)͵sʌn] 名 (外)孫子
☆ **family** [`fæməlɪ] 名 家庭 片語 **family doctor** 家庭醫師

( ) 47. Rick is a cute **little** ______.
(A) grandmother (B) granddaughter (C) boy (D) grandchildren

Point 瑞克是一個可愛的小男孩。

單字速記
★ **grandmother** [`græn(d)͵mʌðɚ ] 名 (外)祖母 同義 **grandma** [ `grændmɑ]
☆ **granddaughter** [`græn(d)͵dɔtɚ] 名 (外)孫女
★ **boy** [bɔɪ] 名 男孩 衍生 **boyish** [`bɔɪɪʃ] 形 男孩似的
☆ **grandchild** [`græn(d)͵tʃaɪld] 名 (外)孫子、女

( ) 48. My ______ sang me a love song on our wedding anniversary.
(A) wife (B) parents (C) uncle (D) aunt

Point 妻子在我們的結婚紀念日那天，對我唱了一首情歌。

單字速記
★ **wife** [waɪf] 名 妻子 衍生 **ex-wife** [`ɛks͵waɪf] 名 前妻
☆ **parent** [`pɛrənt] 名 雙親；家長 片語 **parent-child activity** 親子活動
★ **uncle** [`ʌŋkḷ] 名 叔叔；伯伯；舅舅；姑父；姨父
☆ **aunt** [ænt] 名 阿姨；姑姑；伯母；嬸嬸

( ) 49. He finally **lied down on the** ______ and slept at about 3 a.m.
(A) chair (B) arm (C) bed (D) desk

Point 他終於在大約凌晨三點時躺上床睡。

單字速記
★ **chair** [tʃɛr] 名 椅子 動 主持 片語 **folding chair** 摺疊椅
☆ **arm** [ɑrm] 名 扶手；手臂 動 武裝 片語 **armed forces** 軍隊
★ **bed** [bɛd] 名 床 片語 **bed and board** 膳宿
☆ **desk** [dɛsk] 名 書桌 片語 **desk job** 辦公室工作

( ) 50. She read by the light of the **bedside** ______.
(A) seat (B) lamp (C) sofa (D) table

Point 她藉著床頭燈的光線閱讀。

單字速記

★ **seat** [sit] 名 座位 動 坐下 片語 **hanging seat** 鞦韆椅；吊椅
☆ **lamp** [læmp] 名 燈 片語 **flash lamp** 閃光燈
★ **sofa** [`sofə] 名 沙發 片語 **sofa bed** 沙發床
☆ **table** [`tebḷ] 名 桌子 片語 **table lamp** 檯燈

( ) 51. Andrew **took a/an** ______ in the tub.
(A) bathe (B) bathroom (C) bath (D) unit

Point 安德魯在浴缸裡洗了個澡。

單字速記

★ **bathe** [beð] 動 沐浴 片語 **forest bathing** 森林浴
☆ **bathroom** [`bæθ,rum] 名 浴室 片語 **bathroom slipper** 浴室拖鞋
★ **bath** [bæθ] 名 浴缸；洗澡 片語 **bath towel** 浴巾
☆ **unit** [`junɪt] 名 單位；一組 片語 **unit price** 單價

( ) 52. Mom is making dinner for us **in the** ______.
(A) kitchen (B) house (C) room (D) bathroom

Point 媽媽正在廚房為我們做晚餐。

單字速記

★ **kitchen** [`kɪtʃɪn] 名 廚房 片語 **kitchen roll** 廚房捲紙
☆ **house** [haus] 名 房子 動 住 同義 **dwelling** [`dwɛlɪŋ] 名 寓所
★ **room** [rum] 名 房間；空間 動 居住 片語 **room service** 客房服務
☆ **bathroom** [`bæθ,rum] 名 浴室 片語 **bathroom stool** 浴室板凳

( ) 53. I walked up **a flight of** ______ to knock on her door.
(A) windows (B) doors (C) ropes (D) stairs

Point 我走上一段樓梯去敲她的門。

單字速記

★ **window** [`wɪndo] 名 窗戶 片語 **window shopping** 瀏覽商店櫥窗
☆ **door** [dor] 名 門 衍生 **door-to-door** [`dortə,dor] 形 挨家挨戶的
★ **rope** [rop] 名 繩 動 用繩拴住 片語 **rope ladder** 繩梯
☆ **stair** [stɛr] 名 樓梯 衍生 **staircase** [`stɛr,kes] 名 樓梯間

(　) 54. ______ planted with daffodils brightened the yard outside the door.
(A) Toilet (B) Basket (C) Tubs (D) Sheets

Point 栽種黃水仙的花盆使門外的庭院明亮了起來。

單字速記
★ **toilet** [`tɔɪlɪt] 名 廁所；洗手間 片語 **toilet paper** 廁紙；衛生紙
☆ **basket** [`bæskɪt] 名 籃子 片語 **shopping basket** 購物籃
★ **tub** [tʌb] 名 盆；桶 片語 **hot tub** 熱水澡桶
☆ **sheet** [ʃit] 名 床單 同義 **bed linen** 床單

(　) 55. As a 15-year-old, he is **too** ______ to ride a scooter.
(A) clean (B) clear (C) sick (D) young

Point 他十五歲，還太年輕無法騎機車。

單字速記
★ **clean** [klin] 形 乾淨的 動 打掃 反義 **dirty** [`dɜtɪ] 形 髒的
☆ **clear** [klɪr] 動 弄乾淨 形 清楚的 反義 **dusty** [`dʌstɪ] 形 濁的
★ **sick** [sɪk] 形 生病的 同義 **ill** [ɪl]
☆ **young** [jʌŋ] 形 年輕的 名 青年們 同義 **youthful** [`juθfəl] 形 年輕的

(　) 56. The woodcutter is cutting logs with a **power** ______.
(A) tool (B) mud (C) saw (D) mug

Point 樵夫正在用一把電鋸切割原木。

單字速記
★ **tool** [tul] 名 工具 動 用工具加工 片語 **tool box** 工具箱
☆ **mud** [mʌd] 名 爛泥 片語 **mud pie** 泥團
★ **saw** [sɔ] 名 鋸子 動 鋸 片語 **saw off** 鋸下
☆ **mug** [mʌg] 名 馬克杯 片語 **beer mug** 啤酒杯

(　) 57. I bought **a bar of** lavender ______ as a souvenir.
(A) soap (B) fork (C) knife (D) box

Point 我買了一塊薰衣草肥皂作為紀念品。

單字速記
★ **soap** [sop] 名 肥皂 動 塗肥皂於 片語 **soap powder** 肥皂粉
☆ **fork** [fɔrk] 名 叉子；岔路 動 分岐 片語 **carving fork** 切肉餐叉
★ **knife** [naɪf] 名 刀 動 切 片語 **fish knife** 食魚刀
☆ **box** [bɑks] 名 箱子；盒子 動 裝箱 近義 **container** [kən`tenɚ] 名 容器

( ) 58. Vitamins are good for your ______.
(A) blood (B) health (C) blind (D) face

Point 維他命對你的健康有益。

單字速記
- ★ **blood** [blʌd] 名 血 片語 **blood bank** 血庫
- ☆ **health** [hɛlθ] 名 健康 同義 **well-being** [ˋwɛlˋbiɪŋ]
- ★ **blind** [blaɪnd] 形 瞎的 動 使失明 片語 **blind as a bat** 看不清的
- ☆ **face** [fes] 名 臉 動 面對 反義 **back** [bæk] 名 背後

( ) 59. The **family** ______ will check on his health condition later.
(A) nurse (B) singer (C) doctor (D) player

Point 家庭醫師稍後將檢查他的健康狀況。

單字速記
- ★ **nurse** [nɝs] 名 護士 動 看護 片語 **visiting nurse** 家庭探視護士
- ☆ **singer** [ˋsɪŋɚ] 名 歌手 同義 **vocalist** [ˋvokəlɪst]
- ★ **doctor** [ˋdɑktɚ] 名 醫生 片語 **herb doctor** 中醫師
- ☆ **player** [ˋpleɚ] 名 運動員 片語 **seeding player** 非種子球員

( ) 60. You may **catch a** ______ if you get wet in the rain.
(A) back (B) body (C) bone (D) cold

Point 你如果淋雨就有可能會感冒。

單字速記
- ★ **back** [bæk] 名 背部 動 使後退 同義 **rear** [rɪr] 名 背後
- ☆ **body** [ˋbɑdɪ] 名 身體 片語 **body and soul** 全心全意地
- ★ **bone** [bon] 名 骨頭 片語 **bone structure** 骨架
- ☆ **cold** [kold] 名 感冒 形 冷的 反義 **hot** [hɑt] 形 熱的

Answer Key 31-60

31~35 D B A C A	36~40 C D C C C	41~45 A D B C A
46~50 D C A C B	51~55 C A D C D	56~60 C A B C D

ROUND

3 Question 61～90

( ) 61. What are you holding **in your** ______?
(A) finger (B) eyes (C) hands (D) body

Point 你手裡握著什麼？

★ **finger** [`fɪŋgɚ] 名 手指 動 指出 片語 **finger food** 手抓小食品
☆ **eye** [aɪ] 名 眼睛 動 看 衍生 **eye-catching** [`aɪˏkætʃɪŋ] 形 引人注目的
★ **hand** [hænd] 名 手 動 攙扶 片語 **hand baggage** 手提行李
☆ **body** [`bɑdɪ] 名 身體 片語 **body language** 肢體語言

( ) 62. Sandra has a **kind** ______.
(A) head (B) mind (C) name (D) heart

Point 珊卓有顆善良的心。

★ **head** [hɛd] 名 頭腦；首領 動 率領 片語 **head out** 前往
☆ **mind** [maɪnd] 名 頭腦；思想 動 介意 同義 **brain** [bren] 名 腦
★ **name** [nem] 名 名字 動 命名 衍生 **nickname** [`nɪkˏnem] 名 綽號
☆ **heart** [hɑrt] 名 心 片語 **heart to heart** 坦率的

( ) 63. Abby's parents always give her a **goodnight** ______ before she goes to bed.
(A) lip (B) leg (C) knee (D) kiss

Point 艾比的父母總是在她睡覺前給她一個晚安吻。

單字速記

★ **lip** [lɪp] 名 嘴唇 片語 **lip gloss** 唇蜜
☆ **leg** [lɛg] 名 腿 片語 **leg warmer** 針織暖腿套
★ **knee** [ni] 名 膝蓋 動 用膝蓋碰撞 片語 **knee mail** 跪地祈禱
☆ **kiss** [kɪs] 名 動 吻 片語 **kiss goodbye** 吻別

( ) 64. He walked into the house with a robin standing **on his right** ______.
(A) nose (B) shoulder (C) neck (D) eye

Point 他走進房子裡，有隻知更鳥站在他的右肩膀上。

單字速記

★ **nose** [noz] 名 鼻子 動 聞；探問 片語 **nose job** 鼻子整形手術
☆ **shoulder** [`ʃoldɚ] 名 肩膀 動 擔負 片語 **shoulder bag** 單肩背包
★ **neck** [nɛk] 名 脖子 動 變窄 片語 **risk one's neck** 冒生命危險
☆ **eye** [aɪ] 名 眼睛 動 看 片語 **eye shadow** 眼影

( ) 65. What did you _______ to him?
(A) bite (B) cut (C) do (D) find

Point 你對他做了什麼？

單字速記

★ **bite** [baɪt] 動 咬 名 一口之量 片語 **bite one's lips** 努力克制不滿
☆ **cut** [kʌt] 動 切割 名 切口 片語 **speed cut** 減速
★ **do** [du] 動 做 片語 **do one's best** 全力以赴
☆ **find** [faɪnd] 動 名 找到；發現 片語 **find one's way** 發現途徑

( ) 66. A dog was _______ him **around** when he took a walk this afternoon.
(A) going (B) following (C) hearing (D) kicking

Point 他今天下午去散步時，有隻狗一直跟著他。

單字速記

★ **go** [go] 動 去；走 名 輪到的機會 片語 **go wrong** 弄錯
☆ **follow** [`fɑlo] 動 跟隨 片語 **follow in one's footsteps** 步某人的後塵
★ **hear** [hɪr] 動 聽到 近義 **listen** [`lɪsn] 動 留神聽
☆ **kick** [kɪk] 動 名 踢 片語 **kick one's ass** 教訓某人一番

( ) 67. The hilarious joke made me _______.
(A) sleep (B) stand (C) talk (D) laugh

Point 那個好笑的笑話讓我笑了出來。

單字速記

★ **sleep** [slip] 動 睡 名 睡眠 反義 **wake** [wek] 動 醒著
☆ **stand** [stænd] 動 站立 名 架子 片語 **stand by** 待命
★ **talk** [tɔk] 動 講話 名 談話 片語 **talk about** 談論
☆ **laugh** [læf] 動 名 笑 片語 **laugh at** 嘲笑

( ) 68. John can _______ heavy dumbbells easily.

(A) pull (B) push (C) shut (D) lift

Point 約翰可以輕易地舉起重的啞鈴。

單字速記
★ **pull** [pul] 動 名 拉；拖 反義 **push** [puʃ] 動 名 推
☆ **push** [puʃ] 動 名 推 衍生 **pushup** [ˋpuʃ ˏʌp] 名 伏地挺身
★ **shut** [ʃʌt] 動 閉上 片語 **shut off** 關掉
☆ **lift** [lɪft] 動 名 舉起 同義 **raise** [rez]

( ) 69. Those two men were _______ **out loud** to each other.
(A) shaking (B) shouting (C) saying (D) taking

Point 那兩個男人對著彼此大叫。

單字速記
★ **shake** [ʃek] 動 名 搖動 片語 **shake hands** 握手
☆ **shout** [ʃaut] 動 喊叫 名 呼喊 片語 **shout down** 高聲喝止
★ **say** [se] 動 說 片語 **say no** 拒絕
☆ **take** [tek] 動 拿 同義 **carry** [ˋkærɪ]

( ) 70. Do you _______ something funny?
(A) smell (B) smile (C) listen (D) look

Point 你有沒有聞到奇怪的味道？

單字速記
★ **smell** [smɛl] 動 聞到 名 氣味 片語 **sense of smell** 嗅覺
☆ **smile** [smaɪl] 動 名 微笑 片語 **all smiles** 滿面笑容
★ **listen** [ˋlɪsn̩] 動 聽 片語 **listen in** 收聽；監聽
☆ **look** [luk] 動 名 看 片語 **look down on** 輕視

( ) 71. Larry finally _______ Taipei yesterday by train.
(A) saw (B) reached (C) stepped (D) touched

Point 賴利昨天終於搭乘火車抵達台北。

單字速記
★ **see** [si] 動 看；經歷 片語 **see out** 熬過
☆ **reach** [ritʃ] 動 到達；伸手拿 名 可及範圍 片語 **reach for** 伸手去拿
★ **step** [stɛp] 動 踏 名 腳步 片語 **step up** 加快
☆ **touch** [tʌtʃ] 動 觸碰 名 接觸 片語 **touch screen phone** 觸控手機

( ) 72. I can't _______ **deeply** when I am hungry.
(A) think (B) tell (C) wait (D) walk

Point 我肚子餓的時候沒有辦法深思。

單字速記
- ★ **think** [θɪŋk] 動 思考 片語 **think little of** 不重視；認為…沒價值
- ☆ **tell** [tɛl] 動 告訴 片語 **tell a lie** 說謊
- ★ **wait** [wet] 動 名 等待 片語 **wait and see** 觀望
- ☆ **walk** [wɔk] 名 散步 動 走 片語 **talke a walk** 散步

( ) 73. Regina _______ her dictionary to the library.
(A) broke (B) bought (C) caused (D) carried

Point 芮吉娜帶著她的字典到圖書館。

單字速記
- ★ **break** [brek] 動 打破 名 休息；裂口 片語 **break one's word** 失信
- ☆ **buy** [baɪ] 動 名 買；購買 同義 **purchase** [`pɝtʃəs]
- ★ **cause** [kɔz] 動 引起 名 原因 片語 **in the cause of** 為了
- ☆ **carry** [`kærɪ] 動 攜帶；搬運 片語 **carry on** 繼續

( ) 74. Can you _______ that big black dog **away**?
(A) bring (B) busy (C) chase (D) fill

Point 能不能請你把那隻大黑狗趕走？

單字速記
- ★ **bring** [brɪŋ] 動 帶來 片語 **bring forth** 生；產生
- ☆ **busy** [`bɪzɪ] 動 使忙於 形 繁忙的 片語 **busy as a bee** 忙個不停
- ★ **chase** [tʃes] 動 驅逐 名 追逐 片語 **chase about** 到處跑
- ☆ **fill** [fɪl] 動 填滿 名 足夠 片語 **fill in** 填寫

( ) 75. Kevin **was** _______ **for** double parking.
(A) fined (B) discovered (C) dug (D) dreamed

Point 凱文因為並排停車而被罰款。

單字速記
- ★ **fine** [faɪn] 動 處以罰款 名 罰款 同義 **penalize** [`pɛnḷ͵aɪz] 動 處罰
- ☆ **discover** [dɪs`kʌvɚ ] 動 發現 衍生 **discovery** [ dɪs`kʌvərɪ] 名 發現
- ★ **dig** [dɪg] 動 挖掘 名 挖苦 片語 **dig a pit for sb.** 給某人設圈套
- ☆ **dream** [drim] 名 夢 動 作夢 片語 **dream world** 幻想世界

( ) 76. Do you want to _______ us to see the movie?
(A) keep (B) hurt (C) hit (D) join

Point 你要不要加入我們看電影的行列？

單字速記
- ★ **keep** [kip] 動 保持 名 生計 片語 **keep one's temper** 不發火
- ☆ **hurt** [hɝt] 動 名 傷害 片語 **get hurt** 受傷
- ★ **hit** [hɪt] 動 名 打擊 片語 **hit the spot** 正中下懷
- ☆ **join** [dʒɔɪn] 動 參加；連接 名 連接處 片語 **join in** 參加

( ) 77. No one can _______ Tim to do anything.
(A) finish (B) kill (C) force (D) know

Point 沒有人能夠強迫提姆去做任何事。

單字速記
- ★ **finish** [`fɪnɪʃ ] 動 完成 名 結束 同義 **complete** [ kəm`plit]
- ☆ **kill** [kɪl] 動 殺 名 獵獲物 片語 **kill time** 消磨時間
- ★ **force** [fors] 動 強制 名 力量 片語 **force...into a corner** 把…置於困境
- ☆ **know** [no] 動 知道 同義 **comprehend** [ˏkɑnprɪ`hɛnd]

( ) 78. Alice is timid and _______ confidence.
(A) lacks (B) has (C) groups (D) lets

Point 愛麗絲膽小並缺乏自信。

單字速記
- ★ **lack** [læk] 動 名 缺乏 片語 **lack of** 欠缺
- ☆ **have** [hæv] 動 有 片語 **have some rest** 休息一下
- ★ **group** [grup] 名 團體 動 聚合 片語 **group tour** 團體旅遊
- ☆ **let** [lɛt] 動 讓 片語 **let alone** 更不必說

( ) 79. It doesn't _______ whether you like my hat or not.
(A) make (B) meet (C) move (D) matter

Point 你喜不喜歡我的帽子並不重要。

單字速記
- ★ **make** [mek] 動 製作；做 片語 **make a living** 謀生
- ☆ **meet** [mit] 動 遇到 名 集會 片語 **meet one's match** 遇到敵手
- ★ **move** [muv] 動 移動；感動 片語 **move along** 往前走
- ☆ **matter** [`mætɚ] 動 要緊 名 事情 片語 **matter of course** 理所當然的事

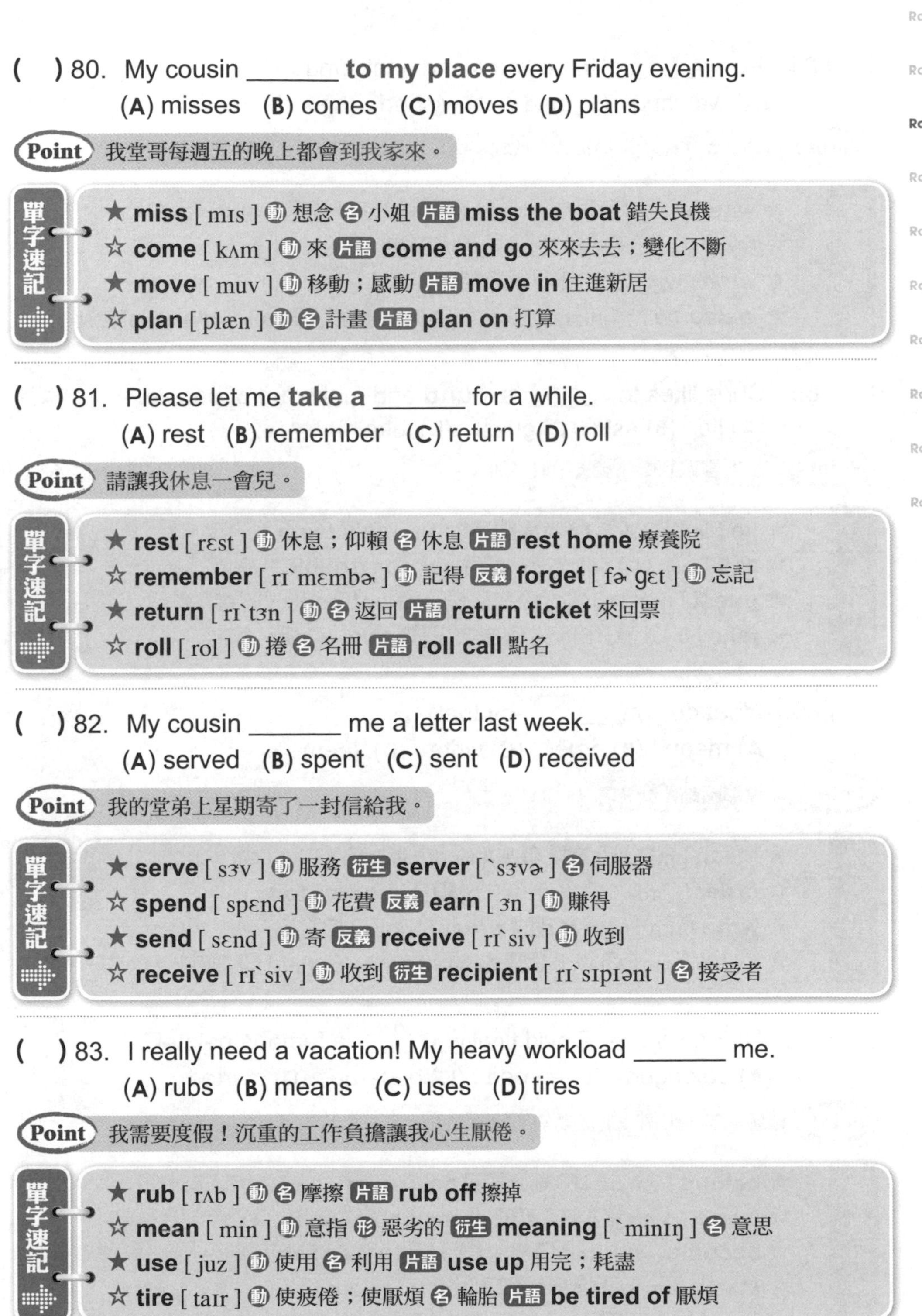

(　) 80. My cousin _______ **to my place** every Friday evening.
(A) misses (B) comes (C) moves (D) plans

Point 我堂哥每週五的晚上都會到我家來。

單字速記
★ **miss** [mɪs] 動 想念 名 小姐 片語 **miss the boat** 錯失良機
☆ **come** [kʌm] 動 來 片語 **come and go** 來來去去；變化不斷
★ **move** [muv] 動 移動；感動 片語 **move in** 住進新居
☆ **plan** [plæn] 動 名 計畫 片語 **plan on** 打算

(　) 81. Please let me **take a** _______ for a while.
(A) rest (B) remember (C) return (D) roll

Point 請讓我休息一會兒。

單字速記
★ **rest** [rɛst] 動 休息；仰賴 名 休息 片語 **rest home** 療養院
☆ **remember** [rɪˋmɛmbɚ] 動 記得 反義 **forget** [fɚˋgɛt] 動 忘記
★ **return** [rɪˋtɝn] 動 名 返回 片語 **return ticket** 來回票
☆ **roll** [rol] 動 捲 名 名冊 片語 **roll call** 點名

(　) 82. My cousin _______ me a letter last week.
(A) served (B) spent (C) sent (D) received

Point 我的堂弟上星期寄了一封信給我。

單字速記
★ **serve** [sɝv] 動 服務 衍生 **server** [ˋsɝvɚ] 名 伺服器
☆ **spend** [spɛnd] 動 花費 反義 **earn** [ɝn] 動 賺得
★ **send** [sɛnd] 動 寄 反義 **receive** [rɪˋsiv] 動 收到
☆ **receive** [rɪˋsiv] 動 收到 衍生 **recipient** [rɪˋsɪpɪənt] 名 接受者

(　) 83. I really need a vacation! My heavy workload _______ me.
(A) rubs (B) means (C) uses (D) tires

Point 我需要度假！沉重的工作負擔讓我心生厭倦。

單字速記
★ **rub** [rʌb] 動 名 摩擦 片語 **rub off** 擦掉
☆ **mean** [min] 動 意指 形 惡劣的 衍生 **meaning** [ˋminɪŋ] 名 意思
★ **use** [juz] 動 使用 名 利用 片語 **use up** 用完；耗盡
☆ **tire** [taɪr] 動 使疲倦；使厭煩 名 輪胎 片語 **be tired of** 厭煩

( ) 84. Peter _______ three times and finally made it.
(A) watched (B) tried (C) wished (D) welcomed

Point 彼德嘗試了三次，最後終於成功了。

單字速記
★ **watch** [wɑtʃ] 動 留意；注視 名 注視；手錶 片語 **watch for** 等待
☆ **try** [traɪ] 動 名 嘗試 片語 **try on** 試穿
★ **wish** [wɪʃ] 動 許願 名 願望 衍生 **wishful** [ˋwɪʃfəl] 形 願望的
☆ **welcome** [ˋwɛlkəm] 動 歡迎 形 受歡迎的 片語 **welcome to** 可隨意使用

( ) 85. Chris likes to _______ **around** and make fun of people.
(A) lie (B) ask (C) guest (D) joke

Point 克里斯喜歡到處開玩笑、取笑別人。

單字速記
★ **lie** [laɪ] 動 說謊 名 謊言 片語 **lie in one's teeth** 撒大謊
☆ **ask** [æsk] 動 詢問；要求 片語 **ask for trouble** 找麻煩
★ **guest** [gɛst] 名 客人 動 招待 片語 **guest book** 訪客留言簿
☆ **joke** [dʒok] 動 開玩笑 名 笑話 片語 **make a joke** 開玩笑

( ) 86. What do you _______ **by** that?
(A) mean (B) order (C) write (D) seem

Point 你說那話是什麼意思？

單字速記
★ **mean** [min] 動 意指 形 惡劣的；中間的 名 平均；中數
☆ **order** [ˋɔrdɚ] 動 命令 名 次序 片語 **in order to** 為了
★ **write** [raɪt] 動 書寫 衍生 **writer** [ˋraɪtɚ] 名 作家
☆ **seem** [sim] 動 似乎 衍生 **seemingly** [ˋsimɪŋlɪ] 副 表面上；似乎是

( ) 87. After six years, David finally _______ a famous painter.
(A) belonged (B) agreed (C) became (D) started

Point 經過六年，大衛終於成為知名的畫家。

單字速記
★ **belong** [bəˋlɔŋ] 動 屬於 片語 **belong to** (在所有權等方面)屬於
☆ **agree** [əˋgri] 動 同意 片語 **agree on** 對…取得一致的意見
★ **become** [bɪˋkʌm] 動 變成 片語 **become of** 發生於
☆ **start** [stɑrt] 動 名 開始 同義 **begin** [bɪˋgɪn]

1 Round
2 Round
3 Round
4 Round
5 Round
6 Round
7 Round
8 Round
9 Round
10 Round

( ) 88. I **made a** huge ______ to let you go. Would you forgive me?
(A) mistake (B) problem (C) purpose (D) question

Point 拋棄你是我犯的大錯。你願意原諒我嗎？

單字速記
★ **mistake** [mɪ`stek] 名 錯誤 動 誤解 片語 **make a mistake** 犯錯
☆ **problem** [`prɑbləm] 名 問題 片語 **no problem** 沒問題
★ **purpose** [`pɝpəs] 名 目的 片語 **on purpose** 故意地
☆ **question** [`kwɛstʃən] 名 問題 動 質疑 片語 **question mark** 問號

( ) 89. Barbara began to cry **for no** ______.
(A) rule (B) reason (C) statement (D) idea

Point 芭芭拉毫無理由地開始哭泣。

單字速記
★ **rule** [rul] 名 規則 動 統治 片語 **rule out** 排除
☆ **reason** [`rizn̩] 名 理由 動 推理 片語 **reason out** 推理出
★ **statement** [`stetmənt] 名 陳述 片語 **financial statement** 財務報表
☆ **idea** [aɪ`diə] 名 主意 片語 **idea hamster** 點子王

( ) 90. Would you like to **share your** ______ and feelings with me?
(A) thanks (B) guesses (C) purposes (D) thoughts

Point 你願不願意與我分享你的想法和感受？

單字速記
★ **thank** [θæŋk] 動 名 感謝 片語 **thanks to** 由於；幸虧
☆ **guess** [gɛs] 動 名 猜想；猜測 片語 **by guess** 憑猜測
★ **purpose** [`pɝpəs] 名 目的 片語 **to the purpose** 中肯地
☆ **thought** [θɔt] 名 思維；想法 衍生 **thoughtful** [`θɔtfəl] 形 體貼的

Answer Key 61-90

61~65 ❯ C D D B C
66~70 ❯ B D D B A
71~75 ❯ B A D C A
76~80 ❯ D C A D B
81~85 ❯ A C D B D
86~90 ❯ A C A B D

ROUND 4 Question 91～120

(　) 91. I will ______ my cousin to stay in my room for one night.
(A) allow　(B) help　(C) feel　(D) understand

Point 我允許表哥在我房間待一晚。

單字速記
- ★ **allow** [ə`laʊ] 動 允許 片語 **allow for** 考慮到
- ☆ **help** [hɛlp] 動 幫忙 片語 **help out** 幫助…擺脫困難
- ★ **feel** [fil] 名 動 感覺；試探 片語 **feel about** 摸索
- ☆ **understand** [ˌʌndɚ`stænd ] 動 了解 同義 **comprehend** [ ˌkɑmprɪ`hɛnd]

(　) 92. Leo was **too** ______ to talk to anyone yesterday.
(A) brave　(B) careful　(C) special　(D) angry

Point 李歐昨天氣到不跟任何人說話。

單字速記
- ★ **brave** [brev] 形 勇敢的 片語 **brave new world** 美好新世界
- ☆ **careful** [`kɛrfəl ] 形 小心的 同義 **cautious** [ `kɔʃəs]
- ★ **special** [`spɛʃəl] 形 特別的 片語 **special effects** (電影)特效
- ☆ **angry** [`æŋgrɪ] 形 生氣的 反義 **calm** [kɑm] 形 沉著的

(　) 93. Sandy **doesn't** ______ what other people think of her.
(A) wanting　(B) worrying　(C) afraid　(D) care

Point 珊蒂不在乎別人怎麼看她。

單字速記
- ★ **want** [wɑnt] 動 想要 名 缺乏 同義 **desire** [dɪ`zaɪr] 動 渴望
- ☆ **worry** [`wɜɪ] 動 名 擔心；煩惱 片語 **worry at** 一心想要克服
- ★ **afraid** [ə`fred] 形 害怕的 片語 **be afraid of** 害怕
- ☆ **care** [kɛr] 動 名 關心；在意 片語 **health care budget** 醫療保健經費

(　) 94. I have a **bad** ______ about tomorrow's ceremony because of the predicted rainfall.
(A) feeling　(B) anger　(C) will　(D) chance

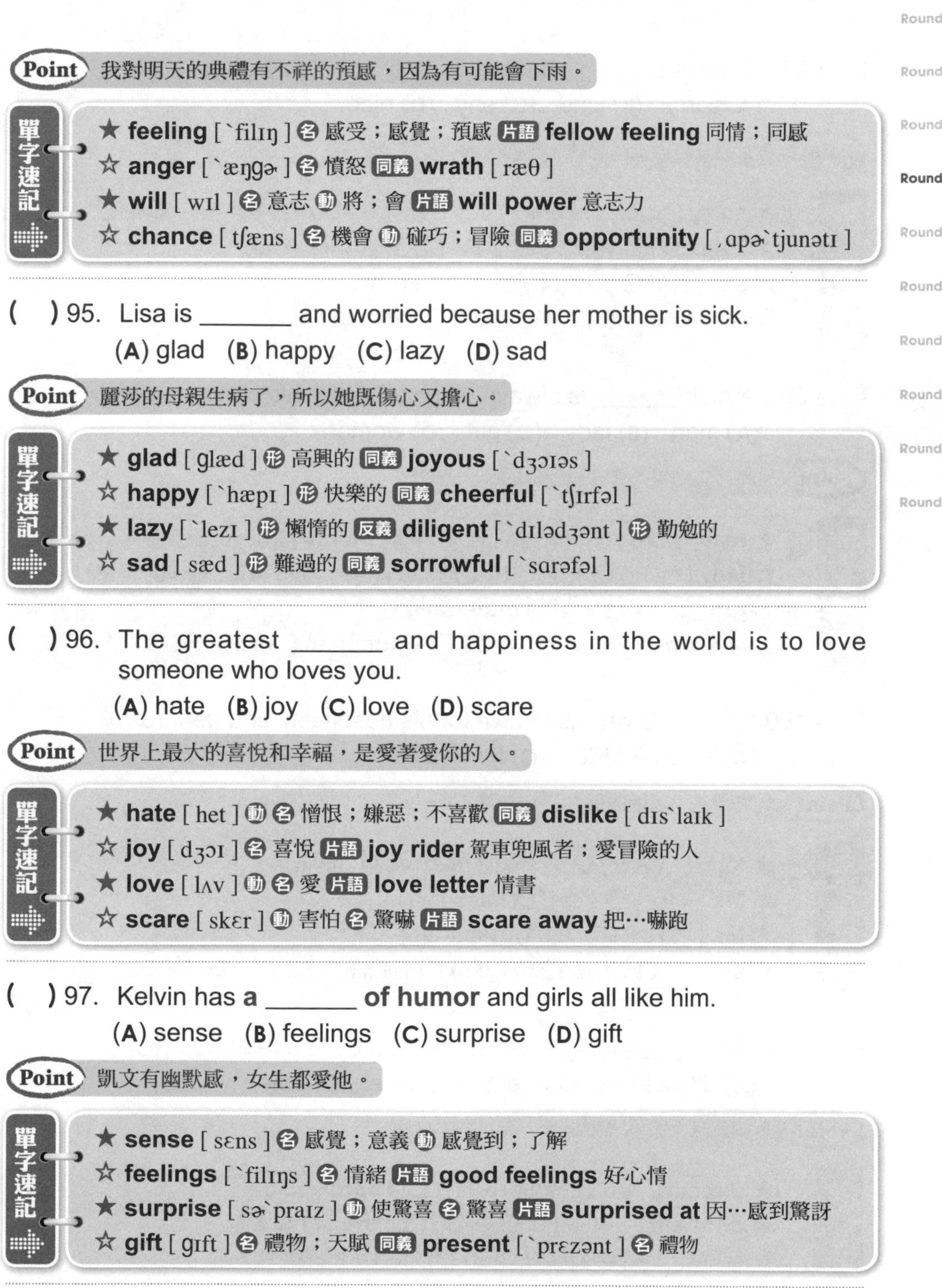

Point 我對明天的典禮有不祥的預感，因為有可能會下雨。

單字速記
★ **feeling** [`filɪŋ] 名 感受；感覺；預感 片語 **fellow feeling** 同情；同感
☆ **anger** [`æŋgɚ] 名 憤怒 同義 **wrath** [ræθ]
★ **will** [wɪl] 名 意志 動 將；會 片語 **will power** 意志力
☆ **chance** [tʃæns] 名 機會 動 碰巧；冒險 同義 **opportunity** [ˌɑpɚ`tjunətɪ]

( ) 95. Lisa is _______ and worried because her mother is sick.
(A) glad (B) happy (C) lazy (D) sad

Point 麗莎的母親生病了，所以她既傷心又擔心。

單字速記
★ **glad** [glæd] 形 高興的 同義 **joyous** [`dʒɔɪəs]
☆ **happy** [`hæpɪ ] 形 快樂的 同義 **cheerful** [ `tʃɪrfəl]
★ **lazy** [`lezɪ ] 形 懶惰的 反義 **diligent** [ `dɪlədʒənt] 形 勤勉的
☆ **sad** [sæd] 形 難過的 同義 **sorrowful** [`sɑrəfəl]

( ) 96. The greatest _______ and happiness in the world is to love someone who loves you.
(A) hate (B) joy (C) love (D) scare

Point 世界上最大的喜悅和幸福，是愛著愛你的人。

單字速記
★ **hate** [het] 動 名 憎恨；嫌惡；不喜歡 同義 **dislike** [dɪs`laɪk]
☆ **joy** [dʒɔɪ] 名 喜悅 片語 **joy rider** 駕車兜風者；愛冒險的人
★ **love** [lʌv] 動 名 愛 片語 **love letter** 情書
☆ **scare** [skɛr] 動 害怕 名 驚嚇 片語 **scare away** 把…嚇跑

( ) 97. Kelvin has a _______ **of humor** and girls all like him.
(A) sense (B) feelings (C) surprise (D) gift

Point 凱文有幽默感，女生都愛他。

單字速記
★ **sense** [sɛns] 名 感覺；意義 動 感覺到；了解
☆ **feelings** [`filɪŋs] 名 情緒 片語 **good feelings** 好心情
★ **surprise** [sɚ`praɪz] 動 使驚喜 名 驚喜 片語 **surprised at** 因…感到驚訝
☆ **gift** [gɪft] 名 禮物；天賦 同義 **present** [`prɛzənt] 名 禮物

(　) 98. Brian is a _______ boy who never speaks to girls.
(A) sorry (B) kind (C) shy (D) nice

Point 布萊恩是位害羞的男孩，他從未跟女孩說過話。

單字速記
★ **sorry** [ˋsɔrɪ] 形 難過的；抱歉的 片語 **feel sorry for** 為…感到可惜
☆ **kind** [kaɪnd] 形 仁慈的 名 種類 片語 **kind of** 有點兒
★ **shy** [ʃaɪ] 形 害羞的 衍生 **camera-shy** [ˋkæmərə͵ʃaɪ] 形 不喜歡被拍照的
☆ **nice** [naɪs] 形 善良的；好的 片語 **nice and** 挺…的

(　) 99. A real _______ is always responsible for his family.
(A) man (B) lady (C) girl (D) woman

Point 一個真正的男人會永遠對他的家庭負責。

單字速記
★ **man** [mæn] 名 男人 動 配置人員 衍生 **manly** [ˋmænlɪ] 形 有男子氣概的
☆ **lady** [ˋledɪ] 名 女士；淑女 衍生 **ladylike** [ˋledɪ͵laɪk] 形 賢淑高貴的
★ **girl** [gɝl] 名 女孩 片語 **material girl** 拜金女
☆ **woman** [ˋwʊmən] 名 婦女 衍生 **womanish** [ˋwʊmənɪʃ] 形 女人的

(　) 100. _______ **Smith** is known for his hospitality and generosity.
(A) Mrs. (B) Ms. (C) Mr. (D) Sir

Point 史密斯先生以他的好客和慷慨聞名。

單字速記
★ **Mrs.** [ˋmɪsɪz] 名 夫人 原稱 **mistress** [ˋmɪstrɪs]
☆ **Ms.** [mɪz] 名 女士 原稱 **Miss** [mɪs]
★ **Mr.** [ˋmɪstɚ] 名 先生 原稱 **mister** [ˋmɪstɚ]
☆ **sir** [sɝ] 名 先生 反義 **madam** [ˋmædəm] 名 (對婦女的尊稱)夫人；小姐

(　) 101. It's _______ for a two-month-old baby to speak.
(A) difficult (B) different (C) false (D) able

Point 對兩個月大的小嬰兒來說，說話是困難的。

單字速記
★ **difficult** [ˋdɪfə͵kəlt] 形 困難的 同義 **hard** [hɑrd]
☆ **different** [ˋdɪfərənt] 形 不同的 反義 **the same** 相同的
★ **false** [fɔls] 形 錯誤的；假的 片語 **false alarm** 假警報
☆ **able** [ˋebḷ] 形 有能力的 同義 **capable** [ˋkepəbḷ]

(　) 102. To make his ______ perfect, Steve practices over and over again.
(A) power (B) leaders (C) skills (D) soul

Point 史帝夫一再地練習，好讓他的技術達到完美的境界。

單字速記

★ **power** [`pauɚ] 名 權力；力量 動 提供動力 片語 **power base** 權力基礎
☆ **leader** [`lidɚ] 名 領導者 同義 **chief** [tʃif]
★ **skill** [`skɪl ] 名 技能 衍生 **skillful** [ `skɪlfəl] 形 有技術的
☆ **soul** [sol] 名 靈魂 片語 **soul mate** 性情相投的人

(　) 103. I decided to hire Jack because he is ______ and well-behaved.
(A) stupid (B) born (C) sharply (D) smart

Point 我決定雇用傑克，因為他既聰明又得體。

單字速記

★ **stupid** [`stjupɪd] 形 笨的 同義 **dumb** [dʌm]
☆ **born** [bɔrn] 形 天生的 衍生 **native-born** [`netɪv`bɔrn] 形 土生土長的
★ **sharp** [ʃɑrp] 形 尖銳的 副 尖銳地 衍生 **sharply** [`ʃɑrplɪ] 副 嚴厲地
☆ **smart** [smɑrt] 形 聰明的 同義 **intelligent** [ɪn`tɛlədʒənt]

(　) 104. I gave my **best** ______ Jane a big surprise on her wedding day.
(A) friend (B) people (C) person (D) example

Point 我在摯友珍的婚禮上給她一份大驚喜。

單字速記

★ **friend** [frɛnd] 名 朋友 片語 **school friend** 同學；校友
☆ **people** [`pipl̩] 名 人；人們 動 居住在 片語 **people mover** 大眾運輸工具
★ **person** [`pɝsn̩] 名 人 片語 **in person** 親自
☆ **example** [ɪg`zæmpl̩] 名 例子 片語 **for example** 例如

(　) 105. Leslie ______ **to** move away from his family after graduating from university.
(A) led (B) decided (C) won (D) pleased

Point 萊斯里決定大學畢業後搬出家裡。

單字速記

★ **lead** [lid] 動 帶領 名 領導；鉛 片語 **lead astray** 把…引入歧途
☆ **decide** [dɪ`saɪd] 動 決定 片語 **decide upon** 考慮後決定
★ **win** [wɪn] 動 獲勝 名 贏 反義 **lose** [luz] 動 輸
☆ **please** [pliz] 動 使高興；請 片語 **please oneself** 使自己感到滿足

( ) 106. Max is a ______ and healthy fitness trainer.
(A) strong (B) dead (C) silly (D) pretty

Point 麥克斯是個強壯又健康的健身教練。

單字速記
- ★ **strong** [strɔŋ] 形 強壯的 反義 **weak** [wik] 形 虛弱的
- ☆ **dead** [dɛd] 形 死的 反義 **alive** [ə`laɪv] 形 活著的
- ★ **silly** [`sɪlɪ ] 形 傻的 同義 **foolish** [ `fulɪʃ]
- ☆ **pretty** [`prɪtɪ] 形 漂亮的 副 相當；頗 片語 **pretty well...** 幾乎…

( ) 107. Next Wednesday is the fifth anniversary of her ______.
(A) die (B) end (C) death (D) dead

Point 下星期三是她死亡五週年的忌日。

單字速記
- ★ **die** [daɪ] 動 死 片語 **die at one's post** 殉職
- ☆ **end** [ɛnd] 名 盡頭；末端 動 結束 片語 **end in** 以…為結果
- ★ **death** [dɛθ] 名 死亡 片語 **death duty** 遺產稅
- ☆ **dead** [dɛd] 形 死的 衍生 **dead-alive** [`dɛdə`laɪv] 形 無精打采的

( ) 108. That night Ella made a wish to a **falling** ______.
(A) star (B) moon (C) earth (D) god

Point 那晚，艾拉對一顆流星許了個願望。

單字速記
- ★ **star** [stɑr] 名 星星 動 主演 片語 **falling star** 流星
- ☆ **moon** [mun] 名 月亮 片語 **moon cake** 月餅
- ★ **earth** [ɝθ] 名 地球 片語 **earth science** 地球科學
- ☆ **god** [gɑd] / **goddess** [`gɑdɪs] 名 神；女神 片語 **God knows** 天曉得

( ) 109. The only difference between them is **the color of their** ______.
(A) history (B) skin (C) birth (D) church

Point 他們之間唯一的不同點是他們的膚色。

單字速記
- ★ **history** [`hɪstərɪ] 名 歷史 片語 **life history** 個人經歷；傳記
- ☆ **skin** [skɪn] 名 皮膚 動 剝皮 片語 **skin and bone** 極瘦；皮包骨
- ★ **birth** [bɝθ] 名 出生；血統 片語 **birth control** 節育；避孕
- ☆ **church** [tʃɝtʃ] 名 教堂 同義 **cathedral** [kə`θidrəl]

( ) 110. That is a **white** _______ **beach** bordered by palm trees.
(A) sand (B) silver (C) iron (D) gold

Point 那是一處周圍點綴著棕櫚樹的白沙灘。

單字速記
★ **sand** [sænd] 名 沙子 動 沙淤 片語 **sand hill** 沙丘
☆ **silver** [`sɪlvɚ] 形 銀製的；銀色的 名 銀 片語 **silver dollar** 銀元
★ **iron** [`aɪɚn ] 名 鐵 動 燙平 衍生 **irony** [ `aɪrənɪ] 名 諷刺
☆ **gold** [gold] 名 金子 形 金的 片語 **gold card** 金卡

( ) 111. The _______ shows the top 20 students.
(A) area (B) map (C) word (D) chart

Point 這張圖表顯示前二十名學生。

單字速記
★ **area** [`ɛrɪə] 名 面積；地區 片語 **residential area** 住宅區
☆ **map** [mæp] 名 地圖 動 用地圖表示 片語 **wall map** 掛圖
★ **word** [wɝd] 名 單字 動 用言語表達 片語 **word of mouse** 網路口碑
☆ **chart** [tʃart] 名 圖表 動 繪圖 片語 **eye chart** 視力檢查表

( ) 112. Phil is due to **make a** _______ at the meeting tomorrow.
(A) sentence (B) poetry (C) speech (D) friend

Point 菲爾預定在明天的會議中演講。

單字速記
★ **sentence** [`sɛntəns] 名 句子 動 判決 片語 **simple sentence** 簡單句
☆ **poetry** [`poɪtrɪ ] 名 (總稱)詩；詩歌 相關 **poet** [ `poɪt] 名 詩人
★ **speech** [spitʃ] 名 演講 片語 **speech marks** (一對)引號
☆ **friend** [frɛnd] 名 朋友 片語 **cyber friend** 網友

( ) 113. We need a translator; the patient does not **speak** _______.
(A) English (B) story (C) self (D) aid

Point 我們需要一名翻譯；這名病患不會說英語。

單字速記
★ **English** [`ɪŋglɪʃ ] 名 英語 相關 **Mandarin** [ `mændərɪn] 名 北京話
☆ **story** [`storɪ ] 名 故事；樓層 衍生 **storyteller** [ `storɪ͵tɛlɚ] 名 說故事的人
★ **self** [sɛlf] 名 自我 片語 **self snapshot** 自拍
☆ **aid** [ed] 名 動 援助；幫助 同義 **help** [hɛlp]

(　) 114. Can you ______ this four-letter word?
(A) believe (B) forget (C) turn (D) spell

Point 你可以拼出這個四字母單字嗎？

單字速記
- ★ **believe** [bɪˋliv] 動 相信 片語 **make believe** 假裝
- ☆ **forget** [fɚˋgɛt] 動 忘記 片語 **forget oneself** 失去理智
- ★ **turn** [tɝn] 動 名 轉 片語 **turn off** 關掉
- ☆ **spell** [spɛl] 動 用字母拼 片語 **spelling bee** 拼字比賽

(　) 115. How's the ______ in Southeast Asia today?
(A) weather (B) east (C) north (D) south

Point 今天東南亞的天氣如何？

單字速記
- ★ **weather** [ˋwɛðɚ] 名 天氣 動 風化 片語 **weather center** 氣象中心
- ☆ **east** [ist] 名 東方 副 向東方 反義 **west** [wɛst] 名 西方 副 向西方
- ★ **north** [nɔrθ] 副 向北方 名 北方 片語 **north by east** 北偏東方向
- ☆ **south** [saʊθ] 名 南方 副 向南 反義 **north** [nɔrθ] 名 北方 副 向北方

(　) 116. Mark Twain is my favorite ______.
(A) stone (B) writer (C) sister (D) movement

Point 馬克吐溫是我所喜愛的作家。

單字速記
- ★ **stone** [ston] 名 石頭 動 向…扔石頭 片語 **precious stone** 寶石
- ☆ **writer** [ˋraɪtɚ] 名 作家 片語 **sports writer** 體育新聞記者
- ★ **sister** [ˋsɪstɚ] 名 姐妹 片語 **sister school** 姐妹校
- ☆ **movement** [ˋmuvmənt] 名 活動；運動 同義 **activity** [ækˋtɪvətɪ]

(　) 117. There are all kinds of animals **in the** ______.
(A) Christmas (B) ocean (C) ear (D) tub

Point 在海洋中有各式各樣的動物。

單字速記
- ★ **Christmas/Xmas** [ˋkrɪsməs] 名 聖誕節 片語 **Christmas tree** 聖誕樹
- ☆ **ocean** [ˋoʃən] 名 海洋 同義 **sea** [si]
- ★ **ear** [ɪr] 名 耳朵 片語 **give ear to** 傾聽
- ☆ **tub** [tʌb] 名 盆；桶 片語 **twin tub** 雙槽式洗衣機

( ) 118. He beat all the runners in the ______ **race** and won first place.
(A) correct (B) yucky (C) final (D) dead

Point 他在決賽中勝過所有跑者，奪得第一名。

單字速記

★ **correct** [kəˋrɛkt] 形 正確的 動 改正 反義 **wrong** [rɔŋ] 形 錯誤的
☆ **yucky** [jʌkɪ] 形 令人厭惡的；噁心的 相關 **yuck** [jʌk] 名 討厭的東西
★ **final** [ˋfaɪnḷ] 形 最終的 名 決賽；期末考 衍生 **finale** [fɪˋnɑlɪ] 名 結尾
☆ **dead** [dɛd] 形 死的 片語 **dead-end street** 死巷；死胡同

( ) 119. The stewed pineapple tastes ______ even with sugar on it.
(A) sweet (B) difficult (C) sour (D) sick

Point 燉鳳梨加了糖後，吃起來還是酸的。

單字速記

★ **sweet** [swit] 形 甜的 片語 **sweet corn** 甜玉米
☆ **difficult** [ˋdɪfə͵kəlt] 形 困難的 衍生 **difficulty** [ˋdɪfə͵kəltɪ] 名 困難
★ **sour** [ˋsaʊr] 形 酸的 名 酸 片語 **sour grapes** 酸葡萄心理
☆ **sick** [sɪk] 形 生病的 衍生 **sickness** [ˋsɪknɪs] 名 患病

( ) 120. She ______ **out loud** with fear and disappointment.
(A) cried (B) holded (C) jumped (D) gave

Point 她因恐懼和失望而放聲哭喊。

單字速記

★ **cry** [kraɪ] 動 哭喊 名 哭聲 片語 **cry for the moon** 想要要不到的東西
☆ **hold** [hold] 動 持有；舉行 名 握住 片語 **hold back** 抑制
★ **jump** [dʒʌmp] 動 名 跳躍 片語 **jump a queue** 插隊
☆ **give** [gɪv] 動 給予 片語 **give a hand** 幫助

Answer Key 91-120

91~95 ➤ A D D A D	96~100 ➤ B A C A C	101~105 ➤ A C D A B
106~110 ➤ A C A B A	111~115 ➤ D C A D A	116~120 ➤ B B C C A

ROUND 5 Question 121～150

MP3 1-05

( ) 121. Mark has _______ in the country for ten years.
(A) needed (B) filled (C) walked (D) lived

Point 馬克已經在鄉下住了十年。

單字速記

★ **need** [nid] 動 名 需要 片語 **in need** 在窮困中的
☆ **fill** [fɪl] 動 填滿 名 足夠 片語 **fill out** 填寫
★ **walk** [wɔk] 名 散步 動 走 片語 **walk over** 輕易地勝過
☆ **live** [lɪv] 動 生存 形 [laɪv] 活的 衍生 **livelihood** [ˋlaɪvlɪˌhʊd] 名 生計

( ) 122. Despite the advancement of modern science, some parts of the _______ **body** are still mysteries.
(A) child (B) human (C) kid (D) wedding

Point 儘管現代科學進步，人體的某些部分仍然成謎。

單字速記

★ **child** [tʃaɪld] 名 小孩 片語 **child abuse** 兒童虐待
☆ **human** [ˋhjumən] 名 人 形 人類的 片語 **human being** 人；人類
★ **kid** [kɪd] 名 小孩 動 戲弄 片語 **school kid** 學齡兒童
☆ **wedding** [ˋwɛdɪŋ] 名 婚禮 片語 **wedding march** 婚禮進行曲

( ) 123. _______ is Michael's favorite sport.
(A) Baseball (B) Park (C) Card (D) Playground

Point 棒球是麥克最喜愛的運動。

單字速記

★ **baseball** [ˋbesˌbɔl] 名 棒球 片語 **baseball cap** 棒球帽
☆ **park** [pɑrk] 名 公園 片語 **theme park** 主題樂園
★ **card** [kɑrd] 名 卡片 片語 **credit card** 信用卡
☆ **playground** [ˋpleˌgraʊnd] 名 運動場 近義 **stadium** [ˋstedɪəm] 名 體育館

( ) 124. We heard a _______ **cry** at midnight.
(A) white (B) yellow (C) loud (D) green

Point 我們在午夜聽見大聲的喊叫。

單字速記
- ★ **white** [hwaɪt] 形 白色的 名 白色 片語 **white flag** 白旗；降旗
- ☆ **yellow** [ˋjɛlo] 形 黃色的 名 黃色 片語 **yellow pages** (工商分類)黃頁
- ★ **loud** [laʊd] 形 大聲的 副 大聲地 同義 **thunderous** [ˋθʌndərəs]
- ☆ **green** [ɡrin] 形 綠色的 名 綠色 片語 **green light** (交通號誌)綠燈

( ) 125. Monica likes to _______ **milk** and eat toast as her breakfast every morning.

(A) drink (B) taste (C) cook (D) heat

Point 莫妮卡喜歡每天早上喝牛奶和吃吐司，當作她的早餐。

單字速記
- ★ **drink** [drɪŋk] 動 喝；喝酒 名 飲料 片語 **drink down** 一口氣喝完
- ☆ **taste** [test] 動 嚐 名 味覺 片語 **have a taste for** 愛好
- ★ **cook** [kʊk] 動 煮；烹調 名 廚師 片語 **cooking oil** 植物油
- ☆ **heat** [hit] 動 加熱 名 熱度 衍生 **preheat** [ˋprihit] 動 預熱

( ) 126. I have been interested in _______ **literature** since I was young.

(A) west (B) north (C) western (D) east

Point 自年輕時，我就對西洋文學有興趣。

單字速記
- ★ **west** [wɛst] 副 向西方 名 西方 片語 **West End** 倫敦西區
- ☆ **north** [nɔrθ] 副 向北方 名 北方 反義 **south** [saʊθ] 名 南；南方
- ★ **western** [ˋwɛstən] 形 西方的 名 西方人
- ☆ **east** [ist] 名 東方 副 向東方 片語 **Middle East** 中東

( ) 127. Let's go to the zoo to see the _______ eating bananas tomorrow!

(A) apes (B) cats (C) cows (D) dogs

Point 明天一起去動物園看猿猴吃香蕉吧！

單字速記
- ★ **ape** [ep] 名 猿猴 動 模仿 衍生 **ape-man** [ˋep͵mæn] 名 猿人
- ☆ **cat** [kæt] 名 貓 諺語 **Curiosity killed the cat.** 好奇心殺死貓。
- ★ **cow** [kaʊ] 名 乳牛 片語 **sea cow** 海牛；海象
- ☆ **dog** [dɔɡ] 名 狗 片語 **hot dog** 熱狗

( ) 128. _______ can carry goods and people across the desert.
(A) Cubs (B) Deers (C) Camels (D) Animals

Point 駱駝可以載運貨物和人橫越沙漠。

單字速記
★ **cub** [kʌb] 名 幼獸 片語 **cub scout** 幼童軍
☆ **deer** [dɪr] 名 鹿
★ **camel** [`kæml̩] 名 駱駝 片語 **Bactrian camel** 雙峰駝
☆ **animal** [`ænəml̩] 名 動物 片語 **animal protection** 動物保護

( ) 129. A/An _______ has a long trunk and two large ears.
(A) horse (B) kitten (C) lamb (D) elephant

Point 大象有一條長鼻子和兩片大耳朵。

單字速記
★ **horse** [hɔrs] 名 馬 片語 **horse racing** 賽馬
☆ **kitten** [`kɪtn̩ ] 名 小貓 衍生 **kittenish** [ `kɪtn̩ɪʃ] 形 小貓似的
★ **lamb** [læm] 名 小羊 動 生小羊 片語 **like a lamb** 順從地
☆ **elephant** [`ɛləfənt] 名 大象 片語 **elephant seal** 海象

( ) 130. That _______ leaped over the fence and trotted away.
(A) mouse (B) pig (C) rat (D) horse

Point 那隻馬跳過柵欄奔走。

單字速記
★ **mouse** [maʊs] 名 老鼠 片語 **mouse potato** 滑鼠馬鈴薯(網路沉迷者)
☆ **pig** [pɪg] 名 豬 動 生小豬 片語 **when pigs fly** 決不可能
★ **rat** [ræt] 名 老鼠 片語 **rat trap** 捕鼠夾
☆ **horse** [hɔrs] 名 馬 片語 **sea horse** 海馬

( ) 131. The shepherd and the dog **herded the** _______ into the pen.
(A) sheep (B) snakes (C) lions (D) monkeys

Point 牧羊人和狗趕羊進柵欄裡。

單字速記
★ **sheep** [ʃip] 名 羊 片語 **sheep dog** 牧羊犬
☆ **snake** [snek] 名 蛇 動 蛇行 片語 **snakes and ladders** 蛇梯棋(遊戲)
★ **lion** [`laɪən] 名 獅子 片語 **sea lion** 海獅
☆ **monkey** [`mʌŋkɪ] 名 猴；猿 動 搗蛋 片語 **monkey about** 胡鬧

(　) 132. The ______ roared loudly with anger.
(A) fish (B) frog (C) shark (D) tiger

Point 這隻老虎生氣得大聲吼叫。

單字速記
- ★ **fish** [fɪʃ] 名 魚 動 釣魚 片語 **fish and chips** 炸魚和馬鈴薯條
- ☆ **frog** [frɑg] 名 青蛙 片語 **frog kick** 蛙式
- ★ **shark** [`ʃɑrk] 名 鯊魚；詐騙者 片語 **loan shark** 放高利貸者
- ☆ **tiger** [`taɪgɚ] 名 老虎 片語 **paper tiger** 紙老虎；外強中乾者

(　) 133. The ______ walking behind the hen is the smallest.
(A) crow (B) chick (C) dove (D) duckling

Point 走在母雞後面的那隻小雞是最瘦小的。

單字速記
- ★ **crow** [kro] 名 烏鴉 動 啼叫 片語 **white crow** 罕見的事物
- ☆ **chick** [tʃɪk] 名 小雞 衍生 **chicken** [`tʃɪkɪn] 名 雞
- ★ **dove** [dʌv] 名 鴿子 片語 **turtle dove** 斑鳩
- ☆ **duckling** [`dʌklɪŋ] 名 小鴨 相關 **duck** [dʌk] 名 鴨

(　) 134. I couldn't tell ______ from hawks.
(A) eagles (B) flies (C) ducks (D) geese

Point 我不會分辨老鷹和隼。

單字速記
- ★ **eagle** [`igḷ] 名 老鷹 片語 **eagle eye** 銳利的目光
- ☆ **fly** [flaɪ] 動 飛 名 蒼蠅 片語 **fly swatter** 蒼蠅拍
- ★ **duck** [dʌk] 名 鴨子 動 突然低下 片語 **mandarin duck** 鴛鴦
- ☆ **goose** [gus] 名 鵝 片語 **cook one's goose** 破壞某人的計畫

(　) 135. The ______ strutted slowly across the yard.
(A) ant (B) rooster (C) bee (D) bug

Point 這隻公雞慢慢地昂首闊步穿過院子。

單字速記
- ★ **ant** [ænt] 名 螞蟻 片語 **white ant** 白蟻
- ☆ **rooster** [`rustɚ] 名 公雞 同義 **cock** [kɑk]
- ★ **bee** [bi] 名 蜜蜂 片語 **queen bee** 蜂王
- ☆ **bug** [bʌg] 名 小蟲 動 煩擾 片語 **lightning bug** 螢火蟲

(　) 136. Caring for a ______ goes far beyond feeding it.
(A) pet (B) tail (C) worm (D) bug

Point 照顧寵物不光是飼養牠而已。

單字速記
- ★ **pet** [pɛt] 名 寵物 動 鍾愛；撫弄 片語 **pet shop** 寵物商店
- ☆ **tail** [tel] 名 尾巴 動 跟蹤 片語 **tail pipe** 排氣管
- ★ **worm** [wɜm] 名 蟲 動 蠕行 衍生 **worm-eaten** [`wɜm͵itn̩] 形 蟲蛀的
- ☆ **bug** [bʌg] 名 小蟲 動 煩擾 片語 **millennium bug** (電腦的)千禧蟲

(　) 137. There are many **dead** ______ falling off of the tree.
(A) grass (B) lilies (C) plants (D) leaves

Point 有很多枯葉從樹上落下。

單字速記
- ★ **grass** [græs] 名 草 片語 **grass skiing** 滑草
- ☆ **lily** [`lɪlɪ] 名 百合 片語 **water lily** 睡蓮；荷花
- ★ **plant** [plænt] 名 植物；工廠 動 栽種 片語 **plant pot** 花盆
- ☆ **leaf** [lif] 名 葉 動 長葉 片語 **tea leaf** 茶葉

(　) 138. He stumbled over a **tree's** ______ and twisted his ankle.
(A) root (B) seed (C) cage (D) town

Point 他被樹根絆倒，扭傷了腳踝。

單字速記
- ★ **root** [rut] 名 根；根源 動 生根 片語 **lotus root** 蓮藕
- ☆ **seed** [sid] 名 種子 動 播種 片語 **seed plant** 種子植物
- ★ **cage** [kedʒ] 名 籠子 動 關入籠中
- ☆ **town** [taʊn] 名 鎮 片語 **town hall** 鎮公所；市政府

(　) 139. The great hall was decorated with **red** ______ and white lilies.
(A) trees (B) beaches (C) roses (D) coasts

Point 大廳裡裝飾著紅玫瑰和白百合。

單字速記
- ★ **tree** [tri] 名 樹 近義 **shrub** [ʃrʌb] 名 灌木
- ☆ **beach** [bitʃ] 名 海灘 動 上岸 片語 **beach volleyball** 沙灘排球
- ★ **rose** [roz] 名 玫瑰花 片語 **rose pink** 淡粉紅色
- ☆ **coast** [kost] 名 海岸 片語 **coast guard** 海岸警察

( ) 140. The wind _______ **away** the seeds of the dandelion.
(A) dried (B) fired (C) wasted (D) blew

Point 風吹走了這株蒲公英的種子。

單字速記
- ★ **dry** [draɪ] 形 乾燥的 動 乾燥 片語 **dry up** 乾涸
- ☆ **fire** [`faɪr] 名 火 動 開炮；解雇 片語 **fire extinguisher** 滅火器
- ★ **waste** [west] 動 名 浪費 衍生 **wastebasket** [`west͵bæskɪt] 名 廢紙簍
- ☆ **blow** [blo] 動 名 吹 片語 **blow a fire** 煽動

( ) 141. Let's look at the sky and observe the varied shapes of the _______.
(A) flowers (B) fog (C) clouds (D) butterflies

Point 我們來看看天空，觀察雲的各種形狀。

單字速記
- ★ **flower** [`flauɚ ] 名 花 動 開花 同義 **blossom** [ `blɑsəm]
- ☆ **fog** [fɑg] 名 霧 動 使困惑 片語 **fog lamp** (汽車的)霧燈
- ★ **cloud** [klaud] 名 雲 動 烏雲密佈 片語 **cloud over** 佈滿雲；陰沉
- ☆ **butterfly** [`bʌtɚ͵flaɪ] 名 蝴蝶 片語 **butterfly effect** 蝴蝶效應

( ) 142. There might be many unknown creatures in **tropical** _______.
(A) forests (B) ground (C) hills (D) ponds

Point 熱帶森林裡可能存在著許多未知生物。

單字速記
- ★ **forest** [`fɔrɪst] 名 森林 片語 **urban forest** 城市森林
- ☆ **ground** [graund] 名 地面 動 落地 片語 **ground water** 地下水
- ★ **hill** [hɪl] 名 小山；丘陵 片語 **over the hill** (情況)走下坡
- ☆ **pond** [pɑnd] 名 池塘 同義 **pool** [pul]

( ) 143. Yushan is the highest _______ in Taiwan.
(A) land (B) lake (C) mountain (D) scene

Point 玉山是臺灣最高的山。

單字速記
- ★ **land** [lænd] 名 土地 動 登陸 片語 **land agent** 地產經紀人
- ☆ **lake** [lek] 名 湖 片語 **Lake District** (英格蘭西北部)湖區
- ★ **mountain** [`mauntn̩] 名 山 片語 **mountain bicycle** 登山自行車
- ☆ **scene** [sin] 名 風景 衍生 **scenery** [`sinərɪ] 名 景色

( ) 144. The phenomenon of "red rain" in India is unique **in** ______.
(A) rain (B) nature (C) rainbow (D) rock

Point 印度的「紅雨」現象在自然界很罕見。

單字速記
★ **rain** [ren] 名 雨 動 下雨 片語 **heavy rain** 暴雨
☆ **nature** [`netʃɚ] 名 自然界；自然 片語 **human nature** 人性
★ **rainbow** [`ren͵bo] 名 彩虹 片語 **chase after rainbows** 想入非非
☆ **rock** [rɑk] 名 岩石 動 搖動 片語 **rock climbing** 攀岩運動

( ) 145. Most of the earth's surface is covered by ______.
(A) shore (B) sky (C) wood (D) sea

Point 地球表面大部分被海洋覆蓋。

單字速記
★ **shore** [ʃor] 名 岸；濱 同義 **coast** [kost]
☆ **sky** [skaɪ] 名 天空 片語 **pie in the sky** 遙不可及的夢
★ **wood** [wʊd] 名 木材 片語 **wood carving** 木雕
☆ **sea** [si] 名 海 同義 **ocean** [`oʃən]

( ) 146. The ten inches of ______ blocked roads.
(A) sun (B) wind (C) air (D) snow

Point 十吋深的雪阻塞了道路。

單字速記
★ **sun** [sʌn] 名 太陽 動 曬 衍生 **sunscreen** [`sʌn͵skrin] 名 防曬乳
☆ **wind** [wɪnd] 名 風 動 [waɪnd] 上緊發條 片語 **wind chime** 風鈴
★ **air** [ɛr] 名 空氣 片語 **air conditioner** 冷氣機
☆ **snow** [sno] 名 雪 動 下雪 衍生 **snowy** [snoɪ] 形 下雪的；雪白的

( ) 147. I went to Taipei **by** ______ last Sunday.
(A) airport (B) airplane (C) balloon (D) pool

Point 我上週日搭飛機去台北。

單字速記
★ **airport** [`ɛr͵port] 名 機場 片語 **airport tax** 機場稅
☆ **airplane** [`ɛr͵plen] 名 飛機 片語 **airplane mode** 飛行模式
★ **balloon** [bə`lun] 名 氣球 動 膨脹 片語 **pilot balloon** 測風氣球
☆ **pool** [pul] 名 水池；撞球 動 合資經營 片語 **pool table** 撞球桌

1 Round
2 Round
3 Round
4 Round
5 Round
6 Round
7 Round
8 Round
9 Round
10 Round

( ) 148. The **clear** ______ runs through the forest.

(A) ship (B) river (C) boat (D) sail

Point 清澈的小河流過這座森林。

單字速記

★ **ship** [ʃɪp] 名 大船 動 運送 片語 **cruise ship** 遊輪

☆ **river** [ˋrɪvɚ] 名 河；巨流 片語 **river bank** 河岸

★ **boat** [bot] 名 小船 片語 **life boat** 救生艇

☆ **sail** [sel] 動 名 航行 衍生 **sailor** [ˋselɚ] 名 水手

( ) 149. The **general** ______ is not allowed to enter the Senate chamber.

(A) country (B) nation (C) public (D) city

Point 一般民眾不准進入參議院的會議廳。

單字速記

★ **country** [ˋkʌntrɪ] 名 國家；鄉下 片語 **country club** 鄉村俱樂部

☆ **nation** [ˋneʃən] 名 國家 片語 **the United Nations** 聯合國

★ **public** [ˋpʌblɪk] 名 公眾 形 公開的 片語 **public telephone** 公共電話

☆ **city** [ˋsɪtɪ] 名 城市 片語 **city hall** 市政廳

( ) 150. A/An ______ came and asked us some questions.

(A) policeman (B) police (C) army (D) station

Point 一位警察來問了我們一些問題。

單字速記

★ **policeman** [pəˋlismən] 名 警察 片語 **traffic policeman** 交通警察

☆ **police** [pəˋlis] 名 警方 動 維持治安 片語 **police officer** 警員；警官

★ **army** [ˋɑrmɪ] 名 軍隊 片語 **standing army** 常備軍；現役部隊

☆ **station** [ˋsteʃən] 名 車站 動 駐紮 片語 **metro station** 地鐵站

Answer Key 121-150

121~125 D B A C A 126~130 C A C D D 131~135 A D B A B

136~140 A D A C D 141~145 C A C B D 146~150 D B B C A

ROUND 6 Question 151～180

(　) 151. He secretly _______ **in court** last Thursday.
(A) proved　(B) appeared　(C) viewed　(D) drove

Point 上週四他祕密出庭。

★ **prove** [pruv] 動 證實 同義 **verify** [\`vɛrəfaɪ]
☆ **appear** [ə\`pɪr ] 動 出庭；出現 反義 **disappear** [ ˌdɪsə\`pɪr] 動 消失
★ **view** [vju] 名 景觀 動 觀看 同義 **sight** [saɪt] 名 景色 動 察看
☆ **drive** [draɪv] 動 駕駛 名 兜風；驅力 片語 **test drive** 試車

(　) 152. He was commissioned to be **police** _______ at the age of 48.
(A) chief　(B) king　(C) queen　(D) army

Point 他四十八歲時被任命為警察總長。

★ **chief** [tʃif] 名 首領 形 主要的 同義 **leader** [\`lidɚ] 名 領袖
☆ **king** [kɪŋ] 名 國王 衍生 **kingdom** [\`kɪŋdəm] 名 王國
★ **queen** [\`kwin] 名 女王；皇后 片語 **beauty queen** 選美皇后
☆ **army** [\`ɑrmɪ ] 名 軍隊 同義 **military** [ \`mɪləˌtɛrɪ]

(　) 153. It is reported that over 100 soldiers were killed **in the** _______.
(A) gun　(B) war　(C) floor　(D) roof

Point 據報導，在這場戰爭中超過一百名士兵喪命。

★ **gun** [gʌn] 動 開槍；射擊 名 槍；砲 片語 **gun dog** 獵狗
☆ **war** [wɔr] 名 戰爭 動 打仗 片語 **war criminal** 戰犯
★ **floor** [flor] 名 地板 動 鋪設地板 反義 **ceiling** [\`silɪŋ] 名 天花板
☆ **roof** [ruf] 名 屋頂 動 覆蓋 片語 **roof garden** 屋頂花園

(　) 154. People crowded into that **office** _______ every weekday morning.
(A) building　(B) build　(C) bridge　(D) block

Point 每個平常日的早晨，人們擠進那棟辦公大樓。

單字速記

★ **building** [`bɪldɪŋ] 名 建築物；大樓 片語 **green building** 綠建築
☆ **build** [bɪld] 動 建立 片語 **build a fire** 生火
★ **bridge** [brɪdʒ] 名 橋 動 架橋於 片語 **suspension bridge** 吊橋
☆ **block** [blɑk] 名 街區 動 阻塞；封鎖 片語 **block letter** 大寫字體

( ) 155. The _______ connects two big cities.
(A) bicycle (B) taxi (C) railroad (D) bus

Point 這條鐵路連接兩座大城市。

單字速記

★ **bicycle** [`baɪsɪkḷ] 名 自行車 同義 **bike** [baɪk]
☆ **taxi** [`tæksɪ] 名 計程車 同義 **cab** [kæb]
★ **railroad** [`rel͵rod] 名 鐵路 片語 **railroad tunnel** 鐵路隧道
☆ **bus** [bʌs] 名 公車 動 乘公車 片語 **coach bus** 長途巴士

( ) 156. I queued for half an hour to buy a _______ for the journey to Cologne.
(A) ticket (B) train (C) car (D) ride

Point 我排隊半小時，買到前往科隆的車票。

單字速記

★ **ticket** [`tɪkɪt] 名 票 動 開罰單 片語 **full-fare ticket** 全價票
☆ **train** [tren] 名 火車 動 訓練 片語 **train operator** 火車司機
★ **car** [kɑr] 名 汽車 片語 **car alarm** 汽車防盜系統
☆ **ride** [raɪd] 動 騎；乘 名 騎乘 衍生 **free-ride** [`fri͵raɪd] 動 搭便車

( ) 157. Peter's fiancée has _______ been there for him after his right leg was paralyzed.
(A) again (B) almost (C) always (D) already

Point 彼得右腳癱瘓後，他的未婚妻一直不離不棄。

單字速記

★ **again** [ə`gɛn] 副 再次 片語 **now and again** 偶爾
☆ **almost** [`ɔl͵most ] 副 幾乎 同義 **nearly** [ `nɪrlɪ]
★ **always** [`ɔlwez ] 副 總是 反義 **seldom** [ `sɛldəm] 副 不常
☆ **already** [ɔl`rɛdɪ] 副 已經 反義 **yet** [jɛt] 副 還(沒)

( ) 158. _______ is my favorite **season**.

(A) April (B) August (C) December (D) Autumn

Point 秋天是我最喜愛的季節。

單字速記
★ **April/Apr.** [`eprəl] 名 四月 片語 **April Fool's Day** 愚人節
☆ **August/Aug.** [`ɔgəst] 名 八月
★ **December/Dec.** [dɪ`sɛmbɚ] 名 十二月
☆ **autumn** [`ɔtəm] 名 秋季 片語 **Mid-Autumn Festival** 中秋節

( ) 159. Olivia got up **very** ______ this morning.
(A) early (B) age (C) ago (D) again

Point 奧莉薇亞今天很早起床。

單字速記
★ **early** [`ɝlɪ] 形 早的 副 早地 片語 **early bird** 早起者
☆ **age** [edʒ] 名 年齡 動 使變老 衍生 **teenage** [`tin,edʒ] 形 十幾歲的
★ **ago** [ə`go ] 副 在…以前 衍生 **long-ago** [ `lɔŋə`go] 形 以前的
☆ **again** [ə`gɛn] 副 再次 片語 **again and again** 再三地

( ) 160. Valentine's Day is **in** ______.
(A) Friday (B) January (C) June (D) February

Point 情人節在二月。

單字速記
★ **Friday/Fri.** [`fraɪde] 名 星期五 片語 **Black Friday** 黑色星期五
☆ **January/Jan.** [`dʒænjʊ,ɛrɪ] 名 一月
★ **June/Jun.** [dʒun] 名 六月
☆ **February/Feb.** [`fɛbrʊ,ɛrɪ] 名 二月

( ) 161. Billy goes to the countryside **one** ______ a week to visit his mother.
(A) date (B) day (C) fall (D) spring

Point 比利每個星期會有一天回鄉探望他母親。

單字速記
★ **date** [det] 名 日期 動 約會 片語 **date of birth** 出生日期
☆ **day** [de] 名 日；白天 同義 **daytime** [`de,taɪm]
★ **fall** [fɔl] 名 秋天 動 落下 同義 **autumn** [`ɔtəm]
☆ **spring** [sprɪŋ] 名 春天；泉 動 跳躍 片語 **Spring Festival** 春節；農曆新年

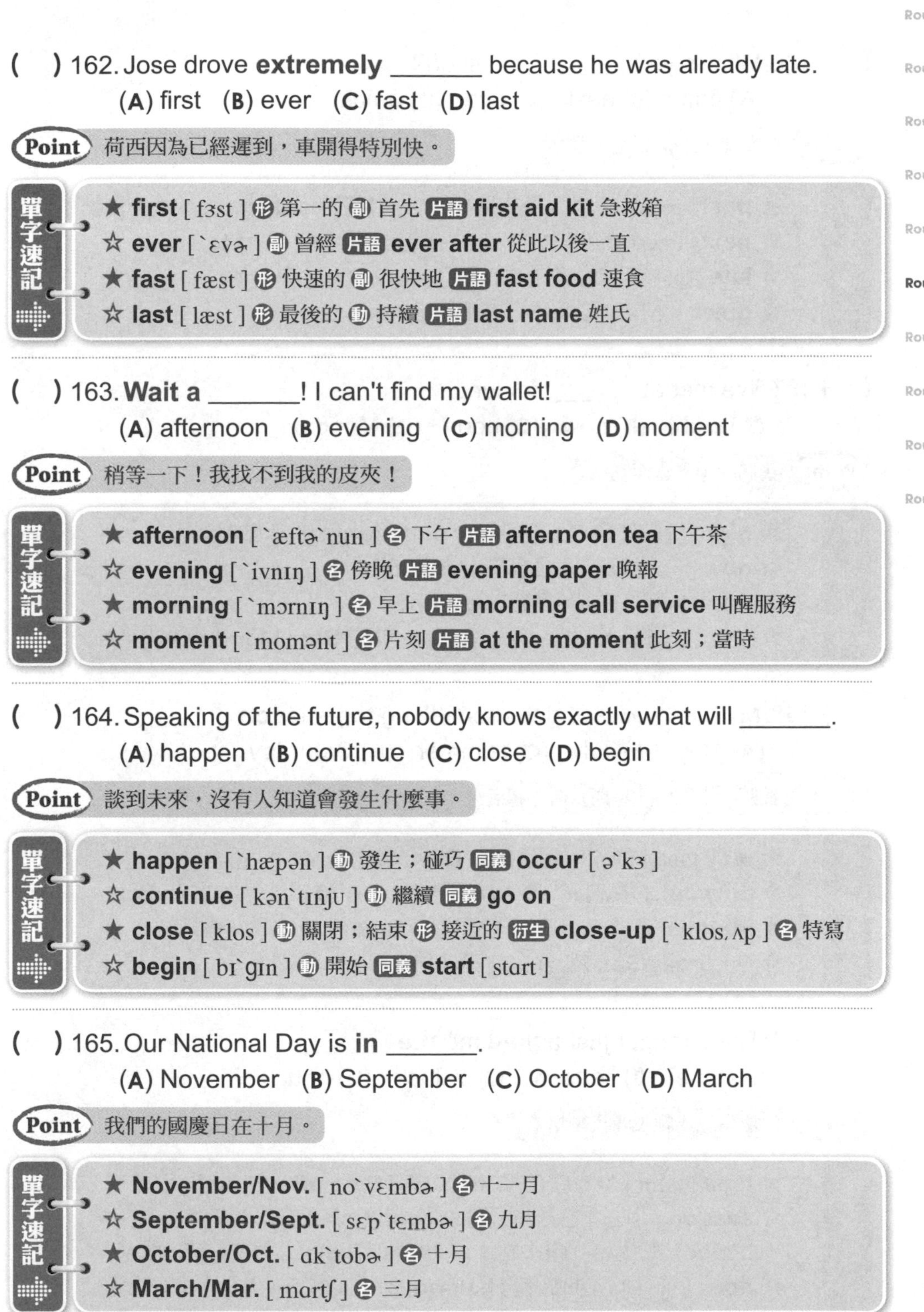

(　) 162. Jose drove **extremely** _______ because he was already late.
(A) first (B) ever (C) fast (D) last

Point 荷西因為已經遲到，車開得特別快。

單字速記
- ★ **first** [fɝst] 形 第一的 副 首先 片語 **first aid kit** 急救箱
- ☆ **ever** [ˋɛvɚ] 副 曾經 片語 **ever after** 從此以後一直
- ★ **fast** [fæst] 形 快速的 副 很快地 片語 **fast food** 速食
- ☆ **last** [læst] 形 最後的 動 持續 片語 **last name** 姓氏

(　) 163. **Wait a** _______! I can't find my wallet!
(A) afternoon (B) evening (C) morning (D) moment

Point 稍等一下！我找不到我的皮夾！

單字速記
- ★ **afternoon** [ˋæftɚˋnun] 名 下午 片語 **afternoon tea** 下午茶
- ☆ **evening** [ˋivnɪŋ] 名 傍晚 片語 **evening paper** 晚報
- ★ **morning** [ˋmɔrnɪŋ] 名 早上 片語 **morning call service** 叫醒服務
- ☆ **moment** [ˋmomənt] 名 片刻 片語 **at the moment** 此刻；當時

(　) 164. Speaking of the future, nobody knows exactly what will _______.
(A) happen (B) continue (C) close (D) begin

Point 談到未來，沒有人知道會發生什麼事。

單字速記
- ★ **happen** [ˋhæpən] 動 發生；碰巧 同義 **occur** [əˋkɝ]
- ☆ **continue** [kənˋtɪnjʊ] 動 繼續 同義 **go on**
- ★ **close** [klos] 動 關閉；結束 形 接近的 衍生 **close-up** [ˋklos͵ʌp] 名 特寫
- ☆ **begin** [bɪˋgɪn] 動 開始 同義 **start** [stɑrt]

(　) 165. Our National Day is **in** _______.
(A) November (B) September (C) October (D) March

Point 我們的國慶日在十月。

單字速記
- ★ **November/Nov.** [noˋvɛmbɚ] 名 十一月
- ☆ **September/Sept.** [sɛpˋtɛmbɚ] 名 九月
- ★ **October/Oct.** [ɑkˋtobɚ] 名 十月
- ☆ **March/Mar.** [mɑrtʃ] 名 三月

( ) 166. What's your ______ question?
(A) past (B) next (C) late (D) quick

Point 你的下一個問題是什麼？

單字速記
★ **past** [pæst] 名 過去 介 經過 形 過去的 片語 **past all reason** 不合理的
☆ **next** [nɛkst] 形 其次的；接下去的 副 然後 片語 **next to** 緊鄰著
★ **late** [let] 形 遲的 副 遲到地 反義 **early** [`ɝlɪ] 形 早的
☆ **quick** [kwɪk] 形 快的 副 快地 同義 **fast** [fæst]

( ) 167. We met **at** ______ for lunch.
(A) night (B) now (C) noon (D) Monday

Point 我們在中午碰面吃午餐。

單字速記
★ **night** [naɪt] 名 晚上 片語 **day and night** 日以繼夜地
☆ **now** [naʊ] 名 副 現在 同義 **presently** [`prɛzn̩tlɪ]
★ **noon** [nun] 名 中午 片語 **high noon** 正午
☆ **Monday/Mon.** [`mʌnde] 名 星期一 片語 **Blue Monday** 憂鬱星期一

( ) 168. My family always does something together **on** ______.
(A) May (B) July (C) summer (D) Saturday

Point 我們全家總會在星期六時一起活動。

單字速記
★ **May** [me] 名 五月 片語 **May Day** 國際勞動節
☆ **July/Jul.** [dʒu`laɪ] 名 七月 片語 **Fourth of July** 美國獨立紀念日
★ **summer** [`sʌmɚ] 名 夏天 片語 **summer camp** 夏令營
☆ **Saturday/Sat.** [`sætɚde] 名 星期六

( ) 169. The stranger just **asked** me **the** ______.
(A) time (B) season (C) o'clock (D) hour

Point 這位陌生人剛才問我幾點了。

單字速記
★ **time** [taɪm] 名 時間 動 安排時間 片語 **time after time** 多次
☆ **season** [`sizn̩] 名 季節 片語 **season ticket** 長期季票
★ **o'clock** [ə`klɑk] 名 …點鐘；…點整 相關 **clock** [klɑk] 名 時鐘
☆ **hour** [`aʊɚ ] 名 小時 衍生 **half-hour** [ `hæf,aʊr] 名 形 半小時(的)

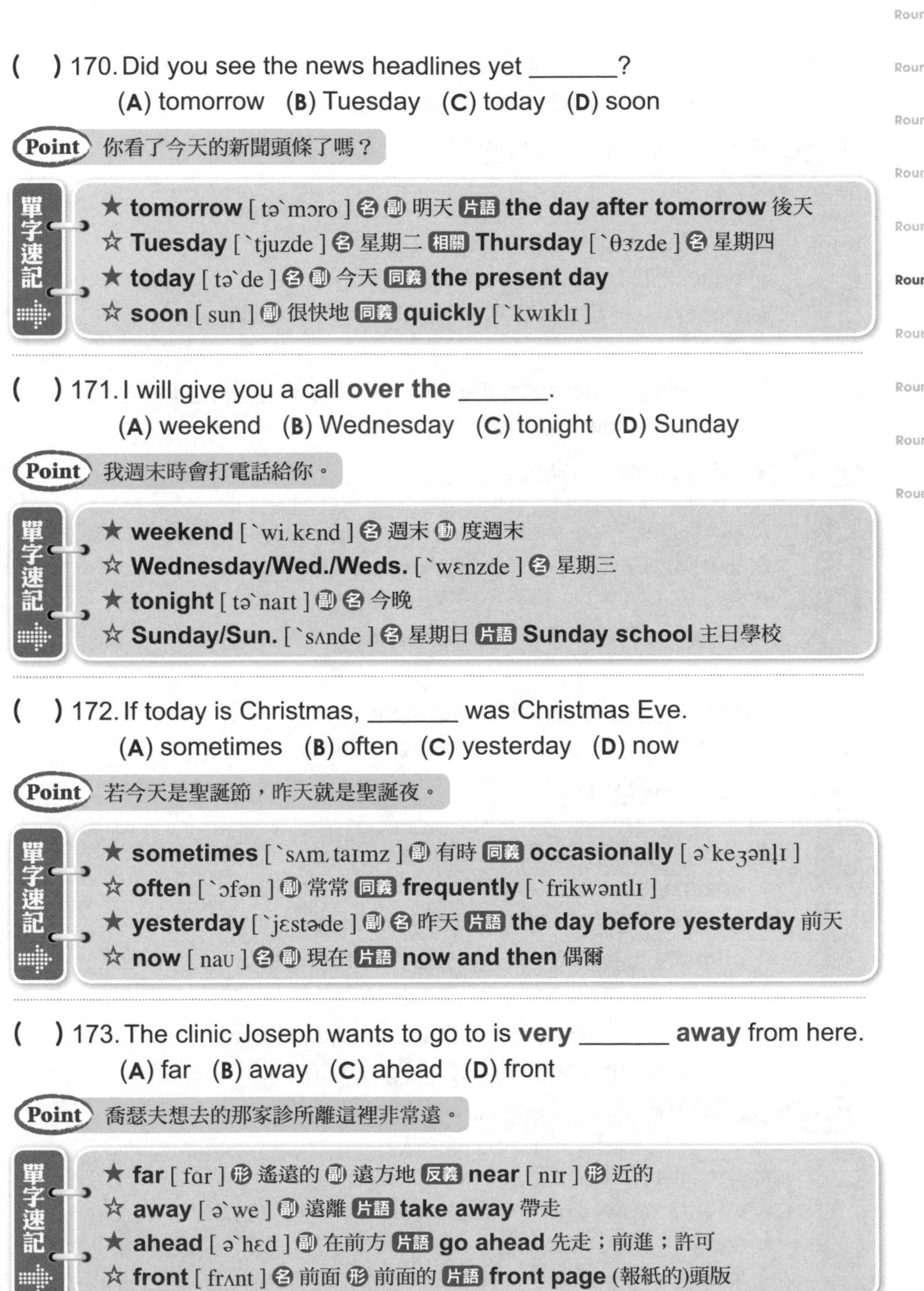

(　) 170. Did you see the news headlines yet ______?
(A) tomorrow (B) Tuesday (C) today (D) soon

Point 你看了今天的新聞頭條了嗎？

單字速記
- ★ **tomorrow** [tə`mɔro] 名 副 明天 片語 **the day after tomorrow** 後天
- ☆ **Tuesday** [`tjuzde ] 名 星期二 相關 **Thursday** [ `θɜzde] 名 星期四
- ★ **today** [tə`de] 名 副 今天 同義 **the present day**
- ☆ **soon** [sun] 副 很快地 同義 **quickly** [`kwɪklɪ]

(　) 171. I will give you a call **over the** ______.
(A) weekend (B) Wednesday (C) tonight (D) Sunday

Point 我週末時會打電話給你。

單字速記
- ★ **weekend** [`wi͵kɛnd] 名 週末 動 度週末
- ☆ **Wednesday/Wed./Weds.** [`wɛnzde] 名 星期三
- ★ **tonight** [tə`naɪt] 副 名 今晚
- ☆ **Sunday/Sun.** [`sʌnde] 名 星期日 片語 **Sunday school** 主日學校

(　) 172. If today is Christmas, ______ was Christmas Eve.
(A) sometimes (B) often (C) yesterday (D) now

Point 若今天是聖誕節，昨天就是聖誕夜。

單字速記
- ★ **sometimes** [`sʌm͵taɪmz ] 副 有時 同義 **occasionally** [ ə`keʒənl̩ɪ]
- ☆ **often** [`ɔfən ] 副 常常 同義 **frequently** [ `frikwəntlɪ]
- ★ **yesterday** [`jɛstəde] 副 名 昨天 片語 **the day before yesterday** 前天
- ☆ **now** [naʊ] 名 副 現在 片語 **now and then** 偶爾

(　) 173. The clinic Joseph wants to go to is **very** ______ **away** from here.
(A) far (B) away (C) ahead (D) front

Point 喬瑟夫想去的那家診所離這裡非常遠。

單字速記
- ★ **far** [fɑr] 形 遙遠的 副 遠方地 反義 **near** [nɪr] 形 近的
- ☆ **away** [ə`we] 副 遠離 片語 **take away** 帶走
- ★ **ahead** [ə`hɛd] 副 在前方 片語 **go ahead** 先走；前進；許可
- ☆ **front** [frʌnt] 名 前面 形 前面的 片語 **front page** (報紙的)頭版

(   ) 174. For safety, we should walk **on the** ______ **of** the street.
(A) middle (B) side (C) edges (D) front

Point 我們在路上要靠邊行走，以策安全。

單字速記
★ **middle** [`mɪdḷ] 形 中間的 動 置中 片語 **middle age** 中年
☆ **side** [saɪd] 名 旁邊 同義 **edge** [ɛdʒ]
★ **edge** [ɛdʒ] 名 邊緣 動 徐徐移動 衍生 **edgy** [`ɛdʒɪ] 形 尖利的
☆ **front** [frʌnt] 名 前面 形 前面的 片語 **front door** 大門

(   ) 175. According to statistics, the birth rate is still ______ this year.
(A) out (B) low (C) rise (D) pass

Point 據統計，今年的出生率仍然是低的。

單字速記
★ **out** [aut] 副 向外；離開 介 通過…而去 片語 **out of control** 失去控制
☆ **low** [lo] 形 低的 副 低低地 片語 **low-income earner** 低收入者
★ **rise** [raɪz] 動 上升 名 升起 片語 **on the rise** 上升中
☆ **pass** [pæs] 動 經過 名 及格 片語 **pass by** 經過

(   ) 176. **One** ______ is equal to twelve inches.
(A) mile (B) dozen (C) foot (D) minute

Point 一英尺等於十二英寸。

單字速記
★ **mile** [maɪl] 名 英里 片語 **sea mile** 浬；海里
☆ **dozen** [`dʌzṇ] 名 一打 片語 **by the dozen** 成打地
★ **foot** [fut] 名 英尺；腳 動 步行 片語 **on foot** 步行
☆ **minute** [`mɪnɪt] 名 分；片刻 片語 **minute hand** 分針

(   ) 177. Frank ______ **to ten** and then opened his eyes.
(A) added (B) counted (C) weighed (D) left

Point 法蘭克數到十，然後張開眼睛。

單字速記
★ **add** [æd] 動 增加 片語 **add up** 把…加起來
☆ **count** [kaunt] 動 名 計數 片語 **count up** 算出…的總數
★ **weigh** [we] 動 秤重 片語 **weigh out** 秤出
☆ **leave** [liv] 動 離開 名 休假 同義 **depart** [dɪ`pɑrt] 動 離去

( ) 178. Twenty minus two leaves ______.
(A) eight (B) eighty (C) eighteen (D) eleven

Point 二十減掉二剩下十八。

單字速記
★ **eight** [et] 名 八 形 八個的
☆ **eighty** [`etɪ] 名 八十 形 八十的
★ **eighteen** [`e`tin] 名 十八 形 十八的
☆ **eleven** [ɪ`lɛvn̩] 名 十一 形 十一的

( ) 179. 2, 4, 6, 8, etc. are ______ **numbers**.
(A) five (B) even (C) wide (D) fourteen

Point 二、四、六、八等是偶數。

單字速記
★ **five** [faɪv] 名 五 形 五的
☆ **even** [`ivən] 形 偶數的；相等的 副 甚至 反義 **odd** [ɑd] 形 單數的
★ **wide** [waɪd] 形 副 寬廣的(地) 衍生 **widen** [`waɪdn̩] 動 放寬
☆ **fourteen** [`for`tin] 名 十四 形 十四的

( ) 180. Adam had his first child **at the age of** ______.
(A) four (B) one hundred (C) forty (D) nine

Point 亞當在四十歲時有了第一個小孩。

單字速記
★ **four** [for] 名 四 形 四的 辨析 **fore** [for] 形 在前部的
☆ **hundred** [`hʌndrəd] 名 百 形 百的 實用 **one hundred** 一百
★ **forty** [`fɔrtɪ] 名 四十 形 四十的
☆ **nine** [naɪn] 名 九 形 九個的

Answer Key 151-180

151~155 B A B A C　156~160 A C D A D　161~165 B C D A C
166~170 B C D A C　171~175 A C A B B　176~180 C B C B C

ROUND

Question 181～210

( ) 181. My uncle wants to retire **at the age of** ______.
(A) fifty (B) fifteen (C) nineteen (D) seventeen

Point 我叔叔想在五十歲時退休。

★ **fifty** [ˋfɪftɪ] 名 五十 形 五十的
☆ **fifteen** [ˋfɪfˋtin] 名 十五 形 十五的
★ **nineteen** [ˋnaɪnˋtin] 名 十九 形 十九的
☆ **seventeen** [ˏsɛvənˋtin] 名 十七 形 十七的

( ) 182. The basketball player is ______ **feet** and three inches tall.
(A) six (B) sixteen (C) sixty (D) ten

Point 這位籃球員六呎三吋高。

★ **six** [sɪks] 名 六 形 六的
☆ **sixteen** [ˋsɪksˋtin] 名 十六 形 十六的
★ **sixty** [ˋsɪkstɪ] 名 六十 形 六十的
☆ **ten** [tɛn] 名 十 形 十的

( ) 183. The students in this graduate school range in age **from twenty to** ______.
(A) seven (B) three (C) two (D) seventy

Point 這間研究所的學生，年齡從二十到七十歲都有。

單字速記

★ **seven** [ˋsɛvən] 名 七 形 七的
☆ **three** [θri] 名 三 形 三的
★ **two** [tu] 名 二 形 二的
☆ **seventy** [ˋsɛvəntɪ] 名 七十 形 七十的

( ) 184. The golfer is ranked as **the** ______ **best** in the entire world.
(A) second (B) thirteen (C) thirty (D) twice

Point 這位高爾夫球選手名列全球第二。

單字速記

★ **second** [`sɛkənd] 名 第二；秒 形 第二的 片語 **second base** 二壘
☆ **thirteen** [θɝ`tin] 名 十三 形 十三的
★ **thirty** [`θɝtɪ] 名 三十 形 三十的
☆ **twice** [twaɪs] 副 兩次 片語 **think twice** 三思

( ) 185. There are _______ **months** in a year.
(A) twenty (B) twelve (C) zero (D) two

Point 一年有十二個月。

單字速記

★ **twenty** [`twɛntɪ] 名 二十 形 二十的
☆ **twelve** [twɛlv] 名 十二 形 十二的
★ **zero** [`zɪro] 名 零 動 歸零 片語 **size zero** 紙片人
☆ **two** [tu] 名 二 形 二的

( ) 186. Tammy was sad to find herself **all** _______.
(A) free (B) fine (C) alone (D) fun

Point 泰咪發覺自己孤獨一人，感到傷心。

單字速記

★ **free** [fri] 形 免費的；自由的 動 解放 片語 **free lance** 自由作家(或演員)
☆ **fine** [faɪn] 形 美好的 副 很好地 片語 **fine art** 藝術
★ **alone** [ə`lon] 副 單獨地 形 單獨的 片語 **leave alone** 避免打擾
☆ **fun** [fʌn] 名 樂趣 片語 **have fun** 玩得愉快

( ) 187. The weather is **getting** _______ these days.
(A) cool (B) dark (C) bright (D) fresh

Point 這幾天天氣漸漸轉涼。

單字速記

★ **cool** [kul] 形 涼的 動 冷卻 片語 **cool one's heels** 久等
☆ **dark** [dɑrk] 形 黑暗的 名 暗處 片語 **dark ages** 歐洲中世紀黑暗時代
★ **bright** [braɪt] 形 明亮的 副 明亮地 片語 **bright side** 光明面
☆ **fresh** [frɛʃ] 形 新鮮的 衍生 **freshen** [`frɛʃən] 動 使清新；變涼爽

( ) 188. I really enjoy the _______ **air** and the beautiful flowers in the park.

(A) funny (B) fresh (C) dirty (D) cute

Point 我很喜歡公園裡的新鮮空氣與美麗花朵。

單字速記
★ **funny** [`fʌnɪ] 形 有趣的；欺騙的 片語 **funny business** 不道德的行為
☆ **fresh** [frɛʃ] 形 新鮮的 片語 **fresh air** 新鮮空氣
★ **dirty** [`dɜtɪ] 形 髒的 動 弄髒 片語 **dirty work** 不法行為
☆ **cute** [kjut] 形 可愛的 衍生 **cutie** [`kjutɪ] 名 可人兒

(   ) 189. The little boy fought against the bad guys **without** _______.
(A) fact (B) absence (C) fear (D) danger

Point 那個小男孩毫無畏懼地與壞人對抗。

單字速記
★ **fact** [fækt] 名 事實 片語 **in fact** 事實上
☆ **absence** [`æbsn̩s] 名 缺席 片語 **absence of mind** 心不在焉
★ **fear** [fɪr] 名 害怕 動 擔心 同義 **dread** [drɛd]
☆ **danger** [`dændʒɚ] 名 危險 片語 **danger list** 病危病人的名單

(   ) 190. The steak is **too** _______ to chew.
(A) hard (B) grand (C) heavy (D) fine

Point 這塊牛排太硬了，實在咬不動。

單字速記
★ **hard** [hɑrd] 形 硬的 副 努力地 片語 **work hard** 努力工作
☆ **grand** [grænd] 形 壯麗的；雄偉的 片語 **the Grand Canyon** 大峽谷
★ **heavy** [`hɛvɪ] 形 重的 片語 **heavy industry** 重工業
☆ **fine** [faɪn] 形 美好的 副 很好地 衍生 **fine-tune** [`faɪn,tjun] 動 微調

(   ) 191. George **is** _______ **about** Lucy. He is willing to do anything for her.
(A) mad (B) lucky (C) hungry (D) hot

Point 喬治為露西癡狂，他願意為她做任何事情。

單字速記
★ **mad** [mæd] 形 瘋狂的；著迷的 片語 **go mad** 發瘋
☆ **lucky** [`lʌkɪ] 形 幸運的 片語 **lucky dog** 幸運兒
★ **hungry** [`hʌŋgrɪ] 形 飢餓的 同義 **starved** [stɑrvd]
☆ **hot** [hɑt] 形 熱的 片語 **hot cake** 煎薄餅

(　) 192. My grandmother is **really** ______. She is 95 years old.

(A) new (B) old (C) funny (D) poor

Point 我祖母很老了，她九十五歲了。

單字速記

★ **new** [nju] 形 新的 片語 **new age** 新時代的
☆ **old** [old] 形 老的 片語 **old age** 晚年
★ **funny** [ˋfʌnɪ] 形 有趣的 片語 **funny bone** 幽默感
☆ **poor** [pʊr] 形 貧窮的 片語 **poor box** 捐款箱

(　) 193. Please **be** ______; I am studying right now.

(A) ready (B) real (C) quiet (D) right

Point 請安靜；我正在念書。

單字速記

★ **ready** [ˋrɛdɪ] 形 準備好的 動 預備 片語 **get ready** 準備好
☆ **real** [ˋriəl] 形 真實的 相關 **reality** [riˋælətɪ] 名 現實
★ **quiet** [ˋkwaɪət] 形 安靜的 動 使安靜 片語 **keep quiet** 保持安靜
☆ **right** [raɪt] 形 正確的 名 右邊；正確 反義 **left** [lɛft] 名 左邊

(　) 194. It's not ______ to swim in a pool without a lifeguard.

(A) safe (B) selfish (C) rich (D) sure

Point 在沒有救生員的泳池游泳並不安全。

單字速記

★ **safe** [sef] 形 安全的 名 保險箱 片語 **safe and sound** 安然無恙
☆ **selfish** [ˋsɛlfɪʃ] 形 自私的 反義 **selfless** [ˋsɛlflɪs] 形 無私的
★ **rich** [rɪtʃ] 形 富裕的；富於 片語 **rich in** 富含很多
☆ **sure** [ʃʊr] 形 當然的；確信的 副 當然 同義 **of course**

(　) 195. Neilson spent NT$80,000 on a **bedroom** ______.

(A) row (B) pair (C) hope (D) set

Point 尼爾森花了新台幣八萬元購買一套寢具組。

單字速記

★ **row** [ro] 名 列；排 動 划船 片語 **skid row** 貧民區
☆ **pair** [pɛr] 動 配成對 名 一對 片語 **pair off** 把…分成對
★ **hope** [hop] 名 動 希望 片語 **white hope** 被寄予厚望的人
☆ **set** [sɛt] 名 一套 動 設置 片語 **set down** 記下

( ) 196. My mother spoke to me in a ______ **and tender voice**.
(A) slow (B) soft (C) equal (D) rich

Point 媽媽用輕柔的聲音對我說話。

單字速記
- ★ **slow** [slo] 形 緩慢的 動 使慢下來 片語 **slow down** 慢下來
- ☆ **soft** [sɔft] 形 柔軟的 片語 **soft drink** 清涼飲料
- ★ **equal** [`ikwəl] 形 平等的 動 等於 片語 **equal sign** 等號
- ☆ **rich** [rɪtʃ] 形 富裕的 反義 **poor** [pur] 形 貧窮的

( ) 197. Frank is a very ______ **person**. He eats chocolate with corn soup.
(A) strange (B) still (C) selfish (D) high

Point 法蘭克是個很奇怪的人，他吃巧克力時會搭配玉米湯。

單字速記
- ★ **strange** [strendʒ] 形 奇怪的 片語 **feel strange** 感到不舒服
- ☆ **still** [stɪl] 副 仍然 形 靜止的 片語 **still life** 靜物寫生
- ★ **selfish** [`sɛlfɪʃ ] 形 自私的 衍生 **selfishness** [ `sɛlfɪʃnɪs] 名 自我中心
- ☆ **high** [haɪ] 形 高的 名 高處 副 高 片語 **high five** 舉手擊掌

( ) 198. Joyce has been **in a happy** ______ these days.
(A) stay (B) level (C) state (D) trouble

Point 喬依絲最近心情一直很好。

單字速記
- ★ **stay** [ste] 動 名 停留 片語 **stay up** 熬夜
- ☆ **level** [`lɛvl̩] 名 水準 形 水平的 動 對準 片語 **level at** 瞄準
- ★ **state** [stet] 名 狀態 動 陳述 片語 **state of mind** 心理狀態
- ☆ **trouble** [`trʌbl̩ ] 名 麻煩 衍生 **troublemaker** [ `trʌbl̩,mekə] 名 鬧事者

( ) 199. The couple always wanted to **be** ______ .
(A) together (B) too (C) just (D) such

Point 這對璧人總是想在一起。

單字速記
- ★ **together** [tə`gɛðə] 副 一起地 片語 **together with** 連同
- ☆ **too** [tu] 副 也 片語 **too...to...** 太…以致不能…
- ★ **just** [dʒʌst] 副 正好 形 公平的 片語 **just as well** 幸好
- ☆ **such** [sʌtʃ] 形 這樣的 代 這樣的人事物 片語 **such as** 例如

(　) 200. This dictionary is really _______ and also portable.

(A) true (B) useful (C) wrong (D) bad

Point 這本字典非常有用，且便於攜帶。

單字速記

★ **true** [tru] 形 真實的 副 真實地 片語 **true to** 按照；忠實於

☆ **useful** [`jusfəl ] 形 有用的 反義 **useless** [ `juslɪs] 形 無用的

★ **wrong** [rɔŋ] 形 錯誤的 名 錯誤 同義 **incorrect** [ˌɪnkə`rɛkt]

☆ **bad** [bæd] 形 壞的 衍生 **bad-off** [ˌbæd`ɔf] 形 窮的

(　) 201. Penny has been sick for days. Now she is still _______ and unwell.

(A) warm (B) easy (C) weak (D) good

Point 潘妮病了好幾天，現在還是很虛弱不適。

單字速記

★ **warm** [wɔrm] 形 溫暖的 動 使暖和 片語 **warm up** 做準備

☆ **easy** [`izɪ] 形 容易的 片語 **easy chair** 安樂椅

★ **weak** [wik] 形 虛弱的；脆弱的 衍生 **weakness** [`wiknɪs] 名 弱點

☆ **good** [gud] 形 好的 副 好 片語 **good will** 善意

(　) 202. Those poor children lack the _______ **necessities of life.**

(A) best (B) better (C) full (D) basic

Point 那些不幸的兒童缺乏基本的生活必需品。

單字速記

★ **best** [bɛst] 形 最好的 副 最好地 片語 **best seller** 暢銷書、唱片或作者

☆ **better** [`bɛtɚ] 副 更好地 形 較好的 片語 **better off** 景況較佳

★ **full** [ful] 形 滿的 片語 **full house** 客滿

☆ **basic** [`besɪk] 形 基本的 片語 **basic training** 新兵基本訓練

(　) 203. It's just a _______ **question**. Don't make it too complicated.

(A) super (B) third (C) simple (D) top

Point 這只是一個簡單的問題，不要把它搞得太複雜。

單字速記

★ **super** [`supɚ] 形 超級的；極度的 片語 **Super Bowl** 美國橄欖球超級盃大賽

☆ **third** [θɝd] 形 第三的 名 第三 片語 **third party** 第三方

★ **simple** [`sɪmpl̩] 形 簡單的 片語 **simple interest** 單利

☆ **top** [tɑp] 形 頂端的 名 頂端 片語 **top hat** 大禮帽

(　) 204. They are digging a **huge**, _______ hole to bury their treasure.
(A) deep (B) enough (C) great (D) half

Point 他們正在開挖又大又深的洞，以埋藏寶藏。

單字速記
★ **deep** [dip] 形 深的 副 深深地 片語 **deep six** 墳墓；海葬
☆ **enough** [ə`nʌf ] 形 足夠的 副 足夠地 同義 **sufficient** [ sə`fɪʃənt]
★ **great** [gret] 形 美妙的；大的；偉大的 片語 **Great Britain** 英國
☆ **half** [hæf] 形 一半的 名 一半 片語 **half price** 半價的

(　) 205. Rosie spent **a/an** _______ **amount of money** on her house.
(A) important (B) less (C) huge (D) lot

Point 蘿西花了一大筆錢在她的房子上。

單字速記
★ **important** [ɪm`pɔrtn̩t ] 形 重要的 衍生 **importance** [ ɪm`pɔrtn̩s] 名 重大
☆ **less** [lɛs] 形 較少的 介 減去；扣除 片語 **less and less** 越來越少的
★ **huge** [hjudʒ] 形 巨大的 同義 **enormous** [ɪ`nɔrməs]
☆ **lot** [lɑt] 名 很多 片語 **a lot of** 許多

(　) 206. All kids ran freely **on a** _______ **farm** and fed the sheep.
(A) large (B) little (C) long (D) short

Point 所有的小孩在大農場上自在奔跑並餵羊吃草。

單字速記
★ **large** [lɑrdʒ] 形 大的 衍生 **large-scale** [`lɑrdʒ`skel] 形 大規模的
☆ **little** [`lɪtl̩] 形 小的 名 少許；一點 片語 **little people** 小百姓
★ **long** [lɔŋ] 形 長的 動 渴望 片語 **long run** 最後
☆ **short** [ʃɔrt] 形 短的 片語 **short circuit** 短路

(　) 207. Is it _______ to get the ticket for the concert?
(A) perhaps (B) possible (C) maybe (D) must

Point 有可能買到演唱會的票嗎？

單字速記
★ **perhaps** [pə`hæps ] 副 也許；可能 同義 **conceivably** [ kən`sivəblɪ]
☆ **possible** [`pɑsəbl̩] 形 可能的 片語 **if possible** 如有可能
★ **maybe** [`mebɪ] 副 或許；大概 同義 **might** [maɪt]
☆ **must** [mʌst] 助 名 必須 同義 **have to**

1 Round
2 Round
3 Round
4 Round
5 Round
6 Round
7 Round
8 Round
9 Round
10 Round

( ) 208. For a better future, we _______ work hand in hand through hard times.

(A) likely (B) maybe (C) may (D) must

Point 為了更好的未來，我們必須攜手度過難關。

單字速記

★ **likely** [`laɪklɪ] 副 可能地 形 可能的 片語 **likely to** 有…的可能

☆ **maybe** [`mebɪ ] 副 或許；大概 同義 **possibly** [ `pɑsəblɪ]

★ **may** [me] 助 可能；願 名 (大寫)五月

☆ **must** [mʌst] 助 名 必須 片語 **must buy** 必買品；必需品

( ) 209. "Leave me alone!" "_______ to you!"

(A) Simple (B) Same (C) Small (D) Quite

Point 「離我遠一點！」「你也一樣！」

單字速記

★ **simple** [`sɪmpl̩] 形 簡單的 片語 **simple food** 粗茶淡飯

☆ **same** [sem] 形 同樣的 代 同樣的事 片語 **the same as** 跟…一樣

★ **small** [smɔl] 形 小的 副 細小地 片語 **small hours** 下半夜

☆ **quite** [kwaɪt] 副 相當地 片語 **quite the thing** 很時髦

( ) 210. Martin Luther King made a ______ **impact** on the U.S. by fighting for equal rights between blacks and whites.

(A) bit (B) common (C) big (D) general

Point 馬丁路德・金恩博士為種族平等而戰，對美國有很深的影響。

單字速記

★ **bit** [bɪt] 名 一點 片語 **bit flip** 個性大轉折

☆ **common** [`kɑmən] 形 常見的；普通的 片語 **common sense** 常識

★ **big** [bɪg] 形 大的 片語 **the Big Apple** 紐約市

☆ **general** [`dʒɛnərəl] 形 一般的；大概的 片語 **general election** 大選

Answer Key 181-210

181~185 A A D A B　186~190 C A B C A　191~195 A B C A D

196~200 B A C A B　201~205 C D C A C　206~210 A B D B C

ROUND 8 Question 211～240

(　) 211. What is **the** ______ **number of** students in this high school?
(A) total　(B) very　(C) tiny　(D) small

Point 這所高中學生的總數是多少呢？

★ **total** [`totl̩] 形 全部的 名 全部 片語 **total eclipse** 全蝕
☆ **very** [`vɛrɪ] 副 非常 形 正是；恰好 片語 **very good** 很好
★ **tiny** [`taɪnɪ] 形 極小的 片語 **out of one's tiny mind** 某人簡直就瘋了
☆ **small** [smɔl] 形 小的 副 細小地 片語 **small fry** 無足輕重者

(　) 212. I sincerely hope that you will **get** ______ **soon**.
(A) worse　(B) worst　(C) well　(D) good

Point 我誠摯希望你早日康復。

★ **worse** [wɝs] 形 更糟的 副 更糟 片語 **worse off** 每況愈下的
☆ **worst** [wɝst] 形 最糟的 副 最糟 衍生 **worst-case** [`wɝstkes] 形 最糟情況
★ **well** [wɛl] 副 良好地 名 井 片語 **well done** 做得好的
☆ **good** [gʊd] 形 好的 副 好 片語 **good day** 日安

(　) 213. It is difficult to open an account at this ______.
(A) payment　(B) bank　(C) check　(D) part

Point 在這家銀行開戶不容易。

單字速記

★ **payment** [`pemənt] 名 支付 片語 **payment card** 付款卡
☆ **bank** [bæŋk] 名 銀行；堤岸 片語 **bank account** 銀行帳戶
★ **check** [tʃɛk] 名 支票 動 核對 片語 **check deposits** 支票存款
☆ **part** [pɑrt] 名 部分 動 分開 片語 **part song** 合唱歌曲

(　) 214. You can exchange **US** ______ to Euros at local banks.
(A) money　(B) dollars　(C) cents　(D) banks

Point 你可在當地銀行將美金兌換成歐元。

單字速記

★ **money** [ˋmʌnɪ] 名 錢；貨幣 片語 **money order** 郵政匯票
☆ **dollar** [ˋdɑlɚ] 名 美元 片語 **dollar diplomacy** 金援外交
★ **cent** [sɛnt] 名 分 片語 **one red cent** 沒用的東西
☆ **bank** [bæŋk] 名 銀行；堤岸 片語 **bank draft** 銀行匯票

( ) 215. The young couple is now ______ **money** to buy a new apartment.
(A) costing (B) dealing (C) selling (D) saving

Point 這對年輕夫妻正在為了買間公寓而儲蓄。

單字速記

★ **cost** [kɔst] 動 花費 名 代價 片語 **cost effective** 划算的
☆ **deal** [dil] 動 處理；交易 名 交易 片語 **deal with** 處理
★ **sell** [sɛl] 動 賣 片語 **sell out** 賣光
☆ **save** [sev] 動 儲蓄 片語 **save one's breath** 緘默；省下力氣

( ) 216. The salesman cannot ______ a better price on this business deal.
(A) market (B) sale (C) get (D) sell

Point 這位業務員洽談這筆生意時無法取得較好的價格。

單字速記

★ **market** [ˋmɑrkɪt] 名 市場 動 銷售 片語 **market day** 市集日
☆ **sale** [sel] 名 銷售 片語 **sales campaign** 促銷活動
★ **get** [gɛt] 動 獲得；取得 片語 **get up and go** 魄力；熱情；進取
☆ **sell** [sɛl] 動 賣 片語 **sell short** 低估

( ) 217. What is the ______ of the printer?
(A) price (B) list (C) shop (D) store

Point 這台印表機的價格是多少？

單字速記

★ **price** [praɪs] 名 價格 動 定價 片語 **price control** 物價管制
☆ **list** [lɪst] 名 目錄；列表 片語 **bucket list** 人生目標清單
★ **shop** [ʃɑp] 名 商店 動 購物 片語 **online shop** 線上商店
☆ **store** [stor] 名 商店 動 貯存 片語 **store card** 商店專用信用卡

( ) 218. They are seeking **experienced** ______ to fill this job.

(A) jobs (B) farms (C) factories (D) workers

Point 他們正在尋求有經驗的員工，以填補這個職缺。

單字速記
- ★ **job** [dʒɑb] 名 工作 片語 **job hunter** 求職者
- ☆ **farm** [fɑrm] 名 農場 動 務農 片語 **farm hand** 農場工人
- ★ **factory** [`fæktərɪ] 名 工廠 片語 **factory farm** 工廠化的農場
- ☆ **worker** [`wɝkɚ] 名 工人 片語 **green-collar worker** 環保綠領工人

( ) 219. The workers went on strike for a **higher** _______.
(A) answer (B) raise (C) sight (D) call

Point 工人罷工要求較高的加薪。

單字速記
- ★ **answer** [`ænsɚ] 動 名 回答 片語 **answer up** 迅速回答
- ☆ **raise** [rez] 名 加薪 動 舉起 片語 **raise hell** 痛斥；吼鬧
- ★ **sight** [saɪt] 名 見解；視界 動 瞄準 片語 **sight draft** 即期票據
- ☆ **call** [kɔl] 名 呼叫；通話 動 呼叫；打電話 片語 **call for** 需要

( ) 220. Father walked into the living room and **turned on the** _______ to hear the news.
(A) radio (B) news (C) soil (D) rubber

Point 父親走進客廳打開收音機聽新聞。

單字速記
- ★ **radio** [`redɪ,o] 名 收音機 動 以無線電發送 片語 **radio control** 無線電操縱
- ☆ **news** [njuz] 名 新聞 片語 **news bulletin** 新聞簡報
- ★ **soil** [sɔɪl] 名 土壤 動 弄髒 衍生 **soilage** [`sɔɪlɪdʒ] 名 骯髒
- ☆ **rubber** [`rʌbɚ] 名 橡膠 片語 **rubber band** 橡皮筋

( ) 221. The _______ of the book is still under design.
(A) cover (B) work (C) page (D) print

Point 這本書的封面仍在設計中。

單字速記
- ★ **cover** [`kʌvɚ] 名 封面 動 覆蓋 片語 **cover up** 掩飾
- ☆ **work** [wɝk] 動 名 工作 片語 **work out** 想出；制訂出
- ★ **page** [pedʒ] 名 書頁 片語 **page view** 網頁被瀏覽次數
- ☆ **print** [prɪnt] 動 名 印刷 片語 **print run** 書、報等一次的印數

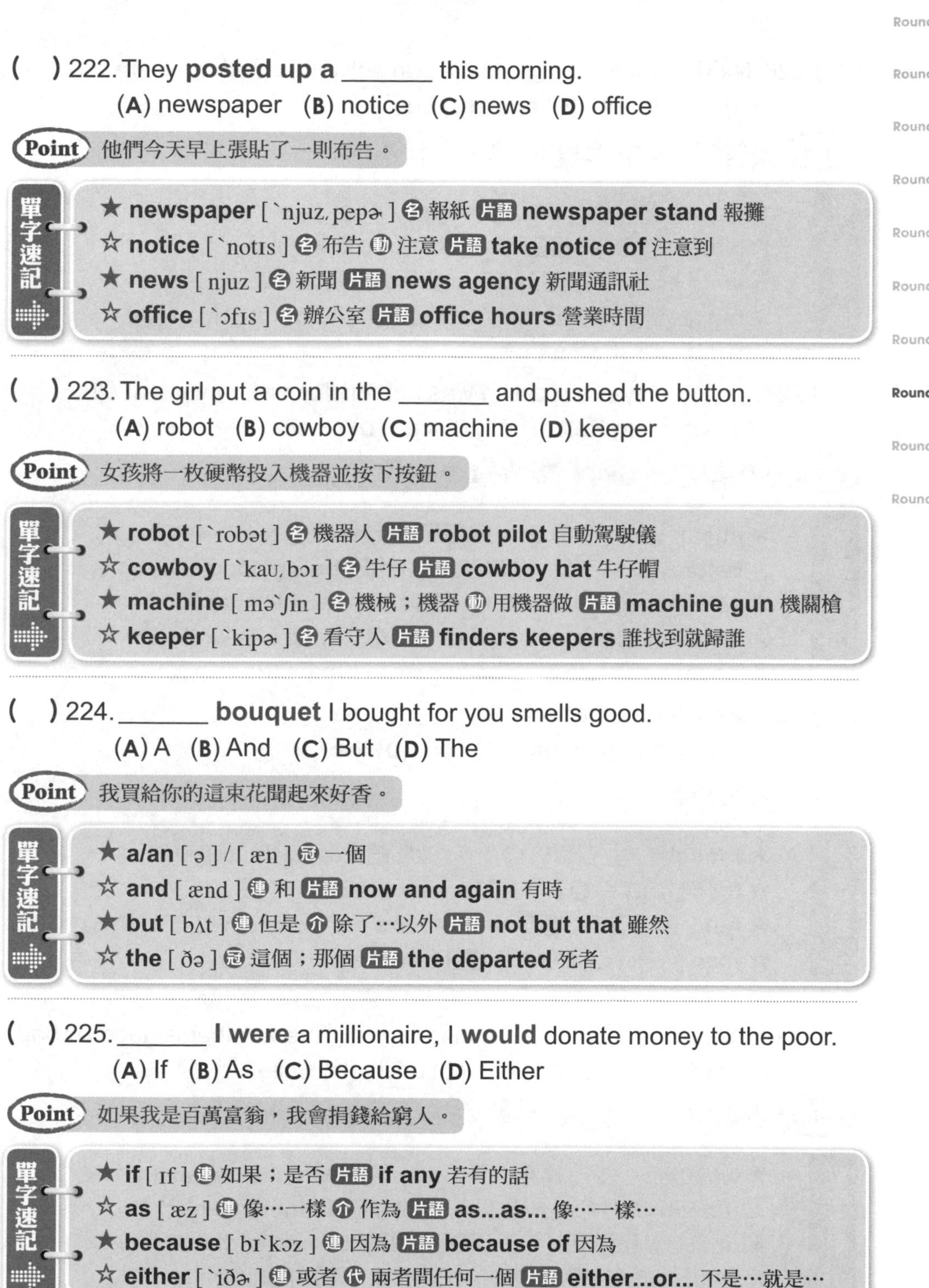

( ) 222. They **posted up a** _______ this morning.
(A) newspaper (B) notice (C) news (D) office

Point 他們今天早上張貼了一則布告。

單字速記
- ★ **newspaper** [`njuz,pepɚ] 名 報紙 片語 **newspaper stand** 報攤
- ☆ **notice** [`notɪs] 名 布告 動 注意 片語 **take notice of** 注意到
- ★ **news** [njuz] 名 新聞 片語 **news agency** 新聞通訊社
- ☆ **office** [`ɔfɪs] 名 辦公室 片語 **office hours** 營業時間

( ) 223. The girl put a coin in the _______ and pushed the button.
(A) robot (B) cowboy (C) machine (D) keeper

Point 女孩將一枚硬幣投入機器並按下按鈕。

單字速記
- ★ **robot** [`robət] 名 機器人 片語 **robot pilot** 自動駕駛儀
- ☆ **cowboy** [`kaʊ,bɔɪ] 名 牛仔 片語 **cowboy hat** 牛仔帽
- ★ **machine** [məˋʃin] 名 機械；機器 動 用機器做 片語 **machine gun** 機關槍
- ☆ **keeper** [`kipɚ] 名 看守人 片語 **finders keepers** 誰找到就歸誰

( ) 224. _______ **bouquet** I bought for you smells good.
(A) A (B) And (C) But (D) The

Point 我買給你的這束花聞起來好香。

單字速記
- ★ **a/an** [ə] / [æn] 冠 一個
- ☆ **and** [ænd] 連 和 片語 **now and again** 有時
- ★ **but** [bʌt] 連 但是 介 除了…以外 片語 **not but that** 雖然
- ☆ **the** [ðə] 冠 這個；那個 片語 **the departed** 死者

( ) 225. _______ **I were** a millionaire, I **would** donate money to the poor.
(A) If (B) As (C) Because (D) Either

Point 如果我是百萬富翁，我會捐錢給窮人。

單字速記
- ★ **if** [ɪf] 連 如果；是否 片語 **if any** 若有的話
- ☆ **as** [æz] 連 像…一樣 介 作為 片語 **as...as...** 像…一樣…
- ★ **because** [bɪˋkɔz] 連 因為 片語 **because of** 因為
- ☆ **either** [`iðɚ] 連 或者 代 兩者間任何一個 片語 **either...or...** 不是…就是…

( ) 226. **Neither** Lisa _______ Jamie can solve this math problem.
(A) or (B) nor (C) and (D) but

Point 不只麗莎，連潔米也無法解出這道數學問題。

單字速記
- ★ **or** [ɔr] 連 或者；否則 片語 **or else** 否則
- ☆ **nor** [nɔr] 連 也不 片語 **neither...nor...** 既不…也不…
- ★ **and** [ænd] 連 和 片語 **now and then** 有時；偶爾
- ☆ **but** [bʌt] 連 但是 介 除了…以外 片語 **nothing but** 只有；只不過

( ) 227. _______ I was a rookie, I was not familiar with anyone at all.
(A) After (B) Before (C) Since (D) Once

Point 因為我是菜鳥，所以我跟大家一點都不熟。

單字速記
- ★ **after** [ˋæftɚ] 連 介 在…之後 衍生 **afterward** [ˋæftɚwɝd] 副 後來
- ☆ **before** [bɪˋfor] 連 以前 介 在…以前 片語 **before long** 不久以後
- ★ **since** [sɪns] 連 因為 介 自從 片語 **since then** 從那時以來
- ☆ **once** [wʌns] 連 一次；曾經 名 一次 片語 **once in a while** 有時

( ) 228. My older brother is **taller** _______ me.
(A) though (B) then (C) nor (D) than

Point 我哥哥比我高。

單字速記
- ★ **though** [ðo] 連 雖然 副 然而；還是 片語 **even though** 雖然
- ☆ **then** [ðɛn] 連 名 當時 同義 **at that time**
- ★ **nor** [nɔr] 連 也不 片語 **neither here nor there** 並不相干
- ☆ **than** [ðæn] 連 比 介 超過 片語 **less than** 小於

( ) 229. We will go mountain climbing _______ the weather is good **or** bad.
(A) whether (B) though (C) until (D) while

Point 不論天氣是好是壞，我們都要去爬山。

單字速記
- ★ **whether** [ˋhwɛðɚ] 連 是否；不管是 片語 **whether or no** 不管怎樣
- ☆ **though** [ðo] 連 雖然 副 然而；還是 片語 **as though** 好像
- ★ **until** [ənˋtɪl] / **till** [tɪl] 連 介 直到 片語 **unless and until** 直到…才…
- ☆ **while** [hwaɪl] 連 當…的時候 名 一會兒 片語 **all the while** 一直

1 Round
2 Round
3 Round
4 Round
5 Round
6 Round
7 Round
8 Round
9 Round
10 Round

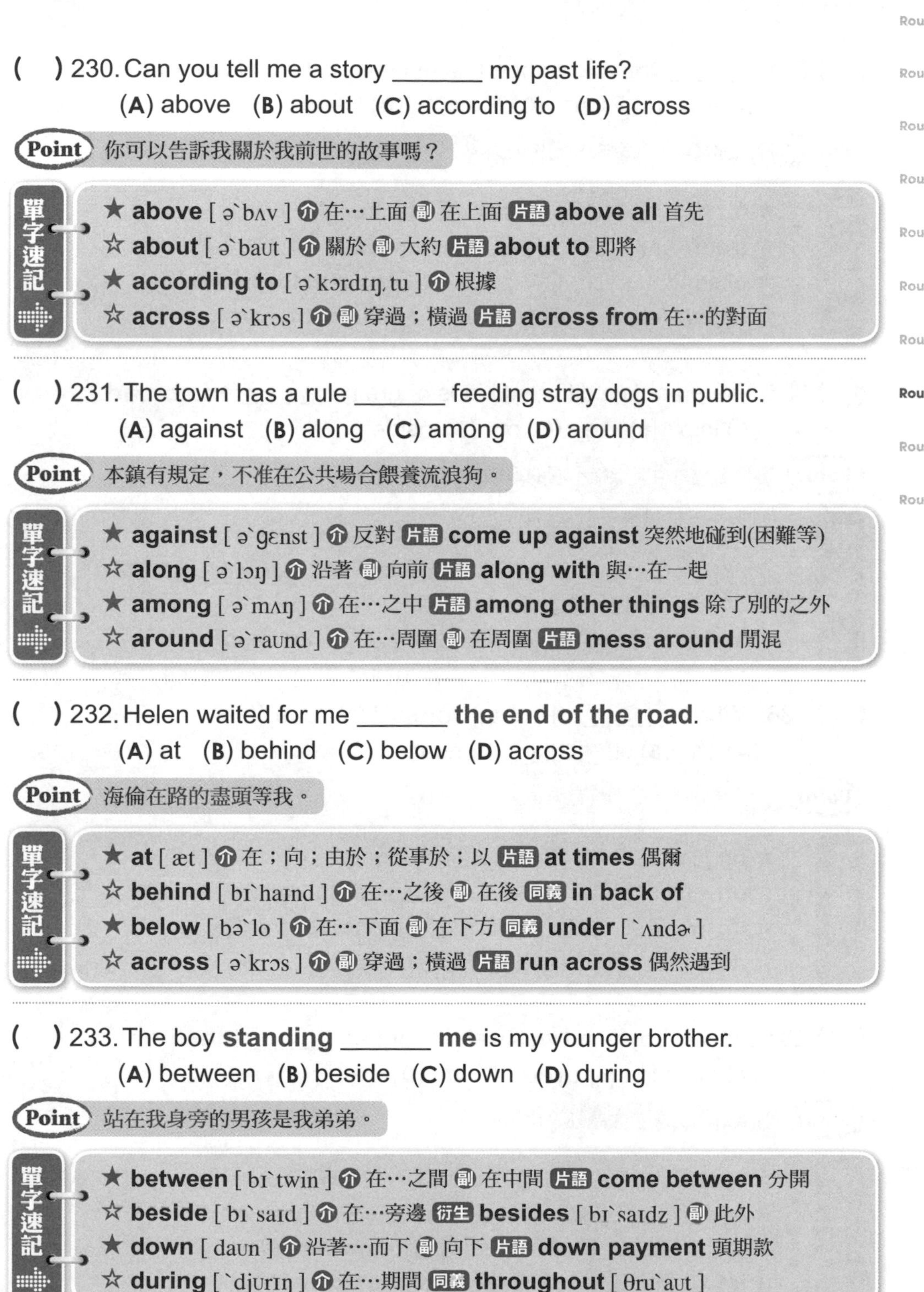

(　　) 230. Can you tell me a story _______ my past life?
(A) above　(B) about　(C) according to　(D) across

Point 你可以告訴我關於我前世的故事嗎？

單字速記
- ★ **above** [ə`bʌv] 介 在…上面 副 在上面 片語 **above all** 首先
- ☆ **about** [ə`baut] 介 關於 副 大約 片語 **about to** 即將
- ★ **according to** [ə`kɔrdɪŋ͵tu] 介 根據
- ☆ **across** [ə`krɔs] 介 副 穿過；橫過 片語 **across from** 在…的對面

(　　) 231. The town has a rule _______ feeding stray dogs in public.
(A) against　(B) along　(C) among　(D) around

Point 本鎮有規定，不准在公共場合餵養流浪狗。

單字速記
- ★ **against** [ə`gɛnst] 介 反對 片語 **come up against** 突然地碰到(困難等)
- ☆ **along** [ə`lɔŋ] 介 沿著 副 向前 片語 **along with** 與…在一起
- ★ **among** [ə`mʌŋ] 介 在…之中 片語 **among other things** 除了別的之外
- ☆ **around** [ə`raund] 介 在…周圍 副 在周圍 片語 **mess around** 閒混

(　　) 232. Helen waited for me _______ **the end of the road**.
(A) at　(B) behind　(C) below　(D) across

Point 海倫在路的盡頭等我。

單字速記
- ★ **at** [æt] 介 在；向；由於；從事於；以 片語 **at times** 偶爾
- ☆ **behind** [bɪ`haɪnd] 介 在…之後 副 在後 同義 **in back of**
- ★ **below** [bə`lo ] 介 在…下面 副 在下方 同義 **under** [ `ʌndɚ]
- ☆ **across** [ə`krɔs] 介 副 穿過；橫過 片語 **run across** 偶然遇到

(　　) 233. The boy **standing** _______ **me** is my younger brother.
(A) between　(B) beside　(C) down　(D) during

Point 站在我身旁的男孩是我弟弟。

單字速記
- ★ **between** [bɪ`twin] 介 在…之間 副 在中間 片語 **come between** 分開
- ☆ **beside** [bɪ`saɪd ] 介 在…旁邊 衍生 **besides** [ bɪ`saɪdz] 副 此外
- ★ **down** [daun] 介 沿著…而下 副 向下 片語 **down payment** 頭期款
- ☆ **during** [`djurɪŋ ] 介 在…期間 同義 **throughout** [ θru`aut]

(　) 234. ______ for your father, I have never fallen in love with anyone.
(A) For (B) From (C) Except (D) Beside

Point 除了你父親，我從未愛過任何人。

單字速記
★ for [fɔr] 介 為了；往 連 因為 片語 for fun 開玩笑的
☆ from [frɑm] 介 從；自 片語 from nowhere 從不知名處
★ except [ɪk`sɛpt] 介 除了…之外 片語 except for 除了…以外
☆ beside [bɪ`saɪd] 介 在…旁邊 片語 beside the mark 不相關

(　) 235. There are five different kinds of grains ______ the bread.
(A) into (B) like (C) of (D) inside

Point 這個麵包內含有五種不同的穀類。

單字速記
★ into [`ɪntu] 介 到…裡面 片語 take into account 考慮到
☆ like [laɪk] 介 像；如 動 喜歡 衍生 likewise [`laɪk͵waɪz] 副 同樣地
★ of [əv] 介 屬於 片語 of a kind 同一類的
☆ inside [ɪn`saɪd] 介 在…裡面 副 在裡面 片語 inside of 少於

(　) 236. "Who is ______ the bathroom?" "No one."
(A) on (B) off (C) in (D) near

Point 「誰在廁所？」「沒有人。」

單字速記
★ on [ɑn] 介 在…上 副 在上 片語 on board 在船(火車、飛機)上
☆ off [ɔf] 介 離開；去掉 形 離開的 片語 off the record 非正式的
★ in [ɪn] 介 在…裡面 副 在裡面 片語 in and out 進進出出
☆ near [nɪr] 介 近的 形 接近的 同義 close to

(　) 237. Fiona's boyfriend was waiting for her ______ the door.
(A) outside (B) over (C) to (D) into

Point 費歐娜的男友正在門外等待她。

單字速記
★ outside [`aʊt`saɪd] 介 在…外面 副 在外面 片語 outside lane 外側車道
☆ over [`ovɚ] 介 在…上方 副 超過 片語 over there 在那裡
★ to [tu] 介 向；到；對 副 向前 片語 to the core 徹底
☆ into [`ɪntu] 介 到…裡面 片語 into the open 公開化

( ) 238. ______ **the rule of** the new government, the economy has become even worse in this country.

(A) Toward (B) Under (C) With (D) For

Point 在新科政府的統治下，這個國家的經濟變得更差了。

單字速記

★ **toward** [tə`wɔrd ] 介 向；對於；將近 衍生 **towardly** [ `toədlɪ] 副 順從地

☆ **under** [`ʌndɚ] 介 低於 副 小於 片語 **under arrest** 被捕的

★ **with** [wɪð] 介 帶有；具有 衍生 **with-it** [`wiðˏɪt] 形 時髦的

☆ **for** [fɔr] 介 為了；往 連 因為 片語 **for certain** 肯定地

( ) 239. ______ **of us** need some care from our family or friends.

(A) Any (B) Another (C) Each (D) All

Point 所有的人都需要家人和朋友的關懷。

單字速記

★ **any** [`ɛnɪ] 代 任何一個 形 任何的 片語 **any time** 在任何時候

☆ **another** [ə`nʌðɚ] 代 另一個 形 另一的 片語 **one another** 彼此

★ **each** [itʃ] 代 每一個 形 每個的 片語 **each other** 互相

☆ **all** [ɔl] 代 全部 形 全部的 片語 **all out** 毫無保留的

( ) 240. Mr. White **couldn't do** ______ for his dying wife.

(A) both (B) certain (C) anything (D) few

Point 懷特先生對他生命垂危的妻子無能為力。

單字速記

★ **both** [boθ] 代 兩者 形 兩；雙 片語 **have it both ways** 腳踏兩條船

☆ **certain** [`sɝtən ] 代 某些 形 確實的 衍生 **certainly** [ `sɝtn̩lɪ] 副 無疑地

★ **anything** [`ɛnɪˏθɪŋ] 代 任何事(物) 片語 **anything but** 單單除…之外

☆ **few** [fju] 代 少數 形 少的 片語 **few and far between** 罕見稀少的

Answer Key 211-240

211~215 ➤ A C B B D　216~220 ➤ C A D B A　221~225 ➤ A B C D A

226~230 ➤ B C D A B　231~235 ➤ A A B C D　236~240 ➤ C A B D C

ROUND 9 Question 241～270

( ) 241. These beautiful shoes are ______.
(A) him (B) hers (C) its (D) me

Point 這雙美麗的鞋子是她的。

★ **him** [hɪm] 代 他(受格)
☆ **hers** [hɝz] 代 她的(東西) 文法 **hers** = **her** + 名詞
★ **its** [ɪts] 代 它的(**it**的所有格)
☆ **me** [mi] 代 我(**I**的受格)

( ) 242. Stanford **tried** ______ **best** to sell his old apartment.
(A) he (B) it (C) its (D) his

Point 史丹佛盡其所能賣掉他的舊公寓。

★ **he** [hi] 代 他；任何人 名 男性
☆ **it** [ɪt] 代 它；這；那
★ **its** [ɪts] 代 它的(**it**的所有格)
☆ **his** [hɪz] 代 他的(東西)

( ) 243. It took **at** ______ five hours to drive from Taipei to Kaohsiung.
(A) least (B) many (C) more (D) much

Point 從台北開車到高雄至少需要五個鐘頭。

★ **least** [list] 代 至少 副 最少 片語 **at least** 至少
☆ **many** [mɛnɪ] 代 很多 形 許多的 片語 **many a time** 多次
★ **more** [mor] 代 更多 副 更多地 片語 **more often than not** 多半
☆ **much** [mʌtʃ] 代 許多 副 很 片語 **much ado about nothing** 無事生非

( ) 244. Generally speaking, ______ **foreigners** dislike stinky tofu because of its odor.
(A) other (B) most (C) more (D) much

Point 一般而言，大多數外國人都因為臭味而不喜歡臭豆腐。

單字速記
- ★ **other** [ˋʌðɚ] 代 其他；另一 形 其他的 片語 **other than** 除了
- ☆ **most** [most] 代 最大多數 形 最多的 片語 **at most** 最多
- ★ **more** [mor] 代 更多 副 更多地 片語 **more or less** 大約
- ☆ **much** [mʌtʃ] 代 許多 副 很 片語 **nothing much** 很少

( ) 245. The yellow scarves here are _______.
(A) own (B) she (C) my (D) ours

Point 這裡的黃色圍巾是我們的。

單字速記
- ★ **own** [on] 代 自己的 動 擁有 衍生 **owner** [ˋonɚ] 名 物主；所有人
- ☆ **she** [ʃi] 代 她 名 女性
- ★ **my** [maɪ] 代 我的(**I**的所有格)
- ☆ **ours** [ˋaʊrz] 代 我們的(東西) 文法 **ours** = **our** + 名詞

( ) 246. _______ left a message for you this afternoon.
(A) One (B) Someone (C) Some (D) Something

Point 今天下午有人留言給你。

單字速記
- ★ **one** [wʌn] 代 一個 形 一個的 片語 **one by one** 一個一個地
- ☆ **someone** [ˋsʌm͵wʌn] 代 某一個人 名 重要的人
- ★ **some** [sʌm] 代 若干；一些 形 一些的 片語 **some day** 總有一天
- ☆ **something** [ˋsʌmθɪŋ] 代 某事 名 重要的人事物

( ) 247. I couldn't find my socks; I forgot where I put _______.
(A) they (B) theirs (C) them (D) these

Point 我找不到我的襪子；我忘了把它們放在哪裡。

單字速記
- ★ **they** [ðe] 代 他們；她們；它們
- ☆ **theirs** [ðɛrz] 代 他們的(東西) 相關 **their** [ðɛr] 代 他們的(**they**的所有格)
- ★ **them** [ðɛm] 代 他們(**they**的受格)
- ☆ **these** [ðiz] 代 形 這些 反義 **those** [ðoz] 代 形 那些

( ) 248. I like _______ T-shirts designed by Taiwan's newest fashion designer.

(A) those (B) that (C) this (D) other

Point 我喜歡那些台灣新銳設計師所設計的T恤。

單字速記

★ **those** [ðoz] 代 形 那些

☆ **that** [ðæt] 代 那個 連 (引導子句)

★ **this** [ðɪs] 代 形 這個

☆ **other** [\`ʌðɚ] 代 其他；另一 形 其他的 片語 **other than** 除了

( ) 249. Make _______ some fresh cookies!

(A) we (B) us (C) they (D) she

Point 幫我們做一些新鮮餅乾吧！

單字速記

★ **we** [wi] 代 我們(主格)

☆ **us** [ʌs] 代 我們(**we**的受格)

★ **they** [ðe] 代 他們；她們；它們(主格)

☆ **she** [ʃi] 代 她(主格) 名 女性

( ) 250. _______ **is wrong** with you?

(A) Whatever (B) When (C) What (D) Which

Point 你怎麼了？

單字速記

★ **whatever** [hwɑt\`ɛvɚ] 代 任何 形 任何的

☆ **when** [hwɛn] 代 何時 連 當…時 衍生 **whenever** [hwɛn\`ɛvɚ] 代 每當

★ **what** [hwɑt] 代 形 什麼 片語 **what if** 假如…呢？

☆ **which** [hwɪtʃ] 代 形 哪一個 衍生 **whichever** [hwɪtʃ ɛvɚ] 代 無論哪個

( ) 251. _______ you do won't change the facts.

(A) When (B) Which (C) Whatever (D) Who

Point 不論你做什麼，都無法改變事實。

單字速記

★ **when** [hwɛn] 代 何時 連 當…時

☆ **which** [hwɪtʃ] 代 形 哪一個 衍生 **whichever** [hwɪtʃ ɛvɚ] 代 無論哪個

★ **whatever** [hwɑt\`ɛvɚ] 代 任何 形 任何的

☆ **who** [hu] 代 誰；什麼人 衍生 **whoever** [hwʊ\`ɛvɚ] 代 無論誰

(　) 252. _______ will you spend summer vacation in Las Vegas **with**?
(A) Whom (B) Whose (C) Which (D) What

Point 你會和誰去拉斯維加斯共度暑假？

單字速記
- ★ **whom** [hum] 代 誰；什麼人 片語 **to whom it may concern** 敬啟者
- ☆ **whose** [huz] 代 誰的；它的 衍生 **whosever** [hu`zɛvɚ] 形 無論是誰的
- ★ **which** [hwɪtʃ] 代 形 哪一個 片語 **Which one?** 哪一個？
- ☆ **what** [hwɑt] 代 形 什麼 衍生 **whatsoever** [,hwɑtso`ɛvɚ] 形 任何…的

(　) 253. **I** _______ a professional golf trainer.
(A) are (B) am (C) be (D) is

Point 我是一個專業的高爾夫球教練。

單字速記
- ★ **are** [ɑr] 動 是(第二人稱單數現在式)
- ☆ **am** [æm] 動 是(第一人稱單數現在式)
- ★ **be** [bi] 動 是(**am, are, is**的原形)
- ☆ **is** [ɪz] 動 是(第三人稱單數現在式)

(　) 254. **Samantha and Eunice** _______ best friends.
(A) are (B) be (C) am (D) is

Point 莎曼珊跟尤妮絲是最好的朋友。

單字速記
- ★ **are** [ɑr] 動 是
- ☆ **be** [bi] 動 是
- ★ **am** [æm] 動 是
- ☆ **is** [ɪz] 動 是

(　) 255. Would you like **to** _______ **my date**?
(A) are (B) be (C) am (D) is

Point 你願意跟我約會嗎？

單字速記
- ★ **are** [ɑr] 動 是
- ☆ **be** [bi] 動 是
- ★ **am** [æm] 動 是
- ☆ **is** [ɪz] 動 是

( ) 256. The president of the United States ______ Barack Obama.
(A) are (B) be (C) am (D) is

Point 美國總統是歐巴馬。

單字速記
★ **are** [ɑr] 動 是
☆ **be** [bi] 動 是
★ **am** [æm] 動 是
☆ **is** [ɪz] 動 是

( ) 257. Do you remember **anyone** ______ in our class last semester?
(A) else (B) every (C) whom (D) whose

Point 你還記得上學期跟我們一起修課的其他人嗎？

單字速記
★ **else** [ɛls] 副 其他；另外 衍生 **elsewhere** [`ɛls͵hwɛr] 副 在別處
☆ **every** [`ɛvrɪ] 形 每個 片語 **every other day** 每隔一天
★ **whom** [hum] 代 誰；什麼人 衍生 **whomever** [hum`ɛvɚ] 代 誰(受格)
☆ **whose** [huz] 代 誰的；它的

( ) 258. Don't try to tell ______ any secret between us.
(A) I (B) he (C) his (D) him

Point 別告訴他我們之間的祕密。

單字速記
★ **I** [aɪ] 代 我(第一人稱單數主格)
☆ **he** [hi] 代 他；任何人 名 男性
★ **his** [hɪz] 代 他的(東西)
☆ **him** [hɪm] 代 他(受格)

( ) 259. **How** ______ **people** are there in your family?
(A) more (B) many (C) much (D) that

Point 你家族有多少人？

單字速記
★ **more** [mor] 代 更多 副 更多地 片語 **more than** 多於
☆ **many** [mɛnɪ] 代 很多 形 許多的 片語 **a great many** 很多
★ **much** [mʌtʃ] 代 許多 副 很 片語 **make much of** 重視
☆ **that** [ðæt] 代 那個 連 (引導子句)

1 Round
2 Round
3 Round
4 Round
5 Round
6 Round
7 Round
8 Round
9 Round
10 Round

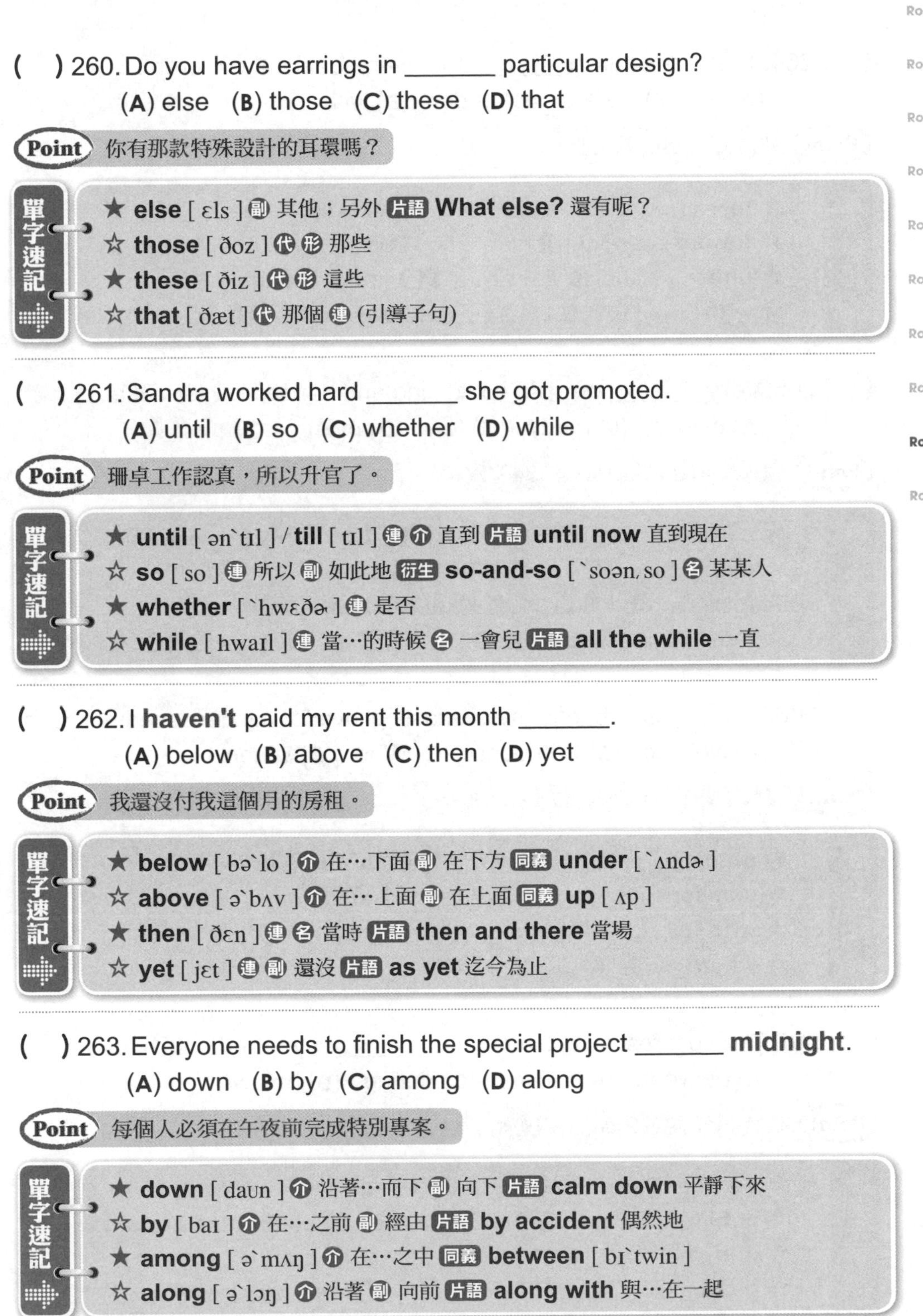

( ) 260. Do you have earrings in _______ particular design?
(A) else (B) those (C) these (D) that

Point 你有那款特殊設計的耳環嗎？

單字速記
★ else [ɛls] 副 其他；另外 片語 What else? 還有呢？
☆ those [ðoz] 代 形 那些
★ these [ðiz] 代 形 這些
☆ that [ðæt] 代 那個 連 (引導子句)

( ) 261. Sandra worked hard _______ she got promoted.
(A) until (B) so (C) whether (D) while

Point 珊卓工作認真，所以升官了。

單字速記
★ until [ən`tɪl] / till [tɪl] 連 介 直到 片語 until now 直到現在
☆ so [so] 連 所以 副 如此地 衍生 so-and-so [`soən͵so] 名 某某人
★ whether [`hwɛðɚ] 連 是否
☆ while [hwaɪl] 連 當…的時候 名 一會兒 片語 all the while 一直

( ) 262. I **haven't** paid my rent this month _______.
(A) below (B) above (C) then (D) yet

Point 我還沒付我這個月的房租。

單字速記
★ below [bə`lo ] 介 在…下面 副 在下方 同義 under [ `ʌndɚ]
☆ above [ə`bʌv] 介 在…上面 副 在上面 同義 up [ʌp]
★ then [ðɛn] 連 名 當時 片語 then and there 當場
☆ yet [jɛt] 連 副 還沒 片語 as yet 迄今為止

( ) 263. Everyone needs to finish the special project _______ **midnight**.
(A) down (B) by (C) among (D) along

Point 每個人必須在午夜前完成特別專案。

單字速記
★ down [daʊn] 介 沿著…而下 副 向下 片語 calm down 平靜下來
☆ by [baɪ] 介 在…之前 副 經由 片語 by accident 偶然地
★ among [ə`mʌŋ ] 介 在…之中 同義 between [ bɪ`twin]
☆ along [ə`lɔŋ] 介 沿著 副 向前 片語 along with 與…在一起

( ) 264. They are **sailing** _______ the river, against the current.
(A) up (B) toward (C) under (D) with

Point 他們正沿河川逆流上航。

單字速記
- ★ **up** [ʌp] 介 副 向上地 片語 **up to date** 最新的
- ☆ **toward** [tə`wɔrd] 介 向…；對於；將近
- ★ **under** [`ʌndɚ] 介 低於 副 小於 片語 **under the table** 私下
- ☆ **with** [wɪð] 介 帶有；具有 反義 **without** [wɪ`ðaut] 介 無

( ) 265. **Very** _______ **people** could sing and dance like Jolin Tsai.
(A) certain (B) many (C) few (D) most

Point 很少人可以像蔡依林一樣又唱又跳。

單字速記
- ★ **certain** [`sɜtən ] 代 某些 形 確實的 衍生 **certainty** [ `sɜtəntɪ] 名 必然
- ☆ **many** [mɛnɪ] 代 很多 形 許多的 同義 **a lot of**
- ★ **few** [fju] 代 少數 形 少的 片語 **quite a few** 相當多
- ☆ **most** [most] 代 最大多數 形 最多的 衍生 **mostly** [`mostlɪ] 副 大部分地

( ) 266. _______ can change my everlasting love for my deceased husband.
(A) Nothing (B) Someone (C) Who (D) When

Point 沒有什麼可以改變我對亡夫永恆的愛。

單字速記
- ★ **nothing** [`nʌθɪŋ] 代 名 沒有什麼 片語 **nothing but** 只不過
- ☆ **someone** [`sʌm,wʌn] 代 某一個人 名 重要的人
- ★ **who** [hu] 代 誰；什麼人
- ☆ **when** [hwɛn] 代 何時 連 當…時

( ) 267. The best restaurant in town is _______ my grandma's house.
(A) between (B) behind (C) during (D) below

Point 這個小鎮最棒的餐廳就在我奶奶家後面。

單字速記
- ★ **between** [bɪ`twin] 介 在…之間 副 在中間
- ☆ **behind** [bɪ`haɪnd] 介 在…之後 副 在後 片語 **behind the curtain** 秘密地
- ★ **during** [`djurɪŋ] 介 在…期間
- ☆ **below** [bə`lo] 介 在…下面 副 在下方 片語 **below par** 不舒服

(　) 268. I would love to spend a wonderful night with you ______ **sunrise**.
(A) after (B) as (C) because (D) before

Point 我願意在日出之前與你共度美好夜晚。

單字速記
- ★ **after** [ˋæftɚ] 連 介 在…之後 片語 **after all** 畢竟
- ☆ **as** [æz] 連 像…一樣 介 作為 片語 **as follows** 如下
- ★ **because** [bɪˋkɔz] 連 因為 片語 **because of** 因為…
- ☆ **before** [bɪˋfor] 連 以前 介 在…以前 片語 **before long** 不久以後

(　) 269. Do you like beef ______ pork?
(A) or (B) nor (C) either (D) but

Point 你喜歡牛肉還是豬肉？

單字速記
- ★ **or** [ɔr] 連 或者；否則 片語 **or so** 大約
- ☆ **nor** [nɔr] 連 也不
- ★ **either** [ˋiðɚ] 連 或者 代 兩者間任一 片語 **in either event** 不論這樣或那樣
- ☆ **but** [bʌt] 連 但是 介 除了…以外 片語 **cannot but** 不得不

(　) 270. This is **the** ______ movie that I have ever seen.
(A) very (B) well (C) worst (D) worse

Point 這是我看過最糟糕的電影。

單字速記
- ★ **very** [ˋvɛrɪ] 副 非常 形 正是；恰好 同義 **extremely** [ɪkˋstrimlɪ]
- ☆ **well** [wɛl] 副 良好地 名 井 片語 **do well** 進展良好
- ★ **worst** [wɝst] 形 最糟的 副 最糟 反義 **best** [bɛst] 形 最好的
- ☆ **worse** [wɝs] 形 更糟的 副 更糟 片語 **go from bad to worse** 每況愈下

Answer Key 241-270

241~245 ❯ B D A B D　246~250 ❯ B C A B C　251~255 ❯ C A B A B
256~260 ❯ D A D B D　261~265 ❯ B D B A C　266~270 ❯ A B D A C

ROUND

Question 271～292

(　) 271. This x-rated book is **for** _______ only.
(A) agreements (B) adults (C) birds (D) dears

Point 這本X級刊物只供成人閱讀。

★ **agreement** [ə`grimənt] 名 同意 片語 **in agreement with** 與…一致
☆ **adult** [ə`dʌlt] 名 成年人 形 成人的 片語 **adult bookstore** 成人書店
★ **bird** [bɝd] 名 鳥 衍生 **bird's-eye** [`bɝdz͵aɪ] 形 鳥瞰的
☆ **dear** [dɪr] 形 親愛的 名 親愛的人 片語 **Dear John** 絕交信

(　) 272. When the prompt appears, _______ **your password**.
(A) enter (B) examine (C) ease (D) marry

Point 當快顯視窗出現時，輸入你的密碼。

★ **enter** [`ɛntɚ] 動 輸入；進入 片語 **enter into** 加入；開始
☆ **examine** [ɪg`zæmɪn ] 動 檢查 同義 **inspect** [ ɪn`spɛkt]
★ **ease** [iz] 名 舒適；容易 動 緩和；減輕 片語 **with ease** 容易地
☆ **marry** [`mærɪ] 動 結婚 片語 **marry into** 經結婚成為…的一員

(　) 273. **Saying** _______ is never easy for me.
(A) hello (B) law (C) ninety (D) goodbye

Point 道別對我而言從不容易。

★ **hello** [hə`lo] 名 哈囉 片語 **golden hello** 高額應聘金
☆ **law** [lɔ] 名 法律 片語 **law firm** 法律事務所
★ **ninety** [`naɪntɪ] 名 九十 形 九十的
☆ **goodbye** [gʊd`baɪ] 名 再見 片語 **kiss goodbye** 吻別

(　) 274. There are many good restaurants _______.
(A) here (B) O.K. (C) home (D) no

Point 這裡有許多好餐廳。

單字速記

★ **here** [hɪr] 副 名 這裡 片語 **here and now** 此刻
☆ **O.K./OK/okay** [oˋke] 名 好 形 好的 衍生 **A-OK** [ˋeˏoˋke] 形 一切正常的
★ **home** [hom] 副 在家 名 家 片語 **home court advantage** 主場優勢
☆ **no** [no] / **nope** [nop] 副 一點也不 片語 **no way** 決不

( ) 275. Please do not give me too many limitations. I am not _______!
(A) you (B) yours (C) yes (D) year

Point 請不要給我太多限制，我不是你的(附屬品)！

單字速記

★ **you** [ju] 代 你；你們 片語 **you name it** 你要什麼儘管講
☆ **your(s)** [jʊr(z)] 代 你(們)的東西 片語 **sincerely yours** 謹此致意
★ **yes** [jɛs] 副 是的 名 是 片語 **yes man** 唯命是從的人
☆ **year** [jɪr] 名 年 片語 **year-end dinner party** 年終尾牙

( ) 276. I heard the joke from a **taxi** _______.
(A) driver (B) mother (C) officer (D) papa

Point 我從一位計程車司機那裡聽到這個笑話。

單字速記

★ **driver** [ˋdraɪvɚ] 名 司機；駕駛員 片語 **driver's license** 駕駛執照
☆ **mother** [ˋmʌðɚ] 名 母親 動 產生出 片語 **mother tongue** 母語
★ **officer** [ˋɔfɪsɚ] 名 官員 片語 **warrant officer** 美國陸軍准尉
☆ **papa** [ˋpɑpə] 名 爸爸 相關 **mama** [ˋmɑmə] 名 媽媽

( ) 277. What she said _______ me **a lot**.
(A) lays (B) interests (C) grows (D) books

Point 她所說的話讓我深感興趣。

單字速記

★ **lay** [le] 動 產卵；放置 片語 **lay a complaint against** 控告
☆ **interest** [ˋɪntərɪst] 動 使發生興趣 名 興趣；利益
★ **grow** [gro] 動 成長 片語 **grow into** 成長為
☆ **book** [bʊk] 動 預訂；登記 名 書 片語 **book club** 讀書會

( ) 278. Vivian's house is down a long narrow _______.
(A) downstairs (B) winter (C) street (D) upstairs

Point 薇薇安的家在一條狹長的街道裡。

★ **downstairs** [ˌdaʊnˋstɛrz] 副 往樓下 名 樓下
☆ **winter** [ˋwɪntɚ] 名 冬天 片語 **winter sports** 冬季運動
★ **street** [strit] 名 街道 片語 **street journalism** 市井新聞
☆ **upstairs** [ˋʌpˋstɛrz] 副 在樓上 名 樓上

( ) 279. Can you show me **the** _______ **to** the stadium?
(A) number (B) way (C) water (D) wall

Point 你可以指示我前往體育場的路嗎？

★ **number** [ˋnʌmbɚ] 名 數字 動 編號 片語 **number off** (列隊時)報數
☆ **way** [we] 名 路；方法 片語 **way out** 出口；解決辦法
★ **water** [ˋwɔtɚ] 名 水 動 灌溉 片語 **water cooler chat** 辦公室閒聊
☆ **wall** [wɔl] 名 牆 動 用牆圍住 片語 **wall clock** 掛鐘

( ) 280. That photographer is _______ a professional cook.
(A) only (B) where (C) also (D) why

Point 那位攝影師也是一位專業廚師。

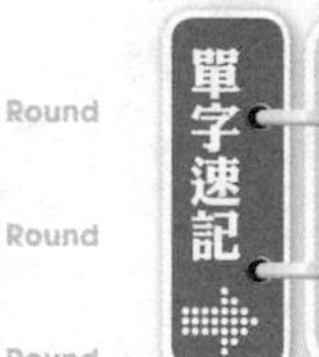

★ **only** [ˋonlɪ] 副 只；僅僅 連 不過 片語 **only for** 要不是
☆ **where** [hwɛr] 副 在哪裡 代 …的地方 衍生 **whereas** [hwɛrˋæz] 連 鑑於
★ **also** [ˋɔlso] 副 也 衍生 **also-ran** [ˋɔlsoˌræn] 名 失敗者
☆ **why** [hwaɪ] 名 原因；理由 副 為什麼 片語 **why not** 當然

( ) 281. My _______ is mending my socks.
(A) mommy (B) tummy (C) farmer (D) pen

Point 我媽咪正在幫我補襪子。

★ **mommy** [ˋmɑmɪ] 名 媽咪 同義 **momma** [ˋmɑmə]
☆ **tummy** [ˋtʌmɪ] 名 肚子 同義 **belly** [ˋbɛlɪ]
★ **farmer** [ˋfɑrmɚ] 名 農夫 片語 **tenant farmer** 佃農
☆ **pen** [p5n] 名 原子筆 動 寫；關起來 片語 **pen pal** 筆友

( ) 282. Kim _______ her pen on the desk.

1 Round
2 Round
3 Round
4 Round
5 Round
6 Round
7 Round
8 Round
9 Round
10 Round

(A) washes (B) opens (C) puts (D) sits

Point 金將她的筆放在書桌上。

單字速記
- ★ **wash** [wɑʃ] 動 名 洗 片語 **wash away** 沖走
- ☆ **open** [ˋopən] 形 打開的 動 打開 片語 **open door** 門戶開放
- ★ **put** [pʊt] 動 放置 片語 **put on** 穿上
- ☆ **sit** [sɪt] 動 坐 片語 **sit down** 坐下

( ) 283. He said he must _______ **with you** right away.

(A) prepare (B) show (C) speak (D) stop

Point 他說他必須馬上和你說話。

單字速記
- ★ **prepare** [prɪˋpɛr] 動 準備 片語 **prepare for** 為…做準備
- ☆ **show** [ʃo] 動 出示 名 展覽 片語 **show off** 炫耀
- ★ **speak** [spik] 動 說話 片語 **speak of** 談及
- ☆ **stop** [stɑp] 動 停止；阻止 片語 **non-stop train** 直達列車

( ) 284. He **appealed his** _______ to a higher court.

(A) piece (B) case (C) inch (D) place

Point 他向上級法院申訴他的案件。

單字速記
- ★ **piece** [pis] 名 (藝術)作品；一片 片語 **piece by piece** 一點一點地
- ☆ **case** [kes] 名 案件；情況 片語 **case study** 個案研究
- ★ **inch** [ɪntʃ] 名 英吋 動 緩慢地移動 片語 **every inch** 完全
- ☆ **place** [ples] 名 地點 動 放置 片語 **place mat** 餐桌上的墊布

( ) 285. This is my first time to **be in a** _______ **country**.

(A) gray (B) purple (C) foreign (D) red

Point 這是我第一次出國(置身異國)。

單字速記
- ★ **gray/grey** [gre] 形 灰色的 名 灰色 片語 **gray area** 灰色地帶
- ☆ **purple** [ˋpɝpl̩] 形 紫色的 名 紫色 片語 **royal purple** 深紫紅色
- ★ **foreign** [ˋfɔrɪn] 形 外國的 片語 **foreign affairs** 外交事務
- ☆ **red** [rɛd] 形 紅色的 名 紅色 片語 **red light** 紅燈

( ) 286. ______ **of my classmates** went swimming this afternoon.

(A) Several (B) Thousand (C) World (D) Zoo

Point 我的幾個同學今天下午去游泳。

單字速記

★ **several** [`sɛvərəl] 形 幾個的 代 幾個 同義 **some** [sʌm]

☆ **thousand** [`θaʊzn̩d] 名 一千 形 一千的 片語 **a thousand and one** 許多

★ **world** [wɝld] 名 世界 片語 **world war** 世界大戰

☆ **zoo** [zu] 名 動物園 衍生 **zoology** [zo`ɑlədʒɪ] 名 動物學

( ) 287. It began to rain when I was about to go out, ______ I decided to wait for a while.

(A) never (B) not (C) how (D) thus

Point 當我正要出門時開始下起雨來，所以我決定等一會兒。

單字速記

★ **never** [`nɛvɚ] 副 從來沒有 片語 **never for a moment** 從不

☆ **not** [nɑt] 副 不 片語 **have not a dry thread on one** 渾身濕透

★ **how** [haʊ] 副 如何 片語 **how come** 怎麼會

☆ **thus** [ðʌs] 副 所以；如此 片語 **thus far** 到現在為止

( ) 288. We have been puzzling over the problem **for** ______.

(A) roads (B) months (C) spaces (D) things

Point 我們已經苦思這個問題好幾個月了。

單字速記

★ **road** [rod] 名 道路 片語 **road map** 公路圖

☆ **month** [mʌnθ] 名 月 片語 **month in month out** 每月

★ **space** [spes] 名 空間；空白 片語 **space bar** 空白鍵

☆ **thing** [θɪŋ] 名 東西 片語 **poor thing** 小可憐

( ) 289. Please tell me your **height and** ______.

(A) son (B) week (C) weight (D) space

Point 請告訴我你的身高和體重。

單字速記

★ **son** [sʌn] 名 兒子 片語 **son of a gun** 流氓；壞蛋

☆ **week** [wik] 名 星期 片語 **working week** 工作週

★ **weight** [wet] 名 重量 片語 **weight lifter** 舉重者

☆ **space** [spes] 名 空間；太空 片語 **space shuttle** 太空梭

( ) 290. He has been standing _______ for hours.
(A) where (B) never (C) tall (D) there

Point 他站在那裡好幾個小時了。

單字速記
★ **where** [hwɛr] 副 在哪裡 代 何處
☆ **never** [ˋnɛvɚ] 副 從來沒有 片語 **never even** 連…也不
★ **tall** [tɔl] 形 高的；離譜的 片語 **tall story** 誇大的故事
☆ **there** [ðɛr] 副 在那裡 名 那裡 片語 **there and then** 立刻

( ) 291. I _______ give you a present next week.
(A) show (B) shall (C) stop (D) also

Point 我下個禮拜將會給你一份禮物。

單字速記
★ **show** [ʃo] 動 出示 名 展覽 片語 **show bill** 廣告；海報
☆ **shall** [ʃæl] 動 將；會 片語 **decision shall stand** 決定維持有效
★ **stop** [stɑp] 動 名 停止；阻止 片語 **stop light** 紅燈
☆ **also** [ˋɔlso] 副 也 同義 **as well**

( ) 292. Your brother is really _______!
(A) gray (B) purple (C) tall (D) your

Point 你哥哥長得真高！

單字速記
★ **gray/grey** [gre] 形 灰色的 名 灰色 片語 **gray market** 水貨市場
☆ **purple** [ˋpɝpl̩] 形 紫色的 名 紫色 近義 **violet** [ˋvaɪəlɪt] 名 紫羅蘭色
★ **tall** [tɔl] 形 高的；離譜的 片語 **tall tale** 荒誕不經的故事
☆ **your** [jʊr] 代 你(們)的 片語 **thumb your nose at** 目無法紀

Answer Key 271-292

271~275 ➤ B A D A B 276~280 ➤ A B C B C 281~285 ➤ A C C B C
286~290 ➤ A D B C D 291~292 ➤ B C

A friend in need is a friend indeed.

患難見真情。

Level

2

突破2級重圍的 292道關鍵題

符合美國二年級學生
所學範圍

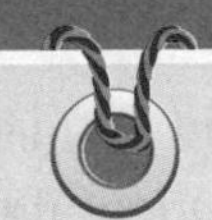

名 名詞
動 動詞
形 形容詞
副 副詞
冠 冠詞
連 連接詞
介 介系詞
代 代名詞

ROUND 1 Question 1～30

(　) 1. We will **have a** ______ in the backyard tomorrow.
(A) barbecue (B) grape (C) guava (D) lemon

Point 明天我們將在後院舉辦烤肉野餐。

單字速記
- ★ **barbecue/BBQ** [`bɑrbɪkju] 名 動 烤肉 片語 **barbecue sauce** 烤肉醬
- ☆ **grape** [grep] 名 葡萄 片語 **sour grapes** 酸葡萄心理
- ★ **guava** [`gwɑvə] 名 芭樂 片語 **guava juice** 芭樂汁
- ☆ **lemon** [`lɛmən] 名 檸檬 片語 **lemon squeezer** 檸檬榨汁器

(　) 2. The bakery is known for its **chocolate** ______.
(A) mango (B) pudding (C) melon (D) papaya

Point 這家麵包店以巧克力布丁聞名。

單字速記
- ★ **mango** [`mæŋgo] 名 芒果 片語 **mango tree** 芒果樹
- ☆ **pudding** [`pʊdɪŋ] 名 布丁 片語 **vanilla pudding** 香草布丁
- ★ **melon** [`mɛlən] 名 甜瓜 片語 **bitter melon** 苦瓜
- ☆ **papaya** [pə`pɑjə] 名 木瓜 片語 **papaya juice** 木瓜汁

(　) 3. Would you like **a can of cold** ______?
(A) chocolate (B) dessert (C) beer (D) doughnut

Point 你想要一罐冰啤酒嗎？

單字速記
- ★ **chocolate** [`tʃɔkəlɪt] 名 巧克力 片語 **hot chocolate** 加巧克力的熱飲
- ☆ **dessert** [dɪ`zɝt] 名 甜點 片語 **dessert wine** 飯後甜酒
- ★ **beer** [bɪr] 名 啤酒 俚語 **beer belly** 啤酒肚
- ☆ **doughnut** [`do͵nʌt ] 名 甜甜圈 同義 **donut** [ `do͵nʌt]

(　) 4. He ate too much fruit and too many ______ between meals.
(A) peaches (B) pears (C) pineapples (D) snacks

Point 他在正餐之間吃了太多水果和點心。

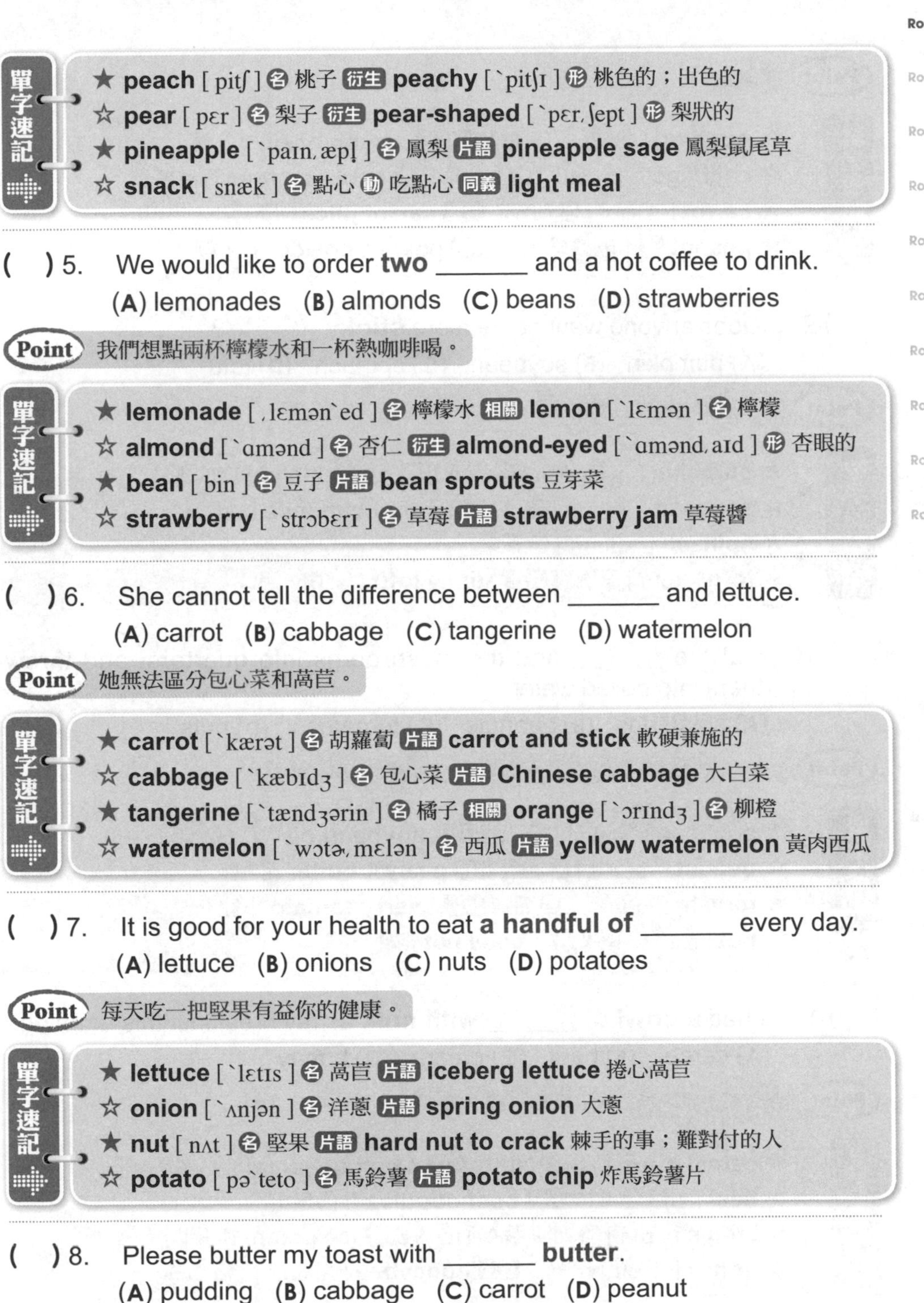

單字速記

★ **peach** [pitʃ] 名 桃子 衍生 **peachy** [\`pitʃɪ] 形 桃色的；出色的
☆ **pear** [pɛr] 名 梨子 衍生 **pear-shaped** [\`pɛr͵ʃept] 形 梨狀的
★ **pineapple** [\`paɪn͵æpl̩] 名 鳳梨 片語 **pineapple sage** 鳳梨鼠尾草
☆ **snack** [snæk] 名 點心 動 吃點心 同義 **light meal**

( ) 5. We would like to order **two** _______ and a hot coffee to drink.
(A) lemonades (B) almonds (C) beans (D) strawberries

Point 我們想點兩杯檸檬水和一杯熱咖啡喝。

單字速記

★ **lemonade** [͵lɛmən\`ed ] 名 檸檬水 相關 **lemon** [ \`lɛmən] 名 檸檬
☆ **almond** [\`ɑmənd ] 名 杏仁 衍生 **almond-eyed** [ \`ɑmənd͵aɪd] 形 杏眼的
★ **bean** [bin] 名 豆子 片語 **bean sprouts** 豆芽菜
☆ **strawberry** [\`strɔbɛrɪ] 名 草莓 片語 **strawberry jam** 草莓醬

( ) 6. She cannot tell the difference between _______ and lettuce.
(A) carrot (B) cabbage (C) tangerine (D) watermelon

Point 她無法區分包心菜和萵苣。

單字速記

★ **carrot** [\`kærət] 名 胡蘿蔔 片語 **carrot and stick** 軟硬兼施的
☆ **cabbage** [\`kæbɪdʒ] 名 包心菜 片語 **Chinese cabbage** 大白菜
★ **tangerine** [\`tændʒərin ] 名 橘子 相關 **orange** [ \`ɔrɪndʒ] 名 柳橙
☆ **watermelon** [\`wɔtɚ͵mɛlən] 名 西瓜 片語 **yellow watermelon** 黃肉西瓜

( ) 7. It is good for your health to eat **a handful of** _______ every day.
(A) lettuce (B) onions (C) nuts (D) potatoes

Point 每天吃一把堅果有益你的健康。

單字速記

★ **lettuce** [\`lɛtɪs] 名 萵苣 片語 **iceberg lettuce** 捲心萵苣
☆ **onion** [\`ʌnjən] 名 洋蔥 片語 **spring onion** 大蔥
★ **nut** [nʌt] 名 堅果 片語 **hard nut to crack** 棘手的事；難對付的人
☆ **potato** [pə\`teto] 名 馬鈴薯 片語 **potato chip** 炸馬鈴薯片

( ) 8. Please butter my toast with _______ **butter**.
(A) pudding (B) cabbage (C) carrot (D) peanut

Point 請幫我的吐司塗上花生醬。

單字速記
★ **pudding** [`pʊdɪŋ] 名 布丁 片語 **pudding basin** 布丁缽
☆ **cabbage** [`kæbɪdʒ] 名 包心菜 片語 **cabbage rose** 西洋薔薇
★ **carrot** [`kærət] 名 胡蘿蔔 片語 **carrot juice** 胡蘿蔔汁
☆ **peanut** [`pi͵nʌt] 名 花生 片語 **peanut powder** 花生粉

(　) 9. Does anyone want some more **stinky** _______?
(A) pumpkin (B) soybean (C) spinach (D) tofu

Point 有誰想再吃點臭豆腐嗎？

單字速記
★ **pumpkin** [`pʌmpkɪn] 名 南瓜 片語 **pumpkin pie** 南瓜派
☆ **soybean** [`sɔɪbin] 名 大豆 片語 **soybean milk** 豆漿
★ **spinach** [`spɪnɪtʃ] 名 菠菜
☆ **tofu** [`tofu] 名 豆腐 片語 **stinky tofu** 臭豆腐

(　) 10. Cut the _______ and the mushrooms into quarters, and throw them into boiled water.
(A) soybeans (B) peanuts (C) tomatoes (D) nuts

Point 將番茄和蘑菇切成四分之一大小，然後將它們丟入滾水。

單字速記
★ **soybean** [`sɔɪbin] 名 大豆 片語 **soybean oil** 大豆油
☆ **peanut** [`pi͵nʌt] 名 花生 片語 **peanut butter** 花生醬
★ **tomato** [tə`meto] 名 番茄 片語 **cherry tomato** 小番茄
☆ **nut** [nʌt] 名 堅果 片語 **betel nut** 檳榔

(　) 11. I had **a bowl of** _______ **with milk** as my breakfast this morning.
(A) cereal (B) beef (C) cream (D) honey

Point 今天早上我吃了一碗牛奶穀片當早餐。

單字速記
★ **cereal** [`sɪrɪəl] 名 穀類作物 片語 **a box of cereal** 一盒麥片
☆ **beef** [bif] 名 牛肉 片語 **beef noodles** 牛肉麵
★ **cream** [krim] 名 奶油 形 奶油色的 片語 **ice cream** 冰淇淋
☆ **honey** [`hʌnɪ ] 名 蜂蜜 衍生 **honeybee** [ `hʌnɪ͵bi] 名 蜜蜂

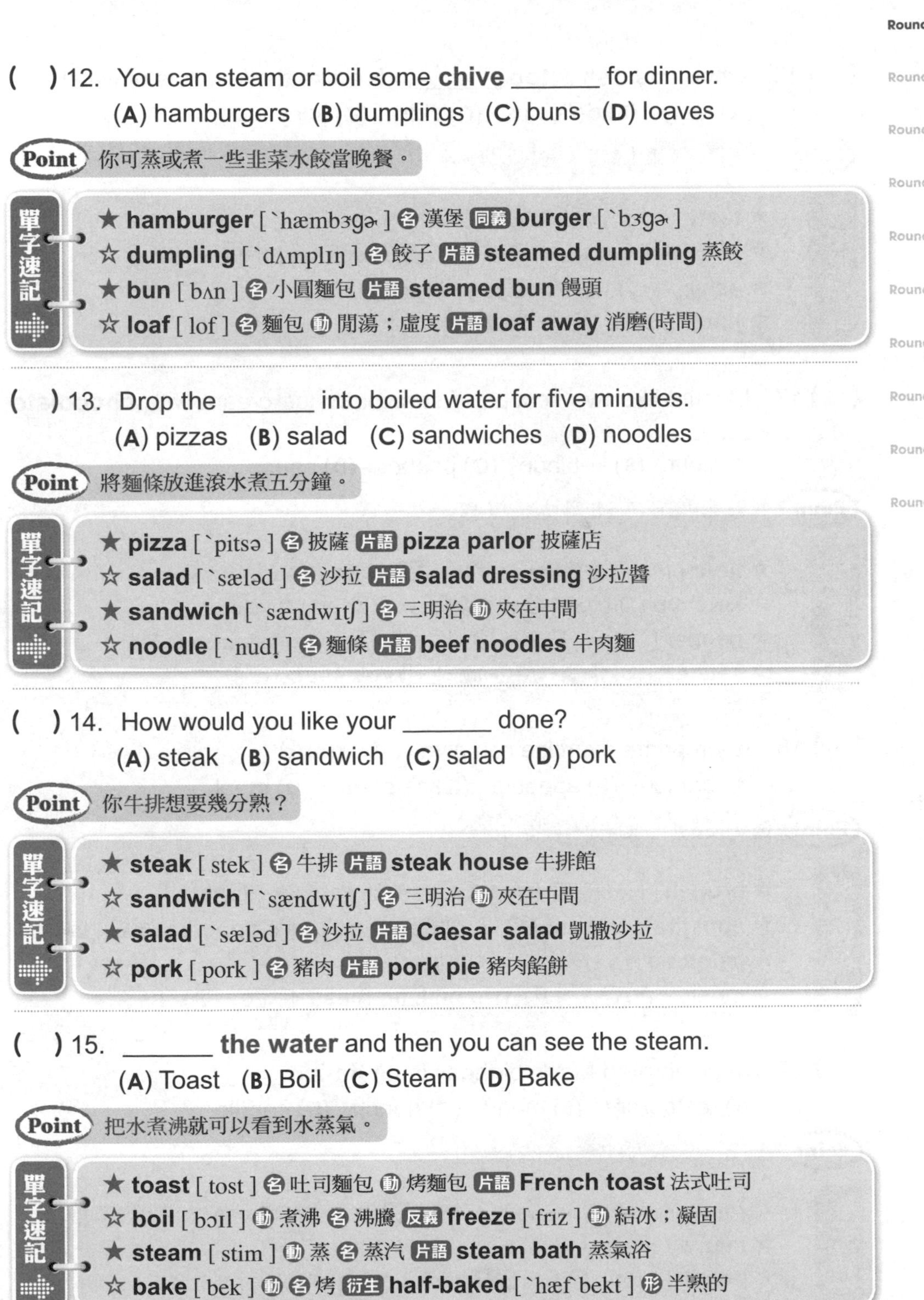

( ) 12. You can steam or boil some **chive** _______ for dinner.
(A) hamburgers (B) dumplings (C) buns (D) loaves

Point 你可蒸或煮一些韭菜水餃當晚餐。

單字速記
- ★ **hamburger** [ˋhæmbɝgɚ] 名 漢堡 同義 **burger** [ˋbɝgɚ]
- ☆ **dumpling** [ˋdʌmplɪŋ] 名 餃子 片語 **steamed dumpling** 蒸餃
- ★ **bun** [bʌn] 名 小圓麵包 片語 **steamed bun** 饅頭
- ☆ **loaf** [lof] 名 麵包 動 閒蕩；虛度 片語 **loaf away** 消磨(時間)

( ) 13. Drop the _______ into boiled water for five minutes.
(A) pizzas (B) salad (C) sandwiches (D) noodles

Point 將麵條放進滾水煮五分鐘。

單字速記
- ★ **pizza** [ˋpitsə] 名 披薩 片語 **pizza parlor** 披薩店
- ☆ **salad** [ˋsæləd] 名 沙拉 片語 **salad dressing** 沙拉醬
- ★ **sandwich** [ˋsændwɪtʃ] 名 三明治 動 夾在中間
- ☆ **noodle** [ˋnudḷ] 名 麵條 片語 **beef noodles** 牛肉麵

( ) 14. How would you like your _______ done?
(A) steak (B) sandwich (C) salad (D) pork

Point 你牛排想要幾分熟？

單字速記
- ★ **steak** [stek] 名 牛排 片語 **steak house** 牛排館
- ☆ **sandwich** [ˋsændwɪtʃ] 名 三明治 動 夾在中間
- ★ **salad** [ˋsæləd] 名 沙拉 片語 **Caesar salad** 凱撒沙拉
- ☆ **pork** [pork] 名 豬肉 片語 **pork pie** 豬肉餡餅

( ) 15. _______ **the water** and then you can see the steam.
(A) Toast (B) Boil (C) Steam (D) Bake

Point 把水煮沸就可以看到水蒸氣。

單字速記
- ★ **toast** [tost] 名 吐司麵包 動 烤麵包 片語 **French toast** 法式吐司
- ☆ **boil** [bɔɪl] 動 煮沸 名 沸騰 反義 **freeze** [friz] 動 結冰；凝固
- ★ **steam** [stim] 動 蒸 名 蒸汽 片語 **steam bath** 蒸氣浴
- ☆ **bake** [bek] 動 名 烤 衍生 **half-baked** [ˋhæfˋbekt] 形 半熟的

( ) 16. I think this dish is **too** _______; I feel like drinking lots of water.
(A) tasty (B) delicious (C) salty (D) juicy

Point 我覺得這道菜太鹹了；我想大量喝水。

單字速記
★ **tasty** [`testɪ ] 形 好吃的 同義 **savory** [ `sevərɪ]
☆ **delicious** [dɪ`lɪʃəs ] 形 美味的 同義 **luscious** [ `lʌʃəs]
★ **salty** [`sɔltɪ] 形 鹹的 相關 **salt** [sɔlt] 名 鹽
☆ **juicy** [`dʒusɪ ] 形 多汁的 相關 **juicer** [ `dʒusɚ] 名 果汁機

( ) 17. I would like two scoops of strawberry ice cream with **chocolate** _______.
(A) flour (B) ketchup (C) pepper (D) sauce

Point 我想要兩球草莓冰淇淋加巧克力醬。

單字速記
★ **flour** [flaʊr] 名 麵粉 動 灑粉於 片語 **white flour** 精白麵粉
☆ **ketchup** [`kɛtʃəp ] 名 番茄醬 同義 **catchup** [ `kætʃəp]
★ **pepper** [`pɛpɚ] 名 胡椒 動 使佈滿 片語 **cayenne pepper** 辣椒
☆ **sauce** [sɔs] 名 調味醬 動 調味 片語 **soy sauce** 醬油

( ) 18. Appropriate exercise can give you a **good** _______.
(A) brunch (B) appetite (C) cafeteria (D) meal

Point 適度的運動可以讓你有好胃口。

單字速記
★ **brunch** [brʌntʃ] 名 早午餐 相關 等於 **breakfast** + **lunch**
☆ **appetite** [`æpə͵taɪt] 名 胃口 片語 **get up one's appetite** 開胃；增進食欲
★ **cafeteria** [͵kæfə`tɪrɪə] 名 自助餐館
☆ **meal** [mil] 名 一餐 諺語 **No mill, no meal.** 不播種，沒收穫。

( ) 19. We celebrated May's birthday in an **Italian** _______.
(A) restaurant (B) menu (C) bench (D) candle

Point 我們在一家義大利餐廳慶祝梅的生日。

單字速記
★ **restaurant** [`rɛstərənt] 名 餐廳 片語 **restaurant car** (火車上的)餐車
☆ **menu** [`mɛnju] 名 菜單
★ **bench** [bɛntʃ] 名 長凳 片語 **back bench** (英國)後座議員席
☆ **candle** [`kændḷ ] 名 蠟燭 衍生 **candlestick** [ `kændḷ͵stɪk] 名 燭臺

( ) 20. You can use the _______ to dry your wet clothes.
(A) eraser (B) holder (C) flag (D) dryer

Point 你可以用烘衣機烘乾你的濕衣服。

單字速記
- ★ **eraser** [ɪ`resɚ ] 名 橡皮擦 相關 **erase** [ ɪ`res] 動 擦掉；消除
- ☆ **holder** [`holdɚ] 名 支架；支托物；持有者
- ★ **flag** [flæg] 名 旗子 動 豎起旗子 片語 **show the white flag** 舉白旗；投降
- ☆ **dryer** [`draɪɚ] 名 烘衣機 片語 **tumble dryer** 滾筒式烘乾機

( ) 21. Could you help me _______ **back together** the broken plate?
(A) lock (B) glue (C) pack (D) bill

Point 你可以幫我把破掉的盤子黏回來嗎？

單字速記
- ★ **lock** [lɑk] 動 上鎖 名 鎖 片語 **lock in** 把…關在裡面
- ☆ **glue** [glu] 動 黏 名 膠水 衍生 **gluey** [`gluɪ] 形 膠著的
- ★ **pack** [pæk] 動 打包 名 一包 片語 **pack into** 塞進；擠進
- ☆ **bill** [bɪl] 名 帳單 動 開帳單 片語 **bank bill** 鈔票；銀行匯票

( ) 22. My printer is running **out of** _______.
(A) handle (B) glue (C) ink (D) lid

Point 我的印表機快要沒有墨水了。

單字速記
- ★ **handle** [`hændl̩] 動 處理 名 把手 片語 **love handles** 腰間贅肉
- ☆ **glue** [glu] 動 黏 名 膠水 衍生 **gluepot** [`glu͵pɑt] 名 熔膠鍋
- ★ **ink** [ɪŋk] 名 墨汁 動 潑上墨水 片語 **ink pad** 印台
- ☆ **lid** [lɪd] 名 蓋子 同義 **cover** [`kʌvɚ]

( ) 23. **The Taiwan** _______ **Festival** is an annual event.
(A) Instance (B) Flashlight (C) Lantern (D) Notebook

Point 臺灣燈會是一個年度活動。

單字速記
- ★ **instance** [`ɪnstəns ] 名 例子 動 引證 同義 **example** [ ɪg`zæmpl̩]
- ☆ **flashlight** [`flæʃ͵laɪt] 名 手電筒；閃光燈 同義 **flash** [flæʃ]
- ★ **lantern** [`læntɚn] 名 燈籠 片語 **lantern slide** 幻燈片
- ☆ **notebook** [`not͵bʊk] 名 筆記本 片語 **notebook computer** 筆記型電腦

( ) 24. Grandpa tamped a wad of tobacco into his ______.
(A) pen (B) turkey (C) holder (D) pipe

Point 爺爺將一團菸草塞進他的煙斗裡。

單字速記
★ **pen** [pɛn] 名 原子筆 動 寫；關起來 片語 **fountain pen** 自來水筆
☆ **turkey** [`tɝkɪ] 名 火雞 片語 **Turkey red** 鮮紅色
★ **holder** [`holdɚ] 名 支架；支托物；持有者 片語 **office holder** 公職人員
☆ **pipe** [paɪp] 名 煙斗；管子 動 以管傳送 片語 **exhaust pipe** (汽車的)排氣管

( ) 25. I left my ______ on the MRT again; now I have to run home in the rain.
(A) stick (B) umbrella (C) data (D) flashlight

Point 我又把雨傘遺忘在捷運上了；現在必須冒雨跑回家。

單字速記
★ **stick** [stɪk] 動 黏 名 棍棒 片語 **walking stick** 手杖
☆ **umbrella** [ʌm`brɛlə] 名 雨傘
★ **data** [`detə ] 名 資料 同義 **information** [ ˌɪnfɚ`meʃən]
☆ **flashlight** [`flæʃˌlaɪt] 名 手電筒

( ) 26. The _____ **memory** in the computer can store the data temporarily.
(A) flash (B) function (C) drag (D) computer

Point 電腦裡的快閃記憶體可以暫時儲存資料。

單字速記
★ **flash** [flæʃ] 名 動 閃亮；閃現 片語 **flash marriage** 閃電結婚
☆ **function** [`fʌŋkʃən] 名 功能 動 運作 片語 **function word** 虛詞
★ **drag** [dræg] 動 名 拖；拉 片語 **drag out** 拖延
☆ **computer** [kəm`pjutɚ] 名 電腦 片語 **tablet computer** 平板電腦

( ) 27. Please ______ my letters to this new address.
(A) link (B) forward (C) search (D) paste

Point 請將我的信轉寄到這個新的地址。

單字速記
★ **link** [lɪŋk] 名 動 連結 衍生 **linking verb** 連綴動詞
☆ **forward** [`fɔrwɚd] 動 轉交；發送 名 前鋒 片語 **look forward to** 盼望
★ **search** [sɝtʃ] 動 搜尋 名 調查 同義 **seek** [sik]
☆ **paste** [pest] 動 貼上 名 漿糊 片語 **paste up** 用漿糊張貼

( ) 28. The mailman brought us a large and heavy ______.
(A) stamp (B) restroom (C) package (D) postcard

Point 郵差給我們送來一個又大又重的包裹。

單字速記

★ **stamp** [stæmp] 名 郵票 動 壓印 片語 **stamp duty** 印花稅
☆ **restroom** [`rɛst͵rum] 名 洗手間 同義 **rest room**
★ **package** [`pækɪdʒ] 名 包裹 動 包裝 片語 **package tourist** 跟團遊客
☆ **postcard** [`post͵kɑrd] 名 明信片

( ) 29. She devoted her **full** ______ to teaching.
(A) comb (B) printer (C) charge (D) energy

Point 她將全副精力投入教學。

單字速記

★ **comb** [kom] 名 梳子 動 梳 同義 **hairbrush** [`hɛr͵brʌʃ]
☆ **printer** [`prɪntɚ] 名 印表機 片語 **laser printer** 雷射印表機
★ **charge** [tʃɑrdʒ] 動 充電；索價 名 費用 片語 **handling charge** 手續費
☆ **energy** [`ɛnədʒɪ] 名 精力 片語 **energy drinks** 提神飲料

( ) 30. Who is the man with a **bushy** ______?
(A) beard (B) clothes (C) clothing (D) dress

Point 留著大鬍子的那個人是誰？

單字速記

★ **beard** [bɪrd] 名 鬍子 衍生 **bearded** [`bɪrdɪd] 形 有鬍鬚的
☆ **clothes** [kloz] 名 衣服 相關 **clothe** [kloð] 動 給…穿衣
★ **clothing** [`kloðɪŋ] 名 衣著 片語 **maternity clothing** 孕婦裝
☆ **dress** [drɛs] 名 洋裝 動 穿衣服 片語 **dress code** 衣著標準；衣著限制

Answer Key 1-30

1~5 A B C D A　6~10 B C D D C　11~15 A B D A B
16~20 C D B A D　21~25 B C C D B　26~30 A B C D A

ROUND

Question 31～60

(　) 31. She put on a pair of white **cotton** ______ and then took out the vase.
(A) gloves (B) handkerchiefs (C) hangers (D) jacket

Point 她戴上一雙白色棉手套然後拿出花瓶。

★ **glove** [glʌv] 名 手套 片語 **leather glove** 皮手套
☆ **handkerchief** [`hæŋkəˌtʃɪf] 名 手帕
★ **hanger** [`hæŋə] 名 衣架；掛鉤 片語 **coat hanger** 掛衣鉤
☆ **jacket** [`dʒækɪt] 名 夾克 片語 **life jacket** 救生衣

(　) 32. You should cover your mouth **with a** ______ when you sneeze.
(A) jacket (B) handkerchief (C) pajamas (D) shorts

Point 打噴嚏時應該用手帕遮住嘴巴。

★ **jacket** [`dʒækɪt] 名 夾克 片語 **book jacket** 書衣
☆ **handkerchief** [`hæŋkəˌtʃɪf] 名 手帕
★ **pajamas** [pə`dʒæməz] 名 睡衣 片語 **cat pajamas** 美好的事
☆ **shorts** [ʃɔrts] 名 短褲

(　) 33. Shorts, tank tops and ______ are not allowed in the office.
(A) skirts (B) sweaters (C) slippers (D) socks

Point 辦公室裡禁止穿著短褲、背心和拖鞋。

★ **skirt** [skɜt] 名 裙子 動 位於…的周圍 片語 **lantern skirt** 燈籠裙
☆ **sweater** [`swɛtə] 名 毛衣 片語 **turtleneck sweater** 高領毛衣
★ **slipper** [`slɪpə] 名 拖鞋 片語 **bathroom slipper** 浴室拖鞋
☆ **sock** [sɑk] 名 短襪 片語 **wool sock** 羊毛襪

(　) 34. Mike looks handsome in his new pair of **linen** ______.
(A) uniform (B) trousers (C) sweater (D) underwear

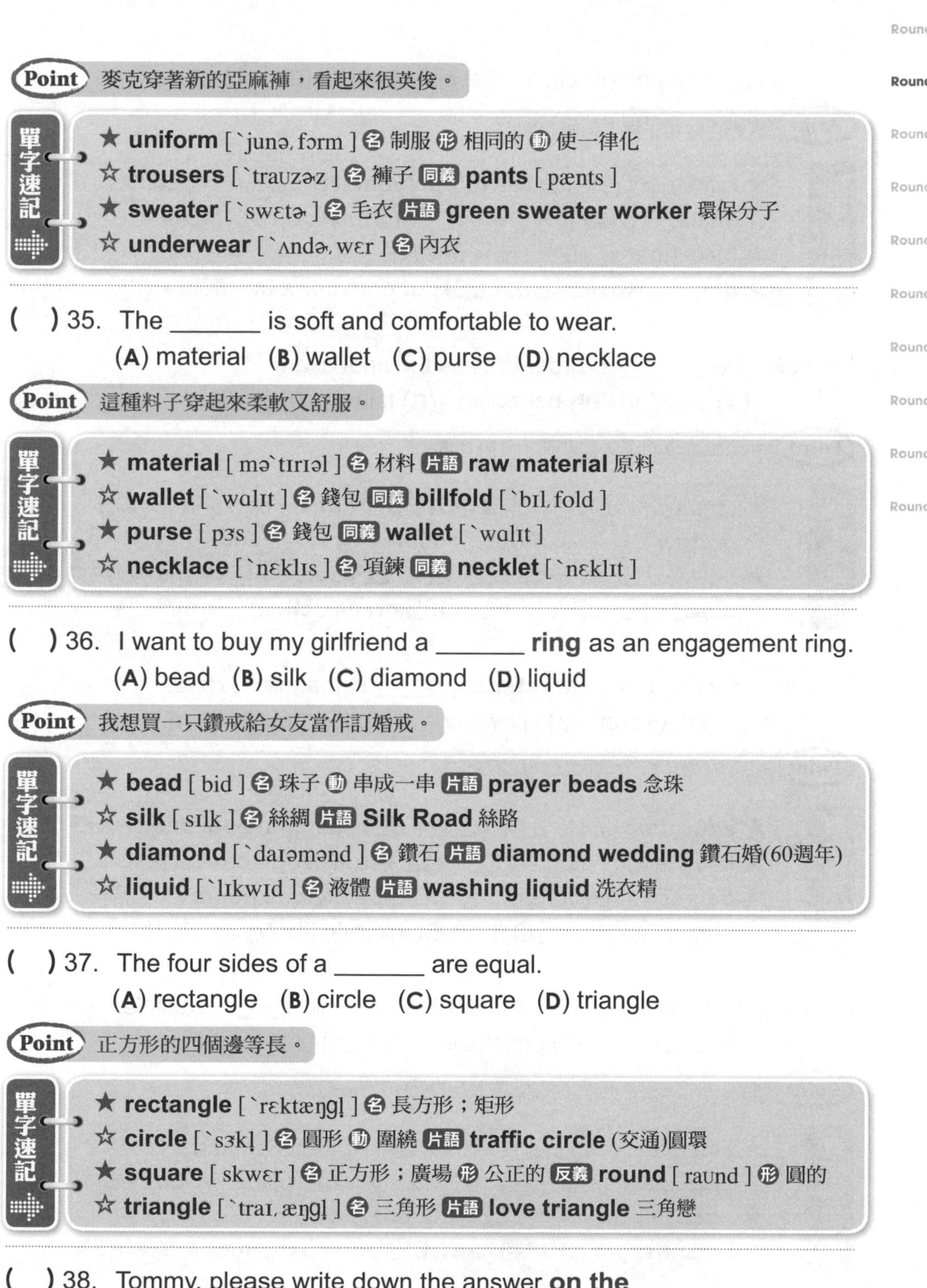

Point 麥克穿著新的亞麻褲，看起來很英俊。

單字速記
- ★ **uniform** [`junə͵fɔrm] 名 制服 形 相同的 動 使一律化
- ☆ **trousers** [`traʊzəz] 名 褲子 同義 **pants** [pænts]
- ★ **sweater** [`swɛtɚ] 名 毛衣 片語 **green sweater worker** 環保分子
- ☆ **underwear** [`ʌndɚ͵wɛr] 名 內衣

( ) 35. The _______ is soft and comfortable to wear.
(A) material (B) wallet (C) purse (D) necklace

Point 這種料子穿起來柔軟又舒服。

單字速記
- ★ **material** [mə`tɪrɪəl] 名 材料 片語 **raw material** 原料
- ☆ **wallet** [`wɑlɪt ] 名 錢包 同義 **billfold** [ `bɪl͵fold]
- ★ **purse** [pɝs] 名 錢包 同義 **wallet** [`wɑlɪt]
- ☆ **necklace** [`nɛklɪs ] 名 項鍊 同義 **necklet** [ `nɛklɪt]

( ) 36. I want to buy my girlfriend a _______ **ring** as an engagement ring.
(A) bead (B) silk (C) diamond (D) liquid

Point 我想買一只鑽戒給女友當作訂婚戒。

單字速記
- ★ **bead** [bid] 名 珠子 動 串成一串 片語 **prayer beads** 念珠
- ☆ **silk** [sɪlk] 名 絲綢 片語 **Silk Road** 絲路
- ★ **diamond** [`daɪəmənd] 名 鑽石 片語 **diamond wedding** 鑽石婚(60週年)
- ☆ **liquid** [`lɪkwɪd] 名 液體 片語 **washing liquid** 洗衣精

( ) 37. The four sides of a _______ are equal.
(A) rectangle (B) circle (C) square (D) triangle

Point 正方形的四個邊等長。

單字速記
- ★ **rectangle** [`rɛktæŋg!] 名 長方形；矩形
- ☆ **circle** [`sɝk!] 名 圓形 動 圍繞 片語 **traffic circle** (交通)圓環
- ★ **square** [skwɛr] 名 正方形；廣場 形 公正的 反義 **round** [raʊnd] 形 圓的
- ☆ **triangle** [`traɪ͵æŋg!] 名 三角形 片語 **love triangle** 三角戀

( ) 38. Tommy, please write down the answer **on the** _______.

(A) crayon (B) chalk (C) blackboard (D) dot

Point 湯米，請在黑板上寫下答案。

單字速記
★ **crayon** [`kreən ] 名 蠟筆 衍生 **crayonist** [ `kreənɪst] 名 蠟筆畫家
☆ **chalk** [tʃɔk] 名 粉筆 動 用粉筆寫 片語 **chalk out** 用粉筆畫出
★ **blackboard** [`blæk͵bord] 名 黑板
☆ **dot** [dɑt] 名 圓點 動 打點 片語 **dot com company** 網路公司

( ) 39. He _______ in order to pass the final exam.
(A) cheated (B) borrowed (C) failed (D) grade

Point 為了通過這門課，他在期末考時作弊。

單字速記
★ **cheat** [tʃit] 動 作弊；欺騙 名 騙子 片語 **cheat...of...** 騙取某人某物
☆ **borrow** [`bɑro] 動 借入 反義 **lend** [lɛnd] 動 把…借給
★ **fail** [fel] 動 不及格；失敗 名 不及格 反義 **succeed** [sək`sid] 動 成功
☆ **grade** [gred] 名 年級 動 評分 片語 **grade school** 小學

( ) 40. Yvonne took a **master's** _______ in math at Oxford.
(A) education (B) knowledge (C) degree (D) library

Point 伊芳在牛津大學拿到數學碩士學位。

單字速記
★ **education** [ɛdʒʊ`keʃən] 名 教育 片語 **bilingual education** 雙語教育
☆ **knowledge** [`nɑlɪdʒ] 名 知識 片語 **knowledge base** 知識庫
★ **degree** [dɪ`gri] 名 學位；程度 片語 **bachelor's degree** 學士學位
☆ **library** [`laɪ͵brɛrɪ] 名 圖書館 片語 **public library** 公立圖書館

( ) 41. In 1990, only 15% of junior high school _______ were female.
(A) scientists (B) principals (C) pupil (D) beginners

Point 西元一九九〇年，只有百分之十五的國中校長是女性。

單字速記
★ **scientist** [`saɪəntɪst] 名 科學家 片語 **political scientist** 政治學者
☆ **principal** [`prɪnsəpḷ] 名 校長 形 首要的 片語 **principal boy** 啞劇男主角
★ **pupil** [`pjupḷ ] 名 學生 同義 **student** [ `stjudṇt]
☆ **beginner** [bɪ`gɪnɚ] 名 初學者 片語 **beginner's luck** 新手的好運氣

( ) 42. We had _______ and math classes this afternoon.
(A) review (B) science (C) subject (D) quiz

Point 我們今天下午上了自然和數學課。

單字速記
- ★ **review** [rɪˋvju] 名 動 複習；檢閱 片語 **under review** 在檢查中
- ☆ **science** [ˋsaɪəns] 名 科學 片語 **science fiction** 科幻小說
- ★ **subject** [ˋsʌbdʒɪkt] 名 科目；主題 片語 **short subject** 預告片；短片
- ☆ **quiz** [kwɪz] 名 測驗 動 施測 同義 **test** [tɛst]

( ) 43. Our teacher gave us a _______ in English.
(A) semester (B) scientist (C) test (D) principal

Point 我們老師對我們進行了英文考試。

單字速記
- ★ **semester** [səˋmɛstɚ] 名 學期；半學年 同義 **term** [tɝm]
- ☆ **scientist** [ˋsaɪəntɪst] 名 科學家 片語 **rocket scientist** 火箭專家
- ★ **test** [tɛst] 名 考試 動 考驗 同義 **examine** [ɪgˋzæmɪn] 動 測驗
- ☆ **principal** [ˋprɪnsəpḷ] 名 校長 形 首要的

( ) 44. Jennifer doesn't understand all those English **technical** _______.
(A) buttons (B) patterns (C) spots (D) terms

Point 珍妮佛聽不懂那些英文專業術語。

單字速記
- ★ **button** [ˋbʌtn̩] 動 用釦子扣住 名 釦子；按鍵 片語 **button down** 證實
- ☆ **pattern** [ˋpætɚn] 名 圖案；樣式 動 模仿
- ★ **spot** [spɑt] 名 點 動 弄髒 片語 **blind spot** 盲點
- ☆ **term** [tɝm] 名 術語；期限 動 稱呼 片語 **in the long term** 從長遠來看

( ) 45. She has signed a contract with a male Hollywood _______.
(A) producer (B) film (C) project (D) screen

Point 她已和好萊塢的一位男製片簽約。

單字速記
- ★ **producer** [prəˋdjusɚ] 名 製片；製造者 同義 **maker** [ˋmekɚ]
- ☆ **film** [fɪlm] 名 電影 動 拍攝電影 片語 **film festival** 電影節
- ★ **project** [ˋprɑdʒɛkt] 名 計畫 動 [prəˋdʒɛkt] 企劃
- ☆ **screen** [skrin] 名 螢光幕 動 放映 片語 **screen test** 試鏡

( ) 46. He _______ the arrow **at** the deer.
(A) divided (B) aimed (C) exercised (D) scored

Point 他把箭瞄準那隻鹿。

單字速記
★ **divide** [də`vaɪd ] 動 劃分 名 分歧 反義 **unite** [ ju`naɪt] 動 使聯合
☆ **aim** [em] 動 瞄準 名 目標 片語 **aim for** 致力於
★ **exercise** [`ɛksɚ͵saɪz] 動 名 運動 片語 **take exercise** 做運動
☆ **score** [skor] 動 得分 名 分數 片語 **pay old scores** 算舊帳

( ) 47. The _______ **ball** missed the goal by a few inches.
(A) soccer (B) tennis (C) volleyball (D) golf

Point 足球差了幾英吋沒有射門成功。

單字速記
★ **soccer** [`sɑkɚ] 名 足球 片語 **soccer lottery** 足球彩券
☆ **tennis** [`tɛnɪs] 名 網球 片語 **table tennis** 桌球
★ **volleyball** [`vɑlɪ͵bɔl] 名 排球 片語 **beach volleyball** 沙灘排球
☆ **golf** [gɑlf] 名 高爾夫球 動 打高爾夫球 片語 **golf club** 高爾夫俱樂部

( ) 48. She is a real _______ on the tennis court; she never gives up on any chance to rally back.
(A) producer (B) runner (C) coach (D) fighter

Point 在網球場上她是一名戰士；她從未放棄任何回球的機會。

單字速記
★ **producer** [prə`djusɚ ] 名 製片；製造者 同義 **creator** [ krɪ`etɚ]
☆ **runner** [`rʌnɚ ] 名 跑者 衍生 **runner-up** [ `rʌnɚ`rʌp] 名 亞軍
★ **coach** [kotʃ] 名 教練 片語 **career coach** 職涯教練
☆ **fighter** [`faɪtɚ] 名 戰士 片語 **fire fighter** 消防員

( ) 49. **The winning** _______ will be awarded NT$10,000.
(A) strike (B) team (C) net (D) goal

Point 獲勝的隊伍可得到新台幣一萬元的獎金。

單字速記
★ **strike** [straɪk] 動 打擊 名 罷工 片語 **strike...down** 擊倒…
☆ **team** [tim] 名 隊伍 動 結成一隊 片語 **team spirit** 團隊精神
★ **net** [nɛt] 名 網子 動 結網 片語 **mosquito net** 蚊帳
☆ **goal** [gol] 名 球門；目標 片語 **goal getter** 得分者；射門者

(　) 50. Does he always **put a** ______ **on** the National team?
(A) chess　(B) prize　(C) puzzle　(D) bet

Point 他總是打賭國家隊贏嗎？

單字速記
- ★ **chess** [tʃɛs] 名 西洋棋 片語 **play chess** 下棋
- ☆ **prize** [praɪz] 名 獎品 動 重視 同義 **reward** [rɪ`wɔrd] 名 獎品
- ★ **puzzle** [`pʌzḷ] 名 難題 動 迷惑 片語 **jigsaw puzzle** 拼圖
- ☆ **bet** [bɛt] 動 下賭注 名 打賭 片語 **bet one's bottom dollar** 願賭服輸

(　) 51. The magician showed the audience **card** ______.
(A) tricks　(B) puppets　(C) gardeners　(D) bets

Point 這位魔術師表演紙牌戲法給觀眾看。

單字速記
- ★ **trick** [trɪk] 名 戲法；詭計 動 欺騙 片語 **trick or treat** 不請吃糖就搗蛋
- ☆ **puppet** [`pʌpɪt] 名 木偶；傀儡 片語 **sock puppet** 手偶
- ★ **gardener** [`gɑrdənɚ] 名 園丁 片語 **landscape gardener** 造園師
- ☆ **bet** [bɛt] 名 打賭 同義 **gamble** [`gæmbḷ]

(　) 52. He showed me his **photo** ______ in the living room.
(A) cassette　(B) album　(C) tent　(D) club

Point 他在客廳讓我看他的相簿。

單字速記
- ★ **cassette** [kə`sɛt] 名 卡帶 片語 **cassette player** 錄音帶播放機
- ☆ **album** [`ælbəm] 名 相簿 片語 **photo album** 寫真集
- ★ **tent** [tɛnt] 名 帳篷 片語 **pup tent** 三角小帳篷
- ☆ **club** [klʌb] 名 俱樂部 動 募集 片語 **youth club** 青年俱樂部

(　) 53. They **went on** ______ to Europe for Christmas.
(A) picnic　(B) hotel　(C) vacation　(D) tour

Point 他們去歐洲度聖誕假期。

單字速記
- ★ **picnic** [`pɪknɪk] 名 動 野餐 片語 **have a picnic** 去野餐
- ☆ **hotel** [ho`tɛl] 名 旅館 片語 **capsule hotel** 膠囊旅館
- ★ **vacation** [ve`keʃən] 名 假期 動 度假 片語 **winter vacation** 寒假
- ☆ **tour** [tur] 動 遊覽 名 旅行 同義 **journey** [`dʒɝnɪ]

( ) 54. We are going on a **guided** city _______ tomorrow morning.
(A) tour (B) travel (C) hotel (D) picnic

Point 我們明天會參加城市旅遊導覽。

單字速記
★ **tour** [tʊr] 動 遊覽 名 旅行；旅遊 片語 **audio tour** 語音導覽
☆ **travel** [`trævḷ] 動 旅行 名 旅遊 片語 **travel insurance** 旅遊保險
★ **hotel** [ho`tɛl] 名 旅館 片語 **boutique hotel** 精品旅館
☆ **picnic** [`pɪknɪk] 名 動 野餐 片語 **picnic area** 野餐區

( ) 55. There are many _______ to Buckingham Palace every year.
(A) visitors (B) fishermen (C) producers (D) gardeners

Point 每年都有很多遊客去白金漢宮。

單字速記
★ **visitor** [`vɪzɪtɚ ] 名 訪客；遊客 同義 **visitant** [ `vɪzɪtənt]
☆ **fisherman** [`fɪʃɚmən ] 名 漁夫 同義 **fisher** [ `fɪʃɚ]
★ **producer** [prə`djusɚ ] 名 製片；製造者 同義 **creator** [ krɪ`etɚ]
☆ **gardener** [`gɑrdənɚ] 名 園丁 片語 **market gardener** 菜農

( ) 56. That actor is friendly, both **on and off** _______.
(A) project (B) screen (C) aim (D) vacation

Point 那位演員很親切，在螢光幕前和幕後都是。

單字速記
★ **project** [`prɑdʒɛkt ] 名 計畫 動 [ prə`dʒɛkt] 企劃
☆ **screen** [skrin] 名 螢光幕 動 放映 片語 **touch screen phone** 觸控手機
★ **aim** [em] 動 瞄準 名 目標 片語 **aim at** 瞄準
☆ **vacation** [ve`keʃən] 名 假期 動 度假 片語 **summer vacation** 暑假

( ) 57. _______ is also known as table tennis.
(A) Bowling (B) Golf (C) Soccer (D) Ping-pong

Point 乒乓球也稱為桌球。

單字速記
★ **bowling** [`bolɪŋ] 名 保齡球 片語 **bowling alley** 保齡球館
☆ **golf** [gɑlf] 名 高爾夫球 動 打高爾夫球 片語 **golf club** 高爾夫球俱樂部
★ **soccer** [`sɑkɚ] 名 足球 片語 **table soccer** 桌上足球
☆ **ping-pong** [`pɪŋ,pɑŋ] 名 桌球 同義 **table tennis**

( ) 58. He scored by kicking the ball **into the** ______.
(A) nets (B) strike (C) divide (D) goal

Point 他踢球入門得分。

單字速記

★ **net** [nɛt] 名 網子 動 結網 片語 **safety net** 安全網
☆ **strike** [straɪk] 動 打擊 名 罷工 片語 **strike a match** 點火柴
★ **divide** [də`vaɪd ] 動 劃分 名 分歧 同義 **separate** [ `sɛpə͵ret]
☆ **goal** [gol] 名 球門；目標 片語 **goal post** 球門柱

( ) 59. Mark is the **head** ______ of the baseball team of our school.
(A) coach (B) fighter (C) runner (D) gardener

Point 馬克是我們學校棒球隊的總教練。

單字速記

★ **coach** [kotʃ] 名 教練 片語 **career coach** 就業顧問師
☆ **fighter** [`faɪtɚ] 名 戰士 片語 **fire fighter** 救火隊員
★ **runner** [`rʌnɚ] 名 跑者 片語 **morning runner** 晨跑者
☆ **gardener** [`gɑrdənɚ] 名 園丁

( ) 60. If you get up earlier, you can **take** more ______.
(A) jog (B) exercise (C) score (D) bet

Point 如果你早起些，你可以多做運動。

單字速記

★ **jog** [dʒɑg] 動 名 慢跑 片語 **jogging suit** 慢跑運動衣
☆ **exercise** [`ɛksɚ͵saɪz] 動 名 運動 片語 **aerobic exercise** 有氧運動
★ **score** [skor] 動 得分 名 分數 片語 **box score** 個人成績表
☆ **bet** [bɛt] 動 下賭注 名 打賭；賭金 片語 **bet on** 打賭

Answer Key 31-60

31~35 A B C B A　36~40 C C C A C　41~45 B B C D A
46~50 B A D B D　51~55 A B C A A　56~60 B D D A B

ROUND 3 Question 61～90

( ) 61. There was a _______ **show** in the theater at 10 o'clock.
(A) puppet (B) tennis (C) volleyball (D) football

Point 十點鐘在劇場有一場木偶戲。

★ **puppet** [`pʌpɪt] 名 木偶；傀儡 片語 **glove puppet** 手套式木偶
☆ **tennis** [`tɛnɪs] 名 網球 片語 **tennis court** 網球場
★ **volleyball** [`vɑlɪˌbɔl] 名 排球 片語 **beach volleyball** 沙灘排球
☆ **football** [`fʊtˌbɔl] 名 足球 片語 **football player** 足球員

( ) 62. Freddy **won first** _______ in the speech contest.
(A) puzzle (B) prize (C) team (D) film

Point 佛瑞迪在演講比賽中獲得第一名。

★ **puzzle** [`pʌzḷ] 名 難題 動 迷惑 片語 **crossword puzzle** 字謎遊戲
☆ **prize** [praɪz] 名 獎品；獎賞 動 重視 同義 **reward** [rɪ`wɔrd]
★ **team** [tim] 名 隊伍 動 結成一隊 片語 **team sport** 團隊運動
☆ **film** [fɪlm] 名 電影 動 拍攝電影 片語 **film star** 電影明星

( ) 63. Each T-shirt is signed by the **dance** _______.
(A) clown (B) magic (C) artist (D) mask

Point 每件T恤都有舞蹈藝術家的簽名。

單字速記

★ **clown** [klaʊn] 名 小丑 動 扮小丑 片語 **play the clown** 扮小丑
☆ **magic** [`mædʒɪk] 名 魔術 形 魔術的 片語 **magic square** 魔術方塊
★ **artist** [`ɑrtɪst] 名 藝術家 片語 **sidewalk artist** 街頭畫家
☆ **mask** [mæsk] 名 面具 動 遮蓋 片語 **facial mask** 面膜

( ) 64. _______ from the Ming Dynasty are exhibited in that room.
(A) Clay (B) Paintings (C) Magic (D) Classic

Point 明朝的畫作在那間房間裡展示。

單字速記

★ **clay** [kle] 名 黏土 片語 **clay court** 紅土網球場
☆ **painting** [\`pentɪŋ] 名 繪畫 片語 **wall painting** 壁畫
★ **magic** [\`mædʒɪk] 名 魔術 形 魔術的 片語 **magic wand** 魔杖
☆ **classic** [\`klæsɪk] 形 古典的 名 經典

( ) 65. **The National Palace** _______ attracts more than four million visitors a year.
(A) Drama (B) Museum (C) Express (D) Display

Point 國立故宮博物院一年吸引超過四百萬名遊客。

單字速記

★ **drama** [\`drɑmə] 名 戲劇 片語 **music drama** 音樂劇
☆ **museum** [mju\`zɪəm] 名 博物館 片語 **wax museum** 蠟像館
★ **express** [ɪk\`sprɛs] 動 表達 名 快車；快遞 片語 **express post** (英國)快遞
☆ **display** [dɪ\`sple] 名 展出 動 展示 片語 **display cabinet** 展示櫃

( ) 66. The _______ of that famous film is James Cameron.
(A) clown (B) magician (C) director (D) painter

Point 那部著名電影的導演是詹姆士・喀麥隆。

單字速記

★ **clown** [klaʊn] 名 小丑 動 扮小丑
☆ **magician** [mə\`dʒɪʃən ] 名 魔術師 同義 **conjurer** [ \`kʌndʒərɚ]
★ **director** [də\`rɛktɚ] 名 導演 片語 **Director of Studies** 教務長
☆ **painter** [\`pentɚ] 名 畫家 片語 **Sunday painter** 業餘畫家

( ) 67. Two ballet dancers are dancing **on the** _______.
(A) theater (B) role (C) drama (D) stage

Point 兩名芭蕾舞者正在舞台上跳舞。

單字速記

★ **theater** [\`θɪətɚ] 名 戲院 片語 **movie theater** 電影院
☆ **role** [rol] 名 角色 片語 **role play** 角色扮演
★ **drama** [\`drɑmə] 名 戲劇 片語 **costume drama** 古裝劇
☆ **stage** [stedʒ] 名 舞台 動 上演 片語 **stage fright** 怯場

( ) 68. I **took** some beautiful _______ of that ancient pagoda.
(A) arrangements (B) photographs (C) photographers (D) roles

Point 我拍了一些那座古塔的美景照片。

單字速記
- ★ **arrangement** [ə`rendʒmənt] 名 改編；安排；佈置
- ☆ **photograph** [`fotə,græf ] 名 照片 動 照相 同義 **photo** [ `foto]
- ★ **photographer** [fə`tɑgrəfɚ] 名 攝影師
- ☆ **role** [rol] 名 角色；任務 片語 **role model** 模範；榜樣

( ) 69. To play a stringed instrument, a _______ is usually needed.
(A) bow (B) drum (C) flute (D) guitar

Point 演奏有弦樂器通常需要弓。

單字速記
- ★ **bow** [baʊ] 名 弓 動 鞠躬 片語 **bow one's thanks** 鞠躬致謝
- ☆ **drum** [drʌm] 名 鼓 動 打鼓 片語 **bass drum** 大鼓
- ★ **flute** [flut] 名 笛子 動 吹笛子 衍生 **fluted** [`flutɪd] 形 長笛聲的
- ☆ **guitar** [gɪ`tɑr] 名 吉他 片語 **electric guitar** 電吉他

( ) 70. The beautiful and catchy _______ of the song is elegant.
(A) record (B) melody (C) instrument (D) guitar

Point 這首歌悅耳動聽的旋律很優美。

單字速記
- ★ **record** [`rɛkɚd ] 名 唱片；紀錄 動 [ rɪ`kɔrd] 記錄；錄音
- ☆ **melody** [`mɛlədɪ] 名 旋律 同義 **tune** [tjun]
- ★ **instrument** [`ɪnstrəmənt] 名 樂器 片語 **wind instrument** 管樂器
- ☆ **guitar** [gɪ`tɑr] 名 吉他 片語 **air guitar** 幻想吉他

( ) 71. The singer raised his voice to a higher _______.
(A) trumpet (B) violin (C) jazz (D) pitch

Point 這位歌手將他的聲音提升到較高的音高。

單字速記
- ★ **trumpet** [`trʌmpɪt] 名 喇叭；小號 動 吹喇叭；大聲疾呼
- ☆ **violin** [,vaɪə`lɪn ] 名 小提琴 衍生 **violinist** [ ,vaɪə`lɪnɪst] 名 小提琴手
- ★ **jazz** [dʒæz] 名 爵士樂 動 奏爵士樂 片語 **jazz up** 使有生氣
- ☆ **pitch** [pɪtʃ] 名 音高 動 投球 片語 **perfect pitch** 絕對音感

( ) 72. I haven't experienced that **particular** _______ in this country.

(A) pitch (B) giant (C) custom (D) dragon

Point 我尚未體驗過這個國家的那項特有的習俗。

單字速記
- ★ **pitch** [pɪtʃ] 名 音高 動 投球 片語 **pitch in** 動手做
- ☆ **giant** [`dʒaɪənt] 名 巨人 形 巨大的 片語 **red giant** (天文)紅巨星
- ★ **custom** [`kʌstəm] 名 習俗 片語 **folk custom** 民俗
- ☆ **dragon** [`drægən] 名 龍 片語 **Dragon Boat Festival** 端午節

( ) 73. A _______ always wins at the end of a fairy tale.

(A) monster (B) hero (C) giant (D) musician

Point 在童話故事的最後，英雄總會獲勝。

單字速記
- ★ **monster** [`mɑnstɚ ] 名 怪獸 衍生 **monstrous** [ `mɑnstrəs] 形 怪異的
- ☆ **hero** [`hɪro ] 名 英雄 反義 **coward** [ `kaʊɚd] 名 懦夫
- ★ **giant** [`dʒaɪənt] 名 巨人 形 巨大的 片語 **giant killer** 打敗強大對手者
- ☆ **musician** [mju`zɪʃən] 名 音樂家；樂師；作曲家

( ) 74. **According to** _______, people should not sleep on New Year's Eve.

(A) tradition (B) conversation (C) marriage (D) income

Point 根據傳統，除夕夜不可以睡覺。

單字速記
- ★ **tradition** [trə`dɪʃən ] 名 傳統 衍生 **traditional** [ trə`dɪʃənḷ] 形 傳統的
- ☆ **conversation** [ˌkɑnvɚ`seʃən ] 名 交談 相關 **converse** [ kən`vɝs] 動 交談
- ★ **marriage** [`mærɪdʒ] 名 婚姻 片語 **marriage certificate** 結婚證書
- ☆ **income** [`ɪnkʌm] 名 收入 片語 **low-income earner** 低收入者

( ) 75. Randy and Joyce are a **young** _______.

(A) cousin (B) nephew (C) niece (D) couple

Point 藍迪與喬依絲是一對年輕夫妻。

單字速記
- ★ **cousin** [`kʌzṇ ] 名 表兄弟姐妹 衍生 **cousinry** [ `kʌzṇrɪ] 名 (總稱)表手足
- ☆ **nephew** [`nɛfju ] 名 姪子 衍生 **great-nephew** [ `gret`nɛfju] 名 姪孫
- ★ **niece** [nis] 名 姪女 衍生 **great-niece** [`gret`nis] 名 姪孫女
- ☆ **couple** [`kʌpḷ] 名 配偶 動 結合 片語 **newly wed couple** 新婚夫婦

( ) 76. He sat **on the** _______ with his cat lying on his lap.
(A) drawer (B) closet (C) armchair (D) bookcase

Point 他坐在手扶椅上，而他的貓躺在他的膝上。

單字速記
- ★ **drawer** [`drɔɚ] 名 抽屜 片語 **chest of drawers** 五斗櫃
- ☆ **closet** [`klɑzɪt] 名 衣櫥 片語 **water closet** 抽水馬桶
- ★ **armchair** [`ɑrm͵tʃɛr] 名 手扶椅 形 不切實際的
- ☆ **bookcase** [`bʊk͵kes] 名 書架 近義 **shelf** [ʃɛlf] 名 (書櫥等的)架子

( ) 77. You should store meat and fish **in the** _______.
(A) closet (B) freezer (C) heater (D) drawer

Point 你應該把肉類與魚類貯藏在冷凍庫。

單字速記
- ★ **closet** [`klɑzɪt ] 名 衣櫥 近義 **locker** [ `lɑkɚ] 名 衣物櫃
- ☆ **freezer** [`frizɚ ] 名 冷凍庫 相關 **freeze** [ `friz] 動 結冰
- ★ **heater** [`hitɚ ] 名 暖氣機 反義 **cooler** [ `kulɚ] 名 冷卻裝置
- ☆ **drawer** [`drɔɚ] 名 抽屜 相關 **drawers** [drɔrz] 名 內褲

( ) 78. As soon as the apple pie is done, take the pie out of the _______.
(A) oven (B) refrigerator (C) shelf (D) heater

Point 蘋果派一烤好就從烤箱裡拿出來。

單字速記
- ★ **oven** [`ʌvən] 名 烤箱 片語 **microwave oven** 微波爐
- ☆ **refrigerator** [rɪ`frɪdʒə͵retɚ] 名 冰箱 同義 **fridge** [frɪdʒ]
- ★ **shelf** [ʃɛlf] 名 架子 衍生 **open-shelf** [`opən`ʃɛlf] 形 開架式的
- ☆ **heater** [`hitɚ] 名 暖氣機 片語 **water heater** 熱水器

( ) 79. The casserole is heated on the **gas** _______.
(A) curtain (B) bedroom (C) basement (D) stove

Point 砂鍋用瓦斯爐加熱。

單字速記
- ★ **curtain** [`kɜtn̩] 名 窗簾 動 裝上窗簾 片語 **shower curtain** 浴簾
- ☆ **bedroom** [`bɛd͵rum] 名 臥房 片語 **master bedroom** 主臥室
- ★ **basement** [`besmənt] 名 地下室；地下層；(美)公廁
- ☆ **stove** [stov] 名 爐子 片語 **oil stove** 煤油爐

( ) 80. Kyle painted his **house** _______ red.
(A) gate (B) neighbor (C) yard (D) apron

Point 凱爾將他家大門漆成紅色。

單字速記
- ★ **gate** [get] 名 大門 片語 **gate money** 入場費
- ☆ **neighbor** [`nebɚ] 名 鄰居 動 與…為鄰 片語 **neighbor with** 與…為鄰
- ★ **yard** [jɑrd] 名 院子 片語 **back yard** 後院
- ☆ **apron** [`eprən] 名 圍裙 片語 **apron string** 圍裙帶

( ) 81. I just changed our **living room** _______ into a wooden floor.
(A) carpet (B) cloth (C) cooker (D) mat

Point 我剛把我們客廳的地毯換成木頭地板。

單字速記
- ★ **carpet** [`kɑrpɪt] 名 地毯 動 鋪地毯 同義 **rug** [rʌg]
- ☆ **cloth** [klɔθ] 名 布料 片語 **face cloth** 洗臉毛巾
- ★ **cooker** [`kukɚ] 名 炊具 片語 **pressure cooker** 壓力鍋
- ☆ **mat** [mæt] 名 墊子 片語 **beer mat** 啤酒杯墊

( ) 82. I smell bad because I didn't have enough time to _______ or change clothes.
(A) sink (B) shower (C) babysit (D) hang

Point 我很臭，因為我沒有足夠的時間淋浴或換衣服。

單字速記
- ★ **sink** [sɪŋk] 名 水槽 動 沉入 同義 **basin** [`besɪn] 名 洗滌槽
- ☆ **shower** [`ʃauɚ] 動 名 淋浴 片語 **shower cap** 浴帽
- ★ **babysit** [`bebɪˏsɪt ] 動 照顧小孩 衍生 **babysitter** [ `bebɪsɪtɚ] 名 保母
- ☆ **hang** [hæŋ] 動 掛；吊 片語 **hanging seat** 吊椅

( ) 83. This _______ is too soft. I need a harder one.
(A) towel (B) hammer (C) pillow (D) garbage

Point 這個枕頭太軟了。我需要一個硬一點的。

單字速記
- ★ **towel** [`tauəl] 名 毛巾 動 用毛巾擦 片語 **towel rail** 毛巾架
- ☆ **hammer** [`hæmɚ] 名 鐵鎚 動 錘打 片語 **under the hammer** 被拍賣
- ★ **pillow** [`pɪlo] 名 枕頭 動 以…為枕 片語 **pillow slip** 枕頭套
- ☆ **garbage** [`gɑrbɪdʒ] 名 垃圾 片語 **garbage truck** 垃圾車

( ) 84. His ______ **behavior** drove me crazy.
(A) traditional (B) teenage (C) childlike (D) childish

Point 他孩子氣的行為逼得我發狂。

單字速記
- ★ **traditional** [trə`dɪʃənḷ] 形 傳統的；慣例的
- ☆ **teenage** [`tin,edʒ] 形 十多歲的 名 青少年時期
- ★ **childlike** [`tʃaɪld,laɪk] 形 純真的；坦率的；孩子般的
- ☆ **childish** [`tʃaɪldɪʃ ] 形 孩子氣的；幼稚的 反義 **mature** [ mə`tjʊr] 形 成熟的

( ) 85. I need a ______ to repair the chair.
(A) hammer (B) pin (C) scissors (D) cleaner

Point 我需要一把鐵鎚來修理這張椅子。

單字速記
- ★ **hammer** [`hæmɚ] 名 鐵鎚 動 錘打 片語 **hammer out** 設計出
- ☆ **pin** [pɪn] 名 針 動 釘住 片語 **pin down** 用針釘住
- ★ **scissors** [`sɪzɚz] 名 剪刀 片語 **nail scissors** 指甲剪
- ☆ **cleaner** [`klinɚ] 名 清潔劑 片語 **vacuum cleaner** 吸塵器

( ) 86. Amy wiped her lips gracefully **with a** ______.
(A) pot (B) napkin (C) pan (D) plate

Point 艾咪用一張餐巾紙優雅地擦拭她的嘴唇。

單字速記
- ★ **pot** [pɑt] 名 壺；鍋 動 放入鍋裡 片語 **buffet hot pot** 自助火鍋
- ☆ **napkin** [`næpkɪn] 名 餐巾紙 片語 **sanitary napkin** 衛生棉
- ★ **pan** [pæn] 名 平底鍋 片語 **frying pan** 油炸鍋
- ☆ **plate** [plet] 名 盤子 動 電鍍 片語 **soup plate** 湯盤

( ) 87. Using **a pair of** ______ is hard for a little child.
(A) controllers (B) pans (C) chopsticks (D) bottles

Point 對年幼的孩子來說，使用一雙筷子很困難。

單字速記
- ★ **controller** [kən`trolɚ ] 名 控制器 相關 **control** [ kən`trol] 動 名 控制
- ☆ **pan** [pæn] 名 平底鍋 衍生 **pan-fry** [`pæn,fraɪ] 動 淺鍋裡油炸
- ★ **chopstick** [`tʃɑp,stɪk] 名 筷子 片語 **disposable chopsticks** 免洗筷
- ☆ **bottle** [`bɑtḷ] 名 瓶子 動 用瓶子裝 片語 **bottle opener** 開瓶器

1 Round
2 Round
3 Round
4 Round
5 Round
6 Round
7 Round
8 Round
9 Round
10 Round

(　) 88. After another glass of wine, I began to **feel** ______.
(A) dumb (B) neat (C) deaf (D) dizzy

Point 在喝下另一杯酒之後，我開始感到暈眩。

單字速記
- ★ **dumb** [dʌm] 形 啞的 同義 **silent** [`saɪlənt]
- ☆ **neat** [nit] 形 整齊的 片語 **as neat as a pin** 十分整潔
- ★ **deaf** [dɛf] 形 耳聾的 片語 **turn a deaf ear to** 不願聽
- ☆ **dizzy** [`dɪzɪ ] 形 暈眩的 衍生 **dizziness** [ `dɪzənɪs] 名 頭昏眼花

(　) 89. It took his body a long time to respond to the **cancer** ______.
(A) treatment (B) cough (C) damage (D) fever

Point 他的身體花了很長的時間才對這種癌症治療產生反應。

單字速記
- ★ **treatment** [`tritmənt ] 名 治療 相關 **medication** [ ˌmɛdɪ`keʃən] 名 藥物
- ☆ **cough** [kɔf] 動 名 咳嗽 片語 **cough mixture** 止咳藥
- ★ **damage** [`dæmɪdʒ] 動 名 損害 同義 **hurt** [hɝt]
- ☆ **fever** [`fivɚ] 名 發燒 片語 **fever heat** 發高燒

(　) 90. Eating junk food is **not** ______.
(A) ill (B) healthy (C) bloody (D) painful

Point 吃垃圾食物不健康。

單字速記
- ★ **ill** [ɪl] 形 生病的 名 不幸 同義 **sick** [sɪk]
- ☆ **healthy** [`hɛlθɪ] 形 健康的 反義 **ill** [ɪl] 形 生病的
- ★ **bloody** [`blʌdɪ ] 形 流血的 同義 **bleeding** [ `blidɪŋ]
- ☆ **painful** [`penfəl] 形 痛苦的 同義 **sore** [sor]

Answer Key 61-90

61~65 A B C B B	66~70 C D B A B	71~75 D C B A D
76~80 C B A D A	81~85 A B C D A	86~90 B C D A B

ROUND 4 Question 91～120

( ) 91. The doctor **prescribed** a new ______ for me.
(A) drugstore (B) drug (C) needle (D) flu

Point 醫生開了一種新藥給我。

★ **drugstore** [`drʌg͵stor ] 名 藥房 同義 **pharmacy** [ `fɑrməsɪ]
☆ **drug** [drʌg] 名 藥 動 使服毒品 片語 **slimming drug** 減肥藥
★ **needle** [`nidḷ] 名 針 動 刺激；挑逗 片語 **needle in a haystack** 大海撈針
☆ **flu** [flu] 名 流行性感冒 片語 **avian flu** 禽流感

( ) 92. Did you **take** your ______ this morning?
(A) medicine (B) cancer (C) wound (D) pain

Point 你早上有吃藥嗎？

★ **medicine** [`mɛdəsṇ] 名 藥 片語 **medicine chest** 藥箱
☆ **cancer** [`kænsɚ] 名 癌症 片語 **advanced cancer** 癌症末期
★ **wound** [wund] 名 傷口 動 傷害 片語 **flesh wound** 皮肉傷；輕傷
☆ **pain** [pen] 名 痛 動 傷害 片語 **period pain** 經痛(生理痛)

( ) 93. The surgeon operated on him to remove the tumor **in his** ______.
(A) ankle (B) chin (C) brain (D) eyebrow

Point 外科醫生為他動手術，切除在腦部的腫瘤。

★ **ankle** [`æŋkḷ ] 名 腳踝 衍生 **anklet** [ `æŋklɪt] 名 踝環；短襪
☆ **chin** [tʃɪn] 名 下巴 片語 **double chin** 雙下巴
★ **brain** [bren] 名 腦；智力 片語 **brain bank** 人力銀行
☆ **eyebrow** [`aɪ͵brau] 名 眉毛 片語 **eyebrow pencil** 眉筆

( ) 94. My grandpa's **leg** ______ ache if he exercises.
(A) nails (B) figures (C) laps (D) joints

Point 我爺爺運動時腿部關節會痛。

1 Round
2 Round
3 Round
4 Round
5 Round
6 Round
7 Round
8 Round
9 Round
10 Round

單字速記

★ **nail** [nel] 名 指甲；釘子 動 釘 片語 **nail polish** 指甲油
☆ **figure** [\`fɪgjɚ] 名 身材；體態 動 有道理 片語 **figure out** 想出
★ **lap** [læp] 名 大腿；膝部 衍生 **laptop** [\`læptɑp] 名 膝上型電腦
☆ **joint** [dʒɔɪnt] 名 關節；接合處 形 共同的 片語 **out of joint** 脫臼；混亂

(　) 95. Skin is the largest _______ of the human body.
(A) organ (B) joint (C) lap (D) figure

Point 皮膚是人體最大的器官。

單字速記

★ **organ** [\`ɔrgən ] 名 器官 衍生 **organic** [ ɔr\`gænɪk] 形 器官的；有機的
☆ **joint** [dʒɔɪnt] 名 關節；接合處 形 共同的
★ **lap** [læp] 名 大腿；膝部 片語 **lap rope** 膝毯
☆ **figure** [\`fɪgjɚ] 名 身材；體態 動 有道理 片語 **figure in** 把…計算在內

(　) 96. The magician placed a coin in the boy's _______.
(A) stomach (B) palm (C) organ (D) nail

Point 魔術師將一枚硬幣放在這個男孩的手心裡。

單字速記

★ **stomach** [\`stʌmək] 名 胃 片語 **have no stomach for** 對…沒有興趣
☆ **palm** [pɑm] 名 手心；手掌 片語 **palm reading** 看手相
★ **organ** [\`ɔrgən] 名 器官 片語 **sense organ** 感覺器官
☆ **nail** [nel] 名 指甲；釘子 動 釘 片語 **nail down** 用釘子固定；確定

(　) 97. My aunt **burst into** _______ when talking to her son, who lives abroad, on the phone.
(A) claps (B) periods (C) tears (D) thumbs

Point 我阿姨跟她在國外的兒子講電話時哭了出來。

單字速記

★ **clap** [klæp] 動 拍擊 名 鼓掌 片語 **clap up** 匆忙地湊成
☆ **period** [\`pɪrɪəd] 名 期間；週期 片語 **latent period** (病的)潛伏期
★ **tear** [tɪr] 名 眼淚 動 流淚 他義 [tɛr] 動 名 撕扯
☆ **thumb** [θʌm] 名 拇指 動 用拇指翻動 片語 **turn up the thumb** 表示贊成

(　) 98. He kicked the vending machine hard and hurt his _______.
(A) tongue (B) teeth (C) waist (D) toes

Point 他用力踢了這台自動販賣機，傷了他的腳趾。

單字速記
- ★ **tongue** [tʌŋ] 名 舌頭 動 舔 片語 **tongue twister** 繞口令
- ☆ **tooth** [tuθ] 名 牙齒 複數 **teeth** [tiθ]
- ★ **waist** [west] 名 腰部 片語 **circumference of waist** 腰圍
- ☆ **toe** [to] 名 腳趾 動 用腳尖踢 片語 **from top to toe** 從頭到腳

( ) 99. Someone is _______ **on the door**.
(A) knocking (B) hopping (C) licking (D) nodding

Point 有人在敲門。

單字速記
- ★ **knock** [nɑk] 動 名 敲；擊 片語 **knock down** 擊落
- ☆ **hop** [hɑp] 動 名 單腳跳 片語 **on the hop** 忙碌；忙亂
- ★ **lick** [lɪk] 動 名 舔 片語 **lick one's wounds** 自舔傷口；失敗後求恢復元氣
- ☆ **nod** [nɑd] 動 名 點頭 片語 **nod off** 打盹

( ) 100. Stephanie _______ her dog gently.
(A) nods (B) pats (C) poses (D) stretches

Point 史蒂芬妮輕拍她的狗。

單字速記
- ★ **nod** [nɑd] 動 名 點頭 片語 **nodding acquaintance** 點頭之交
- ☆ **pat** [pæt] 動 名 拍；輕拍 片語 **pat someone on the back** 讚美某人
- ★ **pose** [poz] 名 姿勢 動 擺姿勢 同義 **posture** [`pɑstʃɚ]
- ☆ **stretch** [strɛtʃ] 動 名 伸展 反義 **shrink** [ʃrɪŋk] 動 名 收縮

( ) 101. Mandy _______ something in her husband's ear.
(A) avoided (B) begged (C) bound (D) whispered

Point 曼蒂在她丈夫耳邊說悄悄話。

單字速記
- ★ **avoid** [ə`vɔɪd ] 動 避免 同義 **escape** [ ə`skep]
- ☆ **beg** [bɛg] 動 乞求 片語 **beg your pardon** 請求原諒
- ★ **bind** [baɪnd] 動 綁 反義 **untie** [ʌn`taɪ] 動 解開
- ☆ **whisper** [`hwɪspɚ ] 動 名 輕聲細語 同義 **murmur** [ `mɝmɚ]

( ) 102. **Don't** _______ **me** while I am studying.

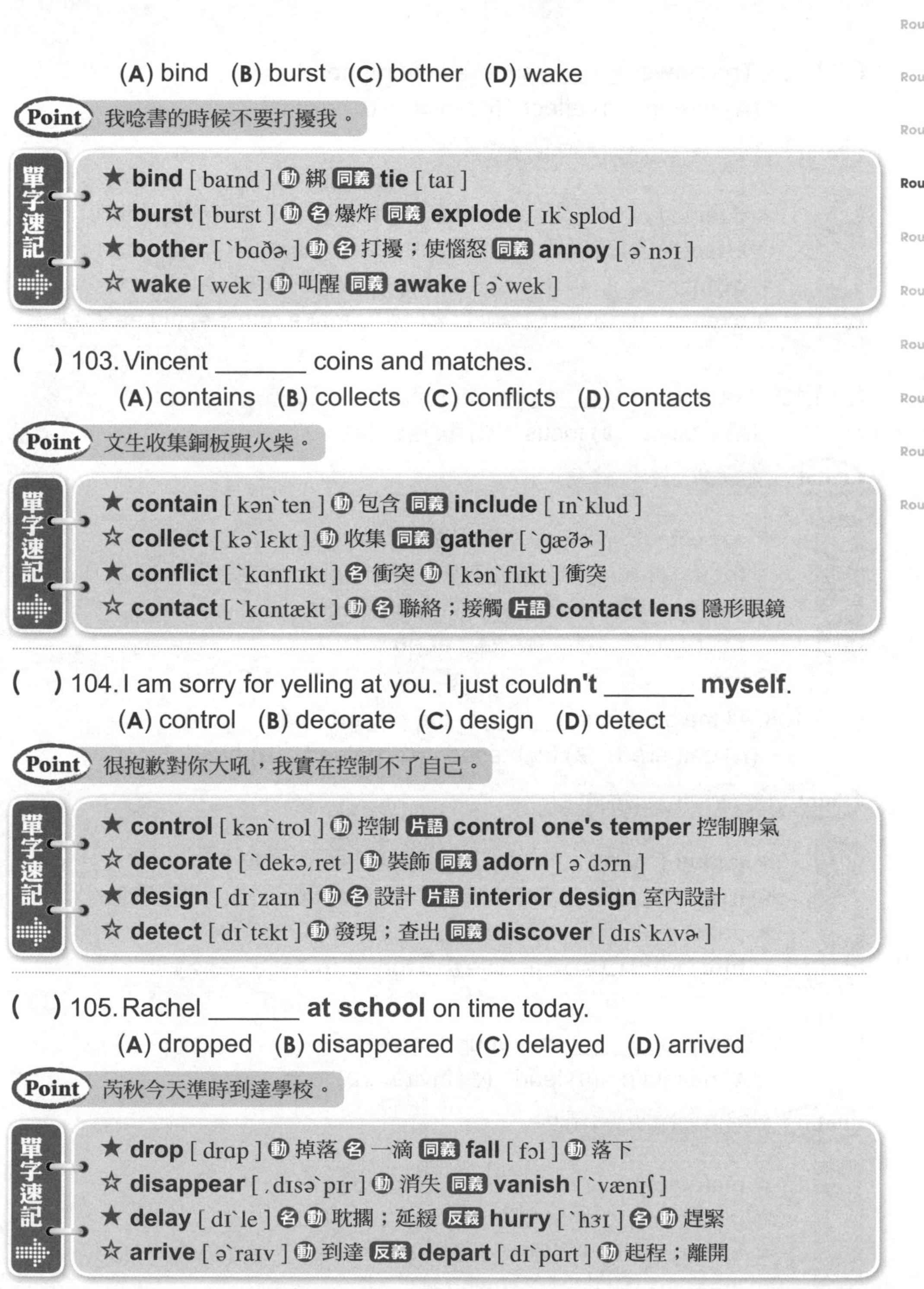

(A) bind (B) burst (C) bother (D) wake

Point 我唸書的時候不要打擾我。

單字速記

★ **bind** [baɪnd] 動 綁 同義 **tie** [taɪ]
☆ **burst** [bɝst] 動 名 爆炸 同義 **explode** [ɪk`splod]
★ **bother** [`bɑðɚ ] 動 名 打擾；使惱怒 同義 **annoy** [ ə`nɔɪ]
☆ **wake** [wek] 動 叫醒 同義 **awake** [ə`wek]

( ) 103. Vincent _______ coins and matches.

(A) contains (B) collects (C) conflicts (D) contacts

Point 文生收集銅板與火柴。

單字速記

★ **contain** [kən`ten ] 動 包含 同義 **include** [ ɪn`klud]
☆ **collect** [kə`lɛkt ] 動 收集 同義 **gather** [ `gæðɚ]
★ **conflict** [`kɑnflɪkt ] 名 衝突 動 [ kən`flɪkt] 衝突
☆ **contact** [`kɑntækt] 動 名 聯絡；接觸 片語 **contact lens** 隱形眼鏡

( ) 104. I am sorry for yelling at you. I just could**n't** _______ **myself**.

(A) control (B) decorate (C) design (D) detect

Point 很抱歉對你大吼，我實在控制不了自己。

單字速記

★ **control** [kən`trol] 動 控制 片語 **control one's temper** 控制脾氣
☆ **decorate** [`dɛkə,ret ] 動 裝飾 同義 **adorn** [ ə`dɔrn]
★ **design** [dɪ`zaɪn] 動 名 設計 片語 **interior design** 室內設計
☆ **detect** [dɪ`tɛkt ] 動 發現；查出 同義 **discover** [ dɪs`kʌvɚ]

( ) 105. Rachel _______ **at school** on time today.

(A) dropped (B) disappeared (C) delayed (D) arrived

Point 芮秋今天準時到達學校。

單字速記

★ **drop** [drɑp] 動 掉落 名 一滴 同義 **fall** [fɔl] 動 落下
☆ **disappear** [,dɪsə`pɪr ] 動 消失 同義 **vanish** [ `vænɪʃ]
★ **delay** [dɪ`le ] 名 動 耽擱；延緩 反義 **hurry** [ `hɝɪ] 名 動 趕緊
☆ **arrive** [ə`raɪv ] 動 到達 反義 **depart** [ dɪ`pɑrt] 動 起程；離開

( ) 106. The **news** _______ shocked everyone.
(A) design (B) effect (C) event (D) excuse

Point 每個人對於這起新聞事件感到震驚。

單字速記
- ★ **design** [dɪˋzaɪn] 動 名 設計 衍生 **designer** [dɪˋzaɪnɚ] 名 設計師
- ☆ **effect** [ɪˋfɛkt] 動 名 影響 同義 **influence** [ˋɪnfluəns]
- ★ **event** [ɪˋvɛnt] 名 事件 片語 **in any event** 無論如何
- ☆ **excuse** [ɪkˋskjuz] 動 原諒 名 藉口 片語 **make one's excuses** 表示歉意

( ) 107. You should _______ **on** your study.
(A) expect (B) focus (C) fix (D) fit

Point 你應該專注於學業上。

單字速記
- ★ **expect** [ɪkˋspɛkt] 動 期望 反義 **despair** [dɪˋspɛr] 動 名 絕望
- ☆ **focus** [ˋfokəs] 動 使集中 名 焦點 片語 **focus on** 集中於…
- ★ **fix** [fɪks] 動 修理 名 困境 同義 **repair** [rɪˋpɛr]
- ☆ **fit** [fɪt] 動 名 適合；合身 片語 **fit on** 試穿

( ) 108. All the students _______ in the playground.
(A) gathered (B) frightened (C) gained (D) hired

Point 所有的學生聚集在操場上。

單字速記
- ★ **gather** [ˋgæðɚ] 動 聚集 同義 **assemble** [əˋsɛmbl̩]
- ☆ **frighten** [ˋfraɪtn̩] 動 使震驚 衍生 **frightened** [ˋfraɪtn̩d] 形 受驚的
- ★ **gain** [gen] 動 獲得 名 收穫 反義 **lose** [luz] 動 喪失
- ☆ **hire** [haɪr] 動 名 僱用；租用 片語 **hire purchase** (英)分期付款

( ) 109. Can you _______ **me** your dictionary?
(A) maintain (B) lend (C) invite (D) lose

Point 你能不能借我你的字典？

單字速記
- ★ **maintain** [menˋten] 動 維持 同義 **keep** [kip]
- ☆ **lend** [lɛnd] 動 借出 反義 **borrow** [ˋbɑro] 動 借入
- ★ **invite** [ɪnˋvaɪt] 動 名 邀請 衍生 **self-invited** [ˋsɛlfɪnˋvaɪtɪd] 形 自找的
- ☆ **lose** [luz] 動 遺失 片語 **lose face** 丟臉

( ) 110. A terrible accident ______ in school yesterday.
(A) occurred (B) mixed (C) omitted (D) marked

Point 昨天學校發生了一起可怕的意外。

單字速記
- ★ **occur** [ə`kɝ ] 動 發生 同義 **happen** [ `hæpən]
- ☆ **mix** [mɪks] 動 名 混合 反義 **separate** [`sɛpə͵ret] 動 分隔；分離
- ★ **omit** [o`mɪt ] 動 忽略不做；省略 同義 **neglect** [ nɪg`lɛkt]
- ☆ **mark** [mɑrk] 名 記號 動 標記 片語 **post mark** 郵戳

( ) 111. The secretary ______ the documents on her desk.
(A) piled (B) picked (C) protected (D) repeated

Point 秘書將文件堆放在她桌上。

單字速記
- ★ **pile** [paɪl] 動 堆積 名 堆 同義 **heap** [hip]
- ☆ **pick** [pɪk] 動 名 挑選 同義 **choose** [tʃuz]
- ★ **protect** [prə`tɛkt] 動 保護 片語 **protect from** 使免受…
- ☆ **repeat** [rɪ`pit] 動 名 重複 片語 **repeat a year** 留級

( ) 112. I am sure he can ______ **the problem** by himself.
(A) rush (B) settle (C) share (D) promise

Point 我確信他可以自行解決這個問題。

單字速記
- ★ **rush** [rʌʃ] 動 急送 名 緊急；繁忙 片語 **rush hour** 尖峰時間
- ☆ **settle** [`sɛtl̩] 動 解決；安頓 片語 **settle down** 安頓下來
- ★ **share** [ʃɛr] 動 分享 名 一份 片語 **share index** 股票指數
- ☆ **promise** [`prɑmɪs] 動 承諾；約定 名 諾言 片語 **keep a promise** 遵守承諾

( ) 113. Rick ______ **the contract** yesterday afternoon.
(A) slid (B) slipped (C) signed (D) sorted

Point 瑞克昨天下午簽署了合約。

單字速記
- ★ **slide** [slaɪd] 動 滑動 名 下滑 片語 **sliding door** 拉門；滑門
- ☆ **slip** [slɪp] 動 滑倒 名 滑動 片語 **slip road** 高速公路交流道
- ★ **sign** [saɪn] 動 簽署 名 記號 片語 **sign in** 簽到
- ☆ **sort** [sɔrt] 動 排列 名 種類 片語 **sort of** 有一點兒

( ) 114. The student is _______ the books on the shelves.
(A) spreading (B) stringing (C) swinging (D) sorting

Point 那個學生在排列書架上的書。

單字速記
★ **spread** [sprɛd] 動 名 散佈；擴散 片語 **middle-age spread** 中年發福
☆ **string** [strɪŋ] 動 連成一串 名 繩子 片語 **string bean** 四季豆
★ **swing** [swɪŋ] 動 名 搖動；搖擺 同義 **sway** [swe]
☆ **sort** [sɔrt] 動 排列 名 種類 片語 **sort out** 挑出

( ) 115. William uses the device to _______ the location of the robber.
(A) track (B) trap (C) treat (D) argue

Point 威廉使用那個裝置來追蹤搶匪的所在位置。

單字速記
★ **track** [træk] 動 追蹤 名 蹤跡 片語 **keep track of** 記錄
☆ **trap** [træp] 動 誘捕 名 圈套 片語 **rat trap** 捕鼠夾
★ **treat** [trit] 動 對待 名 款待 片語 **treat sb. like dirt** 把某人看得一文不值
☆ **argue** [`ɑrgjʊ] 動 爭論 片語 **argue with** 和…爭辯

( ) 116. Daniel's _______ was strong and persuasive.
(A) congratulation (B) argument (C) disagreement (D) discussion

Point 丹尼爾的論點既強而有力、又具說服力。

單字速記
★ **congratulation** [kən͵grætʃə`leʃən] 名 恭喜；祝賀；慶賀
☆ **argument** [`ɑrgjʊmənt] 名 論點；爭執；辯論
★ **disagreement** [͵dɪsə`grimənt] 名 意見不合
☆ **discussion** [dɪ`skʌʃən ] 名 討論 相關 **discuss** [ dɪ`skʌs] 動 討論

( ) 117. I am sorry but I _______ **with** what you just said.
(A) describe (B) debate (C) disagree (D) discuss

Point 很抱歉，但是我不同意你剛剛說的話。

單字速記
★ **describe** [dɪ`skraɪb ] 動 描述 衍生 **description** [ dɪ`skrɪpʃən] 名 描述
☆ **debate** [dɪ`bet ] 名 動 辯論 衍生 **debater** [ dɪ`betɚ] 名 辯論家；好辯者
★ **disagree** [͵dɪsə`gri] 動 不同意 片語 **disagree with** 與…意見不一
☆ **discuss** [dɪ`skʌs] 動 討論 片語 **discuss with** 與…討論

( ) 118. My teacher _______ me **to** try again.

(A) doubted (B) discussed (C) debated (D) encouraged

Point 老師鼓勵我再試一次。

單字速記

★ **doubt** [daʊt] 動 名 懷疑；不相信 反義 **believe** [bɪˋliv] 動 相信

☆ **discuss** [dɪˋskʌs] 動 討論 衍生 **discussible** [dɪˋskʌsəbl̩] 形 可討論的

★ **debate** [dɪˋbet] 名 動 辯論 衍生 **debatable** [dɪˋbetəbl̩] 形 有爭議的

☆ **encourage** [ɪnˋkɝɪdʒ] 動 鼓勵 同義 **urge** [ɝdʒ]

( ) 119. I will never _______ you for breaking my heart.

(A) forgive (B) greet (C) encourage (D) disagree

Point 你傷了我的心，我永遠都不會原諒你。

單字速記

★ **forgive** [fɚˋgɪv] 動 原諒 片語 **forgive and forget** 不念舊惡

☆ **greet** [grit] 動 迎接；問候 片語 **greeting card** 賀卡

★ **encourage** [ɪnˋkɝɪdʒ] 動 鼓勵 反義 **discourage** [dɪsˋkɝɪdʒ] 動 勸阻

☆ **disagree** [ˏdɪsəˋgri] 動 不同意 反義 **agree** [əˋgri] 動 同意

( ) 120. Who can _______ how this happened?

(A) reject (B) explain (C) hide (D) indicate

Point 誰能夠解釋這件事情是怎麼發生的？

單字速記

★ **reject** [rɪˋdʒɛkt] 動 拒絕 反義 **accept** [əkˋsɛpt] 動 接受

☆ **explain** [ɪkˋsplen] 動 解釋 片語 **explain oneself** 把自己的意思解釋清楚

★ **hide** [haɪd] 動 隱藏 反義 **display** [dɪˋsple] 動 展出

☆ **indicate** [ˋɪndəˏket] 動 暗示；指出

Answer Key 91-120

91 ~ 95 ▶ B A C D A 96~100 ▶ B C D A B 101~105 ▶ D C B A D

106~110 ▶ C B A B A 111~115 ▶ A B C D A 116~120 ▶ B C D A B

ROUND 5 Question 121～150

( ) 121. I don't understand the ______ of this word.

(A) message (B) humor (C) meaning (D) encouragement

Point 我不了解這個字的意思。

單字速記

★ **message** [`mɛsɪdʒ] 名 訊息 片語 **text message** 簡訊

☆ **humor** [`hjumɚ] 名 幽默 片語 **black humor** 黑色幽默

★ **meaning** [`minɪŋ ] 名 意義 衍生 **well-meaning** [ `wɛl`minɪŋ] 形 善意的

☆ **encouragement** [ɪn`kɜɪdʒmənt] 名 鼓勵；促進；刺激

( ) 122. Luke ______ to Sandra yesterday.

(A) proposed (B) provided (C) required (D) pardoned

Point 路克昨天向珊卓拉求婚了。

單字速記

★ **propose** [prə`poz ] 動 求婚；提議 衍生 **proposal** [ prə`pozḷ] 名 提議

☆ **provide** [prə`vaɪd ] 動 提供 同義 **supply** [ sə`plaɪ]

★ **require** [rɪ`kwaɪr] 動 需要 同義 **need** [nid]

☆ **pardon** [`pɑrdṇ] 動 名 寬恕；原諒 片語 **free pardon** 無條件赦免

( ) 123. Whatever you do, I will ______ you.

(A) subtract (B) include (C) reply (D) support

Point 不論你做什麼，我都支持你。

單字速記

★ **subtract** [səb`trækt ] 動 扣除 同義 **deduct** [ dɪ`dʌkt]

☆ **include** [ɪn`klud ] 動 包含 反義 **exclude** [ ɪk`sklud] 動 不包括

★ **reply** [rɪ`plaɪ ] 動 名 答覆；回答 同義 **respond** [ rɪ`spɑnd]

☆ **support** [sə`port] 動 名 支持 片語 **emotional support** 情感支持

( ) 124. The unemployment rate ______ quickly.

(A) introduced (B) increased (C) attended (D) bent

Point 失業率快速增長。

單字速記

★ **introduce** [ˌɪntrəˋdjus] 動 介紹；引進；推行；引出
☆ **increase** [ɪnˋkris] 動 增加 名 [ˋɪnkris] 增加
★ **attend** [əˋtɛnd] 動 出席 片語 **attend to** 注意；致力於
☆ **bend** [bɛnd] 動 使彎曲 名 彎曲 片語 **bend the knee** 下跪

(　) 125. The police have _______ the identity of the robber.
(A) cancelled (B) imagined (C) confirmed (D) considered

Point 警方已經證實強盜的身分。

單字速記

★ **cancel** [ˋkænsḷ] 動 取消 衍生 **cancellation** [ˌkænsḷˋeʃən] 名 取消
☆ **imagine** [ɪˋmædʒɪn] 動 想像 衍生 **imaginary** [ɪˋmædʒəˌnɛrɪ] 形 虛構的
★ **confirm** [kənˋfɝm] 動 證實 衍生 **confirmed** [kənˋfɝmd] 形 確定的
☆ **consider** [kənˋsɪdɚ] 動 仔細考慮 同義 **think** [θɪŋk]

(　) 126. Lawrence is a man of **fine** _______.
(A) character (B) opinion (C) suit (D) throat

Point 羅倫斯是一位個性良好的男士。

單字速記

★ **character** [ˋkærɪktɚ] 名 個性；字體 片語 **simplified character** 簡體字
☆ **opinion** [əˋpɪnjən] 名 意見 片語 **public opinion** 輿論
★ **suit** [sut] 動 適合 名 套裝 片語 **swimming suit** 泳衣
☆ **throat** [θrot] 名 喉嚨 片語 **sore throat** 喉嚨痛

(　) 127. Grant does everything **in accordance with** his _______.
(A) praises (B) regards (C) efforts (D) principles

Point 葛蘭特依照自己的原則行事。

單字速記

★ **praise** [prez] 動 讚美 名 稱讚 反義 **blame** [blem] 動 名 責備
☆ **regard** [rɪˋgɑrd] 動 認為 名 注意；注重 片語 **regard as** 把…視為
★ **effort** [ˋɛfɚt] 名 努力 衍生 **effortless** [ˋɛfɚtlɪs] 形 容易的
☆ **principle** [ˋprɪnsəpḷ] 名 原則 片語 **in principle** 原則上

(　) 128. Adrian decided to _______ his friend's **apology**.
(A) accept (B) choose (C) improve (D) insist

Point 安卓恩決定接受他朋友的道歉。

單字速記
★ **accept** [ək`sɛpt ] 動 接受 反義 **refuse** [ rɪ`fjuz] 動 拒絕
☆ **choose** [tʃuz] 動 選擇 片語 **cannot choose but** 只能；只好
★ **improve** [ɪm`pruv ] 動 改善 反義 **worsen** [ `wɜsn] 動 惡化
☆ **insist** [ɪn`sɪst] 動 堅持 片語 **insist on** 強烈地要求

( ) 129. Ken indeed **made a big** ______ in English by spending 3 hours every day listening to English programs.
(A) choice (B) improvement (C) requirement (D) motion

Point 藉由每天花三小時聆聽英語節目，肯的英文能力確實大有進步。

單字速記
★ **choice** [tʃɔɪs] 名 選擇 形 精選的 衍生 **choicely** [`tʃɔɪslɪ] 副 精選地
☆ **improvement** [ɪm`pruvmənt] 名 改善
★ **requirement** [rɪ`kwaɪrmənt ] 名 需要 同義 **necessity** [ nə`sɛsətɪ]
☆ **motion** [`moʃən] 名 動作 動 打手勢 片語 **slow motion** 慢動作

( ) 130. Having a notebook on hand is very ______ and important for meetings.
(A) generous (B) helpful (C) cruel (D) curious

Point 手邊有一本筆記本對於參加會議而言是非常有用且重要的。

單字速記
★ **generous** [`dʒɛnərəs ] 形 慷慨的 反義 **stingy** [ `stɪndʒɪ] 形 小氣的
☆ **helpful** [`hɛlpfəl ] 形 有用的 反義 **helpless** [ `hɛlplɪs] 形 無用的
★ **cruel** [`kruəl] 形 殘酷的 反義 **kind** [kaɪnd] 形 有同情心的
☆ **curious** [`kjʊrɪəs ] 形 好奇的 衍生 **curiosity** [ ˏkjʊrɪ`ɑsətɪ] 名 好奇心

( ) 131. I **get a lot of** ______ out of watching movies.
(A) enjoyment (B) emotion (C) desire (D) selection

Point 我從欣賞電影中獲得許多樂趣。

單字速記
★ **enjoyment** [ɪn`dʒɔɪmənt ] 名 享受 相關 **enjoy** [ ɪn`dʒɔɪ] 動 享受
☆ **emotion** [ɪ`moʃən ] 名 情感 同義 **feeling** [ `filɪŋ]
★ **desire** [dɪ`zaɪr] 動 名 渴望 同義 **wish** [wɪʃ]
☆ **selection** [sə`lɛkʃən] 名 選擇 片語 **class selection** 選課

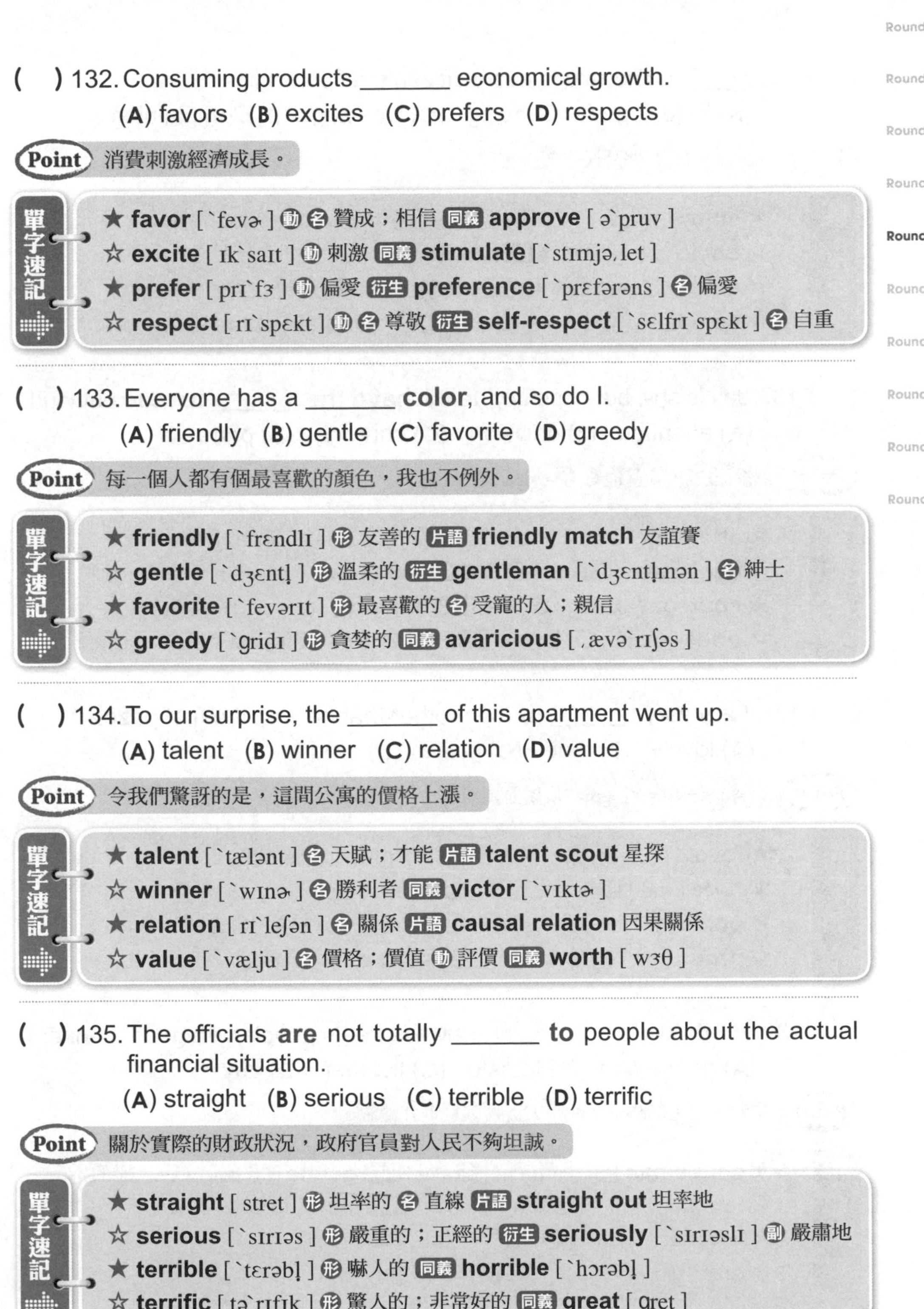

(　) 132. Consuming products _______ economical growth.
(A) favors (B) excites (C) prefers (D) respects

Point 消費刺激經濟成長。

單字速記
★ **favor** [`fevɚ ] 動 名 贊成；相信 同義 **approve** [ ə`pruv]
☆ **excite** [ɪk`saɪt ] 動 刺激 同義 **stimulate** [ `stɪmjə͵let]
★ **prefer** [prɪ`fɝ ] 動 偏愛 衍生 **preference** [ `prɛfərəns] 名 偏愛
☆ **respect** [rɪ`spɛkt ] 動 名 尊敬 衍生 **self-respect** [ `sɛlfrɪ`spɛkt] 名 自重

(　) 133. Everyone has a _______ **color**, and so do I.
(A) friendly (B) gentle (C) favorite (D) greedy

Point 每一個人都有個最喜歡的顏色，我也不例外。

單字速記
★ **friendly** [`frɛndlɪ] 形 友善的 片語 **friendly match** 友誼賽
☆ **gentle** [`dʒɛntḷ ] 形 溫柔的 衍生 **gentleman** [ `dʒɛntḷmən] 名 紳士
★ **favorite** [`fevərɪt] 形 最喜歡的 名 受寵的人；親信
☆ **greedy** [`gridɪ ] 形 貪婪的 同義 **avaricious** [ ͵ævə`rɪʃəs]

(　) 134. To our surprise, the _______ of this apartment went up.
(A) talent (B) winner (C) relation (D) value

Point 令我們驚訝的是，這間公寓的價格上漲。

單字速記
★ **talent** [`tælənt] 名 天賦；才能 片語 **talent scout** 星探
☆ **winner** [`wɪnɚ ] 名 勝利者 同義 **victor** [ `vɪktɚ]
★ **relation** [rɪ`leʃən] 名 關係 片語 **causal relation** 因果關係
☆ **value** [`vælju] 名 價格；價值 動 評價 同義 **worth** [wɝθ]

(　) 135. The officials **are** not totally _______ **to** people about the actual financial situation.
(A) straight (B) serious (C) terrible (D) terrific

Point 關於實際的財政狀況，政府官員對人民不夠坦誠。

單字速記
★ **straight** [stret] 形 坦率的 名 直線 片語 **straight out** 坦率地
☆ **serious** [`sɪrɪəs ] 形 嚴重的；正經的 衍生 **seriously** [ `sɪrɪəslɪ] 副 嚴肅地
★ **terrible** [`tɛrəbḷ ] 形 嚇人的 同義 **horrible** [ `hɔrəbḷ]
☆ **terrific** [tə`rɪfɪk] 形 驚人的；非常好的 同義 **great** [gret]

( ) 136. _______ **the law** is every citizen's responsibility.
(A) Enjoying (B) Obeying (C) Denying (D) Complaining

Point 遵守法律是每個公民的責任。

單字速記
★ **enjoy** [ɪn`dʒɔɪ] 動 享受 片語 **enjoy oneself** 生活得很愉快
☆ **obey** [ə`be ] 動 遵守 反義 **disobey** [ ˌdɪsə`be] 動 不服從
★ **deny** [dɪ`naɪ] 動 拒絕 片語 **deny oneself** 節制；摒棄
☆ **complain** [kəm`plen] 動 抱怨 片語 **complain about** 抱怨…

( ) 137. Jay is shy, but hopefully he will **have the** _______ **to** read out loud.
(A) attention (B) decision (C) courage (D) pride

Point 杰很害羞，希望他有勇氣可以大聲朗誦。

單字速記
★ **attention** [ə`tɛnʃən] 名 注意 片語 **pay attention to** 注意…
☆ **decision** [dɪ`sɪʒən ] 名 決定 相關 **decisive** [ dɪ`saɪsɪv] 形 決定性的
★ **courage** [`kɝɪdʒ ] 名 勇氣 同義 **bravery** [ `brevərɪ]
☆ **pride** [praɪd] 名 動 自豪 諺語 **Pride goes before a fall.** 驕者必敗。

( ) 138. I **am** very _______ **of** my brother that he won the first prize.
(A) lovely (B) rude (C) polite (D) proud

Point 哥哥獲得第一名，我非常以他為榮。

單字速記
★ **lovely** [`lʌvlɪ ] 形 可愛的 同義 **adorable** [ ə`dorəbl̩]
☆ **rude** [rud] 形 粗魯的 同義 **impolite** [ˌɪmpə`laɪt]
★ **polite** [pə`laɪt] 形 有禮貌的 反義 **rude** [rud] 形 粗魯的
☆ **proud** [praʊd] 形 驕傲的 片語 **proud of** 為…而驕傲

( ) 139. Mr. Brown is a _______; he always treats people with good manners.
(A) gentleman (B) female (C) listener (D) guy

Point 布朗先生是位紳士，他待人接物總是十分禮貌。

單字速記
★ **gentleman** [`dʒɛntl̩mən ] 名 紳士 相關 **gentle** [ `dʒɛntl̩] 形 文雅的
☆ **female** [`fimel] 名 女性 形 女性的 片語 **alpha female** 女權至上者
★ **listener** [`lɪsn̩ɚ] 名 聽眾；傾聽者；收聽者
☆ **guy** [gaɪ] 名 傢伙；朋友 片語 **bad guy** 壞人

1 Round
2 Round
3 Round
4 Round
5 Round
6 Round
7 Round
8 Round
9 Round
10 Round

( ) 140. My boyfriend tried to _______ me **down** when I got the news that my parents had an accident.

(A) create (B) calm (C) apply (D) depend

Point 我男友試圖在我得知父母發生意外時讓我冷靜。

單字速記

★ **create** [krɪ`et ] 動 創造 反義 **destroy** [ dɪ`strɔɪ] 動 破壞

☆ **calm** [kɑm] 動 使平靜 形 平靜的 片語 **calm down** 平靜下來

★ **apply** [ə`plaɪ] 動 申請 片語 **apply for** 申請…

☆ **depend** [dɪ`pɛnd] 動 依賴 片語 **depend on** 由…決定

( ) 141. Did you notice any _______ **in** John today?

(A) difference (B) difficulty (C) ability (D) judgment

Point 你有發現約翰今天哪裡不一樣嗎？

單字速記

★ **difference** [`dɪfərəns] 名 差異 片語 **make no difference** 沒有影響

☆ **difficulty** [`dɪfə͵kʌltɪ] 名 困難 片語 **with difficulty** 有困難地

★ **ability** [ə`bɪlətɪ ] 名 能力 反義 **disability** [ dɪsə`bɪlətɪ] 名 無能

☆ **judgment** [`dʒʌdʒmənt] 名 判斷力 片語 **judgment call** 主觀判斷

( ) 142. He's a/an _______ surgeon, probably the best in the city.

(A) effective (B) excellent (C) dishonest (D) clever

Point 他是個優秀的外科醫生，可能是市內最優秀的。

單字速記

★ **effective** [ɪ`fɛktɪv ] 形 有效果的 同義 **effectual** [ ɪ`fɛktʃuəl]

☆ **excellent** [`ɛksḷənt] 形 最好的；優秀的

★ **dishonest** [dɪs`ɑnɪst ] 形 不誠實的 反義 **honest** [ `ɑnɪst] 形 誠實的

☆ **clever** [`klɛvɚ] 形 聰明伶俐的 片語 **clever at** 擅長於…

( ) 143. You are such a _______ to believe that con man.

(A) fault (B) male (C) fool (D) foolish

Point 你真是個傻子，居然相信那個騙子。

單字速記

★ **fault** [fɔlt] 名 錯誤 動 弄錯 同義 **mistake** [mɪ`stek]

☆ **male** [mel] 名 男性 形 男性的 片語 **male chauvinism** 大男人(沙文)主義

★ **fool** [ful] 名 傻子 動 愚弄 片語 **fool around** 閒晃；游手好閒

☆ **foolish** [`fulɪʃ] 形 愚笨的 反義 **wise** [waɪz] 形 聰明的

( ) 144. All the elementary school students are required to ______ new things out of old materials for their summer project.

(A) influence (B) realize (C) ignore (D) invent

Point 所有小學生的暑假作業是要使用舊東西來發明新物品。

單字速記

★ **influence** [ˋɪnfluəns] 名 動 影響 同義 **affect** [əˋfɛkt] 動 影響

☆ **realize** [ˋriə͵laɪz] 動 實現；變現 片語 **realize on** 變賣…

★ **ignore** [ɪgˋnor] 動 忽略 衍生 **ignorant** [ˋɪgnərənt] 形 無知的

☆ **invent** [ɪnˋvɛnt] 動 發明；創造 反義 **imitate** [ˋɪmə͵tet] 動 模仿

( ) 145. Ian indeed has great ______ **skills**.

(A) leadership (B) loser (C) means (D) method

Point 以恩的確具有優異的領導技巧。

單字速記

★ **leadership** [ˋlidəʃɪp] 名 領導力 相關 **leader** [ˋlidə] 名 領袖

☆ **loser** [ˋluzə] 名 失敗者 反義 **gainer** [ˋgenə] 名 獲得者；得利者

★ **means** [minz] 名 方法 片語 **by all means** 盡一切辦法；一定

☆ **method** [ˋmɛθəd] 名 方法 同義 **means** [minz]

( ) 146. The movement leader had a ______ **in** personal liberty.

(A) relationship (B) stranger (C) belief (D) growth

Point 這個運動的領導者相信個人自由。

單字速記

★ **relationship** [rɪˋleʃən͵ʃɪp] 名 關係 片語 **blood relationship** 血統

☆ **stranger** [ˋstrendʒə] 名 陌生人 片語 **make a stranger of** 冷淡地對待

★ **belief** [bɪˋlif] 名 相信 反義 **disbelief** [͵dɪsbəˋlif] 名 不信；懷疑

☆ **growth** [groθ] 名 成長 片語 **growth rate** 成長率

( ) 147. John is a ______ **man**; he's never affected by people's opinions.

(A) handsome (B) responsible (C) wise (D) skillful

Point 約翰是個智者，他從不被他人意見左右。

單字速記

★ **handsome** [ˋhænsəm] 形 英俊的 同義 **good-looking** [ˋgudˋlukɪŋ]

☆ **responsible** [rɪˋspɑnsəbḷ] 形 負責任的 近義 **liable** [ˋlaɪəbḷ] 形 有義務的

★ **wise** [waɪz] 形 聰明的 同義 **smart** [smɑrt]

☆ **skillful** [ˋskɪlfəl] 形 熟練的；靈巧的 同義 **skilled** [skɪld]

( ) 148. The murderer is so _______! He killed hundreds of innocent students overnight.

(A) humble (B) patient (C) pleasant (D) hateful

Point 這個兇手太可惡了！他在一夕之間殺了數以百計的無辜學子。

單字速記

★ **humble** [`hʌmbḷ ] 形 謙虛的 動 使謙卑 同義 **modest** [ `mɑdɪst]

☆ **patient** [`peʃənt] 形 有耐心的 名 病人 片語 **patient with** 對…有耐心

★ **pleasant** [`plɛzṇt ] 形 愉快的 同義 **pleasing** [ `plizɪŋ]

☆ **hateful** [`hetfəl ] 形 可恨的 同義 **abhorrent** [ əb`hɔrənt]

( ) 149. Look at those poor kids. How _______ they are!

(A) skinny (B) slender (C) slim (D) personal

Point 看看那些可憐的孩子們，他們瘦成皮包骨了！

單字速記

★ **skinny** [`skɪnɪ] 形 皮包骨的 反義 **fat** [fæt] 形 肥胖的

☆ **slender** [`slɛndɚ] 形 苗條的 同義 **thin** [θɪn]

★ **slim** [slɪm] 形 苗條的 動 瘦身 衍生 **slimmer** [`slɪmɚ] 名 減重者

☆ **personal** [`pɝsənḷ ] 形 個人的；私人的 同義 **private** [ `praɪvɪt]

( ) 150. In order to be _______, she even broke up with her boyfriend and accepted her boss's proposal!

(A) success (B) successful (C) succeed (D) satisfy

Point 為了成功，她不惜和男友分手並且答應老闆的求婚！

單字速記

★ **success** [sək`sɛs] 名 成功 片語 **success story** 成名史

☆ **successful** [sək`sɛsfəl] 形 成功的 反義 **failed** [feld] 形 失敗了的

★ **succeed** [sək`sid] 動 成功 反義 **fail** [fel] 動 失敗

☆ **satisfy** [`sætɪs͵faɪ] 動 使滿足 片語 **satisfy with** 使滿足

Answer Key 121-150

121~125 C A D B C　126~130 A D A B B　131~135 A B C D A

136~140 B C D A B　141~145 A B C D A　146~150 C C D A B

ROUND 6 Question 151～180

(　) 151. The doctor had to _______ **the baby** at midnight.
(A) deliver (B) bear (C) pray (D) pronounce

Point 醫生必須在半夜接生嬰兒。

單字速記
- ★ **deliver** [dɪˋlɪvɚ] 動 接生；傳送 片語 **deliver the goods** 不負眾望
- ☆ **bear** [bɛr] 動 忍受；承擔 名 熊 片語 **bear in mind** 記住
- ★ **pray** [pre] 動 祈禱 衍生 **prayer** [prɛr] 名 祈禱；祈禱者
- ☆ **pronounce** [prəˋnaʊns] 動 發音；宣判

(　) 152. The **muscle** _______ will shrink once you add salty water to the glass.
(A) chemical (B) cell (C) element (D) debt

Point 一旦你在玻璃杯裡加入鹽水，肌肉細胞就會收縮。

單字速記
- ★ **chemical** [ˋkɛmɪkḷ] 名 化學藥品 形 化學的 片語 **chemical peel** 果酸換膚
- ☆ **cell** [sɛl] 名 細胞；電池 片語 **cell phone** 手機
- ★ **element** [ˋɛləmənt] 名 要素 同義 **component** [kəmˋponənt]
- ☆ **debt** [dɛt] 名 債 片語 **in debt** 負債

(　) 153. Zinc is a kind of _______.
(A) alphabet (B) temple (C) metal (D) spelling

Point 鋅是一種金屬。

單字速記
- ★ **alphabet** [ˋælfə͵bɛt] 名 字母 同義 **letter** [ˋlɛtɚ]
- ☆ **temple** [ˋtɛmpḷ] 名 廟宇；太陽穴
- ★ **metal** [ˋmɛtḷ] 名 金屬 形 金屬的 片語 **heavy metal** 重金屬搖滾樂
- ☆ **spelling** [ˋspɛlɪŋ] 名 拼字 片語 **spelling bee** 拼字比賽

(　) 154. It is almost impossible to entrance someone by saying a specific word or _______.
(A) vocabulary (B) article (C) phrase (D) novel

1 Round
2 Round
3 Round
4 Round
5 Round
6 Round
7 Round
8 Round
9 Round
10 Round

Point 藉由說一個特定的字彙或片語就催眠某個人幾乎是不可能的。

單字速記

★ **vocabulary** [vəˋkæbjə͵lɛrɪ] 名 字彙 同義 **word** [wɝd]
☆ **article** [ˋɑrtɪkḷ] 名 文章；論文；物品 片語 **leading article** 頭條新聞
★ **phrase** [frez] 名 片語 動 用言語表達 片語 **phrase book** 常用外語手冊
☆ **novel** [ˋnɑvḷ] 名 長篇小說 形 新奇的

( ) 155. The _______ had been an unknown until he published his poetry anthology.
(A) poet (B) poem (C) topic (D) title

Point 這位詩人在出版他的詩集之前一直是個默默無聞的人。

單字速記

★ **poet** [ˋpoɪt] 名 詩人 衍生 **poetic** [poˋɛtɪk] 形 詩意的
☆ **poem** [ˋpoɪm] 名 詩 片語 **lyric poem** 抒情詩
★ **topic** [ˋtɑpɪk] 名 主題；題目 同義 **subject** [ˋsʌbdʒɪkt]
☆ **title** [ˋtaɪtḷ] 名 標題 動 加標題 片語 **title page** 書名頁

( ) 156. Seven _______ **by** ten is seventy.
(A) solved (B) multiplied (C) minus (D) plus

Point 七乘以十等於七十。

單字速記

★ **solve** [sɑlv] 動 解決；解答 片語 **solve the problem** 解決問題
☆ **multiply** [ˋmʌltəplaɪ] 動 相乘 反義 **divide** [dəˋvaɪd] 動 除
★ **minus** [ˋmaɪnəs] 名 減號 形 負的 反義 **plus** [plʌs]
☆ **plus** [plʌs] 介 加 形 正的 片語 **plus point** 長處

( ) 157. Who knows **the** _______ **to** this mathematical equation?
(A) affair (B) culture (C) solution (D) climate

Point 誰知道這個數學方程式的解答？

單字速記

★ **affair** [əˋfɛr] 名 事件 片語 **current affairs** 時事
☆ **culture** [ˋkʌltʃɚ] 名 文化 片語 **culture shock** 文化衝擊
★ **solution** [səˋluʃən] 名 解答 同義 **answer** [ˋænsɚ]
☆ **climate** [ˋklaɪmɪt] 名 氣候 近義 **weather** [ˋwɛðɚ] 名 天氣

( ) 158. The weather in Taiwan is really _______.
(A) golden (B) active (C) social (D) humid

Point 台灣的天氣很潮濕。

單字速記
★ **golden** [`goldn̩] 形 金色的；黃金的 片語 **golden wedding** 金婚(50週年)
☆ **active** [`æktɪv ] 形 活躍的 反義 **inactive** [ ɪn`æktɪv] 形 不活躍的
★ **social** [`soʃəl] 形 社會的 片語 **social drinker** 應酬飲酒者
☆ **humid** [`hjumɪd] 形 潮濕的 同義 **moist** [mɔɪst]

( ) 159. Water is precious in a _______.
(A) desert (B) countryside (C) society (D) geography

Point 水在沙漠中很珍貴。

單字速記
★ **desert** [`dɛzət ] 名 沙漠 動 [ dɪ`zɝt] 拋棄 片語 **desert habitat** 沙漠棲息地
☆ **countryside** [`kʌntrɪˏsaɪd] 名 鄉間 同義 **rural area**
★ **society** [sə`saɪətɪ] 名 社會 片語 **high society** 上流社會
☆ **geography** [dʒi`ɑgrəfɪ] 名 地理 片語 **physical geography** 自然地理學

( ) 160. The _______ collapsed the wooden hut.
(A) earthquake (B) island (C) population (D) region

Point 地震使小木屋倒塌了。

單字速記
★ **earthquake** [`ɝθˏkwek] 名 地震；(比喻)社會大動盪
☆ **island** [`aɪlənd] 名 島嶼 片語 **traffic island** (道路的)安全島
★ **population** [ˏpɑpjə`leʃən ] 名 人口 相關 **populate** [ `pɑpjəˏlet] 動 居住於
☆ **region** [`ridʒən] 名 區域 片語 **in the region of** 約略

( ) 161. We heard **a clap of** _______ after the lightning.
(A) typhoon (B) thunder (C) policy (D) bark

Point 我們在這個閃電之後聽到一聲雷鳴。

單字速記
★ **typhoon** [taɪ`fun ] 名 颱風 近義 **hurricane** [ `hɝɪˏken] 名 颶風
☆ **thunder** [`θʌndɚ] 名 雷 動 打雷 片語 **blood and thunder** 暴力打鬥
★ **policy** [`pɑləsɪ] 名 政策；保險；保險單；方針
☆ **bark** [bɑrk] 動 吠叫 名 吠叫聲 片語 **bark at** 對…吠

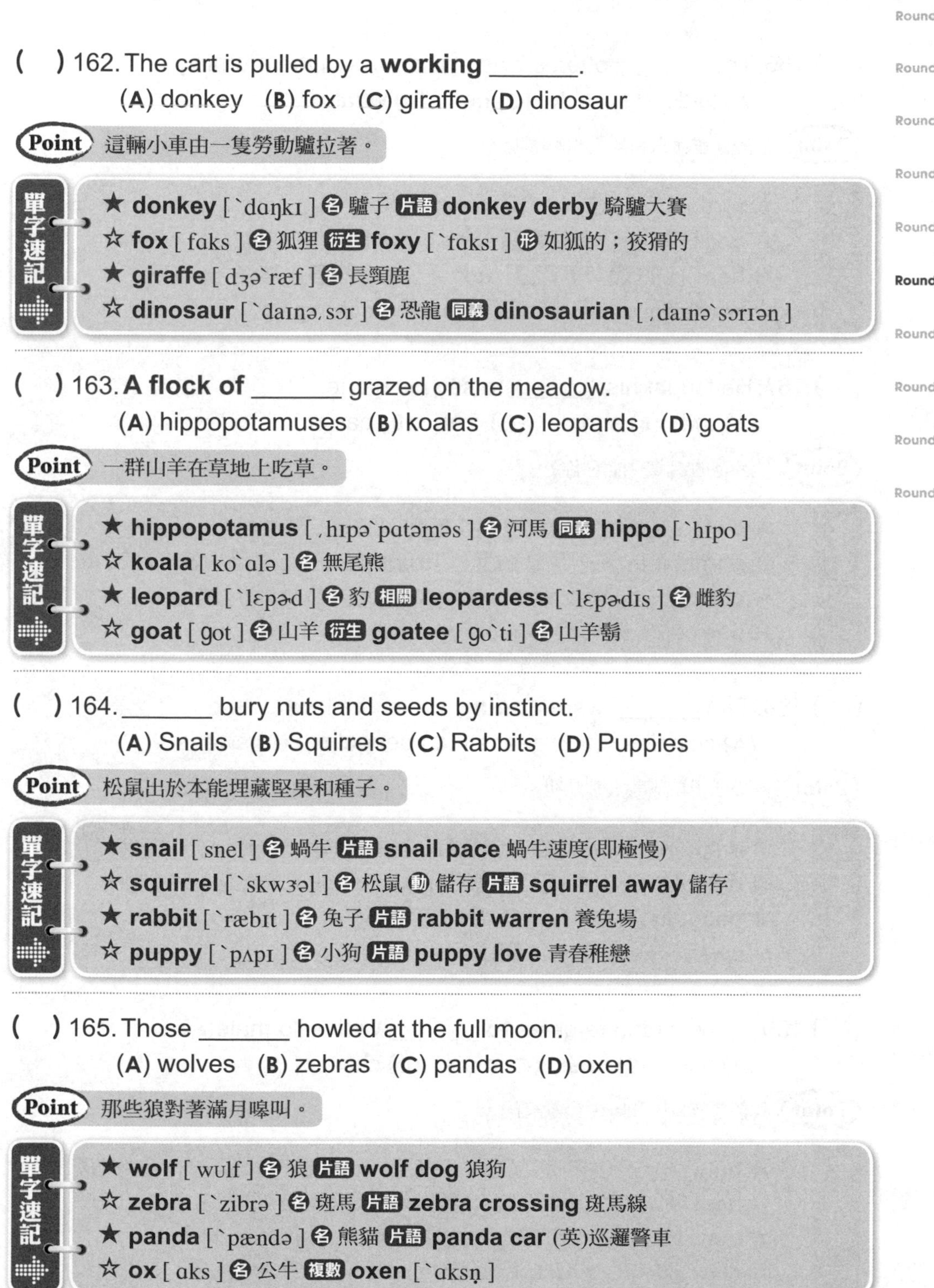

(　) 162. The cart is pulled by a **working** ______.
(A) donkey (B) fox (C) giraffe (D) dinosaur

Point 這輛小車由一隻勞動驢拉著。

單字速記
- ★ **donkey** [`dɑŋkɪ] 名 驢子 片語 **donkey derby** 騎驢大賽
- ☆ **fox** [fɑks] 名 狐狸 衍生 **foxy** [`fɑksɪ] 形 如狐的；狡猾的
- ★ **giraffe** [dʒə`ræf] 名 長頸鹿
- ☆ **dinosaur** [`daɪnə͵sɔr ] 名 恐龍 同義 **dinosaurian** [ ͵daɪnə`sɔrɪən]

(　) 163. **A flock of** ______ grazed on the meadow.
(A) hippopotamuses (B) koalas (C) leopards (D) goats

Point 一群山羊在草地上吃草。

單字速記
- ★ **hippopotamus** [͵hɪpə`pɑtəməs ] 名 河馬 同義 **hippo** [ `hɪpo]
- ☆ **koala** [ko`ɑlə] 名 無尾熊
- ★ **leopard** [`lɛpɚd ] 名 豹 相關 **leopardess** [ `lɛpɚdɪs] 名 雌豹
- ☆ **goat** [got] 名 山羊 衍生 **goatee** [go`ti] 名 山羊鬍

(　) 164. ______ bury nuts and seeds by instinct.
(A) Snails (B) Squirrels (C) Rabbits (D) Puppies

Point 松鼠出於本能埋藏堅果和種子。

單字速記
- ★ **snail** [snel] 名 蝸牛 片語 **snail pace** 蝸牛速度(即極慢)
- ☆ **squirrel** [`skwɝəl] 名 松鼠 動 儲存 片語 **squirrel away** 儲存
- ★ **rabbit** [`ræbɪt] 名 兔子 片語 **rabbit warren** 養兔場
- ☆ **puppy** [`pʌpɪ] 名 小狗 片語 **puppy love** 青春稚戀

(　) 165. Those ______ howled at the full moon.
(A) wolves (B) zebras (C) pandas (D) oxen

Point 那些狼對著滿月嗥叫。

單字速記
- ★ **wolf** [wulf] 名 狼 片語 **wolf dog** 狼狗
- ☆ **zebra** [`zibrə] 名 斑馬 片語 **zebra crossing** 斑馬線
- ★ **panda** [`pændə] 名 熊貓 片語 **panda car** (英)巡邏警車
- ☆ **ox** [ɑks] 名 公牛 複數 **oxen** [`ɑksn̩]

( ) 166. The ______ often crows at 6 o'clock in the morning.
(A) turtle (B) cock (C) hen (D) whale

Point 這隻公雞通常在早上六點啼叫。

單字速記
★ **turtle** [`tɝtl̩] 名 海龜 片語 **turtle dove** 斑鳩
☆ **cock** [kɑk] 名 公雞 片語 **cock crow** 黎明(雞鳴時刻)
★ **hen** [hɛn] 名 母雞 反義 **rooster** [`rustɚ] 名 雄雞
☆ **whale** [hwel] 名 鯨魚 片語 **whale watching** 賞鯨

( ) 167. He taught his ______ to say his name.
(A) owl (B) shrimp (C) crab (D) parrot

Point 他教他的鸚鵡說他的名字。

單字速記
★ **owl** [aʊl] 名 貓頭鷹 片語 **owl light** 黃昏
☆ **shrimp** [ʃrɪmp] 名 蝦子 衍生 **shrimpy** [`ʃrɪmpɪ] 形 多蝦的；矮小的
★ **crab** [kræb] 名 蟹 衍生 **crabby** [`kræbɪ] 形 易怒的；愛抱怨的
☆ **parrot** [`pærət] 名 鸚鵡 動 機械地模仿

( ) 168. Two ______ were **cooing up** on the lawn.
(A) dolphins (B) pigeons (C) penguins (D) swans

Point 兩隻鴿子在草地上咕咕叫。

單字速記
★ **dolphin** [`dɑlfɪn] 名 海豚 片語 **a school of dolphins** 一群海豚
☆ **pigeon** [`pɪdʒɪn] 名 鴿子 片語 **pigeon hawk** 美產鷹
★ **penguin** [`pɛŋgwɪn] 名 企鵝 片語 **king penguin** 國王企鵝
☆ **swan** [swɑn] 名 天鵝 片語 **swan dive** 燕式跳水

( ) 169. We want the females **to** ______ **with** wild males.
(A) hum (B) nest (C) mate (D) claw

Point 我們想讓母獸和野生公獸交配。

單字速記
★ **hum** [hʌm] 動 嗡嗡叫 名 嗡嗡聲 衍生 **humming** [`hʌmɪŋ] 形 哼著唱的
☆ **nest** [nɛst] 名 鳥巢 動 築巢 片語 **nest egg** 留窩蛋；儲蓄金
★ **mate** [met] 動 交配 名 配偶 衍生 **room-mate** [`rum͵met] 名 室友
☆ **claw** [klɔ] 名 爪 動 抓 片語 **claw hatchet** 拔釘斧

1 Round 2 Round 3 Round 4 Round 5 Round 6 Round 7 Round 8 Round 9 Round 10 Round

( ) 170. We were badly bitten by ______ in the forest.

(A) mosquitoes (B) ladybugs (C) dragonflies (D) beetles

Point 我們在森林裡被蚊子叮得很厲害。

單字速記

★ **mosquito** [mə`skito] 名 蚊子 片語 **mosquito hawk** 蜻蜓
☆ **ladybug** [`ledɪ͵bʌg ] 名 瓢蟲 同義 **ladybird** [ `ledɪ͵bɝd]
★ **dragonfly** [`drɑgən͵flaɪ] 名 蜻蜓
☆ **beetle** [`bitḷ] 名 甲蟲 片語 **snout beetle** 象鼻蟲

( ) 171. I saw a ______ **spinning its web** in a corner of the ceiling.

(A) moth (B) cockroach (C) spider (D) insect

Point 我看到一隻蜘蛛在天花板的角落結網。

單字速記

★ **moth** [mɔθ] 名 蛾 片語 **tiger moth** 虎蛾
☆ **cockroach** [`kɑk͵rotʃ] 名 蟑螂 同義 **roach** [rotʃ]
★ **spider** [`spaɪdɚ] 名 蜘蛛 片語 **spider monkey** 蜘蛛猴
☆ **insect** [`ɪnsɛkt] 名 昆蟲 片語 **predatory insect** 肉食性昆蟲

( ) 172. The hut on the hill **is built of** ______.

(A) bamboo (B) wings (C) cotton (D) insect

Point 山丘上的小屋是用竹子建造而成的。

單字速記

★ **bamboo** [bæm`bu] 名 竹子 片語 **lucky bamboo** 富貴竹
☆ **wing** [wɪŋ] 名 翅膀 動 在…裝翼 片語 **wing collar** 翼領
★ **cotton** [`kɑtn̩] 名 棉花 片語 **cotton candy** 棉花糖
☆ **insect** [`ɪnsɛkt] 名 昆蟲 片語 **insect repellent** 驅蟲藥

( ) 173. The truck dumped its load of **hardwood** ______ on the ground.

(A) straws (B) logs (C) caves (D) floods

Point 卡車將裝載的硬木原木卸在地上。

單字速記

★ **straw** [strɔ] 名 稻草 片語 **straw man** 稻草人
☆ **log** [lɔg] 名 原木 片語 **log cabin** 木屋
★ **cave** [kev] 名 洞穴 動 屈服 片語 **cave man** 野蠻人
☆ **flood** [flʌd] 名 洪水 動 淹沒 片語 **flood into** 大量湧入

( ) 174. There is **a large** _______ **of** wheat.

(A) environment (B) flow (C) field (D) storm

Point 有一大片小麥田。

單字速記

★ **environment** [ɪn`vaɪrənmənt] 名 環境；四周狀況；圍繞

☆ **flow** [flo] 名 漲潮；流量 動 流出 片語 **passenger flow** 客流量

★ **field** [fild] 名 田野；範疇 片語 **field day** 戶外活動日

☆ **storm** [stɔrm] 名 風暴 動 襲擊 片語 **storm belt** 暴風帶

( ) 175. We went on a picnic on the _______ **meadow**.

(A) grassy (B) cloudy (C) foggy (D) rainy

Point 我們到草量茂盛的草地上野餐。

單字速記

★ **grassy** [`græsɪ ] 形 多草的 衍生 **grassy-green** [ `græsɪ`grin] 形 草綠色的

☆ **cloudy** [`klaudɪ] 形 多雲的 片語 **partly cloudy** 局部多雲

★ **foggy** [`fɑgɪ] 形 多霧的 相關 **fog** [fɑg] 名 霧 動 以霧籠罩

☆ **rainy** [`renɪ] 形 多雨的 片語 **rainy day** 雨天；艱難時刻

( ) 176. The path was so _______ that it hurt my feet.

(A) snowy (B) sunny (C) windy (D) rocky

Point 那條小徑岩石很多，讓我的腳很痛。

單字速記

★ **snowy** [`snoɪ ] 形 多雪的 相關 **snowman** [ `sno͵mæn] 名 雪人

☆ **sunny** [`sʌnɪ ] 形 充滿陽光的 衍生 **sunnily** [ `sʌnəlɪ] 副 陽光充足地

★ **windy** [`wɪndɪ ] 形 多風的 同義 **blowy** [ `bloɪ]

☆ **rocky** [`rɑkɪ] 形 岩石的；困難的 片語 **Rocky Mountains** 落磯山脈

( ) 177. The undercurrent below the 15-foot _______ devoured a diver.

(A) valley (B) waterfall (C) wild (D) stream

Point 這座十五英呎瀑布下的暗流吞噬了一名跳水者。

單字速記

★ **valley** [`vælɪ] 名 山谷 片語 **valley glacier** 山谷冰川

☆ **waterfall** [`wɑtə͵fɔl ] 名 瀑布 同義 **cascade** [ kæs`ked]

★ **wild** [waɪld] 形 野生的 名 荒野 片語 **rare wild animal** 珍稀野生動物

☆ **stream** [strim] 名 小溪 動 流動 片語 **stream tracing** 溯溪

---

1 Round
2 Round
3 Round
4 Round
5 Round
6 Round
7 Round
8 Round
9 Round
10 Round

(　) 178. Two **military** _______ just flew across the sky.
(A) airlines (B) shells (C) aircrafts (D) ports

Point 兩架軍用飛機剛剛飛過天空。

單字速記
- ★ **airline** [`ɛr͵laɪn] 名 航線；航空公司 片語 **budget airline** 廉價航空公司
- ☆ **shell** [ʃɛl] 名 貝殼 動 剝 片語 **shell out** 付款
- ★ **aircraft** [`ɛr͵kræft] 名 飛機 片語 **aircraft carrier** 航空母艦
- ☆ **port** [port] 名 港口 衍生 **airport** [`ɛr͵port] 名 機場

(　) 179. We wanted a _______, so we mated a horse with a donkey.
(A) mule (B) dew (C) wave (D) sailor

Point 我們想要一隻騾，所以讓一匹馬和一頭驢交配。

單字速記
- ★ **mule** [mjul] 名 騾 片語 **mule skinner** 趕騾人
- ☆ **dew** [dju] 名 露 片語 **mountain dew** 私釀威士忌
- ★ **wave** [wev] 名 波浪 動 搖動 片語 **wave aside** 對…置之不理
- ☆ **sailor** [`selɚ] 名 船員 片語 **a good sailor** 不會暈船的人

(　) 180. Most of the **senior** _______ in this country are taken care of by their family.
(A) foreigners (B) flights (C) citizens (D) prisoners

Point 這個國家大多數的年長市民受家人照顧。

單字速記
- ★ **foreigner** [`fɔrɪnɚ ] 名 外國人 相關 **foreign** [ `fɔrɪn] 形 外國的
- ☆ **flight** [flaɪt] 名 班機 片語 **direct flight** 直飛航線
- ★ **citizen** [`sɪtəzn̩ ] 名 市民；公民 衍生 **citizenship** [ `sɪtəzn̩͵ʃɪp] 名 公民權
- ☆ **prisoner** [`prɪzn̩ɚ] 名 囚犯 片語 **prisoner of war** 戰俘

Answer Key 151-180

151~155 A B C C A　156~160 B C D A A　161~165 B A D B A
166~170 B D B C A　171~175 C A B C A　176~180 D B C A C

ROUND 7 Question 181～210

(　) 181. We are more concerned to develop our ______ **interests** at home.
(A) national　(B) international　(C) overseas　(D) wooden

Point 我們更加關切本國利益的發展。

★ **national** [`næʃənḷ] 形 國家的 片語 **national anthem** 國歌
☆ **international** [ˌɪntə`næʃənḷ ] 形 國際的 相關 **nation** [ `neʃən] 名 國家
★ **overseas** [ˌovə`siz ] 副 在海外 形 國外的 同義 **abroad** [ ə`brɔd]
☆ **wooden** [`wʊdṇ] 形 木製的 片語 **wooden ticket** 開假單

(　) 182. To set up a **non-profit** ______, also known as a NPO, is our aim.
(A) member　(B) department　(C) organization　(D) prison

Point 我們的目標是創辦一個NPO，也就是非營利組織。

★ **member** [`mɛmbə ] 名 會員 衍生 **membership** [ `mɛmbəˌʃɪp] 名 會員數
☆ **department** [dɪ`pɑrtmənt] 名 部門 片語 **planning department** 企劃部
★ **organization** [ˌɔrgənə`zeʃən ] 名 機構 相關 **organ** [ `ɔrgən] 名 機關
☆ **prison** [`prɪzṇ] 名 監獄 片語 **prison camp** 戰俘營

(　) 183. They ______ the work force **into** a union.
(A) organized　(B) arrested　(C) punished　(D) stole

Point 他們將工人組織成工會。

★ **organize** [`ɔrgəˌnaɪz] 動 組織 片語 **organized crime** 集團犯罪
☆ **arrest** [ə`rɛst] 名 動 逮捕 片語 **under arrest** 被捕的
★ **punish** [`pʌnɪʃ ] 動 處罰 衍生 **punishment** [ `pʌnɪʃmənt] 名 處罰
☆ **steal** [stil] 動 偷 片語 **steal the show** 大出風頭

(　) 184. The police are **interrogating the** ______.
(A) judge　(B) crime　(C) thief　(D) punishment

Point 警方正在審問這個小偷。

單字速記

★ **judge** [dʒʌdʒ] 動 裁決；審判 名 法官 片語 **judge from** 根據…做判斷
☆ **crime** [kraɪm] 名 犯罪活動；罪行 片語 **cyber crime** 網路犯罪
★ **thief** [θif] 名 小偷 片語 **habitual thief** 慣竊
☆ **punishment** [`pʌnɪʃmənt] 名 處罰 片語 **capital punishment** 死刑

( ) 185. The soccer player **was sent to** ______ last week for breaking another player's jaw.
(A) court (B) appearance (C) lawyer (D) county

Point 這名足球選手因打傷另一名選手的下顎，上星期被送上法院。

單字速記

★ **court** [kort] 名 法院 片語 **court martial** 軍事法庭
☆ **appearance** [ə`pɪrəns] 名 出庭；出現 片語 **appearance money** 出場費
★ **lawyer** [`lɔjɚ] 名 律師 片語 **Philadelphia lawyer** 精明的律師
☆ **county** [`kaʊntɪ] 名 縣 片語 **county council** 縣議會

( ) 186. She ______ that it was a conspiracy against her.
(A) shot (B) claimed (C) governed (D) elected

Point 她聲稱這個陰謀是衝著她來的。

單字速記

★ **shoot** [ʃut] 動 名 射擊 片語 **shoot for** 爭取
☆ **claim** [klem] 動 聲稱；主張 片語 **lay claim to** 對…提出權利要求
★ **govern** [`gʌvən ] 動 統治 衍生 **self-governed** [ ͵sɛlf`gʌvənd] 形 自治的
☆ **elect** [ɪ`lɛkt ] 動 選舉 形 當選的 衍生 **election** [ ɪ`lɛkʃən] 名 選舉

( ) 187. What I have done is **perfectly** ______; I shall not be liable for any damage.
(A) legal (B) central (C) royal (D) natural

Point 我所做的完全合法；我不應為任何損害負法律之責。

單字速記

★ **legal** [`lig!̩] 形 合法的 片語 **legal age** 法定年齡
☆ **central** [`sɛntrəl] 形 中央的 片語 **central government** 中央政府
★ **royal** [`rɔɪəl] 形 皇家的 片語 **royal family** 皇族
☆ **natural** [`nætʃərəl] 形 天然的；自然的 片語 **natural delivery** 自然生產

( ) 188. The ______ has taken measures to stimulate economic growth.

(A) voter (B) independence (C) village (D) government

Point 政府已採取措施刺激經濟成長。

單字速記

★ **voter** [votə] 名 選民 相關 **vote** [vot] 動 投票
☆ **independence** [ˌɪndɪˋpɛndəns] 名 獨立
★ **village** [ˋvɪlɪdʒ] 名 村莊 衍生 **villager** [ˋvɪlɪdʒə] 名 村民
☆ **government** [ˋgʌvənmənt] 名 政府 相關 **govern** [ˋgʌvən] 動 統治

( ) 189. The **little** _______ celebrated **her** 8th birthday yesterday.
(A) princess (B) prince (C) president (D) official

Point 小公主昨天慶祝了她的八歲生日。

單字速記

★ **princess** [ˋprɪnsɪs] 名 公主 片語 **crown princess** 王妃
☆ **prince** [prɪns] 名 王子 片語 **crown prince** 王儲
★ **president** [ˋprɛzədənt] 名 總統 片語 **vice president** 副總統
☆ **official** [əˋfɪʃəl] 形 官方的 名 官員 片語 **official leave** 公假

( ) 190. The enemy seized the capital after a **violent** _______.
(A) bomb (B) tank (C) weapon (D) attack

Point 敵軍在猛烈攻擊後佔領了首都。

單字速記

★ **bomb** [bɑm] 名 炸彈 動 爆炸 片語 **bomb shelter** 避難室
☆ **tank** [tæŋk] 名 坦克 片語 **tank top** 背心裝
★ **weapon** [ˋwɛpən] 名 武器 片語 **dangerous weapon** 危險性武器
☆ **attack** [əˋtæk] 名 動 攻擊 片語 **heart attack** 心臟病發作

( ) 191. The _______ of the battleship refused to withdraw during the day.
(A) military (B) captain (C) soldier (D) battle

Point 這艘軍艦的艦長不願在白天撤退。

單字速記

★ **military** [ˋmɪləˌtɛrɪ] 名 軍方 形 軍事的 片語 **military school** 軍校
☆ **captain** [ˋkæptən] 名 船長；首領 片語 **captain of industry** 大企業的首腦
★ **soldier** [ˋsoldʒə] 名 士兵；軍人 片語 **soldier of fortune** 僱傭兵
☆ **battle** [ˋbætl̩] 名 戰役 動 作戰 片語 **battle cruiser** 巡洋戰艦

1 Round
2 Round
3 Round
4 Round
5 Round
6 Round
7 Round
8 Round
9 Round
10 Round

( ) 192. The ______ were forced to retreat without resistance.
(A) targets (B) enemies (C) arrows (D) tasks

Point 敵人毫無抵抗地被迫撤退了。

單字速記
★ **target** [`tɑrgɪt] 名 目標 動 把…當作目標 片語 **target cost** 目標成本
☆ **enemy** [`ɛnəmɪ] 名 敵人 片語 **natural enemy** 天敵
★ **arrow** [`æro] 名 箭 片語 **straight arrow** 一板一眼的人
☆ **task** [tæsk] 名 任務 動 分派任務 片語 **task force** 特遣部隊

( ) 193. She parked the van **in the** ______.
(A) highway (B) board (C) garage (D) sidewalk

Point 她把休旅車停在車庫裡。

單字速記
★ **highway** [`haɪ͵we] 名 高速公路 片語 **highway patrol** 高速公路巡警
☆ **board** [bord] 動 登機 名 布告欄 片語 **board games** 桌上遊戲
★ **garage** [gə`rɑʒ] 名 車庫 動 送入車庫 片語 **garage sale** 車庫拍賣
☆ **sidewalk** [`saɪd͵wɔk ] 名 人行道 同義 **pavement** [ `pevmənt]

( ) 194. The bridge was built with **steel** ______.
(A) motorcycles (B) jeeps (C) trucks (D) cables

Point 這座橋由鋼索建造而成。

單字速記
★ **motorcycle** [`motɚ͵saɪkḷ ] 名 摩托車 同義 **motorbike** [ `motɚ͵baɪk]
☆ **jeep** [dʒip] 名 吉普車
★ **truck** [trʌk] 名 卡車 片語 **truck driver** 卡車司機
☆ **cable** [`kebḷ] 名 纜索；電纜 動 發越洋電報 片語 **cable car** 纜車

( ) 195. I went up the narrow **garden** ______ to knock on the door.
(A) path (B) lane (C) corner (D) platform

Point 我走上狹窄的花園小徑去敲門。

單字速記
★ **path** [pæθ] 名 路徑；小徑 片語 **flight path** 飛行路線
☆ **lane** [len] 名 巷；車道 片語 **fast lane** 快車道
★ **corner** [`kɔrnɚ] 名 街角；角落 片語 **force into a corner** 逼入牆角
☆ **platform** [`plæt͵fɔrm] 名 月台 片語 **platform scale** 臺秤

(　) 196. The farmer sent the vegetables to the market **by a** ______.
(A) MRT　(B) cart　(C) subway　(D) wheels

Point 農夫用手拉車運送蔬菜到市場。

單字速記
★ **MRT/mass rapid transit** 名 大眾運輸系統(捷運)
☆ **cart** [kɑrt] 名 手拉車 動 載運 衍生 **go-cart** [ˋgokɑrt] 名 微型賽車
★ **subway** [ˋsʌb͵we] 名 地下鐵 同義 **underground** [ˋʌndɚ͵graund]
☆ **wheel** [hwil] 名 輪子 動 滾動 片語 **wheel chair** 輪椅

(　) 197. I dislike the ______ **congestion** of city life.
(A) apartment　(B) balcony　(C) traffic　(D) tunnel

Point 我不喜歡交通擁擠的都市生活。

單字速記
★ **apartment** [əˋpɑrtmənt] 名 公寓 片語 **apartment building** 公寓大樓
☆ **balcony** [ˋbælkənɪ] 名 陽台 同義 **terrace** [ˋtɛrəs]
★ **traffic** [ˋtræfɪk] 名 交通 動 來來往往 片語 **traffic cop** 交通警察
☆ **tunnel** [ˋtʌnḷ] 名 隧道 動 挖掘隧道 片語 **tunnel through** 打通隧道

(　) 198. The princess lived in a grand ______.
(A) ceiling　(B) elevator　(C) fence　(D) castle

Point 公主住在富麗堂皇的城堡裡。

單字速記
★ **ceiling** [ˋsilɪŋ] 名 天花板 片語 **hit the ceiling** 勃然大怒
☆ **elevator** [ˋɛlə͵vetɚ] 名 電梯 相關 **escalator** [ˋɛskə͵letɚ] 名 電扶梯
★ **fence** [fɛns] 名 圍牆 動 防衛 片語 **protective fence** 防護欄
☆ **castle** [ˋkæsḷ] 名 城堡 片語 **castle in the air** 空中樓閣

(　) 199. They walked across the highway through an ______.
(A) overpass　(B) tower　(C) hall　(D) crane

Point 他們走天橋穿越高速公路。

單字速記
★ **overpass** [ˋovɚ͵pæs] 名 天橋 同義 **viaduct** [ˋvaɪə͵dʌkt]
☆ **tower** [ˋtauɚ] 名 塔 動 高聳 片語 **water tower** 水塔
★ **hall** [hɔl] 名 廳；堂 片語 **hall of fame** 名人堂
☆ **crane** [kren] 名 起重機；鶴 動 伸(頸) 片語 **crowned crane** 冠鶴

(　) 200. The interview requires every interviewee to begin with a _______ self-introduction.

(A) daily (B) brief (C) former (D) future

Point 這場面試需要每個應徵者以一段簡短的自我介紹做為起頭。

單字速記

★ **daily** [`delɪ] 形 每日的 副 每日地 片語 **daily expenses** 日常開支

☆ **brief** [brif] 形 短暫的；簡短的 名 摘要；短文

★ **former** [`fɔrmɚ] 形 以前的；前任的 片語 **cancel former order** 改單

☆ **future** [`fjutʃɚ] 形 未來的 名 未來 片語 **future perspective** 未來前景

(　) 201. Please highlight that important date **on the** _______.

(A) calendar (B) century (C) festival (D) dawn

Point 請在日曆上標示那個重要的日子。

單字速記

★ **calendar** [`kæləndɚ] 名 日曆 片語 **perpetual calendar** 萬年曆

☆ **century** [`sɛntʃərɪ ] 名 世紀 同義 **centenary** [ sɛn`tɛnərɪ]

★ **festival** [`fɛstəvl̩ ] 名 節日 相關 **festive** [ `fɛstɪv] 形 歡慶的

☆ **dawn** [dɔn] 名 黎明 動 頓悟 片語 **dawn chorus** 破曉前的鳥鳴聲

(　) 202. Have you watched the _______ movie of Ryan Gosling?

(A) instant (B) latest (C) rapid (D) regular

Point 你看過萊恩・葛斯林最新的電影了嗎？

單字速記

★ **instant** [`ɪnstənt] 形 即時的 名 頃刻 片語 **on the instant** 立刻

☆ **latest** [`letɪst] 形 最新的 片語 **latest fashion** 最新流行

★ **rapid** [`ræpɪd ] 形 迅速的 衍生 **rapidly** [ `ræpɪdlɪ] 副 立即

☆ **regular** [`rɛgjəlɚ] 形 平常的 名 常客 片語 **regular guy** 好人

(　) 203. She can't wait to show her _______ **design** to her boss.

(A) broad (B) recent (C) backward (D) usual

Point 她等不及要展示最新設計給老闆看。

單字速記

★ **broad** [brɔd] 形 寬闊的 片語 **broad jump** 跳遠

☆ **recent** [`risn̩t] 形 最近的 同義 **up to date**

★ **backward** [`bækwɚd ] 形 向後方的 副 向後 同義 **rearward** [ `rɪrwɝd]

☆ **usual** [`juʒuəl] 形 平常的 片語 **as usual** 照例

( ) 204. We couldn't get in touch with you last night. Did you **go** _______ alone?
(A) anytime (B) hardly (C) backwards (D) anywhere

Point 昨晚我們聯絡不上你。你一個人去了哪裡？

單字速記
- ★ **anytime** [`ɛnɪ͵taɪm ] 副 任何時候 同義 **whenever** [ hwɛn`ɛvɚ]
- ☆ **hardly** [`hɑrdlɪ] 副 幾乎不 片語 **hardly ever** 很少有
- ★ **backwards** [`bækwɚdz] 副 向後地
- ☆ **anywhere** [`ɛnɪ͵hwɛr ] 副 任何地方 同義 **anyplace** [ `ɛnɪ͵ples]

( ) 205. Can you give me some **life** _______?
(A) direction (B) distance (C) cross (D) speed

Point 你可以為我指點人生方向嗎？

單字速記
- ★ **direction** [də`rɛkʃən] 名 方向 片語 **sense of direction** 方向感
- ☆ **distance** [`dɪstəns ] 名 距離 動 使疏遠 衍生 **distant** [ `dɪstənt] 形 遠的
- ★ **cross** [krɔs] 動 越過 名 十字架 片語 **cross street** 交叉路
- ☆ **speed** [spid] 名 速度 片語 **high-speed rail** 高速鐵路

( ) 206. Please meet me **at the** _______ **of** the movie theater.
(A) advance (B) height (C) entrance (D) downtown

Point 請在電影院入口處與我碰面。

單字速記
- ★ **advance** [əd`væns] 動 提前 名 前方 片語 **advance payment** 預付款
- ☆ **height** [haɪt] 名 高度 衍生 **heighten** [`haɪtn̩] 動 加高
- ★ **entrance** [`ɛntrəns ] 名 入口 反義 **exit** [ `ɛksɪt] 名 出口
- ☆ **downtown** [͵daun`taun] 名 鬧區 形 鬧區的

( ) 207. Susan works in a _______ hospital.
(A) weekday (B) upper (C) local (D) narrow

Point 蘇珊在當地一家醫院工作。

單字速記
- ★ **weekday** [`wik͵de ] 名 平日 反義 **weekend** [ `wik`ɛnd] 名 週末
- ☆ **upper** [`ʌpɚ] 形 在上面的 片語 **upper class** 上層階級
- ★ **local** [`lokl̩] 形 當地的 名 當地居民 片語 **local food** 當地食物
- ☆ **narrow** [`næro] 形 窄的 動 變窄 片語 **narrow down** 變狹窄

( ) 208. He has to _______ his **expenses** so that he can afford a new cell phone.

(A) lower (B) further (C) locate (D) alarm

Point 他得降低支出才能買新的手機。

單字速記

★ **lower** [`loɚ] 動 降低 形 較低的 片語 **lower case** 小寫字母

☆ **further** [`fɝðɚ] 副 更遠地 動 促進 片語 **further education** 進修教育

★ **locate** [`loket ] 動 座落於 衍生 **located** [ `loketɪd] 形 坐落的

☆ **alarm** [ə`lɑrm] 名 鬧鐘 動 使驚慌 片語 **alarm clock** 鬧鐘

( ) 209. I am pretty sure that I put my wallet _______ in this room.

(A) nearby (B) wherever (C) somewhere (D) forward

Point 我很確定我把錢包放在這房間的某處。

單字速記

★ **nearby** [`nɪr͵baɪ] 副 在附近；不遠地 形 附近的

☆ **wherever** [hwɛr`ɛvɚ] 連 副 無論何處

★ **somewhere** [`sʌm͵hwɛr] 副 在某處

☆ **forward** [`fɔrwɚd] 副 向前 片語 **forward market** 期貨市場

( ) 210. Travelling can _______ **our mind** and broaden our horizons.

(A) double (B) amount (C) measure (D) widen

Point 旅遊可使我們放寬胸襟和拓展視野。

單字速記

★ **double** [`dʌbl̩] 形 雙倍的 動 加倍 片語 **double cross** 出賣；背叛

☆ **amount** [ə`maʊnt] 名 總數 動 合計 片語 **a small amount of** 少量的

★ **measure** [`mɛʒɚ] 動 測量 名 度量單位 片語 **measure up** 符合標準

☆ **widen** [`waɪdn̩ ] 動 變寬；拓寬 同義 **broaden** [ `brɔdn̩]

Answer Key 181-210

181~185 ➤ A C A C A　186~190 ➤ B A D A D　191~195 ➤ B B C D A

196~200 ➤ B C D A B　201~205 ➤ A B B D A　206~210 ➤ C C A C D

ROUND

Question 211～240

(　) 211. This rope is three meters **in** ______.
(A) measurement (B) length (C) meter (D) ruler

Point 這條繩子有三公尺長。

★ **measurement** [`mɛʒɚmənt ] 名 測量 相關 **measure** [ `mɛʒɚ] 動 測量
☆ **length** [lɛŋθ] 名 長度 衍生 **lengthy** [`lɛŋθɪ] 形 冗長的
★ **meter** [`mitɚ] 名 公尺；計量器 片語 **water meter** 水錶
☆ **ruler** [`rulɚ] 名 尺；統治者

(　) 212. The ______ of the pillar is 1 meter.
(A) pound (B) direction (C) width (D) addition

Point 樑柱的寬度是一公尺。

★ **pound** [paʊnd] 名 磅 動 重擊 片語 **pound cake** 磅蛋糕
☆ **direction** [də`rɛkʃən ] 名 方向 相關 **direct** [ də`rɛkt] 動 指示
★ **width** [wɪdθ] 名 寬度 相關 **wide** [waɪd] 形 寬度為…的
☆ **addition** [ə`dɪʃən] 名 加法；增加 片語 **in addition to** 除…之外

(　) 213. I can't believe that villain is still ______ and at large.
(A) asleep (B) alive (C) absent (D) ancient

Point 我不敢相信那個壞人還活著，並逍遙法外。

★ **asleep** [ə`slip] 形 睡著的 副 進入睡眠狀態 片語 **fall asleep** 睡著
☆ **alive** [ə`laɪv] 形 活的 片語 **come alive** 活躍起來
★ **absent** [`æbsn̩t ] 形 缺席的 相關 **absence** [ `æbsn̩s] 名 缺席
☆ **ancient** [`enʃənt] 形 古老的 片語 **ancient book** 古籍

(　) 214. Page 32 is totally ______ in this book.
(A) convenient (B) dangerous (C) blank (D) comfortable

Point 這本書第三十二頁是完全空白的。

單字速記

★ **convenient** [kən`vinjənt ] 形 方便的 近義 **handy** [ `hændɪ] 形 近便的
☆ **dangerous** [`dendʒərəs] 形 危險的 反義 **safe** [sef] 形 安全的
★ **blank** [blæŋk] 形 空白的 名 空白 片語 **blank check** 空白支票
☆ **comfortable** [`kʌmfətəbl̩ ] 形 舒服的 同義 **comfy** [ `kʌmfɪ]

( ) 215. Many people lost a lot of money during the **financial** _______.
(A) crisis (B) crowd (C) million (D) post

Point 許多人在金融危機時期賠了很多錢。

單字速記

★ **crisis** [`kraɪsɪs] 名 危機 片語 **midlife crisis** 中年危機
☆ **crowd** [kraud] 名 人群 動 擠 衍生 **crowded** [`kraudɪd] 形 擁擠的
★ **million** [`mɪljən] 名 百萬 片語 **millions of** 無數的；數百萬的
☆ **post** [post] 名 郵局；崗位 動 郵寄；分發；公佈 片語 **post card** 明信片

( ) 216. My home **is** _______ **from** the school.
(A) exact (B) fair (C) famous (D) distant

Point 我家離學校很遠。

單字速記

★ **exact** [ɪg`zækt] 形 確切的 片語 **exact science** 精密科學
☆ **fair** [fɛr] 形 公平的 副 公平地 名 博覽會 片語 **job fair** 就業博覽會
★ **famous** [`feməs] 形 有名的 片語 **be famous for** 以…著名
☆ **distant** [`dɪstənt ] 形 疏遠的；遠離的 同義 **remote** [ rɪ`mot]

( ) 217. I found some _______ in this article that need to be fixed.
(A) habits (B) flats (C) errors (D) forms

Point 我在這篇文章中發現一些需修改的錯誤。

單字速記

★ **habit** [`hæbɪt] 名 習慣 片語 **in the habit of** 有…的習慣
☆ **flat** [flæt] 形 平坦的 名 一層樓房 片語 **that's flat** 絕對如此
★ **error** [`ɛrɚ] 名 錯誤 片語 **trial and error** 嘗試錯誤法
☆ **form** [fɔrm] 名 形式 動 形成 衍生 **formal** [`fɔrml̩] 形 形式上的

( ) 218. Many children **died of** _______ in that poor country.
(A) hunger (B) hobby (C) freedom (D) hurry

Point 那個窮困的國家，有許多孩童死於饑荒。

單字速記

★ **hunger** [ˋhʌŋgɚ] 名 飢餓；饑荒 片語 **hunger striker** 絕食抗議者
☆ **hobby** [ˋhɑbɪ] 名 嗜好 同義 **pastime** [ˋpæsˏtaɪm]
★ **freedom** [ˋfridəm] 名 自由 片語 **freedom fighter** 自由鬥士
☆ **hurry** [ˋhɝɪ] 名 倉促 動 趕緊 片語 **hurry up** 趕快

(　) 219. I don't really understand _______ **art**.
(A) lone　(B) modern　(C) lonely　(D) naked

Point 我不太懂現代藝術。

單字速記

★ **lone** [lon] 形 孤單的 片語 **lone wolf** 不與人來往的人
☆ **modern** [ˋmɑdɚn] 形 現代的 衍生 **modernize** [ˋmɑdɚnˏaɪz] 動 現代化
★ **lonely** [ˋlonlɪ] 形 孤單的 同義 **lonesome** [ˋlonsəm]
☆ **naked** [ˋnekɪd] 形 赤裸的 同義 **nude** [njud]

(　) 220. All the shelves in this room are _______.
(A) naughty　(B) fearful　(C) abroad　(D) movable

Point 這個房間裡所有的書架都是可移動的。

單字速記

★ **naughty** [ˋnɔtɪ] 形 淘氣的 同義 **mischievous** [ˋmɪstʃɪvəs]
☆ **fearful** [ˋfɪrfəl] 形 嚇人的 同義 **dreadful** [ˋdrɛdfəl]
★ **abroad** [əˋbrɔd] 副 在國外 同義 **overseas** [ˋovɚˋsiz]
☆ **movable** [ˋmuvəbl̩] 形 可移動的 反義 **immovable** [ɪˋmuvəbl̩] 形 固定的

(　) 221. I am very sorry for your _______.
(A) luck　(B) loss　(C) peace　(D) positive

Point 對於您的損失，我深感抱歉。

單字速記

★ **luck** [lʌk] 名 幸運 片語 **hard luck** 厄運
☆ **loss** [lɔs] 名 損失 片語 **disaster loss** 災害損失
★ **peace** [pis] 名 和平 片語 **Peace Corps** 和平部隊
☆ **positive** [ˋpɑzətɪv] 形 積極的 名 正面 反義 **negative** [ˋnɛgətɪv] 名 反面

(　) 222. Victor is _______ with his new little nephew.

1 Round
2 Round
3 Round
4 Round
5 Round
6 Round
7 Round
8 Round
9 Round
10 Round

(A) playful (B) peaceful (C) negative (D) plain

Point 維特和他的小姪子玩鬧。

單字速記

★ **playful** [`plefəl ] 形 愛玩的；嬉戲的 同義 **frisky** [ `frɪskɪ]
☆ **peaceful** [`pisfəl ] 形 和平的 反義 **peaceless** [ `pislɪs] 形 不安詳的
★ **negative** [`nɛgətɪv] 形 否定的 名 否定
☆ **plain** [plen] 形 明白的；平坦的 名 平原 片語 **plain sailing** 一帆風順

( ) 223. These kind of shoes are _______ among teenagers.
(A) complete (B) measurable (C) popular (D) powerful

Point 這種鞋款在青少年之間流行。

單字速記

★ **complete** [kəm`plit] 形 完整的 動 完成 片語 **complete zero** 窩囊廢
☆ **measurable** [`mɛʒərəbl̩] 形 可測量的；可預見的
★ **popular** [`pɑpjələ] 形 流行的 片語 **popular capitalism** 大眾化資本主義
☆ **powerful** [`paʊəfəl ] 形 有力的 近義 **almighty** [ ɔl`maɪtɪ] 形 全能的

( ) 224. This brand of computers are famous for their **good** _______.
(A) riches (B) quality (C) present (D) object

Point 這個品牌的電腦因其品質優良而聞名。

單字速記

★ **riches** [`rɪtʃɪz] 名 財產；財富；富有；富饒
☆ **quality** [`kwɑlətɪ ] 名 品質 相關 **quantity** [ `kwɑntətɪ] 名 量
★ **present** [prɪ`zɛnt ] 動 呈現 名 現在 相關 **presence** [ `prɛzn̩s] 名 出席
☆ **object** [`ɑbdʒɪkt ] 名 物品 動 [ əb`dʒɛkt] 反對 片語 **object to** 對…反對

( ) 225. Mandy has not recovered from the _______ of her husband's death.
(A) silence (B) spirit (C) shock (D) safety

Point 曼蒂還沒有從她丈夫逝世的衝擊中恢復過來。

單字速記

★ **silence** [`saɪləns] 名 沉默 動 使沉默 片語 **in silence** 沈默地
☆ **spirit** [`spɪrɪt ] 名 精神 衍生 **spiritual** [ `spɪrɪtʃuəl] 形 精神(上)的
★ **shock** [ʃɑk] 名 動 衝擊 衍生 **shocked** [ʃɑkt] 形 震驚的
☆ **safety** [`seftɪ] 名 安全 片語 **safety belt** 安全帶

(　) 226. My necklace **is** very ______ **to** yours.
(A) silent (B) single (C) standard (D) similar

Point 我的項鍊和你的十分相似。

單字速記
★ **silent** [`saɪlənt] 形 沉默的 片語 **silent cinema** 默片
☆ **single** [`sɪŋgl̩] 名 單身者 動 選出；挑出 片語 **single out** 挑出
★ **standard** [`stændɚd] 名 標準 形 標準的 片語 **standard seat** 普通座
☆ **similar** [`sɪmələ ] 形 相似的 同義 **alike** [ ə`laɪk]

(　) 227. Hillary **made a** ______, but finally she decided to give up her marriage.
(A) struggle (B) stress (C) supply (D) surface

Point 希拉蕊掙扎了一陣子，但最後還是決定放棄婚姻。

單字速記
★ **struggle** [`strʌgl̩] 名 掙扎 動 努力 片語 **class struggle** 階級鬥爭
☆ **stress** [strɛs] 名 壓力 動 使緊張 片語 **stress management** 壓力管理
★ **supply** [sə`plaɪ] 名 供給品 動 供給 片語 **supply and demand** 供需
☆ **surface** [`sɝfɪs] 名 表面 動 出現 片語 **surface area** 表面面積

(　) 228. No one knows how to react to this ______ **change**.
(A) separate (B) used (C) willing (D) sudden

Point 沒有人知道該如何因應這個突來的轉變。

單字速記
★ **separate** [`sɛpə͵ret] 動 分開 片語 **separate from** 區分
☆ **used** [juzd] 形 用過的 片語 **used book** 二手書
★ **willing** [`wɪlɪŋ] 形 願意的；心甘情願的 片語 **be willing to** 樂意
☆ **sudden** [`sʌdn̩] 形 突然的 名 突然 片語 **all of a sudden** 突然地

(　) 229. I think, ______ I am.
(A) however (B) therefore (C) especially (D) altogether

Point 我思故我在。

單字速記
★ **however** [haʊ`ɛvɚ ] 副 然而 同義 **nevertheless** [ ͵nɛvɚðə`lɛs]
☆ **therefore** [`ðɛr͵for] 副 因此；所以 同義 **hence** [hɛns]
★ **especially** [əs`pɛʃəlɪ ] 副 特別地 同義 **particularly** [ pɚ`tɪkjələlɪ]
☆ **altogether** [͵ɔltə`gɛðɚ ] 副 總共 同義 **totally** [ `totl̩ɪ]

1 Round
2 Round
3 Round
4 Round
5 Round
6 Round
7 Round
8 Round
9 Round
10 Round

( ) 230. This old music box is my _______. My grandmother gave it to me when I was little.

(A) treasure (B) truth (C) victory (D) worth

Point 這個老音樂盒是我的寶藏；祖母在我小的時候把它送給我。

單字速記

★ **treasure** [ˋtrɛʒɚ] 名 寶藏 動 收藏 片語 **treasure hunt** 尋寶

☆ **truth** [truθ] 名 真理；事實 衍生 **truthful** [ˋtruθfəl] 形 誠實的

★ **victory** [ˋvɪktərɪ] 名 勝利 片語 **moral victory** 精神勝利

☆ **worth** [wɝθ] 形 值… 名 價值 片語 **worth sb.'s while** 值得某人花時間的

( ) 231. The stain on my shirt is very _______.

(A) alike (B) apparent (C) wonderful (D) thirsty

Point 我襯衫上有一塊很明顯的汙漬。

單字速記

★ **alike** [əˋlaɪk] 副 相似地 形 相似的 同義 **similar** [ˋsɪmələ]

☆ **apparent** [əˋpærənt] 形 明顯的 衍生 **apparently** [əˋpærəntlɪ] 副 明顯地

★ **wonderful** [ˋwʌndəfəl] 形 令人驚奇的 同義 **marvelous** [ˋmɑrvələs]

☆ **thirsty** [ˋθɝstɪ] 形 渴的 相關 **thirst** [θɝst] 名 動 口渴

( ) 232. There is **a** _______ **of chopsticks** on the table.

(A) depth (B) basis (C) bundle (D) basics

Point 桌上有一捆筷子。

單字速記

★ **depth** [dɛpθ] 名 深度 片語 **depth charge** 深水炸彈

☆ **basis** [ˋbesɪs] 名 基礎 片語 **on the basis of** 基於…

★ **bundle** [ˋbʌndḷ] 名 捆；包裹；大批 片語 **a bundle of nerves** 神經緊張者

☆ **basics** [ˋbesɪks] 名 基本因素 片語 **Basic Competence Test** 國中基測

( ) 233. We need to use _______ **expressions** on our résumé.

(A) main (B) entire (C) strict (D) formal

Point 我們需使用正式用語書寫履歷表。

單字速記

★ **main** [men] 形 主要的 名 要點 片語 **main clause** 獨立子句(主要子句)

☆ **entire** [ɪnˋtaɪr] 形 全部的 同義 **whole** [hol]

★ **strict** [strɪkt] 形 嚴格的 同義 **rigorous** [ˋrɪgərəs]

☆ **formal** [ˋfɔrmḷ] 形 正式的 反義 **informal** [ɪnˋfɔrmḷ] 形 非正式的

( ) 234. Josh knows his ______; he has no talent in music.
(A) limits (B) importance (C) mass (D) range

Point 賈許知道自己的極限，他沒有音樂天份。

單字速記
- ★ **limit** [ˋlɪmɪt] 名 動 限制 片語 **speed limit** 速限
- ☆ **importance** [ɪmˋpɔrtn̩s] 名 重要性 片語 **attach importance to** 重視
- ★ **mass** [mæs] 名 大量；質量；大眾 片語 **mass medium** 大眾傳播工具
- ☆ **range** [rendʒ] 名 範圍 動 排列 片語 **range over** 涉及

( ) 235. Amber **is** ______ **about** what type of pillow she uses.
(A) perfect (B) necessary (C) particular (D) ordinary

Point 安珀對於她使用枕頭的種類很講究。

單字速記
- ★ **perfect** [ˋpɜfɪkt] 形 完美的 動 使完美 片語 **perfect game** (棒球)完全比賽
- ☆ **necessary** [ˋnɛsə͵sɛrɪ] 形 必要的 片語 **if necessary** 如有必要的話
- ★ **particular** [pɚˋtɪkjəlɚ] 形 特別的；講究的 片語 **particular about** 講究
- ☆ **ordinary** [ˋɔrdn̩͵ɛrɪ] 形 普通的 反義 **special** [ˋspɛʃəl] 形 特別的

( ) 236. Do you think if there's any ______ between us?
(A) quarter (B) possibility (C) section (D) settlement

Point 你覺得我們之間有任何可能嗎？

單字速記
- ★ **quarter** [ˋkwɔrtɚ] 名 四分之一 動 分成四等分 片語 **quarter note** 四分音符
- ☆ **possibility** [͵pɑsəˋbɪlətɪ] 名 可能性 片語 **by any possibility** 有可能
- ★ **section** [ˋsɛkʃən] 名 部分 動 切段 片語 **section hand** 護路工
- ☆ **settlement** [ˋsɛtl̩mənt] 名 安排 片語 **pay settlement** 工資協議

( ) 237. I ______ don't believe her words because she has lied to me many times.
(A) hardly (B) nearly (C) simply (D) daily

Point 我完全不相信她的話，因為她已經騙過我好多次了。

單字速記
- ★ **hardly** [ˋhɑrdlɪ] 副 幾乎不 片語 **hardly any** 幾乎沒有
- ☆ **nearly** [ˋnɪrlɪ] 副 幾乎 片語 **not nearly** 一點也不
- ★ **simply** [ˋsɪmplɪ] 副 簡直；完全地；僅僅地 片語 **purely and simply** 純然
- ☆ **daily** [ˋdelɪ] 形 每日的 副 每日地 同義 **day-to-day** [ˋdetəˋde]

(　　) 238. I think the color of this skirt is really ______.
(A) ugly　(B) thin　(C) thick　(D) firm

Point 我覺得這件裙子的顏色很醜。

單字速記
- ★ **ugly** [`ʌglɪ] 形 醜的 片語 **ugly duckling** 醜小鴨
- ☆ **thin** [θɪn] 形 薄的 動 使變薄 片語 **thin out** 變薄
- ★ **thick** [θɪk] 形 厚的 衍生 **thickskin** [`θɪk͵skɪn] 名 臉皮厚的人
- ☆ **firm** [fɝm] 形 堅定的；牢固的 動 使牢固 片語 **firm offer** 確認價

(　　) 239. Fred also likes collecting stamps and ______.
(A) changes　(B) coins　(C) bankers　(D) elders

Point 佛瑞德也喜歡蒐集郵票和硬幣。

單字速記
- ★ **change** [tʃendʒ] 動 兌換；改變 名 變化 片語 **change into** 把…變成
- ☆ **coin** [kɔɪn] 名 硬幣 動 鑄造(貨幣) 片語 **toss a coin** 拋硬幣(決定)
- ★ **banker** [`bæŋkɚ] 名 銀行家 片語 **merchant banker** 工商銀行家
- ☆ **elder** [`ɛldɚ] 形 年長的 名 長輩 片語 **elder orphan** 孤獨老人

(　　) 240. Heidi never carries much ______ with her.
(A) boss　(B) bakery　(C) cash　(D) failure

Point 海蒂從不多帶現金。

單字速記
- ★ **boss** [bɔs] 名 老闆 動 指揮 片語 **boss around** 指揮；調度
- ☆ **bakery** [`bekərɪ ] 名 麵包店 相關 **baker** [ `bekɚ] 名 麵包師傅
- ★ **cash** [kæʃ] 名 現金 動 兌現 片語 **cash cow** 搖錢樹
- ☆ **failure** [`feljɚ] 名 失敗 片語 **heart failure** 心臟衰竭

Answer Key 211-240

211~215 ➤ B C B C A　216~220 ➤ D C A B D　221~225 ➤ B A C B C
226~230 ➤ D A D B A　231~235 ➤ B C D A C　236~240 ➤ B C A B C

ROUND 9 Question 241～270

(　) 241. Colors is a _______ of clothes.

(A) branch (B) brand (C) business (D) customer

Point 色彩(Colors)是一家服飾品牌。

★ **branch** [bræntʃ] 名 分公司；樹枝 動 分岔 片語 **branch out** 擴展(業務)
☆ **brand** [brænd] 名 品牌 動 烙印於… 片語 **brand loyalty** 對某一品牌的熱衷
★ **business** [ˋbɪznɪs] 名 商業 片語 **business card** 名片
☆ **customer** [ˋkʌstəmɚ] 名 顧客 近義 **client** [ˋklaɪənt] 名 客戶

(　) 242. I didn't have much money left after I paid the **doctor's** _______.

(A) sample (B) offer (C) fee (D) item

Point 付完診療費後，我沒剩多少錢了。

★ **sample** [ˋsæmpl̩] 名 樣本 動 取樣 片語 **floor sample** 陳列商品
☆ **offer** [ˋɔfɚ] 動 提供；出價 名 提供 衍生 **offering** [ˋɔfərɪŋ] 名 出售物
★ **fee** [fi] 名 費用 片語 **fee tail** 指定繼承人的不動產
☆ **item** [ˋaɪtəm] 名 項目 片語 **clearance item** 零碼貨

(　) 243. Cuba is one of Spain's major **trading** _______.

(A) companies (B) partners (C) owners (D) supermarkets

Point 古巴是西班牙主要的貿易夥伴之一。

★ **company** [ˋkʌmpənɪ] 名 公司 片語 **company law** 公司法
☆ **partner** [ˋpɑrtnɚ] 名 夥伴 動 使結夥 片語 **partner up** 結為舞伴
★ **owner** [ˋonɚ] 名 持有者 片語 **home owner** 屋主
☆ **supermarket** [ˋsupɚˏmɑrkɪt] 名 超級市場

(　) 244. Please send this application form to the **accounting** _______.

(A) division (B) trade (C) experience (D) interview

Point 請把這張申請表送到會計部門。

單字速記

★ **division** [dəˋvɪʒən] 名 部門 同義 **segment** [ˋsɛgmənt]
☆ **trade** [tred] 動 交易 名 貿易 衍生 **trademark** [ˋtred͵mɑrk] 名 商標
★ **experience** [ɪkˋspɪrɪəns] 名 經驗 動 體驗
☆ **interview** [ˋɪntɚ͵vju] 名 面談；接見 動 會面；面試

(　) 245. He _______ 300 dollars a week during the economic recession.
(A) quit (B) tipped (C) cropped (D) earned

Point 他在經濟衰退時期每星期賺進三百美元。

單字速記

★ **quit** [kwɪt] 動 離去 文法 **quit + Ving** 放棄進行某動作
☆ **tip** [tɪp] 名 小費 動 付小費 片語 **tip off** 向…透露消息
★ **crop** [krɑp] 名 農作物 動 收割 片語 **crop circle** 麥田圈
☆ **earn** [ɝn] 動 賺取 片語 **earn a living** 謀生

(　) 246. Stewart is the _______ of the radio show on Saturday nights.
(A) host (B) fellow (C) model (D) clerk

Point 史都華是每週六晚上這個廣播節目的主持人。

單字速記

★ **host** [host] 名 主持人 動 主辦 相關 **hostess** [ˋhostɪs] 名 女主人
☆ **fellow** [ˋfɛlo] 名 同事；夥伴 片語 **fellow traveler** 旅伴
★ **model** [ˋmɑdl̩] 名 模特兒 動 模仿 片語 **model oneself on** 模仿
☆ **clerk** [klɝk] 名 店員；辦事員 片語 **sales clerk** 售貨員

(　) 247. The basketball game will **be** _______ **live on** TV and radio.
(A) dialed (B) telephoned (C) broadcast (D) wired

Point 這場籃球賽將在電視及廣播實況轉播。

單字速記

★ **dial** [ˋdaɪəl] 動 撥 名 刻度盤 片語 **dial tone** 撥號音
☆ **telephone** [ˋtɛlə͵fon] 動 打電話 名 電話 片語 **telephone book** 電話簿
★ **broadcast** [ˋbrɔd͵kæst] 動 廣播 名 廣播節目 形 散佈的
☆ **wire** [ˋwaɪr] 名 電線 動 給…裝電線 衍生 **wired** [ˋwaɪrd] 形 有線的

(　) 248. I made a _______ of Dr. Chiu's conversation.
(A) tube (B) tape (C) television (D) cartoon

Point 我將邱博士的談話錄在錄音帶上。

單字速記
★ **tube** [tjub] 名 電視機；管子 片語 **tube sock** 無腳跟短統襪
☆ **tape** [tep] 名 錄音帶 動 用錄音帶錄 片語 **tape cassette** 錄音帶盒
★ **television** [ˋtɛlə͵vɪʒən] 名 電視 片語 **public television** 公共電視
☆ **cartoon** [kɑrˋtun] 名 卡通 動 畫漫畫 片語 **cartoon film** 卡通片

( ) 249. To them, the eagle is **a** ______ **of** courage.
(A) symbol (B) video (C) duty (D) development

Point 對他們而言，老鷹是勇氣的象徵。

單字速記
★ **symbol** [ˋsɪmbḷ] 名 象徵；標誌 片語 **status symbol** 社會地位象徵
☆ **video** [ˋvɪdɪ͵o] 動 名 錄影 片語 **video recorder** 錄影機
★ **duty** [ˋdjutɪ] 名 責任；稅 衍生 **duty-free** [ˋdjutɪˋfri] 形 免稅的
☆ **development** [dɪˋvɛləpmənt] 名 發展 片語 **development area** 開發區

( ) 250. Over the past few years, industry here has ______ considerably.
(A) copied (B) pumped (C) produced (D) developed

Point 過去幾年來，這裡的工業已有顯著發展。

單字速記
★ **copy** [ˋkɑpɪ] 名 拷貝；副本 動 複製 片語 **copy down** 抄下來
☆ **pump** [pʌmp] 動 抽水 名 抽水機 片語 **pump iron** 舉重
★ **produce** [ˋprɑdjus] 名 產品 動 [prəˋdjus] 生產
☆ **develop** [dɪˋvɛləp] 動 發展 同義 **grow** [gro]

( ) 251. You can **keep a** ______ to record what happens in your daily life.
(A) magazine (B) dictionary (C) diary (D) press

Point 你可以寫日記記錄每天生活中的點點滴滴。

單字速記
★ **magazine** [͵mægəˋzin] 名 雜誌 同義 **periodical** [͵pɪrɪˋɑdɪkḷ]
☆ **dictionary** [ˋdɪkʃən͵ɛrɪ] 名 字典 片語 **walking dictionary** 活字典
★ **diary** [ˋdaɪərɪ] 名 日記 片語 **keep a diary** 寫日記
☆ **press** [prɛs] 名 新聞界 動 壓下 片語 **press agent** 公共關係代表

( ) 252. The **security** ______ of our community has been a great help.

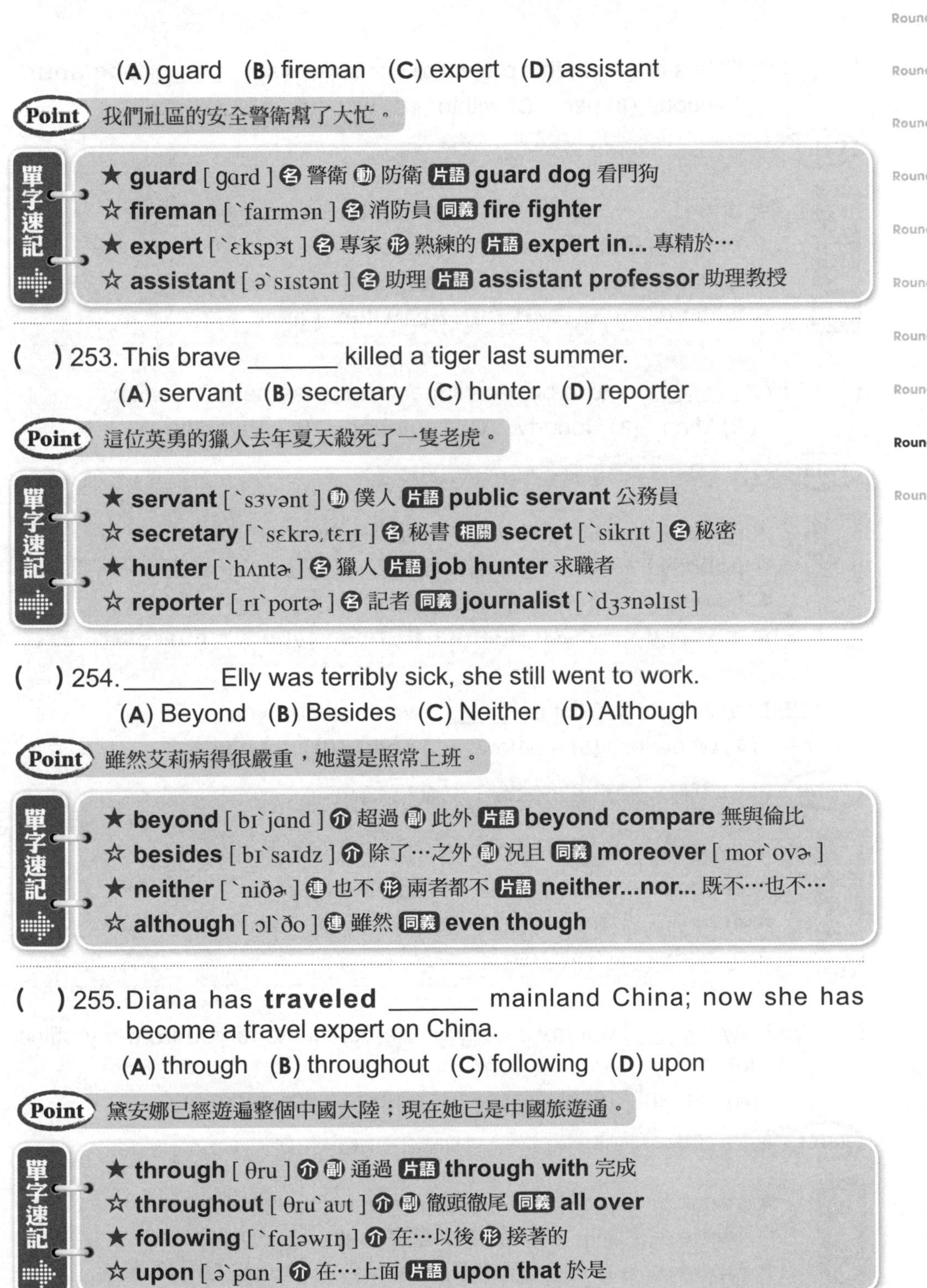

(A) guard (B) fireman (C) expert (D) assistant

Point 我們社區的安全警衛幫了大忙。

單字速記
- ★ **guard** [gɑrd] 名 警衛 動 防衛 片語 **guard dog** 看門狗
- ☆ **fireman** [ˋfaɪrmən] 名 消防員 同義 **fire fighter**
- ★ **expert** [ˋɛkspɝt] 名 專家 形 熟練的 片語 **expert in...** 專精於…
- ☆ **assistant** [əˋsɪstənt] 名 助理 片語 **assistant professor** 助理教授

( ) 253. This brave _______ killed a tiger last summer.

(A) servant (B) secretary (C) hunter (D) reporter

Point 這位英勇的獵人去年夏天殺死了一隻老虎。

單字速記
- ★ **servant** [ˋsɝvənt] 動 僕人 片語 **public servant** 公務員
- ☆ **secretary** [ˋsɛkrəˌtɛrɪ] 名 秘書 相關 **secret** [ˋsikrɪt] 名 秘密
- ★ **hunter** [ˋhʌntɚ] 名 獵人 片語 **job hunter** 求職者
- ☆ **reporter** [rɪˋportɚ] 名 記者 同義 **journalist** [ˋdʒɝnəlɪst]

( ) 254. _______ Elly was terribly sick, she still went to work.

(A) Beyond (B) Besides (C) Neither (D) Although

Point 雖然艾莉病得很嚴重，她還是照常上班。

單字速記
- ★ **beyond** [bɪˋjɑnd] 介 超過 副 此外 片語 **beyond compare** 無與倫比
- ☆ **besides** [bɪˋsaɪdz] 介 除了…之外 副 況且 同義 **moreover** [morˋovɚ]
- ★ **neither** [ˋniðɚ] 連 也不 形 兩者都不 片語 **neither...nor...** 既不…也不…
- ☆ **although** [ɔlˋðo] 連 雖然 同義 **even though**

( ) 255. Diana has **traveled** _______ mainland China; now she has become a travel expert on China.

(A) through (B) throughout (C) following (D) upon

Point 黛安娜已經遊遍整個中國大陸；現在她已是中國旅遊通。

單字速記
- ★ **through** [θru] 介 副 通過 片語 **through with** 完成
- ☆ **throughout** [θruˋaʊt] 介 副 徹頭徹尾 同義 **all over**
- ★ **following** [ˋfɑləwɪŋ] 介 在…以後 形 接著的
- ☆ **upon** [əˋpɑn] 介 在…上面 片語 **upon that** 於是

( ) 256. Jill has to turn in this project to her supervisor _______ **one hour**.
(A) upon (B) per (C) within (D) without

Point 吉兒必須在一小時內繳交這份計畫給主管。

單字速記
- ★ **upon** [əˋpɑn] 介 在…上面；接近 片語 **close upon** 接近
- ☆ **per** [pɚ] 介 每 片語 **per cent** 百分之…
- ★ **within** [wɪˋðɪn] 介 副 在…之內 片語 **within call** 附近
- ☆ **without** [wɪˋðaut] 介 副 沒有 片語 **without avail** 徒勞地

( ) 257. _______ wants to be Jack's friend because he's so selfish.
(A) Mine (B) Nobody (C) Somebody (D) Anybody

Point 沒有人想要跟傑克做朋友，因為他很自私。

單字速記
- ★ **mine** [maɪn] 代 我的東西 名 礦坑 片語 **gold mine** 金礦
- ☆ **nobody** [ˋno͵bɑdɪ] 代 沒有人 名 無名小卒 同義 **no one**
- ★ **somebody** [ˋsʌm͵bɑdɪ] 代 某人 名 重要人物
- ☆ **anybody** [ˋɛnɪ͵bɑdɪ] 代 任何人 片語 **it's anybody's guess** 誰也不確定

( ) 258. I will stand in front of _______ wants to hurt you.
(A) whoever (B) anyhow (C) none (D) nobody

Point 如果有任何人想傷害你，我都會挺身而出保護你。

單字速記
- ★ **whoever** [huˋɛvɚ] 代 任何人；無論誰；隨便哪個
- ☆ **anyhow** [ˋɛnɪ͵hau] 副 無論如何 同義 **in any case**
- ★ **none** [nʌn] 代 無一 副 毫不；絕不 片語 **none but** 只；僅
- ☆ **nobody** [ˋno͵bɑdɪ] 代 沒有人 名 無名小卒

( ) 259. My _______ will fax a copy of the certificate to you from my office later.
(A) servant (B) waitress (C) reporter (D) secretary

Point 我的秘書稍後將從我辦公室傳真這份證明書的影本給你。

單字速記
- ★ **servant** [ˋsɝvənt] 動 僕人 片語 **public servant** 公僕
- ☆ **waitress** [ˋwetrɪs] 名 女服務生 相關 **wait** [wet] 動 服侍
- ★ **reporter** [rɪˋportɚ] 名 記者 相關 **report** [rɪˋport] 名 動 報導
- ☆ **secretary** [ˋsɛkrə͵tɛrɪ] 名 秘書 片語 **secretary of state** 國務卿

( ) 260. She is London's top photographic **fashion** _______.
(A) clerk (B) fireman (C) waitress (D) model

Point 她是倫敦頂尖的平面時裝模特兒。

單字速記
★ **clerk** [klɝk] 名 店員 片語 **town clerk** 鎮書記
☆ **fireman** [\`faɪrmən] 名 消防員
★ **waitress** [\`wetrɪs ] 名 女服務生 相關 **waiter** [ \`wetɚ] 名 男服務生
☆ **model** [\`mɑdḷ] 名 模特兒 動 模仿

( ) 261. I have **the** _______ **series** of Sherlock Holmes.
(A) complete (B) comfortable (C) convenient (D) blank

Point 我有福爾摩斯全集。

單字速記
★ **complete** [kəm\`plit ] 形 完整的 動 完成 同義 **finish** [ \`fɪnɪʃ]
☆ **comfortable** [\`kʌmfɚtəbḷ] 形 舒服的 同義 **cozy** [kozɪ]
★ **convenient** [kən\`vinjənt] 形 方便的；合宜的
☆ **blank** [blæŋk] 形 空白的 名 空白 同義 **empty** [\`ɛmptɪ]

( ) 262. I like _______ **cheeseburgers** because they're delicious.
(A) absent (B) double (C) alive (D) ancient

Point 我喜歡雙層吉事漢堡，因為它們很美味。

單字速記
★ **absent** [\`æbsṇt] 形 缺席的 片語 **absent from** 自…缺席
☆ **double** [\`dʌbḷ] 形 雙倍的 動 加倍 片語 **double check** 覆核
★ **alive** [ə\`laɪv] 形 活的 片語 **alive to** 意識到
☆ **ancient** [\`enʃənt ] 形 古老的 衍生 **ancientry** [ \`enʃəntrɪ] 名 古舊

( ) 263. The distance from here to there is easily _______.
(A) length (B) measurement (C) measure (D) measurable

Point 從這裡到那裡的距離是容易測量的。

單字速記
★ **length** [lɛŋθ] 名 長度 衍生 **lengthwise** [\`lɛŋθ͵waɪs] 副 縱長地
☆ **measurement** [\`mɛʒɚmənt] 名 測量；尺寸；大小
★ **measure** [\`mɛʒɚ] 動 測量 名 度量單位 片語 **measure up** 符合標準
☆ **measurable** [\`mɛʒərəbḷ] 形 可測量的；可預見的

( ) 264. Two plus five is a simple _______ question.
(A) meter (B) addition (C) width (D) ruler

Point 二加五是一個簡單的加法問題。

單字速記
★ **meter** [ˋmitɚ] 名 公尺 片語 **water meter** 水錶
☆ **addition** [əˋdɪʃən] 名 加法；增加 片語 **in addition to** 除了
★ **width** [wɪdθ] 名 寬度 同義 **breadth** [brɛdθ]
☆ **ruler** [ˋrulɚ] 名 尺；統治者

( ) 265. Those steel bars were lifted away by a large _______.
(A) crane (B) elevator (C) fence (D) overpass

Point 那些鋼筋被一輛大型起重機吊走。

單字速記
★ **crane** [kren] 名 起重機 動 伸(頸)
☆ **elevator** [ˋɛlə͵vetɚ] 名 電梯 片語 **elevator music** 公共播放的乏味音樂
★ **fence** [fɛns] 名 圍牆 動 防衛 片語 **fence sitter** 中立者
☆ **overpass** [͵ovɚˋpæs] 名 天橋 同義 **viaduct** [ˋvaɪə͵dʌkt]

( ) 266. We passed through several _______ before we reached the village.
(A) traffic (B) subway (C) tunnels (D) wheels

Point 我們穿過了幾個隧道才到達這個村莊。

單字速記
★ **traffic** [ˋtræfɪk] 名 交通 動 來來往往 片語 **traffic light** 紅綠燈
☆ **subway** [ˋsʌb͵we] 名 地下鐵 英式 **tube** [ˋtjub]
★ **tunnel** [ˋtʌnḷ] 名 隧道 動 挖掘隧道
☆ **wheel** [hwil] 名 輪子 動 滾動 片語 **third wheel** (約會時)電燈泡

( ) 267. The coffee shop is just **on the** _______.
(A) truck (B) corner (C) highway (D) garage

Point 咖啡店就在街角。

單字速記
★ **truck** [trʌk] 名 卡車 衍生 **truckman** [ˋtrʌkmən] 名 卡車司機
☆ **corner** [ˋkɔrnɚ] 名 街角；角落 動 使陷於困境
★ **highway** [ˋhaɪ͵we] 名 高速公路 片語 **highway patrol** 高速公路巡警
☆ **garage** [gəˋrɑʒ] 名 車庫 動 送入車庫 片語 **garage sale** 車庫拍賣

( ) 268. The government sealed off that **fishing** ______ from imports.

(A) kingdom (B) official (C) president (D) village

Point 政府封鎖了那個漁村的進口業務。

單字速記

★ **kingdom** [`kɪŋdəm] 名 王國 片語 **the United Kingdom** 大英聯合王國

☆ **official** [ə`fɪʃəl] 形 官方的 名 官員 片語 **official receiver** 官方接管人

★ **president** [`prɛzədənt] 名 總統 片語 **vice president** 副總統

☆ **village** [`vɪlɪdʒ] 名 村莊 片語 **global village** 地球村

( ) 269. She likes watching the **ebb and** ______ of the sea.

(A) flow (B) flood (C) field (D) lightning

Point 她喜歡看海潮的漲落。

單字速記

★ **flow** [flo] 名 漲潮；流量 動 流出 片語 **flow control** 流量控制

☆ **flood** [flʌd] 名 洪水 動 淹沒 片語 **flood plain** 沖積平原

★ **field** [fild] 名 田野；範疇 片語 **field trip** 校外教學

☆ **lightning** [`laɪtn̩ɪŋ] 名 閃電 片語 **lightning bug** 螢火蟲

( ) 270. The ______ is usually red with black dots.

(A) mosquito (B) cockroach (C) ladybug (D) moth

Point 瓢蟲通常為紅色帶黑點。

單字速記

★ **mosquito** [mə`skito] 名 蚊子 片語 **mosquito net** 蚊帳

☆ **cockroach** [`kɑk͵rotʃ] 名 蟑螂

★ **ladybug** [`ledɪ͵bʌg] 名 瓢蟲

☆ **moth** [mɔθ] 名 蛾 衍生 **moth-eaten** [`mɑθ͵itn̩] 形 被蟲蛀的

Answer Key 241-270

241~245 B C B A D　246~250 A C B A D　251~255 C A C D B

256~260 C B A D D　261~265 A B D B A　266~270 C B D A C

ROUND 10 Question 271～292

(　) 271. _______ Mary leaves, Sam will always follow her.
(A) Whatever (B) Whenever (C) Rather (D) Anyway

Point 無論瑪莉何時要離開，山姆都會跟著她。

★ **whatever** [hwɑt`ɛvɚ] 代 形 凡是 同義 **no matter what**
☆ **whenever** [hwɛn`ɛvɚ] 連 副 無論何時 同義 **no matter when**
★ **rather** [`ræðɚ] 副 相當；頗 片語 **rather than** 而不是…
☆ **anyway** [`ɛnɪˌwe] 副 無論如何 同義 **in any case**

(　) 272. Dinosaurs no longer _______ on earth.
(A) exist (B) brush (C) beep (D) arrange

Point 恐龍已經不存在於地球。

★ **exist** [ɪg`zɪst ] 動 存在 衍生 **existing** [ ɪg`zɪstɪŋ] 形 現存的；現行的
☆ **brush** [brʌʃ] 動 刷 名 刷子 片語 **brush off** 被刷掉；置之不理
★ **beep** [bip] 動 發出警笛聲 名 警笛聲
☆ **arrange** [ə`rendʒ] 動 改編；安排 片語 **arrange for** 為…作安排

(　) 273. The pop singer **sang** her greatest hit _______ at the opening ceremony.
(A) dull (B) crazy (C) costly (D) aloud

Point 這位流行歌手在開幕式高聲唱著她的成名曲。

★ **dull** [dʌl] 形 不鮮明的；乏味的 動 使遲鈍 片語 **dull pain** 鈍痛
☆ **crazy** [`krezɪ] 形 瘋狂的 片語 **go crazy** 發瘋；失去理智
★ **costly** [`kɔstlɪ] 形 高價的 反義 **cheap** [tʃip] 形 便宜的
☆ **aloud** [ə`laʊd] 副 高聲地 片語 **think aloud** 自言自語

(　) 274. It is not easy to find a good _______ for our daughter.
(A) passenger (B) fox (C) baby-sitter (D) Confucius

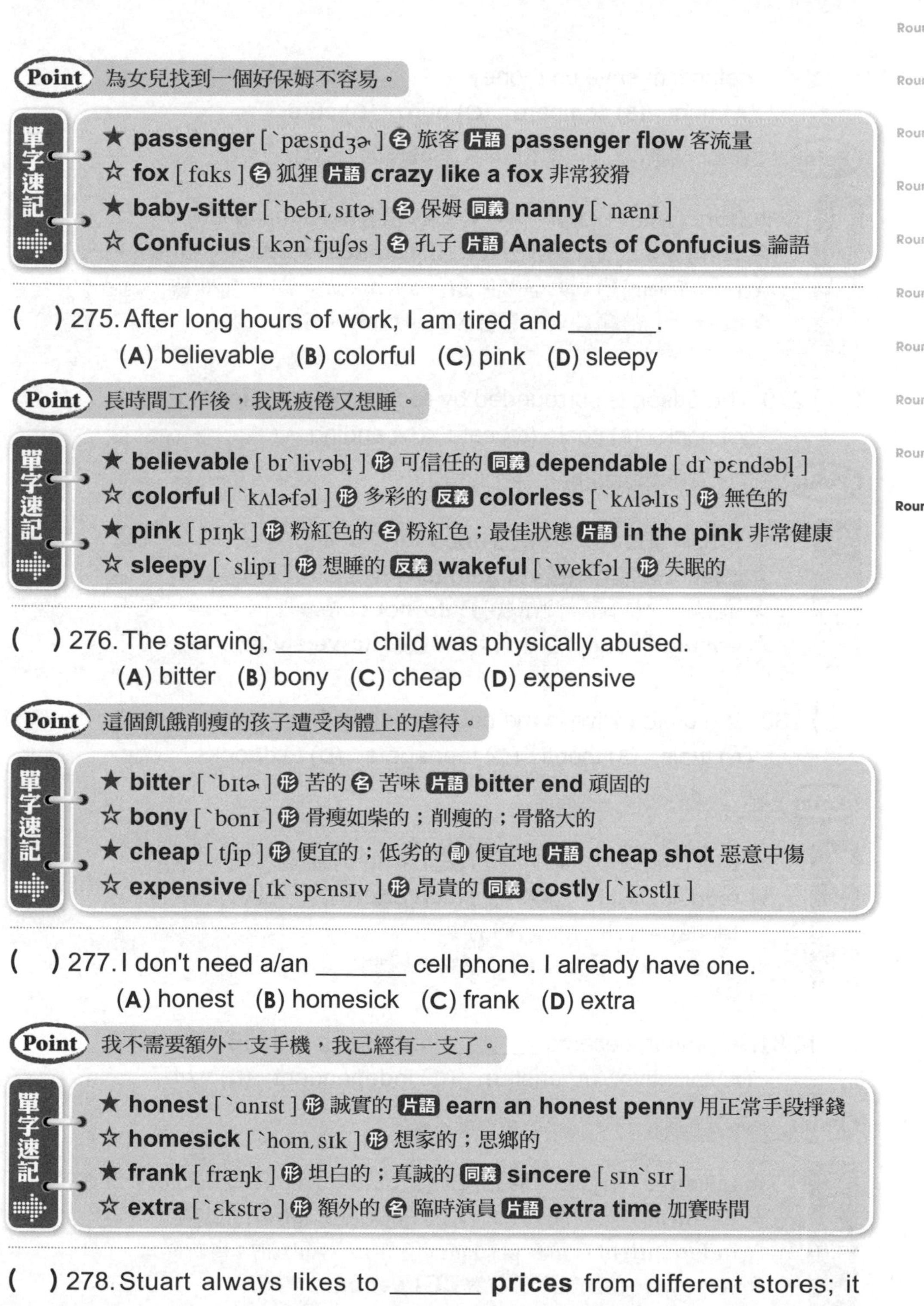

Point 為女兒找到一個好保姆不容易。

單字速記

★ **passenger** [`pæsn̩dʒɚ] 名 旅客 片語 **passenger flow** 客流量

☆ **fox** [fɑks] 名 狐狸 片語 **crazy like a fox** 非常狡猾

★ **baby-sitter** [`bebɪ͵sɪtɚ ] 名 保姆 同義 **nanny** [ `nænɪ]

☆ **Confucius** [kən`fjuʃəs] 名 孔子 片語 **Analects of Confucius** 論語

( ) 275. After long hours of work, I am tired and _______.

(A) believable (B) colorful (C) pink (D) sleepy

Point 長時間工作後，我既疲倦又想睡。

單字速記

★ **believable** [bɪ`livəbl̩ ] 形 可信任的 同義 **dependable** [ dɪ`pɛndəbl̩]

☆ **colorful** [`kʌləfəl ] 形 多彩的 反義 **colorless** [ `kʌləlɪs] 形 無色的

★ **pink** [pɪŋk] 形 粉紅色的 名 粉紅色；最佳狀態 片語 **in the pink** 非常健康

☆ **sleepy** [`slipɪ ] 形 想睡的 反義 **wakeful** [ `wekfəl] 形 失眠的

( ) 276. The starving, _______ child was physically abused.

(A) bitter (B) bony (C) cheap (D) expensive

Point 這個飢餓削瘦的孩子遭受肉體上的虐待。

單字速記

★ **bitter** [`bɪtɚ] 形 苦的 名 苦味 片語 **bitter end** 頑固的

☆ **bony** [`bonɪ] 形 骨瘦如柴的；削瘦的；骨骼大的

★ **cheap** [tʃip] 形 便宜的；低劣的 副 便宜地 片語 **cheap shot** 惡意中傷

☆ **expensive** [ɪk`spɛnsɪv ] 形 昂貴的 同義 **costly** [ `kɔstlɪ]

( ) 277. I don't need a/an _______ cell phone. I already have one.

(A) honest (B) homesick (C) frank (D) extra

Point 我不需要額外一支手機，我已經有一支了。

單字速記

★ **honest** [`ɑnɪst] 形 誠實的 片語 **earn an honest penny** 用正常手段掙錢

☆ **homesick** [`hom͵sɪk] 形 想家的；思鄉的

★ **frank** [fræŋk] 形 坦白的；真誠的 同義 **sincere** [sɪn`sɪr]

☆ **extra** [`ɛkstrə] 形 額外的 名 臨時演員 片語 **extra time** 加賽時間

( ) 278. Stuart always likes to _______ **prices** from different stores; it helps him save up money.

(A) hunt (B) compare (C) burn (D) cure

Point 史都華很喜歡在不同店家比價，這樣可以幫助他省錢。

單字速記

★ **hunt** [hʌnt] 動 打獵；獵取 名 打獵 片語 **hunt down** 追捕到…

☆ **compare** [kəm`pɛr] 動 比較 片語 **compare with** 與…相比

★ **burn** [bɜn] 動 燃燒 名 燒傷 片語 **burn away** 燒掉

☆ **cure** [kjʊr] 動 名 治療 片語 **water cure** 水療法

( ) 279. The prison is surrounded by red _______ **walls**.

(A) brick (B) coal (C) café (D) ending

Point 紅色的磚牆圍繞在這座監獄的四周。

單字速記

★ **brick** [brɪk] 名 磚塊 片語 **brick red** 磚紅色的

☆ **coal** [kol] 名 煤 衍生 **coal-black** [`kol͵blæk] 形 漆黑的

★ **café** [kə`fe] 名 咖啡館 片語 **Internet café** 網咖

☆ **ending** [`ɛndɪŋ] 名 結局；結尾 片語 **nerve ending** 神經末梢

( ) 280. She used to live in the countryside **in her** _______.

(A) trials (B) teens (C) teenagers (D) textbooks

Point 她十幾歲時曾住在鄉間。

單字速記

★ **trial** [`traɪəl] 名 審判；試驗 片語 **drug trial** 藥物試驗

☆ **teens** [tinz] 名 十多歲 片語 **teen court** 青少年法庭

★ **teenager** [`tin͵edʒɚ] 名 青少年

☆ **textbook** [`tɛkst͵bʊk] 名 教科書；課本

( ) 281. Argentina became _______ from Spain in 1816.

(A) talkative (B) eastern (C) independent (D) wet

Point 阿根廷在西元一八一六年脫離西班牙獨立。

單字速記

★ **talkative** [`tɔkətɪv ] 形 健談的 反義 **taciturn** [ `tæsə͵tɜn] 形 沉默寡言的

☆ **eastern** [`istən] 形 東方的 片語 **Middle Eastern** 中東的

★ **independent** [͵ɪndɪ`pɛndənt] 形 獨立的；單獨的；自立的

☆ **wet** [wɛt] 形 潮濕的 動 弄濕 片語 **wet bar** 小酒吧

(　) 282. There will be a **business** ______ at three o'clock this afternoon.
(A) fright (B) excitement (C) meeting (D) ending

Point 今天下午三點鐘有一場商務會議。

單字速記
- ★ **fright** [fraɪt] 名 驚恐 片語 **fright mail** 恐嚇信函
- ☆ **excitement** [ɪk`saɪtmənt] 名 興奮；刺激
- ★ **meeting** [`mitɪŋ] 名 會議；集會 片語 **meeting house** 教會
- ☆ **ending** [`ɛndɪŋ] 名 結局 相關 **end** [ɛnd] 名 末尾 動 終結

(　) 283. The journalist refused to disclose the ______ of that news.
(A) youth (B) wonder (C) wool (D) source

Point 記者不肯透露那則新聞的來源。

單字速記
- ★ **youth** [juθ] 名 少年時期 片語 **youth club** 青年俱樂部；青年總會
- ☆ **wonder** [`wʌndɚ] 動 納悶；想知道 名 奇觀
- ★ **wool** [wʊl] 名 羊毛 片語 **wool sock** 羊毛襪
- ☆ **source** [sors] 名 來源 片語 **source code** 原始碼

(　) 284. Patrick is a **drug** ______. He has been addicted to drugs for several years.
(A) speaker (B) user (C) dentist (D) doctor

Point 派翠克是名毒品使用者，他沉溺於毒品已經好多年了。

單字速記
- ★ **speaker** [`spikɚ] 名 演說者；說話者 片語 **native speaker** 說母語的人
- ☆ **user** [`juzɚ] 名 使用者 片語 **user fee** 使用費
- ★ **dentist** [`dɛntɪst ] 名 牙醫 衍生 **dentistry** [ `dɛntɪstrɪ] 名 牙醫業
- ☆ **Dr./doctor** [`dɑktɚ] 名 博士；醫師 片語 **Doctor of Philosophy** 博士

(　) 285. The hospital is near the ______ **end** of the bridge.
(A) hip (B) invitation (C) southern (D) industry

Point 醫院靠近這座橋的南端。

單字速記
- ★ **hip** [hɪp] 名 屁股 同義 **buttock** [`bʌtək]
- ☆ **invitation** [ˌɪnvə`teʃən ] 名 邀請 相關 **invite** [ ɪn`vaɪt] 動 邀請
- ★ **southern** [`sʌðən] 形 南方的 片語 **Southern Hemisphere** 南半球
- ☆ **industry** [`ɪndəstrɪ ] 名 工業 衍生 **industrious** [ ɪn`dʌstrɪəs] 形 勤奮的

( ) 286. Our twins are **in** ______ now.
(A) vote (B) type (C) trust (D) kindergarten

Point 我們的雙胞胎現在唸幼稚園。

單字速記
★ **vote** [vot] 動 名 投票 片語 **vote abstention** 棄權票
☆ **type** [taɪp] 名 類型 動 打字 片語 **film type** 電影類型
★ **trust** [trʌst] 動 相信 名 信任 片語 **trust deed** 信託契約
☆ **kindergarten** [ˋkɪndɚ͵gartn̩] 名 幼稚園

( ) 287. How many **foreign** ______ can you speak?
(A) lovers (B) languages (C) pleasures (D) planets

Point 你會說幾種外語？

單字速記
★ **lover** [ˋlʌvɚ] 名 愛人；情人 片語 **true lover's knot** 同心結
☆ **language** [ˋlæŋgwɪdʒ] 名 語言 片語 **language laboratory** 語言實驗室
★ **pleasure** [ˋplɛʒɚ] 名 愉悅 片語 **pleasure craft** 遊艇
☆ **planet** [ˋplænɪt] 名 行星 片語 **minor planet** 小行星

( ) 288. Neither of these **two pairs of** ______ fit me.
(A) steel (B) poison (C) memory (D) jeans

Point 這兩件牛仔褲我都穿不下。

單字速記
★ **steel** [stil] 名 鋼鐵 動 鋼化 片語 **steel blue** 鋼青色
☆ **poison** [ˋpɔɪzn̩] 名 毒藥 動 下毒 片語 **poison gas** 毒氣
★ **memory** [ˋmɛmərɪ] 名 記憶力；記憶 片語 **memory bank** 數據總庫
☆ **jeans** [dʒinz] 名 牛仔褲 片語 **blue jeans** 藍色牛仔褲

( ) 289. She looked at herself **in the** ______ again and again.
(A) belt (B) toilet (C) mirror (D) result

Point 她一再看著鏡子裡的自己。

單字速記
★ **belt** [bɛlt] 名 皮帶 片語 **safety belt** 安全帶
☆ **toilet** [ˋtɔɪlɪt] 名 廁所；洗手間 片語 **mobile toilet** 流動廁所
★ **mirror** [ˋmɪrɚ] 名 鏡子 動 反映 片語 **mirror image** 鏡像
☆ **result** [rɪˋzʌlt] 名 結果 動 導致 片語 **as a result** 所以

(　) 290. The elusive and exotic bird is a _______ **species** in nature.
(A) southern (B) dull (C) northern (D) rare

Point 這種奇特罕見的鳥類，在大自然中屬於稀有物種。

單字速記

★ **southern** [`sʌðən] 形 南方的 片語 **Southern Hemisphere** 南半球
☆ **dull** [dʌl] 形 不鮮明的；單調乏味的 動 使遲鈍
★ **northern** [`nɔrðən] 形 北方的 片語 **Northern Hemisphere** 北半球
☆ **rare** [rɛr] 形 稀有的 片語 **rare wild animal** 珍稀野生動物

(　) 291. Rick _______ **to** lend me that book.
(A) refused (B) survived (C) swallowed (D) swept

Point 瑞克拒絕借我那本書。

單字速記

★ **refuse** [rɪ`fjuz] 動 拒絕；不願 片語 **refuse collector** 垃圾車
☆ **survive** [sə`vaɪv ] 動 倖存 同義 **outlive** [ aʊt`lɪv]
★ **swallow** [`swɑlo] 動 吞嚥 名 燕子 片語 **swallow up** 吞沒
☆ **sweep** [swip] 動 名 掃 片語 **sweep up** 打掃

(　) 292. Amy's boyfriend _______ a flawless ring and decided to propose to her.
(A) used to (B) selected (C) wed (D) operated

Point 艾咪的男友挑選了一枚完美無瑕的戒指，並決定向她求婚。

單字速記

★ **used to** [`jus͵tu] 形 習慣於；過去曾經
☆ **select** [sə`lɛkt] 動 挑選 形 挑選出來的
★ **wed** [wɛd] 動 結婚 片語 **newly wed couple** 新婚夫婦
☆ **operate** [`ɑpə͵ret] 動 運作 片語 **operating profit** 營業淨利

Answer Key 271-292

271~275 B A D C D　276~280 B D B A B　281~285 C C D B C
286~290 D B D C D　291~292 A B

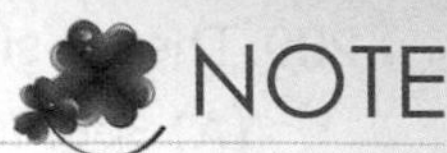

Actions speak louder than words.

坐而言不如起而行。

Level 3

突破3級重圍的284道關鍵題

符合美國三年級學生
所學範圍

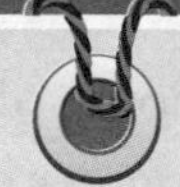

名 名詞
動 動詞
形 形容詞
副 副詞
冠 冠詞
連 連接詞
介 介系詞
代 代名詞

ROUND

Question 1～30

( ) 1. My grandpa can walk without the aid of _______.
(A) bandages (B) crutches (C) clinics (D) X-ray

Point 我爺爺走路不需要拐杖的輔助。

★ **bandage** [`bændɪdʒ] 名 繃帶 動 以繃帶包紮
☆ **crutch** [krʌtʃ] 名 拐杖；支架 衍生 **crutched** [`krʌtʃɪd] 形 有支柱的
★ **clinic** [`klɪnɪk ] 名 診所 相關 **hospital** [ `hɑspɪtḷ] 名 醫院
☆ **X-ray** [`ɛks`re] 名 X光 形 X光的 片語 **x-ray therapy** X光治療法

( ) 2. **In case of** _______, call the doctor's cell phone.
(A) emergency (B) ache (C) bump (D) choke

Point 若有緊急情況，請撥打醫生的手機。

★ **emergency** [ɪ`mɝdʒənsɪ] 名 緊急情況 片語 **emergency brake** 手剎車
☆ **ache** [ek] 動 名 疼痛 片語 **face ache** 臉部神經痛
★ **bump** [bʌmp] 名 腫塊 動 碰撞 片語 **goose bumps** 雞皮疙瘩
☆ **choke** [tʃok] 名 窒息 動 噎到 片語 **choke point** 瓶頸

( ) 3. The noise of the blender _______ her.
(A) bled (B) bumped (C) deafened (D) choked

Point 攪拌機的噪音使她聽不見。

★ **bleed** [blid] 動 流血 衍生 **bleeder** [`blidɚ] 名 易出血的人
☆ **bump** [bʌmp] 名 腫塊 動 碰撞 片語 **bump into** 無意中遇到
★ **deafen** [`dɛfn̩] 動 使耳聾 同義 **make deaf**
☆ **choke** [tʃok] 名 窒息 動 噎到 片語 **choke up** 阻塞

( ) 4. Their baby is **in critical** _______ at the hospital.
(A) injured (B) condition (C) disease (D) faint

Point 他們的嬰兒目前在醫院，處於危急情況。

單字速記

★ **injure** [\`ɪndʒɚ] 動 傷害 同義 **hurt** [hɝt]
☆ **condition** [kən\`dɪʃən] 名 健康狀況；條件 片語 **in condition** 身體健康
★ **disease** [dɪ\`ziz ] 名 疾病 同義 **sickness** [ \`sɪknɪs]
☆ **faint** [fent] 動 名 暈倒；昏厥 衍生 **faintest** [\`fentɪst] 形 極小的

( ) 5. Carter _______ **his ankle** when he jumped down from the stage.
(A) starved (B) dosed (C) injury (D) sprained

Point 卡特從舞臺上跳下來時，扭傷了他的腳踝。

單字速記

★ **starve** [stɑrv] 動 飢餓 片語 **starve for** 渴望
☆ **dose** [dos] 名 一劑藥量 動 服藥 片語 **like a dose of salts** 很快地；一下子
★ **injury** [\`ɪndʒərɪ] 名 傷害 片語 **add insult to injury** 更糟的是；雪上加霜
☆ **sprain** [spren] 動 名 扭傷 片語 **sprain one's ankle** 扭傷…腳踝

( ) 6. What I really need now is the _______ of my headache.
(A) relief (B) cigarette (C) tobacco (D) sore

Point 我現在最需要的就是減輕我的頭痛。

單字速記

★ **relief** [rɪ\`lif] 名 減輕；緩和 片語 **tax relief** 減稅；免稅
☆ **cigarette** [\`sɪgə͵rɛt] 名 香菸 片語 **cigarette paper** 捲煙紙
★ **tobacco** [tə\`bæko] 名 菸草；菸草製品；抽菸
☆ **sore** [sor] 形 疼痛的 名 疼痛 片語 **sore throat** 喉嚨痛

( ) 7. Two firemen received _______ **treatment** for burns.
(A) fanatic (B) reliable (C) medical (D) mighty

Point 兩名消防隊員因燒傷接受醫療。

單字速記

★ **fanatic** [fə\`nætɪk] 名 狂熱者 形 狂熱的 同義 **fan** [fæn]
☆ **reliable** [rɪ\`laɪəbl̩ ] 形 可靠的 同義 **trustworthy** [ \`trʌst͵wɝðɪ]
★ **medical** [\`mɛdɪkl̩] 形 醫學的 片語 **medical certificate** 診斷書
☆ **mighty** [\`maɪtɪ ] 形 有力的；強大的 同義 **powerful** [ \`paʊɚfəl]

( ) 8. Anna wanted to **take an exciting** _______ with her boyfriend in Africa this summer.
(A) tablet (B) achievement (C) adventure (D) advantage

Point 今年夏天，安娜想和男友去非洲進行一場刺激的探險。

單字速記

★ **tablet** [`tæblɪt] 名 塊；片 片語 **tablet computer** 平板電腦
☆ **achievement** [ə`tʃivmənt ] 名 完成 反義 **failure** [ `feljə] 名 失敗
★ **adventure** [əd`vɛntʃə] 名 冒險 片語 **adventure game** 冒險遊戲
☆ **advantage** [əd`væntɪdʒ] 名 優勢；利益 片語 **take advantage of** 利用

( ) 9. I can not _______ to live in luxury.
(A) afford (B) assist (C) burden (D) charm

Point 我無法負擔奢華的生活。

單字速記

★ **afford** [ə`ford] 動 能夠負擔；提供；給予
☆ **assist** [ə`sɪst ] 動 援助 反義 **resist** [ rɪ`zɪst] 動 抵抗
★ **burden** [`bɝdən] 名 動 負擔；負荷
☆ **charm** [tʃɑrm] 名 魅力 動 吸引 片語 **charm up** 誘哄

( ) 10. Please do not _______ me by telling lies!
(A) burden (B) charm (C) confuse (D) compete

Point 請不要以說謊來混淆我！

單字速記

★ **burden** [`bɝdən] 名 動 負擔；負荷 同義 **load** [lod] 名 重擔
☆ **charm** [tʃɑrm] 名 魅力 動 吸引 衍生 **charmer** [`tʃɑrmə] 名 有魅力的人
★ **confuse** [kən`fjuz] 動 使疑惑；混淆 片語 **confuse...with** 混淆
☆ **compete** [kəm`pit] 動 競爭 片語 **compete with** 與…競爭

( ) 11. Gary's performance is **beyond** _______.
(A) excellence (B) creator (C) follower (D) inventor

Point 蓋瑞的表現超乎完美。

單字速記

★ **excellence** [`ɛksələns ] 名 傑出；優點 相關 **excel** [ ɪk`sɛl] 動 優於
☆ **creator** [krɪ`etə ] 名 創造者 相關 **create** [ krɪ`et] 動 創造
★ **follower** [`fɑləwə ] 名 跟隨者 相關 **follow** [ `fɑlo] 動 跟隨
☆ **inventor** [ɪn`vɛntə ] 名 發明家 相關 **invent** [ ɪn`vɛnt] 動 發明

( ) 12. My friends' encouragement _______ me **to** move on with my life.

(A) confuses (B) enables (C) glows (D) achieves

Point 朋友的鼓勵使我的人生能夠繼續前進。

單字速記
★ **confuse** [kən`fjuz ] 動 使疑惑 衍生 **confused** [ kən`fjuzd] 形 混亂的
☆ **enable** [ɪn`ebl̩ ] 動 使能夠 反義 **disable** [ dɪs`ebl̩] 動 使失去能力
★ **glow** [glo] 動 發光 名 光輝 衍生 **glowing** [`gloɪŋ] 形 鮮明的
☆ **achieve** [ə`tʃiv] 動 實現 反義 **fail** [fel] 動 失敗

( ) 13. Her speech led to a _______ result; the president finally agreed to sign the contract.
(A) efficient (B) mature (C) mighty (D) satisfactory

Point 她演講的結果令人滿意；總裁最後同意簽約。

單字速記
★ **efficient** [ɪ`fɪʃənt] 形 有效率的 片語 **fuel-efficient vehicles** 省油車
☆ **mature** [mə`tjʊr] 形 成熟的 同義 **ripe** [raɪp]
★ **mighty** [`maɪtɪ] 形 有力的；強大的 反義 **weak** [wik] 形 弱的
☆ **satisfactory** [ˌsætɪs`fæktərɪ] 形 令人滿意的；符合要求的

( ) 14. My dad lifts up a rock **with all his** _______.
(A) ignorance (B) might (C) opportunity (D) responsibility

Point 我爸爸用盡全力抬起石頭。

單字速記
★ **ignorance** [`ɪgnərəns ] 名 無知 相關 **ignore** [ ɪg`nor] 動 忽視
☆ **might** [maɪt] 名 力氣；能力 片語 **with might and main** 盡全力
★ **opportunity** [ˌɑpə`tjunətɪ] 名 機會 片語 **equal opportunity** 機會均等
☆ **responsibility** [rɪˌspɑnsə`bɪlɪtɪ ] 名 責任 同義 **duty** [ `djutɪ]

( ) 15. Gordon _______ his boss **into** buying a competitor's firm.
(A) enabled (B) resisted (C) persuaded (D) promoted

Point 高登說服他的老闆收購競爭對手的公司。

單字速記
★ **enable** [ɪn`ebl̩ ] 動 使能夠 反義 **disable** [ dɪs`ebl̩] 動 使不能
☆ **resist** [rɪ`zɪst ] 動 抵抗 反義 **obey** [ ə`be] 動 服從
★ **persuade** [pə`swed ] 動 說服 同義 **convince** [ kən`vɪns]
☆ **promote** [prə`mot ] 動 晉升 反義 **demote** [ dɪ`mot] 動 降級

( ) 16. It requires great _______ to lift this big rock.
(A) strength (B) wealth (C) outline (D) millionaire

Point 要舉起這塊大石頭需要很大的力氣。

單字速記
- ★ **strength** [strɛŋθ] 名 力氣；力量 片語 **compressive strength** 抗壓強度
- ☆ **wealth** [wɛlθ] 名 財富 片語 **wealth gap** 貧富差距
- ★ **outline** [`aʊtlaɪn] 名 外型；輪廓 動 畫出輪廓
- ☆ **millionaire** [ˏmɪljən`ɛr] 名 百萬富翁 衍生 **multi-millionaire** 千萬富翁

( ) 17. Reading a lot of Western literature **increases** your _______ and expands your horizon.
(A) wealth (B) wisdom (C) friendship (D) pal

Point 閱讀大量西洋文學可幫助你增長智慧並拓展視野。

單字速記
- ★ **wealth** [wɛlθ] 名 財富 衍生 **wealthy** [`wɛlθɪ] 形 富有的
- ☆ **wisdom** [`wɪzdəm] 名 智慧 片語 **wisdom tooth** 智齒
- ★ **friendship** [`frɛndʃɪp ] 名 友誼 同義 **amity** [ `æmətɪ]
- ☆ **pal** [pæl] 名 夥伴；好友 動 結為好友 片語 **pen pal** 筆友

( ) 18. Squirrels _______ nuts and seeds by instinct.
(A) resist (B) bless (C) drown (D) bury

Point 松鼠出於本能埋藏堅果和種子。

單字速記
- ★ **resist** [rɪ`zɪst ] 動 抵抗 反義 **obey** [ ə`be] 動 服從
- ☆ **bless** [blɛs] 動 祝福；保佑 衍生 **blessed** [`blɛsɪd] 形 受祝福的
- ★ **drown** [draʊn] 動 淹沒 片語 **look like a drowned rat** 濕得像落湯雞
- ☆ **bury** [`bɛrɪ] 動 埋 片語 **bury one's nose in a book** 埋首看書

( ) 19. Vicky's jealousy has turned her into a _______.
(A) faith (B) guardian (C) angel (D) devil

Point 維琪的嫉妒心讓她變成了惡魔。

單字速記
- ★ **faith** [feθ] 名 信念；信仰 片語 **have faith in** 信任…
- ☆ **guardian** [`gɑrdɪən ] 名 守護者 相關 **guard** [ `gɑrd] 動 名 保衛
- ★ **angel** [`endʒəl ] 名 天使 反義 **devil** [ `dɛvḷ] 名 惡魔
- ☆ **devil** [`dɛvḷ] 名 惡魔 諺語 **Speak of the devil.** 說曹操，曹操到。

( ) 20. She believes she will **go to** _______ if she performs good deeds in life.
(A) heaven (B) hell (C) bible (D) miracle

Point 她相信若她生平行善，將可上天堂。

單字速記
- ★ **heaven** [`hɛvn̩] 名 天堂 片語 **pennies from heaven** 意外之財
- ☆ **hell** [hɛl] 名 地獄 片語 **give someone hell** 給某人一點厲害
- ★ **bible** [`baɪbl̩] 名 聖經 片語 **Holy Bible** 聖經
- ☆ **miracle** [`mɪrəkl̩] 名 奇蹟 片語 **miracle drug** 特效藥

( ) 21. My neck feels _______ today.
(A) holy (B) stiff (C) satisfactory (D) mature

Point 我的脖子今天感到僵硬。

單字速記
- ★ **holy** [`holɪ] 形 神聖的 片語 **holy water** (天主教的)聖水
- ☆ **stiff** [stɪf] 形 僵硬的 片語 **stiff as a poker** 生硬；刻板
- ★ **satisfactory** [ˌsætɪs`fæktərɪ] 形 令人滿意的；符合要求的
- ☆ **mature** [mə`tjʊr ] 形 成熟的 同義 **mellow** [ `mɛlo]

( ) 22. She knelt down and quietly intoned several _______.
(A) prayers (B) paradises (C) nuns (D) monks

Point 她跪下來輕聲吟誦了數段祈禱文。

單字速記
- ★ **prayer** [prɛɚ] 名 禱告；祈禱文 片語 **prayer book** 祈禱書
- ☆ **paradise** [`pærəˌdaɪs] 名 天堂 片語 **tax paradise** 無稅國
- ★ **nun** [nʌn] 名 修女；尼姑
- ☆ **monk** [mʌŋk] 名 僧侶；修道士

( ) 23. John had trained to be a **Catholic** _______.
(A) religion (B) sin (C) priest (D) tribe

Point 約翰已受訓成為天主教神父。

單字速記
- ★ **religion** [rɪ`lɪdʒən ] 名 宗教 相關 **religious** [ rɪ`lɪdʒəs] 形 虔誠的
- ☆ **sin** [sɪn] 名 罪惡 動 犯罪 片語 **mortal sin** 不可饒恕的罪
- ★ **priest** [prist] 名 神父 片語 **high priest** 主教
- ☆ **tribe** [traɪb] 名 部落 相關 **tribal** [`traɪbl̩] 形 部落的

( ) 24. The chaplain conducted the _______ **service**.
(A) heaven (B) hell (C) capable (D) religious

Point 這位牧師主持這場宗教儀式。

單字速記
- ★ **heaven** [`hɛvn̩] 名 天堂 片語 **seventh heaven** 極樂世界
- ☆ **hell** [hɛl] 名 地獄；究竟 片語 **like hell** 拼命地
- ★ **capable** [`kepəbl̩] 形 有能力的 片語 **be capable of** 有…能力
- ☆ **religious** [rɪ`lɪdʒəs ] 形 宗教的 反義 **secular** [ `sɛkjələ] 形 世俗的

( ) 25. NASA planned to send a _______ to Venus.
(A) faith (B) universe (C) rocket (D) delivery

Point 美國太空總署計畫向金星發射一枚火箭。

單字速記
- ★ **faith** [feθ] 名 信念；信仰；約定 衍生 **faithful** [`feθfəl] 形 忠誠的
- ☆ **universe** [`junə͵vɜs ] 名 宇宙 同義 **macrocosm** [ `mækrə͵kɑzəm]
- ★ **rocket** [`rɑkɪt] 名 火箭 動 發射火箭 片語 **rocket launcher** 火箭筒
- ☆ **delivery** [dɪ`lɪvərɪ] 名 分娩；傳送 片語 **delivery room** 產房

( ) 26. Chlorine is added to the swimming pool **to kill** _______.
(A) mixtures (B) flesh (C) creature (D) bacteria

Point 游泳池裡會加氯殺菌。

單字速記
- ★ **mixture** [`mɪkstʃə ] 名 混合物；合劑 近義 **fusion** [ `fjuʒən] 名 融合
- ☆ **flesh** [flɛʃ] 名 肉 動 長肉 片語 **goose flesh** 雞皮疙瘩
- ★ **creature** [`kritʃə] 名 生物；動物 片語 **creature comforts** 物質享受
- ☆ **bacteria** [bæk`tɪrɪə] 名 細菌 片語 **Lactic acid bacteria** 乳酸菌

( ) 27. This year's _______ **for education** will probably be cut.
(A) sweat (B) brass (C) budget (D) exchange

Point 今年的教育預算可能會被刪減。

單字速記
- ★ **sweat** [swɛt] 動 流汗 名 汗水 片語 **sweat one's guts out** 拼命工作
- ☆ **brass** [bræs] 名 銅器 形 銅器的 片語 **brass band** 銅管樂隊
- ★ **budget** [`bʌdʒɪt] 名 預算 動 編列預算 片語 **budget airline** 廉價航空
- ☆ **exchange** [ɪks`tʃendʒ] 動 交換 名 交易 片語 **foreign exchange** 國際匯兌

(　) 28. This ______ **event** changed all of our lives.
(A) historic (B) historian (C) historical (D) countable

Point 這個重大歷史事件改變了我們的生活。

單字速記
- ★ **historic** [hɪs`tɔrɪk] 形 歷史上著名、具重大意義的
- ☆ **historian** [hɪs`torɪən] 名 歷史學家
- ★ **historical** [hɪs`tɔrɪkḷ] 形 史學的 片語 **historical novel** 歷史小說
- ☆ **countable** [`kaʊntəbḷ] 形 可數的 片語 **countable noun** 可數名詞

(　) 29. You should use a ______ here, not a period.
(A) comparison (B) comma (C) dialogue (D) fable

Point 這裡你應該使用逗號，不是句點。

單字速記
- ★ **comparison** [kəm`pærəsṇ] 名 比較 片語 **in comparison with** 與…相比
- ☆ **comma** [`kɑmə] 名 逗號；停頓 片語 **inverted comma** 引號
- ★ **dialogue** [`daɪə,lɔg] 名 對話 片語 **dialogue box** (電腦的)對話框
- ☆ **fable** [`febḷ] 名 寓言 片語 **Aesop's Fables** 伊索寓言

(　) 30. It is correct to use a ______ to separate two main clauses whose meanings are closely connected.
(A) verse (B) quote (C) novelist (D) dash

Point 用破折號分隔兩個意思相近的主要子句是正確的。

單字速記
- ★ **verse** [vɝs] 名 詩句；詩 同義 **poetry** [`poɪtrɪ]
- ☆ **quote** [kwot] 動 名 引用；引述 同義 **cite** [saɪt]
- ★ **novelist** [`nɑvḷɪst] 名 小說家 片語 **cyber novelist** 網路小說家
- ☆ **dash** [dæʃ] 名 破折號 動 猛衝 衍生 **dashing** [`dæʃɪŋ] 形 有衝勁的

Answer Key 1-30

1~5 B A C B D	6~10 A C C A C	11~15 A B D B C
16~20 A B D D A	21~25 B A C D C	26~30 D C A B D

ROUND

(　) 31. The two lines form a/an **included** ______ of 80 degrees.
(A) volume (B) angle (C) romantic (D) sum

Point 這兩條線形成了一個八十度的夾角。

★ **volume** [`vɑljəm] 名 卷；冊；音量；量 片語 **turnover volume** 營業額
☆ **angle** [`æŋg!] 名 角度 片語 **shooting angle** 拍攝角度
★ **romantic** [rə`mæntɪk] 形 浪漫的 名 浪漫的人
☆ **sum** [`sʌm] 名 總數；概要 動 合計 片語 **in sum** 簡言之

(　) 32. The sick old man may not survive the **cold** ______ of the night.
(A) chill (B) chilly (C) moist (D) moisture

Point 這位生病的老先生可能無法倖存於夜晚的寒冷。

★ **chill** [tʃɪl] 名 寒冷 動 使變冷 片語 **be chilled to the bone** 寒風刺骨
☆ **chilly** [`tʃɪlɪ] 形 寒冷的 同義 **cold** [kold]
★ **moist** [mɔɪst] 形 潮濕的 同義 **humid** [`hjumɪd]
☆ **moisture** [`mɔɪstʃɚ ] 名 濕氣 同義 **wetness** [ `wɛtnɪs]

(　) 33. Shelly is good at numbers; she always gets good grades on ______ **tests**.
(A) temperature (B) arithmetic (C) democracy (D) committee

Point 雪莉對於數字很擅長；她總是在算術測驗中得到好成績。

★ **temperature** [`tɛmprətʃɚ] 名 溫度 片語 **room temperature** 室溫；常溫
☆ **arithmetic** [ə`rɪθmə,tɪk] 名 算術 形 算術的 片語 **mental arithmetic** 心算
★ **democracy** [dɪ`mɑkrəsɪ] 名 民主制度；民主主義
☆ **committee** [kə`mɪtɪ ] 名 委員會 同義 **council** [ `kaʊns!]

(　) 34. To keep fit, you should have a **healthy** ______ rich in fruit and vegetables.
(A) vitamin (B) personality (C) background (D) diet

Point 為了保持身材，你應該攝取富含水果和蔬菜的健康飲食。

單字速記

★ **vitamin** [`vaɪtəmɪn] 名 維他命；維生素 片語 **vitamin C** 維生素C
☆ **personality** [ˌpɝsn̩`ælətɪ] 名 個性；人格
★ **background** [`bækˌgraʊnd] 名 背景；經歷；背景音樂
☆ **diet** [`daɪət] 名 飲食 動 節食 片語 **on a diet** 節食中

( ) 35. Education is the basis of a _______ **country**.
(A) democratic (B) global (C) political (D) mental

Point 教育是民主國家的基礎。

單字速記

★ **democratic** [ˌdɛmə`krætɪk] 形 民主的 片語 **Democratic Party** 民主黨
☆ **global** [`globl̩] 形 全球的 片語 **global village** 地球村
★ **political** [pə`lɪtɪkl̩] 形 政治的；政黨的；政府的
☆ **mental** [`mɛntl̩] 形 心理的 片語 **mental hospital** 精神病院

( ) 36. Moore is studying _______ at the university.
(A) politician (B) political (C) politics (D) democracy

Point 莫爾正在大學攻讀政治學。

單字速記

★ **politician** [ˌpɑlə`tɪʃən] 名 政治家；政客
☆ **political** [pə`lɪtɪkl̩] 形 政治的 片語 **political economy** 政治經濟學
★ **politics** [`pɑlətɪks] 名 政治學 片語 **party politics** 黨派政治
☆ **democracy** [dɪ`mɑkrəsɪ] 名 民主制度；民主主義

( ) 37. There are many _______ **differences** between these two Middle Eastern countries.
(A) nervous (B) regional (C) tropical (D) cultural

Point 這兩個中東國家之間有很多文化差異。

單字速記

★ **nervous** [`nɝvəs] 形 緊張的 片語 **nervous breakdown** 精神崩潰
☆ **regional** [`ridʒənl̩] 形 區域的；局部的
★ **tropical** [`trɑpɪkl̩] 形 熱帶的 片語 **tropical fish** 熱帶魚
☆ **cultural** [`kʌltʃərəl] 形 文化的 片語 **cultural center** 文化中心

( ) 38. The town was formed by **freed** _______ from the United States.
(A) slaves (B) beggars (C) borders (D) resources

Point 這個城鎮是由來自美國的解放奴隸所組成的。

單字速記
★ **slave** [slev] 名 奴隸 動 做苦工 片語 **slave trade** 奴隸販賣
☆ **beggar** [`bɛgɚ ] 名 乞丐 同義 **cadger** [ `kædʒɚ]
★ **border** [`bɔrdɚ] 名 邊境；邊界 動 毗鄰
☆ **resource** [rɪ`sors ] 名 資源 衍生 **resourceful** [ rɪ`sorsfəl] 形 資源豐富的

( ) 39. There are still too many people living below the _______ **line**.
(A) suburb (B) survey (C) poverty (D) continent

Point 生活在貧窮線以下的人數依然過多。

單字速記
★ **suburb** [`sʌbɝb ] 名 郊區 衍生 **suburban** [ sə`bɝbən] 形 郊區的
☆ **survey** [sɚ`ve] 動 名 考察；勘測；俯瞰 片語 **field survey** 實地考察
★ **poverty** [`pɑvɚtɪ] 名 貧窮 片語 **poverty gap** 貧富差距
☆ **continent** [`kɑntənənt] 名 大陸 片語 **pangaea continent** 原始大陸

( ) 40. After the typhoon, the surrounding area has been declared a **disaster** _______.
(A) approach (B) zone (C) gap (D) experiment

Point 颱風過後，附近地區已被宣告為災區。

單字速記
★ **approach** [ə`protʃ] 名 手段；方法 動 接近 片語 **approach to...** 接近…
☆ **zone** [zon] 名 地區；地帶 動 劃分區域 同義 **region** [`ridʒən]
★ **gap** [gæp] 名 峽谷；缺口 片語 **breakaway gap** (股價)突破缺口
☆ **experiment** [ɪk`spɛrəmənt] 名 動 實驗；試驗

( ) 41. Money is an important _______ in achieving happiness for her.
(A) factor (B) radar (C) theory (D) nerve

Point 對她而言，錢是造就幸福的一項重要因素。

單字速記
★ **factor** [`fæktɚ] 名 因素 片語 **highest common factor** 最大公因數
☆ **radar** [`redɑr] 名 雷達 片語 **anticollison radar** 防撞雷達
★ **theory** [`θiərɪ] 名 理論 片語 **in theory** 理論上
☆ **nerve** [nɝv] 名 神經 片語 **hit a nerve** 觸及敏感話題

(　) 42. We ferried **across the** ______.

(A) mathematics　(B) bay　(C) import　(D) spy

Point 我們乘渡輪橫越海灣。

單字速記

★ **mathematics** [͵mæθə`mætɪks] 名 數學 同義 **math** [mæθ]
☆ **bay** [be] 名 海灣 片語 **hold...at bay** 不使…迫近
★ **import** 動 [ɪm`port ] 名 [ `ɪmport] 進口 片語 **import duty** 進口稅
☆ **spy** [spaɪ] 名 間諜 動 暗中監視 片語 **spy in the cab** (計程車的)計速器

(　) 43. They started a movement to protect ______ **rights**.

(A) civil　(B) mathematical　(C) native　(D) racial

Point 他們發起一場保護國民權利的運動。

單字速記

★ **civil** [`sɪvl̩] 形 國民的；市民的 片語 **civil law** 民法
☆ **mathematical** [͵mæθə`mætɪkl̩] 形 數學的；精確的
★ **native** [`netɪv] 形 本國的；天生的 名 本國人
☆ **racial** [`reʃəl] 形 種族的 片語 **racial discrimination** 種族歧視

(　) 44. These two families **were** ______ **by** marriage.

(A) exploded　(B) mobbed　(C) united　(D) chained

Point 這兩個家庭因為婚姻關係而結合。

單字速記

★ **explode** [ɪk`splod ] 動 爆炸 衍生 **explosion** [ ɪk`sploʒən] 名 爆炸
☆ **mob** [mɑb] 名 暴民 動 群集 片語 **flash mob** 快閃族
★ **unite** [ju`naɪt] 動 合併；聯合 片語 **United Nations** 聯合國
☆ **chain** [tʃen] 動 拴住 名 鍊子 片語 **chain reaction** 連鎖反應

(　) 45. You must have a ______ to enter this gym.

(A) fund　(B) union　(C) unity　(D) membership

Point 你必須具備會員身分才能進入這家健身房。

單字速記

★ **fund** [fʌnd] 名 資金 動 投資 片語 **self-funded travel** 自助旅行
☆ **union** [`junjən] 名 組織；聯合 片語 **industrial union** 工會
★ **unity** [`junətɪ ] 名 聯合；統一 相關 **unite** [ ju`naɪt] 動 統一
☆ **membership** [`membəʃɪp] 名 會員身分；會員數

( ) 46. The beggar was beaten to death by **a** _______ **of** youths.
(A) robber (B) gang (C) criminal (D) burglar

Point 這個乞丐被一群年輕人毆打致死。

單字速記
- ★ **robber** [`rɑbɚ ] 名 強盜 衍生 **robbery** [ `rɑbərɪ] 名 搶劫(罪)
- ☆ **gang** [gæŋ] 名 一群 動 結夥 同義 **group** [grup]
- ★ **criminal** [`krɪmənḷ] 名 罪犯 形 罪犯的 片語 **criminal record** 犯罪記錄
- ☆ **burglar** [`bɝglɚ] 名 竊賊 片語 **burglar alarm** 防盜警鈴

( ) 47. He is charged with **attempted** _______.
(A) murder (B) jail (C) suicide (D) justice

Point 他被控蓄意謀殺。

單字速記
- ★ **murder** [`mɝdɚ] 名 動 謀殺 諺語 **Murder will out.** 惡事終必敗露。
- ☆ **jail** [dʒel] 名 監獄 動 監禁 片語 **break jail** 越獄
- ★ **suicide** [`suə͵saɪd] 名 自殺 片語 **suicide attack** 自殺性攻擊
- ☆ **justice** [`dʒʌstɪs] 名 公平；正義 片語 **miscarriage of justice** 審判不公

( ) 48. The murderer killed at least three _______.
(A) suspects (B) victims (C) proofs (D) robberies

Point 這名兇手殺了至少三名受害者。

單字速記
- ★ **suspect** [`sʌspɛkt ] 名 嫌疑犯 形 可疑的 動 [ sə`spɛkt] 懷疑
- ☆ **victim** [`vɪktɪm] 名 受害者 片語 **fall victim** 屈服
- ★ **proof** [pruf] 名 證據 同義 **evidence** [`ɛvədəns]
- ☆ **robbery** [`rɑbərɪ] 名 搶劫 片語 **daylight robbery** 敲詐

( ) 49. Three thugs _______ the gas station at midnight.
(A) robbed (B) inspected (C) investigated (D) permitted

Point 三名暴徒在午夜搶劫加油站。

單字速記
- ★ **rob** [rɑb] 動 搶劫 同義 **burglarize** [`bɝglə͵raɪz]
- ☆ **inspect** [ɪn`spɛkt ] 動 調查 同義 **examine** [ ɪg`zæmɪn]
- ★ **investigate** [ɪn`vɛstə͵get] 動 調查；研究
- ☆ **permit** [pɚ`mɪt ] 動 允許 名 [ `pɝmɪt] 許可證 同義 **grant** [grænt]

( ) 50. My elder brother has been a/an ______ in that police station for three years.
(A) capital (B) colony (C) inspector (D) benefit

Point 我哥在那間警察局擔任調查員已經三年了。

單字速記
- ★ **capital** [`kæpət!] 名 首都 形 首要的 片語 **capital letter** 大寫字母
- ☆ **colony** [`kɑlənɪ] 名 殖民地；僑居地；(生物)菌落
- ★ **inspector** [ɪn`spɛktɚ] 名 調查員 片語 **tax inspector** 稅務員
- ☆ **benefit** [`bɛnəfɪt ] 名 利益 動 有益於 同義 **profit** [ `prɑfɪt]

( ) 51. He cannot leave the country without the authorities' ______.
(A) governor (B) permission (C) representative (D) republic

Point 沒有官方允許他無法出國。

單字速記
- ★ **governor** [`gʌvənɚ ] 名 州長；統治者 同義 **executive** [ ɪg`zɛkjʊtɪv]
- ☆ **permission** [pɚ`mɪʃən ] 名 允許 同義 **consent** [ kən`sɛnt]
- ★ **representative** [rɛprɪ`zɛntətɪv] 名 代表人物 形 代表性的
- ☆ **republic** [rɪ`pʌblɪk ] 名 共和國 反義 **monarchy** [ `mɑnɚkɪ] 名 君主國

( ) 52. My uncle was appointed ______ to Belize.
(A) emperor (B) lord (C) palace (D) ambassador

Point 我叔叔被任命為駐貝里斯大使。

單字速記
- ★ **emperor** [`ɛmpərɚ ] 名 皇帝 相關 **empress** [ `ɛmprɪs] 名 女皇
- ☆ **lord** [lɔrd] 名 統治者；君主 片語 **Lord's day** (宗教的)主日
- ★ **palace** [`pælɪs] 名 宮殿 片語 **picture palace** 電影院
- ☆ **ambassador** [æm`bæsədɚ ] 名 大使 同義 **envoy** [ `ɛnvɔɪ]

( ) 53. The **vast** ______ **of** our products are exported to Southeast Asia.
(A) mayors (B) vice-presidents (C) elections (D) majority

Point 我們的產品絕大多數出口到東南亞。

單字速記
- ★ **mayor** [`meɚ] 名 市長；鎮長
- ☆ **vice-president** [vaɪs`prɛzədənt] 名 副總統；副總裁
- ★ **election** [ɪ`lɛkʃən] 名 選舉 片語 **general election** 大選
- ☆ **majority** [mə`dʒɔrətɪ] 名 多數 片語 **in the majority** 佔多數

( ) 54. The party _______ a set of ideas that aimed to better the economy.
(A) adopted (B) represented (C) captured (D) trooped

Point 該政黨採納一套目標為優化經濟的概念。

單字速記
★ **adopt** [ə`dɑpt] 動 挑選為候選人；採納；收養
☆ **represent** [ˌrɛprɪ`zɛnt] 動 代表；象徵 片語 **represent to** 向…指出
★ **capture** [`kæptʃɚ] 動 俘虜；捕捉 名 俘虜
☆ **troop** [trup] 名 軍隊 動 集合 片語 **shock troops** 突擊隊

( ) 55. _______ show that the candidate's popularity has obviously increased.
(A) Bullets (B) Polls (C) Missiles (D) Swords

Point 民意調查顯示這位候選人的聲望已明顯上升。

單字速記
★ **bullet** [`bʊlɪt] 名 子彈 片語 **bullet train** 高速火車
☆ **poll** [pol] 名 選票；民意測驗 動 得票 片語 **polling booth** 投票所
★ **missile** [`mɪsḷ] 名 飛彈 片語 **guided missile** 導向飛彈
☆ **sword** [sɔrd] 名 劍；刀 片語 **fire and sword** 燒殺毀滅

( ) 56. He _______ the troops to start at once.
(A) marched (B) scouted (C) concluded (D) commanded

Point 他命令軍隊立即動身。

單字速記
★ **march** [mɑrtʃ] 動 名 行軍；進行 片語 **wedding march** 結婚進行曲
☆ **scout** [skaʊt] 動 偵查 名 偵查者 片語 **talent scout** 星探
★ **conclude** [kən`klud] 動 結束 片語 **conclude with** 以…結束
☆ **command** [kə`mænd] 動 名 命令 片語 **have a command of** 掌握

( ) 57. They reported the **military** _______ to the headquarters.
(A) strategy (B) territory (C) current (D) cycle

Point 他們向司令部提報這個軍事戰略。

單字速記
★ **strategy** [`strætədʒɪ ] 名 戰略；策略 同義 **tactics** [ `tæktɪks]
☆ **territory** [`tɛrəˌtorɪ] 名 領土 片語 **disputed territory** 有爭議的領土
★ **current** [`kɝənt] 形 目前的 名 水流；電流 片語 **direct current** 直流電
☆ **cycle** [`saɪkḷ] 名 週期；整個過程 動 循環 片語 **life cycle** 生命週期

( ) 58. We went to the department store; _______, we had some drinks at a café.
(A) afterwards (B) barely (C) forever (D) meanwhile

Point 我們逛完百貨公司後，就到咖啡廳喝些飲料。

單字速記
★ **afterwards** [`æftəwədz ] 副 以後 同義 **afterward** [ `æftəwəd]
☆ **barely** [`bɛrlɪ ] 副 幾乎不能 同義 **hardly** [ `hɑrdlɪ]
★ **forever** [fə`ɛvə] 副 永遠 片語 **forever and ever** 永遠
☆ **meanwhile** [`min,hwaɪl] 副 同時 名 其間

( ) 59. Being annoyed, he came up with a _______ **conclusion**.
(A) frequent (B) hasty (C) hourly (D) latter

Point 他在被惹惱後下了個匆促的結論。

單字速記
★ **frequent** [`frikwənt] 形 頻繁的 動 常去 反義 **rare** [rɛr] 形 稀少的
☆ **hasty** [`hestɪ] 形 快速的；倉促的 同義 **fast** [fæst]
★ **hourly** [`aʊəlɪ] 形 每小時的 副 每小時地 片語 **hourly employee** 時薪人員
☆ **latter** [`lætə ] 形 後者的；後半的 反義 **former** [ `fɔrmə] 形 前者的

( ) 60. Her _______ dining **experience** in this restaurant was not good.
(A) immediate (B) lifetime (C) previous (D) swift

Point 她先前在這家餐廳用餐的經驗不太愉快。

單字速記
★ **immediate** [ɪ`midɪɪt] 形 立即的；當前的；直接的
☆ **lifetime** [`laɪf,taɪm] 名 一生 片語 **lifetime gifts** 生前贈與
★ **previous** [`privɪəs] 形 先前的 片語 **previous to** 在…以前
☆ **swift** [swɪft] 形 迅速的；立刻的；快的 同義 **quick** [kwɪk]

Answer Key 31-60

31~35 B A B D A
36~40 C D A C B
41~45 A B A C D
46~50 B A B A C
51~55 B D D A B
56~60 D A A B C

ROUND 3 Question 61～90

( ) 61. He was born in the last _______ of the 19th century.
(A) cycle (B) rank (C) decade (D) lifetime

Point 他出生於十九世紀的最後十年。

★ **cycle** [ˋsaɪkḷ] 名 週期；整個過程 動 循環 片語 **water cycle** 水循環
☆ **rank** [ræŋk] 動 排列 名 等級 片語 **take rank with** 和…並列
★ **decade** [ˋdɛked] 名 十年；十 辨析 **decayed** [dɪˋked] 形 腐敗的
☆ **lifetime** [ˋlaɪf͵taɪm] 名 一生 相關 **lifelong** [ˋlaɪf͵lɔŋ] 形 終身的

( ) 62. _______ after Rene divorced her ex-husband, she got married again. It was scandalous.
(A) Someday (B) Sometime (C) Shortly (D) Forth

Point 瑞妮跟她前夫離婚不久後再婚，真不像話。

★ **someday** [ˋsʌm͵de] 副 將來有一天 近義 **some day** 總有一天
☆ **sometime** [ˋsʌm͵taɪm] 副 某些時候；改天 形 偶爾的；以前的
★ **shortly** [ˋʃɔrtlɪ] 副 馬上；不久 同義 **soon** [sun]
☆ **forth** [forθ] 副 向前 同義 **forward** [ˋfɔrwɚd]

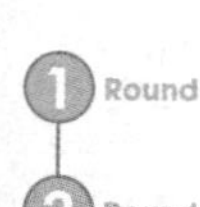

( ) 63. Their stay there was _______, just until they finished rebuilding the house.
(A) temporary (B) farther (C) indoor (D) inner

Point 直到房子重建完成前，他們暫時住在那邊。

★ **temporary** [ˋtɛmpə͵rɛrɪ] 形 暫時的 反義 **eternal** [ɪˋtɝnḷ] 形 永恆的
☆ **farther** [ˋfɑrðɚ] 形 更遠的 副 更遠地 辨析 **further** [ˋfɝðɚ] 副 深一層的
★ **indoor** [ˋɪn͵dor] 形 室內的；屋內的 反義 **outdoor** [ˋaʊt͵dor] 形 戶外的
☆ **inner** [ˋɪnɚ] 形 內部的 片語 **inner tube** (輪胎的)內胎

( ) 64. We **stood** _______ to let the crabs cross the road.
(A) apart (B) indoors (C) aside (D) shortly

Point 我們站到一旁，讓螃蟹爬過馬路。

單字速記

★ **apart** [əˋpɑrt] 副 分散地；遠離地 片語 **apart from** 除…之外
☆ **indoors** [ˋɪnˋdorz] 副 在室內 反義 **outdoors** [ˋautˋdorz] 副 在戶外
★ **aside** [əˋsaɪd] 副 在旁邊 片語 **aside from** 除此之外
☆ **shortly** [ˋʃɔrtlɪ] 副 馬上；不久 同義 **presently** [ˋprɛzn̩tlɪ]

( ) 65. Don't forget to lock both **the** _______ **and the inner door** before you leave.
(A) outer (B) scarce (C) accurate (D) actual

Point 你離開前別忘了鎖上外門和內門。

單字速記

★ **outer** [ˋautɚ] 形 外部的 反義 **inner** [ˋɪnɚ] 形 內部的
☆ **scarce** [skɛrs] 形 稀少的 反義 **plentiful** [ˋplɛntɪfəl] 形 充足的
★ **accurate** [ˋækjərɪt] 形 準確的 反義 **inaccurate** [ɪnˋækjərɪt] 形 不精確的
☆ **actual** [ˋæktʃuəl] 形 實際的 片語 **actual cost** 實際成本

( ) 66. Add up the three sides of the triangle and you will get 12 _______.
(A) kilograms (B) grams (C) centimeters (D) gallons

Point 把這個三角形的三個邊加起來共十二公分。

單字速記

★ **kilogram/kg** [ˋkɪlə͵græm] 名 公斤 英式 **kilogramme**
☆ **gram** [græm] 名 公克 英式 **gramme**
★ **centimeter** [ˋsɛntə͵mitɚ] 名 公分 英式 **centimetre**
☆ **gallon** [ˋgælən] 名 加侖 相關 **gallonage** [ˋgælənɪdʒ] 名 加侖數

( ) 67. I drank **a** _______ **of** milk today.
(A) scale (B) tons (C) pint (D) kilometer

Point 我今天喝了一品脫的牛奶。

單字速記

★ **scale** [skel] 名 尺度 衍生 **full-scale** [ˋful͵skel] 形 照原尺寸的
☆ **ton** [tʌn] 名 噸 片語 **metric ton** 公噸
★ **pint** [paɪnt] 名 品脫 片語 **put a quart into a pint pot** 做不可能做到的事
☆ **kilometer/km** [ˋkɪlə͵mitɚ] 名 公里 英式 **kilometre**

( ) 68. Evolution has been occurring for _______ **of** years.
(A) handfuls (B) constants (C) averages (D) billions

Point 演化已進行了數十億年。

單字速記
★ **handful** [`hændfəl] 名 一把；少數；少量 片語 **a handful of** 一把
☆ **constant** [`kɑnstənt] 名 常數 形 持續的；不變的
★ **average** [`ævərɪdʒ] 名 平均 形 平均的 片語 **on the average** 平均而言
☆ **billion** [`bɪljən] 名 十億；無數 片語 **billions of** 大量

( ) 69. Are there still tickets _______?
(A) aware (B) available (C) brilliant (D) changeable

Point 還買得到票嗎？

單字速記
★ **aware** [ə`wɛr] 形 注意到 片語 **be aware of** 意識到
☆ **available** [ə`veləbḷ] 形 可取得的；可買到的；有空的
★ **brilliant** [`brɪljənt ] 形 出色的；明亮的 反義 **gloomy** [ `glumɪ] 形 陰暗的
☆ **changeable** [`tʃendʒəbḷ] 形 可變的；不定的

( ) 70. Francis was so _______ that she fell asleep on the bus.
(A) dim (B) elderly (C) drowsy (D) energetic

Point 法蘭西絲太睏了，因此她在公車上睡著了。

單字速記
★ **dim** [dɪm] 動 使模糊 形 微暗的 反義 **bright** [braɪt] 形 明亮的
☆ **elderly** [`ɛldəlɪ] 形 上了年紀的 片語 **elderly mentally ill** 老年性精神病
★ **drowsy** [`drauzɪ ] 形 睏的；無活力的 同義 **sleepy** [ `slipɪ]
☆ **energetic** [ɛnə`dʒɛtɪk ] 形 有精力的 同義 **vigorous** [ `vɪgərəs]

( ) 71. I don't believe in **the** _______ **of ghosts**.
(A) extreme (B) fake (C) existence (D) glory

Point 我不相信鬼的存在。

單字速記
★ **extreme** [ɪk`strim] 形 極度的 名 極端 片語 **extreme sport** 極限運動
☆ **fake** [fek] 形 假的；冒充的 名 假貨 片語 **fake note** 假鈔
★ **existence** [ɪg`zɪstəns] 名 存在 片語 **in existence** 存在的；現有的
☆ **glory** [`glorɪ] 名 光榮 動 洋洋得意 片語 **glory in** 為…自豪

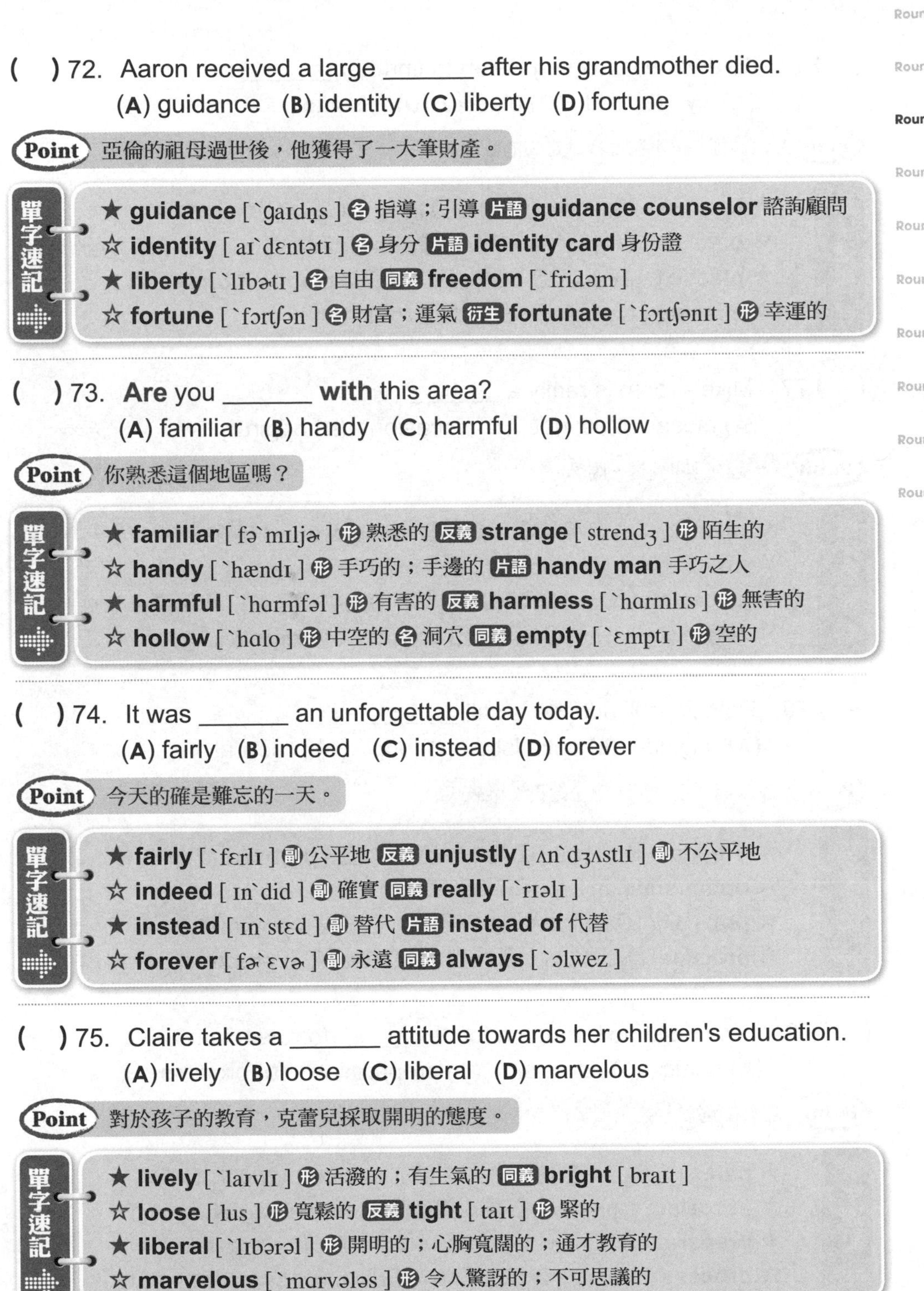

( ) 72. Aaron received a large _______ after his grandmother died.
(A) guidance (B) identity (C) liberty (D) fortune

Point 亞倫的祖母過世後，他獲得了一大筆財產。

單字速記
- ★ **guidance** [`gaɪdṇs] 名 指導；引導 片語 **guidance counselor** 諮詢顧問
- ☆ **identity** [aɪ`dɛntətɪ] 名 身分 片語 **identity card** 身份證
- ★ **liberty** [`lɪbətɪ ] 名 自由 同義 **freedom** [ `fridəm]
- ☆ **fortune** [`fɔrtʃən ] 名 財富；運氣 衍生 **fortunate** [ `fɔrtʃənɪt] 形 幸運的

( ) 73. Are you _______ with this area?
(A) familiar (B) handy (C) harmful (D) hollow

Point 你熟悉這個地區嗎？

單字速記
- ★ **familiar** [fə`mɪljɚ] 形 熟悉的 反義 **strange** [strendʒ] 形 陌生的
- ☆ **handy** [`hændɪ] 形 手巧的；手邊的 片語 **handy man** 手巧之人
- ★ **harmful** [`hɑrmfəl ] 形 有害的 反義 **harmless** [ `hɑrmlɪs] 形 無害的
- ☆ **hollow** [`hɑlo ] 形 中空的 名 洞穴 同義 **empty** [ `ɛmptɪ] 形 空的

( ) 74. It was _______ an unforgettable day today.
(A) fairly (B) indeed (C) instead (D) forever

Point 今天的確是難忘的一天。

單字速記
- ★ **fairly** [`fɛrlɪ ] 副 公平地 反義 **unjustly** [ ʌn`dʒʌstlɪ] 副 不公平地
- ☆ **indeed** [ɪn`did ] 副 確實 同義 **really** [ `rɪəlɪ]
- ★ **instead** [ɪn`stɛd] 副 替代 片語 **instead of** 代替
- ☆ **forever** [fɚ`ɛvɚ ] 副 永遠 同義 **always** [ `ɔlwez]

( ) 75. Claire takes a _______ attitude towards her children's education.
(A) lively (B) loose (C) liberal (D) marvelous

Point 對於孩子的教育，克蕾兒採取開明的態度。

單字速記
- ★ **lively** [`laɪvlɪ] 形 活潑的；有生氣的 同義 **bright** [braɪt]
- ☆ **loose** [lus] 形 寬鬆的 反義 **tight** [taɪt] 形 緊的
- ★ **liberal** [`lɪbərəl] 形 開明的；心胸寬闊的；通才教育的
- ☆ **marvelous** [`mɑrvələs] 形 令人驚訝的；不可思議的

( ) 76. Everyone is helping Helen to find her ______ cat.
(A) icy (B) odd (C) plastic (D) missing

Point 大家都在幫海倫尋找她走失的貓咪。

單字速記
★ **icy** [`aɪsɪ ] 形 冰的；冰冷的 反義 **fiery** [ `faɪərɪ] 形 火一般的
☆ **odd** [ɑd] 形 奇怪的；單數的 反義 **common** [`kɑmən] 形 普通的；常見的
★ **plastic** [`plæstɪk] 形 塑膠的 名 塑膠 片語 **plastic money** 信用卡
☆ **missing** [`mɪsɪŋ] 形 失蹤的 同義 **lost** [lɔst]

( ) 77. Mike's room is really a ______.
(A) mess (B) knight (C) occasion (D) origin

Point 麥克的房間真是一團亂。

單字速記
★ **mess** [mɛs] 名 雜亂 動 弄亂 片語 **mess around** 閒混
☆ **knight** [naɪt] 名 騎士；武士 動 封…為爵士
★ **occasion** [ə`keʒən] 名 場合；事件 動 引起 片語 **on occasion** 偶爾
☆ **origin** [`ɔrɪdʒɪn] 名 起源 片語 **country of origin** 原產國

( ) 78. Patricia is ill but she is still ______.
(A) original (B) optimistic (C) pop (D) practical

Point 派翠西亞生病了，但是她仍然樂觀。

單字速記
★ **original** [ə`rɪdʒənl̩ ] 形 起初的 名 原作 同義 **primordial** [ praɪ`mɔrdɪəl]
☆ **optimistic** [ˌɑptə`mɪstɪk] 形 樂觀的
★ **pop** [pɑp] 形 流行的；大眾的 名 流行音樂 片語 **pop culture** 流行文化
☆ **practical** [`præktɪkl̩] 形 實用的；可實施的 片語 **practical joke** 惡作劇

( ) 79. Gina must go through a lot of ______ for the exam.
(A) panic (B) porcelain (C) preparation (D) process

Point 吉娜對考試一定是做了很多準備。

單字速記
★ **panic** [`pænɪk] 名 驚恐 動 恐慌 片語 **panic buying** 瘋狂搶購
☆ **porcelain** [`pɔrslɪn] 名 瓷器 片語 **porcelain enamel** 釉
★ **preparation** [ˌprɛpə`reʃən] 名 準備；準備工作；烹調食品
☆ **process** [`prɑsɛs] 名 過程 動 處理 片語 **in process of** 在…過程中

(　) 80. This _______ watch belongs to my grandfather.

(A) precious　(B) protective　(C) routine　(D) pop

Point 這個珍貴的手錶是我祖父的。

單字速記

★ **precious** [`prɛʃəs] 形 珍貴的 片語 **precious stone** 寶石

☆ **protective** [prə`tɛktɪv] 形 保護的 片語 **protective fence** 護欄

★ **routine** [ru`tin] 形 例行的；日常的 名 慣例；例行公事

☆ **pop** [pɑp] 形 流行的；大眾的 名 流行音樂 片語 **pop art** 流行藝術

(　) 81. Just _______; don't panic.

(A) renew　(B) risk　(C) rust　(D) relax

Point 放輕鬆，別驚慌。

單字速記

★ **renew** [rɪ`nju ] 動 更新 衍生 **renewal** [ rɪ`njuəl] 名 更新

☆ **risk** [rɪsk] 名 危險；風險 動 冒險 片語 **risk one's neck** 冒生命危險

★ **rust** [rʌst] 動 生鏽 名 鐵鏽 衍生 **rusty** [`rʌstɪ] 形 生鏽的

☆ **relax** [rɪ`læks ] 動 放鬆；使休息 反義 **tighten** [ `taɪtn̩] 動 繃緊

(　) 82. I saw a _______ figure in the garden. Hopefully you can explain it to me.

(A) rusty　(B) queer　(C) sexy　(D) shiny

Point 我看到花園裡有奇怪的人影，希望你能跟我解釋這是怎麼一回事。

單字速記

★ **rusty** [`rʌstɪ ] 形 生鏽的；生疏的 同義 **eroded** [ ɪ`rodɪd]

☆ **queer** [kwɪr] 形 奇怪的；可疑的 同義 **odd** [ɑd]

★ **sexy** [`sɛksɪ] 形 性感的；迷人的

☆ **shiny** [`ʃaɪnɪ ] 形 發光的 同義 **lustrous** [ `lʌstrəs]

(　) 83. The _______ of Bob's **property** is threatened by evildoers.

(A) security　(B) separation　(C) situation　(D) similarity

Point 鮑伯的財產安全受到那些歹徒的威脅。

單字速記

★ **security** [sɪ`kjʊrətɪ] 名 安全 片語 **security check** 安檢

☆ **separation** [ˌsɛpə`reʃən] 名 分離；分隔點；間隔；分居

★ **situation** [ˌsɪtʃʊ`eʃən] 名 情勢 片語 **situation comedy** 電視連續喜劇

☆ **similarity** [ˌsɪmə`lærətɪ ] 名 相似；類似 同義 **likeness** [ `laɪkˌnɪs]

(　　) 84. Nora is a _______ girl. She is someone you can trust.
(A) significant (B) sincere (C) slippery (D) smooth

Point 諾拉是個真誠的女孩子，她是你可以信任的人。

單字速記
★ **significant** [sɪgˋnɪfəkənt] 形 有意義的 相關 **signify** [ˋsɪgnə͵faɪ] 動 示意
☆ **sincere** [sɪnˋsɪr] 形 誠摯的；忠實的；真心誠意的
★ **slippery** [ˋslɪpərɪ] 形 滑溜的 同義 **smooth** [smuð]
☆ **smooth** [smuð] 形 平滑的 動 使平滑 反義 **rough** [rʌf] 形 粗糙的

(　　) 85. I think the _______ of this building is beautiful and elegant.
(A) snap (B) substance (C) structure (D) survivor

Point 我覺得這棟建築物的結構很優美。

單字速記
★ **snap** [snæp] 名 輕鬆的工作 動 折斷 片語 **snap one's fingers** 捻手指
☆ **substance** [ˋsʌbstəns] 名 物質 片語 **compound substance** 合成物質
★ **structure** [ˋstrʌktʃɚ] 名 結構；建築物 動 建立；組織
☆ **survivor** [sɚˋvaɪvɚ] 名 生還者 相關 **survive** [sɚˋvaɪv] 動 倖存

(　　) 86. The road is so _______ that I can't ride a bicycle uphill.
(A) stable (B) sticky (C) suitable (D) steep

Point 這條路太陡峭，以致我無法騎車上坡。

單字速記
★ **stable** [ˋstebl̩] 形 穩定的 反義 **unstable** [ʌnˋstebl̩] 形 不穩固的
☆ **sticky** [ˋstɪkɪ] 形 黏的；棘手的 片語 **sticky tape** 膠帶
★ **suitable** [ˋsutəbl̩] 形 適合的 片語 **be suitable for** 適合
☆ **steep** [stip] 形 險峻的；陡峭的 相關 **cliffy** [ˋklɪfɪ]

(　　) 87. The police **followed the** _______ to find the thief.
(A) trail (B) suspicion (C) survival (D) trend

Point 警察循線找到了小偷。

單字速記
★ **trail** [trel] 名 痕跡；蹤跡 動 跟蹤 片語 **nature trail** 自然景觀路線
☆ **suspicion** [səˋspɪʃən] 名 懷疑 片語 **under suspicion** 受到懷疑的
★ **survival** [sɚˋvaɪvl̩] 名 倖存 片語 **survival of the fittest** 適者生存
☆ **trend** [trɛnd] 名 趨勢；傾向 衍生 **trendy** [ˋtrɛndɪ] 形 時髦的

( ) 88. These questions are very ______. You have to be very careful when answering them.

(A) truthful (B) typical (C) valuable (D) tricky

Point 這些問題很微妙，你回答的時候必須非常小心。

單字速記

★ **truthful** [`truθfəl ] 形 誠實的 反義 **untruthful** [ ʌn`truθfəl] 形 不真實的
☆ **typical** [`tɪpɪkl̩ ] 形 典型的 同義 **representative** [ rɛprɪ`zɛntətɪv]
★ **valuable** [`væljuəbl̩ ] 形 貴重的 反義 **valueless** [ `væljulɪs] 形 無價值的
☆ **tricky** [`trɪkɪ] 形 狡猾的；奸詐的；微妙的

( ) 89. Larry has ______ **kinds of** talents. He can play the violin and the piano, and he can write poems.

(A) violent (B) various (C) wicked (D) additional

Point 賴利有多種才華。他會拉小提琴、彈鋼琴，還會寫詩。

單字速記

★ **violent** [`vaɪələnt ] 形 猛烈的 相關 **violence** [ `vaɪələns] 名 猛烈
☆ **various** [`vɛrɪəs ] 形 多種的 同義 **diverse** [ daɪ`vɜs]
★ **wicked** [`wɪkɪd ] 形 邪惡的 同義 **evil** [ `ivl̩]
☆ **additional** [ə`dɪʃənl̩ ] 形 額外的 同義 **extra** [ `ɛkstrə]

( ) 90. Steve comes from a/an ______ family.

(A) wealthy (B) considerable (C) empty (D) gradual

Point 史帝夫出身富裕家庭。

單字速記

★ **wealthy** [`wɛlθɪ] 形 富裕的 反義 **poor** [pʊr] 形 貧窮的
☆ **considerable** [kən`sɪdərəbl̩] 形 值得考慮的 片語 **considerable of** 體貼
★ **empty** [`ɛmptɪ ] 形 空的 動 倒空 同義 **vacant** [ `vekənt]
☆ **gradual** [`grædʒuəl] 形 逐漸的；逐步的；平緩的

Answer Key 61-90

61~65 C C A C A　66~70 C C D B C　71~75 C D A B C
76~80 D A B C A　81~85 D B A B C　86~90 D A D B A

ROUND

Question 91～120

(　　) 91. The _______ in the room makes Olivia feel comfortable.
(A) variety　(B) bunch　(C) warmth　(D) trend

Point 房間裡的溫暖讓奧莉薇亞覺得很舒服。

★ **variety** [vəˋraɪətɪ] 名 多樣化 片語 **variety store** 雜貨店
☆ **bunch** [bʌntʃ] 名 串；綑；束 同義 **cluster** [ˋklʌstɚ]
★ **warmth** [wɔrmθ] 名 暖和 相關 **warm** [wɔrm] 形 暖和的
☆ **trend** [trɛnd] 名 趨勢；傾向；時尚 衍生 **trendy** [ˋtrɛndɪ] 形 流行的

(　　) 92. Hitler thought of Jews as a/an _______ **group**.
(A) inferior　(B) major　(C) minor　(D) minority

Point 猶太人被希特勒視為次等族群。

★ **inferior** [ɪnˋfɪrɪɚ] 形 次等的 名 屬下 反義 **superior** [səˋpɪrɪɚ] 形 較高的
☆ **major** [ˋmedʒɚ] 名 主修科目 形 主要的 片語 **major in** 主修
★ **minor** [ˋmaɪnɚ] 形 次要的 名 未成年者 反義 **major** [ˋmedʒɚ] 形 主要的
☆ **minority** [maɪˋnɔrətɪ] 名 少數 反義 **majority** [məˋdʒɔrətɪ] 名 多數

(　　) 93. Cell phones are regarded as a _______ for modern people.
(A) noble　(B) necessity　(C) rough　(D) barn

Point 手機對現代人而言是必需品。

★ **noble** [ˋnobl̩] 形 高貴的 名 貴族 衍生 **nobility** [noˋbɪlətɪ] 名 貴族階層
☆ **necessity** [nəˋsɛsətɪ] 名 必需品 片語 **of necessity** 必然地
★ **rough** [rʌf] 形 粗糙的 名 草圖；梗概 片語 **rough in** 草擬
☆ **barn** [barn] 名 穀倉 衍生 **barnyard** [ˋbarn͵jard] 名 穀倉旁的場地

(　　) 94. In a/an _______ situation, I would never cry in front of people.
(A) obvious　(B) primary　(C) probable　(D) normal

Point 在正常的情況下，我不在他人面前哭泣。

單字速記

★ **obvious** [`ɑbvɪəs ] 形 明顯的 衍生 **obviously** [ `ɑbvɪəslɪ] 副 明顯地
☆ **primary** [`praɪ͵mɛrɪ ] 形 主要的 反義 **secondary** [ `sɛkən͵dɛrɪ] 形 次要的
★ **probable** [`prɑbəbḷ ] 形 可能的 名 很可能的事 同義 **likely** [ `laɪklɪ]
☆ **normal** [`nɔrmḷ ] 形 正常的 反義 **abnormal** [ æb`nɔrmḷ] 形 不正常的

( ) 95. I wonder if it's a _______ time to call Jack.
(A) secondary (B) proper (C) shallow (D) tight

Point 我思考現在是否為打電話給傑克的適當時機。

單字速記

★ **secondary** [`sɛkən͵dɛrɪ] 形 次要的 片語 **secondary school** 中等學校
☆ **proper** [`prɑpɚ] 形 適當的；專有的 片語 **proper noun** 專有名詞
★ **shallow** [`ʃælo ] 形 膚淺的 衍生 **shallowness** [ `ʃælonɪs] 名 淺
☆ **tight** [taɪt] 形 緊的 副 緊緊地 片語 **sleep tight** 睡個好覺

( ) 96. Do we have _______ time to finish the project?
(A) steady (B) obvious (C) probable (D) sufficient

Point 我們有足夠的時間來完成這項專案嗎？

單字速記

★ **steady** [`stɛdɪ] 形 穩固的；穩定的 動 穩固 名 (關係穩定的)情侶
☆ **obvious** [`ɑbvɪəs ] 形 明顯的 反義 **obscure** [ əb`skjʊr] 形 含糊的
★ **probable** [`prɑbəbḷ ] 形 可能的 衍生 **probably** [ `prɑbəblɪ] 副 很可能
☆ **sufficient** [sə`fɪʃənt ] 形 足夠的 同義 **enough** [ ə`nʌf]

( ) 97. The farmer kept the grain in the _______ on the farm.
(A) agriculture (B) barn (C) dairy (D) grains

Point 農夫將穀物存放在農場上的穀倉裡。

單字速記

★ **agriculture** [`ægrɪ͵kʌltʃɚ ] 名 農業 同義 **farming** [ `fɑrmɪŋ]
☆ **barn** [bɑrn] 名 穀倉 衍生 **barney** [`bɑrnɪ] 名 大吵大鬧
★ **dairy** [`dɛrɪ] 名 酪農業 片語 **dairy product** 乳製品
☆ **grain** [gren] 名 穀類 片語 **with a grain of salt** 有保留地

( ) 98. We put a _______ in the field in order to frighten birds away.
(A) harvest (B) wheat (C) scarecrow (D) mill

Point 我們在田裡放了一個稻草人以嚇走小鳥。

單字速記

★ **harvest** [`hɑrvɪst] 名 收穫 動 收割 同義 **reap** [rip]
☆ **wheat** [hwit] 名 麥子；小麥 衍生 **whole-wheat** [`hol`hwit] 形 全麥的
★ **scarecrow** [`skɛr͵kro] 名 稻草人；威嚇物；衣衫襤褸者
☆ **mill** [mɪl] 名 磨坊 動 研磨 諺語 **No mill, no meal.** 不播種，沒收穫。

( ) 99. The ______ of the five-year-old car is still very powerful.
(A) engine (B) product (C) author (D) collection

Point 這輛五年車的引擎仍然非常強而有力。

單字速記

★ **engine** [`ɛndʒən] 名 引擎；救火車 片語 **fire engine** 消防車
☆ **product** [`prɑdəkt] 名 產品 片語 **semi-finished product** 半成品
★ **author** [`ɔθɚ ] 名 作者 動 編寫 同義 **writer** [ `raɪtɚ]
☆ **collection** [kə`lɛkʃən] 名 收集 片語 **collection box** 募捐箱

( ) 100. Your homework is to read ______ 2 of the book.
(A) column (B) edition (C) editor (D) chapter

Point 你們的回家作業是讀完這本書的第二章。

單字速記

★ **column** [`kɑləm] 名 專欄；圓柱 片語 **agony column** 人事廣告欄
☆ **edition** [ɪ`dɪʃən] 名 版本 片語 **expurgated edition** 精裝本
★ **editor** [`ɛdɪtɚ] 名 編輯者 片語 **editor in chief** 主編
☆ **chapter** [`tʃæptɚ] 名 章節 片語 **chapter and verse** 確切的依據

( ) 101. She is going to ______ a book over the next two months.
(A) headline (B) reduce (C) portion (D) edit

Point 她將在接下來的兩個月裡著手編輯一本書。

單字速記

★ **headline** [`hɛd͵laɪn ] 名 標題 動 下標題 同義 **heading** [ `hɛdɪŋ]
☆ **reduce** [rɪ`djus ] 動 減少 反義 **increase** [ ɪn`kris] 動 增加
★ **portion** [`porʃən] 名 部分 動 分配 同義 **part** [pɑrt]
☆ **edit** [`ɛdɪt] 動 編輯；校訂 片語 **edit out** 刪掉

( ) 102. It will take six months to assemble the complete ______ **equipment** of the new factory.

(A) bold (B) industrial (C) technical (D) ripe

Point 這間新工廠的工業設備，要花六個月的時間裝配完成。

單字速記

★ **bold** [bold] 形 粗體的；大膽的 衍生 **boldface** [`bold,fes] 名 黑體

☆ **industrial** [ɪn`dʌstrɪəl] 形 工業的 片語 **industrial dispute** 勞資糾紛

★ **technical** [`tɛknɪkḷ] 形 技術的；工業的 片語 **technical college** 工學院

☆ **ripe** [raɪp] 形 成熟的 反義 **unripe** [ʌn`raɪp] 形 未熟的

( ) 103. We had considerably **advanced** ______ for the time, including all the latest machines.

(A) technique (B) technology (C) journal (D) engineer

Point 我們擁有現今相當進步的科技，包含所有最新的機器。

單字速記

★ **technique** [tɛk`nik] 名 技術；技巧；技法

☆ **technology** [tɛk`nɑlədʒɪ] 名 科技 片語 **high technology** 高科技

★ **journal** [`dʒɝnḷ ] 名 期刊 同義 **periodical** [ ,pɪrɪ`ɑdɪkḷ]

☆ **engineer** [ɛndʒə`nɪr] 名 工程師 片語 **structural engineer** 結構工程師

( ) 104. Doris is eager to become a **fashion** ______.

(A) designer (B) carpenter (C) adviser (D) miner

Point 朵莉絲渴望成為一名時裝設計師。

單字速記

★ **designer** [dɪ`zaɪnɚ] 名 設計師 片語 **fashion designer** 時裝設計師

☆ **carpenter** [`kɑrpəntɚ ] 名 木匠 同義 **woodworker** [ `wʊd,wɝkɚ]

★ **adviser/advisor** [əd`vaɪsɚ] 名 顧問 片語 **technical advisor** 技術顧問

☆ **miner** [`maɪnɚ] 名 礦工 片語 **coal miner** 煤礦工人

( ) 105. The little girl's ______ will pick her up at five o'clock.

(A) shepherd (B) plumber (C) nanny (D) engineer

Point 這個小女孩的奶媽將在五點鐘來接她。

單字速記

★ **shepherd** [`ʃɛpɚd] 名 牧羊人 片語 **shepherd dog** 牧羊犬

☆ **plumber** [`plʌmɚ ] 名 水管工人 相關 **plumbing** [ `plʌmɪŋ] 名 抽水馬桶

★ **nanny** [`nænɪ] 名 奶媽 片語 **nanny goat** 母山羊

☆ **engineer** [ɛndʒə`nɪr] 名 工程師 片語 **civil engineer** 土木工程師

(　) 106. Drinking ______ **water** can help reduce body heat.
(A) coconut (B) plums (C) biscuit (D) berries

Point 喝椰子水可幫助降低體溫。

單字速記
★ **coconut** [ˋkokə,nət] 名 椰子 片語 **coconut palm** 椰子樹
☆ **plum** [plʌm] 名 李子 片語 **plum rain season** 梅雨季節
★ **biscuit** [ˋbɪskɪt] 名 餅乾 片語 **soda biscuit** 蘇打餅乾
☆ **berry** [ˋbɛrɪ] 名 莓果；漿果 動 結莓果；採莓果

(　) 107. I want two scoops of ice cream on a ______.
(A) cone (B) stool (C) jelly (D) barrel

Point 我想要兩球冰淇淋裝在錐形蛋捲筒裡。

單字速記
★ **cone** [kon] 名 錐形蛋捲筒；圓錐 片語 **ice-cream cone** 蛋捲冰淇淋
☆ **stool** [stul] 名 凳子 片語 **bathroom stool** 浴室凳
★ **jelly** [ˋdʒɛlɪ] 名 果凍 片語 **konjac jelly** 蒟蒻
☆ **barrel** [ˋbærəl] 名 大桶 片語 **barrel organ** 手搖風琴

(　) 108. Can I have **a piece of** ______?
(A) lollipop (B) raisin (C) pancake (D) cocktail

Point 我可以吃一片煎餅嗎？

單字速記
★ **lollipop** [ˋlɑlɪ,pɑp] 名 棒棒糖 片語 **lollipop lady** 導護阿姨
☆ **raisin** [ˋrezn̩] 名 葡萄乾；葡萄乾色；深紫紅色
★ **pancake** [ˋpæn,kek] 名 煎餅 片語 **as flat as a pancake** 非常平的
☆ **cocktail** [ˋkɑk,tel] 名 雞尾酒 片語 **cocktail party** 雞尾酒會

(　) 109. There are many kinds of ______ at the dairy.
(A) bacon (B) peas (C) mushroom (D) cheese

Point 乳品店裡有很多種乳酪。

單字速記
★ **bacon** [ˋbekən] 名 培根 片語 **bring home the bacon** 養家活口
☆ **pea** [pi] 名 豌豆；豌豆莢 片語 **pea sprout** 豆苗
★ **mushroom** [ˋmʌʃrum] 名 蘑菇 動 採蘑菇 形 蘑菇狀的
☆ **cheese** [tʃiz] 名 乳酪 片語 **low-fat cheese** 低脂乳酪

( ) 110. **Chewing** _______ is forbidden in Singapore.
(A) lobster (B) sausage (C) gum (D) spaghetti

Point 新加坡禁止嚼口香糖。

單字速記
★ **lobster** [`lɑbstɚ] 名 龍蝦 片語 **lobster pot** 龍蝦籠
☆ **sausage** [`sɔsɪdʒ] 名 香腸；臘腸 片語 **sausage dog** 臘腸狗
★ **gum** [gʌm] 名 口香糖 片語 **bubble gum** 泡泡糖
☆ **spaghetti** [ˏspə`gɛtɪ ] 名 義大利麵 相關 **pasta** [ `pɑstə] 名 麵團

( ) 111. The tourist was _______ at the beer festival last night.
(A) rotten (B) drunk (C) stale (D) crispy

Point 這個觀光客在昨晚的啤酒節活動喝醉了。

單字速記
★ **rotten** [`rɑtn̩] 形 腐敗的 片語 **rotten to the core** 壞透了
☆ **drunk** [drʌŋk] 形 喝醉的 名 醉漢 片語 **drunk dial** 醉後來電
★ **stale** [stel] 形 不新鮮的 反義 **fresh** [frɛʃ] 形 新鮮的
☆ **crisp** [`krɪsp ] / **crispy** [ `krɪspɪ] 形 脆的 片語 **potato crisp** 炸洋芋片

( ) 112. The chef _______ the empty dough with cheese.
(A) peeled (B) fried (C) roasted (D) stuffed

Point 這位廚師用起司填塞麵團。

單字速記
★ **peel** [pil] 動 剝皮 名 果皮 片語 **chemical peel** 果酸換膚
☆ **fry** [fraɪ] 動 油炸 名 油炸物 片語 **fried bread stick** 油條
★ **roast** [rost] 動 烘烤 形 烘烤的 片語 **roasting tin** 烤盤
☆ **stuff** [stʌf] 動 填充 名 東西；材料 片語 **stuff up** 填塞

( ) 113. Only the **egg** _______ contains cholesterol.
(A) flavor (B) spice (C) yolk (D) garlic

Point 只有蛋黃含有膽固醇。

單字速記
★ **flavor** [`flevɚ ] 名 口味 動 添加趣味 衍生 **flavorous** [ `flevərəs] 形 風趣的
☆ **spice** [spaɪs] 名 香料 動 加香料於 衍生 **spicy** [`spaɪsɪ] 形 辛辣的
★ **yolk** [jok] 名 蛋黃 衍生 **yolky** [`jokɪ] 形 蛋黃的；油膩的
☆ **garlic** [`gɑrlɪk ] 名 蒜；蒜頭 衍生 **garlicky** [ `gɑrlɪkɪ] 形 有大蒜味的

( ) 114. The set meal comes with coffee and **a** _______ **of ice cream.**
(A) slice (B) dip (C) bucket (D) scoop

Point 套餐附咖啡和一球冰淇淋。

單字速記
★ **slice** [slaɪs] 名 薄片 動 切成薄片 片語 **sliced noodle** 刀削麵
☆ **dip** [dɪp] 動 名 浸泡 片語 **dip into** 稍加探究
★ **bucket** [`bʌkɪt] 名 水桶 片語 **ice bucket** 冰桶
☆ **scoop** [skup] 名 勺子 動 舀取 片語 **scoop out** 舀出

( ) 115. The man carrying a _______ is Professor Kim.
(A) cane (B) clip (C) faucet (D) knob

Point 帶著手杖的那個人是金教授。

單字速記
★ **cane** [ken] 名 手杖；藤條 片語 **candy cane** 枴杖糖
☆ **clip** [klɪp] 名 夾子 動 修剪 片語 **paper clip** 迴紋針
★ **faucet** [`fɔsɪt] 名 水龍頭 片語 **sensor faucet** 感應式水龍頭
☆ **knob** [nɑb] 名 圓形把手 片語 **door knob** 門把

( ) 116. If you need to climb up, use a **sturdy** _______.
(A) lens (B) magnet (C) pad (D) ladder

Point 如果你要爬上去，請使用堅固的梯子。

單字速記
★ **lens** [lɛnz] 名 鏡片 片語 **contact lens** 隱形眼鏡
☆ **magnet** [`mægnɪt] 名 磁鐵 片語 **gossip magnet** 話題人物
★ **pad** [pæd] 名 墊子 動 填滿 片語 **ink pad** 印台
☆ **ladder** [`lædɚ] 名 梯子 片語 **snakes and ladders** 蛇梯棋(遊戲)

( ) 117. The farmer put the carrots in a big _______.
(A) sack (B) powder (C) switch (D) tack

Point 農夫將紅蘿蔔放進一個大麻袋裡。

單字速記
★ **sack** [sæk] 名 麻袋 片語 **sad sack** 冒失鬼
☆ **powder** [`paudɚ] 名 粉 動 灑粉 片語 **gourmet powder** 味精
★ **switch** [swɪtʃ] 名 開關 動 轉換 片語 **time switch** 計時開關
☆ **tack** [tæk] 動 釘住 名 大頭釘 片語 **tie tack** 領帶針

( ) 118. Doris _______ on his bedroom door and went in.
(A) erased (B) tapped (C) dined (D) reserved

Point 朵莉絲輕敲他的房門，然後走了進去。

單字速記

★ **erase** [ɪ`res ] 動 擦掉；清除 同義 **delete** [ dɪ`lit]
☆ **tap** [tæp] 動 拍打；接通 名 輕聲拍；水龍頭 片語 **tap dance** 踢躂舞
★ **dine** [daɪn] 動 用餐 片語 **dine in** 在家吃飯
☆ **reserve** [rɪ`zɝv] 動 名 保留 片語 **without reserve** 毫無保留地

( ) 119. Can you give me a _______ to blow my nose?
(A) trash (B) tray (C) tissue (D) boot

Point 你可以給我一張面紙擤鼻涕嗎？

單字速記

★ **trash** [`træʃ] 名 垃圾 動 丟棄 片語 **trash can** 垃圾桶
☆ **tray** [tre] 名 托盤；文件盒；盤子 片語 **tea tray** 茶盤
★ **tissue** [`tɪʃu] 名 面紙 片語 **toilet tissue** 廁所衛生紙
☆ **boot** [but] 動 開機 名 長靴 片語 **top boot** 長筒靴

( ) 120. My laptop computer _______ twice this morning.
(A) clicked (B) filed (C) tagged (D) crashed

Point 今天早上我的筆記型電腦當機了兩次。

單字速記

★ **click** [klɪk] 名 卡嗒聲 動 使發卡嗒聲；一見如故；恰好吻合
☆ **file** [faɪl] 名 檔案 動 歸檔 片語 **on file** 存檔
★ **tag** [tæg] 動 加標籤 名 標籤 片語 **tag line** 口頭禪；歇後語
☆ **crash** [kræʃ] 動 當機；撞毀 名 衝擊 片語 **crash barrier** 防撞護欄

Answer Key 91-120

91 ~ 95 ❯ C A B D B
96~100 ❯ D B C A D
101~105 ❯ D B B A C
106~110 ❯ A A C D C
111~115 ❯ B D C D A
116~120 ❯ D A B C D

ROUND 5 Question 121～150

( ) 121. You need to enter the correct _______ to use the computer.
(A) disk (B) program (C) password (D) system

Point 你需要輸入正確的密碼來使用這台電腦。

單字速記

★ **disk/disc** [dɪsk] 名 磁碟；唱片 片語 **hard disk** 硬碟
☆ **program** [ˋprogræm] 名 程式 動 設計程式 英式 **programme**
★ **password** [ˋpæs͵wɝd] 名 密碼 片語 **password fatigue** 密碼疲勞症
☆ **system** [ˋsɪstəm] 名 系統；制度 片語 **reservation system** 預約制度

( ) 122. The mail carrier has brought a _______ for her.
(A) parcel (B) web (C) postage (D) bulb

Point 郵差給她送來了一個包裹。

單字速記

★ **parcel** [ˋpɑrsḷ] 名 包裹 動 捆成 片語 **parcel post** 包裹郵件
☆ **web** [wɛb] 名 網 動 結網 片語 **web cinema** 網路電影院
★ **postage** [ˋpostɪdʒ] 名 郵資 片語 **postage stamp** 郵票
☆ **bulb** [bʌlb] 名 電燈泡 片語 **incandescent bulb** 白熾燈泡

( ) 123. The _______ was cut off two days ago.
(A) electricity (B) electric (C) electronic (D) crunchy

Point 電在兩天前遭切斷。

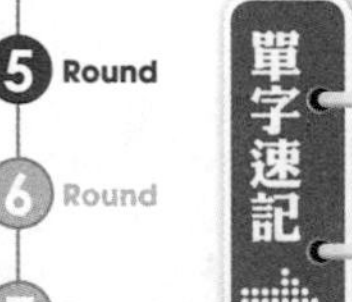

單字速記

★ **electricity** [ɪ͵lɛkˋtrɪsətɪ] 名 電 片語 **static electricity** 靜電
☆ **electric/electrical** [ɪˋlɛktrɪk(ḷ)] 形 電的 片語 **electric blanket** 電毯
★ **electronic** [ɪlɛkˋtrɑnɪk] 形 電子的 片語 **electronic book** 電子書
☆ **crunchy** [ˋkrʌntʃɪ] 形 鬆脆的 相關 **crunch** [krʌntʃ] 名 咀嚼聲

( ) 124. The workers set twenty **electricity** _______ along the new road.
(A) plugs (B) poles (C) buffets (D) rots

Point 工人沿著這條新道路豎立了二十根電線杆。

單字速記

★ **plug** [plʌg] 動 接通電源 名 插頭 片語 **plug in...** 插上…的插頭
☆ **pole** [pol] 名 杆；柱；竿 片語 **pole jump** 撐竿跳
★ **buffet** [bʌˋfe] 名 自助餐 片語 **buffet car** 餐車
☆ **rot** [rɑt] 動 腐壞 名 腐敗 片語 **rot away** 爛掉

( ) 125. Normally she **puts on** _______ after brushing her teeth.
(A) shampoo (B) lipstick (C) knot (D) hairdresser

Point 通常，她在刷完牙後擦口紅。

單字速記

★ **shampoo** [ʃæmˋpu] 名 洗髮精 動 洗頭 相關 **rinse** [rɪns] 動 潤絲
☆ **lipstick** [ˋlɪpstɪk] 名 口紅；唇膏 片語 **put on lipstick** 擦口紅
★ **knot** [nɑt] 動 打結 名 結 片語 **square knot** 平結
☆ **hairdresser** [ˋhɛr͵drɛsɚ] 名 美髮師；理髮師

( ) 126. It's a pity he _______ his mustache off.
(A) waxed (B) belted (C) shaved (D) plugged

Point 他剃掉了他的鬍鬚真是可惜。

單字速記

★ **wax** [wæks] 動 上蠟 名 蠟 片語 **wax museum** 蠟像館
☆ **belt** [bɛlt] 名 皮帶 動 圍繞 片語 **life belt** 救生帶；安全帶
★ **shave** [ʃev] 動 剃；刮 名 剃刀 片語 **shaving cream** 刮鬍膏
☆ **plug** [plʌg] 動 接通電源 名 插頭 反義 **unplug** [͵ʌnˋplʌg] 動 拔除插頭

( ) 127. It became _______ to wear big sunglasses.
(A) fashionable (B) fashion (C) ivory (D) solid

Point 戴大型太陽眼鏡變得很時髦。

單字速記

★ **fashionable** [ˋfæʃənəb ̩l] 形 流行的 同義 **stylish** [ˋstaɪlɪʃ]
☆ **fashion** [ˋfæʃən] 名 流行 動 製作 片語 **fashion show** 時裝秀
★ **ivory** [ˋaɪvərɪ] 形 乳白色的 名 象牙 片語 **ivory tower** 象牙塔
☆ **solid** [ˋsɑlɪd] 形 立體的；固體的 反義 **fluid** [ˋfluɪd] 形 流動的

( ) 128. Grandma hemmed my skirt with plain white _______.
(A) leather (B) lace (C) necktie (D) gown

Point 奶奶用純白色蕾絲縫了我裙子的摺邊。

單字速記
- ★ **leather** [`lɛðɚ] 名 皮革 片語 **leather bag** 皮包
- ☆ **lace** [les] 名 緞帶；蕾絲；花邊 動 用帶子打結
- ★ **necktie** [`nɛk͵taɪ] 名 領帶；領結 同義 **tie** [taɪ]
- ☆ **gown** [gaʊn] 名 長禮服 片語 **evening gown** 晚禮服

( ) 129. They have to wear _______ in winter to warm their body.
(A) furs (B) blouses (C) collars (D) knits

Point 冬天時，他們必須穿毛皮衣服以暖和身體。

單字速記
- ★ **fur** [fɝ] 名 毛皮 片語 **fur coat** 毛皮大衣
- ☆ **blouse** [blaʊz] 名 短衫 片語 **middy blouse** 水手式服裝
- ★ **collar** [`kɑlɚ] 名 衣領 片語 **collar stud** 領扣
- ☆ **knit** [nɪt] 動 編織 名 編織物 反義 **unknit** [ʌn`nɪt] 動 拆散(編織物)

( ) 130. Michelle's hair was tied up with a _______.
(A) rag (B) overcoat (C) robe (D) ribbon

Point 蜜雪兒的頭髮用絲帶繫著。

單字速記
- ★ **rag** [ræg] 名 破布；碎片 片語 **rag paper** 布漿紙
- ☆ **overcoat** [`ovɚ͵kot ] 名 大衣 近義 **greatcoat** [ `gret͵kot] 名 長大衣
- ★ **robe** [rob] 名 長袍 動 穿長袍 片語 **lap robe** 膝毯
- ☆ **ribbon** [`rɪbən] 名 絲帶 片語 **blue ribbon** 頭獎

( ) 131. His _______ were rolled up to his elbows.
(A) scarves (B) stitches (C) sleeves (D) stockings

Point 他把袖子捲到手肘。

單字速記
- ★ **scarf** [skɑrf] 名 圍巾；領巾 複數 **scarves** [skɑrvz]
- ☆ **stitch** [stɪtʃ] 動 縫；繡 名 針線 片語 **stitch up** 冤枉
- ★ **sleeve** [sliv] 名 衣袖 片語 **detachable sleeve** 可拆式衣袖
- ☆ **stocking** [`stɑkɪŋ] 名 長襪 片語 **stocking filler** 聖誕節填塞襪子的小禮物

( ) 132. Marvin went to the _______ to be measured for a suit.

(A) thread (B) tailor (C) vest (D) zipper

Point 馬文找了裁縫師訂做一套西裝。

單字速記

★ **thread** [θrɛd] 動 穿線 名 線 片語 **hang by a thread** 千鈞一髮
☆ **tailor** [ˋtelɚ] 名 裁縫師 動 裁縫 衍生 **tailor-made** [ˋtelɚˏmed] 形 訂製的
★ **vest** [vɛst] 名 背心 衍生 **vested** [ˋvɛstɪd] 形 穿好衣服的
☆ **zipper** [ˋzɪpɚ] 名 拉鍊 動 拉上拉鍊

( ) 133. One of the traits of _______ is its tendency to wrinkle.
(A) linen (B) crown (C) jewel (D) pearl

Point 亞麻的特徵之一是容易變皺。

單字速記

★ **linen** [ˋlɪnɪn] 名 亞麻製品 片語 **table linen** 餐巾；桌布
☆ **crown** [kraʊn] 名 皇冠 動 加冕 片語 **crown cap** 金屬瓶蓋
★ **jewel** [ˋdʒuəl] 名 珠寶 片語 **jewel case** 珠寶盒
☆ **pearl** [pɜl] 名 珍珠 片語 **pearl gray** 珍珠灰色

( ) 134. **The** _______ **of the sun** make the room bright.
(A) jewelry (B) bangs (C) rays (D) echoes

Point 陽光讓這個房間明亮起來。

單字速記

★ **jewelry** [ˋdʒuəlrɪ] 名 珠寶(總稱) 片語 **costume jewellery** 人造珠寶飾品
☆ **bang** [bæŋ] 動 重擊 名 猛擊 片語 **bang on** 嘮叨不停
★ **ray** [re] 名 光線；輻射線 動 放射出 衍生 **x-ray** [ˋɛksˋre] 名 X光
☆ **echo** [ˋɛko] 名 回音 動 產生回響 衍生 **echoic** [ɛˋkoɪk] 形 回聲性的

( ) 135. The nurse looked _______ and tired after the night shift.
(A) pure (B) vivid (C) pale (D) casual

Point 這位護士值完夜班後，臉色看起來蒼白又疲倦。

單字速記

★ **pure** [pjʊr] 形 純粹的 片語 **pure gold** 純金
☆ **vivid** [ˋvɪvɪd] 形 生動的；活潑的 衍生 **vividness** [ˋvɪvɪdnɪs] 名 活潑
★ **pale** [pel] 形 蒼白的；淡的 片語 **pale ale** 淡啤酒
☆ **casual** [ˋkæʒuəl] 形 非正式的；隨便的 片語 **casual wear** 休閒裝

( ) 136. All of us **burst into** _______ when we saw his funny face.
(A) chat (B) scream (C) splash (D) laughter

Point 當我們看到他那張好玩的臉時，大家都大笑了起來。

單字速記
- ★ **chat** [tʃæt] 動 名 聊天 片語 **chat show** 聊天秀
- ☆ **scream** [skrim] 動 名 尖叫 片語 **scream out** 大叫
- ★ **splash** [splæʃ] 名 飛濺聲 動 濺起 片語 **make a splash** 引起轟動
- ☆ **laughter** [`læftɚ] 名 笑聲 片語 **canned laughter** 罐頭笑聲

( ) 137. Oscar always _______ when he takes a shower.
(A) whistles (B) educates (C) graduates (D) lectures

Point 奧斯卡總是在淋浴時吹口哨。

單字速記
- ★ **whistle** [`hwɪsl̩] 動 吹口哨 名 口哨 片語 **whistle up** 勉強拼湊出
- ☆ **educate** [`ɛdʒʊˌket ] 動 教育 衍生 **educated** [ `ɛdʒʊˌketɪd] 形 受過教育的
- ★ **graduate** [`ɡrædʒʊˌet] 動 畢業 名 畢業生 片語 **graduate school** 研究所
- ☆ **lecture** [`lɛktʃɚ] 動 對…演講 名 演講 片語 **lecture theatre** 演講廳

( ) 138. Motorcycles are not allowed **on** _______.
(A) campus (B) college (C) stereo (D) librarian

Point 校園裡禁止騎乘機車。

單字速記
- ★ **campus** [`kæmpəs] 名 校園 片語 **campus digitalization** 校園數位化
- ☆ **college** [`kɑlɪdʒ] 名 學院；大學 片語 **community college** 社區大學
- ★ **stereo** [`stɛrɪo] 名 立體音響 片語 **personal stereo** 隨身聽
- ☆ **librarian** [laɪ`brɛrɪən ] 名 圖書館員 相關 **library** [ `laɪˌbrɛrɪ] 名 圖書館

( ) 139. I want to learn _______ **physics** in college.
(A) educational (B) solid (C) vivid (D) advanced

Point 我想要在大學裡學高等物理。

單字速記
- ★ **educational** [ˌɛdʒʊ`keʃənl̩] 形 教育性的；有教育意義的
- ☆ **solid** [`sɑlɪd] 形 立體的；固體的 片語 **solid fuel** 固態燃料
- ★ **vivid** [`vɪvɪd ] 形 生動的 衍生 **vividly** [ `vɪvɪdlɪ] 副 生動地
- ☆ **advanced** [əd`vænst] 形 高級的；高等的；先進的；開明的

( ) 140. Mike got a _______ to the Massachusetts Institute of Technology.
(A) scholar (B) scholarship (C) summary (D) text

Point 麥克拿到去麻省理工學院讀書的獎學金。

單字速記
★ **scholar** [`skɑlɚ ] 名 學者 相關 **scholarch** [ `skɑlɑrk] 名 校長
☆ **scholarship** [`skɑlɚ͵ʃɪp] 名 獎學金；學術成就；學問
★ **summary** [`sʌmərɪ] 名 摘要 片語 **year-end summary** 年終總結
☆ **text** [tɛkst] 名 課本；文本 片語 **text messaging** 文字通訊

( ) 141. He shaved his face with a **safety** _______.
(A) spray (B) tutor (C) razor (D) nap

Point 他用一把安全剃刀刮臉。

單字速記
★ **spray** [spre] 動 噴灑 名 噴霧器 片語 **spray can** 噴物罐
☆ **tutor** [`tjutɚ ] 動 輔導 名 家教 衍生 **tutorial** [ tju`torɪəl] 形 指導的
★ **razor** [`rezɚ] 名 刮鬍刀 片語 **razor blade** 刮鬍刀片
☆ **nap** [næp] 名 動 小睡 片語 **cat nap** 瞌睡

( ) 142. I like to **play** _______ with friends in my free time.
(A) challenge (B) image (C) badminton (D) champion

Point 閒暇時，我喜歡和朋友一起打羽毛球。

單字速記
★ **challenge** [`tʃælɪndʒ ] 動 名 挑戰 同義 **defy** [ dɪ`faɪ]
☆ **image** [`ɪmɪdʒ] 名 影像；形象 片語 **image technology** 圖像技術
★ **badminton** [`bædmɪntən ] 名 羽毛球 同義 **shuttlecock** [ `ʃʌtl̩͵kɑk]
☆ **champion** [`tʃæmpɪən] 名 冠軍 同義 **first prize**

( ) 143. The crowd _______ the athlete as he walked in.
(A) dived (B) cheered (C) skated (D) gambled

Point 當這名運動員走入時，群眾向他喝采。

單字速記
★ **dive** [daɪv] 動 名 跳水 片語 **dive bomber** 俯衝轟炸機
☆ **cheer** [tʃɪr] 動 名 喝采；歡呼 片語 **cheer up** 高興起來
★ **skate** [sket] 動 溜冰 名 溜冰鞋 片語 **skating rink** 溜冰場
☆ **gamble** [`gæmbl̩] 動 名 賭博 片語 **gamble in** 對…做冒險的投資

( ) 144. Jason won a **silver** _______ in skiing.
(A) medal (B) gym (C) ski (D) stadium

Point 傑森獲得滑雪銀牌。

單字速記
- ★ **medal** [`mɛdḷ] 名 獎章 片語 **gold medal** 金牌
- ☆ **gym** [dʒɪm] 名 健身房；體育館 片語 **gym shoe** 體操鞋
- ★ **ski** [ski] 動 滑雪 名 滑雪板 片語 **ski boot** 滑雪靴
- ☆ **stadium** [`stedɪəm ] 名 室內運動場 同義 **arena** [ ə`rinə]

( ) 145. They planted various kinds of orchids in the _______.
(A) lawn (B) greenhouse (C) spade (D) bingo

Point 他們在溫室裡種植各種蘭花。

單字速記
- ★ **lawn** [lɔn] 名 草地 片語 **lawn chair** 草坪躺椅
- ☆ **greenhouse** [`grin͵haʊs] 名 溫室 片語 **greenhouse effect** 溫室效應
- ★ **spade** [sped] 名 鏟子 片語 **call a spade a spade** 直言不諱
- ☆ **bingo** [`bɪŋgo] 名 賓果遊戲

( ) 146. Can you figure out the answer to that _______?
(A) athlete (B) riddle (C) hike (D) parade

Point 你解得出那道謎語的謎底嗎？

單字速記
- ★ **athlete** [`æθlit] 名 運動員 片語 **athlete's foot** 香港腳
- ☆ **riddle** [`rɪdḷ ] 名 謎語 同義 **puzzle** [ `pʌzḷ]
- ★ **hike** [haɪk] 動 健行 名 遠足 衍生 **hiker** [`haɪkɚ] 名 健行者
- ☆ **parade** [pə`red] 名 遊行 動 參加遊行 片語 **on parade** 受檢閱

( ) 147. There are several _______ **cafés** along the riverbank.
(A) outdoors (B) outdoor (C) scientific (D) domestic

Point 沿著河岸有幾家露天咖啡店。

單字速記
- ★ **outdoors** [`aʊt`dorz] 副 在戶外 反義 **indoors** [`ɪn`dorz] 副 在室內
- ☆ **outdoor** [`aʊt͵dor ] 形 戶外的；露天的 反義 **indoor** [ `ɪn͵dor] 形 室內的
- ★ **scientific** [͵saɪən`tɪfɪk] 形 科學的 片語 **scientific notation** 科學計數法
- ☆ **domestic** [də`mɛstɪk] 形 家務的 片語 **domestic science** 家政學

1 Round
2 Round
3 Round
4 Round
5 Round
6 Round
7 Round
8 Round
9 Round
10 Round

(　) 148. There is a special exhibition of tropical fish at the ______.
(A) aquarium (B) circus (C) disco (D) pub

Point 在水族館有個熱帶魚特展。

單字速記
- ★ **aquarium** [əˋkwɛrɪəm] 名 水族館 片語 **tropical aquarium** 熱帶水族館
- ☆ **circus** [ˋsɝkəs] 名 馬戲團 片語 **three-ring circus** 大型熱鬧的演出
- ★ **disco** [ˋdɪsko] 名 舞廳 片語 **disco jockey** 迪斯可音樂節目的主持人
- ☆ **pub** [pʌb] 名 酒館 片語 **pub crawl** 串遊酒吧

(　) 149. I wish you a **pleasant** ______.
(A) baggage (B) inn (C) motel (D) journey

Point 祝你旅途愉快。

單字速記
- ★ **baggage** [ˋbægɪdʒ] 名 行李 片語 **hand baggage** 手提行李
- ☆ **inn** [ɪn] 名 旅社；小酒館 片語 **motor inn** 室內汽車旅館
- ★ **motel** [moˋtɛl] 名 汽車旅館 相關 等於 **motor** + **hotel**
- ☆ **journey** [ˋdʒɝnɪ] 名 旅程 動 旅遊 片語 **break one's journey** 中途下車

(　) 150. Judy's ______ will lapse next month.
(A) tourism (B) tourist (C) passport (D) traveler

Point 茱蒂的護照下個月將過期失效。

單字速記
- ★ **tourism** [ˋturɪzm̩] 名 觀光；遊覽 片語 **extreme tourism** 極限旅遊
- ☆ **tourist** [ˋturɪst] 名 觀光客 片語 **tourist bus** 觀光巴士
- ★ **passport** [ˋpæs͵pɔrt] 名 護照 片語 **passport control** 護照管理處
- ☆ **traveler** [ˋtrævlɚ] 名 旅行者 片語 **slow traveler** 慢旅族

Answer Key 121-150

121~125 C A A B B　126~130 C A B A D　131~135 C B A C C
136~140 D A A D B　141~145 C C B A B　146~150 B B A D C

ROUND 6 Question 151～180

( ) 151. Irene cannot _______ well with her mom.

(A) communicate (B) celebrate (C) cradle (D) drain

Point 艾琳和母親溝通不良。

單字速記

★ **communicate** [kə`mjunə͵ket] 動 溝通；傳播；交際；交往

☆ **celebrate** [`sɛlə͵bret ] 動 慶祝 衍生 **celebrated** [ `sɛlə͵bretɪd] 形 著名的

★ **cradle** [`kredl̩] 名 搖籃 動 放入搖籃 片語 **from cradle to grave** 生老病死

☆ **drain** [dren] 名 排水管 動 排出 片語 **drain off** 流掉

( ) 152. Most **business** _______ transfer their flights at this airport.

(A) darlings (B) stepchildren (C) travelers (D) stepfathers

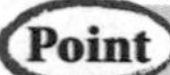

Point 大多數商務旅行者在這個機場轉機。

單字速記

★ **darling** [`dɑrlɪŋ ] 名 親愛的人 形 可愛的 同義 **beloved** [ bɪ`lʌvɪd]

☆ **stepchild** [`stɛp͵tʃaɪld ] 名 繼子 同義 **stepson** [ `stɛp͵sʌn]

★ **traveler** [`trævlɚ] 名 旅行者 片語 **fellow traveler** 旅伴

☆ **stepfather** [`stɛp͵fɑðɚ ] 名 繼父 同義 **stepdad** [ `stɛp͵dæd]

( ) 153. She **sat on the** _______ and watched television.

(A) air-conditioner (B) couch (C) cupboard (D) furniture

Point 她坐在沙發上看電視。

單字速記

★ **air-conditioner** [`ɛr͵kən`dɪʃənɚ] 名 空調設備；冷氣機

☆ **couch** [kaʊtʃ] 名 沙發 動 躺著 片語 **couch potato** 極為懶惰的人

★ **cupboard** [`kʌbɚd] 名 碗櫥 片語 **linen cupboard** 被單毛巾櫃

☆ **furniture** [`fɝnɪtʃɚ] 名 家具 片語 **street furniture** 城市設施

( ) 154. She uses the _______ mainly for defrosting food.

(A) neighborhood (B) microwave (C) passage (D) blanket

Point 她主要用微波爐來解凍食物。

單字速記

★ **neighborhood** [`nebɚ͵hʊd] 名 鄰近 片語 **in the neighborhood** 在附近
☆ **microwave** [`maɪkro͵wev] 名 微波爐 動 微波；用微波爐烹調
★ **passage** [`pæsɪdʒ] 名 走廊；通道 片語 **safe passage** 安全通行
☆ **blanket** [`blæŋkɪt] 名 毛毯 動 如以毯覆蓋 片語 **security blanket** 安全毯

(　) 155. My _______ **brother** and I have separate rooms.
(A) stepmother (B) housekeeper (C) twin (D) maid

Point 我的雙胞胎兄弟和我有各自的房間。

單字速記

★ **stepmother** [`stɛp͵mʌðɚ ] 名 繼母 同義 **stepmom** [ `stɛp͵mɑm]
☆ **housekeeper** [`haus͵kipɚ] 名 管家；佣人領班
★ **twin** [twɪn] 名 雙胞胎；孿生的 片語 **twin bed** 一對單人床
☆ **maid** [med] 名 女僕；少女 片語 **maid of honor** 首席女儐相

(　) 156. We built sandcastles with _______ and shovels.
(A) pails (B) folds (C) litter (D) rugs

Point 我們用桶子和鏟子建造了沙堡。

單字速記

★ **pail** [pel] 名 桶；提桶 同義 **bucket** [`bʌkɪt]
☆ **fold** [fold] 動 名 摺疊 片語 **fold up** 倒閉
★ **litter** [`lɪtɚ] 名 雜物 動 亂丟雜物 片語 **litter bin** 街上的垃圾桶
☆ **rug** [rʌg] 名 地毯 片語 **scatter rug** 小幅地毯

(　) 157. Turn the _______ counterclockwise to loosen it.
(A) vase (B) screw (C) axe (D) kit

Point 將螺釘以逆時針方向旋轉鬆開。

單字速記

★ **vase** [ves] 名 花瓶；裝飾用瓶；瓶飾
☆ **screw** [skru] 名 螺絲 動 旋緊 片語 **screw around** 遊手好閒
★ **ax/axe** [æks] 名 斧頭 動 劈；砍 衍生 **axman** [`æksmən] 名 樵夫
☆ **kit** [kɪt] 名 成套工具 片語 **survival kit** 救生背包

(　) 158. Mary had a **happy** _______.
(A) childhood (B) orphan (C) youngster (D) label

Point 瑪莉有個快樂的童年。

單字速記

★ **childhood** [ˋtʃaɪld͵hʊd] 名 童年 相關 **adulthood** [əˋdʌlthʊd] 名 成年
☆ **orphan** [ˋɔrfən] 名 孤兒 動 使成孤兒 形 無雙親的
★ **youngster** [ˋjʌŋstɚ] 名 年輕人 反義 **oldster** [ˋoldstɚ] 名 老人
☆ **label** [ˋlebḷ] 名 標籤 動 標明 片語 **care label** 使用須知標籤

( ) 159. Grandma used a _______ to dig holes in the garden.
(A) typewriter (B) shovel (C) broom (D) scrub

Point 奶奶用鏟子在花園裡挖洞。

單字速記

★ **typewriter** [ˋtaɪp͵raɪtɚ] 名 打字機 相關 **typewrite** [ˋtaɪp͵raɪt] 動 打字
☆ **shovel** [ˋʃʌvḷ] 名 鏟子 動 剷除 片語 **steam shovel** 蒸汽挖土機
★ **broom** [brum] 名 掃帚 動 掃除 片語 **new broom** 新上任者
☆ **scrub** [skrʌb] 動 刷洗 名 刷子 片語 **scrub away** 擦洗

( ) 160. Send the dirty sheets to the _______, please.
(A) laundry (B) dirt (C) dust (D) mop

Point 請將髒床單送到洗衣店。

單字速記

★ **laundry** [ˋlɔndrɪ] 名 洗衣店；送洗衣物 片語 **laundry list** 冗長的清單細目
☆ **dirt** [dɝt] 名 塵埃；泥土；汙物 片語 **dirt road** 泥土路
★ **dust** [dʌst] 名 灰塵 動 拂去灰塵 片語 **dust coat** 風衣
☆ **mop** [mɑp] 動 擦洗 名 拖把 片語 **mop up** 用拖把拖

( ) 161. Is the _______ boiling?
(A) jar (B) bride (C) saucer (D) kettle

Point 水壺裡的水煮開了嗎？

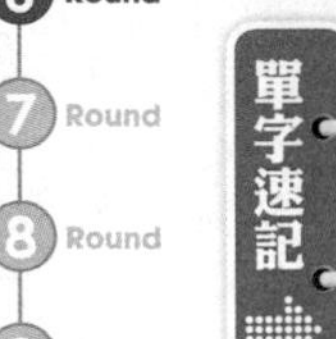

單字速記

★ **jar** [dʒɑr] 名 廣口瓶 片語 **jar with** 與…不一致
☆ **bride** [braɪd] 名 新娘 衍生 **bride-to-be** [ˋbraɪdtəbɪ] 名 待嫁新娘
★ **saucer** [ˋsɔsɚ] 名 淺碟 片語 **flying saucer** 飛碟
☆ **kettle** [ˋkɛtḷ] 名 水壺 片語 **a fine kettle of fish** 一場糊塗

( ) 162. There are still some mysterious _______ living in the jungles.

(A) buffaloes (B) bulls (C) beasts (D) cattle

Point 叢林裡仍然住著一些謎樣的野獸。

單字速記

★ **buffalo** [`bʌfl̩ˌo] 名 水牛 片語 **buffalo hump** 水牛背
☆ **bull** [bʊl] 名 公牛 片語 **bull frog** 牛蛙
★ **beast** [bist] 名 野獸 片語 **beast of burden** 馱獸
☆ **cattle** [`kætl̩] 名 小牛 片語 **cattle truck** 運牛卡車

( ) 163. Sheila _______ **her hands** on the towel and picked up the phone.
(A) tidy (B) wiped (C) crept (D) crawl

Point 希拉用毛巾擦手，然後接起電話。

單字速記

★ **tidy** [`taɪdɪ] 動 整理 形 整潔的 片語 **tidy up** 收拾
☆ **wipe** [waɪp] 動 名 擦 片語 **wipe off** 去掉
★ **creep** [krip] 動 爬 名 毛骨悚然的感覺 衍生 **creepy** [`kripɪ] 形 不寒而慄的
☆ **crawl** [krɔl] 動 名 爬行；蠕動 片語 **crawl space** 狹小空隙

( ) 164. Make _______ while the sun shines.
(A) kangaroo (B) paw (C) pony (D) hay

Point 打鐵趁熱(趁太陽大時曬乾草)。

單字速記

★ **kangaroo** [ˌkæŋgə`ru] 名 袋鼠 片語 **kangaroo court** 非法法庭
☆ **paw** [pɔ] 名 腳掌 動 以掌拍擊 片語 **cat's paw** 受人愚弄者
★ **pony** [`ponɪ] 名 小馬 片語 **sumpter pony** 小馱馬
☆ **hay** [he] 名 乾草 片語 **make hay of** 使混亂

( ) 165. He has made several attempts to _______ the wild horse.
(A) wag (B) tame (C) flock (D) hatch

Point 他已多次試圖馴服這匹野馬。

單字速記

★ **wag** [wæg] 動 名 搖擺 片語 **wag one's jaw** 喋喋不休
☆ **tame** [tem] 動 馴服 形 馴服的 衍生 **tamer** [`temɚ] 名 馴養人
★ **flock** [flɑk] 名 一群 動 聚集 片語 **a flock of** 一群
☆ **hatch** [hætʃ] 動 名 孵化 片語 **hatching process** 孵化過程

(　) 166. That little ______ moved very slowly on the grass.
(A) seals (B) hawks (C) feather (D) tortoise

Point 那隻小烏龜在草地上非常緩慢地移動著。

單字速記
- ★ **seal** [sil] 名 海豹 動 獵海豹 片語 **harbor seal** 麻斑海豹
- ☆ **hawk** [hɔk] 名 隼 片語 **war hawk** 好戰分子
- ★ **feather** [`fɛðɚ] 名 羽毛 片語 **feather boa** 羽毛圍巾
- ☆ **tortoise** [`tɔrtəs] 名 烏龜；陸龜 片語 **tortoise beetle** 龜甲蟲

(　) 167. How does a ______ turn into a butterfly?
(A) cricket (B) caterpillar (C) flea (D) grasshopper

Point 毛毛蟲是如何蛻變成蝴蝶的？

單字速記
- ★ **cricket** [`krɪkɪt] 名 蟋蟀；板球 動 打板球
- ☆ **caterpillar** [`kætɚˌpɪlɚ] 名 毛毛蟲；履帶車
- ★ **flea** [fli] 名 跳蚤 片語 **flea market** 廉價市場(跳蚤市場)
- ☆ **grasshopper** [`græsˌhɑpɚ] 名 蚱蜢；蝗蟲

(　) 168. Don't hit the ______, or the bees will sting you.
(A) pest (B) hive (C) bud (D) bush

Point 不要打蜂巢，否則蜂群會螫你。

單字速記
- ★ **pest** [pɛst] 名 害蟲 片語 **fowl pest** 雞瘟
- ☆ **hive** [haɪv] 名 蜂巢；貯備 片語 **hive off** 分出
- ★ **bud** [bʌd] 名 花苞；芽 動 發芽 片語 **cotton bud** 棉花棒
- ☆ **bush** [bʊʃ] 名 灌木叢；灌木 片語 **bush league** 二流的

(　) 169. ______ contain abundant vitamin C.
(A) Oaks (B) Pines (C) Cherries (D) Timber

Point 櫻桃含有豐富的維他命C。

單字速記
- ★ **oak** [ok] 名 橡樹 片語 **white oak** 白橡樹
- ☆ **pine** [paɪn] 名 松樹 動 消瘦；痛苦；渴望 片語 **pine after** 渴望
- ★ **cherry** [`tʃɛrɪ] 名 櫻桃 形 櫻桃的 片語 **cherry plum** 櫻桃李
- ☆ **timber** [`tɪmbɚ] 名 木材 片語 **timber yard** 木材堆積場

(　) 170. The ______ of the gnarled old oak is two meters thick.
(A) tulip (B) twig (C) sting (D) trunk

Point 這棵多節瘤老橡樹的樹幹有兩公尺粗。

單字速記
- ★ **tulip** [`tjuləp] 名 鬱金香
- ☆ **twig** [twɪg] 名 嫩枝 近義 **branch** [`bræntʃ] 名 樹枝
- ★ **sting** [stɪŋ] 動 叮；刺；螫 名 刺痛；挖苦
- ☆ **trunk** [trʌŋk] 名 樹幹 片語 **trunk line** 幹線

(　) 171. ______ **branches** swept the lake's surface.
(A) Willow (B) Violet (C) Weed (D) Tulip

Point 柳枝拂掠著湖面。

單字速記
- ★ **willow** [`wɪlo] 名 柳樹 片語 **willow herb** 柳草
- ☆ **violet** [`vaɪəlɪt] 名 紫羅蘭 形 紫羅蘭色的 片語 **shrinking violet** 極害羞者
- ★ **weed** [wid] 名 雜草 動 除雜草 片語 **weed out** 除去
- ☆ **tulip** [`tjuləp] 名 鬱金香

(　) 172. We can enjoy the cool summer ______ on the porch after dinner.
(A) brook (B) canyon (C) flame (D) breeze

Point 晚餐後，我們可以在門廊上享受清涼的夏夜微風。

單字速記
- ★ **brook** [brʊk] 名 溪流 片語 **babbling brook** 饒舌的女人
- ☆ **canyon** [`kænjən] 名 峽谷 片語 **Grand Canyon** 大峽谷
- ★ **flame** [flem] 名 火焰 動 點燃 衍生 **flammable** [`flæməbl̩] 形 易燃的
- ☆ **breeze** [briz] 名 微風 動 微風吹拂 片語 **shoot the breeze** 聊天

(　) 173. Some gorillas live **in the dense** ______.
(A) jungle (B) meadow (C) mist (D) peak

Point 在叢林深處住著一些大猩猩。

單字速記
- ★ **jungle** [`dʒʌŋgl̩] 名 叢林 片語 **concrete jungle** 水泥叢林(都市)
- ☆ **meadow** [`mɛdo] 名 草地 片語 **water meadow** 浸水草地
- ★ **mist** [mɪst] 名 霧 動 以霧籠罩 片語 **sea mist** 海霧
- ☆ **peak** [pik] 名 山頂 動 達到高峰 片語 **peak hour** 巔峰時刻的

( ) 174. The fire **burnt** the house **into** ______.
(A) slope (B) shadow (C) summit (D) ashes

Point 大火把房子燒成灰燼。

單字速記
★ **slope** [slop] 名 斜坡 片語 **ski slope** 滑雪坡
☆ **shadow** [`ʃædo] 名 影子 動 使有陰影 片語 **shadow play** 皮影戲
★ **summit** [`sʌmɪt] 名 頂點；高峰 片語 **summit diplomacy** 首腦外交
☆ **ash** [æʃ] 名 灰 片語 **volcanic ash** 火山灰

( ) 175. Our ship went through the ______ seas safely.
(A) stormy (B) shady (C) environmental (D) bare

Point 我們的船平安通過了暴風雨的海面。

單字速記
★ **stormy** [`stɔrmɪ] 形 暴風雨的 片語 **stormy wind** 暴風
☆ **shady** [`ʃedɪ ] 形 成蔭的 反義 **sunny** [ `sʌnɪ] 形 陽光充足的
★ **environmental** [ɪn͵vaɪrən`mɛntḷ] 形 環境的；有關環境的
☆ **bare** [bɛr] 形 光禿禿的 動 揭露；露出 衍生 **barefoot** [`bɛr͵fut] 形 赤腳的

( ) 176. Generally speaking, ______ are faster than helicopters.
(A) tides (B) jets (C) pilots (D) canoes

Point 一般而言，噴射機比直升機速度快。

單字速記
★ **tide** [taɪd] 名 潮；趨勢 片語 **flood tide** 漲潮；滿潮
☆ **jet** [dʒɛt] 名 噴射機 動 噴出 片語 **jet lag** 時差
★ **pilot** [`paɪlət] 名 飛行員 動 駕駛 片語 **pilot lamp** 領航燈
☆ **canoe** [kə`nu] 名 獨木舟 動 乘獨木舟

( ) 177. Some refugees were saved by ______.
(A) decks (B) docks (C) harbors (D) lifeboats

Point 救生艇救起一些難民。

單字速記
★ **deck** [dɛk] 名 甲板 片語 **deck hand** 甲板水手
☆ **dock** [dɑk] 名 碼頭 動 停泊 片語 **dock worker** 碼頭工人
★ **harbor** [`hɑrbɚ] 名 港灣 片語 **harbor master** 港務長
☆ **lifeboat** [`laɪf͵bot] 名 救生艇；救生船

( ) 178. The _______ beam was quite distinct at night.
(A) lifeguard (B) navy (C) lighthouse (D) buzz

Point 燈塔的光線在夜間相當明顯。

單字速記
- ★ **lifeguard** [ˋlaɪf͵gɑrd] 名 救生員 動 護衛；當救生員
- ☆ **navy** [ˋnevɪ] 名 海軍 片語 **navy blue** 深藍色；海軍藍
- ★ **lighthouse** [ˋlaɪt͵haʊs] 名 燈塔
- ☆ **buzz** [bʌz] 動 嗡嗡叫 名 嗡嗡聲 片語 **buzz crusher** 掃興的人

( ) 179. The snowman is _______ under the sun.
(A) braking (B) melting (C) pouring (D) polluting

Point 雪人在太陽下融化。

單字速記
- ★ **brake** [brek] 名 動 煞車 片語 **brake fluid** 煞車油
- ☆ **melt** [mɛlt] 動 溶解；融化 片語 **melt down** 融化
- ★ **pour** [por] 動 倒 片語 **pour scorn on** 對…不屑一顧
- ☆ **pollute** [pəˋlut] 動 汙染 同義 **contaminate** [kənˋtæmə͵net]

( ) 180. My family owns a red _______.
(A) automobile (B) automatic (C) gasoline (D) navy

Point 我家有一輛紅色汽車。

單字速記
- ★ **automobile** [ˋɔtəmə͵bɪl] 名 汽車 同義 **auto** [ˋɔto]
- ☆ **automatic** [͵ɔtəˋmætɪk] 形 自動的 片語 **automatic pilot** 自動駕駛儀
- ★ **gasoline** [ˋgæsl̩͵in] 名 汽油 片語 **unleaded gasoline** 無鉛汽油
- ☆ **navy** [ˋnevɪ] 名 海軍 片語 **navy bean** 海軍豆

Answer Key 151-180

151~155 A C B B C　156~160 A B A B A　161~165 D C B D B
166~170 D B B C D　171~175 A D A D A　176~180 B D C B A

ROUND 7 Question 181～210

MP3 3-07

( ) 181. He was fined NT$500 for riding a scooter without **wearing a** ______.

(A) motor (B) van (C) vehicle (D) helmet

Point 他因騎機車未戴安全帽而被罰款新臺幣五百元。

單字速記

★ **motor** [`motɚ] 名 馬達 片語 **motor coach** 長途巴士

☆ **van** [væn] 名 貨車 片語 **luggage van** 行李車

★ **vehicle** [`viɪkl̩] 名 車輛 片語 **launch vehicle** (衛星等)運載工具

☆ **helmet** [`hɛlmɪt] 名 安全帽 片語 **crash helmet** 防撞頭盔

( ) 182. The ______ was too narrow for them to walk abreast.

(A) avenue (B) pavement (C) wagon (D) carriage

Point 這條人行道對他們而言太窄，無法並肩同行。

單字速記

★ **avenue** [`ævənju ] 名 大道 同義 **boulevard** [ `buləˌvɑrd]

☆ **pavement** [`pevmənt] 名 人行道 片語 **pavement artist** 街頭畫家

★ **wagon** [`wægən] 名 貨車 片語 **welcome wagon** 歡迎禮車；歡迎人員

☆ **carriage** [`kærɪdʒ] 名 馬車 片語 **gun carriage** 炮車

( ) 183. The thief said he **had** no ______ **with** the gangsters.

(A) connection (B) accident (C) alley (D) fare

Point 這個小偷說他沒有與黑幫掛鉤。

單字速記

★ **connection** [kə`nɛkʃən] 名 連結 片語 **in connection with** 與…有關

☆ **accident** [`æksədənt] 名 事故；偶發事件 片語 **accident rate** 肇事率

★ **alley** [`ælɪ] 名 巷；小徑 片語 **blind alley** 死胡同；沒前途的職業

☆ **fare** [fɛr] 名 費用 片語 **fare card** 儲值卡

( ) 184. Please leave your ______ in the hotel.

(A) load (B) luggage (C) transport (D) chimney

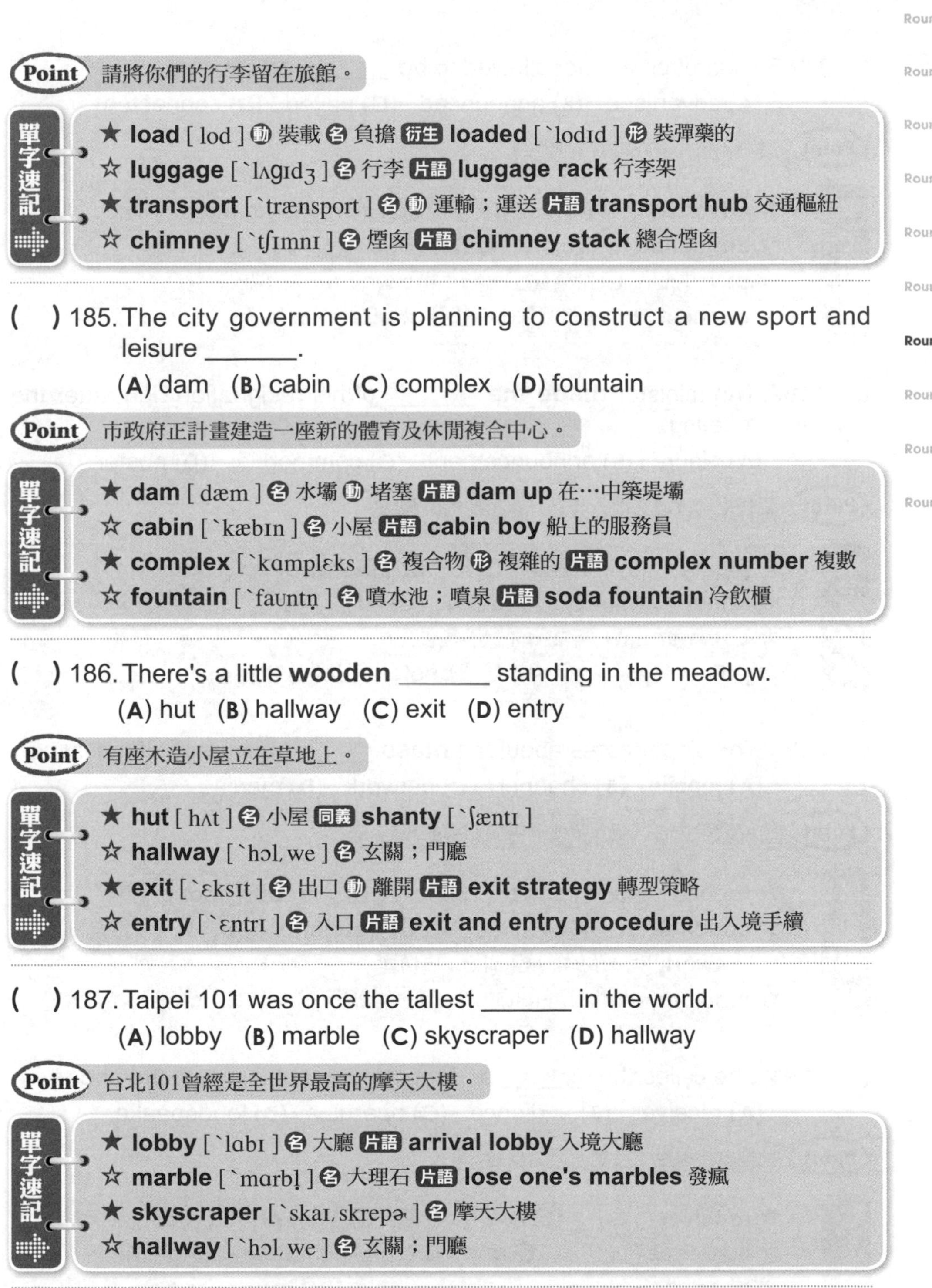

Point 請將你們的行李留在旅館。

單字速記

★ **load** [lod] 動 裝載 名 負擔 衍生 **loaded** [`lodɪd] 形 裝彈藥的
☆ **luggage** [`lʌgɪdʒ] 名 行李 片語 **luggage rack** 行李架
★ **transport** [`trænsport] 名 動 運輸；運送 片語 **transport hub** 交通樞紐
☆ **chimney** [`tʃɪmnɪ] 名 煙囪 片語 **chimney stack** 總合煙囪

( ) 185. The city government is planning to construct a new sport and leisure _______.
(A) dam (B) cabin (C) complex (D) fountain

Point 市政府正計畫建造一座新的體育及休閒複合中心。

單字速記

★ **dam** [dæm] 名 水壩 動 堵塞 片語 **dam up** 在…中築堤壩
☆ **cabin** [`kæbɪn] 名 小屋 片語 **cabin boy** 船上的服務員
★ **complex** [`kɑmplɛks] 名 複合物 形 複雜的 片語 **complex number** 複數
☆ **fountain** [`faʊntn̩] 名 噴水池；噴泉 片語 **soda fountain** 冷飲櫃

( ) 186. There's a little **wooden** _______ standing in the meadow.
(A) hut (B) hallway (C) exit (D) entry

Point 有座木造小屋立在草地上。

單字速記

★ **hut** [hʌt] 名 小屋 同義 **shanty** [`ʃæntɪ]
☆ **hallway** [`hɔl͵we] 名 玄關；門廳
★ **exit** [`ɛksɪt] 名 出口 動 離開 片語 **exit strategy** 轉型策略
☆ **entry** [`ɛntrɪ] 名 入口 片語 **exit and entry procedure** 出入境手續

( ) 187. Taipei 101 was once the tallest _______ in the world.
(A) lobby (B) marble (C) skyscraper (D) hallway

Point 台北101曾經是全世界最高的摩天大樓。

單字速記

★ **lobby** [`lɑbɪ] 名 大廳 片語 **arrival lobby** 入境大廳
☆ **marble** [`mɑrbl̩] 名 大理石 片語 **lose one's marbles** 發瘋
★ **skyscraper** [`skaɪ͵skrepɚ] 名 摩天大樓
☆ **hallway** [`hɔl͵we] 名 玄關；門廳

( ) 188. Cigarettes are not allowed to be _______ on TV.
(A) advertised (B) announced (C) paved (D) connected

Point 香菸不被允許在電視上廣告。

單字速記
- ★ **advertise** [ˋædvɚ͵taɪz] 動 廣告 片語 **advertising agency** 廣告公司
- ☆ **announce** [əˋnaʊns] 動 公告；宣布
- ★ **pave** [pev] 動 鋪築 片語 **pave the way for** 為…鋪路
- ☆ **connect** [kəˋnɛkt] 動 連接 片語 **connect up** 接通

( ) 189. The minister **made the** _______ of his resignation right after the meeting.
(A) plenty (B) announcement (C) commercial (D) poster

Point 就在這場會議之後，部長宣布了他的辭職。

單字速記
- ★ **plenty** [ˋplɛntɪ] 代 豐富 副 足夠 片語 **plenty of** 大量
- ☆ **announcement** [əˋnaʊnsmənt] 名 宣告
- ★ **commercial** [kəˋmɝʃəl] 名 商業廣告
- ☆ **poster** [ˋpostɚ] 名 海報 片語 **poster paint** 廣告顏料

( ) 190. The singer cares about the **mass** _______ coverage of the issue.
(A) mobile (B) channel (C) network (D) media

Point 這位歌手關心這項大眾傳播媒體報導的議題。

單字速記
- ★ **mobile** [ˋmobɪl] 形 可動的；移動式的 片語 **mobile phone** 手機
- ☆ **channel** [ˋtʃænl̩] 名 頻道 動 傳輸 片語 **channel hop** 不斷更換電視頻道
- ★ **network** [ˋnɛt͵wɝk] 名 網絡；聯播網
- ☆ **medium/media** [ˋmidɪə(m)] 名 媒體 片語 **media literacy** 媒體素養

( ) 191. She called the _______ and reported a problem with the phone.
(A) receiver (B) audience (C) operator (D) loudspeaker

Point 她撥給接線生，反應電話有問題。

單字速記
- ★ **receiver** [rɪˋsivɚ] 名 收受者；受話器 片語 **telephone receiver** 聽筒
- ☆ **audience** [ˋɔdɪəns] 名 聽眾；觀眾 片語 **audience rating** 收視率
- ★ **operator** [ˋɑpə͵retɚ] 名 操作者；接線生 片語 **tour operator** (英)旅行社
- ☆ **loudspeaker** [ˋlaʊdˋspikɚ] 名 擴音器

( ) 192. They radioed to us from a ______ **region** high in the mountains.
(A) remote (B) visible (C) vision (D) mobile

Point 他們從一個在高山上的偏遠地區發電報給我們。

單字速記

★ **remote** [rɪ`mot] 形 遙遠的 片語 **remote control** 遙控
☆ **visible** [`vɪzəbḷ] 形 可看見的 片語 **visible speech** 視語法
★ **vision** [`vɪʒən] 名 視力；視野 片語 **double vision** (醫)複視
☆ **mobile** [`mobɪl] 形 可動的；移動式的 片語 **mobile toilet** 移動廁所

( ) 193. Do not run while ______ **the airplane**.
(A) aboard (B) beneath (C) onto (D) opposite

Point 登機時請勿奔跑。

單字速記

★ **aboard** [ə`bord] 介 副 在飛機(船、火車)上 片語 **all aboard** 請上飛機
☆ **beneath** [bɪ`niθ] 介 在…之下 片語 **beneath one's dignity** 有失身分
★ **onto** [`ɑntu] 介 在…之上
☆ **opposite** [`ɑpəzɪt] 介 形 相對的 片語 **opposite sex** 異性

( ) 194. This sculpture represents **a/an** ______ **of love**.
(A) advertisement (B) shade (C) expression (D) exhibition

Point 這個雕刻品象徵著愛的表達。

單字速記

☆ **advertisement** [ədvə`taɪzmənt] 名 廣告 同義 **ad** [æd]
☆ **shade** [ʃed] 名 陰暗 動 遮蔽 片語 **shade tree** 能遮蔭的樹
★ **expression** [ɪk`sprɛʃən] 名 表達 片語 **give expression to** 體現出
☆ **exhibition** [ˌɛksə`bɪʃən] 名 展覽 片語 **on exhibition** 展出中

( ) 195. As a ______ **music** fan, Linda enjoys listening to Mozart's music.
(A) ceramic (B) classical (C) opposite (D) creative

Point 身為古典樂迷，琳達喜愛聽莫札特的音樂。

單字速記

★ **ceramic** [sə`ræmɪk] 形 陶器的；製陶藝術的
☆ **classical** [`klæsɪkḷ] 形 古典的 片語 **classical music** 古典音樂
★ **opposite** [`ɑpəzɪt] 介 形 相對的 片語 **the opposite number** 對等人/物
☆ **creative** [krɪ`etɪv] 形 有創造力的 片語 **Chief Creative Officer** 創意總監

( ) 196. The artist dedicated the **bronze** _______ to his father.
(A) pottery (B) statue (C) studio (D) drawing

Point 這位藝術家將這座青銅雕像獻給他的父親。

單字速記
★ **pottery** [`pɑtərɪ ] 名 陶器 相關 **ceramics** [ sə`ræmɪks] 名 製陶業
☆ **statue** [`stætʃu ] 名 雕像 同義 **sculpture** [ `skʌlptʃə]
★ **studio** [`stjudɪ͵o] 名 工作室 片語 **film studio** 電影製片廠
☆ **drawing** [`drɔɪŋ] 名 繪圖 片語 **drawing board** 畫圖板

( ) 197. He has been asked to paint a _______ of the King.
(A) cast (B) style (C) performance (D) portrait

Point 他已被要求畫一張國王的肖像。

單字速記
★ **cast** [kæst] 名 演員班底 動 選角 片語 **cast a chill over sb.** 使…感到沮喪
☆ **style** [staɪl] 名 風格 動 設計 片語 **high style** (很少人用的)最新款式
★ **performance** [pə`fɔrməns] 名 演出；實行；成績
☆ **portrait** [`portret ] 名 肖像 衍生 **self-portrait** [ `sɛlf`portret] 名 自畫像

( ) 198. We are looking forward to the live **rock** _______ very much.
(A) magical (B) dramatic (C) fairy (D) concert

Point 我們非常期待現場的搖滾音樂會。

單字速記
★ **magical** [`mædʒɪkḷ] 形 魔術的
☆ **dramatic** [drə`mætɪk] 形 戲劇的 片語 **dramatic irony** 戲劇性暗示
★ **fairy** [`fɛrɪ] 名 仙女 形 神仙的 片語 **fairy tale** 童話
☆ **concert** [`kɑnsət] 名 音樂會 片語 **concert hall** 音樂廳

( ) 199. My wife **hummed a** _______ to our baby.
(A) keyboard (B) folk (C) lullaby (D) musical

Point 我太太對我們的寶寶哼搖籃曲。

單字速記
★ **keyboard** [`ki͵bord] 名 鍵盤樂器 片語 **virtual keyboard** 虛擬鍵盤
☆ **folk** [fok] 名 民謠；民歌 片語 **folk memory** 民間記憶
★ **lullaby** [`lʌlə͵baɪ] 名 搖籃曲 動 唱催眠曲
☆ **musical** [`mjuzɪkḷ] 名 音樂劇 形 音樂的 片語 **musical director** 音樂總監

( ) 200. The student switched the **video** ______ on to videotape his speech.

(A) pause (B) recorder (C) tune (D) horn

Point 這個學生打開了錄影機，錄下他的演說。

單字速記

★ **pause** [pɔz] 名 延長記號 動 暫停 片語 **give pause to** 暫停

☆ **recorder** [rɪˋkɔrdɚ] 名 錄音機 片語 **tape recorder** 錄音機

★ **tune** [tjun] 動 調整音調 名 調子 片語 **tuned in** 瞭解的

☆ **horn** [hɔrn] 名 喇叭 片語 **post horn** 馬車喇吧

( ) 201. The accident is wrapped **in** ______.

(A) breast (B) belly (C) being (D) mystery

Point 這起事故籠罩在神祕的氣氛中。

單字速記

★ **breast** [brɛst] 名 胸膛 衍生 **breastbone** [ˋbrɛst͵bon] 名 胸骨

☆ **belly** [ˋbɛlɪ] 名 肚子；腸胃 片語 **belly board** 腹式衝浪板

★ **being** [ˋbiɪŋ] 名 存在 片語 **human being** 人；人類

☆ **mystery** [ˋmɪstərɪ] 名 神秘 片語 **mystery play** 奇蹟劇

( ) 202. I could smell the garlic **on his** ______.

(A) breathe (B) breath (C) brow (D) cheek

Point 在他的呼吸裡我可以聞到大蒜味。

單字速記

★ **breathe** [brið] 動 呼吸 片語 **breathe one's last** 斷氣

☆ **breath** [brɛθ] 名 呼吸 片語 **draw breath** 歇口氣

★ **brow** [braʊ] 名 眉毛 片語 **high brow** 飽學之士

☆ **cheek** [tʃik] 名 臉頰 衍生 **cheekbone** [ˋtʃik͵bon] 名 頰骨

( ) 203. It is impolite to put your ______ on the table while dining.

(A) forehead (B) chest (C) elbows (D) heel

Point 用餐時把手肘放在桌上不禮貌。

單字速記

★ **forehead** [ˋfɔr͵hɛd] 名 前額 同義 **brow** [braʊ]

☆ **chest** [tʃɛst] 名 胸；盒子 片語 **medicine chest** 藥箱

★ **elbow** [ˋɛlbo] 名 手肘 動 用肘推 片語 **tennis elbow** 網球肘

☆ **heel** [hil] 動 緊跟著 名 腳後跟 片語 **wedge heel** 船型鞋

(　) 204. The ______ help to process food.
(A) kidneys (B) jaw (C) fists (D) chew

Point 腎臟有助消化食物。

單字速記
★ **kidney** [`kɪdnɪ] 名 腎臟 片語 **of another kidney** 不同類形的
☆ **jaw** [dʒɔ] 名 下巴 動 嘮叨 片語 **lantern jaw** 瘦長的下巴
★ **fist** [fɪst] 名 拳頭 動 拳打
☆ **chew** [tʃu] 動 名 咀嚼 片語 **chew up** 嚼碎

(　) 205. Alex sat on the carpet and stretched his weary ______.
(A) liver (B) lung (C) limbs (D) winks

Point 艾力克斯坐在地毯上，伸了伸他疲勞的四肢。

單字速記
★ **liver** [`lɪvɚ] 名 肝 片語 **cod liver oil** 魚肝油
☆ **lung** [lʌŋ] 名 肺臟 片語 **iron lung** 鐵肺(一種人工呼吸器)
★ **limb** [lɪm] 名 四肢 片語 **out on a limb** 處於困難的、易受攻擊的處境
☆ **wink** [wɪŋk] 動 名 眨眼 片語 **wink at** 默許

(　) 206. The gymnast developed the ______ in his arms by swimming.
(A) nicknames (B) wrists (C) spits (D) muscles

Point 這名體操運動員藉著游泳讓他手臂的肌肉發達。

單字速記
★ **nickname** [`nɪk͵nem] 名 綽號 動 取綽號
☆ **wrist** [rɪst] 名 手腕 片語 **wrist watch** 手錶
★ **spit** [spɪt] 動 吐口水 名 唾液 片語 **spitting image** 簡直一樣的人
☆ **muscle** [`mʌsl̩] 名 肌肉 片語 **muscle shirt** 突顯肌肉的緊身衣

(　) 207. The guard stretched lazily **with a** ______.
(A) suck (B) chop (C) yawn (D) dodge

Point 這名警衛打了呵欠、伸了懶腰。

單字速記
★ **suck** [sʌk] 動 名 吸 片語 **suck up** 吸收
☆ **chop** [tʃɑp] 動 砍；劈 名 排骨 片語 **chop and change** 變化無常
★ **yawn** [jɔn] 名 呵欠 動 打呵欠
☆ **dodge** [dɑdʒ] 動 名 閃避；閃開 片語 **dodge ball** 躲避球

(　) 208. That prisoner _______ **from** the jail last Friday.

(A) awakened　(B) awoke　(C) behaved　(D) escaped

Point 犯人上星期五從監獄脫逃。

單字速記

★ **awaken** [ə`wekən] 動 覺醒 片語 **awaken to** 使瞭解

☆ **awake** [ə`wek] 動 喚醒 形 清醒的 片語 **awake to** 意識到

★ **behave** [bɪ`hev ] 動 舉止 衍生 **behavior** [ bɪ`hevjɚ] 名 行為

☆ **escape** [ə`skep] 動 逃走 名 漏出 片語 **fire escape** 太平梯

(　) 209. Please _______ your seat belt.

(A) fasten　(B) glance　(C) gossip　(D) grab

Point 請繫好安全帶。

單字速記

★ **fasten** [`fæsn̩] 動 繫緊 片語 **fasten down** 扣住

☆ **glance** [glæns] 動 瞥視 名 一瞥 片語 **at a glance** 一瞥

★ **gossip** [`gɑsəp] 動 聊是非 名 八卦 片語 **gossip column** 漫談欄

☆ **grab** [græb] 動 名 抓住 片語 **grab away** 不斷抓取

(　) 210. Edward knows how **to** _______ **opportunities**.

(A) grin　(B) grasp　(C) hug　(D) kneel

Point 愛德華知道該如何抓住機會。

單字速記

★ **grin** [grɪn] 動 名 露齒而笑 片語 **grin from ear to ear** 咧著嘴笑

☆ **grasp** [græsp] 動 名 緊握；抓牢 片語 **grasp at** 掠取

★ **hug** [hʌg] 動 名 抱；擁抱 片語 **bear hug** 緊緊擁抱

☆ **kneel** [nil] 動 下跪 片語 **kneel down** 跪下

Answer Key 181-210

181~185 D B A B C　186~190 A C A B D　191~195 C A A C B

196~200 B D D C B　201~205 D B C A C　206~210 D C D A B

ROUND

Question 211～240

( ) 211. My cousin likes to _______ **over the wall** when the neighbors fight.

(A) punch (B) quarrel (C) peep (D) roar

Point 我的堂弟喜歡從牆上偷看鄰居吵架。

單字速記

★ **punch** [pʌntʃ] 動 以拳頭重擊 名 打擊
☆ **quarrel** [`kwɔrəl] 動 名 爭執 片語 **quarrel with** 不同意
★ **peep** [pip] 動 名 窺視 片語 **peep out** 漸漸出現
☆ **roar** [ror] 動 吼叫 名 怒吼 片語 **roar for** 高聲要求

( ) 212. Bob _______ when his favorite team lost the game.

(A) sighed (B) leaped (C) memorized (D) sought

Point 當鮑伯喜歡的隊伍輸了的時候，他嘆了一口氣。

★ **sigh** [saɪ] 動 名 嘆息 辨析 **sign** [saɪn] 名 記號 動 簽名
☆ **leap** [lip] 動 名 跳躍 片語 **leap at** 向…撲去
★ **memorize** [`mɛmə͵raɪz ] 動 記住 同義 **remember** [ rɪ`mɛmbɚ]
☆ **seek** [sik] 動 尋找 片語 **seek out** 找出

( ) 213. My mother is _______ oranges to make orange juice.

(A) sipping (B) stabbing (C) squeezing (D) staring

Point 我媽媽正在榨柳橙汁。

★ **sip** [sɪp] 動 名 啜飲 衍生 **sipper** [`sɪpɚ] 名 麥管
☆ **stab** [stæb] 動 刺；戳 名 刺痛；刺傷 片語 **stab wound** 刀傷
★ **squeeze** [skwiz] 動 名 擠壓；緊握 片語 **put the squeeze on** 對…施壓
☆ **stare** [stɛr] 動 名 凝視 片語 **stare down** 用目光壓倒

( ) 214. Boris _______ me because my hair is ugly.

(A) teased (B) tickled (C) tossed (D) wakened

Point 伯瑞斯嘲弄我的頭髮不好看。

單字速記
- ★ **tease** [tiz] 動 嘲弄 名 揶揄 衍生 **teaser** [`tizɚ] 名 嘲弄者
- ☆ **tickle** [`tɪkl̩] 動 名 搔癢 片語 **tickled pink** 很樂意的
- ★ **toss** [tɔs] 動 名 扔；拋；投 片語 **toss out** 扔掉
- ☆ **waken** [`wekn̩ ] 動 喚醒 衍生 **wakening** [ `wekənɪŋ] 名 喚醒

( ) 215. Susan found herself _______ **with anger**.
(A) tugging (B) tumbling (C) trembling (D) wandering

Point 蘇珊發現自己憤怒到發抖。

單字速記
- ★ **tug** [tʌg] 動 用力拉 名 拖拉 片語 **tug of war** 拔河
- ☆ **tumble** [`tʌmbl̩] 動 摔跤 名 墜落 片語 **tumble into** 偶然遇見
- ★ **tremble** [`trɛmbl̩] 動 名 顫抖 片語 **in fear and trembling** 非常恐懼
- ☆ **wander** [`wɑndɚ] 動 徘徊；漫步 名 漫遊

( ) 216. My father _______ the donkey to make it go faster.
(A) awarded (B) bait (C) wept (D) whipped

Point 我父親鞭打驢子，好讓牠走快一點。

單字速記
- ★ **award** [ə`wɔrd] 動 頒獎 名 獎賞 片語 **best song award** 最佳歌曲獎
- ☆ **bait** [bet] 動 誘惑 名 誘餌 片語 **fish or cut bait** 做出決定
- ★ **weep** [wip] 動 名 哭泣 片語 **weeping willow** 垂柳
- ☆ **whip** [hwɪp] 動 鞭打 名 鞭子 片語 **whip hand** 握鞭的手

( ) 217. The earthquake _______ their home.
(A) bubbled (B) destroyed (C) ditched (D) dripped

Point 地震摧毀了他們的家。

單字速記
- ★ **bubble** [`bʌbl̩] 動 使冒泡 名 泡沫 片語 **bubble bath** 泡泡浴
- ☆ **destroy** [dɪ`strɔɪ ] 動 毀壞 衍生 **destroyer** [ dɪ`strɔɪɚ] 名 破壞者
- ★ **ditch** [dɪtʃ] 動 丟棄；挖溝 名 水溝 片語 **last-ditch attempt** 最後一搏
- ☆ **drip** [drɪp] 動 滴下 名 水滴 片語 **drip pan** 油滴盤

( ) 218. Tommy studies hard to **meet** his parents' _______.

(A) expectations (B) discovery (C) deed (D) arrival

Point 湯米努力讀書，以達到父母的期望。

單字速記
★ **expectation** [ˌɛkspɛkˋteʃən] 名 期望 相關 **expect** [ɪkˋspɛkt] 名 期待
☆ **discovery** [dɪsˋkʌvərɪ] 名 發現 相關 **discover** [dɪsˋkʌvɚ] 動 發現
★ **deed** [did] 名 行為；行動；契據 片語 **title deed** 所有權狀
☆ **arrival** [əˋraɪvḷ] 名 到達 片語 **upon arrival** 抵達後

( ) 219. There is a toy boat _______ **down** the river.
(A) founding (B) fading (C) freezing (D) floating

Point 有一艘玩具船順著河水漂流而下。

單字速記
★ **found** [faʊnd] 動 建立 衍生 **foundation** [faʊnˋdeʃən] 名 基礎；基金會
☆ **fade** [fed] 動 逐漸消失；枯萎 片語 **fade out** 淡出
★ **freeze** [friz] 動 名 凍結 片語 **freeze up** 凍結
☆ **float** [flot] 動 漂浮 名 浮動 片語 **floating point** 浮點

( ) 220. The result of the exam _______ Rebecca.
(A) gestured (B) frustrated (C) harmed (D) healed

Point 考試的結果令蕾貝卡感到挫敗。

單字速記
★ **gesture** [ˋdʒɛstʃɚ] 名 手勢 動 打手勢
☆ **frustrate** [ˋfrʌsˌtret] 動 挫敗；使感到灰心 形 受挫的
★ **harm** [hɑrm] 名 動 傷害 片語 **come to harm** 遭不幸
☆ **heal** [hil] 動 治癒 衍生 **healer** [ˋhilɚ] 名 醫治者

( ) 221. Do not _______ me while I am talking.
(A) heap (B) honor (C) interrupt (D) observe

Point 我在說話的時候不要打斷我。

單字速記
★ **heap** [hip] 動 名 堆積 片語 **scrap heap** 廢物堆
☆ **honor** [ˋɑnɚ] 動 尊敬 名 榮譽 片語 **in honor of** 紀念⋯
★ **interrupt** [ˌɪntəˋrʌpt] 動 干擾 近義 **interfere** [ˌɪntɚˋfɪr] 動 妨礙
☆ **observe** [əbˋzɝv] 動 觀察 衍生 **observation** [ˌɑbzɝˋveʃən] 名 觀察

( ) 222. Your oil tank is ______.

(A) leaking (B) mending (C) owing (D) pitting

Point 你的油箱正在漏油。

單字速記

★ **leak** [lik] 動 漏出；滲透 名 漏洞 片語 **leak out** 洩漏

☆ **mend** [mɛnd] 動 修補；修改 片語 **mend one's fences** 改善關係

★ **owe** [o] 動 虧欠 片語 **owing to** 由於

☆ **pit** [pɪt] 動 挖坑 名 坑洞 片語 **pit boss** 工頭

( ) 223. Connie ______ her trip due to her illness.

(A) postponement (B) pretend (C) prevent (D) postponed

Point 康妮因為生病的關係延後了她的旅行。

單字速記

★ **postponement** [post`ponmənt] 名 延後；延期 ；延緩

☆ **pretend** [prɪ`tɛnd] 動 假裝 片語 **pretend to** 妄求

★ **prevent** [prɪ`vɛnt] 動 防止；預防 片語 **prevent from** 阻止

☆ **postpone** [post`pon ] 動 延緩 同義 **procrastinate** [ pro`kræstə͵net]

( ) 224. Jennifer lives **under** her parents' ______.

(A) introduction (B) protection (C) advice (D) description

Point 珍妮佛在她雙親的保護下生活。

單字速記

★ **introduction** [͵ɪntrə`dʌkʃən] 名 介紹；引言；採用

☆ **protection** [prə`tɛkʃən] 名 保護 片語 **protection money** 保護費

★ **advice** [əd`vaɪs] 名 忠告 片語 **advice column** 讀者問答專欄

☆ **description** [dɪ`skrɪpʃən] 名 描述 片語 **job description** 職務說明

( ) 225. Mandy will ______ **from** her illness soon.

(A) regret (B) recover (C) relate (D) release

Point 曼蒂將可很快地從疾病中恢復。

單字速記

★ **regret** [rɪ`grɛt] 動 後悔 名 悔意 片語 **with regret** 遺憾地

☆ **recover** [rɪ`kʌvɚ] 動 恢復 片語 **recover from** 自疾病或異常狀態恢復

★ **relate** [rɪ`let] 動 有關；敘述 片語 **relate with** 有關

☆ **release** [rɪ`lis] 動 名 釋放；解放；發行 片語 **press release** 新聞稿

( ) 226. Rebecca _______ beautiful all these years.
(A) remained (B) reminded (C) removed (D) replaced

Point 這些年來蕾貝卡一直保持美麗。

單字速記
★ **remain** [rɪ`men ] 動 保持 衍生 **remaining** [ rɪ`menɪŋ] 形 剩下的
☆ **remind** [rɪ`maɪnd] 動 提醒 片語 **remind of** 使回想起
★ **remove** [rɪ`muv ] 動 移動 衍生 **removed** [ rɪ`muvd] 形 遠離的
☆ **replace** [rɪ`ples] 動 代替 片語 **replace with** 以…代替

( ) 227. The journalist decided to _______ the scandal.
(A) repair (B) restrict (C) reveal (D) rid

Point 那名記者決定揭發這件醜聞。

單字速記
★ **repair** [rɪ`pɛr ] 動 名 修理 衍生 **repairable** [ rɪ`pɛrəbl̩] 形 可挽回的
☆ **restrict** [rɪ`strɪkt ] 動 限制 同義 **confine** [ kən`faɪn]
★ **reveal** [rɪ`vil] 動 顯示；揭露 片語 **reveal one's hand** 攤牌
☆ **rid** [rɪd] 動 擺脫 形 擺脫的 片語 **get rid of** 擺脫

( ) 228. The wind _______ the files to the floor.
(A) scattered (B) sealed (C) seized (D) sewed

Point 風把文件吹散到地上。

單字速記
★ **scatter** [`skætɚ] 動 使分散 名 分散 片語 **scatter rug** 小幅地毯
☆ **seal** [sil] 動 密封；蓋章 名 印章 片語 **seal in** 保存
★ **seize** [siz] 動 抓住 片語 **seize on** 把握
☆ **sew** [so] 動 縫 片語 **sew up** 控制(美式口語)

( ) 229. Diana asked the tailor to _______ her skirt.
(A) shrink (B) signal (C) shorten (D) skip

Point 黛安娜請裁縫師將她的裙子改短。

單字速記
★ **shrink** [ʃrɪŋk] 動 收縮；退縮 片語 **shrink from** 畏避
☆ **signal** [`sɪgnl̩] 動 打信號 名 信號 片語 **signal tower** 信號塔
★ **shorten** [`ʃɔrtn̩ ] 動 縮短；使變少 近義 **abbreviate** [ ə`brivɪ͵et] 動 使簡短
☆ **skip** [skɪp] 動 略過 名 省略 片語 **bag skip** 逃課

1 Round 2 Round 3 Round 4 Round 5 Round 6 Round 7 Round 8 Round 9 Round 10 Round

( ) 230. Those parents _______ their children.

(A) spoiled (B) spilled (C) spun (D) sprinkled

Point 那些父母親寵壞了他們的孩子。

單字速記

★ **spoil** [spɔɪl] 動 寵壞；損壞 片語 **spoil for** 渴望

☆ **spill** [spɪl] 動 使溢出 名 溢出 片語 **cry over spilt milk** 覆水難收

★ **spin** [spɪn] 動 名 旋轉 片語 **spin off** 副產品

☆ **sprinkle** [`sprɪŋkḷ ] 動 澆；灑 名 小雨；少量 同義 **spatter** [ `spætɚ]

( ) 231. Sabrina usually _______ **the skins** when she eats grapes.

(A) stirs (B) suffers (C) surrounds (D) strips

Point 莎賓娜吃葡萄時通常會去皮。

單字速記

★ **stir** [stɝ] 動 名 攪拌 片語 **stir one's stumps** 快走

☆ **suffer** [`sʌfɚ] 動 受苦；遭受 片語 **suffer from** 因…而受苦

★ **surround** [sə`raʊnd] 動 環繞；包圍 名 圍繞物

☆ **strip** [strɪp] 動 剝除 名 條 片語 **strip away** 除去

( ) 232. Adam's twisted ankle begins to _______ **up** with blood.

(A) threaten (B) tighten (C) swell (D) threat

Point 亞當扭到的腳踝開始充血腫脹。

單字速記

★ **threaten** [`θrɛtṇ ] 動 威脅 衍生 **threatening** [ `θrɛtṇɪŋ] 形 致命的

☆ **tighten** [`taɪtṇ] 動 使堅固 片語 **tighten up** 使變緊

★ **swell** [swɛl] 動 腫脹 名 膨脹 片語 **ground swell** (輿論、情緒)迅速高漲

☆ **threat** [θrɛt] 名 威脅；恐嚇 同義 **intimidation** [ɪntɪmə`deʃən]

( ) 233. Grace _______ **the footprints** into the bedroom.

(A) traced (B) towed (C) twisted (D) varied

Point 葛瑞絲跟著足跡到了廁所。

單字速記

★ **trace** [tres] 動 追溯 名 蹤跡 片語 **trace back** 追溯

☆ **tow** [to] 動 名 拖曳 片語 **tow truck** 拖吊車

★ **twist** [twɪst] 動 名 扭傷；扭曲 片語 **twisted ankle** 扭傷的腳踝

☆ **vary** [`vɛrɪ] 動 改變；使不同 片語 **vary with** 隨…而變化

( ) 234. Calvin _______ me not to swim alone.
(A) weakens (B) warns (C) weaves (D) wraps

Point 凱爾文警告我不可自己一個人去游泳。

單字速記
- ★ **weaken** [ˋwikən] 動 使變弱 反義 **strengthen** [ˋstrɛŋθən] 動 增強
- ☆ **warn** [wɔrn] 動 警告 片語 **warn off** 警告…不得靠近
- ★ **weave** [wiv] 動 編織 名 織法 片語 **basket weave** 竹籃式織法
- ☆ **wrap** [ræp] 動 名 包裝 片語 **wrapped up in** 醉心於

( ) 235. The book _______ when I returned to the room.
(A) admitted (B) vanished (C) advised (D) appealed

Point 當我回到房間的時候，那本書消失不見了。

單字速記
- ★ **admit** [ədˋmɪt] 動 承認；容許進入 衍生 **admitted** [ədˋmɪtɪd] 形 自認的
- ☆ **vanish** [ˋvænɪʃ] 動 消失 片語 **vanishing point** 消滅點
- ★ **advise** [ədˋvaɪz] 動 勸告；建議 片語 **advice column** (主美)讀者回答專欄
- ☆ **appeal** [əˋpil] 動 吸引；呼籲 名 吸引力 片語 **appeal to** 向…呼籲

( ) 236. I won't _______ you because it's not your fault.
(A) define (B) elaborate (C) emphasize (D) blame

Point 我不會責怪你，因為這不是你的錯。

單字速記
- ★ **define** [dɪˋfaɪn] 動 下定義 衍生 **ill-defined** [ˋɪldɪˋfaɪnd] 形 不清楚的
- ☆ **elaborate** [ɪˋlæbə͵ret] 動 詳述 形 精心的 片語 **elaborate on** 詳細說明
- ★ **emphasize** [ˋɛmfə͵saɪz] 動 強調 相關 **emphasis** [ˋɛmfəsɪs] 名 強調
- ☆ **blame** [blem] 動 名 責備 片語 **to blame for** 應受責備

( ) 237. _______ is the best policy.
(A) Hint (B) Definition (C) Honesty (D) Detail

Point 誠實為上策。

單字速記
- ★ **hint** [hɪnt] 名 動 暗示 同義 **imply** [ɪmˋplaɪ]
- ☆ **definition** [͵dɛfəˋnɪʃən] 名 定義 片語 **by definition** 按照定義地
- ★ **honesty** [ˋɑnɪstɪ] 名 誠實 片語 **in all honesty** 說實話
- ☆ **detail** [ˋditel] 名 細節 動 詳述 片語 **in detail** 詳細地

( ) 238. Please _______ me if anything happens.

(A) inform (B) hush (C) mention (D) request

Point 如果發生任何事情的話，請通知我。

單字速記

★ **inform** [ɪn`fɔrm] 動 通知 片語 **inform...of** 使…知道
☆ **hush** [hʌʃ] 動 使寂靜 名 寂靜 片語 **hush money** 遮羞費
★ **mention** [`mɛnʃən] 動 名 提起；提及 片語 **honorable mention** 榮譽獎
☆ **request** [rɪ`kwɛst] 動 名 要求；請求 片語 **request stop** (公車等的)招呼站

( ) 239. What's your _______ to this issue?

(A) instruction (B) response (C) rumor (D) blame

Point 你對於這項議題的回應是什麼？

單字速記

★ **instruction** [ɪn`strʌkʃən ] 名 操作指南 相關 **instruct** [ ɪn`strʌkt] 動 指示
☆ **response** [rɪ`spɑns] 名 回覆 片語 **flexible response** 機動反應策略
★ **rumor** [`rumɚ ] 名 謠言 動 謠傳 近義 **gossip** [ `gɑsəp] 名 動 閒聊；八卦
☆ **blame** [blem] 動 名 責備 衍生 **blamable** [`bleməbl̩] 形 可責備的

( ) 240. I would never accept his _______ and ambiguous statement.

(A) desirable (B) meaningful (C) humorous (D) doubtful

Point 我絕不接受他既可疑又模稜兩可的陳述。

單字速記

★ **desirable** [dɪ`zaɪrəbl̩ ] 形 合意的 相關 **desire** [ dɪ`zaɪr] 動 名 渴望
☆ **meaningful** [`minɪŋfəl] 形 有意義的；意味深長的；有意圖的
★ **humorous** [`hjumərəs ] 形 幽默的 相關 **humor** [ `hjumɚ] 名 幽默感
☆ **doubtful** [`daʊtfəl ] 形 可疑的 反義 **doubtless** [ `daʊtlɪs] 形 無疑的

Answer Key 211-240

211~215 ❯ C A C A C　216~220 ❯ D B A D B　221~225 ❯ C A D B B
226~230 ❯ A C A C A　231~235 ❯ D C A B B　236~240 ❯ D C A B D

ROUND 9 Question 241～270

(　) 241. Jason ______ **that** I buy this book.

(A) responds (B) suggests (C) swears (D) combines

Point 傑生建議我買這本書。

單字速記

★ **respond** [rɪ`spɑnd ] 動 回應 衍生 **respondence** [ rɪ`spɑndəns] 名 反應

☆ **suggest** [sə`dʒɛst ] 動 建議；提議 近義 **imply** [ ɪm`plaɪ] 動 暗示

★ **swear** [`swɛr] 動 發誓 片語 **swear like a trooper** 破口大罵

☆ **combine** [kəm`baɪn ] 動 結合 反義 **separate** [ `sɛpə͵ret] 動 分離

(　) 242. Michael's ______ **to** the news was really funny.

(A) proposal (B) consideration (C) reaction (D) imagination

Point 麥可對於這個新聞的反應非常好笑。

單字速記

★ **proposal** [prə`pozl̩ ] 名 提議 近義 **suggestion** [ sə`dʒɛstʃən] 名 建議

☆ **consideration** [kənsɪdə`reʃən] 名 考慮；關心

★ **reaction** [rɪ`ækʃən] 名 反應 片語 **nuclear reaction** 核子反應

☆ **imagination** [ɪ͵mædʒə`neʃən] 名 想像力

(　) 243. Gina **is** very ______ **for** Nick's help.

(A) thankful (B) expressive (C) ideal (D) moral

Point 吉娜很感謝尼克的幫忙。

單字速記

★ **thankful** [`θæŋkfəl ] 形 感激的；感謝的 同義 **grateful** [ `gretfəl]

☆ **expressive** [ɪk`sprɛsɪv ] 形 表達的 相關 **express** [ ɪk`sprɛs] 動 表達

★ **ideal** [aɪ`diəl] 形 理想的 名 理想；典範 片語 **ego ideal** 自我理想

☆ **moral** [`mɔrəl] 名 道德 形 道德上的 片語 **moral philosophy** 道德哲學

(　) 244. The typhoon ______ our plan for a field trip.

(A) reacts (B) dumps (C) affects (D) engages

Point 颱風影響了我們的遠足計畫。

單字速記
★ **react** [rɪ`ækt] 動 反應 片語 **react on** 影響
☆ **dump** [dʌmp] 動 拋下 名 垃圾場 片語 **dump truck** 傾卸車
★ **affect** [ə`fɛkt ] 動 影響 同義 **influence** [ `ɪnflʊəns]
☆ **engage** [ɪn`ɡedʒ] 動 占用；預訂 片語 **engage in** 忙於

( ) 245. Will you attend Justin's _______ party?
(A) engagement (B) conclusion (C) misery (D) fate

Point 你會不會參加賈斯汀的訂婚派對呢？

單字速記
★ **engagement** [ɪn`ɡedʒmənt] 名 訂婚 片語 **engagement ring** 訂婚戒指
☆ **conclusion** [kən`kluʒən] 名 結論 片語 **jump to a conclusion** 倉促定論
★ **misery** [`mɪzərɪ] 名 悲慘 片語 **living misery index** 民生痛苦指數
☆ **fate** [fet] 名 命運 片語 **as sure as fate** 千真萬確

( ) 246. Monica _______ that someone wanted to kill her.
(A) hesitated (B) impressed (C) fancied (D) pursued

Point 莫妮卡幻想著有人要殺害她。

單字速記
★ **hesitate** [`hɛzə,tet ] 動 遲疑 相關 **hesitant** [ `hɛzətənt] 形 遲疑的
☆ **impress** [ɪm`prɛs] 動 留下深刻印象
★ **fancy** [`fænsɪ] 動 幻想 形 花俏的 片語 **fancy ball** 化裝舞會
☆ **pursue** [pɚ`su] 動 追求 片語 **pursue after** 追趕

( ) 247. Lucy's performance was really _______.
(A) reasonable (B) impressive (C) specific (D) stubborn

Point 露西的表演令人印象深刻。

單字速記
★ **reasonable** [`riznəbl̩ ] 形 合理的 同義 **sensible** [ `sɛnsəbl̩]
☆ **impressive** [ɪm`prɛsɪv] 形 令人印象深刻的
★ **specific** [spɪ`sɪfɪk] 形 具體明確的；特殊的
☆ **stubborn** [`stʌbɚn ] 形 頑固的 同義 **headstrong** [ `hɛd,strɔŋ]

( ) 248. I _______ that he understood what I meant, but I guess it's best not to assume.
(A) recognized (B) relied (C) scheduled (D) supposed

Point 我猜想他明白我的意思，但我覺得最好別用猜的。

單字速記
★ **recognize** [\`rɛkəg͵naɪz] 動 認知 英式 **recognise**
☆ **rely** [rɪ\`laɪ] 動 依賴 片語 **rely on** 依賴
★ **schedule** [\`skɛdʒul] 名 計畫表 動 將…列表 片語 **on schedule** 按時
☆ **suppose** [sə\`poz] 動 假定；猜想 片語 **supposed to** 可以

( ) 249. **For the _______ of** his health, let's not go out in the bad weather.
(A) spite (B) sake (C) yell (D) ambition

Point 為了他的身體健康著想，我們別在天氣差時出門。

單字速記
★ **spite** [spaɪt] 名 惡意 動 刁難 片語 **in spite of** 不管
☆ **sake** [sek] 名 緣故；理由 片語 **for the sake of** 為了
★ **yell** [jɛl] 動 名 大叫；叫喊 片語 **yell out** 大聲地叫出
☆ **ambition** [æm\`bɪʃən] 名 企圖心；野心

( ) 250. Jeremy's mom _______ **of** him going to a pub with his friends.
(A) appreciates (B) admires (C) approves (D) attempts

Point 傑洛米的母親同意他跟朋友去酒吧。

單字速記
★ **appreciate** [ə\`priʃɪ͵et] 動 欣賞；感激；領會；增值
☆ **admire** [əd\`maɪr ] 動 欽佩；讚賞 衍生 **admiring** [ əd\`maɪrɪŋ] 形 讚美的
★ **approve** [ə\`pruv] 動 批准；認可 片語 **approve of** 贊成
☆ **attempt** [ə\`tɛmpt] 動 名 嘗試；企圖 片語 **last-ditch attempt** 最後一搏

( ) 251. When I'm depressed, Kate tries to _______ me.
(A) comfort (B) amaze (C) attract (D) bore

Point 當我沮喪的時候，凱特試著安慰我。

單字速記
★ **comfort** [\`kʌmfət] 動 安慰 名 舒適 片語 **comfort station** 休息室
☆ **amaze** [ə\`mez ] 動 使吃驚 衍生 **amazed** [ ə\`mezd] 形 吃驚的
★ **attract** [ə\`trækt ] 動 吸引 衍生 **attractive** [ ə\`træktɪv] 形 有吸引力的
☆ **bore** [bor] 動 使厭煩 名 令人厭煩的人 近義 **irk** [ɝk] 動 使苦惱

( ) 252. **How _______ you** come into my office without knocking?

(A) dare (B) participate (C) determine (D) disappoint

Point 你竟敢不敲門就進我辦公室？

單字速記

★ **dare** [dɛr] 動 敢；竟敢 片語 **I dare say** 我敢說
☆ **participate** [pɑr`tɪsə,pet] 動 參與 片語 **participate in** 參加
★ **determine** [dɪ`tɝmɪn] 動 決定 片語 **determined to** 有做…的決心
☆ **disappoint** [,dɪsə`pɔɪnt] 動 使失望 同義 **let down**

( ) 253. **To my** ______, Denny went to a national university.

(A) attitude (B) amazement (C) bravery (D) concern

Point 丹尼考上國立大學，讓我好生驚訝。

單字速記

★ **attitude** [`ætətjud] 名 態度 片語 **strike an attitude** 裝腔作勢
☆ **amazement** [ə`mezmənt ] 名 驚訝 同義 **surprise** [ sɚ`praɪz]
★ **bravery** [`brevərɪ ] 名 勇氣 同義 **courage** [ `kɝɪdʒ]
☆ **concern** [kən`sɝn] 名 關心的事 動 關心 片語 **of concern** 重要的

( ) 254. The baseball team **was** ______ **of** winning the championship.

(A) attractive (B) cheerful (C) confident (D) diligent

Point 這支棒球隊對於贏得冠軍充滿信心。

單字速記

★ **attractive** [ə`træktɪv ] 形 迷人的 同義 **charming** [ `tʃɑrmɪŋ]
☆ **cheerful** [`tʃɪrfəl ] 形 愉快的 反義 **cheerless** [ `tʃɪrlɪs] 形 陰鬱的
★ **confident** [`kɑnfədənt] 形 有信心的；自信的；大膽的
☆ **diligent** [`dɪlədʒənt ] 形 勤勉的 同義 **industrious** [ ɪn`dʌstrɪəs]

( ) 255. When my mother **has a feeling of** ______, it's really difficult to cheer her up.

(A) disappointment (B) complaint (C) envy (D) horror

Point 當我媽媽感到失望時，要使她開心是很難的。

單字速記

★ **disappointment** [,dɪsə`pɔɪntmənt] 名 失望；掃興；沮喪
☆ **complaint** [kəm`plent] 名 抱怨 片語 **lay a complaint against** 控告
★ **envy** [`ɛnvɪ ] 動 名 羨慕；嫉妒 近義 **covet** [ `kʌvɪt] 動 垂涎；渴望
☆ **horror** [`hɔrɚ] 名 恐怖 片語 **horror film** 恐怖片

( ) 256. Tonight was so _______; I really had a great time.
(A) evil (B) awful (C) enjoyable (D) horrible

Point 今晚很愉快，我真的很開心。

單字速記
- ★ **evil** [`ivḷ] 形 邪惡的 名 邪惡 片語 **evil winds** 歪風
- ☆ **awful** [`ɔful] 形 可怕的 片語 **in awful poverty** 窮困潦倒
- ★ **enjoyable** [ɪn`dʒɔɪəbḷ ] 形 愉快的 同義 **delightful** [ dɪ`laɪtfəl]
- ☆ **horrible** [`hɔrəbḷ ] 形 可怕的 同義 **frightful** [ `fraɪtfəl]

( ) 257. Mary **is** so _______ **of** her friend's happy marriage that she stopped contacting her all at once.
(A) jealous (B) joyful (C) scary (D) sensible

Point 瑪莉太嫉妒朋友的幸福婚姻，因此突然和她斷了聯絡。

單字速記
- ★ **jealous** [`dʒɛləs] 形 嫉妒的 片語 **jealous of** 忌妒
- ☆ **joyful** [`dʒɔɪfəl ] 形 愉快的 同義 **cheerful** [ `tʃɪrfəl]
- ★ **scary** [`skɛrɪ ] 形 可怕的 同義 **horrifying** [ `hɔrəfaɪɪŋ]
- ☆ **sensible** [`sɛnsəbḷ] 形 有判斷力的；理性的 片語 **sensible of** 瞭解

( ) 258. **What a** _______ that I cannot celebrate your birthday!
(A) mood (B) pity (C) passion (D) patience

Point 我很遺憾不能幫你慶祝生日！

單字速記
- ★ **mood** [mud] 名 心情 片語 **in the mood for doing sth.** 有心情做某事
- ☆ **pity** [`pɪtɪ] 名 遺憾；同情 動 憐憫 片語 **take pity on** 憐憫
- ★ **passion** [`pæʃən] 名 熱情 片語 **passion fruit** 百香果
- ☆ **patience** [`peʃəns] 名 耐心 片語 **have no patience with** 不能容忍

( ) 259. The movie is **full of** _______ and it makes me cry.
(A) temper (B) shame (C) sorrow (D) pressure

Point 這部電影充滿悲傷，使我哭泣。

單字速記
- ★ **temper** [`tɛmpɚ] 名 脾氣 片語 **in a temper** 在盛怒下
- ☆ **shame** [ʃem] 名 羞愧 動 使羞愧 片語 **put to shame** 使蒙羞
- ★ **sorrow** [`sɑro] 名 悲傷 動 感到哀傷 同義 **grief** [grif]
- ☆ **pressure** [`prɛʃɚ] 名 壓力 動 施壓 片語 **pressure gauge** 壓力計

1 Round 2 Round 3 Round 4 Round 5 Round 6 Round 7 Round 8 Round 9 Round 10 Round

(　) 260. Jimmy's mother is _______ toward the new baby.
(A) sensitive (B) superior (C) fond (D) tender

Point 傑米的媽媽對待新生兒很溫柔。

單字速記

★ **sensitive** [`sɛnsətɪv] 形 敏感的 片語 **sensitive to** 對…敏感的
☆ **superior** [sə`pɪrɪɚ] 形 上級的 名 長官 片語 **superior to** 優於
★ **fond** [fɑnd] 形 喜歡的 片語 **be fond of** 喜歡…
☆ **tender** [`tɛndɚ] 形 溫柔的 片語 **be tender of** 擔心

(　) 261. My father kept **detailed** _______ every month.
(A) balances (B) accounts (C) credits (D) rates

Point 我父親記錄每個月的詳細帳目。

單字速記

★ **balance** [`bæləns] 名 平衡 動 使平衡 片語 **keep balance** 保持平衡
☆ **account** [ə`kaʊnt] 名 帳目 動 視為；負責 片語 **bank account** 銀行帳戶
★ **credit** [`krɛdɪt] 名 信用；學分 動 相信 片語 **credit card** 信用卡
☆ **rate** [ret] 名 比率 動 評價；估價 片語 **housing vacancy rate** 空屋率

(　) 262. Those purses were her **personal** _______.
(A) savings (B) management (C) property (D) clients

Point 這些手提包是她的私人財產。

單字速記

★ **saving** [`sevɪŋ] 名 拯救；存款 片語 **cost saving** 成本節省
☆ **management** [`mænɪdʒmənt] 名 管理；經營；處理
★ **property** [`prɑpətɪ] 名 財產 片語 **property transaction** 房屋交易
☆ **client** [`klaɪənt] 名 客戶 片語 **target client** 目標顧客

(　) 263. Who is the _______ of this floor?
(A) manager (B) contract (C) dealer (D) trader

Point 誰是這層樓的經理？

單字速記

★ **manager** [`mænɪdʒɚ] 名 經理 片語 **line manager** 部門經理
☆ **contract** [`kɑntrækt] 名 合約 動 定契約 片語 **contract in** 訂約加入
★ **dealer** [`dilɚ] 名 商人；發牌者 片語 **drug dealer** 毒販
☆ **trader** [`tredɚ ] 名 商人 同義 **merchant** [ `mɝtʃənt]

( ) 264. How much should I _______ into the account?
(A) discount (B) receipt (C) deposit (D) earnings

Point 我應該存多少錢進戶頭呢？

單字速記
★ **discount** [`dɪskaʊnt] 名 折扣 動 減價 片語 **discount card** 優惠卡
☆ **receipt** [rɪ`sit] 名 收據 片語 **in receipt of** 已收到
★ **deposit** [dɪ`pɑzɪt] 名 訂金；存款 動 存入 片語 **safe deposit** 保管箱
☆ **earnings** [`ɝnɪŋz] 名 收入 片語 **invisible earnings** 無形收入

( ) 265. All _______ must attend the conference next week.
(A) employers (B) staff (C) headquarters (D) merchants

Point 全體員工必須參與下星期的會議。

單字速記
★ **employer** [ɪm`plɔɪɚ] 名 雇主 片語 **employer trustee** 資方信託人
☆ **staff** [stæf] 名 全體人員 動 配備職員 片語 **staff officer** (軍)參謀
★ **headquarters** [`hɛd`kwɔrtɚz] 名 總部；總公司
☆ **merchant** [`mɝtʃənt] 名 商人 片語 **merchant banker** 工商銀行家

( ) 266. The businessman **made a** _______ of twenty thousand dollars on those leather goods.
(A) profit (B) ownership (C) rent (D) crew

Point 這位商人賣掉這些皮貨，獲利兩萬美元。

單字速記
★ **profit** [`prɑfɪt] 名 利潤 動 獲利 片語 **profit margin** 利潤率
☆ **ownership** [`onɚ͵ʃɪp] 名 所有權 片語 **public ownership** 公有制
★ **rent** [rɛnt] 名 租金 動 租借 衍生 **rental** [`rɛntḷ] 名 租金收入
☆ **crew** [kru] 名 全體夥伴；空勤人員 片語 **crew member** 機務人員

( ) 267. The _______ of children under fifteen is illegal.
(A) pay (B) employee (C) employ (D) employment

Point 雇用十五歲以下的孩童是非法的。

單字速記
★ **pay** [pe] 名 工資 動 付錢 片語 **pay back** 償還
☆ **employee** [͵ɛmplɔɪ`i] 名 受雇者；雇員；從業員工
★ **employ** [ɪm`plɔɪ] 動 雇用 片語 **employ oneself in** 忙於
☆ **employment** [ɪm`plɔɪmənt] 名 雇用；職業；工作

1 Round
2 Round
3 Round
4 Round
5 Round
6 Round
7 Round
8 Round
9 Round
10 Round

(　) 268. The **living** _______ in New York are very high.
(A) exports (B) tax (C) expenses (D) fax

Point 紐約的生活費很高。

單字速記
- ★ **export** [`ɛksport] 名 出口 動 輸出 片語 **export promotion** 鼓勵出口
- ☆ **tax** [tæks] 名 稅金 動 課稅 片語 **carbon tax** 碳排放稅
- ★ **expense** [ɪk`spɛns] 名 費用 片語 **expense account** 費用帳戶
- ☆ **fax** [fæks] 動 名 傳真 片語 **broadcast fax** 同時向多方傳送的傳真

(　) 269. The position of editor has been _______ for 2 months.
(A) vacant (B) due (C) merry (D) conscious

Point 編輯的職位已經空著兩個月了。

單字速記
- ★ **vacant** [`vekənt] 形 空的 片語 **vacant possession** 空屋(立可遷入)
- ☆ **due** [dju] 形 預定的；欠款的；到期的 名 應付款 片語 **due bill** 借據
- ★ **merry** [`mɛrɪ] 形 快樂的 片語 **make merry** 盡情歡樂
- ☆ **conscious** [`kɑnʃəs] 形 意識到的 片語 **conscious of** 意識到

(　) 270. The company deducts insurance from our _______.
(A) rates (B) taxes (C) credits (D) wages

Point 公司從我們的工資中扣除保險費。

單字速記
- ★ **rate** [ret] 名 比率 動 評價；估價 片語 **rate of exchange** 貨幣兌換率
- ☆ **tax** [tæks] 名 稅金 動 課稅 片語 **tax avoidance** 逃稅
- ★ **credit** [`krɛdɪt] 名 信用；學分 動 相信 片語 **credit line** 信用額度
- ☆ **wage** [wedʒ] 名 薪資 片語 **minimum wage system** 最低工資制度

Answer Key 241-270

241~245 B C A C A　246~250 C B D B C　251~255 A A B C A
256~260 C A B C D　261~265 B C A C B　266~270 A D C A D

ROUND 10 Question 271～284

( ) 271. Jason thinks every opinion is ______.
(A) internal (B) acceptable (C) coward (D) innocent

Point 傑森覺得每個意見都是可接受的。

★ **internal** [ɪnˋtɝnḷ] 形 內部的 片語 **internal command** 內部命令
☆ **acceptable** [əkˋsɛptəbḷ] 形 可接受的；差強人意的
★ **coward** [ˋkaʊəd] 名 懦夫 同義 **weakling** [ˋwiklɪŋ]
☆ **innocent** [ˋɪnəsn̩t] 形 純潔的 同義 **sinless** [ˋsɪnlɪs]

( ) 272. Don't eat that ______ **food**. It is bad for your health.
(A) junk (B) dime (C) clue (D) grocery

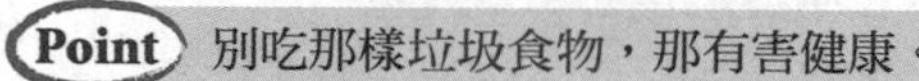

Point 別吃那樣垃圾食物，那有害健康。

★ **junk** [dʒʌŋk] 名 垃圾 動 丟棄 片語 **junk food** 垃圾食物
☆ **dime** [daɪm] 名 一角硬幣 片語 **dime novel** 毫無文學價值的小說
★ **clue** [klu] 名 線索 動 告知 片語 **clue in** 向…提供狀況
☆ **grocery** [ˋgrosərɪ] 名 雜貨店 片語 **grocery store** 雜貨店

( ) 273. Swimming is a very healthy ______.
(A) penny (B) firework (C) activity (D) feature

Point 游泳是個非常健康的活動。

★ **penny** [ˋpɛnɪ] 名 一分硬幣 片語 **penny pincher** 守財奴
☆ **firework** [ˋfaɪr͵wɝk] 名 煙火 片語 **virtual fireworks** 電子煙火
★ **activity** [ækˋtɪvətɪ] 名 活動 片語 **parent-child activity** 親子活動
☆ **feature** [ˋfitʃɚ] 名 特色 動 由…主演 片語 **feature film** 正片；故事片

( ) 274. That dirty car is ______ **in need of** a wash.
(A) sexual (B) seldom (C) raw (D) badly

Point 那台骯髒的車急需清洗。

單字速記

★ **sexual** [`sɛkʃuəl] 形 性的 片語 **sexual discrimination** 性別歧視
☆ **seldom** [`sɛldəm ] 副 很少；不常 同義 **rarely** [ `rɛrlɪ]
★ **raw** [rɔ] 形 生的；不成熟的 片語 **raw foodism** 生食主義
☆ **badly** [`bædlɪ] 副 非常地；惡劣地 片語 **badly off** 境況不佳的

( ) 275. Large ships will be able to navigate the river after the main channel _______.

(A) deepens (B) dislikes (C) lengthens (D) loosens

Point 主要水道加深後，大船可以在河中航行。

單字速記

★ **deepen** [`dipən ] 動 加深 近義 **excavate** [ `ɛkskə͵vet] 動 開鑿
☆ **dislike** [dɪs`laɪk] 動 討厭 名 反感 片語 **take a dislike to** 開始討厭
★ **lengthen** [`lɛŋθən] 動 加長 近義 **stretch** [strɛtʃ] 動 伸長
☆ **loosen** [`lusn̩] 動 放鬆 片語 **loosen up** 使鬆弛

( ) 276. Emily's _______ is in the peaceful countryside.

(A) individual (B) hometown (C) leisure (D) microphone

Point 艾蜜莉的家鄉位於寧靜的鄉村。

單字速記

★ **individual** [͵ɪndə`vɪdʒuəl] 名 個人；個體 形 個別的；特有的
☆ **hometown** [`hom`taʊn] 名 家鄉 近義 **homeland** [`hom͵lænd] 名 祖國
★ **leisure** [`liʒɚ] 名 空閒 片語 **leisure centre** 康樂中心
☆ **microphone** [`maɪkrə͵fon ] 名 麥克風 同義 **mike** [ `maɪk]

( ) 277. _______ is highly intelligent but also quite violent.

(A) Liar (B) Pill (C) Mankind (D) Sex

Point 人類具高度智能，但也相當兇暴。

單字速記

★ **liar** [`laɪɚ ] 名 說謊者 同義 **fibber** [ `fɪbɚ]
☆ **pill** [pɪl] 名 藥丸 衍生 **pill-box** [`pɪl͵baks] 名 藥盒
★ **mankind** [mæn`kaɪnd] 名 人類 同義 **human being**
☆ **sex** [sɛks] 名 性別；性 近義 **gender** [`dʒɛndɚ] 名 (社會)性別

( ) 278. That musician had never _______ the piano concerto before.

(A) performed (B) pickled (C) managed (D) tended

Point 那名音樂家以前從未演奏過這首鋼琴協奏曲。

單字速記
- ★ **perform** [pɚˋfɔrm] 動 表演；表現 片語 **performing arts** 表演藝術
- ☆ **pickle** [ˋpɪkl̩] 名 醃菜 動 醃製 片語 **dill pickle** 醃黃瓜
- ★ **manage** [ˋmænɪdʒ] 動 管理；經營 片語 **manage with** 用…設法應付過去
- ☆ **tend** [tɛnd] 動 傾向 片語 **tend to** 有…的傾向

( ) 279. It will be a much more _______ process if we only interview two people.

(A) acceptable (B) manageable (C) upset (D) eager

Point 如果我們只面試兩個人，過程會容易處理許多。

單字速記
- ★ **acceptable** [əkˋsɛptəbl̩] 形 可接受的；差強人意的
- ☆ **manageable** [ˋmænɪdʒəbl̩] 形 可管理的；易辦的
- ★ **upset** [ʌpˋsɛt] 動 使心煩 形 不適的 片語 **upset price** 拍賣底價
- ☆ **eager** [ˋigɚ] 形 渴望的 片語 **eager beaver** 做事非常賣力的人

( ) 280. The captain had flown fifty _______.

(A) missions (B) malls (C) replacements (D) tubs

Point 這位空軍上尉已執行了五十次飛行任務。

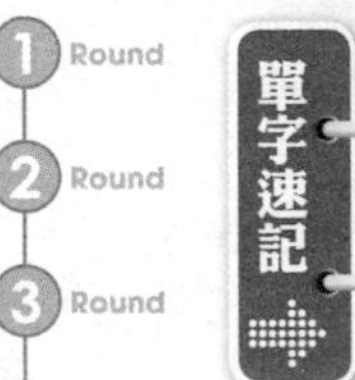

單字速記
- ★ **mission** [ˋmɪʃən] 名 任務 片語 **mission statement** (公司、團體的)宗旨
- ☆ **mall** [mɔl] 名 購物中心；林蔭大道 片語 **mall rat** 購物狂
- ★ **replacement** [rɪˋplesmənt] 名 取代 片語 **replacement ticket** 補票
- ☆ **tub** [tʌb] 名 浴缸；木桶 衍生 **tubbiness** [ˋtʌbɪnɪs] 名 桶狀；粗短

( ) 281. _______ the dog opened the locked door.

(A) Somewhat (B) Somehow (C) Unless (D) Ought

Point 那隻狗以某種方式打開了上鎖的門。

單字速記
- ★ **somewhat** [ˋsʌm͵hwɑt] 副 多少；幾分 片語 **somewhat of** 有點
- ☆ **somehow** [ˋsʌm͵haʊ] 副 不知何故；以某種方式
- ★ **unless** [ʌnˋlɛs] 連 除非 片語 **unless and until** 直到…才
- ☆ **ought** [ɔt] 連 應該 同義 **should** [ʃʊd]

( ) 282. We are against any kind of _______.
(A) manners (B) thirst (C) violence (D) chips

Point 我們反對任何形式的暴力。

單字速記
- ★ **manner** [`mænɚ] 名 方式；禮貌 片語 **all manner of** 各種各樣的
- ☆ **thirst** [θɝst] 名 口渴；渴望 片語 **have a thirst for** 渴望
- ★ **violence** [`vaɪələns] 名 暴力 片語 **do violence to** 破壞
- ☆ **chip** [tʃɪp] 名 碎片；炸洋芋片 片語 **chip in** 捐助；插話

( ) 283. _____ **discrimination** is in any act that treats people of other races in a different manner.
(A) Racial (B) Ideal (C) Literal (D) Native

Point 種族歧視，意指以不同的態度對待其他種族者的任何行為。

單字速記
- ★ **racial** [`reʃəl ] 形 種族的；人種的 相關 **racism** [ `resɪzəm] 名 種族主義
- ☆ **ideal** [aɪ`diəl] 形 理想的；完美的 名 完美的典型；典範
- ★ **literal** [`lɪtərəl] 形 文字的；照字面的；如實的；刻板的
- ☆ **native** [`netɪv] 形 天生的；本國的 片語 **native speaker** 說母語者

( ) 284. How much money do I ______ you?
(A) pave (B) participate (C) roar (D) owe

Point 我欠你多少錢？

單字速記
- ★ **pave** [pev] 動 鋪築 衍生 **pavement** [`pevmənt] 名 人行道
- ☆ **participate** [pɑr`tɪsə͵pet] 動 參與 同義 **take part in**
- ★ **roar** [ror] 動 吼叫 名 怒吼 衍生 **roaring** [`rorɪŋ] 形 咆哮的
- ☆ **owe** [o] 動 虧欠；感激；歸功於 衍生 **owing** [`oɪŋ] 形 未付的

Answer Key 271-284

271~275 ➤ B A C D A 276~280 ➤ B C A B A 281~284 ➤ B C A D

Do as you would be done by.

己所欲，施於人。

Level 4

突破4級重圍的280道關鍵題

符合美國四年級學生
所學範圍

名 名詞
動 動詞
形 形容詞
副 副詞
冠 冠詞
連 連接詞
介 介系詞
代 代名詞

ROUND

Question 1～30

( ) 1. Would you like a glass of ______ **juice**?
(A) liquor (B) cork (C) grapefruit (D) alcohol

Point 你想喝一杯葡萄柚汁嗎？

★ **liquor** [`lɪkɚ] 名 烈酒 片語 **be in liquor** 喝醉
☆ **cork** [kɔrk] 名 軟木塞 動 用軟木塞塞緊
★ **grapefruit** [`grep͵frut] 名 葡萄柚 片語 **grapefruit juice** 葡萄柚汁
☆ **alcohol** [`ælkə͵hɔl] 名 酒精 片語 **rubbing alcohol** 外用酒精

( ) 2. ______ is made by adding bacteria to milk.
(A) Cucumber (B) Yogurt (C) Walnut (D) Pasta

Point 優酪乳是在牛奶中加入菌種製成的。

★ **cucumber** [`kjukʌmbɚ] 名 小黃瓜 片語 **sea cucumber** 海參
☆ **yogurt** [`jogɚt] 名 優酪乳 片語 **low-fat yogurt** 低脂優格
★ **walnut** [`wɔlnət] 名 胡桃
☆ **pasta** [`pɑstə] 名 義大利麵

( ) 3. We had some pancakes with **maple** ______.
(A) syrup (B) ginger (C) vegetarian (D) vinegar

Point 我們吃了一些加楓糖漿的薄煎餅。

單字速記

★ **syrup** [`sɪrəp] 名 糖漿 片語 **maple syrup** 楓糖漿
☆ **ginger** [`dʒɪndʒɚ] 名 薑 片語 **ginger ale** 薑汁汽水
★ **vegetarian** [͵vɛdʒə`tɛrɪən] 名 素食者 片語 **lacto vegetarian** 奶素者
☆ **vinegar** [`vɪnɪgɚ] 名 醋 片語 **wine vinegar** 酒醋

( ) 4. ______ some peppercorns until they become fine powder.
(A) Broil (B) Carve (C) Digest (D) Grind

Point 研磨一些乾胡椒，直到變成細粉末。

單字速記
★ **broil** [brɔɪl] 動 烤；炙 衍生 **pan-broil** [`pæn͵brɔɪl] 動 油煎
☆ **carve** [kɑrv] 動 切菜；雕刻 片語 **carving knife** 切肉用餐刀
★ **digest** [daɪ`dʒɛst] 動 消化 名 摘要
☆ **grind** [ɡraɪnd] 動 研磨；輾 名 研磨 同義 **pulverize** [`pʌlvə͵raɪz]

(　) 5. The chef mixed the remaining _______ in a bowl.
(A) ingredients (B) recipes (C) cords (D) foam

Point 主廚在碗裡混合剩餘的原料。

單字速記
★ **ingredient** [ɪn`ɡridɪənt] 名 原料；成分
☆ **recipe** [`rɛsəpɪ] 名 食譜；方法；處方
★ **cord** [kɔrd] 名 細繩；電線 片語 **umbilical cord** 臍帶
☆ **foam** [fom] 名 泡沫 動 起泡沫 片語 **shaving foam** 刮鬍泡沫

(　) 6. The furniture brand is renowned for its _______ drawers.
(A) spicy (B) greasy (C) durable (D) magnetic

Point 這個傢俱品牌因耐用的抽屜而有名。

單字速記
★ **spicy** [`spaɪsɪ] 形 辛辣的；多香料的
☆ **greasy** [`ɡrizɪ] 形 油膩的 片語 **greasy spoon** 廉價飯館
★ **durable** [`djʊrəbl̩] 形 耐用的 片語 **durable goods** 耐用品
☆ **magnetic** [mæɡ`nɛtɪk] 形 磁性的 片語 **magnetic field** 磁場

(　) 7. We have **made a** _______ for a table at the restaurant.
(A) reservation (B) digestion (C) access (D) application

Point 我們已在這間餐廳預訂了一張桌子。

單字速記
★ **reservation** [͵rɛzɚ`veʃən] 名 預約；保留；異議
☆ **digestion** [də`dʒɛstʃən] 名 消化；領悟
★ **access** [`æksɛs] 動 使用；接近 名 接近；進入
☆ **application** [͵æplə`keʃən] 名 應用；申請

(　) 8. Customers can _______ **the driver** from their website.
(A) code (B) preserve (C) download (D) input

Point 顧客可以從他們的網站下載驅動程式。

單字速記
★ **code** [kod] 名 代號 動 編碼 片語 **zip code** 郵遞區號
☆ **preserve** [prɪ`zɝv] 動 保存；維護
★ **download** [`daʊnlod] 動 下載 片語 **download limit** 下載容量限制
☆ **input** [`ɪn͵pʊt ] 名 動 輸入 反義 **output** [ `aʊt͵pʊt] 名 動 輸出

( ) 9. The ______ was written by a group of computer programmers.
(A) Internet (B) hardware (C) software (D) input

Point 這個軟體是由一群電腦程式設計師所撰寫。

單字速記
★ **Internet** [`ɪntɚ͵nɛt] 名 網際網路 片語 **mobile Internet** 行動網路
☆ **hardware** [`hɑrd͵wɛr] 名 硬體 片語 **hardware store** 五金行
★ **software** [`sɔft͵wɛr] 名 軟體 片語 **software privacy** 盜版軟體
☆ **input** [`ɪn͵pʊt] 名 動 輸入；投入

( ) 10. Making small dollhouses requires ______ **skill**.
(A) overnight (B) manual (C) systematic (D) elastic

Point 製作小型娃娃屋需要手工技藝。

單字速記
★ **overnight** [`ovɚ`naɪt] 形 徹夜的 副 徹夜
☆ **manual** [`mænjʊəl] 形 手工的 名 手冊 片語 **manual labor** 手工
★ **systematic** [͵sɪstə`mætɪk] 形 有系統的
☆ **elastic** [ɪ`læstɪk] 形 有彈性的 名 橡皮筋 片語 **elastic band** 橡皮筋

( ) 11. You can press the "reload" button on the web browser **to** ______ **the site**.
(A) refresh (B) install (C) upload (D) attach

Point 你可以按下網頁瀏覽器上的「重新載入」按鈕更新網站。

單字速記
★ **refresh** [rɪ`frɛʃ ] 動 更新；始恢復 同義 **renew** [ rɪ`nju]
☆ **install** [ɪn`stɔl ] 動 安裝 衍生 **installation** [ ͵ɪnstə`leʃən] 名 安裝
★ **upload** [ʌp`lod ] 動 上傳(檔案) 反義 **download** [ `daʊn͵lod] 動 下載
☆ **attach** [ə`tætʃ] 動 附加；貼上 片語 **no strings attached** 無附加條件

( ) 12. Can a **computer** _______ survive reformatting?
(A) website (B) virus (C) attachment (D) e-mail

Point 電腦病毒在重新格式化之後還能存活嗎？

單字速記
- ★ **website** [`wɛb͵saɪt] 名 網站 片語 **video-sharing website** 影音分享網站
- ☆ **virus** [`vaɪrəs] 名 病毒 片語 **virus protection** 防毒軟體
- ★ **attachment** [ə`tætʃmənt] 名 附著；連接
- ☆ **e-mail/email** [`imel] 名 電子郵件 動 發電子郵件

( ) 13. Stacy has been _______ **with** Jerry since they met in summer camp five years ago.
(A) enclosing (B) sparking (C) corresponding (D) murmuring

Point 史黛西自從五年前在夏令營遇見傑瑞，就與他通信至今。

單字速記
- ★ **enclose** [ɪn`kloz ] 動 封入；包圍 反義 **disclose** [ dɪs`kloz] 動 使露出
- ☆ **spark** [spɑrk] 名 火花 動 冒火花 片語 **spark plug** 火星塞
- ★ **correspond** [͵kɔre`spɑnd] 動 通信；符合 片語 **correspond to** 與…相符
- ☆ **murmur** [`mɝmɚ ] 動 小聲說話；抱怨 名 低語 同義 **mutter** [ `mʌtɚ]

( ) 14. A/An _______ is repairing the elevator now.
(A) battery (B) socket (C) shaver (D) electrician

Point 一名電機工程師正在修理電梯。

單字速記
- ★ **battery** [`bætərɪ] 名 電池 片語 **battery charger** 充電器
- ☆ **socket** [`sɑkɪt ] 名 插座 同義 **outlet** [ `aʊt͵lɛt]
- ★ **shaver** [`ʃevɚ] 名 刮鬍用具 片語 **shaver point** 刮鬍刀插座
- ☆ **electrician** [ɪ͵lɛk`trɪʃən] 名 電機工程師

( ) 15. The models on the stage **wore a lot of** _______ on their faces.
(A) makeup (B) lotion (C) brassieres (D) capes

Point 舞台上的模特兒臉上化著濃妝。

單字速記
- ★ **makeup** [`mek͵ʌp] 名 化妝；構成 片語 **makeup remover** 卸妝液
- ☆ **lotion** [`loʃən] 名 乳液；化妝水 片語 **suntan lotion** 防曬油
- ★ **brassiere** [brə`zɪr] 名 內衣 同義 **bra**
- ☆ **cape** [kep] 名 斗篷；海角 片語 **Cape Town** 開普敦(南非首都)

( ) 16. He worries that he might **grow** _______ like his father.
(A) coarse (B) bald (C) circular (D) oval

Point 他擔心他可能會像他父親一樣變成禿頭。

單字速記
★ **coarse** [kors] 形 粗糙的 同義 **rough** [rʌf]
☆ **bald** [bɔld] 形 禿頭的 片語 **bald eagle** 禿鷹
★ **circular** [`sɜkjələ] 形 圓形的 同義 **round** [raʊnd]
☆ **oval** [`ovl̩ ] 形 橢圓形的 名 橢圓形 相關 **circle** [ `sɜkl̩] 名 圓圈

( ) 17. She likes to **wear** colorful _______ on her wrists.
(A) nylon (B) cubes (C) bracelets (D) globes

Point 她喜歡在手腕上戴色彩鮮豔的手鐲。

單字速記
★ **nylon** [`naɪlɑn] 名 尼龍；尼龍襪
☆ **cube** [kjub] 名 立方體 動 立方 片語 **ice cube** 冰塊
★ **bracelet** [`breslɪt] 名 手鐲；手銬
☆ **globe** [glob] 名 球體 衍生 **globe-trotting** [`glob͵trɑtɪŋ] 形 遊歷世界的

( ) 18. Our teacher _______ a lot of **homework** to us at the end of this semester.
(A) dyed (B) chirped (C) flunked (D) assigned

Point 我們老師在這學期結束時指派了很多功課給我們。

單字速記
★ **dye** [daɪ] 動 染色 名 染料 衍生 **deep-dyed** [`dip`daɪd] 形 徹底的
☆ **chirp** [tʃɜp] 動 名 蟲鳴鳥叫；啁啾聲；唧唧聲
★ **flunk** [flʌŋk] 動 名 失敗；不及格 片語 **flunk out** 退學
☆ **assign** [ə`saɪn ] 動 指派 衍生 **assignment** [ ə`saɪnmənt] 名 任務；功課

( ) 19. The airplanes came together in a/an _______ high above the city.
(A) formation (B) costume (C) assignment (D) concentration

Point 飛機在高空聚集成一組隊形。

單字速記
★ **formation** [fɔr`meʃən] 名 構成；形成；陣式；隊形
☆ **costume** [`kɑstjum] 名 服裝 片語 **costume drama** 古裝劇
★ **assignment** [ə`saɪnmənt] 名 作業；分派
☆ **concentration** [͵kɑnsɛn`treʃən ] 名 專心 相關 **focus** [ `fokəs] 名 動 聚焦

( ) 20. Tom was awarded his **high school** _______ ten years ago.
(A) dormitory (B) diploma (C) essay (D) graduation

Point 湯姆在十年前取得他的高中文憑。

單字速記
- ★ **dormitory** [`dɔrmə,torɪ] 名 宿舍 片語 **dormitory town** 郊外住宅區
- ☆ **diploma** [dɪ`plomə] 名 文憑 片語 **diploma mill** 文憑工廠
- ★ **essay** [`ɛse ] 名 論說文；隨筆 同義 **article** [ `ɑrtɪkḷ]
- ☆ **graduation** [,grædʒʊ`eʃən] 名 畢業；畢業典禮

( ) 21. During the interview, the _______ asked the applicant three questions.
(A) junior (B) freshman (C) examiner (D) examinee

Point 面試時，主考官問了申請者三個問題。

單字速記
- ★ **junior** [`dʒunjə] 形 年少的 名 年少者 片語 **junior to** 比…年幼
- ☆ **freshman** [`frɛʃmən ] 名 新生 反義 **senior** [ `sinjə] 名 資深人士
- ★ **examiner** [ɪg`zæmɪnə] 名 主考官 片語 **medical examiner** 驗屍官
- ☆ **examinee** [ɪg,zæmə`ni] 名 應試者；受檢查者

( ) 22. The _______ **standards** in modern science are getting higher.
(A) academic (B) elementary (C) learned (D) athletic

Point 現代科學的學術標準越來越高。

單字速記
- ★ **academic** [,ækə`dɛmɪk] 形 學院的；學術的 片語 **academic year** 學年
- ☆ **elementary** [,ɛlə`mɛntərɪ] 形 基本的 片語 **elementary school** 小學
- ★ **learned** [`lɜnɪd] 形 博學的；學術性的 片語 **learned in** 精通於…
- ☆ **athletic** [æθ`lɛtɪk] 形 運動的 片語 **athletic supporter** 運動員的下部護套

( ) 23. Our teacher is a man of **great** _______.
(A) lecturer (B) professor (C) learning (D) reference

Point 我們老師是個學識淵博的人。

單字速記
- ★ **lecturer** [`lɛktʃərə] 名 講師；演講者
- ☆ **professor** [prə`fɛsə] 名 教授 片語 **visiting professor** 客座教授
- ★ **learning** [`lɜnɪŋ] 名 學問 片語 **learning disability** 學習障礙；智能障礙
- ☆ **reference** [`rɛfərəns] 名 參考資料 片語 **reference book** 參考書

( ) 24. If you have questions, you can _______ **to** the textbooks.
(A) register (B) refer (C) research (D) summarize

Point 如果你有問題的話，可以參考課本。

單字速記
- ★ **register** [`rɛdʒɪstɚ] 動 登記 名 註冊 片語 **cash register** 收銀機
- ☆ **refer** [rɪ`fɝ] 動 參考；提及 片語 **refer to** 提到；談論
- ★ **research** [rɪ`sɝtʃ] 動 名 研究；調查 片語 **market research** 市場研究
- ☆ **summarize** [`sʌmə͵raɪz ] 動 總結 同義 **summarise** [ `sʌmɚ͵raɪz]

( ) 25. The university graduate _______ received a grant from the government.
(A) researcher (B) sophomore (C) registration (D) assurance

Point 這名大學研究生研究員得到了政府的一筆獎助金。

單字速記
- ★ **researcher** [rɪ`sɝtʃɚ] 名 研究員；調查員
- ☆ **sophomore** [`sɑfə͵mor] 名 二年級生
- ★ **registration** [͵rɛdʒɪ`streʃən ] 名 註冊 相關 **registry** [ `rɛdʒɪstrɪ] 名 登記
- ☆ **assurance** [ə`ʃurəns] 名 保證；保險 片語 **life assurance** 人壽保險

( ) 26. Her _______ **company** paid out for her illness.
(A) cinema (B) insurance (C) ballet (D) marathon

Point 她的保險公司為她的疾病付費。

單字速記
- ★ **cinema** [`sɪnəmə] 名 電影；電影院 片語 **first-run cinema** 首輪電影院
- ☆ **insurance** [ɪn`ʃurəns] 名 保險 片語 **travel insurance** 旅遊保險
- ★ **ballet** [bæ`le] 名 芭蕾 片語 **water ballet** 水上芭蕾
- ☆ **marathon** [`mærəθɑn] 名 馬拉松賽跑；長距離比賽

( ) 27. Their team's _______ was poorly planned.
(A) locker (B) championship (C) offense (D) sportsman

Point 他們隊的進攻全無章法。

單字速記
- ★ **locker** [`lɑkɚ] 名 置物櫃 片語 **locker room** 衣物間
- ☆ **championship** [`tʃæmpɪən͵ʃɪp] 名 冠軍賽；冠軍地位；支持
- ★ **offense** [ə`fɛns] 名 冒犯；進攻 片語 **give offense** 挑釁
- ☆ **sportsman** [`sportsmən ] 名 運動員 同義 **athlete** [ `æθlit]

( ) 28. The millionaire died **in** _______ **circumstances**, hence the police began investigating the case.
(A) mysterious (B) defensive (C) offensive (D) critical

Point 這位百萬富翁在詭祕的狀況下死亡，警方於是展開調查。

單字速記
- ★ **mysterious** [mɪsˋtɪrɪəs] 形 神秘的 同義 **mystical** [ˋmɪstɪkl̩]
- ☆ **defensive** [dɪˋfɛnsɪv] 形 防禦的 片語 **on the defensive** 處於防禦狀態
- ★ **offensive** [əˋfɛnsɪv] 形 冒犯的；進攻的 名 進攻；進攻勢態
- ☆ **critical** [ˋkrɪtɪkl̩] 形 評論的；緊要的；關鍵性的；吹毛求疵的

( ) 29. Our team has won the national _______ **championship**.
(A) sportsmanship (B) tug-of-war (C) landscape (D) firecrackers

Point 我們隊伍贏得這場國家盃拔河錦標賽。

單字速記
- ★ **sportsmanship** [ˋspɔrtsmən͵ʃɪp] 名 運動道德；運動員精神
- ☆ **tug-of-war** [ˋtʌgəvˋwɔr] 名 拔河 相關 **tug of love** 爭奪監護權
- ★ **landscape** [ˋlænd͵skep] 名 風景；風景畫 動 造景
- ☆ **firecracker** [ˋfaɪr͵krækɚ] 名 鞭炮；爆竹

( ) 30. I have a water bottle **in my** _______.
(A) hose (B) CD (C) surf (D) backpack

Point 我的背包裡有一個水壺。

單字速記
- ★ **hose** [hoz] 名 水管 動 以水管澆洗 片語 **panty hose** 褲襪
- ☆ **CD/compact disk** 名 CD；光碟 片語 **CD burner** 光碟燒錄機
- ★ **surf** [sɝf] 動 衝浪 名 拍岸浪花 片語 **surfing the web** 網路衝浪(上網)
- ☆ **backpack** [ˋbæk͵pæk] 名 背包 動 放入背包

Answer Key 1-30

1~5 C B A D A	6~10 C A C C B	11~15 A B C D A
16~20 B C D A B	21~25 C A C B A	26~30 B C A B D

ROUND

Question 31～60

(　) 31. We went to the _______ **park** last Saturday.

(A) amusement　(B) celebration　(C) idol　(D) hostel

Point 上週六我們去了遊樂園。

★ **amusement** [ə`mjuzmənt ] 名 娛樂；消遣 相關 **amuse** [ ə`mjuz] 動 消遣
☆ **celebration** [ˌsɛlə`breʃən] 名 慶祝；慶祝活動；慶典
★ **idol** [`aɪdḷ] 名 偶像 片語 **matinee idol** 受女戲迷崇拜的男演員
☆ **hostel** [`hastḷ] 名 青年旅社 片語 **youth hostel** 青年寄宿所

(　) 32. My favorite _______ is going to the movies.

(A) sightseeing　(B) recreation　(C) souvenir　(D) voyage

Point 我最喜愛的休閒娛樂是看電影。

★ **sightseeing** [`saɪtˌsiɪŋ] 名 觀光 片語 **ocean sightseeing** 海洋觀光
☆ **recreation** [ˌrɛkrɪ`eʃən] 名 娛樂 片語 **recreation room** (家中的)娛樂室
★ **souvenir** [`suvəˌnɪr] 名 紀念品 片語 **souvenir shop** 紀念品店
☆ **voyage** [`vɔɪɪdʒ] 名 動 航行；旅行 諺語 **bon voyage** 一路順風

(　) 33. Sophie has a good _______ **sense** with colors.

(A) leisurely　(B) artistic　(C) critical　(D) athletic

Point 蘇菲對於色彩有很好的美感。

★ **leisurely** [`liʒəlɪ] 形 悠閒的 副 悠閒地 片語 **leisure wear** 便服
☆ **artistic** [ɑr`tɪstɪk ] 形 美術的；藝術的 相關 **artist** [ `ɑrtɪst] 名 藝術家
★ **critical** [`krɪtɪkḷ ] 形 評論的 衍生 **self-critical** [ ˌsɛlf`krɪtɪkəl] 形 嚴格律己
☆ **athletic** [æθ`lɛtɪk] 形 運動的；運動員的；體格健壯的

(　) 34. She learned her **paper** _______ from her mother.

(A) critic　(B) criticism　(C) craft　(D) criticize

Point 她向她母親學習紙藝。

單字速記

★ **critic** [`krɪtɪk ] 名 批評家 相關 **critique** [ krɪ`tik] 名 評論
☆ **criticism** [`krɪtə͵sɪzm ] 名 批評 同義 **judgment** [ `dʒʌdʒmənt]
★ **craft** [kræft] 名 手工藝 片語 **craft fair** 手工藝品市集
☆ **criticize** [`krɪtɪ͵saɪz] 動 批評 反義 **praise** [prez] 動 讚揚

( ) 35. The master's work was _______ in the best gallery in Taipei.
(A) sculptured (B) exhibited (C) framed (D) portrayed

Point 這位大師的作品在臺北最好的畫廊展出。

單字速記

★ **sculpture** [`skʌlptʃɚ] 名 雕刻 動 雕塑
☆ **exhibit** [ɪg`zɪbɪt ] 動 展示；展覽 名 展示品 同義 **display** [ dɪ`sple]
★ **frame** [frem] 名 框架；骨架 動 構築 片語 **photo frame** 相框
☆ **portray** [por`tre ] 動 描繪；表現；扮演 同義 **represent** [ ͵rɛprɪ`zɛnt]

( ) 36. They went to an exhibition of watercolor paintings at the _______.
(A) gallery (B) comedy (C) entertainment (D) opera

Point 他們去畫廊參觀水彩畫展。

單字速記

★ **gallery** [`gælərɪ] 名 畫廊 片語 **art gallery** 美術館；藝廊
☆ **comedy** [`kɑmədɪ] 名 喜劇 片語 **stupid comedy** 搞笑片
★ **entertainment** [͵ɛntɚ`tenmənt] 名 娛樂；消遣；遊藝
☆ **opera** [`ɑpərə] 名 歌劇 片語 **opera house** 歌劇院；劇場

( ) 37. We were _______ by the clown's funny tricks.
(A) sketched (B) entertained (C) prompted (D) exposed

Point 小丑的滑稽把戲娛樂了我們大家。

單字速記

★ **sketch** [skɛtʃ] 動 名 素描 衍生 **sketch-pad** [`skɛtʃ͵pæd] 名 寫生簿
☆ **entertain** [͵ɛntɚ`ten ] 動 娛樂 同義 **amuse** [ ə`mjuz]
★ **prompt** [prɑmpt] 名 動 提詞 形 敏捷的；即時的
☆ **expose** [ɪk`spoz] 動 曝光 片語 **exposed to** 遭受；暴露於

( ) 38. Inside the auditorium, they are preparing for the _______ **of the awards**.
(A) photography (B) chorus (C) presentation (D) harmonica

Point 禮堂裡正準備進行頒獎。

單字速記
- ★ **photography** [fə`tɑgrəfɪ] 名 攝影；照相術
- ☆ **chorus** [`korəs] 名 合唱團 片語 **in chorus** 一齊；一起
- ★ **presentation** [ˌprɛzn̩`teʃən] 名 上演；呈現；贈送；遞交
- ☆ **harmonica** [hɑr`mɑnɪkə ] 名 口琴 相關 **harmony** [ `hɑrmənɪ] 名 協調

( ) 39. Nathan was the first violin of the _______.
(A) harmony (B) composer (C) conductor (D) orchestra

Point 南森是這個管弦樂隊的第一小提琴手。

單字速記
- ★ **harmony** [`hɑrmənɪ] 名 和聲；和諧 片語 **in harmony with** 與…協調一致
- ☆ **composer** [kəm`pozɚ ] 名 作曲家 相關 **compose** [ kəm`poz] 動 作曲
- ★ **conductor** [kən`dʌktɚ] 名 指揮 片語 **lightning conductor** 避雷導線
- ☆ **orchestra** [`ɔrkɪstrə] 名 管弦樂隊 片語 **symphony orchestra** 交響樂團

( ) 40. The child is a very talented _______.
(A) theme (B) pianist (C) rhythm (D) symphony

Point 這個孩子是個很有天賦的鋼琴家。

單字速記
- ★ **theme** [θim] 名 主題 片語 **theme park** 主題樂園
- ☆ **pianist** [pɪ`ænɪst ] 名 鋼琴家；鋼琴師 相關 **piano** [ pɪ`æno] 名 鋼琴；弱拍
- ★ **rhythm** [`rɪðəm] 名 節奏 片語 **rhythm method** 週期避孕法
- ☆ **symphony** [`sɪmfənɪ] 名 交響樂；交響樂團；和諧一致

( ) 41. Lulu sang and Gini _______ her on the piano.
(A) accompanied (B) composed (C) conversed (D) divorced

Point 露露唱歌而吉妮彈鋼琴為她伴奏。

單字速記
- ★ **accompany** [ə`kʌmpənɪ] 動 伴奏；陪伴 反義 **leave** [liv] 動 離開
- ☆ **compose** [kəm`poz] 動 組成；作曲 片語 **be composed of** 由…組成
- ★ **converse** [kən`vɝs] 動 談話 同義 **talk** [tɔk]
- ☆ **divorce** [də`vors ] 名 動 離婚 反義 **marriage** [ `mærɪdʒ] 名 結婚；婚姻

( ) 42. There were three little _______ living in a magic wood.

(A) legends (B) witches (C) bridegrooms (D) relatives

Point 有三名小女巫住在魔法森林裡。

單字速記

★ **legend** [`lɛdʒənd] 名 傳奇 片語 **living legend** 奇才
☆ **witch** [wɪtʃ] 名 巫師；女巫 片語 **witch doctor** 巫醫
★ **bridegroom** [`braɪd͵grum] 名 新郎 反義 **bride** [braɪd] 名 新娘
☆ **relative** [`rɛlətɪv] 名 親戚 形 相關的 片語 **blood relative** 血親

( ) 43. **Good** _______ is the secret to success for all marriages.
(A) honeymoon (B) appliance (C) cabinet (D) communication

Point 良好的溝通是成功婚姻的共同祕訣。

單字速記

★ **honeymoon** [`hʌnɪ͵mun] 名 蜜月 動 度蜜月
☆ **appliance** [ə`plaɪəns] 名 家電用品 片語 **electrical appliance** 電器
★ **cabinet** [`kæbənɪt] 名 櫥櫃 片語 **wall cabinet** 壁櫥；壁櫃
☆ **communication** [kə͵mjunə`keʃən] 名 溝通；交流；情報

( ) 44. I am going to take a nap **in my** _______.
(A) fireplace (B) household (C) chamber (D) nursery

Point 我要在我的房間小睡一下。

單字速記

★ **fireplace** [`faɪr͵ples] 名 壁爐
☆ **household** [`haʊs͵hold] 名 家庭 片語 **household name** 家喻戶曉的人
★ **chamber** [`tʃembɚ] 名 房間 片語 **gas chamber** 毒氣室
☆ **nursery** [`nɝsərɪ] 名 托兒所 片語 **day nursery** 日間托兒所

( ) 45. My parents give me a/an _______ of NT$1,500 a week.
(A) blade (B) allowance (C) chore (D) housework

Point 我的父母每週給我新台幣一千五百元零用錢。

單字速記

★ **blade** [bled] 名 刀鋒 片語 **razor blade** 刮鬍刀片
☆ **allowance** [ə`laʊəns] 名 零用錢；容忍 片語 **make allowance for** 體諒
★ **chore** [tʃor] 名 家庭雜務；例行工作；討厭的工作
☆ **housework** [`haʊs͵wɝk ] 名 家事 辨析 **homework** [ `hom͵wɝk] 名 作業

( ) 46. Mom made a **patchwork** ______ for me.
(A) quilt (B) infant (C) drill (D) equipment

Point 媽媽為我做了一條拼布棉被。

單字速記
★ **quilt** [kwɪlt] 名 棉被 動 製被 片語 **crazy quilt** 碎料拼縫的被褥
☆ **infant** [`ɪnfənt] 名 嬰兒 片語 **preterm infant** 早產兒
★ **drill** [drɪl] 名 鑽機 動 鑽孔 片語 **power drill** 電鑽
☆ **equipment** [ɪ`kwɪpmənt] 名 設備；用具；知識；素養

( ) 47. Despite her advanced years, she still has ______ **enthusiasm**.
(A) intimate (B) muddy (C) youthful (D) dusty

Point 儘管年事已高，她仍保有青年般的熱情。

單字速記
★ **intimate** [`ɪntəmɪt ] 形 親密的；熟悉的 同義 **familiar** [ fə`mɪljɚ]
☆ **muddy** [`mʌdɪ ] 形 泥濘的 同義 **miry** [ `maɪrɪ]
★ **youthful** [`juθfəl] 形 年輕的；青年的 同義 **young** [jʌŋ]
☆ **dusty** [`dʌstɪ] 形 覆蓋灰塵的 反義 **clean** [klin] 形 清潔的

( ) 48. I don't know how to **operate this** ______.
(A) equip (B) equipment (C) container (D) operation

Point 我不知道該如何操作這項設備。

單字速記
★ **equip** [ɪ`kwɪp ] 動 裝備 衍生 **ill-equipped** [ `ɪl,ɪ`kwɪpt] 形 裝備不良的
☆ **equipment** [ɪ`kwɪpmənt] 名 設備；用具；知識；素養
★ **container** [kən`tenɚ] 名 容器 片語 **container ship** 貨櫃船
☆ **operation** [,ɑpə`reʃən] 名 手術；操作；經營；買賣

( ) 49. He ______ **the toilet** and went back to his room to sleep.
(A) flushed (B) polished (C) cushioned (D) curled

Point 他沖了馬桶並回到房間睡覺。

單字速記
★ **flush** [flʌʃ] 動 沖水 名 紅暈 片語 **flush of hope** 希望的曙光
☆ **polish** [`pɑlɪʃ] 動 擦亮 名 光澤 片語 **polish remover** 去光水
★ **cushion** [`kʊʃən] 名 坐墊 動 緩和 片語 **rescue air cushion** 救生氣墊
☆ **curl** [kɝl] 動 使捲曲 名 捲髮 片語 **curling iron** 燙髮夾

( ) 50. A **senior** ______ performed the heart operation on this patient.
(A) physician (B) surgery (C) surgeon (D) cripple

Point 一位資深的外科醫生為這位病人進行心臟手術。

單字速記
★ **physician** [fɪ`zɪʃən] 名 內科醫師 片語 **house physician** 住院醫生
☆ **surgery** [`sɝdʒərɪ] 名 外科手術 片語 **plastic surgery** 整型外科
★ **surgeon** [`sɝdʒən] 名 外科醫生 片語 **veterinary surgeon** 獸醫
☆ **cripple** [`krɪpl̩ ] 動 使殘廢 名 殘疾者 同義 **disable** [ dɪs`ebl̩] 動 使傷殘

( ) 51. Ray's health ______ under the strain of work.
(A) disordered (B) collapsed (C) infected (D) relieved

Point 雷因工作過勞而累倒了。

單字速記
★ **disorder** [dɪs`ɔrdɚ] 名 混亂；失調 片語 **eating disorder** 飲食失調
☆ **collapse** [kə`læps] 名 虛脫；崩潰；突然失敗 動 坍塌；累倒
★ **infect** [ɪn`fɛkt] 動 使感染 片語 **non-infected area** 非疫區
☆ **relieve** [rɪ`liv] 動 減緩 片語 **relieve sb. of** 幫助某人卸脫；從某人處偷取

( ) 52. The manager suffered a ______ **heart attack**.
(A) fatal (B) healthful (C) nearsighted (D) shortsighted

Point 這位經理遭受致命性心臟病發作。

單字速記
★ **fatal** [`fetl̩ ] 形 致命的 同義 **deadly** [ `dɛdlɪ]
☆ **healthful** [`hɛlθfəl ] 形 有益健康的(事物) 辨析 **healthy** [ `hɛlθɪ]
★ **nearsighted** [`nɪr`saɪtɪd] 形 近視的；短視的
☆ **shortsighted** [`ʃɔrt`saɪtɪd] 形 近視的；目光短淺的

( ) 53. I don't want to be exposed to **bacterial** ______.
(A) aspirin (B) remedy (C) infection (D) cigars

Point 我不想暴露於受細菌感染的環境。

單字速記
★ **aspirin** [`æspərɪn] 名 阿斯匹靈(解熱鎮痛藥)
☆ **remedy** [`rɛmədɪ] 動 治療 名 補救 同義 **cure** [kjʊr]
★ **infection** [ɪn`fɛkʃən ] 名 感染 相關 **infectant** [ ɪn`fɛktənt] 形 傳染的
☆ **cigar** [sɪ`gɑr ] 名 雪茄 相關 **cigarette** [ ˌsɪgə`rɛt] 名 香煙；紙煙

( ) 54. The man has a pain in his ______.
(A) blink (B) mustache (C) nightmare (D) abdomen

Point 這個男人腹部疼痛。

單字速記
★ **blink** [blɪŋk] 動 使眨眼；閃爍 名 眨眼 同義 **wink** [wɪŋk]
☆ **mustache** [`mʌstæʃ] 名 小鬍子 片語 **handlebar moustache** 翹八字鬍
★ **nightmare** [`naɪt͵mɛr] 名 惡夢 片語 **nightmare scenario** 最惡劣的情況
☆ **abdomen** [`æbdəmən ] 名 腹部；下腹 相關 **abs** [ `æbz] 名 腹部肌肉

( ) 55. She ______ **again** when she saw the cute boy.
(A) frowned (B) blushed (C) knuckle (D) flush

Point 她看到這個可愛的男孩時又臉紅了。

單字速記
★ **frown** [fraʊn] 動 皺眉；表示不滿 名 不悅之色 同義 **scowl** [skaʊl]
☆ **blush** [blʌʃ] 動 名 臉紅 片語 **put sb. to the blush** 使某人羞愧
★ **knuckle** [`nʌkl̩] 名 關節 動 以關節接觸 片語 **knuckle under** 屈服；認輸
☆ **flush** [flʌʃ] 動 沖水 名 紅暈 片語 **flush of hope** 希望的曙光

( ) 56. The dentist was concerned about ______ **hygiene**.
(A) facial (B) physical (C) oral (D) oval

Point 這位牙醫關心口腔衛生。

單字速記
★ **facial** [`feʃəl] 形 臉的；面部的 片語 **facial mask** 面膜
☆ **physical** [`fɪzɪkl̩] 形 身體的 片語 **physical examination** 體檢
★ **oral** [`orəl] 形 口部的；口述的 名 口試 片語 **oral exam** 口試
☆ **oval** [`ovl̩] 形 橢圓形的 名 橢圓形

( ) 57. I need your ______ on this contract.
(A) signature (B) sneeze (C) wrinkle (D) curse

Point 我需要你在這份合約上簽名。

單字速記
★ **signature** [`sɪgnətʃɚ] 名 簽名 片語 **virus signature** 病毒碼
☆ **sneeze** [sniz] 動 打噴嚏 名 噴嚏 片語 **not to be sneezed at** 不可輕視
★ **wrinkle** [`rɪŋkl̩] 動 皺起 名 皺紋；困難；難題
☆ **curse** [kɝs] 動 咒罵 名 詛咒 片語 **cursed with...** 受…之害

(　) 58. Human beings _______ **nutrients** from foods and supplements.
(A) crush (B) absorb (C) doze (D) fetch

Point 人類從飲食和補給品中吸收養分。

單字速記
★ **crush** [krʌʃ] 動 壓碎；擠 名 毀壞 片語 **crush room** (劇場內的)休息室
☆ **absorb** [əb`sɔrb] 動 吸收 片語 **absorbed in** 全神貫注於
★ **doze** [doz] 動 名 打瞌睡 片語 **doze off** 打瞌睡
☆ **fetch** [fɛtʃ] 動 取得；去請…來 片語 **fetch and carry** 做家務；打雜

(　) 59. The teacher _______ the student cheating.
(A) scratched (B) fled (C) gazed (D) glimpsed

Point 那位老師瞥見學生作弊。

單字速記
★ **scratch** [skrætʃ] 動 名 抓 片語 **scratch card** 刮刮卡
☆ **flee** [fli] 動 逃走；消散 同義 **escape** [ə`skep] 動 逃避
★ **gaze** [gez] 動 名 凝視 片語 **crystal gazing** 水晶球占卜術
☆ **glimpse** [glɪmps] 動 名 瞥見 片語 **get a glimpse of** 瞥見…

(　) 60. Michael is _______ **out of** the window.
(A) itching (B) leaning (C) shrugging (D) stroking

Point 麥可將身子傾出窗外。

單字速記
★ **itch** [ɪtʃ] 動 發癢 名 癢 片語 **itch for** 渴望；極想要
☆ **lean** [lin] 動 傾斜 形 精瘦的 衍生 **left-leaning** [`lɛft,linɪŋ] 形 思想左傾的
★ **shrug** [ʃrʌg] 動 名 聳肩 片語 **shrug off** 不理
☆ **stroke** [strok] 動 撫摸 名 中風 片語 **stroke down** 安撫；使息怒

Answer Key 31-60

31~35 ❯ A B B C B　36~40 ❯ A B C D B　41~45 ❯ A B D C B
46~50 ❯ A C B A C　51~55 ❯ B A C D B　56~60 ❯ C A B D B

ROUND

3 Question 61～90

( ) 61. Linda's good deeds _______ Mike's true feelings.
(A) assembled (B) aroused (C) blended (D) concentrated

Point 琳達的善行，喚起了麥可的真情。

★ **assemble** [ə`sɛmbl̩] 動 集合；收集；聚集
☆ **arouse** [ə`raʊz] 動 喚起；激動；使奮發
★ **blend** [blɛnd] 動 使混合 名 混合 同義 **mix** [mɪks]
☆ **concentrate** [`kɑnsɛn͵tret] 動 集中 片語 **concentrate on** 全神貫注於…

( ) 62. Mandy _______ her dog **to** the balcony.
(A) confines (B) contests (C) cracks (D) crams

Point 曼蒂將她的狗限制在陽台區。

★ **confine** [kən`faɪn] 動 限制 片語 **confine to** 把…限制在
☆ **contest** [`kɑntɛst] 名 比賽 動 競爭 片語 **beauty contest** 選美會
★ **crack** [kræk] 動 使破裂 名 裂縫 片語 **crack up** 撞壞
☆ **cram** [kræm] 動 硬塞；填鴨 片語 **cram school** 補習班

( ) 63. Christians believe that **the** _______ will be punished in hell.
(A) depressed (B) disguised (C) damned (D) eliminated

Point 基督教徒相信惡人將會在地獄遭受懲罰。

單字速記

★ **depress** [dɪ`prɛs] 動 壓下；使蕭條 片語 **depressed area** 貧困地區
☆ **disguise** [dɪs`gaɪz] 動 假扮；偽裝 名 掩飾
★ **damn** [dæm] 動 咒罵 名 詛咒 形 該死的 反義 **bless** [blɛs] 動 名 祝福
☆ **eliminate** [ɪ`lɪmə͵net] 動 消除 反義 **add** [æd] 動 添加

( ) 64. A lot of the _______ to the buildings was caused by the war.
(A) decoration (B) destruction (C) dread (D) encounter

Point 那棟建築物受到戰爭無情的摧殘。

單字速記

★ **decoration** [ˌdɛkə`reʃən] 名 裝飾 片語 **interior decoration** 室內裝飾
☆ **destruction** [dɪ`strʌkʃən ] 名 破壞 相關 **destroy** [ dɪ`strɔɪ] 動 毀壞
★ **dread** [drɛd] 動 畏懼 名 非常害怕 衍生 **dreadful** [`drɛdfəl] 形 可怕的
☆ **encounter** [ɪn`kaʊntɚ] 動 遭遇 名 邂逅 近義 **come across** 偶然碰見

( ) 65. Mr. Tsai _______ this school twenty years ago.
(A) established (B) endangered (C) emerged (D) estimated

Point 蔡先生在二十年前建立了這所學校。

單字速記

★ **establish** [əs`tæblɪʃ ] 動 建立 衍生 **pre-establish** [ priɪs`tæblɪʃ] 動 預定
☆ **endanger** [ɪn`dendʒɚ] 動 使遭遇危險；危及 同義 **risk** [rɪsk]
★ **emerge** [ɪ`mɝdʒ ] 動 浮現 反義 **submerge** [ səb`mɝdʒ] 動 淹沒
☆ **estimate** [`ɛstəˌmet ] 動 名 估計 同義 **calculate** [ `kælkjəˌlet]

( ) 66. Working out all day _______ Eddie.
(A) explored (B) extended (C) furnished (D) exhausted

Point 運動一整天使艾迪筋疲力竭。

單字速記

★ **explore** [ɪk`splor ] 動 探險 衍生 **exploration** [ ˌɛksplə`reʃən] 名 探索
☆ **extend** [ɪk`stɛnd] 動 延長 片語 **extended family** (三代以上同堂的)大家庭
★ **furnish** [`fɝnɪʃ ] 動 供給；裝備 同義 **supply** [ sə`plaɪ]
☆ **exhaust** [ɪg`zɔst] 動 使筋疲力竭 片語 **exhaust pipe** (汽車的)排氣管

( ) 67. We will hold a _______ **party** for Jennifer tomorrow.
(A) glide (B) hook (C) farewell (D) imitation

Point 我們明天將為珍妮佛舉辦歡送派對。

單字速記

★ **glide** [glaɪd] 動 名 滑行；滑動 片語 **hang glide** 滑翔
☆ **hook** [hʊk] 動 鉤住 名 鉤子 片語 **hook up with** 和…有聯繫
★ **farewell** [`fɛr`wɛl] 名 歡送會；告別 片語 **farewell ceremony** 告別儀式
☆ **imitation** [ˌɪmə`teʃən] 名 模仿 片語 **in imitation of** 為了仿效

( ) 68. Lucy _______ **to** leave home after receiving an emergency phone call.
(A) identified (B) hastened (C) imitated (D) intended

Point 露西接到那通緊急電話後，就趕忙出門了。

單字速記

★ **identify** [aɪ`dɛntə͵faɪ] 動 認出 片語 **identify oneself with** 參與
☆ **hasten** [`hesn̩ ] 動 趕忙；催促；加速 同義 **hurry** [ `hɝɪ]
★ **imitate** [`ɪmə͵tet ] 動 模仿；仿製 反義 **create** [ krɪ`et] 動 創造
☆ **intend** [ɪn`tɛnd] 動 打算；計畫 片語 **intend for** 意欲；本意是

( ) 69. Kevin tried to avoid all **human** _______.
(A) interacting (B) interaction (C) interfering (D) involve

Point 凱文試著迴避所有的人際互動。

單字速記

★ **interact** [͵ɪntə`ækt] 動 互動；互相作用；互相影響
☆ **interaction** [͵ɪntə`ækʃən] 名 互動；互相影響
★ **interfere** [͵ɪntə`fɪr] 動 妨礙 片語 **interfere with** 防礙；干擾
☆ **involve** [ɪn`vɑlv ] 動 牽連；包括 同義 **include** [ ɪn`klud] 動 包含

( ) 70. Unfortunately, there will be a scheduled _______ of the program at noon.
(A) involvement (B) mischief (C) observation (D) interruption

Point 遺憾地，節目預計會在中午時中斷。

單字速記

★ **involvement** [ɪn`vɑlvmənt] 名 捲入；連累；財政困難
☆ **mischief** [`mɪstʃif] 名 胡鬧；危害 片語 **make mischief** 挑撥離間
★ **observation** [͵ɑbzə`veʃən] 名 觀察 片語 **observation post** 觀測站
☆ **interruption** [͵ɪntə`rʌpʃən] 名 妨礙；中斷；干擾

( ) 71. If you take out those books, you will _______ **your luggage**.
(A) neglect (B) lighten (C) obtain (D) overcome

Point 如果你把那些書拿出來，你的行李就會變輕。

單字速記

★ **neglect** [nɪg`lɛkt ] 動 名 忽略；疏忽 反義 **endeavor** [ ɪn`dɛvə] 動 名 努力
☆ **lighten** [`laɪtn̩ ] 動 減輕；變亮 反義 **darken** [ `dɑrkn̩] 動 變暗
★ **obtain** [əb`ten] 動 獲得 片語 **obtain acceptance with** 被接受；受歡迎
☆ **overcome** [͵ovə`kʌm ] 動 擊敗；克服 同義 **conquer** [ `kɑŋkə]

1 Round
2 Round
3 Round
4 Round
5 Round
6 Round
7 Round
8 Round
9 Round
10 Round

( ) 72. You may _______ the whole city on the top of the hill.
(A) pioneer (B) possess (C) proceed (D) overlook

Point 你可以從山丘上俯瞰整座城市。

單字速記
★ **pioneer** [ˌpaɪəˋnɪr] 動 開拓 名 先鋒 同義 **settler** [ˋsɛtlɚ] 名 開拓者
☆ **possess** [pəˋzɛs] 動 擁有 片語 **possessed of** 擁有
★ **proceed** [prəˋsid] 動 進行 片語 **proceed to** 繼續下去
☆ **overlook** [ˌovɚˋlʊk] 動 俯瞰；忽略 同義 **neglect** [nɪgˋlɛkt] 動 名 忽略

( ) 73. This country finally began to _______ after years of recession.
(A) rescue (B) retain (C) prosper (D) revenge

Point 歷經數年的衰退後，這個國家終於開始興盛起來。

單字速記
★ **rescue** [ˋrɛskju] 動 名 救援 衍生 **rescuer** [ˋrɛskjʊɚ] 名 救援者
☆ **retain** [rɪˋten] 動 保持 片語 **retaining wall** 擋土牆
★ **prosper** [ˋprɑspɚ] 動 興盛 反義 **decay** [dɪˋke] 動 腐朽
☆ **revenge** [rɪˋvɛndʒ] 動 名 報復 片語 **revenge oneself on** 向…報仇

( ) 74. _______ is better than cure.
(A) Possession (B) Recovery (C) Repetition (D) Prevention

Point 預防勝於治療。

單字速記
★ **possession** [pəˋzɛʃən] 名 擁有物 片語 **take possession of** 佔領；佔有
☆ **recovery** [rɪˋkʌvərɪ] 名 恢復 片語 **recovery room** (手術後的)恢復室
★ **repetition** [ˌrɛpɪˋtɪʃən] 名 重複 相關 **repeat** [rɪˋpit] 動 重複
☆ **prevention** [prɪˋvɛnʃən] 名 預防；妨礙 近義 **block** [ˋblɑk] 名 阻礙

( ) 75. I don't like any **unreasonable** _______ on education at all.
(A) restrictions (B) reunion (C) ruin (D) scold

Point 我不喜歡任何在教育上不合理的限制。

單字速記
★ **restriction** [rɪˋstrɪkʃən] 名 限制 同義 **limit** [ˋlɪmɪt]
☆ **reunion** [riˋjunjən] 名 重聚 相關 **reunite** [ˌrijuˋnaɪt] 動 重聚
★ **ruin** [ˋruɪn] 動 破壞 名 斷垣殘壁 片語 **in ruins** 成為廢墟
☆ **scold** [skold] 動 名 責罵；責備 同義 **blame** [blem]

( ) 76. Stars ______ in the sky.
(A) shift (B) sparkle (C) split (D) strive

Point 星星在天空中閃爍。

單字速記
★ **shift** [ʃɪft] 動 名 變換 片語 **shift one's ground** 改變立場
☆ **sparkle** [ˋspɑrkḷ] 動 名 閃爍 同義 **glitter** [ˋglɪtɚ]
★ **split** [splɪt] 動 裂開 名 裂口 形 劈開的 片語 **split ends** 頭髮分叉
☆ **strive** [straɪv] 動 努力；苦幹 同義 **struggle** [ˋstrʌgḷ]

( ) 77. Jasmine's skirt ______ **in the wind**.
(A) twinkled (B) violated (C) swayed (D) withdraw

Point 茉莉的裙子在風中搖擺。

單字速記
★ **twinkle** [ˋtwɪŋkḷ] 動 名 閃爍 同義 **sparkle** [ˋspɑrkḷ]
☆ **violate** [ˋvaɪəˏlet] 動 違反 同義 **trespass** [ˋtrɛspəs]
★ **sway** [swe] 動 名 搖擺 同義 **swing** [swɪŋ]
☆ **withdraw** [wɪðˋdrɔ] 動 收回；撤出 同義 **retreat** [rɪˋtrit]

( ) 78. Adam does not tolerate any ______ **of the rules**.
(A) wit (B) boast (C) violation (D) clash

Point 亞當不容許任何違規情事發生。

單字速記
★ **wit** [wɪt] 名 機智；賢人 片語 **mother wit** 常識
☆ **boast** [bost] 動 名 吹噓；自誇 同義 **brag** [bræg]
★ **violation** [ˏvaɪəˋleʃən] 名 違反；侵害
☆ **clash** [klæʃ] 名 動 衝突；猛撞 片語 **clash with** 與…衝突

( ) 79. We need to do something to ______ Paul **to** the danger.
(A) alert (B) assure (C) clarify (D) consult

Point 我們必須做點什麼事情來警告保羅避免危險。

單字速記
★ **alert** [əˋlɝt] 動 警告 形 警覺的 片語 **on the alert** 警戒著；隨時準備著
☆ **assure** [əˋʃʊr] 動 保證 衍生 **self-assured** [ˏsɛlfəˋʃʊrd] 形 有自信的
★ **clarify** [ˋklærəˏfaɪ] 動 澄清；闡明 近義 **explain** [ɪkˋsplen] 動 解釋
☆ **consult** [kənˋsʌlt] 動 請教；查詢 衍生 **consultant** [kənˋsʌltənt] 名 顧問

( ) 80. I want to _______ you **on** your marriage.
(A) convey (B) declare (C) demand (D) congratulate

Point 我要恭賀你結婚快樂。

單字速記

★ **convey** [kən`ve ] 動 傳達；運送 同義 **transport** [ træns`pɔrt]
☆ **declare** [dɪ`klɛr] 動 宣告 片語 **declare off** 取消
★ **demand** [dɪ`mænd] 動 名 要求 片語 **demand deposit** 活期存款
☆ **congratulate** [kən`grætʃə͵let] 動 恭喜；祝賀

( ) 81. Emily and I _______ **the charge**.
(A) flattered (B) implied (C) disputed (D) instructed

Point 艾蜜莉和我拒絕付費。

單字速記

★ **flatter** [`flætɚ] 動 諂媚 片語 **flatter oneself** 自以為
☆ **imply** [ɪm`plaɪ] 動 暗示；含有 同義 **hint** [hɪnt]
★ **dispute** [dɪ`spjut] 名 動 爭論；抵抗 片語 **industrial dispute** 勞資糾紛
☆ **instruct** [ɪn`strʌkt] 動 指導；教導 同義 **teach** [titʃ]

( ) 82. The professor **put** _______ **upon** his new theory.
(A) explanation (B) emphasis (C) gratitude (D) greeting

Point 這位教授強調他的新學說。

單字速記

★ **explanation** [͵ɛksplə`neʃən] 名 解釋；說明
☆ **emphasis** [`ɛmfəsɪs] 名 強調；重點 複數 **emphases**
★ **gratitude** [`grætə͵tjud ] 名 感激 同義 **thankfulness** [ `θæŋkfəlnɪs]
☆ **greeting** [`gritɪŋ] 名 問候 片語 **greeting card** 賀卡

( ) 83. We were really _______ that the teacher didn't fail us.
(A) informative (B) constructive (C) grateful (D) consequent

Point 我們很感激老師沒有當掉我們。

單字速記

★ **informative** [ɪn`fɔrmətɪv] 形 情報的；見聞廣博的；教育性的
☆ **constructive** [kən`strʌktɪv ] 形 有助益的 同義 **helpful** [ `hɛlpfəl]
★ **grateful** [`gretfəl] 形 感激的 片語 **grateful for** 為…而感謝
☆ **consequent** [`kɑnsə͵kwɛnt] 形 必然的；隨之發生的 名 結果

( ) 84. Grace just passed on some **important** ______ to me.
(A) information (B) indication (C) violation (D) repetition

Point 葛瑞絲剛剛傳遞了些重要的消息給我。

單字速記
- ★ **information** [ˌɪnfɚˋmeʃən] 名 報告；消息 相關 **inform** [ɪnˋfɔrm] 動 告知
- ☆ **indication** [ˌɪndəˋkeʃən] 名 表示 相關 **indicate** [ˋɪndəˌket] 動 指出
- ★ **violation** [ˌvaɪəˋleʃən] 名 違反；侵害；妨害；違反行為
- ☆ **repetition** [ˌrɛpɪˋtɪʃən] 名 重複；複製品；副本；背誦

( ) 85. **Don't shoot the** ______; I just deliver the news.
(A) instructor (B) messenger (C) applicant (D) genius

Point 別殺了信使(別錯怪了對象)；我只是傳遞消息罷了。

單字速記
- ★ **instructor** [ɪnˋstrʌktɚ] 名 指導者；教練；大學講師
- ☆ **messenger** [ˋmɛsn̩dʒɚ] 名 信差；使者 同義 **courier** [ˋkʊrɪɚ]
- ★ **applicant** [ˋæplɪkənt] 名 應徵者；申請人 相關 **apply** [əˋplaɪ] 動 申請
- ☆ **genius** [ˋdʒinjəs] 名 天才 片語 **sb.'s good genius** 對某人有好影響者

( ) 86. It's easy to ______ what he will do next.
(A) mislead (B) remark (C) predict (D) resolve

Point 要預測他的下一步很簡單。

單字速記
- ★ **mislead** [mɪsˋlid] 動 誤導；使迷離；欺騙 同義 **misdirect** [ˌmɪsdəˋrɛkt]
- ☆ **remark** [rɪˋmark] 名 動 評論；注意；察覺 片語 **remark on** 談論…
- ★ **predict** [prɪˋdɪkt] 動 預測；預言；預報 同義 **foresee** [forˋsi]
- ☆ **resolve** [rɪˋzalv] 動 解決 名 決心 相關 **resolved** [rɪˋzalvd] 形 斷然的

( ) 87. I just received a ______ **letter** from that school.
(A) rejection (B) nonsense (C) sincerity (D) suggestion

Point 我剛剛收到那間學校的拒絕信。

單字速記
- ★ **rejection** [rɪˋdʒɛkʃən] 名 拒絕；摒棄 同義 **refusal** [rɪˋfjuzl̩]
- ☆ **nonsense** [ˋnansɛns] 名 廢話 反義 **sense** [sɛns] 名 道理
- ★ **sincerity** [sɪnˋsɛrətɪ] 名 誠懇 片語 **in all sincerity** 非常真誠地
- ☆ **suggestion** [səˋdʒɛstʃən] 名 建議 同義 **advice** [ədˋvaɪs]

1 Round
2 Round
3 Round
4 Round
5 Round
6 Round
7 Round
8 Round
9 Round
10 Round

(　) 88. The government decided to ______ **death penalty**.
(A) acquaint (B) appoint (C) assume (D) abolish

Point 政府決定廢除死刑。

單字速記
- ★ **acquaint** [ə`kwent] 動 使認識 片語 **acquainted with** 與…相識
- ☆ **appoint** [ə`pɔɪnt ] 動 任命；約定 衍生 **appointed** [ ə`pɔɪtɪd] 形 委派的
- ★ **assume** [ə`sjum] 動 假定；以為；就任 片語 **assumed name** 化名
- ☆ **abolish** [ə`bɑlɪʃ ] 動 廢止；革除 反義 **establish** [ ə`stæblɪʃ] 動 建立

(　) 89. Bridget **was granted** ______ **to** Columbia University.
(A) admission (B) usage (C) appointment (D) classification

Point 布莉姬獲得哥倫比亞大學的入學許可。

單字速記
- ★ **admission** [əd`mɪʃən] 名 准許進入；入學許可；任用；入場費
- ☆ **usage** [`jusɪdʒ ] 名 使用；習慣 衍生 **ill-usage** [ `ɪl`juzɪdʒ] 名 虐待；濫用
- ★ **appointment** [ə`pɔɪntmənt] 名 約會；指定；委派
- ☆ **classification** [ˌklæsəfə`keʃən] 名 分類

(　) 90. We are **the perfect** ______!
(A) concept (B) combination (C) characteristic (D) conservative

Point 我們是最佳拍檔！

單字速記
- ★ **concept** [`kɑnsɛpt] 名 概念 片語 **concept car** 概念車
- ☆ **combination** [ˌkɑmbə`neʃən] 名 結合；組合
- ★ **characteristic** [ˌkærəktə`rɪstɪk] 名 特徵 形 獨特的
- ☆ **conservative** [kən`sɝvətɪv] 名 保守主義者；防腐劑 形 保守的；守舊的

Answer Key 61-90

61~65 B A C B A　66~70 D C B B D　71~75 B D C D A
76~80 B C C A D　81~85 C B C A B　86~90 C A D A B

ROUND 4 Question 91～120

( ) 91. Jasper doesn't know how to _______ these items into categories.
(A) cue (B) demonstrate (C) classify (D) devise

Point 賈斯伯不知道該如何將這些物品分門別類。

單字速記
- ★ **cue** [kju] 名 動 暗示 片語 **cue ball** (撞球台上的)白球
- ☆ **demonstrate** [`dɛmən͵stret] 動 證明；示威；顯示；說明
- ★ **classify** [`klæsə͵faɪ] 動 分類 片語 **classified advertisement** 分類廣告
- ☆ **devise** [dɪ`vaɪz ] 動 想出；設計 同義 **contrive** [ kən`traɪv]

( ) 92. Katherine's _______ of the butterfly effect seems to be interesting.
(A) demonstration (B) depression (C) destiny (D) disadvantage

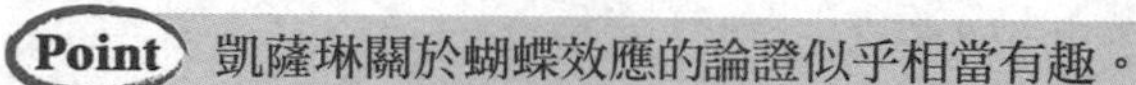

Point 凱薩琳關於蝴蝶效應的論證似乎相當有趣。

單字速記
- ★ **demonstration** [͵dɛmən`streʃən] 名 證明；示威；顯示；說明
- ☆ **depression** [dɪ`prɛʃən ] 名 沮喪 相關 **depressant** [ dɪ`presn̩t] 名 鎮靜劑
- ★ **destiny** [`dɛstənɪ] 名 命運；天數；神意 同義 **fate** [fet]
- ☆ **disadvantage** [͵dɪsəd`væntɪdʒ ] 名 不利 同義 **drawback** [ `drɔ͵bæk]

( ) 93. Some _______ **opinions** should be adjusted to meet the modern trend.
(A) fantastic (B) conventional (C) imaginable (D) imaginary

Point 某些傳統的見解應該調整，以順應現代潮流。

單字速記
- ★ **fantastic** [fæn`tæstɪk ] 形 想像中的；極好的 同義 **unreal** [ ʌn`ril]
- ☆ **conventional** [kən`vɛnʃənl̩ ] 形 傳統的 同義 **traditional** [ trə`dɪʃənl̩]
- ★ **imaginable** [ɪ`mædʒɪnəbl̩] 形 可想像的；可想像得到的
- ☆ **imaginary** [ɪ`mædʒə͵nɛrɪ ] 形 想像的 同義 **fanciful** [ `fænsɪfəl]

( ) 94. The boss will _______ Charlie's performance tomorrow.
(A) apologize (B) cooperate (C) evaluate (D) amuse

Point 老闆明天會評估查理的工作表現。

1 Round
2 Round
3 Round
4 Round
5 Round
6 Round
7 Round
8 Round
9 Round
10 Round

單字速記
★ **apologize** [əˋpɑlə͵dʒaɪz] 動 道歉；認錯；辯護
☆ **cooperate** [koˋɑpə͵ret] 動 合作 同義 **collaborate** [kəˋlæbə͵ret]
★ **evaluate** [ɪˋvælju͵et] 動 評估 衍生 **evaluation** [ɪ͵væljuˋeʃən] 名 評價
☆ **amuse** [əˋmjuz] 動 使歡樂 同義 **entertain** [͵ɛntɚˋten]

( ) 95. I have handed in the **staff** _______ **report** to Rex.
(A) hesitation (B) evaluation (C) impression (D) objection

Point 我已經把員工評估報告交給雷克斯了。

單字速記
★ **hesitation** [͵hɛzəˋteʃən] 名 猶豫 相關 **hesitate** [ˋhɛzə͵tet] 動 猶豫
☆ **evaluation** [ɪ͵væljuˋeʃən] 名 評估 片語 **project evaluation** 專業評估
★ **impression** [ɪmˋprɛʃən] 名 印象 相關 **impress** [ɪmˋprɛs] 動 使銘記
☆ **objection** [əbˋdʒɛkʃən] 名 反對 反義 **agreement** [əˋgrimənt] 名 同意

( ) 96. My **life** _______ is to become a superstar.
(A) objective (B) instinct (C) merit (D) misfortune

Point 我的人生目標是要成為一名超級巨星。

單字速記
★ **objective** [əbˋdʒɛktɪv] 名 目標 形 客觀的 同義 **intent** [ɪnˋtɛnt] 名 目的
☆ **instinct** [ˋɪnstɪŋkt] 名 直覺；本能 片語 **have an instinct for** 有…的天才
★ **merit** [ˋmɛrɪt] 名 優點；價值 反義 **demerit** [diˋmɛrɪt] 名 缺點；過失
☆ **misfortune** [mɪsˋfɔrtʃən] 名 不幸 反義 **fortune** [ˋfɔrtʃən] 名 好運；幸運

( ) 97. I don't **take** _______ well.
(A) pursuit (B) recognition (C) refusal (D) tendency

Point 我不善於接受拒絕。

單字速記
★ **pursuit** [pɚˋsut] 名 追求 片語 **in pursuit of** 追趕；追蹤
☆ **recognition** [͵rɛkəgˋnɪʃən] 名 認可；認出；招呼；致意
★ **refusal** [rɪˋfjuzl̩] 名 拒絕；優先購買權 同義 **denial** [dɪˋnaɪəl] 名 否認
☆ **tendency** [ˋtɛndənsɪ] 名 傾向；潮流 同義 **inclination** [͵ɪnkləˋneʃən]

( ) 98. Iris **was** _______ **to** help the old lady.
(A) miserable (B) imaginative (C) admirable (D) reluctant

Point 艾蕊絲不情願地幫助那位老婦人。

★ **miserable** [ˋmɪzərəbl̩] 形 不幸的 同義 **wretched** [ˋrɛtʃɪd]
☆ **imaginative** [ɪˋmædʒə͵netɪv] 形 有想像力的；虛構的
★ **admirable** [ˋædmərəbl̩] 形 值得讚揚的；令人欽佩的；極好的
☆ **reluctant** [rɪˋlʌktənt] 形 不情願的 片語 **reluctant to** 不情願做…

( ) 99. I won't **accept** your ______ because you don't deserve to be forgiven.

(A) acceptance (B) admiration (C) apology (D) recognition

Point 我不會接受你的道歉，因為你不值得被原諒。

★ **acceptance** [əkˋsɛptəns] 名 接受 片語 **win acceptance with** 受歡迎
☆ **admiration** [͵ædməˋreʃən] 名 敬佩 反義 **scorn** [skɔrn] 名 輕蔑
★ **apology** [əˋpɑlədʒɪ] 名 道歉；賠罪；辯護；勉強的替代物
☆ **recognition** [͵rɛkəgˋnɪʃən] 名 認可；認出；招呼；致意

( ) 100. I **showed** ______ **for** your assistance.

(A) approval (B) appreciation (C) cooperation (D) conscience

Point 我對你的協助表示感謝。

★ **approval** [əˋpruvl̩] 名 同意 反義 **disapproval** [͵dɪsəˋpruvl̩] 名 不贊成
☆ **appreciation** [ə͵priʃɪˋeʃən] 名 賞識 片語 **capital appreciation** 資產增值
★ **cooperation** [ko͵ɑpəˋreʃən] 名 合作；協力；互助
☆ **conscience** [ˋkɑnʃəns] 名 良知；良心；善惡觀念

( ) 101. Due to her ______ **spirit**, we really felt like a team.

(A) cooperative (B) passive (C) obedient (D) voluntary

Point 由於她的合作精神，我們感覺真像是個團隊。

★ **cooperative** [koˋɑpə͵retɪv] 形 合作的；樂於合作的 名 合作社
☆ **passive** [ˋpæsɪv] 形 被動的 片語 **passive smoking** 吸二手煙
★ **obedient** [əˋbidjənt] 形 服從的 同義 **compliant** [kəmˋplaɪənt]
☆ **voluntary** [ˋvɑlən͵tɛrɪ] 形 自願的 片語 **voluntary muscle** 隨意肌

( ) 102. After breaking up with her boyfriend, my sister **made a strong** ______ to move on to life.

1 Round
2 Round
3 Round
4 Round
5 Round
6 Round
7 Round
8 Round
9 Round
10 Round

(A) determination (B) generosity (C) inspiration (D) motivation

Point 與男朋友分手後，我妹妹下定決心要重新振作。

單字速記

★ **determination** [dɪˌtɝməˋneʃən] 名 決心 同義 **resolution** [ˌrɛzəˋluʃən]
☆ **generosity** [ˌdʒɛnəˋrɑsətɪ] 名 慷慨 相關 **generous** [ˋdʒɛnərəs] 形 大方
★ **inspiration** [ˌɪnspəˋreʃən] 名 鼓舞；激勵
☆ **motivation** [ˌmotəˋveʃən] 名 動機；刺激；幹勁

( ) 103. Thanks to your _______ in this charity event, we were successful.
(A) obedience (B) participation (C) resolution (D) volunteer

Point 多虧您的參與，這場慈善活動獲得成功。

單字速記

★ **obedience** [əˋbidjəns] 名 服從；遵守 相關 **obey** [əˋbe] 動 聽從
☆ **participation** [pɑrˌtɪsəˋpeʃən] 名 參與 片語 **participation in** 參與
★ **resolution** [ˌrɛzəˋluʃən] 名 決議 片語 **New Year's resolution** 新年願望
☆ **volunteer** [ˌvɑlənˋtɪr] 名 志工；義工 動 自願做 形 自願的

( ) 104. David didn't study hard this time so he **felt** _______ **about** the final exam.
(A) agreeable (B) ashamed (C) anxious (D) content

Point 大衛這次沒有認真念書，所以他對於期末考感到焦慮。

單字速記

★ **agreeable** [əˋgriəbḷ] 形 令人愉快的 片語 **agreeable food** 可口食物
☆ **ashamed** [əˋʃemd] 形 引以為恥的 同義 **shameful** [ˋʃemfəl]
★ **anxious** [ˋæŋkʃəs] 形 擔憂的 片語 **anxious about** 為…擔心
☆ **content** [kənˋtɛnt] 形 滿意的 片語 **content oneself with** 滿足於…

( ) 105. My younger brother stole my money. It did _______ me a lot.
(A) annoy (B) cherish (C) delight (D) devote

Point 我弟弟偷我錢，這真的惹惱我了。

單字速記

★ **annoy** [əˋnɔɪ] 動 使惱怒 同義 **vex** [vɛks]
☆ **cherish** [ˋtʃɛrɪʃ] 動 珍惜 同義 **treasure** [ˋtrɛʒɚ]
★ **delight** [dɪˋlaɪt] 動 使高興 名 欣喜 片語 **take delight in** 以…為樂
☆ **devote** [dɪˋvot] 動 貢獻於… 片語 **devote one's attention to** 專心於…

( ) 106. She's waiting for the final verdict full of fear and ______.
(A) attraction (B) confidence (C) content (D) anxiety

Point 她滿懷恐懼和焦慮等待最終判決。

單字速記
★ **attraction** [ə`trækʃən] 名 吸引力 片語 **tourist attraction** 觀光勝地
☆ **confidence** [`kɑnfədəns] 名 信心 片語 **confidence trick** 騙局；詐欺
★ **content(s)** [`kɑntɛnt(s) ] 名 內容；目錄 他義 [ kən`tɛnt] 形 滿足的
☆ **anxiety** [æŋ`zaɪətɪ ] 名 不安；焦慮 相關 **anxious** [ `æŋkʃəs] 形 焦慮的

( ) 107. ______ **killed the cat**.
(A) Contentment (B) Courtesy (C) Cruelty (D) Curiosity

Point 好奇心殺死貓。

單字速記
★ **contentment** [kən`tɛntmənt] 名 滿足；知足；滿意
☆ **courtesy** [`kɜtəsɪ] 名 禮貌 片語 **courtesy bus** (旅館、機場的)免費接客車
★ **cruelty** [`kruəltɪ ] 名 殘酷 近義 **brutality** [ bru`tælətɪ] 名 殘忍
☆ **curiosity** [ˏkjʊrɪ`ɑsətɪ] 名 好奇心 片語 **out of curiosity** 出於好奇心

( ) 108. She **was** ______ **for** a job to support her family.
(A) courageous (B) desperate (C) courteous (D) cunning

Point 她極度渴望一份工作以養家。

單字速記
★ **courageous** [kə`redʒəs] 形 勇敢的 同義 **brave** [brev]
☆ **desperate** [`dɛspərɪt] 形 不顧一切的；亡命的；極度渴望的
★ **courteous** [`kɜtɪəs ] 形 有禮貌的 同義 **polite** [ pə`laɪt]
☆ **cunning** [`kʌnɪŋ ] 形 狡猾的 名 狡猾；熟練 同義 **crafty** [ `kræftɪ] 形

( ) 109. It is ______ for us to be here at your wedding. Thank you for the invitation.
(A) earnest (B) delightful (C) elegant (D) emotional

Point 我們能夠在這裡參加你的婚禮，真是令人欣喜。謝謝你的邀請。

單字速記
★ **earnest** [`ɜnɪst] 形 誠摯的 名 誠摯 片語 **earnest money** 定金；保證金
☆ **delightful** [dɪ`laɪtfəl ] 形 令人欣喜的 同義 **pleasant** [ `plɛzənt]
★ **elegant** [`ɛləgənt ] 形 優雅的 反義 **inelegant** [ ɪn`ɛləgənt] 形 粗野的
☆ **emotional** [ɪ`moʃənḷ] 形 感情脆弱的；感情上的；激起情感的

( ) 110. After being scolded in public, I have a feeling of **sheer** _______.
(A) discouragement (B) disgust (C) diligence (D) embarrassment

Point 遭公然辱罵後，我感到十足的困窘。

單字速記
★ **discouragement** [dɪs`kɝɪdʒmənt] 名 失望；沮喪；使人洩氣的事物
☆ **disgust** [dɪs`gʌst ] 動 使厭惡 名 厭惡 同義 **sicken** [ `sɪkən]
★ **diligence** [`dɪlədʒəns ] 名 勤勉；勤奮 同義 **assiduity** [ ˌæsə`djuətɪ]
☆ **embarrassment** [ɪm`bærəsmənt] 名 困窘；使人為難的人；拮据

( ) 111. I would be _______ to see a ghost in my house.
(A) embarrassed (B) discouraged (C) horrified (D) insulted

Point 如果我在家看到鬼，我會害怕。

單字速記
★ **embarrass** [ɪm`bærəs ] 動 使困窘 同義 **abash** [ ə`bæʃ]
☆ **discourage** [dɪs`kɝɪdʒ ] 動 使沮喪 反義 **encourage** [ ɪn`kɝɪdʒ] 名 鼓勵
★ **horrify** [`hɔrəˌfaɪ ] 動 使害怕 衍生 **horrifying** [ `hɔrəˌfaɪɪŋ] 形 令人驚駭的
☆ **insult** 名 [`ɪnsʌlt ] 動 [ ɪn`sʌlt] 侮辱 片語 **add insult to injury** 雪上加霜

( ) 112. Success consists of going from failure to failure without **loss of** _______.
(A) grief (B) guilt (C) enthusiasm (D) hatred

Point 成功意味著屢敗屢戰而不喪失熱情。

單字速記
★ **grief** [grif] 名 悲傷；悲傷的緣由；不幸；災難 同義 **sorrow** [`sɑro]
☆ **guilt** [gɪlt] 名 罪；內疚 衍生 **guilt-ridden** [`gɪltˌrɪdn] 形 深感內疚的
★ **enthusiasm** [ɪn`θjuzɪˌæzəm] 名 熱情；熱心；熱忱
☆ **hatred** [`hetrɪd] 名 憎惡；憎恨；敵意 同義 **hate** [het]

( ) 113. The hut on the island was destroyed by a _______ **storm**.
(A) envious (B) favorable (C) graceful (D) furious

Point 島上的小屋被強烈的暴風雨摧毀。

單字速記
★ **envious** [`ɛnvɪəs] 形 羨慕的；嫉妒的 片語 **envious of** 嫉妒；羨慕
☆ **favorable** [`fevərəbl̩] 形 有幫助的；有利的；贊同的；討人喜歡的
★ **graceful** [`gresfəl ] 形 優雅的 同義 **elegant** [ `ɛləgənt]
☆ **furious** [`fjʊrɪəs] 形 狂怒的 片語 **fast and furious** 喧騰地

( ) 114. The people on the remote island are very _______.
(A) inspiring (B) motivating (C) isolated (D) grieved

Point 位於偏僻島嶼的人們非常孤立。

單字速記
★ **inspire** [ɪn`spaɪr ] 動 鼓舞 衍生 **inspiring** [ ɪn`spaɪrɪŋ] 形 啟發靈感的
☆ **motivate** [`motə͵vet] 動 刺激；激發；給予動機
★ **isolate** [`aɪsl̩͵et ] 動 隔離；孤立 同義 **separate** [ `sɛpə͵ret]
☆ **grieve** [griv] 動 使悲傷 反義 **please** [pliz] 動 使高興

( ) 115. Many kids **burst into** _______ when their teacher fell into the pool.
(A) giggles (B) grace (C) isolation (D) jealousy

Point 老師掉入游泳池時讓很多小孩咯咯發笑。

單字速記
★ **giggle** [`gɪgl̩ ] 名 動 咯咯笑 同義 **chuckle** [ `tʃʌkl̩]
☆ **grace** [gres] 名 優雅 動 使優雅 片語 **fall from grace** 失寵
★ **isolation** [͵aɪsl̩`eʃən] 名 分離；孤獨 片語 **isolation period** 隔離期
☆ **jealousy** [`dʒɛləsɪ ] 名 嫉妒 反義 **tolerance** [ `tɑlərəns] 名 寬容

( ) 116. That man **was found** _______ and issued a life sentence.
(A) gracious (B) guilty (C) keen (D) preferable

Point 那名男子被判有罪，並被宣判無期徒刑。

單字速記
★ **gracious** [`greʃəs ] 形 親切的；慈祥的 同義 **kindly** [ `kaɪdlɪ]
☆ **guilty** [`gɪltɪ] 形 有罪的 片語 **guilty of** 有…之過錯
★ **keen** [kin] 形 熱切的；熱衷的 片語 **keen on** 喜愛；熱衷於
☆ **preferable** [`prɛfərəbl̩] 形 較好的；更合意的

( ) 117. Jolie is a _______ girl. She doesn't think things will turn out well.
(A) respectable (B) respectful (C) pessimistic (D) shameful

Point 裘莉是個悲觀的女孩，她不認為事情最終會有好結果。

單字速記
★ **respectable** [rɪ`spɛktəbl̩ ] 形 可尊敬的 同義 **estimable** [ `ɛstəməbl̩]
☆ **respectful** [rɪ`spɛktfəl] 形 有禮的；尊重人的
★ **pessimistic** [͵pɛsə`mɪstɪk] 形 悲觀的；悲觀主義的
☆ **shameful** [`ʃemfəl ] 形 丟臉的 同義 **disgraceful** [ dɪs`gresfəl]

( ) 118. When I asked Tim to pay me what he owed, he **went purple with** ______.
(A) rage (B) sob (C) sympathy (D) dignity

Point 當我向提姆討債時，他憤怒到臉都發紫了。

單字速記
- ★ **rage** [redʒ] 名 狂怒 動 暴怒 片語 **fly into a rage** 暴怒
- ☆ **sob** [sɑb] 動 名 啜泣 片語 **sob story** 感傷的故事
- ★ **sympathy** [ˋsɪmpəθɪ] 名 同情 片語 **in sympathy with** 同情
- ☆ **dignity** [ˋdɪgnətɪ] 名 尊嚴；威嚴 片語 **stand on one's dignity** 保持尊嚴

( ) 119. While I **am** ______ **to** your situation, I'm afraid I can't be of any further assistance.
(A) sympathetic (B) sorrowful (C) tense (D) stingy

Point 雖然我同情你的處境，但我恐怕無法提供進一步的協助。

單字速記
- ★ **sympathetic** [ˏsɪmpəˋθɛtɪk] 形 同情的；贊同的；合意的
- ☆ **sorrowful** [ˋsɑrəfəl] 形 悲傷的；傷心的；令人傷心的
- ★ **tense** [tɛns] 形 緊張的 動 緊張 片語 **tense up** 使緊張
- ☆ **stingy** [ˋstɪndʒɪ] 形 吝嗇的；有刺的 同義 **ungenerous** [ʌnˋdʒɛnərəs]

( ) 120. Forgiveness is a ______ **of the brave**.
(A) tension (B) mercy (C) virtue (D) loyalty

Point 寬恕是勇者的美德。

單字速記
- ★ **tension** [ˋtɛnʃən] 名 張力；緊張 片語 **surface tension** 表面張力
- ☆ **mercy** [ˋmɝsɪ] 名 慈悲 片語 **have mercy on** 對…發慈悲
- ★ **virtue** [ˋvɝtʃu] 名 美德 片語 **cardinal virtue** 基本道德
- ☆ **loyalty** [ˋlɔɪəltɪ] 名 忠誠 片語 **brand loyalty** 品牌忠誠度

Answer Key 91-120

91 ~ 95 ▶ C A B C B	96~100 ▶ A C D C B	101~105 ▶ A A B C A
106~110 ▶ D D B B D	111~115 ▶ C C D C A	116~120 ▶ B C A A C

ROUND 5 Question 121～150

(　) 121. Scary movies _______ Gigi all the time.
(A) oppose (B) accomplish (C) terrify (D) acquire

Point 恐怖電影總是使琪琪恐懼。

★ **oppose** [ə`poz] 動 反對；反抗；妨礙 片語 **oppose to** 對抗
☆ **accomplish** [ə`kɑmplɪʃ ] 動 完成 同義 **complete** [ kəm`plit]
★ **terrify** [`tɛrə͵faɪ] 動 使恐懼 片語 **be terrified of** 對…感到害怕
☆ **acquire** [ə`kwaɪr] 動 取得 片語 **acquired immunity** 後天免疫性

(　) 122. It's _______ **of** you to help the old lady.
(A) thoughtful (B) timid (C) awkward (D) clumsy

Point 你幫助那位老太太的舉動真是體貼。

★ **thoughtful** [`θɔtfəl ] 形 體貼的 同義 **considerate** [ kən`sɪdərɪt]
☆ **timid** [`tɪmɪd ] 形 膽小的 同義 **bashful** [ `bæʃfəl]
★ **awkward** [`ɔkwɚd ] 形 笨拙的 同義 **clumsy** [ `klʌmzɪ]
☆ **clumsy** [`klʌmzɪ ] 形 笨拙的 同義 **awkward** [ `ɔkwɚd]

(　) 123. He finally reached the _______ of becoming a famous cook.
(A) adjustment (B) assistance (C) competition (D) accomplishment

Point 他終於有所成就地成為有名的廚師。

单字速記

★ **adjustment** [ə`dʒʌstmənt] 名 調整；調節；校正
☆ **assistance** [ə`sɪstəns ] 名 協助 相關 **assist** [ ə`sɪst] 動 協助
★ **competition** [͵kɑmpə`tɪʃən ] 名 競爭 同義 **contest** [ `kɑntɛst]
☆ **accomplishment** [ə`kɑmplɪʃmənt] 名 成就；成績；完成；實現

(　) 124. His wife made **a lot of helpful** _______ to his work and his family.
(A) confusion (B) contributions (C) barriers (D) creativity

Point 他的太太對他的工作和家庭貢獻良多。

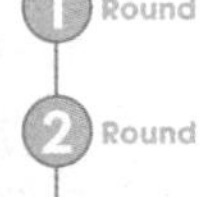

單字速記

★ **confusion** [kən`fjuʒən] 名 迷惑 片語 **in confusion** 混亂
☆ **contribution** [ˌkɑntrə`bjuʃən] 名 貢獻；捐獻；捐助
★ **barrier** [`bærɪr] 名 障礙；阻礙 片語 **barrier-free elevator** 無障礙電梯
☆ **creativity** [ˌkrie`tɪvətɪ ] 名 創造力 近義 **invention** [ ɪn`vɛnʃən] 名 發明力

( ) 125. She _______ a huge sum of **money** to help the homeless people.
(A) convinced (B) coped (C) contributed (D) deserved

Point 她大量捐款以幫助無家可歸的人們。

單字速記

★ **convince** [kən`vɪns] 動 使確信；使信服 片語 **convince of** 使確信
☆ **cope** [kop] 動 處理；競爭 片語 **cope with** 對付
★ **contribute** [kən`trɪbjut] 動 貢獻 片語 **contribute to** 捐助；幫助
☆ **deserve** [dɪ`zɝv ] 動 應得 衍生 **deserved** [ dɪ`zɝvd] 形 應得的

( ) 126. We _______ Japan by a score of 85-76 at the basketball tournament last night.
(A) defeated (B) differed (C) distinguish (D) dominate

Point 昨晚籃球比賽，我們以八十五比七十六的比分大敗日本隊。

單字速記

★ **defeat** [dɪ`fit ] 動 名 擊敗；使無效 同義 **overcome** [ ˌovɚ`kʌm]
☆ **differ** [`dɪfɚ] 動 不同；相異 片語 **differ from** 與…不同
★ **distinguish** [dɪ`stɪŋgwɪʃ] 動 分辨 片語 **distinguish from** 區分
☆ **dominate** [`dɑməˌnet ] 動 支配 衍生 **dominant** [ `dɑmənənt] 形 佔優勢的

( ) 127. Tim's offensive behavior toward that criminal is totally _______.
(A) dependable (B) competitive (C) dependent (D) defensible

Point 提姆對於那名罪犯的攻擊行為完全是可以辯解的。

單字速記

★ **dependable** [dɪ`pɛndəbl̩ ] 形 可靠的 同義 **trustworthy** [ `trʌstˌwɝðɪ]
☆ **competitive** [kəm`pɛtətɪv] 形 競爭的；競爭性的；好競爭的
★ **dependent** [dɪ`pɛndənt] 名 從屬者；受撫養者 形 依賴的；取決於…的
☆ **defensible** [dɪ`fɛnsəbl̩] 形 可防禦的；可辯護的；可擁護的

( ) 128. Allen **is** _______ **for** his selling skills.
(A) dominant (B) distinguished (C) ignorant (D) tolerable

Point 艾倫以他的銷售技巧聞名。

單字速記
- ★ **dominant** [`dɑmənənt ] 形 支配的；統治的 同義 **ruling** [ `rulɪŋ]
- ☆ **distinguished** [dɪ`stɪŋgwɪʃt] 形 卓越的；著名的
- ★ **ignorant** [`ɪgnərənt] 形 無知的 片語 **ignorant of** 不知…
- ☆ **tolerable** [`tɑlərəbḷ ] 形 可容忍的 同義 **bearable** [ `bɛrəbḷ]

(　) 129. I work all week long; Sunday is the only ______.
(A) exception　(B) efficiency　(C) fulfillment　(D) intelligence

Point 我工作一整週，只有星期日例外。

單字速記
- ★ **exception** [ɪk`sɛpʃən] 名 例外 片語 **take exception against** 反對
- ☆ **efficiency** [ɪ`fɪʃənsɪ ] 名 效率 相關 **efficient** [ ɪ`fɪʃənt] 形 有效率的
- ★ **fulfillment** [fʊl`fɪlmənt ] 名 實現 相關 **fulfill** [ fʊl`fɪl] 動 實現
- ☆ **intelligence** [ɪn`tɛlədʒəns] 名 智力 片語 **intelligence test** 智力測驗

(　) 130. I couldn't ______ a person like Hunter who never cooperates with anyone.
(A) forbid　(B) fulfill　(C) endure　(D) strengthen

Point 我再也不能忍受像杭特一樣的人，他從不與人合作。

單字速記
- ★ **forbid** [fə`bɪd ] 動 禁止 衍生 **forbidden** [ fə`bɪdṇ] 形 禁止的
- ☆ **fulfill** [fʊl`fɪl] 動 滿足；實現 片語 **fulfill oneself** 自我實現
- ★ **endure** [ɪn`djʊr ] 動 忍受 衍生 **endurance** [ ɪn`djʊrəns] 名 忍耐
- ☆ **strengthen** [`strɛŋθən ] 動 加強；增強 同義 **reinforce** [ ˌriɪn`fɔrs]

(　) 131. She became ______ by reading lots of books.
(A) intellectual　(B) intelligent　(C) honorable　(D) gifted

Point 她藉由大量閱讀而變得聰明。

單字速記
- ★ **intellectual** [ˌɪntḷ`ɛktʃʊəl ] 形 智力的 相關 **intellect** [ `ɪntḷˌɛkt] 名 智力
- ☆ **intelligent** [ɪn`tɛlədʒənt] 形 聰明的 片語 **intelligent robot** 智慧型機器人
- ★ **honorable** [`ɑnərəbḷ] 形 可敬的 片語 **honorable mention** 榮譽獎
- ☆ **gifted** [`gɪftɪd] 形 有天賦的 片語 **gifted child** 有學習天才的小孩

1 Round
2 Round
3 Round
4 Round
5 Round
6 Round
7 Round
8 Round
9 Round
10 Round

( ) 132. He accepts the award for _______ lead actor in a miniseries.
(A) influential (B) persuasive (C) outstanding (D) tolerant

Point 他領受傑出迷你劇集男演員獎。

單字速記
- ★ **influential** [ˌɪnflʊˋɛnʃəl] 形 有影響力的；有權勢的
- ☆ **persuasive** [pɚˋswesɪv] 形 有說服力的；勸說的；勸誘的
- ★ **outstanding** [ˋaʊtˋstændɪŋ] 形 傑出的；重要的；未償付的 名 未償貸款
- ☆ **tolerant** [ˋtɑlərənt] 形 忍耐的 相關 **tolerable** [ˋtɑlərəbl̩] 形 可容忍的

( ) 133. I don't **have** any _______ to take your possessions.
(A) invention (B) maturity (C) persuasion (D) intention

Point 我對你的財物沒有任何奪取的意圖。

單字速記
- ★ **invention** [ɪnˋvɛnʃən] 名 發明；創造；發明物；創作品；發明才能
- ☆ **maturity** [məˋtjʊrətɪ] 名 成熟 反義 **immaturity** [ɪməˋtjʊrətɪ] 名 未成熟
- ★ **persuasion** [pɚˋsweʒən] 名 說服 同義 **suasion** [ˋsweʒən]
- ☆ **intention** [ɪnˋtɛnʃən] 名 意圖；意向 同義 **purpose** [ˋpɝpəs]

( ) 134. Sherry is _______ with a due date of December 21.
(A) promising (B) remarkable (C) pregnant (D) divine

Point 雪莉懷孕了，預產期是十二月二十一日。

單字速記
- ★ **promising** [ˋprɑmɪsɪŋ] 形 有前途的 同義 **hopeful** [ˋhopfəl]
- ☆ **remarkable** [rɪˋmɑrkəbl̩] 形 卓越的 同義 **noteworthy** [ˋnotˌwɝðɪ]
- ★ **pregnant** [ˋprɛgnənt] 形 懷孕的；充滿的；多產的；富於成果的
- ☆ **divine** [dəˋvaɪn] 形 超凡的 片語 **divining rod** 探測杖；魔杖

( ) 135. It takes many good deeds to build a **good** _______, and one bad one to lose it.
(A) reputation (B) promotion (C) satisfaction (D) resistance

Point 好名聲得之難，失之易。

單字速記
- ★ **reputation** [ˌrɛpjəˋteʃən] 名 名聲 片語 **reputation risk** 商譽風險
- ☆ **promotion** [prəˋmoʃən] 名 升遷；晉級；促銷活動
- ★ **satisfaction** [ˌsætɪsˋfækʃən] 名 滿足 片語 **job satisfaction** 職業成就感
- ☆ **resistance** [rɪˋzɪstəns] 名 抵抗 片語 **passive resistance** 消極抵抗

( ) 136. You need to **have** ______ **for** mischievous children, or you can not be a good teacher.

(A) tolerance (B) acquaintance (C) pregnancy (D) blessing

Point 你必須能忍受頑皮的小孩，否則你無法成為好老師。

單字速記

★ **tolerance** [`tɑlərəns] 名 寬容 片語 **damage tolerance** 損害容限

☆ **acquaintance** [ə`kwentəns] 名 認識的人；熟人；(與人)相識；了解

★ **pregnancy** [`prɛgnənsɪ] 名 懷孕 片語 **pregnancy test** 妊娠試驗

☆ **blessing** [`blɛsɪŋ] 名 恩典；祝福 反義 **curse** [kɝs] 名 動 詛咒

( ) 137. Jack's excellent cooking skill is **without a** ______.

(A) triumph (B) peer (C) companion (D) diaper

Point 傑克傑出的烹飪技術無人可比。

單字速記

★ **triumph** [`traɪəmf ] 動 獲勝 名 勝利 同義 **victory** [ `vɪktərɪ]

☆ **peer** [pɪr] 名 同儕 動 凝視 片語 **peer group** 同儕團體

★ **companion** [kəm`pænjən] 名 同伴 片語 **boon companion** 好友

☆ **diaper** [`daɪəpɚ] 名 尿布 動 包尿布 片語 **diaper rash** 尿布疹

( ) 138. Easter dinner is an important ______ for Christians.

(A) grave (B) tomb (C) funeral (D) feast

Point 復活節晚餐是基督徒的重要盛宴。

單字速記

★ **grave** [grev] 名 墳墓 形 嚴重的 衍生 **gravedigger** [`grev͵dɪgɚ] 名 挖墓者

☆ **tomb** [tum] 名 墳墓 動 埋葬 片語 **Tomb-sweeping Day** 清明節

★ **funeral** [`fjunərəl] 名 葬禮 片語 **funeral home** 殯儀館

☆ **feast** [fist] 名 節日；宴會 動 盛宴款待 片語 **feast on** 盡情欣賞

( ) 139. They ______ a huge pig to the gods.

(A) sacrificed (B) tolerated (C) launched (D) orbited

Point 他們以一頭大豬祭祀眾神。

單字速記

★ **sacrifice** [`sækrə͵faɪs] 動 犧牲；祭祀 名 犧牲

☆ **tolerate** [`tɑlə͵ret ] 動 忍受 同義 **endure** [ ɪn`djʊr]

★ **launch** [lɔntʃ] 動 發射 名 開始 片語 **launch out** 出航

☆ **orbit** [`ɔrbɪt ] 動 繞軌道運行 名 軌道 衍生 **orbiter** [ `ɔrbɪtɚ] 名 人造衛星

( ) 140. The **ancient** _______ of Cambodia was discoverered by a French explorer.
(A) settler (B) civilization (C) satellite (D) biology

Point 一位法國探險家發現柬埔寨古文明。

單字速記
- ★ **settler** [ˋsɛtlɚ] 名 殖民者；解決者 相關 **settle** [ˋsɛtl̩] 動 殖民於；使定居
- ☆ **civilization** [ˏsɪvl̩əˋzeʃən] 名 文明；文明國家；開化過程
- ★ **satellite** [ˋsætl̩ˏaɪt] 名 衛星 片語 **satellite television** 衛星電視
- ☆ **biology** [baɪˋɑlədʒɪ] 名 生物 衍生 **biological** [ˏbaɪəˋlɑdʒɪkl̩] 形 生物的

( ) 141. The province was riven by intense _______ **conflicts**.
(A) tribal (B) primitive (C) lunar (D) solar

Point 這個省因激烈的部落衝突而分裂。

單字速記
- ★ **tribal** [ˋtraɪbl̩] 形 部落的 衍生 **tribalism** [ˋtraɪbl̩ɪzəm] 名 部落制度
- ☆ **primitive** [ˋprɪmətɪv] 形 原始的 近義 **ancient** [ˋenʃənt] 形 古舊的
- ★ **lunar** [ˋlunɚ] 形 月亮的；陰曆的 片語 **Lunar New Year** 中國農曆新年
- ☆ **solar** [ˋsolɚ] 形 太陽的；利用太陽光的 片語 **solar car** 太陽能車

( ) 142. **Familiarity** _______ **contempt**.
(A) breeds (B) genes (C) species (D) acid

Point 親近生侮慢。

單字速記
- ★ **breed** [brid] 動 生育 名 品種 衍生 **breeder** [ˋbridɚ] 名 飼養者；培育者
- ☆ **gene** [dʒin] 名 基因 片語 **gene transplantation** 基因移植
- ★ **species** [ˋspiʃiz] 名 物種 片語 **exotic species** 外來物種
- ☆ **acid** [ˋæsɪd] 名 酸 形 酸的 衍生 **acid-tongued** [ˋæsɪdˏtʌŋd] 形 諷刺的

( ) 143. _______ is a colorless, odorless, and non-toxic gas.
(A) Chemistry (B) Copper (C) Aluminum (D) Hydrogen

Point 氫是一種無色、無味且無毒的氣體。

單字速記
- ★ **chemistry** [ˋkɛmɪstrɪ] 名 化學 片語 **organic chemistry** 有機化學
- ☆ **copper** [ˋkɑpɚ] 形 銅製的 名 銅 衍生 **coppery** [ˋkɑpərɪ] 形 含銅的
- ★ **aluminum** [əˋlumɪnəm] 名 鋁 片語 **aluminum foil** 鋁箔紙
- ☆ **hydrogen** [ˋhaɪdrədʒən] 名 氫 片語 **hydrogen car** 氫動力車

( ) 144. People are more interested in what a diamond represents than what _______ a diamond.

(A) consists (B) breeds (C) translates (D) constitutes

Point 比起鑽石的組成成分，人們對於鑽石所代表的意義更感興趣。

單字速記
- ★ **consist** [kən`sɪst] 動 組成；構成 片語 **consist of** 由…構成
- ☆ **breed** [brid] 動 生育 名 品種 衍生 **breeding** [`bridɪŋ] 名 繁殖；培植
- ★ **translate** [`træns͵let ] 動 翻譯 同義 **interpret** [ ɪn`tɝprɪt]
- ☆ **constitute** [`kɑnstə͵tjut] 動 構成 同義 **form** [fɔrm]

( ) 145. We can't breathe without _______.

(A) oxygen (B) hydrogen (C) consonant (D) vowel

Point 沒有氧氣，我們就無法呼吸。

單字速記
- ★ **oxygen** [`ɑksədʒən] 名 氧 片語 **oxygen mask** 氧氣面罩
- ☆ **hydrogen** [`haɪdrədʒən] 名 氫 片語 **hydrogen bomb** 氫彈
- ★ **consonant** [`kɑnsənənt ] 名 子音 反義 **vowel** [ `vaʊəl] 名 母音
- ☆ **vowel** [`vaʊəl ] 名 母音 反義 **consonant** [ `kɑnsənənt] 名 子音

( ) 146. _______ is an economic system based on private ownership.

(A) Bankrupt (B) Capitalist (C) Capitalism (D) Consumer

Point 資本主義是基於私有制的一種經濟制度。

單字速記
- ★ **bankrupt** [`bæŋkrʌpt] 形 破產的 名 破產者 動 使破產
- ☆ **capitalist** [`kæpətl̩ɪst] 名 資本家 片語 **venture capitalist** 風險資本家
- ★ **capitalism** [`kæpətl̩ɪzəm] 名 資本主義；資本主義制度
- ☆ **consumer** [kən`sjumɚ ] 名 消費者 反義 **producer** [ prə`djusɚ] 名 生產者

( ) 147. The _______ is growing in that country.

(A) economic (B) economics (C) economist (D) economy

Point 那個國家的經濟正在成長。

單字速記
- ★ **economic** [͵ikə`nɑmɪk] 形 經濟上的；經濟學的；合算的
- ☆ **economics** [͵ikə`nɑmɪks] 名 經濟學；經濟情況；經濟
- ★ **economist** [ɪ`kɑnəmɪst] 名 經濟學家；節儉的人
- ☆ **economy** [ɪ`kɑnəmɪ] 名 經濟；經濟結構 片語 **economy class** 經濟艙

( ) 148. The public demanded a curb on _______.
(A) inflation (B) goods (C) ancestor (D) accent

Point 民眾要求限制通貨膨脹。

單字速記
- ★ **inflation** [ɪn`fleʃən] 名 通貨膨脹 片語 **imported inflation** 輸入型通膨
- ☆ **goods** [gʊdz] 名 商品 片語 **semi-manufactured goods** 半成品
- ★ **ancestor** [`ænsɛstɚ ] 名 祖先 同義 **forefather** [ `for͵fɑðɚ]
- ☆ **accent** [`æksɛnt] 名 腔調；重音 片語 **secondary accent** (音標)次重音

( ) 149. Without a _______, it is difficult to tell the meaning of the word.
(A) idiom (B) pronunciation (C) context (D) proverb

Point 沒有上下文，很難知道這個字的意思。

單字速記
- ★ **idiom** [`ɪdɪəm] 名 成語；慣用語
- ☆ **pronunciation** [prə͵nʌnsɪ`eʃən] 名 發音；讀法
- ★ **context** [`kɑntɛkst] 名 上下文；文章脈絡
- ☆ **proverb** [`prɑvɝb ] 名 諺語；俗語 同義 **adage** [ `ædɪdʒ]

( ) 150. The man's voice has a slight **Taiwanese** _______.
(A) syllable (B) intonation (C) translation (D) adjective

Point 這個男人的聲音帶著輕微的臺語腔調。

單字速記
- ★ **syllable** [`sɪləbl̩] 名 音節 動 將⋯劃分音節
- ☆ **intonation** [͵ɪnto`neʃən] 名 語調
- ★ **translation** [træns`leʃən] 名 翻譯 片語 **free translation** 意譯
- ☆ **adjective** [`ædʒɪktɪv] 名 形容詞

Answer Key 121-150

121~125 C A D B C | 126~130 A D B A C | 131~135 B C D C A
136~140 A B D A B | 141~145 A A D D A | 146~150 C D A C B

ROUND 6 Question 151～180

(　) 151. My son-in-law can speak ______ **Taiwanese.**
(A) fluent　(B) organic　(C) grammatical　(D) plural

Point 我女婿會說流利的台語。

★ **fluent** [`fluənt ] 形 流利的 相關 **fluency** [ `fluənsɪ] 名 流暢
☆ **organic** [ɔr`gænɪk] 形 有機的 片語 **organic vegetable** 有機蔬菜
★ **grammatical** [grə`mætɪkḷ ] 形 文法的 相關 **grammar** [ `græmɚ] 名 文法
☆ **plural** [`plurəl ] 形 複數的 名 複數 反義 **singular** [ `sɪŋgjəlɚ] 名 單數

(　) 152. An **uncountable** ______ has only one form, like "coffee," "fish," or "water."
(A) adverb　(B) conjunction　(C) noun　(D) participle

Point 不可數名詞是例如「coffee」、「fish」或「water」等，只有一種形式的名詞。

★ **adverb** [`ædvɝb ] 名 副詞 衍生 **adverbial** [ əd`vɝbɪəl] 形 副詞的
☆ **conjunction** [kən`dʒʌŋkʃən] 名 連接；關聯；連接詞
★ **noun** [naʊn] 名 名詞 片語 **noun phrase** 名詞片語
☆ **participle** [`pɑrtəsəpḷ] 名 分詞 片語 **past participle** 過去分詞

(　) 153. The **personal** ______ "he" is a better substitute here.
(A) grammar　(B) pronoun　(C) singular　(D) verb

Point 人稱代名詞「he」在這裡是比較好的替代字。

★ **grammar** [`græmɚ] 名 文法 片語 **grammar school** 初級中學
☆ **pronoun** [`pronaʊn] 名 代名詞 片語 **personal pronoun** 人稱代名詞
★ **singular** [`sɪŋgjəlɚ] 名 單數 形 單一的 片語 **singular noun** 單數名詞
☆ **verb** [vɝb] 名 動詞 片語 **linking verb** 連綴動詞

(　) 154. The author is about to ______ his novel **into** a movie.
(A) adapt　(B) interpret　(C) draft　(D) plot

Point 作者即將把他的小說改編成電影。

單字速記

★ **adapt** [ə`dæpt] 動 改編；改寫；使適應 片語 **adapt to** 使自己適應於
☆ **interpret** [ɪn`tɝprɪt ] 動 解讀；翻譯 近義 **explain** [ ɪk`spleen] 動 解釋
★ **draft** [dræft] 名 草稿 動 草擬 片語 **draft beer** 生啤酒
☆ **plot** [plɑt] 名 情節 動 預謀 片語 **lose the plot** 失去立場

( ) 155. The enterpriser's grandchildren published his ______ after his death.
(A) climax (B) fantasy (C) paragraph (D) biography

Point 這位企業家的孫子在他死後出版他的傳記。

單字速記

★ **climax** [`klaɪmæks] 名 高潮；頂點 動 達到頂點
☆ **fantasy** [`fæntəsɪ] 名 幻想；空想 片語 **fantasy novel** 奇幻小說
★ **paragraph** [`pærə,græf ] 名 段落 同義 **passage** [ `pæsɪdʒ]
☆ **biography** [baɪ`ɑgrəfɪ ] 名 傳記 同義 **bio** [ `baɪo]

( ) 156. Philip K. Dick has written many popular works of **science** ______.
(A) literature (B) fiction (C) quotation (D) rhyme

Point 飛利浦·狄克寫過許多著名的科幻小說。

單字速記

★ **literature** [`lɪtərətʃɚ] 名 文學 片語 **light literature** 通俗文學
☆ **fiction** [`fɪkʃən ] 名 小說 近義 **novel** [ `nɑvl̩] 名 長篇小說
★ **quotation** [kwo`teʃən] 名 引述；引用 片語 **quotation mark** 引號
☆ **rhyme** [raɪm] 動 押韻 名 韻文 片語 **neither rhyme nor reason** 一無是處

( ) 157. Sadly, Harry identified with the ______ **hero** of the novel.
(A) literary (B) logical (C) tragic (D) philosophical

Point 不幸的是，哈利認同這部小說中的悲劇英雄。

單字速記

★ **literary** [`lɪtə,rɛrɪ] 形 文學的；文藝的 片語 **literary film** 文藝片
☆ **logical** [`lɑdʒɪkl̩ ] 形 邏輯上的 同義 **reasonable** [ `riznəbl̩]
★ **tragic** [`trædʒɪk ] 形 悲劇的 同義 **disastrous** [ dɪz`æstrəs]
☆ **philosophical** [,fɪlə`sɑfɪkl̩] 形 哲學的；哲學家的；有理性的

( ) 158. Be sure to memorize all the basic **math** _______ in the textbook.
(A) curve (B) formulas (C) percent (D) percentage

Point 務必背熟課本上所有基本的數學公式。

單字速記
★ **curve** [kɝv] 名 曲線 動 彎曲 衍生 **curvy** [`kɝvɪ] 形 彎曲的
☆ **formula** [`fɔrmjələ] 名 公式 片語 **formula car** 方程式賽車
★ **percent** [pɚ`sɛnt] 名 百分比 同義 **per cent**
☆ **percentage** [pɚ`sɛntɪdʒ] 名 百分率 片語 **play the percentages** 預測

( ) 159. The conference was conducted in a **peaceful** _______.
(A) atmosphere (B) forecast (C) humidity (D) tragedy

Point 這場會議在平和的氣氛中進行。

單字速記
★ **atmosphere** [`ætməs͵fɪr] 名 氣氛；大氣
☆ **forecast** [`for͵kæst] 名 動 預測 片語 **weather forecast** 氣象預測
★ **humidity** [hju`mɪdətɪ] 名 濕度
☆ **tragedy** [`trædʒədɪ] 名 悲劇 片語 **domestic tragedy** 家庭倫理悲劇

( ) 160. It is important for people on a diet to **calculate** _______.
(A) mineral (B) protein (C) calories (D) atoms

Point 對減肥的人來說，計算卡路里很重要。

單字速記
★ **mineral** [`mɪnərəl] 名 礦物 片語 **mineral water** 礦泉水
☆ **protein** [`protiɪn] 名 蛋白質 片語 **fusion protein** 融合蛋白
★ **calorie** [`kælərɪ] 名 卡路里 片語 **empty calorie** 無營養卡路里
☆ **atom** [`ætəm] 名 原子 片語 **atom bomb** 原子彈

( ) 161. The prophet foretold that **quantum** _______ will make enormous progress at the end of this century.
(A) humanity (B) physics (C) philosophy (D) logic

Point 這位先知預言，量子物理在本世紀末將會突飛猛進。

單字速記
★ **humanity** [hju`mænətɪ] 名 人道；人類
☆ **physics** [`fɪzɪks] 名 物理學 片語 **nuclear physics** 核子物理學
★ **philosophy** [fə`lɑsəfɪ] 名 哲學 片語 **moral philosophy** 倫理學
☆ **logic** [`lɑdʒɪk ] 名 邏輯 衍生 **logical** [ `lɑdʒɪkl̩] 形 合邏輯的

( ) 162. _______ study a wide range of physical phenomena.

(A) Philosophers (B) Candidates (C) Physicists (D) Psychologists

Point 物理學家研究廣泛的物理現象。

單字速記

★ **philosopher** [fə`lɑsəfɚ] 名 哲學家 片語 **philosophers' stone** 點金石

☆ **candidate** [`kændədet] 名 候選人；求職應徵者；應試者

★ **physicist** [`fɪzəsɪst] 名 物理學家；自然科學家

☆ **psychologist** [saɪ`kɑlədʒɪst] 名 心理學家

( ) 163. Radiation is leaking from an earthquake-damaged _______ **reactor** in Fukushima.

(A) nuclear (B) atomic (C) revolutionary (D) psychological

Point 輻射正從福島因地震損壞的核子反應爐漏出。

單字速記

★ **nuclear** [`njuklɪɚ] 形 核子的 片語 **nuclear energy** 核能

☆ **atomic** [ə`tɑmɪk] 形 原子的 片語 **atomic bomb** 原子彈

★ **revolutionary** [ˌrɛvə`luʃənˌɛrɪ] 形 革命的；完全創新的

☆ **psychological** [ˌsaɪkə`lɑdʒɪkḷ] 形 心理學的；心理學家的

( ) 164. **Special** _______ for the officials should be abolished.

(A) reforms (B) revolutions (C) councils (D) privileges

Point 公務員的特權應予以廢除。

單字速記

★ **reform** [ˌrɪ`fɔrm] 名 改革 動 改進 片語 **land reform** 土地改革

☆ **revolution** [ˌrɛvə`luʃən] 名 改革；革命

★ **council** [`kaʊnsḷ] 名 議會；會議 片語 **council of ministers** 內閣

☆ **privilege** [`prɪvlɪdʒ] 名 特權 動 給予特權

( ) 165. I had _______ **to** the life of being a senior high school student.

(A) restored (B) analyzed (C) disturbed (D) adjusted

Point 我已適應高中生活。

單字速記

★ **restore** [rɪ`stor ] 動 復位；修復 衍生 **restored** [ rɪ`stord] 形 精力恢復的

☆ **analyze** [`ænəˌlaɪz] 動 分析；分解；解析

★ **disturb** [dɪs`tɝb ] 動 打擾；使不安 同義 **annoy** [ ə`nɔɪ]

☆ **adjust** [ə`dʒʌst] 動 適應；調節 片語 **adjust to** 使自己適應於

( ) 166. The psychologist **did a/an** _______ of the patient's psychological condition.

(A) analysis (B) campaign (C) psychology (D) laboratory

Point 心理醫生對病人的心理狀況做了分析。

單字速記

★ **analysis** [əˋnæləsɪs] 名 分析 片語 **financial analysis** 財務分析

☆ **campaign** [kæmˋpen] 名 活動；戰役 動 從事活動；出征

★ **psychology** [saɪˋkɑlədʒɪ] 名 心理學；心理特點

☆ **laboratory** [ˋlæbrə͵torɪ] 名 實驗室；研究室 同義 **lab** [læb]

( ) 167. The major forms of _______ **fuels** are: coal, oil and natural gas.

(A) basin (B) fossil (C) cliff (D) gulf

Point 化石燃料的主要形式為：煤、石油及天然氣。

單字速記

★ **basin** [ˋbesn̩] 名 盆地；盆 片語 **hand basin** 面盆

☆ **fossil** [ˋfɑsl̩] 名 化石 形 守舊的 片語 **living fossil** 活化石

★ **cliff** [klɪf] 名 斷崖 片語 **cliff dweller** 懸崖居民

☆ **gulf** [gʌlf] 名 海灣 片語 **Persian Gulf** 波斯灣

( ) 168. A typhoon in 1972 caused _______ in the mountains.

(A) quakes (B) landslides (C) blossom (D) pollution

Point 西元一九七二年的一次颱風引起山區的山崩。

單字速記

★ **quake** [kwek] 動 搖動 名 震動 衍生 **earthquake** [ˋɜθ͵kwek] 名 地震

☆ **landslide** [ˋlænd͵slaɪd] 名 山崩 同義 **mudslide** [ˋmʌd͵slaɪd]

★ **blossom** [ˋblɑsəm] 名 盛開 動 開花 同義 **bloom** [blum]

☆ **pollution** [pəˋluʃən] 名 汙染 片語 **noise pollution** 噪音污染

( ) 169. Such countryside views can only be seen in _______ **areas**.

(A) rural (B) experimental (C) poisonous (D) urban

Point 這樣的鄉村風光只能在鄉下地區看到。

單字速記

★ **rural** [ˋrʊrəl] 形 農村的；田園的 片語 **rural area** 鄉村地區

☆ **experimental** [ɪk͵spɛrəˋmɛntl̩] 形 實驗性的；試驗性的

★ **poisonous** [ˋpɔɪzn̩əs] 形 有毒的 同義 **toxic** [ˋtɑksɪk]

☆ **urban** [ˋɜbən] 形 都市的 片語 **urban forest** 城市森林

( ) 170. Several _______ flew across the blue sky.
(A) beaks (B) herds (C) seagulls (D) microscopes

Point 幾隻海鷗飛越天際。

單字速記
- ★ **beak** [bik] 名 鳥嘴 衍生 **beaked** [bikt] 形 有喙的
- ☆ **herd** [hɜd] 名 獸群 動 放牧 片語 **herd instinct** 群體心理
- ★ **seagull** [ˋsigʌl] 名 海鷗 同義 **gull** [gʌl]
- ☆ **microscope** [ˋmaɪkrə͵skop] 名 顯微鏡

( ) 171. Water lilies _______ in early summer.
(A) smog (B) bloom (C) sparrow (D) stem

Point 睡蓮在初夏開花。

單字速記
- ★ **smog** [smɑg] 名 煙霧；煙 同義 **smoke and fog**
- ☆ **bloom** [blum] 動 名 開花 片語 **in bloom** 盛開
- ★ **sparrow** [ˋspæro] 名 麻雀
- ☆ **stem** [stɛm] 名 花梗；莖幹 動 起源 片語 **stem from** 起源於

( ) 172. The Queen's Head Rock is **the** _______ **of** waves and wind.
(A) accuracy (B) preservation (C) creation (D) drift

Point 女王頭是海浪和風的創作。

單字速記
- ★ **accuracy** [ˋækjərəsɪ] 名 正確；準確 同義 **exactness** [ɪgˋzæktnɪs]
- ☆ **preservation** [͵prɛzɚˋveʃən] 名 保存；防腐；維護
- ★ **creation** [krɪˋeʃən] 名 創作；創造 片語 **all creation** 全世界
- ☆ **drift** [drɪft] 動 漂移 名 漂流物 片語 **drift apart** 逐漸變得疏遠

( ) 173. Drivers should be more careful when driving in _______ **areas** as some of the roads have sheer drops on one side.
(A) mountainous (B) fierce (C) fragrant (D) civilian

Point 駕駛山區時應特別小心，因為有些道路側臨陡峭懸崖。

單字速記
- ★ **mountainous** [ˋmaʊntənəs] 形 多山的；有山的；巨大的
- ☆ **fierce** [fɪrs] 形 酷烈的；粗暴的 近義 **ferocious** [fəˋroʃəs] 形 兇猛的
- ★ **fragrant** [ˋfregrənt] 形 芳香的；有香味的 同義 **aromatic** [͵ærəˋmætɪk]
- ☆ **civilian** [səˋvɪljən] 形 平民的；百姓的 名 平民；百姓

( ) 174. It is predicted that the typhoon will bring **heavy** ______ to this island.
(A) frost (B) hurricane (C) iceberg (D) rainfall

Point 預估這個颱風將為這座小島帶來豪雨。

單字速記
★ **frost** [frɑst] 動 結霜 名 霜；冷淡 片語 **frosted glass** 毛玻璃
☆ **hurricane** [`hɝɪ͵ken] 名 颶風 片語 **hurricane lamp** 防風燈
★ **iceberg** [`aɪs͵bɝg ] 名 冰山 相關 **icecap** [ `aɪs͵kæp] 名 冰冠
☆ **rainfall** [`ren͵fɔl] 名 降雨量；降雨 同義 **rain** [ren]

( ) 175. Sometimes we stopped to admire the beautiful **mountain** ______.
(A) rainfall (B) volcano (C) scenery (D) fragrance

Point 有時候我們會停下來欣賞美麗的山景。

單字速記
★ **rainfall** [`ren͵fɔl] 名 降雨量；降雨
☆ **volcano** [vɑl`keno] 名 火山 片語 **extinct volcano** 死火山
★ **scenery** [`sinərɪ] 名 風景；景色 近義 **view** [vju] 名 景色
☆ **fragrance** [`fregrəns ] 名 芳香；香味 同義 **aroma** [ ə`romə]

( ) 176. His **private** ______ landed on the top of the building.
(A) helicopter (B) perfume (C) parachute (D) ferry

Point 他的私人直升機降落在建築物的屋頂。

單字速記
★ **helicopter** [`hɛlɪkɑptɚ] 名 直升機 片語 **helicopter pad** 直升機起降場
☆ **perfume** [`pɝfjum] 名 香水 動 賦予香味 片語 **perfume shop** 香水店
★ **parachute** [`pærə͵ʃut] 名 降落傘 動 跳傘 片語 **parachute kids** 小留學生
☆ **ferry** [`fɛrɪ ] 名 渡船 動 渡過 近義 **transport** [ træns`pɔrt] 動 運輸

( ) 177. The ______ attacked an ocean liner and robbed the passengers.
(A) pirates (B) vessels (C) submarines (D) petals

Point 海盜襲擊了一艘遠洋客輪，並且搶劫乘客。

單字速記
★ **pirate** [`paɪrət ] 名 海盜 動 掠奪 相關 **piracy** [ `paɪrəsɪ] 名 剽竊
☆ **vessel** [`vɛsl̩] 名 船；容器；脈管 片語 **blood vessel** 血管
★ **submarine** [`sʌbmə͵rin] 名 潛水艇 形 海底的
☆ **petal** [`pɛtl̩] 名 花瓣 相關 **bud** [bʌd] 名 花苞 動 發芽

( ) 178. The police are searching for **illegal** ______ on the street.
(A) immigration (B) immigrants (C) immigrates (D) identification

Point 警察在街上搜尋非法移民。

單字速記
- ★ **immigration** [ˌɪməˋgreʃən] 名 移居入境；移居
- ☆ **immigrant** [ˋɪməgrənt] 名 移民者 片語 **illegal immigrant** 非法移民
- ★ **immigrate** [ˋɪməˌgret] 動 遷移；移入；使遷移
- ☆ **identification** [aɪˌdɛntəfəˋkeʃən] 名 身分證 同義 **ID**

( ) 179. The ______ were settled in a temporary sanctuary near the border.
(A) refugees (B) protest (C) community (D) homeland

Point 難民被安置在邊境附近的臨時避難所。

單字速記
- ★ **refugee** [ˌrɛfjuˋdʒi] 名 難民 片語 **economic refugee** 經濟難民
- ☆ **protest** [ˋprotɛst] 名 動 抗議 片語 **protest rally** 抗議大會
- ★ **community** [kəˋmjunətɪ] 名 社區；共同社會；公眾
- ☆ **homeland** [ˋhomlænd] 名 祖國；本國 同義 **native land**

( ) 180. May joined the **teachers'** ______ more than twenty years ago.
(A) nationality (B) establishment (C) association (D) founder

Point 梅二十多年前加入教師協會。

單字速記
- ★ **nationality** [ˌnæʃənˋælətɪ] 名 國籍；民族；民族性
- ☆ **establishment** [ɪsˋtæblɪʃmənt] 名 建立；組織；機關；體制
- ★ **association** [əˌsosɪˋeʃən] 名 協會；聯盟；夥伴關係；聯想
- ☆ **founder** [ˋfaʊndɚ] 名 創立者 同義 **creator** [krɪˋetɚ]

Answer Key 151-180

151~155 A C B A D　156~160 B C B A C　161~165 B C A D D
166~170 A B B A C　171~175 B C A D C　176~180 A A B A C

ROUND 7 Question 181～210

( ) 181. Jason's grandfather is the _______ of this school.
(A) gangster (B) murderer (C) pickpocket (D) founder

Point 傑生的祖父是這所學校的創辦者。

單字速記
- ★ **gangster** [`gæŋstɚ ] 名 歹徒 同義 **mobster** [ `mɑbstɚ]
- ☆ **murderer** [`mɝdərɚ ] 名 兇手 相關 **murder** [ `mɝdɚ] 名 動 謀殺
- ★ **pickpocket** [`pɪk͵pɑkɪt ] 名 扒手 同義 **ganef** [ `gɑnəf]
- ☆ **founder** [`faʊndɚ] 名 創立者 片語 **founder member** 發起人

( ) 182. Those teenagers are in trouble for _______ **the school principal.**
(A) committing (B) offending (C) accusing (D) confessing

Point 那些青少年因違反校規而陷入困境。

單字速記
- ★ **commit** [kə`mɪt] 動 犯罪；承諾 片語 **commit sth. to paper** 把某事寫下
- ☆ **offend** [ə`fɛnd ] 動 違反；冒犯 衍生 **offending** [ ə`fɛndɪŋ] 形 惹是生非的
- ★ **accuse** [ə`kjuz ] 動 控告 衍生 **accusation** [ ͵ækjə`zeʃən] 名 控告
- ☆ **confess** [kən`fɛs ] 動 承認 衍生 **confession** [ kən`fɛʃən] 名 承認

( ) 183. The _______ of our country states people's rights and duties.
(A) constitution (B) enforcement (C) evidence (D) innocence

Point 我們國家的憲法說明了人民的權利與義務。

單字速記
- ★ **constitution** [͵kɑnstə`tjuʃən] 名 憲法；構造；體格；設立
- ☆ **enforcement** [ɪn`forsmənt] 名 施行 片語 **law enforcement** 執法
- ★ **evidence** [`ɛvədəns ] 名 證據 相關 **evident** [ `ɛvədənt] 形 明白的
- ☆ **innocence** [`ɪnəsn̩s ] 名 清白 相關 **innocent** [ `ɪnəsn̩t] 形 無罪的

( ) 184. The police are here to _______ **the law.**
(A) guarantee (B) enforce (C) witness (D) overthrow

Point 警方在這裡執行法律。

單字速記

★ **guarantee** [ˌgærən`ti] 動 擔保；保證 名 保證人；擔保品
☆ **enforce** [ɪn`fors ] 動 執行；實施；強迫 同義 **compel** [ kəm`pɛl]
★ **witness** [`wɪtnɪs] 動 目擊；證明 名 目擊者；證詞
☆ **overthrow** [ˌovɚ`θro ] 動 推翻；瓦解 同義 **overpower** [ ˌovɚ`pauɚ]

( ) 185. The **maximum** _______ is up to 5 years' imprisonment.
(A) charity (B) penalty (C) authority (D) dynasty

Point 最重刑責為五年監禁。

單字速記

★ **charity** [`tʃærətɪ] 名 慈善；慈善團體 片語 **charity show** 慈善演出
☆ **penalty** [`pɛnḷtɪ] 名 懲罰；刑罰 片語 **death penalty** 死刑
★ **authority** [ə`θɔrətɪ] 名 權威 片語 **certificate authority** 授權憑證
☆ **dynasty** [`daɪnəstɪ] 名 王朝 近義 **reign** [ren] 名 統治

( ) 186. The DPP **annual** _______ will be held in Taipei next month.
(A) inspection (B) investigation (C) representation (D) convention

Point 民進黨將在下個月於台北舉行年度會議。

單字速記

★ **inspection** [ɪn`spɛkʃən ] 名 調查 相關 **inspect** [ ɪn`spɛkt] 動 檢查
☆ **investigation** [ɪnˌvɛstə`geʃən] 名 調查；研究
★ **representation** [ˌrɛprɪzɛn`teʃən] 名 代表；陳述；表現
☆ **convention** [kən`vɛnʃən] 名 會議；大會；召集；協定

( ) 187. He donated some money to a charity for the _______ **of children**.
(A) assembly (B) welfare (C) district (D) empire

Point 他捐了一些錢給一個兒福福利慈善團體。

單字速記

★ **assembly** [ə`sɛmblɪ] 名 集會 片語 **assembly hall** 禮堂
☆ **welfare** [`wɛlˌfɛr] 名 福利 片語 **social welfare system** 社福體系
★ **district** [`dɪstrɪkt] 名 行政區；區域 片語 **shopping district** 商圈
☆ **empire** [`ɛmpaɪr] 名 帝國 片語 **British Empire** 大英帝國

( ) 188. Who is the current _______ **of Education**?
(A) Minister (B) Ministry (C) Commander (D) Diplomat

Point 現任教育部長是誰？

單字速記

★ **minister** [`mɪnɪstɚ] 名 部長 片語 **foreign minister** 外交部長
☆ **ministry** [`mɪnɪstrɪ] 名 部；全體牧師 片語 **enter the ministry** 當牧師
★ **commander** [kə`mændɚ] 名 指揮官 片語 **commander in chief** 總司令
☆ **diplomat** [`dɪpləˏmæt ] 名 外交官 同義 **envoy** [ `ɛnvɔɪ]

( ) 189. Grace is working at the **American** _______ in London.
(A) Embassy (B) Congress (C) Defense (D) Errand

Point 葛瑞絲在倫敦的美國大使館工作。

單字速記

★ **embassy** [`ɛmbəsɪ] 名 大使館；大使的地位；大使館全體人員
☆ **congress** [`kɑŋgrəs ] 名 國會 同義 **legislature** [ `lɛdʒɪsˏletʃɚ]
★ **defense** [dɪ`fɛns] 名 國防；防禦；保衛 片語 **civil defense** 民防組織
☆ **errand** [`ɛrənd] 名 任務；差事 片語 **go errands for sb.** 為某人跑腿

( ) 190. After the bomb _______, this MRT station was shut down.
(A) spear (B) explosive (C) explosion (D) arms

Point 在炸彈爆炸之後，這個捷運車站關閉了。

單字速記

★ **spear** [spɪr] 名 矛 動 用矛刺 同義 **stab** [stæb]
☆ **explosive** [ɪk`splosɪv ] 名 爆炸物 形 爆炸的 同義 **eruptive** [ ɪ`rʌptɪv]
★ **explosion** [ɪk`sploʒən] 名 爆炸 片語 **population explosion** 人口爆炸
☆ **arms** [ɑrmz] 名 武器 同義 **weapon** [`wɛpən]

( ) 191. The Nordics _______ the whole of England during 1490.
(A) conquered (B) disciplined (C) rebelled (D) fueled

Point 北歐人在西元一四九〇年間征服整個英格蘭。

單字速記

★ **conquer** [`kɑŋkɚ ] 動 征服 同義 **vanquish** [ `væŋkwɪʃ]
☆ **discipline** [`dɪsəplɪn] 名 紀律；訓練；學科 動 懲戒；使有紀律
★ **rebel** [rɪ`bɛl ] 動 反叛 名 造反者 同義 **revolt** [ rɪ`volt]
☆ **fuel** [`fjuəl] 名 燃料 動 補給燃料 片語 **fossil fuel** 化石燃料

( ) 192. They _______ a restricted area and would not leave.

(A) invaded (B) occupied (C) retreated (D) surrendered

Point 他們佔領了一塊管制區，並且不願離開。

單字速記

★ **invade** [ɪn`ved ] 動 入侵；侵擾 同義 **intrude** [ ɪn`trud]
☆ **occupy** [`ɑkjə͵paɪ] 動 佔有；使忙碌 片語 **occupied with** 忙於
★ **retreat** [rɪ`trit] 動 名 撤退 片語 **beat a retreat** 拔腿開溜
☆ **surrender** [sə`rɛndɚ] 動 名 投降 同義 **yield** [jild]

( ) 193. Their ______ was destroyed by a cannonball.

(A) invasion (B) terror (C) gear (D) fort

Point 他們的堡壘遭一枚砲彈摧毀。

單字速記

★ **invasion** [ɪn`veʒən ] 名 侵犯 相關 **invade** [ ɪn`ved] 動 侵略
☆ **terror** [`tɛrɚ] 名 恐怖 片語 **reign of terror** 恐怖統治
★ **gear** [gɪr] 名 排檔；齒輪 動 開動機器 片語 **gear change** 變速桿
☆ **fort** [fort] 名 堡壘；要塞 片語 **hold the fort** 代為照料

( ) 194. The speed limit **on the** ______ is 100 km/hr.

(A) underpass (B) cargo (C) pedal (D) freeway

Point 高速公路上的速限是時速一百公里。

單字速記

★ **underpass** [`ʌndɚ͵pæs ] 名 地下道 反義 **overpass** [ ͵ovɚ`pæs] 名 天橋
☆ **cargo** [`kɑrgo] 名 (被裝載的)貨物 片語 **cargo plane** 運輸機
★ **pedal** [`pɛdl̩] 動 騎(單車) 名 踏板 片語 **gas pedal** 油門踏板
☆ **freeway** [`frɪ͵we ] 名 高速公路 近義 **highway** [ `haɪ͵we] 名 公路

( ) 195. He pulled the car over to the outside lane when he ______ the last car.

(A) routed (B) overtook (C) shuttled (D) sledged

Point 他一超前最後一輛車，就將車子開到外側車道。

單字速記

★ **route** [rut] 名 路線 動 定路線 片語 **trade route** 商隊路線
☆ **overtake** [͵ovɚ`tek] 動 趕上；壓倒 片語 **overtaking lane** 超車道
★ **shuttle** [`ʃʌtl̩] 動 往返 名 梭子 片語 **shuttle bus** 接駁車
☆ **sledge** [slɛdʒ] 動 以雪橇搬運 名 雪橇 片語 **sledge hammer** 大錘

(　) 196. This flight provides free ______ **of baggage**.
(A) arch　(B) wreck　(C) transportation　(D) sleigh

Point 這個航班提供免費行李託運。

單字速記
★ **arch** [ɑrtʃ] 名 拱門 動 變成拱形 片語 **arch bridge** 拱橋
☆ **wreck** [rɛk] 名 遇險 動 摧毀 片語 **nervous wreck** 精神過敏者
★ **transportation** [ˌtrænspɚˋteʃən] 名 運輸；運送；運輸工具；運輸業
☆ **sleigh** [sle] 名 雪橇 動 乘坐雪橇；用雪橇運輸

(　) 197. The roof of the hut is supported by **bamboo** ______.
(A) cement　(B) beams　(C) concrete　(D) escalator

Point 這間小屋的屋頂由竹製橫樑支撐。

單字速記
★ **cement** [səˋmɛnt] 名 水泥 動 用水泥砌合 片語 **cement mixer** 水泥攪拌器
☆ **beam** [bim] 名 橫樑；光線 動 發射；發光 片語 **high beam** 遠光燈
★ **concrete** [ˋkɑnkrit] 名 水泥 形 具體的 片語 **concrete jungle** 水泥森林
☆ **escalator** [ˋɛskəˌletɚ] 名 手扶梯 片語 **escalator clause** 伸縮條款

(　) 198. The government planned to **erect** a ______ in memorial of the veterans.
(A) monument　(B) cottage　(C) panel　(D) construction

Point 政府計畫建立一座紀念碑，以紀念退伍軍人。

單字速記
★ **monument** [ˋmɑnjəmənt] 名 紀念碑；紀念塔；歷史遺跡
☆ **cottage** [ˋkɑtɪdʒ] 名 小屋；別墅 片語 **cottage industry** 家庭工業
★ **panel** [ˋpænl̩] 名 方格；平板；鑲板 片語 **panel pin** 小細釘
☆ **construction** [kənˋstrʌkʃən] 名 建築；結構 同義 **building** [ˋbɪldɪŋ]

(　) 199. The **bomb** ______ were being prepared for possible air raids.
(A) shelters　(B) sites　(C) constructs　(D) cease

Point 這些防空洞是備來躲避可能發生的空襲。

單字速記
★ **shelter** [ˋʃɛltɚ] 名 避難所 動 保護；掩護 片語 **take shelter** 避難
☆ **site** [saɪt] 名 地點；位置 動 設置 片語 **gossip site** 八卦網站
★ **construct** [kənˋstrʌkt] 動 建構 片語 **construct of** 建造
☆ **cease** [sis] 動 終止 名 停息 片語 **without cease** 不停地

( ) 200. It was purely _______ that Cathy broke the window.
(A) annual (B) continual (C) eventual (D) accidental

Point 凱西打破窗戶純粹是意外。

單字速記

★ **annual** [ˋænjʊəl] 形 一年的 名 年刊 片語 **annual interest** 年息
☆ **continual** [kənˋtɪnjʊəl] 形 連續的 同義 **incessant** [ɪnˋsɛsn̩t]
★ **eventual** [ɪˋvɛntʃʊəl] 形 最後的 衍生 **eventually** [ɪˋvɛntʃʊəlɪ] 副 終於
☆ **accidental** [ˌæksəˋdɛntḷ] 形 偶然的 片語 **accidental death** 意外死亡

( ) 201. Next Sunday is the 10th _______ of my parents' marriage.
(A) anniversary (B) consequence (C) deadline (D) eve

Point 下星期天是我父母結婚十週年紀念日。

單字速記

★ **anniversary** [ˌænəˋvɝsərɪ] 名 週年紀念日 形 週年紀念的
☆ **consequence** [ˋkɑnsəˌkwɛns] 名 結果；重大；自大；推論
★ **deadline** [ˋdɛdˌlaɪn] 名 期限；(報紙等的)截稿時間；不可逾越的界線
☆ **eve** [iv] 名 前夕；前一刻 片語 **New Year's Eve** 除夕

( ) 202. Adrian's speech **is** always _______ **with** his action. That's why we all trust him.
(A) continuous (B) occasional (C) permanent (D) consistent

Point 安卓恩總是言行一致，這是為什麼我們都信任他的原因。

單字速記

★ **continuous** [kənˋtɪnjʊəs] 形 連續的；不斷的
☆ **occasional** [əˋkeʒənḷ] 形 偶爾的 片語 **occasional table** 臨時用的小桌子
★ **permanent** [ˋpɝmənənt] 形 永久的 片語 **permanent tooth** 恆齒
☆ **consistent** [kənˋsɪstənt] 形 一致的 片語 **consistent with** 與…一致

( ) 203. He is _______ his fiancée's reply to the proposal.
(A) awaiting (B) lagging (C) departing (D) distributing

Point 他正等待未婚妻對求婚的答覆。

單字速記

★ **await** [əˋwet] 動 等待 衍生 **long-awaited** [ˋlɔŋəˋwetɪd] 形 期盼已久的
☆ **lag** [læg] 動 名 延緩；落後 片語 **jet lag** 時差
★ **depart** [dɪˋpɑrt] 動 離開 片語 **the departed** 死者
☆ **distribute** [dɪˋstrɪbjʊt] 動 分配；分發 同義 **dispense** [dɪˋspɛns]

( ) 204. There is a/an _______ **gap** between the parents and the children.
(A) frequency (B) outcome (C) generation (D) departure

Point 父母與孩子之間有代溝。

單字速記
- ★ **frequency** [`frikwənsɪ] 名 頻率 片語 **high frequency** 高頻率
- ☆ **outcome** [`aʊt͵kʌm ] 名 結果；結局 同義 **result** [ rɪ`zʌlt]
- ★ **generation** [͵dʒɛnə`reʃən] 名 世代 片語 **generation gap** 代溝
- ☆ **departure** [dɪ`pɑrtʃə] 名 離去；出發 片語 **departure lounge** 候機室

( ) 205. I don't feel like going out tonight; _______, I don't appreciate your rude way of asking me.
(A) furthermore (B) lately (C) nowadays (D) scarcely

Point 我今晚不想出門；此外，我不喜歡你無理的詢問方式。

單字速記
- ★ **furthermore** [`fɝðə͵mor] 副 再者；此外；而且
- ☆ **lately** [`letlɪ ] 副 最近；近來 同義 **recently** [ `risn̩tlɪ]
- ★ **nowadays** [`naʊə͵dez] 副 現在；當今 名 現代；當今
- ☆ **scarcely** [`skɛrslɪ ] 副 幾乎不 同義 **barely** [ `bɛrlɪ]

( ) 206. We have a _______ **meeting** every Monday morning.
(A) yearly (B) dense (C) weekly (D) intermediate

Point 我們每週一早上都要開週會。

單字速記
- ★ **yearly** [`jɪrlɪ] 形 每年的 副 每年；每年一度 名 月刊
- ☆ **dense** [dɛns] 形 稠密的 近義 **crowded** [`kraʊdɪd] 形 擠滿人群的
- ★ **weekly** [`wiklɪ] 形 每週的 副 每週；每週一次 名 週刊
- ☆ **intermediate** [͵ɪntə`midɪət ] 形 中級的 同義 **intervening** [ ͵ɪntə`vinɪŋ]

( ) 207. We cherish the island in **all its** _______.
(A) decreases (B) aspects (C) distributions (D) enlargements

Point 我們珍惜這座島嶼的各個方面。

單字速記
- ★ **decrease** [`dikris] 名 動 減少 片語 **on the decrease** 逐漸減少的
- ☆ **aspect** [`æspɛkt ] 名 方面 同義 **respect** [ rɪ`spɛkt]
- ★ **distribution** [͵dɪstrə`bjuʃən] 名 分配；分發；散佈；銷售(量)
- ☆ **enlargement** [ɪn`lɑrdʒmənt] 名 擴張；擴大；增建(建築物)；(照片)放大

(　) 208. Don't try to _______ the picture too much or it becomes blurry!
(A) calculate (B) enlarge (C) harden (D) idle

Point 別把圖放大太多；否則圖片會變得模糊！

單字速記
★ **calculate** [`kælkjə͵let] 動 計算 片語 **calculate on** 指望
☆ **enlarge** [ɪn`lɑrdʒ] 動 擴大 片語 **enlarge upon** 詳述
★ **harden** [`hɑrdn̩] 動 使硬化 片語 **harden to** 對某事變得麻木
☆ **idle** [`aɪdl̩] 形 閒置的 動 閒晃 片語 **idle time** 閒置時間

(　) 209. I saw the sun **leaping above the** _______, welcoming another morning.
(A) location (B) acre (C) maximum (D) horizon

Point 我看到太陽躍上地平線，迎接另一個早晨的來臨。

單字速記
★ **location** [lo`keʃən] 名 位置 片語 **on location** 拍攝外景的
☆ **acre** [`ekɚ ] 名 英畝 衍生 **acreage** [ `ekərɪdʒ] 名 英畝數
★ **maximum** [`mæksəməm] 名 最大量 形 最大的 複數 **maxima**
☆ **horizon** [hə`raɪzn̩] 名 地平線 片語 **a cloud on the horizon** 大難臨頭

(　) 210. May I borrow your _______?
(A) calculation (B) calculate (C) calculator (D) disaster

Point 我可以借用你的計算機嗎？

單字速記
★ **calculation** [͵kælkjə`leʃən] 名 計算；計算結果；估計；深思熟慮
☆ **calculate** [`kælkjə͵let] 動 計算 片語 **calculate upon** 指望
★ **calculator** [`kælkjə͵letɚ] 名 計算機 片語 **pocket calculator** 袖珍計算機
☆ **disaster** [dɪ`zæstɚ] 名 災害 片語 **disaster film** 災難片

Answer Key 181-210

181~185 ❯ D B A B B　186~190 ❯ D B A A C　191~195 ❯ A B D D B
196~200 ❯ C B A A D　201~205 ❯ A D A C A　206~210 ❯ C B B D C

ROUND 8 Question 211～240

( ) 211. It took me twenty minutes to finish those _____ **choice questions**.
(A) artificial (B) aggressive (C) abstract (D) multiple

Point 我花了二十分鐘回答那些選擇題。

單字速記
- ★ **artificial** [ˌɑrtə`fɪʃəl] 形 人工的 片語 **artificial gene** 人造基因
- ☆ **aggressive** [ə`grɛsɪv ] 形 侵略的 反義 **defensive** [ dɪ`fɛnsɪv] 形 防禦的
- ★ **abstract** [`æbstrækt] 形 抽象的 片語 **abstract painting** 抽象畫
- ☆ **multiple** [`mʌltəpḷ] 形 複數的；多數的 片語 **multiple store** 連鎖商店

( ) 212. A _______ **attack** happened in the park last month.
(A) comic (B) brutal (C) content (D) definite

Point 上個月那座公園發生一起殘酷的攻擊事件。

單字速記
- ★ **comic** [`kɑmɪk] 形 滑稽的；喜劇的 片語 **comic book** 漫畫
- ☆ **brutal** [`brutḷ ] 形 殘暴的 近義 **barbarian** [ bɑr`bɛrɪən] 形 野蠻的
- ★ **content** [kən`tɛnt] 形 滿足的 片語 **content oneself with** 滿足於
- ☆ **definite** [`dɛfənɪt ] 形 確定的 反義 **vague** [ `veg] 形 含糊的

( ) 213. **Under these** _______, I decide to give up.
(A) conveniences (B) equality (C) circumstances (D) haste

Point 在這種情況下，我決定放棄。

單字速記
- ★ **convenience** [kə`vinjəns] 名 便利 片語 **public convenience** 公共廁所
- ☆ **equality** [ɪ`kwɑlətɪ] 名 平等 片語 **be on an equality with** 與…平等
- ★ **circumstance** [`sɜkəmˌstæns] 名 情況；環境；情勢；經濟狀況；詳情
- ☆ **haste** [hest] 名 急速；急忙 片語 **make haste** 趕快行動

( ) 214. Chris _______ the problem by including useless information.
(A) complicates (B) impacts (C) paces (D) reflects

Point 藉由包含無用資訊，克里斯讓問題複雜化。

單字速記

★ **complicate** [`kɑmplə͵ket] 動 使複雜；使費解；使惡化；使牽連
☆ **impact** [`ɪmpækt] 名 動 影響；衝擊 同義 **clash** [klæʃ]
★ **pace** [pes] 名 步調 動 踱步 片語 **pace out** 用腳步量出
☆ **reflect** [rɪ`flɛkt] 動 反射 片語 **reflect on** 仔細考慮

( ) 215. The weather in Taiwan is hot and _______ and intolerable.
(A) delicate (B) damp (C) distinct (D) economical

Point 台灣的天氣濕熱難耐。

單字速記

★ **delicate** [`dɛləkɪt ] 形 精巧的 同義 **exquisite** [ `ɛkskwɪzɪt]
☆ **damp** [dæmp] 形 潮濕的 名 潮濕 反義 **dry** [draɪ] 形 乾的
★ **distinct** [dɪ`stɪŋkt] 形 獨特的 片語 **distinct from** 和…有區別的
☆ **economical** [͵ikə`nɑmɪkḷ] 形 節約的；節儉的；經濟上的

( ) 216. Since my schedule is _______, I can rearrange it for you.
(A) fortunate (B) faithful (C) functional (D) flexible

Point 由於我的行程是彈性的，我可以為你做調整。

單字速記

★ **fortunate** [`fɔrtʃənɪt ] 形 幸運的 同義 **lucky** [ `lʌkɪ]
☆ **faithful** [`feθfəl ] 形 忠實的 同義 **loyal** [ `lɔɪəl]
★ **functional** [`fʌŋkʃənḷ] 形 作用的 片語 **functional food** 功能保健食品
☆ **flexible** [`flɛksəbḷ ] 形 有彈性的 同義 **pliable** [ `plaɪəbḷ]

( ) 217. Elephants are _______, while ants are tiny.
(A) fundamental (B) enormous (C) genuine (D) glorious

Point 大象很巨大，而螞蟻很小。

單字速記

★ **fundamental** [͵fʌndə`mɛntḷ ] 形 基礎的 同義 **essential** [ ɪ`sɛnʃəl]
☆ **enormous** [ɪ`nɔrməs] 形 巨大的 同義 **vast** [væst]
★ **genuine** [`dʒɛnjuɪn ] 形 真正的 同義 **authentic** [ ɔ`θɛntɪk]
☆ **glorious** [`glorɪəs ] 形 榮耀的 同義 **splendid** [ `splɛndɪd]

( ) 218. A little _______ won't hold me back. I will be alright soon.
(A) frustration (B) handwriting (C) incident (D) initial

Point 一點小挫折阻礙不了我。我很快就會沒事的。

單字速記
★ **frustration** [ˌfrʌsˋtreʃən] 名 挫折；失敗 同義 **thwart** [θwɔrt]
☆ **handwriting** [ˋhændˌraɪtɪŋ] 名 筆跡；手寫；書寫；筆法
★ **incident** [ˋɪnsədənt] 名 事件；事變 同義 **event** [ɪˋvɛnt]
☆ **initial** [ɪˋnɪʃəl] 形 開始的 名 首字母 近義 **original** [əˋrɪdʒənl̩] 形 最初的

( ) 219. Mary and Jane are _______ **twins**; they look exactly the same.
(A) harsh (B) hopeful (C) identical (D) intense

Point 瑪莉和珍是同卵雙胞胎；她們長得一模一樣。

單字速記
★ **harsh** [hɑrʃ] 形 粗魯的；嚴厲的；粗糙的 同義 **coarse** [kors]
☆ **hopeful** [ˋhopfəl] 形 有希望的 反義 **hopeless** [ˋhoplɪs] 形 無望的
★ **identical** [aɪˋdɛntɪkl̩] 形 相同的 片語 **identical twin** 同卵雙生
☆ **intense** [ɪnˋtɛns] 形 緊張的；強烈的；極度的；熱切的

( ) 220. Dick began to **live a** _______ **life** after he won the lottery.
(A) loyal (B) memorable (C) luxurious (D) memorial

Point 迪克中了樂透後，開始過著奢侈的生活。

單字速記
★ **loyal** [ˋlɔɪəl] 形 忠實的 近義 **trustworthy** [ˋtrʌstˌwɝðɪ] 形 可信的
☆ **memorable** [ˋmɛmərəbl̩] 形 值得紀念的；難忘的；顯著的
★ **luxurious** [lʌgˋʒurɪəs] 形 奢侈的 辨析 **luxuriant** [lʌgˋʒurɪənt] 形 繁茂的
☆ **memorial** [məˋmorɪəl] 形 紀念的 名 紀念品；紀念碑；編年史；陳情書

( ) 221. Your living room is _______. When will you clean it up?
(A) lousy (B) messy (C) magnificent (D) needy

Point 你家客廳很髒亂，你何時才要打掃乾淨？

單字速記
★ **lousy** [ˋlaʊzɪ] 形 卑鄙的；討厭的 相關 **louse** [laʊs] 名 卑鄙的傢伙
☆ **messy** [ˋmɛsɪ] 形 髒亂的 近義 **dirty** [ˋdɝtɪ] 形 汙穢的
★ **magnificent** [mægˋnɪfəsn̩t] 形 華麗的 同義 **splendid** [ˋsplɛndɪd]
☆ **needy** [ˋnidɪ] 形 貧困的；貧窮的 同義 **poor** [pur]

( ) 222. William got fired yesterday. _______, he found his girlfriend

cheating on him.
(A) Namely (B) Nevertheless (C) Moreover (D) Otherwise

Point 威廉昨天被炒魷魚了。此外，他還發現女友背著他偷吃。

單字速記
- ★ **namely** [`nemlɪ] 副 就是；即 同義 **that is to say**
- ☆ **nevertheless** [ˌnɛvəðə`lɛs ] 副 儘管如此 同義 **although** [ ɔl`ðo]
- ★ **moreover** [mor`ovə ] 副 並且；此外 同義 **furthermore** [ `fɝðə`mor]
- ☆ **otherwise** [`ʌðəˌwaɪz] 副 否則；要不然 片語 **or otherwise** 或用其他方法

( ) 223. The rainbow is a **natural** _______.
(A) obstacle (B) hardship (C) popularity (D) phenomenon

Point 彩虹是一種自然現象。

單字速記
- ★ **obstacle** [`ɑbstəkḷ] 名 妨礙；障礙物 片語 **obstacle race** 障礙賽跑
- ☆ **hardship** [`hɑrdʃɪp ] 名 艱難；辛苦 同義 **rigor** [ `rɪgə]
- ★ **popularity** [ˌpɑpjə`lærətɪ ] 名 流行 相關 **popular** [ `pɑpjələ] 形 流行的
- ☆ **phenomenon** [fə`nɑməˌnɑn] 名 現象 複數 **phenomena**

( ) 224. All you have to do is to follow the **existing** _______. We will take care of the rest.
(A) procedure (B) privacy (C) prosperity (D) reflection

Point 你只需遵照現行程序，其他部分我們會搞定。

單字速記
- ★ **procedure** [prə`sidʒə ] 名 程序；步驟 同義 **measure** [ `mɛʒə]
- ☆ **privacy** [`praɪvəsɪ] 名 隱私 片語 **software privacy** 盜版軟體
- ★ **prosperity** [prɑs`pɛrətɪ ] 名 繁盛 相關 **prosper** [ `prɑspə] 動 繁榮
- ☆ **reflection** [rɪ`flɛkʃən] 名 深思；反省；倒影；意見；表達

( ) 225. This business is highly _______, but it is also very stressful.
(A) precise (B) prominent (C) realistic (D) profitable

Point 這個行業獲利很高，但壓力也很大。

單字速記
- ★ **precise** [prɪ`saɪs] 形 精確的 片語 **to be precise** 確切的說
- ☆ **prominent** [`prɑmənənt ] 形 突出的 同義 **distinguished** [ dɪ`stɪŋgwɪʃt]
- ★ **realistic** [ˌrɪə`lɪstɪk ] 形 現實的 同義 **practical** [ `præktɪkḷ]
- ☆ **profitable** [`prɑfɪtəbḷ ] 形 有利的 同義 **beneficial** [ ˌbɛnə`fɪʃəl]

( ) 226. This city is much more _______ than it was 5 years ago.
(A) prosperous (B) senior (C) severe (D) spare

Point 這個城市比起五年前更加繁榮。

單字速記
★ **prosperous** [`prɑspərəs ] 形 繁榮的 同義 **thriving** [ `θraɪvɪŋ]
☆ **senior** [`sinjɚ] 形 年長的 名 長者 片語 **senior citizen** 老年人
★ **severe** [sə`vɪr ] 形 嚴厲的；嚴肅的；嚴格的 同義 **strict** [ `strɪkt]
☆ **spare** [spɛr] 形 剩餘的 動 分出；騰出 片語 **spare no expense** 不惜花費

( ) 227. A new set of _______ was implemented by the government.
(A) relaxation (B) significance (C) status (D) regulations

Point 政府實施了一套新法規。

單字速記
★ **relaxation** [ˏrilæk`seʃən ] 名 放鬆 相關 **relax** [ rɪ`læks] 動 使放鬆
☆ **significance** [sɪg`nɪfəkəns] 名 重要性；重要；含義；意義
★ **status** [`stetəs] 名 地位；身分 片語 **status quo** 現況
☆ **regulation** [ˏrɛgjə`leʃən] 名 法規；調整 形 正式的 同義 **rule** [rul]

( ) 228. Vincent's home is as _______ as a palace.
(A) spiritual (B) suspicious (C) splendid (D) tiresome

Point 文生的家像皇宮一樣華麗輝煌。

單字速記
★ **spiritual** [`spɪrɪtʃuəl ] 形 精神的 反義 **material** [ mə`tɪrɪəl] 形 物質的
☆ **suspicious** [sə`spɪʃəs] 形 有…之嫌的；可疑的；多疑的；有蹊蹺的
★ **splendid** [`splɛndɪd ] 形 輝煌的 相關 **splendor** [ `splɛndɚ] 名 光輝
☆ **tiresome** [`taɪrsəm ] 形 無聊的 同義 **weary** [ `wɪrɪ]

( ) 229. There's a/an _______ **situation** needed to be taken care of immediately.
(A) troublesome (B) vain (C) virgin (D) urgent

Point 有個緊急情況需要馬上處理。

單字速記
★ **troublesome** [`trʌbl̩səm ] 形 麻煩的 同義 **vexatious** [ vɛk`seʃəs]
☆ **vain** [ven] 形 徒勞無功的；無益的 片語 **in vain** 徒勞
★ **virgin** [`vɝdʒɪn] 形 純淨的 名 處女 片語 **virgin wool** 未加工的羊毛
☆ **urgent** [`ɝdʒənt ] 形 緊急的；堅持要求的 同義 **pressing** [ `prɛsɪŋ]

1 Round
2 Round
3 Round
4 Round
5 Round
6 Round
7 Round
8 Round
9 Round
10 Round

( ) 230. That little girl doesn't ______ her mother at all; she looks much more like her father.

(A) contrast (B) resemble (C) urge (D) regulate

Point 那個小女孩長得一點都不像她母親；她比較像她的父親。

單字速記

★ **contrast** [`kɑntræst] 名 對比 動 對照 片語 **in contrast to** 與…相比

☆ **resemble** [rɪ`zɛmbḷ] 動 類似 同義 **be similar to**

★ **urge** [ɝdʒ] 動 催促 名 迫切的要求 近義 **force** [fors] 動 強迫

☆ **regulate** [`rɛgjə͵let ] 動 調節；管理 同義 **manage** [ `mænɪdʒ]

( ) 231. I believe that everything is relative; nothing is ______.

(A) appropriate (B) adequate (C) contrary (D) absolute

Point 我相信任何事都是相對的、不是絕對的。

單字速記

★ **appropriate** [ə`proprɪ͵et ] 形 適當的 同義 **fitting** [ `fɪtɪŋ]

☆ **adequate** [`ædəkwɪt ] 形 適當的；足夠的 同義 **plenty** [ `plɛntɪ]

★ **contrary** [`kɑntrɛrɪ] 名 相反 形 反對的 片語 **on the contrary** 正相反

☆ **absolute** [`æbsə͵lut] 形 絕對的 片語 **absolute majority** 絕對多數

( ) 232. It is ______ for every kid to receive an education.

(A) essential (B) whole (C) evident (D) gigantic

Point 每個孩子能受教育是基本的。

單字速記

★ **essential** [ɪ`sɛnʃəl] 形 基本的 名 基本要素 片語 **essential oil** 香精油

☆ **whole** [hol] 形 全部的 名 全體 衍生 **wholesome** [`holsəm] 形 有益身心的

★ **evident** [`ɛvədənt] 形 明顯的；明白的 同義 **plain** [plen]

☆ **gigantic** [dʒaɪ`gæntɪk] 形 巨大的；龐大的 同義 **huge** [hjudʒ]

( ) 233. China's economy has ______ **back** from the global financial crisis.

(A) intensified (B) bounced (C) exaggerated (D) bonded

Point 中國的經濟已從全球經濟危機中復甦。

單字速記

★ **intensify** [ɪn`tɛnsə͵faɪ] 動 增強；加強；使變激烈；強化

☆ **bounce** [bauns] 動 跳票；彈跳 名 彈跳 片語 **get the bounce** 被解雇

★ **exaggerate** [ɪg`zædʒə͵ret ] 動 誇大 同義 **overstate** [ `ovɚ`stet]

☆ **bond** [bɑnd] 名 契約；債券 動 抵押；擔保 片語 **bond rating** 債券評級

( ) 234. Higher education and health care are both **labor-** ______ **industries**.
(A) mere (B) mild (C) moderate (D) intensive

Point 高等教育及健康照護皆為勞力密集產業。

單字速記
- ★ **mere** [mɪr] 形 僅僅；只不過的 衍生 **merely** [\`mɪrlɪ] 副 不過
- ☆ **mild** [maɪld] 形 溫和的；輕微的 片語 **meek and mild** 逆來順受的
- ★ **moderate** [\`mɑdərɪt ] 形 溫和的；適度的 同義 **mild** [ \`maɪld]
- ☆ **intensive** [ɪn\`tɛnsɪv ] 形 密集的 相關 **intense** [ ɪn\`tɛns] 形 強烈的

( ) 235. Some people want to be rich and spend money **without** ______.
(A) intensity (B) limitation (C) minimum (D) modesty

Point 有的人想要變有錢，並能揮霍無度。

單字速記
- ★ **intensity** [ɪn\`tɛnsətɪ] 名 強度；強烈；顏色飽和度
- ☆ **limitation** [ˌlɪmə\`teʃən] 名 限制；局限；極限
- ★ **minimum** [\`mɪnəməm] 名 最小量 片語 **minimum wage** 最低工資
- ☆ **modesty** [\`mɑdɪstɪ ] 名 謙虛；有禮 反義 **arrogance** [ \`ærəgəns] 名 傲慢

( ) 236. Mr. William is a ______ man with good manners.
(A) numerous (B) modest (C) partial (D) plentiful

Point 威廉先生是位有禮貌的謙虛男子。

單字速記
- ★ **numerous** [\`njumərəs ] 形 為數眾多的 同義 **many** [ \`mɛnɪ]
- ☆ **modest** [\`mɑdɪst ] 形 謙虛的；穩重的；適度的 同義 **humble** [ \`hʌmbḷ]
- ★ **partial** [\`pɑrʃəl] 形 部分的；偏袒的；不完全的 片語 **partial to** 偏袒
- ☆ **plentiful** [\`plɛntɪfəl ] 形 豐富的；多的 同義 **ample** [ \`æmpḷ]

( ) 237. The ______ **minister** in this country is a female.
(A) peculiar (B) slight (C) thorough (D) prime

Point 這個國家的首相是位女性。

單字速記
- ★ **peculiar** [pɪ\`kjuljɚ] 形 特殊的；獨特的 片語 **be peculiar to** 限於
- ☆ **slight** [slaɪt] 形 輕微的 名 輕視 片語 **in the slightest** 絲毫
- ★ **thorough** [\`θɝo] 形 徹底的；十分仔細的 片語 **be thorough in** 不厭其煩
- ☆ **prime** [praɪm] 形 首要的 名 最初；全盛期 片語 **prime cost** 主要成本

(　) 238. ______ **of paper usage** has been advocated to save our environment.

(A) Perfection (B) Reduction (C) Finance (D) Commerce

Point 為了環保，節約用紙一直被提倡。

單字速記

★ **perfection** [pə`fɛkʃən] 名 完美 片語 **to perfection** 完滿地

☆ **reduction** [rɪ`dʌkʃən] 名 減少 片語 **emission reduction** 減少排放

★ **finance** [faɪ`næns] 名 財務；財政 動 提供資金；籌措資金

☆ **commerce** [`kɑmɝs] 名 商業；貿易 片語 **voice commerce** 語音商務

(　) 239. A warm smile is the ______ **language** of kindness.

(A) tough (B) unique (C) tremendous (D) universal

Point 溫暖的微笑是良善的世界共通語言。

單字速記

★ **tough** [tʌf] 形 困難的；剛強的 片語 **tough cookie** 非常堅強的人

☆ **unique** [ju`nik] 形 獨特的；唯一的 名 獨一無二的人

★ **tremendous** [trɪ`mɛndəs ] 形 巨大的；非常的 同義 **immense** [ ɪ`mɛns]

☆ **universal** [ˌjunə`vɝsḷ] 形 普遍的 名 普遍性 片語 **universal joint** 萬向接頭

(　) 240. Tony has spent **a** ______ **sum of** money on his car.

(A) vast (B) vital (C) broke (D) financial

Point 東尼已在他的車上花了一大筆錢。

單字速記

★ **vast** [væst] 形 巨大的；大量的 同義 **enormous** [ɪ`nɔrməs]

☆ **vital** [`vaɪtḷ] 形 極其重要的；生命的 片語 **vital capacity** 肺活量

★ **broke** [brok] 形 破產的；一文不值的 同義 **bankrupt** [`bæŋkrʌpt]

☆ **financial** [faɪ`nænʃəl] 形 金融的 片語 **financial analyst** 財務分析師

Answer Key 211-240

211~215 ➔ D B C A B　216~220 ➔ D B A C C　221~225 ➔ B C D A D

226~230 ➔ A D C D B　231~235 ➔ D A B D B　236~240 ➔ B D B D A

ROUND 9 Question 241～270

( ) 241. They _______ all their money in stocks of the company.
(A) transferred (B) negotiated (C) invested (D) bargained

Point 他們將錢全部投資在這家公司的股票上。

★ **transfer** [`trænsfɝ] 名 動 轉帳；轉移 片語 **credit transfer** 銀行轉帳
☆ **negotiate** [nɪ`goʃɪˏet] 動 洽談；談判 片語 **negotiating table** 談判桌
★ **invest** [ɪn`vɛst ] 動 投資 衍生 **investment** [ ɪn`vɛstmənt] 名 投資
☆ **bargain** [`bɑrgɪn] 名 特價商品 動 討價還價 片語 **bargain for** 預料到

( ) 242. Alice is my **real estate** _______.
(A) agent (B) agency (C) investment (D) loan

Point 愛麗絲是我的房地產仲介。

★ **agent** [`edʒənt] 名 代理人；仲介人 片語 **travel agent** 旅行社員工
☆ **agency** [`edʒənsɪ] 名 代理商；仲介 片語 **news agency** 新聞通訊社
★ **investment** [ɪn`vɛstmənt] 名 投資 片語 **investment bank** 投資銀行
☆ **loan** [lon] 名 借貸 動 借出 片語 **loan shark** 高利貸業者

( ) 243. I can't afford these _______. I am just a student.
(A) margins (B) luxuries (C) partnership (D) recalls

Point 我買不起這些奢侈品，我還只是個學生。

單字速記

★ **margin** [`mɑrdʒɪn] 名 利潤；邊緣 片語 **margin of error** 誤差幅度
☆ **luxury** [`lʌkʃərɪ] 名 奢侈品 片語 **luxury goods** 奢侈品
★ **partnership** [`pɑrtnəʃɪp] 名 夥伴關係；合股關係；合資公司
☆ **recall** [rɪ`kɔl] 名 收回 動 回憶起 片語 **beyond recall** 無法挽回的

( ) 244. They are considering _______ their business to China.
(A) rewarding (B) associating (C) bargaining (D) expanding

Point 他們正考慮將他們的事業擴展到中國。

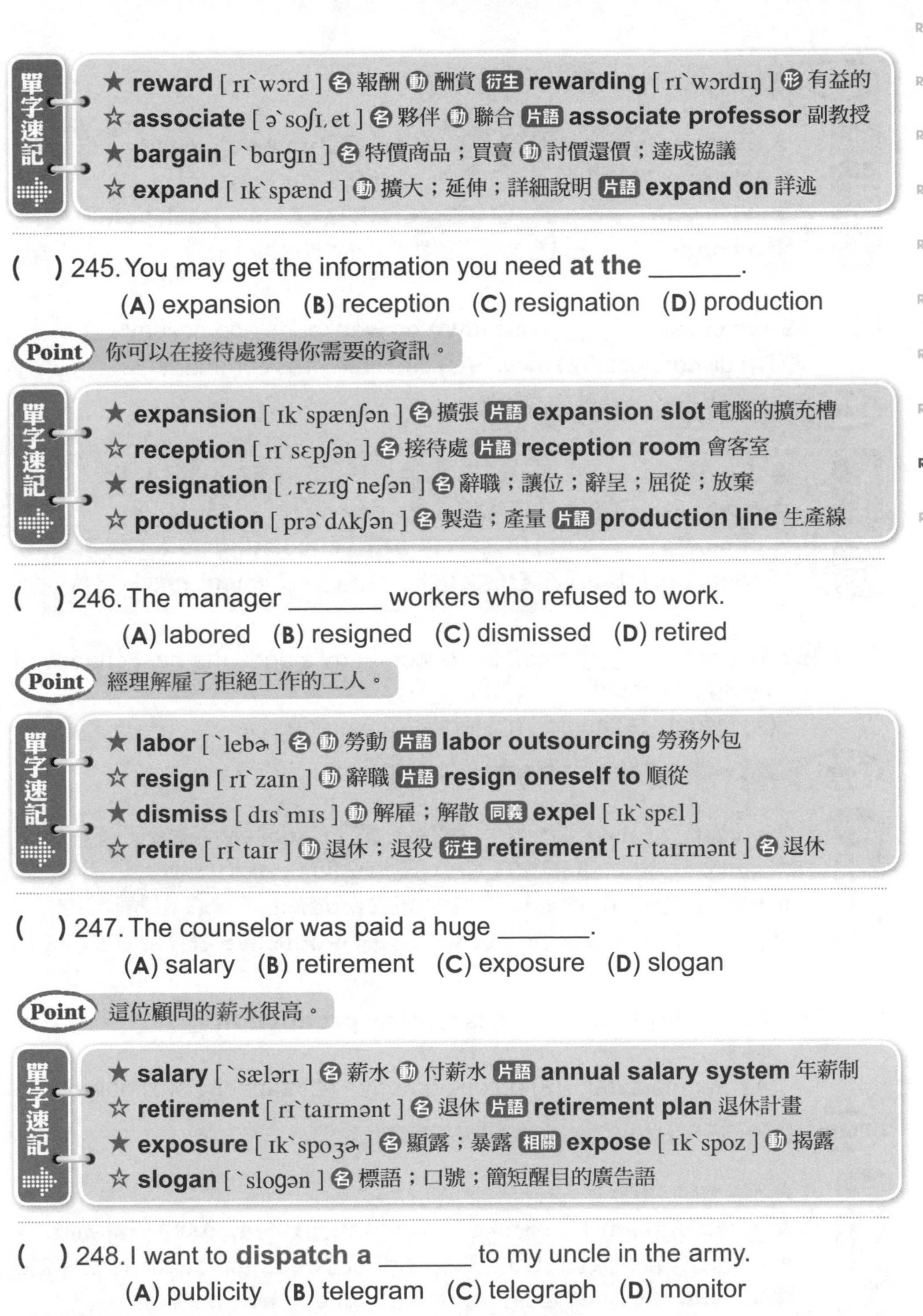

單字速記

★ **reward** [rɪˋwɔrd] 名 報酬 動 酬賞 衍生 **rewarding** [rɪˋwɔrdɪŋ] 形 有益的
☆ **associate** [əˋsoʃɪˏet] 名 夥伴 動 聯合 片語 **associate professor** 副教授
★ **bargain** [ˋbɑrgɪn] 名 特價商品；買賣 動 討價還價；達成協議
☆ **expand** [ɪkˋspænd] 動 擴大；延伸；詳細說明 片語 **expand on** 詳述

( ) 245. You may get the information you need **at the** _______.
(A) expansion (B) reception (C) resignation (D) production

Point 你可以在接待處獲得你需要的資訊。

單字速記

★ **expansion** [ɪkˋspænʃən] 名 擴張 片語 **expansion slot** 電腦的擴充槽
☆ **reception** [rɪˋsɛpʃən] 名 接待處 片語 **reception room** 會客室
★ **resignation** [ˏrɛzɪgˋneʃən] 名 辭職；讓位；辭呈；屈從；放棄
☆ **production** [prəˋdʌkʃən] 名 製造；產量 片語 **production line** 生產線

( ) 246. The manager _______ workers who refused to work.
(A) labored (B) resigned (C) dismissed (D) retired

Point 經理解雇了拒絕工作的工人。

單字速記

★ **labor** [ˋlebɚ] 名 動 勞動 片語 **labor outsourcing** 勞務外包
☆ **resign** [rɪˋzaɪn] 動 辭職 片語 **resign oneself to** 順從
★ **dismiss** [dɪsˋmɪs] 動 解雇；解散 同義 **expel** [ɪkˋspɛl]
☆ **retire** [rɪˋtaɪr] 動 退休；退役 衍生 **retirement** [rɪˋtaɪrmənt] 名 退休

( ) 247. The counselor was paid a huge _______.
(A) salary (B) retirement (C) exposure (D) slogan

Point 這位顧問的薪水很高。

單字速記

★ **salary** [ˋsælərɪ] 名 薪水 動 付薪水 片語 **annual salary system** 年薪制
☆ **retirement** [rɪˋtaɪrmənt] 名 退休 片語 **retirement plan** 退休計畫
★ **exposure** [ɪkˋspoʒɚ] 名 顯露；暴露 相關 **expose** [ɪkˋspoz] 動 揭露
☆ **slogan** [ˋslogən] 名 標語；口號；簡短醒目的廣告語

( ) 248. I want to **dispatch a** _______ to my uncle in the army.
(A) publicity (B) telegram (C) telegraph (D) monitor

Point 我想要發送一封電報給我在軍中的叔叔。

單字速記
★ **publicity** [pʌbˋlɪsətɪ] 名 名聲；宣傳品 片語 **give publicity to** 公佈；宣傳
☆ **telegram** [ˋtɛlə͵græm] 名 電報 動 發電報；用電報發送
★ **telegraph** [ˋtɛlə͵græf] 動 發電報 名 電報機 片語 **telegraph pole** 電線杆
☆ **monitor** [ˋmɑnətɚ] 名 螢幕；監視器；班長 動 監視；監測

( ) 249. We usually _______ **our lawn** on weekends and holidays.
(A) disconnect (B) mow (C) circulate (D) comment

Point 我們通常在週末及假日修剪草坪。

單字速記
★ **disconnect** [͵dɪskəˋnɛkt] 動 切斷(電話等)；使分離；分開；斷開
☆ **mow** [mo] 動 收割；刈草 片語 **mow down** 殘殺
★ **circulate** [ˋsɝkjə͵let] 動 循環；流通 片語 **circulating library** 巡迴圖書館
☆ **comment** [ˋkɑmɛnt] 名 評論 動 做評論 片語 **comment on** 對…評論

( ) 250. The most _______ staff in the company stands the best chance of being promoted.
(A) visual (B) audio (C) fertile (D) productive

Point 這家公司最多產的員工，最有機會獲得升遷。

單字速記
★ **visual** [ˋvɪʒuəl] 形 視覺的；看得見的 片語 **visual aid** 視覺教具
☆ **audio** [ˋɔdɪ͵o] 形 聲音的 名 聲音 片語 **audio book** 有聲書
★ **fertile** [ˋfɝtḷ] 形 肥沃的；能生育的 同義 **productive** [prəˋdʌktɪv]
☆ **productive** [prəˋdʌktɪv] 形 多產的 片語 **productive of** 產生…的

( ) 251. The factory is valued for its monthly **production** _______ of 1,000 cars.
(A) manufacturer (B) autobiography (C) capacity (D) bulletin

Point 這個工廠因每月一千輛汽車的生產量而受到重視。

單字速記
★ **manufacturer** [͵mænjəˋfæktʃərɚ] 名 製造商；廠商；製造公司
☆ **autobiography** [͵ɔtəbaɪˋɑgrəfɪ] 名 自傳 同義 **memoirs** [ˋmɛmwɑr]
★ **capacity** [kəˋpæsətɪ] 名 生產力；容量 片語 **outdated capacity** 落後產能
☆ **bulletin** [ˋbulətɪn] 名 公告；公報 片語 **bulletin board** 佈告欄

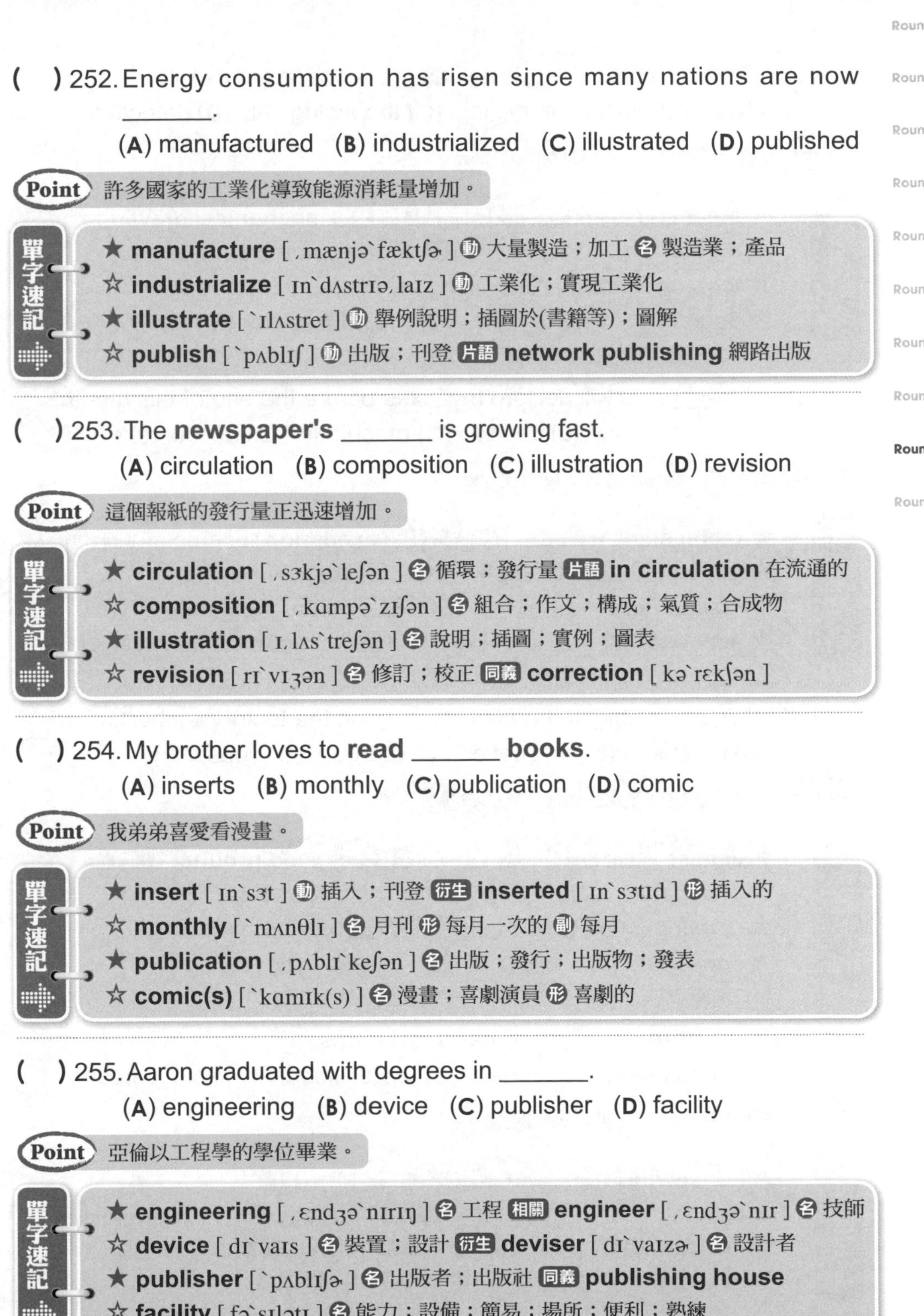

( ) 252. Energy consumption has risen since many nations are now _______.

(A) manufactured (B) industrialized (C) illustrated (D) published

Point 許多國家的工業化導致能源消耗量增加。

單字速記

★ **manufacture** [ˌmænjəˋfæktʃɚ] 動 大量製造；加工 名 製造業；產品
☆ **industrialize** [ɪnˋdʌstrɪəˌlaɪz] 動 工業化；實現工業化
★ **illustrate** [ˋɪlʌstret] 動 舉例說明；插圖於(書籍等)；圖解
☆ **publish** [ˋpʌblɪʃ] 動 出版；刊登 片語 **network publishing** 網路出版

( ) 253. The **newspaper's** _______ is growing fast.

(A) circulation (B) composition (C) illustration (D) revision

Point 這個報紙的發行量正迅速增加。

單字速記

★ **circulation** [ˌsɝkjəˋleʃən] 名 循環；發行量 片語 **in circulation** 在流通的
☆ **composition** [ˌkɑmpəˋzɪʃən] 名 組合；作文；構成；氣質；合成物
★ **illustration** [ɪˌlʌsˋtreʃən] 名 說明；插圖；實例；圖表
☆ **revision** [rɪˋvɪʒən] 名 修訂；校正 同義 **correction** [kəˋrɛkʃən]

( ) 254. My brother loves to **read** _______ **books**.

(A) inserts (B) monthly (C) publication (D) comic

Point 我弟弟喜愛看漫畫。

單字速記

★ **insert** [ɪnˋsɝt] 動 插入；刊登 衍生 **inserted** [ɪnˋsɝtɪd] 形 插入的
☆ **monthly** [ˋmʌnθlɪ] 名 月刊 形 每月一次的 副 每月
★ **publication** [ˌpʌblɪˋkeʃən] 名 出版；發行；出版物；發表
☆ **comic(s)** [ˋkɑmɪk(s)] 名 漫畫；喜劇演員 形 喜劇的

( ) 255. Aaron graduated with degrees in _______.

(A) engineering (B) device (C) publisher (D) facility

Point 亞倫以工程學的學位畢業。

單字速記

★ **engineering** [ˌɛndʒəˋnɪrɪŋ] 名 工程 相關 **engineer** [ˌɛndʒəˋnɪr] 名 技師
☆ **device** [dɪˋvaɪs] 名 裝置；設計 衍生 **deviser** [dɪˋvaɪzɚ] 名 設計者
★ **publisher** [ˋpʌblɪʃɚ] 名 出版者；出版社 同義 **publishing house**
☆ **facility** [fəˋsɪlətɪ] 名 能力；設備；簡易；場所；便利；熟練

(　) 256. As a **private** ______, he has great observation skills.
(A) mechanical (B) digital (C) technological (D) detective

Point 身為私家偵探，他的觀察能力極強。

單字速記
★ **mechanical** [mə`kænɪkḷ] 形 機械的 片語 **mechanical drawing** 製畫
☆ **digital** [`dɪdʒɪtḷ] 形 數位的 片語 **digital cinema** 數位影院
★ **technological** [ˌtɛknə`lɑdʒɪkḷ] 形 技術的；由於技術原因的
☆ **detective** [dɪ`tɛktɪv] 名 偵探 形 偵探的 片語 **detective film** 偵探電影

(　) 257. My ______ will declare my taxes before the end of this month.
(A) technician (B) carrier (C) mechanic (D) accountant

Point 我的會計師在月底之前會幫我報稅。

單字速記
★ **technician** [tɛk`nɪʃən] 名 技師 片語 **execution technician** 死刑執行人
☆ **carrier** [`kærɪə] 名 運送者；送信人 片語 **carrier bag** 手提袋
★ **mechanic** [mə`kænɪk] 名 機械工 片語 **dental mechanic** 牙科技工
☆ **accountant** [ə`kaʊntənt] 名 會計師 片語 **accountant general** 會計主任

(　) 258. We invited him to be a/an ______ on the factory we built.
(A) license (B) occupation (C) career (D) consultant

Point 我們邀請他擔任我們興建工廠的顧問。

單字速記
★ **license** [`laɪsṇs] 名 執照 動 許可 片語 **licensed product** 特許商品
☆ **occupation** [ˌɑkjə`peʃən] 名 職業；佔據；日常事務
★ **career** [kə`rɪr] 名 職業；生涯；歷程 片語 **career break** 休假
☆ **consultant** [kən`sʌltənt] 名 顧問；諮詢者；會診醫生

(　) 259. The **hotel** ______ will call a taxi for us.
(A) housewife (B) porter (C) professional (D) salesperson

Point 飯店門房將為我們叫一輛計程車。

單字速記
★ **housewife** [`haʊsˌwaɪf] 名 家庭主婦；(英)針線盒
☆ **porter** [`portə ] 名 門房；搬運工 同義 **baggageman** [ `bægɪdʒˌmæn]
★ **professional** [prə`fɛʃənḷ] 名 專家 形 專業的；職業性的
☆ **salesperson** [`selzˌpɜsṇ] 名 業務員；店員；售貨員

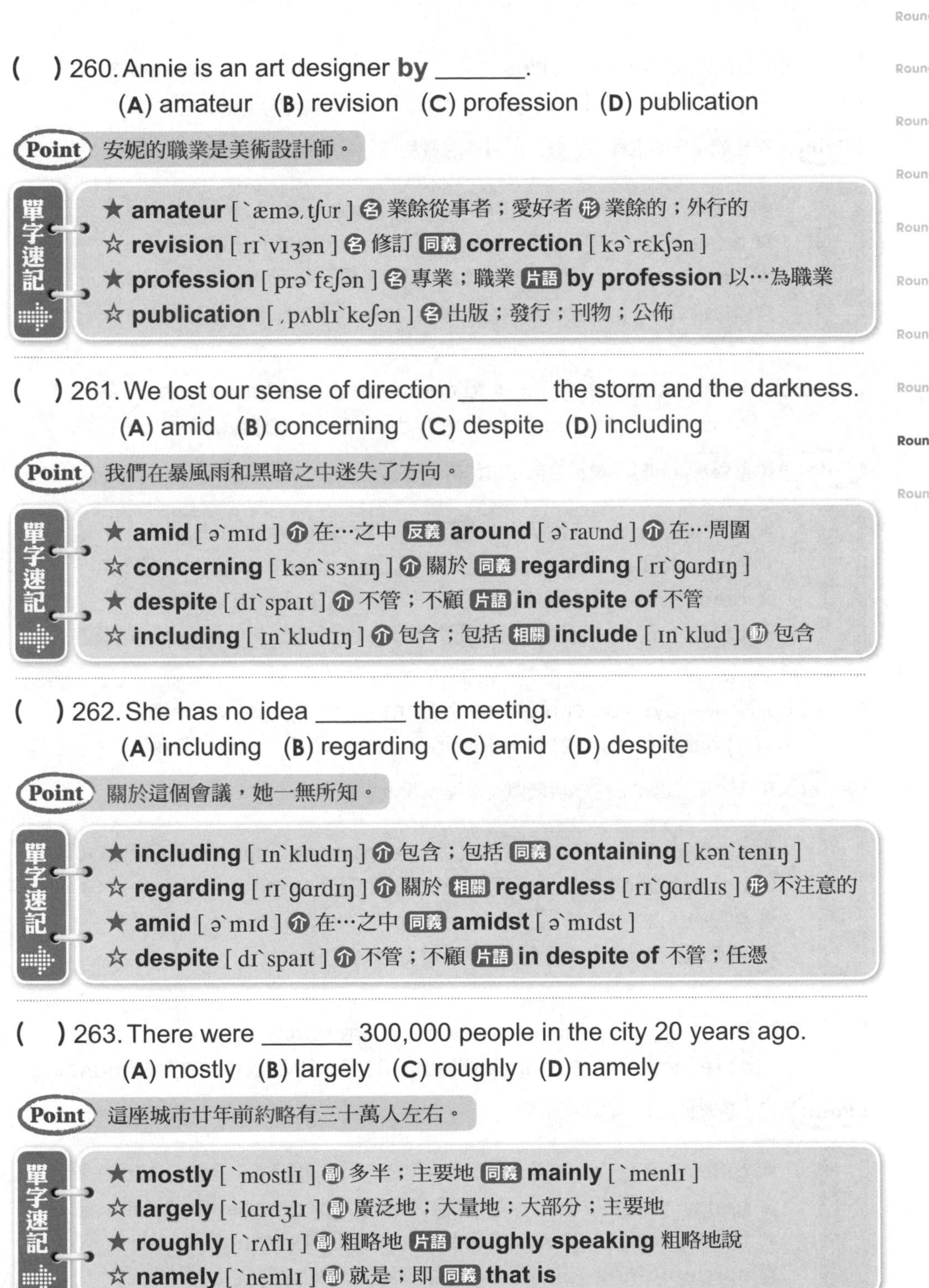

( ) 260. Annie is an art designer **by** _______.
(A) amateur (B) revision (C) profession (D) publication

Point 安妮的職業是美術設計師。

單字速記
- ★ **amateur** [\`æmə͵tʃʊr] 名 業餘從事者；愛好者 形 業餘的；外行的
- ☆ **revision** [rɪ\`vɪʒən ] 名 修訂 同義 **correction** [ kə\`rɛkʃən]
- ★ **profession** [prə\`fɛʃən] 名 專業；職業 片語 **by profession** 以…為職業
- ☆ **publication** [͵pʌblɪ\`keʃən] 名 出版；發行；刊物；公佈

( ) 261. We lost our sense of direction _______ the storm and the darkness.
(A) amid (B) concerning (C) despite (D) including

Point 我們在暴風雨和黑暗之中迷失了方向。

單字速記
- ★ **amid** [ə\`mɪd ] 介 在…之中 反義 **around** [ ə\`raʊnd] 介 在…周圍
- ☆ **concerning** [kən\`sɝnɪŋ ] 介 關於 同義 **regarding** [ rɪ\`gɑrdɪŋ]
- ★ **despite** [dɪ\`spaɪt] 介 不管；不顧 片語 **in despite of** 不管
- ☆ **including** [ɪn\`kludɪŋ ] 介 包含；包括 相關 **include** [ ɪn\`klud] 動 包含

( ) 262. She has no idea _______ the meeting.
(A) including (B) regarding (C) amid (D) despite

Point 關於這個會議，她一無所知。

單字速記
- ★ **including** [ɪn\`kludɪŋ ] 介 包含；包括 同義 **containing** [ kən\`tenɪŋ]
- ☆ **regarding** [rɪ\`gɑrdɪŋ ] 介 關於 相關 **regardless** [ rɪ\`gɑrdlɪs] 形 不注意的
- ★ **amid** [ə\`mɪd ] 介 在…之中 同義 **amidst** [ ə\`mɪdst]
- ☆ **despite** [dɪ\`spaɪt] 介 不管；不顧 片語 **in despite of** 不管；任憑

( ) 263. There were _______ 300,000 people in the city 20 years ago.
(A) mostly (B) largely (C) roughly (D) namely

Point 這座城市廿年前約略有三十萬人左右。

單字速記
- ★ **mostly** [\`mostlɪ ] 副 多半；主要地 同義 **mainly** [ \`menlɪ]
- ☆ **largely** [\`lɑrdʒlɪ] 副 廣泛地；大量地；大部分；主要地
- ★ **roughly** [\`rʌflɪ] 副 粗略地 片語 **roughly speaking** 粗略地說
- ☆ **namely** [\`nemlɪ] 副 就是；即 同義 **that is**

( ) 264. Unexpected difficulties _______ in the course of their work.
(A) transformed (B) arose (C) bounce (D) intensify

Point 在他們工作的過程中，發生了沒有意料到的困難。

單字速記
- ★ **transform** [træns`fɔrm ] 動 改變 同義 **convert** [ kən`vɝt]
- ☆ **arise** [ə`raɪz] 動 出現；發生 片語 **arise from** 由…引起
- ★ **bounce** [baʊns] 動 跳票；彈跳 名 彈跳 片語 **bounce flash** 跳燈
- ☆ **intensify** [ɪn`tɛnsə͵faɪ ] 動 增強；加強 同義 **reinforce** [ ͵riɪn`fɔrs]

( ) 265. Jack asked the _______ to compose this letter for him.
(A) carrier (B) consultant (C) detective (D) typist

Point 傑克要求這名打字員替他把這封信排出來。

單字速記
- ★ **carrier** [`kærɪɚ] 名 運送者 片語 **carrier pigeon** 傳信鴿
- ☆ **consultant** [kən`sʌltənt ] 名 顧問 相關 **consult** [ kən`sʌlt] 動 商量
- ★ **detective** [dɪ`tɛktɪv] 名 偵探 形 偵探的 同義 **sleuth** [sluθ]
- ☆ **typist** [`taɪpɪst ] 名 打字員 衍生 **audio-typist** [ `ɔdɪo`taɪpɪst] 名 聽打員

( ) 266. Nowadays you can get cash from _______ everywhere.
(A) earphones (B) headphones (C) ATMs (D) MTVs

Point 現今，你可以從各地的自動櫃員機提領現金。

單字速記
- ★ **earphone** [`ɪr͵fon ] 名 耳機 近義 **headphone** [ `hɛd͵fon] 名 頭戴式耳機
- ☆ **headphone** [`hɛd͵fon ] 名 頭戴式耳機 近義 **earphone** [ `ɪr͵fon] 名 耳機
- ★ **ATM** 名 自動櫃員機 原稱 **Automatic Teller Machine**
- ☆ **MTV** 名 音樂電視頻道 原稱 **music television**

( ) 267. The _______ in this neighborhood are really nice.
(A) reflections (B) handwritings (C) frustrations (D) surroundings

Point 這個區域的環境相當好。

單字速記
- ★ **reflection** [rɪ`flɛkʃən] 名 深思；反省；倒影 片語 **on reflection** 經考慮
- ☆ **handwriting** [`hænd͵raɪtɪŋ ] 名 筆跡 同義 **penmanship** [ `pɛnmən͵ʃɪp]
- ★ **frustration** [͵frʌs`treʃən ] 名 挫折；失敗 同義 **setback** [ `sɛt͵bæk]
- ☆ **surroundings** [sə`raʊndɪŋs] 名 環境；周圍；周圍的事物與情況

( ) 268. His achievements in engineering **are** _______ **praised**.
(A) elsewhere (B) highly (C) weekly (D) scarcely

Point 他在工程方面的成就受高度讚揚。

單字速記
★ **elsewhere** [`ɛls,hwɛr] 副 在別處 同義 **somewhere else**
☆ **highly** [`haɪlɪ ] 副 高高地；高度地；極 同義 **greatly** [ `gretlɪ]
★ **weekly** [`wiklɪ] 形 每週的 副 每週 名 週刊；週報
☆ **scarcely** [`skɛrslɪ ] 副 幾乎不；幾乎沒有 同義 **barely** [ `bɛrlɪ]

( ) 269. The platoon was marching for almost six hours before Sergeant Rodriguez decided to _______.
(A) lag (B) halt (C) await (D) construct

Point 羅中士決定停止行進前，這個隊伍已行軍約六小時。

單字速記
★ **lag** [læg] 動 名 延緩；落後；延遲 片語 **jet lag** 時差
☆ **halt** [hɔlt] 動 (使)停止；停止行進 名 休止 片語 **call a halt** 命令停止
★ **await** [ə`wet] 動 等待；期待；等候 同義 **wait for**
☆ **construct** [kən`strʌkt] 動 建構；建造 同義 **build** [bɪld]

( ) 270. The booklet is printed on _______ **paper**.
(A) quaked (B) disturbed (C) reformed (D) recycled

Point 這本小冊子印刷在回收紙上。

單字速記
★ **quake** [kwek] 動 搖動 名 震動 衍生 **earthquake** [`ɜθ,kwek] 名 地震
☆ **disturb** [dɪs`tɜb ] 動 打擾；使不安 衍生 **disturbed** [ dɪ`stɜbd] 形 心亂的
★ **reform** [,rɪ`fɔrm] 名 改革 動 改進 片語 **reform school** 少年感化院
☆ **recycle** [rɪ`saɪkl̩ ] 動 回收利用 衍生 **recyclable** [ rɪ`saɪkləbl̩] 形 可回收的

Answer Key 241-270

241~245 C A B D B　246~250 C A B B D　251~255 C B A D A
256~260 D D D B C　261~265 A B C B D　266~270 C D B B D

ROUND 10 Question 271～280

( ) 271. ______ is an abbreviation for "acquired immune deficiency syndrome."
(A) A.M. (B) AIDS (C) P.M. (D) DVD

Point 愛滋是「後天免疫不全症候群」的縮寫。

★ **a.m./am/A.M./AM** [`e`ɛm] 副 上午 原稱 **ante meridiem**
☆ **AIDS** [`edz] 名 愛滋病；後天性免疫不全症候群
★ **p.m./pm/P.M./PM** [ˌpi`ɛm] 副 下午 原稱 **post meridiem**
☆ **DVD** 名 影音光碟機 原稱 **digital video disk**

( ) 272. My sister, Erica, is a very ______ person. She has very high goals.
(A) mutual (B) habitual (C) ambitious (D) portable

Point 我姊姊艾莉卡是個很有野心的人。她設定極高的目標。

★ **mutual** [`mjutʃuəl] 形 相互的 片語 **mutual insurance** 互助保險
☆ **habitual** [hə`bɪtʃuəl] 形 習慣性的 片語 **habitual shopping** 習慣性購買
★ **ambitious** [æm`bɪʃəs] 形 有野心的 片語 **ambitious for sth.** 熱望得到…
☆ **portable** [`portəbḷ] 形 便於攜帶的 名 手提式製品(如電腦)

( ) 273. All ______ should immediately come to the swimming pool within 5 minutes.
(A) competitors (B) behaviors (C) counters (D) madams

Point 所有參賽者應立刻於五分鐘內前往游泳池。

★ **competitor** [kəm`pɛtətə ] 名 競爭者 相關 **compete** [ kəm`pit] 動 競爭
☆ **behavior** [bɪ`hevjə] 名 行為舉止 片語 **behavior pattern** 行為模式
★ **counter** [`kauntə] 名 櫃台 形 反對的 片語 **bar counter** 吧台
☆ **madam** [`mædəm ] 名 夫人；女士 複數 **mesdames** [ me`dɑm]

( ) 274. They have the world's most comprehensive perfume ______.
(A) foundation (B) electronics (C) conference (D) catalogue

Point 他們擁有全世界最豐富的香水目錄。

單字速記

★ **foundation** [faʊn`deʃən] 名 基金會；基礎 片語 **foundation stone** 基石
☆ **electronics** [ɪˌlɛk`trɑnɪks] 名 電子學
★ **conference** [`kɑnfərəns] 名 會議 片語 **news conference** 記者招待會
☆ **catalogue/catalog** [`kætəlɔg] 名 目錄；登記 動 為…編目

( ) 275. Matthew _______ **himself to** watching TV every day.
(A) consumes (B) defends (C) recites (D) abandons

Point 馬修每天沉溺於看電視。

單字速記

★ **consume** [kəm`sjum ] 動 消耗 衍生 **consumer** [ kən`sjumɚ] 名 消費者
☆ **defend** [dɪ`fɛnd ] 動 防守；保衛 反義 **attack** [ ə`tæk] 動 進攻
★ **recite** [rɪ`saɪt ] 動 背誦 衍生 **reciter** [ rɪ`saɪtɚ] 名 背誦者
☆ **abandon** [ə`bændən] 動 拋棄；遺棄 片語 **abandon oneself to** 沈溺於

( ) 276. A teacher should know how to assess the _______ of understanding of each student.
(A) germ (B) pebble (C) preposition (D) extent

Point 老師應該知道如何估測學生的理解程度。

單字速記

★ **germ** [`dʒɝm] 名 細菌；微生物 動 (比喻)萌芽 片語 **germ warfare** 細菌戰
☆ **pebble** [`pɛbḷ ] 名 小圓石 衍生 **pebbled** [ `pɛbḷd] 形 多石子的
★ **preposition** [ˌprɛpə`zɪʃən] 名 介系詞；前置詞
☆ **extent** [ɪk`stɛnt] 名 範圍；程度 片語 **to such an extent that** 太…以致…

( ) 277. Becoming famous in a short time, Teresa has trouble adjusting to her _______.
(A) machinery (B) fame (C) era (D) landmark

Point 在短期內成名，泰瑞莎在適應她的名聲上遭遇困難。

單字速記

★ **machinery** [mə`ʃinərɪ] 名 機械；機構；方法；文學手段
☆ **fame** [fem] 名 聲望；名望 動 使聞名 片語 **come to fame** 出名
★ **era** [`ɪrə] 名 時代；年代；紀元 片語 **Christian era** 公元
☆ **landmark** [`lændˌmɑrk ] 名 地標；里程碑 同義 **milestone** [ `maɪlˌston]

( ) 278. As long as you have a license, hunting is a _______ activity in this state.
(A) lawful (B) dynamic (C) habitual (D) romance

Point 只要擁有證照，狩獵在這個州是合法的活動。

單字速記
- ★ **lawful** [`lɔfəl ] 形 合法的 反義 **unlawful** [ ʌn`lɔfəl] 形 犯法的
- ☆ **dynamic** [daɪ`næmɪk] 形 動力的 片語 **dynamic analysis** 動態分析
- ★ **habitual** [hə`bɪtʃuəl] 形 習慣性的 片語 **habitual thief** 慣竊
- ☆ **romance** [ro`mæns] 名 愛情故事 片語 **romance novel** 愛情小說

( ) 279. Two editors handled the work of _______ the biography.
(A) measuring (B) lecturing (C) misunderstanding (D) revising

Point 兩位編輯處理這本傳記的校訂工作。

單字速記
- ★ **measure(s)** [`mɛʒɚ(z)] 動 測量 名 手段 片語 **take measures** 採…手段
- ☆ **lecture** [`lɛktʃɚ] 動 名 授課；演講 片語 **lecture theatre** 演講廳
- ★ **misunderstand** [ˌmɪsʌndɚ`stænd] 動 誤解；誤會；曲解
- ☆ **revise** [rɪ`vaɪz] 動 修正；校訂 片語 **revised version** 修訂本

( ) 280. I used the _______ to view the lunar eclipse.
(A) university (B) translator (C) telescope (D) screwdriver

Point 我用這部望遠鏡觀賞月蝕。

單字速記
- ★ **university** [ˌjunə`vɝsətɪ] 名 大學 片語 **state university** 州立大學
- ☆ **translator** [`trænsˌletɚ ] 名 譯者 同義 **interpreter** [ ɪn`tɝprɪtɚ]
- ★ **telescope** [`tɛləˌskop] 名 望遠鏡 片語 **refracting telescope** 折射望遠鏡
- ☆ **screwdriver** [`skruˌdraɪvɚ] 名 螺絲起子；螺絲刀

Answer Key 271-280

271~275 B C A D D 276~280 D B A D C

Level

5

突破5級重圍的284道關鍵題

符合美國五年級學生
所學範圍

名 名詞
動 動詞
形 形容詞
副 副詞
冠 冠詞
連 連接詞
介 介系詞
代 代名詞

ROUND 1 Question 1～30

( ) 1. The **delicious** _______ of freshly-made coffee awoke me.
(A) lime (B) cracker (C) pastry (D) odor

Point 新鮮咖啡的香氣喚醒了我。

單字速記
- ★ **lime** [laɪm] 名 酸橙；石灰 動 撒石灰 片語 **chloride of lime** 漂白粉
- ☆ **cracker** [ˋkrækɚ] 名 薄脆餅乾 片語 **cream cracker** 奶油蘇打餅乾
- ★ **pastry** [ˋpestrɪ] 名 糕點 片語 **puff pastry** 鬆餅；酥餅
- ☆ **odor** [ˋodɚ] 名 氣味；名聲 片語 **in bad odor** 聲譽不佳

( ) 2. For breakfast, Deborah had only a slice of **lemon** _______.
(A) tavern (B) whisky (C) tart (D) cuisine

Point 黛波拉早餐只吃一塊檸檬塔。

單字速記
- ★ **tavern** [ˋtævɚn] 名 酒館 衍生 **taverner** [ˋtævɚnɚ] 名 酒店老闆
- ☆ **whiskey/whisky** [ˋhwɪskɪ] 名 威士忌 片語 **malt whisky** 麥芽威士忌
- ★ **tart** [tɑrt] 名 水果塔 動 裝點 片語 **tart up** 打扮
- ☆ **cuisine** [kwɪˋzin] 名 菜餚 片語 **private home cuisine** 私房菜

( ) 3. A bowl of **warm** _______ was served as the first dish.
(A) broth (B) radish (C) celery (D) mayonnaise

Point 第一道菜供應了一碗熱湯。

單字速記
- ★ **broth** [brɔθ] 名 湯 衍生 **snow-broth** [ˋsno͵brɔθ] 名 融雪
- ☆ **radish** [ˋrædɪʃ] 名 小蘿蔔 片語 **radish cake** 蘿蔔糕
- ★ **celery** [ˋsɛlərɪ] 名 芹菜 片語 **water celery** 空心菜
- ☆ **mayonnaise** [meəˋnez] 名 美乃滋；蛋黃醬

( ) 4. We ate **chocolate** _______ and milk for breakfast.
(A) mutton (B) oatmeal (C) oysters (D) ribs

Point 我們早餐吃巧克力燕麥片和牛奶。

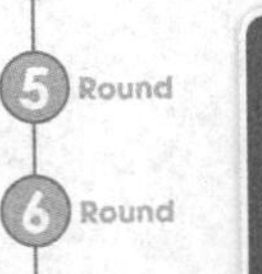

單字速記

★ **mutton** [`mʌtn̩] 名 羊肉 片語 **mutton chop** 羊排
☆ **oatmeal** [`ot͵mil] 名 燕麥片；燕麥粉；燕麥粥
★ **oyster** [`ɔɪstɚ] 名 牡蠣 片語 **pearl oyster** 珍珠貝
☆ **rib** [rɪb] 名 肋骨 動 嘲弄 片語 **short ribs** 小排骨

(　) 5. Roll out the **bread** _______ into a large square.
(A) salmon (B) chili (C) dough (D) tuna

Point 將麵包麵團桿成一個大正方形。

單字速記

★ **salmon** [`sæmən] 名 鮭魚 形 鮭魚色的 片語 **smoked salmon** 煙燻鮭魚
☆ **chili** [`tʃɪlɪ] 名 紅番椒 片語 **chili powder** 辣椒粉
★ **dough** [do] 名 生麵團 衍生 **doughy** [`doɪ] 形 柔軟的
☆ **tuna** [`tunə] 名 鮪魚 片語 **canned tuna** 鮪魚罐頭

(　) 6. Stir the ingredients for the **salad** _______ in a bowl.
(A) dressing (B) curry (C) foil (D) yeast

Point 在碗裡攪拌沙拉醬的原料。

單字速記

★ **dressing** [`drɛsɪŋ] 名 調料；填料；穿衣 片語 **dress code** 著裝標準
☆ **curry** [`kɜɪ] 名 咖哩 動 用咖哩調味 片語 **curry powder** 咖哩粉
★ **foil** [fɔɪl] 名 金屬薄片；食品包裝箔 片語 **gold foil** 金箔
☆ **yeast** [jist] 名 酵母；泡沫 片語 **brewer's yeast** 啤酒酵母

(　) 7. The smell of **bacon** _______ filled the dining room.
(A) mint (B) mustard (C) batch (D) grease

Point 餐廳瀰漫著培根油脂的味道。

單字速記

★ **mint** [mɪnt] 名 薄荷 片語 **mint sauce** 薄荷醬
☆ **mustard** [`mʌstɚd] 名 黃芥末 片語 **mustard powder** 芥末粉
★ **batch** [bætʃ] 名 一批；一群 片語 **batch number** 批號
☆ **grease** [gris] 名 油脂 動 塗油；賄賂 片語 **grease the palm of** 向…行賄

(　) 8. Unfortunately, the steak was _______ and the salad was disappointing.
(A) simmered (B) stewed (C) clustered (D) overdone

Point 不幸的是，牛排煎過頭了，沙拉也很令人失望。

單字速記
★ **simmer** [`sɪmɚ] 動 燉 名 沸騰的狀態 片語 **simmer down** 冷靜下來
☆ **stew** [stju] 動 燉；燜 名 燉菜 片語 **stewing steak** 燉牛排
★ **cluster** [`klʌstɚ] 名 串；簇 動 群集；串 同義 **bunch** [bʌntʃ]
☆ **overdo** [ˌovɚ`du] 動 做得過分；使過於疲勞；表演過火

( ) 9. The hungry dog _______ the whole hot dog.
(A) layered (B) devoured (C) lumped (D) nibbled

Point 這隻饑餓的狗將整根熱狗狼吞虎嚥吃了下去。

單字速記
★ **layer** [`leɚ] 名 層 動 分層 片語 **ozone layer** 臭氧層
☆ **devour** [dɪ`vaʊr] 動 狼吞虎嚥 同義 **gulp** [gʌlp]
★ **lump** [lʌmp] 名 塊 動 結塊 片語 **by the lump** 總共
☆ **nibble** [`nɪbḷ] 動 一點點地咬 名 少量食物 片語 **nibble at** 小口咬

( ) 10. The piece of white **cotton** _______ matches your skirt.
(A) fabric (B) carton (C) cardboard (D) briefcase

Point 這塊白色棉布料和你的裙子很搭。

單字速記
★ **fabric** [`fæbrɪk ] 名 布料；紡織品 同義 **textile** [ `tɛkstaɪl]
☆ **carton** [`kartṇ] 名 紙盒 動 用紙盒裝 同義 **box** [baks]
★ **cardboard** [`kardˌbɔrd] 名 硬紙板 形 硬紙板製的；虛構的；膚淺的
☆ **briefcase** [`brifˌkes] 名 公事包 同義 **attaché case** [əˋtæʃəˌkes]

( ) 11. This box was too big for the **luggage** _______.
(A) pocketbook (B) ornament (C) rack (D) setting

Point 這個箱子太大了，放不上行李架。

單字速記
★ **pocketbook** [`pakɪtˌbʊk] 名 錢包；口袋書；經濟來源
☆ **ornament** [`ɔrnəmənt ] 名 裝飾品 同義 **decoration** [ ˌdɛkə`reʃən]
★ **rack** [ræk] 名 架子 動 折磨 片語 **luggage rack** 行李架
☆ **setting** [`sɛtɪŋ] 名 布景；安置 片語 **place setting** 個人餐位餐具

( ) 12. Janice is making a _______ with fresh flowers.

(A) wreath (B) sponge (C) stake (D) browse

Point 珍妮絲用鮮花製作花圈。

單字速記
- ★ **wreath** [riθ] 名 花圈 片語 **laurel wreath** 桂冠
- ☆ **sponge** [spʌndʒ] 名 海綿 動 用海綿吸收 片語 **sponge cake** 海綿蛋糕
- ★ **stake** [stek] 名 樁；股份 動 綁在樁上 片語 **pull up stakes** 跳槽
- ☆ **browse** [brauz] 動 瀏覽；翻閱 名 瀏覽 同義 **scan** [skæn]

( ) 13. He is trying to upload and _______ all the collected data.
(A) document (B) scroll (C) computerize (D) fuse

Point 他正試著上傳及用電腦處理所有蒐集來的資料。

單字速記
- ★ **document** [`dɑkjəmənt ] 名 文件 動 [ `dɑkjə͵mɛnt] 提供文件
- ☆ **scroll** [skrol] 動 捲動 名 捲軸 片語 **scroll bar** 捲軸
- ★ **computerize** [kəm`pjutə͵raɪz] 動 用電腦處理；使電腦化
- ☆ **fuse** [fjuz] 名 保險絲 動 熔斷 片語 **fuse box** 保險絲盒

( ) 14. We need a _______ to set up the computer network.
(A) scan (B) server (C) storage (D) correspondence

Point 我們需要一台伺服器來建立電腦網路。

單字速記
- ★ **scan** [skæn] 動 掃描；瀏覽 名 掃描 片語 **brain scan** 腦部斷層掃描
- ☆ **server** [`sɝvɚ] 名 伺服器；侍者 片語 **Web Server** 環球資訊網伺服器
- ★ **storage** [`storɪdʒ] 名 儲存；倉庫 片語 **cold storage** 冷藏
- ☆ **correspondence** [͵kɔrə`spɑndəns] 名 通信；一致；相當；信件

( ) 15. She sent back my wallet in a _______.
(A) zip code (B) circuit (C) packet (D) rascal

Point 她用一個小包裹寄還我的錢包。

單字速記
- ★ **zip code** [`zɪp͵kod] 名 郵遞區號 原稱 **zone improvement plan**
- ☆ **circuit** [`sɝkɪt] 名 電路；環行 片語 **circuit board** 電路板
- ★ **packet** [`pækɪt] 名 小包；包裹 片語 **information packet** (電腦)資料封包
- ☆ **rascal** [`ræskḷ] 名 流氓；無賴；惡棍；淘氣鬼

( ) 16. Zoe spent some money to ______ **her appearance**.
(A) braid (B) beautify (C) clasp (D) hood

Point 柔伊花了一些錢美化她的外表。

單字速記
★ **braid** [bred] 名 髮辮 動 編辮子 衍生 **braiding** [`bredɪŋ] 名 飾帶
☆ **beautify** [`bjutə,faɪ ] 動 美化 相關 **beautiful** [ `bjutəfəl] 形 美麗的
★ **clasp** [klæsp] 名 釦環 動 扣緊 片語 **clasp sb. by the hand** 緊握…的手
☆ **hood** [hʊd] 名 罩；蓋子 動 遮蔽；覆蓋 片語 **range hood** 抽油煙機

( ) 17. Her new **curly** ______ looks great.
(A) beauty (B) blonde (C) garment (D) hairstyle

Point 她新的捲髮造型看起來很美。

單字速記
★ **beauty** [`bjutɪ] 名 美人 片語 **beauty queen** 選美皇后
☆ **blond/blonde** [blɑnd] 形 金髮的；皮膚白皙的 名 金髮者
★ **garment** [`gɑrmənt] 名 衣服 片語 **foundation garment** 婦女緊身胸身
☆ **hairstyle** [`hɛr,staɪl ] 名 髮型 同義 **hairdo** [ `hɛr,du]

( ) 18. The workers wear blue ______ while they are working.
(A) overalls (B) patches (C) wigs (D) fibers

Point 這些工人工作時穿著藍色工作服。

單字速記
★ **overalls** [`ovə,ɔlz] 名 工作服；罩衫；馬褲
☆ **patch** [pætʃ] 動 名 補釘 片語 **patch up** 修補
★ **wig** [wɪg] 名 假髮 衍生 **wigged** [`wɪgd] 形 戴假髮的
☆ **fiber** [`faɪbə] 名 纖維 片語 **fiber optics** 光纖

( ) 19. You can ______ your jeans inside your boots.
(A) veil (B) tuck (C) alter (D) fuse

Point 你可以將牛仔褲腳塞進靴子裡。

單字速記
★ **veil** [vel] 名 面紗 動 遮蓋 反義 **unveil** [ʌn`vel] 動 除去…的面紗
☆ **tuck** [tʌk] 動 塞進；大吃 名 打褶 片語 **tuck away** 大吃大喝
★ **alter** [`ɔltə ] 動 修改；改變 反義 **preserve** [ prɪ`zɜv] 動 維持；保存
☆ **fuse** [fjuz] 名 保險絲 動 熔斷 片語 **short fuse** 暴躁性格

( ) 20. I will take the coat with a _______ **collar** over there.

(A) sandal (B) brooch (C) velvet (D) sneaker

Point 我要那件有天鵝絨衣領的大衣。

單字速記

★ **sandal** [`sændl̩] 名 涼鞋 片語 **gladiator sandal** 羅馬鞋

☆ **brooch** [brotʃ] 名 胸針；別針；領針

★ **velvet** [`vɛlvɪt] 名 天鵝絨 形 柔軟的；平滑的

☆ **sneaker** [`snikɚ] 名 運動鞋；行事鬼祟者

( ) 21. Tim was a _______ boy when he was young.

(A) chubby (B) oblong (C) chestnut (D) salmon

Point 提姆小時候胖胖的。

單字速記

★ **chubby** [`tʃʌbɪ] 形 圓胖的 同義 **plump** [plʌmp]

☆ **oblong** [`ɑblɔŋ] 形 長方形的 名 長方形

★ **chestnut** [`tʃɛs͵nʌt] 名 栗色；栗子 形 栗色的

☆ **salmon** [`sæmən] 名 鮭魚 形 鮭魚色的 片語 **salmon pink** 橙紅色

( ) 22. We used some _______ and some batteries to do the experiment.

(A) pyramids (B) streaks (C) coils (D) stripes

Point 我們用一些線圈和一些電池做了這個實驗。

單字速記

★ **pyramid** [`pɪrəmɪd] 名 金字塔 片語 **energy pyramid** (食物鏈的)能量塔

☆ **streak** [strik] 名 條紋 動 留下條紋 衍生 **streaked** [`strikɪd] 形 有條紋的

★ **coil** [kɔɪl] 名 線圈 動 捲 相關 **reel** [ril] 名 捲軸

★ **stripe** [straɪp] 名 條紋 片語 **pin stripe** 細條紋

( ) 23. My mom _______ **about** my younger brother's bad behavior.

(A) spotlighted (B) chattered (C) creaked (D) crunched

Point 我媽媽嘮叨著我弟弟的不良行為。

單字速記

★ **spotlight** [`spɑt͵laɪt] 名 聚光燈 動 用聚光燈照

☆ **chatter** [`tʃætɚ ] 動 嘮叨 名 喋喋不休 同義 **jabber** [ `dʒæbɚ]

★ **creak** [krik] 動 發出嘎吱聲 名 嘎吱聲 衍生 **creaky** [`krikɪ] 形 嘰嘎的

☆ **crunch** [krʌntʃ] 動 嘎吱地咀嚼 名 咀嚼 片語 **credit crunch** 信用緊縮

( ) 24. The worker ______ **with pain**.
(A) hissed (B) jingled (C) groaned (D) rattled

Point 這名工人痛苦地呻吟著。

單字速記
★ **hiss** [hɪs] 動 發出噓聲 名 噓聲 片語 **hiss sb. off the stage** 把某人噓下台
☆ **jingle** [ˋdʒɪŋgḷ] 名 叮噹聲 動 叮噹作響 同義 **tinkle** [ˋtɪŋkḷ]
★ **groan** [gron] 動 名 呻吟；吱嘎 同義 **moan** [mon]
☆ **rattle** [ˋrætḷ] 動 發出嘎嘎聲 名 嘎嘎聲 片語 **rattle away** 喋喋不休地說

( ) 25. The dog ______ **at** the intruders.
(A) moaned (B) rumbled (C) rustled (D) snarled

Point 這隻狗對著闖入者嗥叫。

單字速記
★ **moan** [mon] 動 呻吟 名 呻吟聲 同義 **groan** [gron]
☆ **rumble** [ˋrʌmbḷ] 動 隆隆作響；咕嚕 名 隆隆聲
★ **rustle** [ˋrʌsḷ] 動 沙沙作響 名 窸窣聲 片語 **rustle...up** 湊集到
☆ **snarl** [snɑrl] 動 吼叫 名 吼叫聲 同義 **growl** [graʊl]

( ) 26. The baby ______ until her mother brought her milk.
(A) ticked (B) wailed (C) shriek (D) whine

Point 直到她的母親拿牛奶來，嬰兒才停止哭泣。

單字速記
★ **tick** [tɪk] 名 滴答聲 動 發出滴答聲 片語 **tick away** (時間)過去
☆ **wail** [wel] 動 名 哭泣 片語 **Wailing Wall** (耶路撒冷的)哭牆
★ **shriek** [ʃrik] 動 名 尖叫；發出尖聲 同義 **yell** [jɛl]
☆ **whine** [hwaɪn] 動 發牢騷 名 牢騷 片語 **whine about** 抱怨

( ) 27. Martha is studying at a **music** ______ in Paris.
(A) barbershop (B) bachelor (C) auditorium (D) academy

Point 瑪莎正就讀於巴黎的音樂學院。

單字速記
★ **barbershop** [ˋbɑrbɚ͵ʃɑp] 名 理髮店 相關 **barber** [ˋbɑrbɚ] 名 理髮師
☆ **bachelor** [ˋbætʃələ] 名 學士；單身漢 片語 **bachelor's degree** 學士學位
★ **auditorium** [͵ɔdəˋtorɪəm] 名 禮堂；會堂 同義 **auditory** [ˋɔdə͵torɪ]
☆ **academy** [əˋkædəmɪ] 名 學院 片語 **Academy Award** 奧斯卡金像獎

( ) 28. The ______ of the school was diligent and always energetic.
(A) caretaker (B) ceremony (C) certificate (D) curriculum

Point 這間學校的工友很認真，且總是精力充沛。

單字速記

★ **caretaker** [ˋkɛr͵tekɚ] 名 工友 片語 **caretaker government** 臨時政府
☆ **ceremony** [ˋsɛrə͵monɪ] 名 典禮 片語 **wedding ceremony** 結婚典禮
★ **certificate** [sɚˋtɪfəkɪt] 名 證書 片語 **certificate of deposit** 存款單
☆ **curriculum** [kəˋrɪkjələm] 名 課程 片語 **core curriculum** 基礎課程

( ) 29. Please accept my ______ and send me the book list.
(A) comprehension (B) novice (C) enrollment (D) substitute

Point 請接受我的登記，並將書單寄給我。

單字速記

★ **comprehension** [͵kamprɪˋhɛnʃən] 名 理解；包含
☆ **novice** [ˋnavɪs] 名 初學者；新手 同義 **beginner** [bɪˋgɪnɚ]
★ **enrollment** [ɪnˋrolmənt] 名 登記；註冊 片語 **enrollment fraud** 招生騙局
☆ **substitute** [ˋsʌbstə͵tjut] 名 代替者 動 代替 形 代替的；替補的

( ) 30. The boy is too little to ______ abstract concepts.
(A) enroll (B) nominate (C) insure (D) comprehend

Point 這個男孩還太小，無法理解抽象概念。

單字速記

★ **enroll** [ɪnˋrol] 動 註冊；登記 同義 **register** [ˋrɛdʒɪstɚ]
☆ **nominate** [ˋnamə͵net] 動 提名 衍生 **nomination** [͵naməˋneʃən] 名 提名
★ **insure** [ɪnˋʃur] 動 投保；確保 衍生 **insured** [ɪnˋʃurd] 形 已投保的
☆ **comprehend** [͵kamprɪˋhɛnd] 動 理解 同義 **understand** [͵ʌndɚˋstænd]

Answer Key 1-30

1~5 ❯ D C A B C	6~10 ❯ A D D B A	11~15 ❯ C A C B C
16~20 ❯ B D A B C	21~25 ❯ A C B C D	26~30 ❯ B D A C D

ROUND 2 Question 31～60

( ) 31. Little Judy's monthly _______ in the kindergarten is $100.
(A) undergraduate (B) preview (C) tuition (D) thriller

Point 小茱蒂在幼稚園每個月的學費是一百美元。

★ **undergraduate** [ˌʌndəˋgrædʒuɪt] 名 大學生 形 大學生的
☆ **preview** [ˋprivju] 動 名 預習 片語 **sneak preview** 影片未公開前的預演
★ **tuition** [tjuˋɪʃən] 名 學費；教學 片語 **tuition fee** 學費
☆ **thriller** [ˋθrɪlə] 名 恐怖片 片語 **thriller novel** 驚悚小說

( ) 32. You can see the ancient **Roman** _______ in this movie.
(A) arena (B) ace (C) foul (D) hockey

Point 你可以在這部電影裡看到古羅馬競技場。

★ **arena** [əˋrinə] 名 競技場 片語 **arena theater** 圓形劇場
☆ **ace** [es] 名 發球得分 形 一流的 片語 **ace in the hole** 最後王牌
★ **foul** [faʊl] 名 犯規 形 犯規的 片語 **foul play** 不正當的行為
☆ **hockey** [ˋhɑkɪ] 名 曲棍球 片語 **ice hockey** 冰上曲棍球

( ) 33. You must be strong enough to be a _______.
(A) boxing (B) boxer (C) league (D) opponent

Point 身為一名拳擊手，你必須夠強壯。

★ **boxing** [ˋbɑksɪŋ] 名 拳擊 片語 **boxing glove** 拳擊手套
☆ **boxer** [ˋbɑksə] 名 拳擊手 片語 **boxer shorts** 男用四角內褲
★ **league** [lig] 名 聯盟 動 同盟 片語 **major league** 職業運動聯盟
☆ **opponent** [əˋponənt] 名 對手 反義 **confederate** [kənˋfɛdərɪt] 名 盟國

( ) 34. Paul won the first point after an eleven-stroke _______.
(A) referee (B) rival (C) rally (D) spectator

Point 保羅在連續對打十一下之後，率先拿下第一分。

單字速記

★ **referee** [ˌrɛfə`ri] 名 裁判 動 擔任裁判 同義 **judge** [dʒʌdʒ]
☆ **rival** [`raɪvḷ ] 名 對手 動 競爭 衍生 **arch-rival** [ ˌɑrtʃ`raɪvḷ] 名 勁敵
★ **rally** [`rælɪ ] 名 (網球等的)連續對打 動 集合 同義 **assemble** [ ə`sɛmbḷ]
☆ **spectator** [spɛk`tetɚ ] 名 觀眾；旁觀者 同義 **beholder** [ bɪ`holdɚ]

( ) 35. He won the championship in the **golf** ______.
(A) sprint (B) tournament (C) umpire (D) batter

Point 他在這場高爾夫競賽中贏得冠軍。

單字速記

★ **sprint** [sprɪnt] 名 短距賽跑 動 衝刺 衍生 **sprinter** [`sprɪntɚ] 名 短跑選手
☆ **tournament** [`tɝnəmənt ] 名 競賽 同義 **contest** [ `kɑntɛst]
★ **umpire** [`ʌmpaɪr] 動 擔任裁判 名 裁判 片語 **base umpire** (棒球的)壘審
☆ **batter** [`bætɚ ] 名 打擊手 動 連擊 衍生 **battered** [ `bætɚd] 形 打扁了的

( ) 36. The car appeared suddenly, and I had to jump back into the ______ right away.
(A) prune (B) yoga (C) lottery (D) hedge

Point 那輛車突然出現，我必須立刻跳回籬笆裡。

單字速記

★ **prune** [prun] 動 修剪；刪除 名 乾梅子 片語 **prune away** 刪除；削減
☆ **yoga** [`jogə] 名 瑜珈 片語 **power yoga** 強力瑜珈
★ **lottery** [`lɑtərɪ] 名 樂透彩券 片語 **sports lottery** 運動彩券
☆ **hedge** [hɛdʒ] 名 籬笆 動 設定界線 片語 **hedge about** 限制

( ) 37. What is your favorite ______ **activity**?
(A) token (B) pastime (C) compass (D) torch

Point 你最喜歡的消遣活動是什麼？

單字速記

★ **token** [`tokən] 名 代幣 片語 **gift token** 禮券
☆ **pastime** [`pæsˌtaɪm ] 名 消遣 同義 **recreation** [ ˌrɛkrɪ`eʃən]
★ **compass** [`kʌmpəs] 名 羅盤；指南針；圓規；界線
☆ **torch** [tɔrtʃ] 名 火炬 動 放火燒 片語 **torch song** 失戀之歌

( ) 38. We will join the Rio ______ in Brazil this year.
(A) booth (B) banquet (C) fad (D) carnival

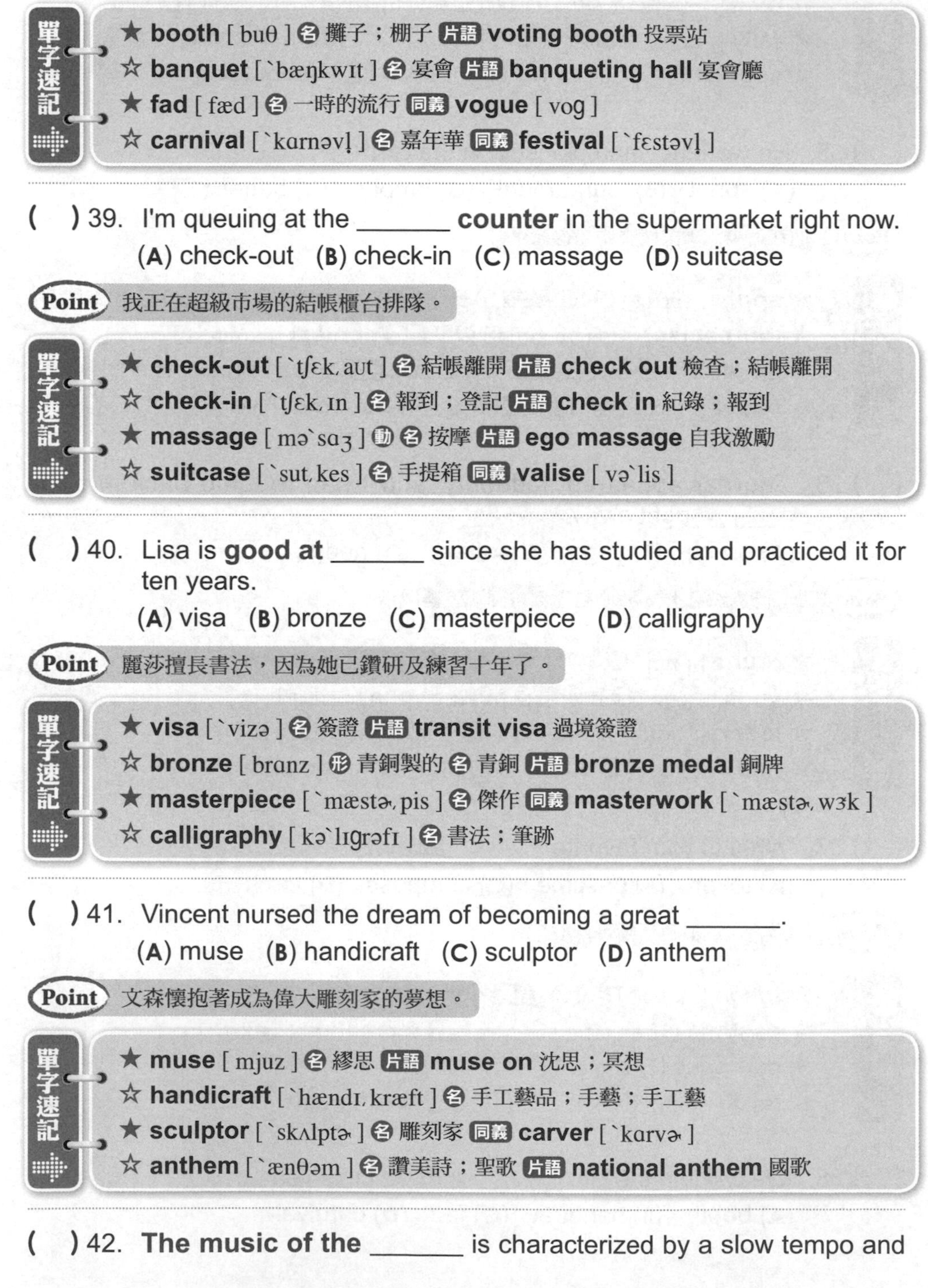

Point 今年我們會去參加巴西的里約嘉年華會。

單字速記
- ★ **booth** [buθ] 名 攤子；棚子 片語 **voting booth** 投票站
- ☆ **banquet** [ˋbæŋkwɪt] 名 宴會 片語 **banqueting hall** 宴會廳
- ★ **fad** [fæd] 名 一時的流行 同義 **vogue** [vog]
- ☆ **carnival** [ˋkɑrnəvḷ] 名 嘉年華 同義 **festival** [ˋfɛstəvḷ]

(　) 39. I'm queuing at the _______ **counter** in the supermarket right now.
(A) check-out (B) check-in (C) massage (D) suitcase

Point 我正在超級市場的結帳櫃台排隊。

單字速記
- ★ **check-out** [ˋtʃɛk͵aʊt] 名 結帳離開 片語 **check out** 檢查；結帳離開
- ☆ **check-in** [ˋtʃɛk͵ɪn] 名 報到；登記 片語 **check in** 紀錄；報到
- ★ **massage** [məˋsɑʒ] 動 名 按摩 片語 **ego massage** 自我激勵
- ☆ **suitcase** [ˋsut͵kes] 名 手提箱 同義 **valise** [vəˋlis]

(　) 40. Lisa is **good at** _______ since she has studied and practiced it for ten years.
(A) visa (B) bronze (C) masterpiece (D) calligraphy

Point 麗莎擅長書法，因為她已鑽研及練習十年了。

單字速記
- ★ **visa** [ˋvizə] 名 簽證 片語 **transit visa** 過境簽證
- ☆ **bronze** [brɑnz] 形 青銅製的 名 青銅 片語 **bronze medal** 銅牌
- ★ **masterpiece** [ˋmæstɚ͵pis] 名 傑作 同義 **masterwork** [ˋmæstɚ͵wɝk]
- ☆ **calligraphy** [kəˋlɪgrəfɪ] 名 書法；筆跡

(　) 41. Vincent nursed the dream of becoming a great _______.
(A) muse (B) handicraft (C) sculptor (D) anthem

Point 文森懷抱著成為偉大雕刻家的夢想。

單字速記
- ★ **muse** [mjuz] 名 繆思 片語 **muse on** 沈思；冥想
- ☆ **handicraft** [ˋhændɪ͵kræft] 名 手工藝品；手藝；手工藝
- ★ **sculptor** [ˋskʌlptɚ] 名 雕刻家 同義 **carver** [ˋkɑrvɚ]
- ☆ **anthem** [ˋænθəm] 名 讚美詩；聖歌 片語 **national anthem** 國歌

(　) 42. **The music of the** _______ is characterized by a slow tempo and

1 Round
2 Round
3 Round
4 Round
5 Round
6 Round
7 Round
8 Round
9 Round
10 Round

strong rhythm.
(A) blues (B) bass (C) cello (D) choir

Point 藍調音樂的特點為慢拍子與強烈的韻律。

單字速記
- ★ **blues** [bluz] 名 藍調；憂鬱 片語 **baby blues** 產後憂鬱症
- ☆ **bass** [bes] 名 低音樂器 形 低音的 片語 **bass guitar** 低音吉他(貝斯)
- ★ **cello** [`tʃɛlo ] 名 大提琴 衍生 **cellist** [ `tʃɛlɪst] 名 大提琴演奏者
- ☆ **choir** [`kwaɪr] 名 唱詩班 片語 **male-voice choir** 男聲合唱團

( ) 43. She is responsible for writing the _______ of the song.
(A) fiddle (B) glee (C) folklore (D) chords

Point 她負責編寫這首歌的和音。

單字速記
- ★ **fiddle** [`fɪdl̩ ] 名 小提琴 動 拉小提琴 同義 **violin** [ ˌvaɪə`lɪn]
- ☆ **glee** [gli] 名 重唱曲 片語 **glee club** 歌詠團
- ★ **folklore** [`fokˌlor] 名 民間傳說；民俗；民俗學
- ☆ **chord** [kɔrd] 名 和弦；和音 動 奏和音 片語 **vocal chords** 聲帶

( ) 44. The choir of our school is _______ by Mrs. Carlson.
(A) dwarfed (B) conducted (C) widowed (D) draped

Point 我們學校的合唱團由卡爾森太太所指揮。

單字速記
- ★ **dwarf** [dwɔrf] 名 矮子 動 萎縮；使矮小 片語 **dwarf star** (天文)白矮星
- ☆ **conduct** [kən`dʌkt] 動 指揮 片語 **conducted tour** 有嚮導的旅行
- ★ **widow** [`wɪdo] 名 寡婦 動 使喪偶 片語 **war widow** 丈夫死於戰爭的寡婦
- ☆ **drape** [drep] 名 窗簾 動 覆蓋；裝飾 衍生 **draper** [`drepɚ] 名 布商

( ) 45. There is a famous **Greek** _______ in which the god Zeus takes the form of a swan to seduce Leda.
(A) violinist (B) tempo (C) solo (D) myth

Point 在著名的希臘神話中，宙斯化成天鵝的外形去引誘麗達。

單字速記
- ★ **violinist** [ˌvaɪə`lɪnɪst ] 名 小提琴手 辨析 **violist** [ `vaɪəlɪst] 名 中提琴手
- ☆ **tempo** [`tɛmpo ] 名 節拍 衍生 **up-tempo** [ `ʌpˌtɛmpo] 形 快節奏的
- ★ **solo** [`solo] 名 單獨表演；獨奏曲 形 單獨表演的 副 單獨地
- ☆ **myth** [mɪθ] 名 神話；虛構的人 衍生 **mythical** [`mɪθɪkəl] 形 神話般的

( ) 46. The crowd was much moved by their ______.
(A) superstition (B) clan (C) kin (D) brotherhood

Point 群眾被他們的手足之情深深打動。

單字速記
★ **superstition** [ˌsupɚˋstɪʃən] 名 迷信；迷信行為；盲目崇拜
☆ **clan** [klæn] 名 家族；宗族 衍生 **clanship** [ˋklænˌʃɪp] 名 族黨的團結
★ **kin** [kɪn] 名 親戚 形 有親戚關係的 同義 **relative** [ˋrɛlətɪv]
☆ **brotherhood** [ˋbrʌðɚˌhʊd] 名 手足之情；兄弟關係；兄弟會

( ) 47. Vera showed her **strong sense of** ______ to those poor kids.
(A) motherhood (B) relic (C) antique (D) mermaid

Point 薇拉對那些可憐的孩子表現出強烈的母性。

單字速記
★ **motherhood** [ˋmʌðɚhʊd] 名 母性；母親的身分；母親們
☆ **relic** [ˋrɛlɪk] 名 遺物；紀念物；廢墟 片語 **looted relic** 流失的文物
★ **antique** [ænˋtik] 名 古董 形 古董的 片語 **antique shop** 古董店
☆ **mermaid** [ˋmɝˌmed] 名 美人魚；女子游泳健將

( ) 48. Curtis always calls his girlfriend "**My** ______."
(A) comedian (B) performer (C) beloved (D) AI

Point 克帝斯總是稱他女友為「我心愛的」。

單字速記
★ **comedian** [kəˋmidɪən] 名 喜劇演員 同義 **comedienne** [kəˌmidɪˋɛn]
☆ **performer** [pɚˋfɔrmɚ] 名 表演者 同義 **entertainer** [ˌɛntɚˋtenɚ]
★ **beloved** [bɪˋlʌvɪd] 名 心愛的人 形 親愛的 同義 **dear** [dɪr]
☆ **AI/artificial intelligence** 名 人工智慧；人工智能

( ) 49. She glanced at herself in the mirror of her ______.
(A) doorstep (B) doorway (C) dresser (D) driveway

Point 她照了一下衣櫥的鏡子。

單字速記
★ **doorstep** [ˋdorˌstɛp] 名 門階 片語 **at one's doorstep** 在某人近旁
☆ **doorway** [ˋdorˌwe] 名 門口；出入口；門道；途徑；門路
★ **dresser** [ˋdrɛsɚ] 名 化妝台；衣櫥；餐具櫃；穿著講究者
☆ **driveway** [ˋdraɪvˌwe] 名 車道；馬路；汽車道

1 Round
2 Round
3 Round
4 Round
5 Round
6 Round
7 Round
8 Round
9 Round
10 Round

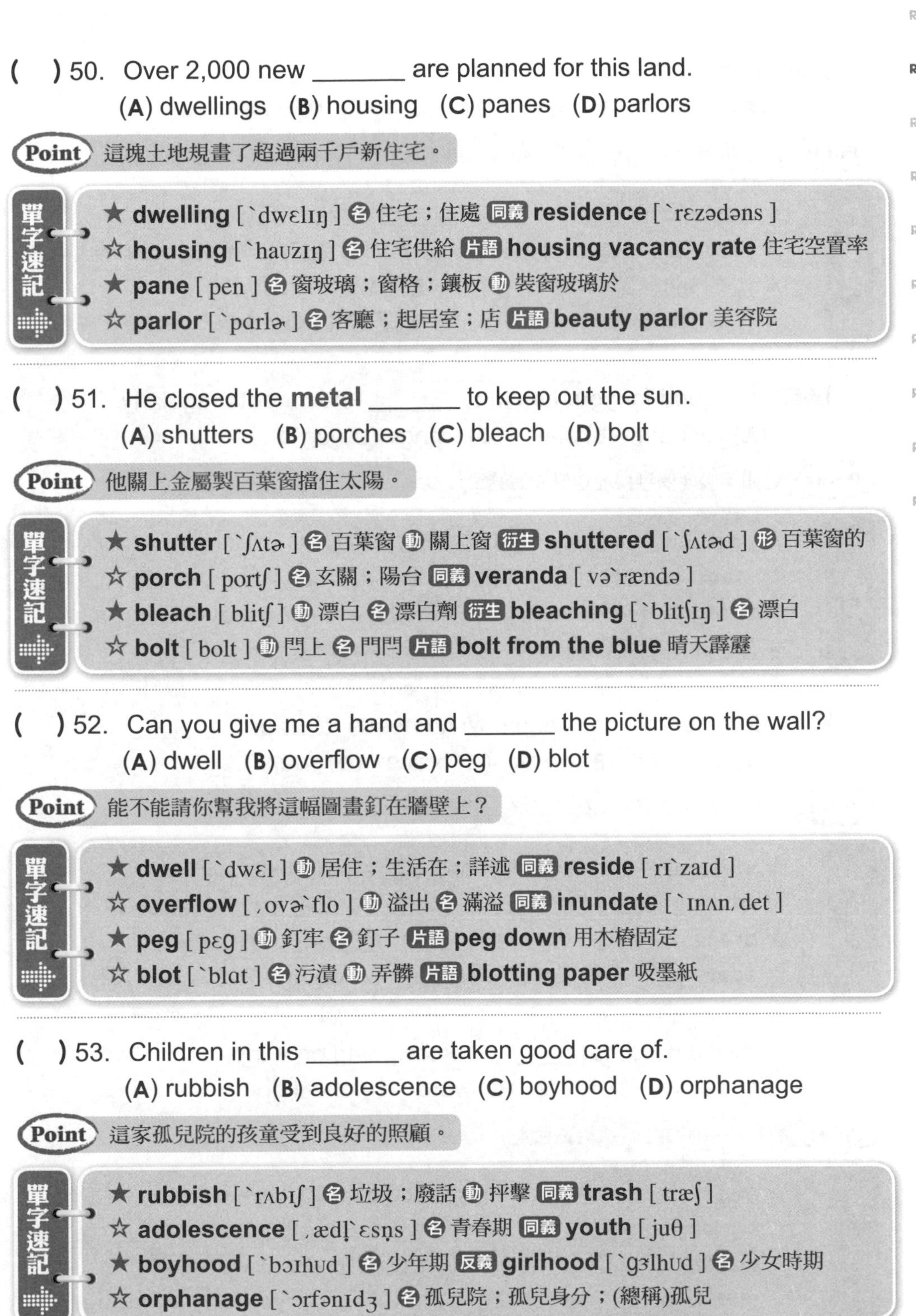

( ) 50. Over 2,000 new _______ are planned for this land.
(A) dwellings (B) housing (C) panes (D) parlors

Point 這塊土地規畫了超過兩千戶新住宅。

單字速記
★ **dwelling** [`dwɛlɪŋ ] 名 住宅；住處 同義 **residence** [ `rɛzədəns]
☆ **housing** [`haʊzɪŋ] 名 住宅供給 片語 **housing vacancy rate** 住宅空置率
★ **pane** [pen] 名 窗玻璃；窗格；鑲板 動 裝窗玻璃於
☆ **parlor** [`pɑrlɚ] 名 客廳；起居室；店 片語 **beauty parlor** 美容院

( ) 51. He closed the **metal** _______ to keep out the sun.
(A) shutters (B) porches (C) bleach (D) bolt

Point 他關上金屬製百葉窗擋住太陽。

單字速記
★ **shutter** [`ʃʌtɚ ] 名 百葉窗 動 關上窗 衍生 **shuttered** [ `ʃʌtɚd] 形 百葉窗的
☆ **porch** [portʃ] 名 玄關；陽台 同義 **veranda** [və`rændə]
★ **bleach** [blitʃ] 動 漂白 名 漂白劑 衍生 **bleaching** [`blitʃɪŋ] 名 漂白
☆ **bolt** [bolt] 動 閂上 名 門閂 片語 **bolt from the blue** 晴天霹靂

( ) 52. Can you give me a hand and _______ the picture on the wall?
(A) dwell (B) overflow (C) peg (D) blot

Point 能不能請你幫我將這幅圖畫釘在牆壁上？

單字速記
★ **dwell** [`dwɛl ] 動 居住；生活在；詳述 同義 **reside** [ rɪ`zaɪd]
☆ **overflow** [ˌovɚ`flo ] 動 溢出 名 滿溢 同義 **inundate** [ `ɪnʌnˌdet]
★ **peg** [pɛg] 動 釘牢 名 釘子 片語 **peg down** 用木樁固定
☆ **blot** [`blɑt] 名 污漬 動 弄髒 片語 **blotting paper** 吸墨紙

( ) 53. Children in this _______ are taken good care of.
(A) rubbish (B) adolescence (C) boyhood (D) orphanage

Point 這家孤兒院的孩童受到良好的照顧。

單字速記
★ **rubbish** [`rʌbɪʃ] 名 垃圾；廢話 動 抨擊 同義 **trash** [træʃ]
☆ **adolescence** [ˌædḷ`ɛsṇs] 名 青春期 同義 **youth** [juθ]
★ **boyhood** [`bɔɪhʊd ] 名 少年期 反義 **girlhood** [ `gɝlhʊd] 名 少女時期
☆ **orphanage** [`ɔrfənɪdʒ] 名 孤兒院；孤兒身分；(總稱)孤兒

(　) 54. Nick went fishing with a line and a ______.
(A) adolescent (B) juvenile (C) rod (D) detergent

Point 尼克帶著一條線與一根竿子就去釣魚了。

單字速記
- ★ **adolescent** [ˌædḷˋɛsṇt] 名 青少年 形 青少年的；青春期的；未成熟的
- ☆ **juvenile** [ˋdʒuvənḷ] 名 青少年 形 青少年的 片語 **juvenile court** 少年法庭
- ★ **rod** [rɑd] 名 竿；棒；權杖；懲罰 片語 **fishing rod** 釣竿
- ☆ **detergent** [dɪˋtɝdʒənt] 名 洗潔劑 片語 **laundry detergent** 洗衣精

(　) 55. It is good for your health to ______ the carpets regularly.
(A) vacuum (B) stain (C) wring (D) jug

Point 定期用吸塵器打掃地毯對你的健康有益。

單字速記
- ★ **vacuum** [ˋvækjʊəm] 動 以吸塵器打掃 名 真空
- ☆ **stain** [sten] 名 汙點 動 弄髒 衍生 **tear-stained** [ˋtɪrˏstend] 形 有淚痕的
- ★ **wring** [rɪŋ] 動 擰；握緊 名 扭；擰 片語 **wringing wet** 濕透的
- ☆ **jug** [dʒʌg] 名 水壺 動 煮；燉 片語 **measuring jug** 量杯

(　) 56. Tom hurt his back and now he needs to **wear a** ______.
(A) steamer (B) whisk (C) brace (D) soak

Point 湯姆的背受了傷，現在必須穿上支架。

單字速記
- ★ **steamer** [ˋstimɚ] 名 蒸籠；輪船 相關 **steam** [stim] 名 蒸汽
- ☆ **whisk** [hwɪsk] 名 攪拌器；小掃帚 動 撣；揮 片語 **whisk away** 拂去
- ★ **brace** [bres] 名 支架；支撐物 動 支撐 同義 **support** [səˋport]
- ☆ **soak** [sok] 動 名 浸泡 片語 **soaking solution** (隱形眼鏡的)浸泡液

(　) 57. I had a **medical** ______ before going on a trip.
(A) decay (B) ethics (C) ward (D) checkup

Point 我在旅行前作了一次體格檢查。

單字速記
- ★ **decay** [dɪˋke] 名 蛀蝕；腐爛的物質 動 腐爛 片語 **urban decay** 城市衰敗
- ☆ **ethics** [ˋɛθɪks] 名 道德標準 片語 **work ethic** 職業道德
- ★ **ward** [wɔrd] 名 病房；行政區 動 避開 片語 **labour ward** 待產病房
- ☆ **checkup** [ˋtʃɛkˏʌp] 名 體格檢查；核對 同義 **physical examination**

( ) 58. He spent the rest of his life **in a** ______.

(A) acne (B) wheelchair (C) bruise (D) plague

Point 他的餘生在輪椅上度過。

單字速記

★ **acne** [`æknɪ ] 名 粉刺；痤瘡 相關 **pimple** [ `pɪmpl̩] 名 面皰

☆ **wheelchair** [`hwil`tʃɛr] 名 輪椅 同義 **wheel chair**

★ **bruise** [bruz] 名 瘀傷；挫傷 動 使瘀傷 衍生 **bruised** [bruzd] 形 挫傷的

☆ **plague** [pleg] 名 瘟疫；鼠疫 近義 **epidemic** [ˌɛpɪ`dɛmɪk] 名 時疫

( ) 59. SARS is a **highly** ______ disease.

(A) allergic (B) contagious (C) knowledgeable (D) stylish

Point 非典型肺炎是一種傳染性高的疾病。

單字速記

★ **allergic** [ə`lɝdʒɪk] 形 過敏的 片語 **allergic rhinitis** 過敏性鼻炎

☆ **contagious** [kən`tedʒəs ] 形 傳染性的 同義 **catching** [ `kætʃɪŋ]

★ **knowledgeable** [`nɑlɪdʒəbl̩] 形 博學的；有知識的；有見識的

☆ **stylish** [`staɪlɪʃ ] 形 時髦的 同義 **fashionable** [ `fæʃənəbl̩]

( ) 60. Shelly felt a ______ when she stepped on a tack.

(A) scar (B) tar (C) handicap (D) prick

Point 當雪莉踩到一根大頭針時，她感到一陣刺痛。

單字速記

★ **scar** [skɑr] 名 傷痕 動 使留下疤痕 片語 **psychological scar** 心靈創傷

☆ **tar** [tɑr] 名 焦油 動 塗焦油於 片語 **coal tar** 柏油

★ **handicap** [`hændɪˌkæp] 動 妨礙 名 障礙；不利條件

☆ **prick** [prɪk] 名 刺痛 動 刺；扎 同義 **sting** [stɪŋ]

Answer Key 31-60

31~35 C A B C B　36~40 D B D A D　41~45 C A D B D

46~50 D A C C A　51~55 A C D C A　56~60 C D B B D

ROUND

Question 61～90

(　) 61. The orthopaedist said my _______ is not straight enough.
(A) allergy (B) bowel (C) backbone (D) eyelash

Point 骨科醫師說我的脊柱不夠筆直。

★ **allergy** [ˋælɚdʒɪ] 名 過敏 同義 **hypersensitivity** [ˏhaɪpɚˏsɛnsəˋtɪvɪtɪ]
☆ **bowel** [ˋbaʊəl] 名 腸；惻隱之心 片語 **bowel movement** 排便
★ **backbone** [ˋbækˏbon] 名 脊柱 同義 **spine** [spaɪn]
☆ **eyelash** [ˋaɪˏlæʃ] 名 睫毛 片語 **eyelash curler** 睫毛夾

(　) 62. The new chairman **has the** _______ to solve the knotty problem.
(A) eyelids (B) guts (C) nostrils (D) pimples

Point 新的主席有膽量解決這個複雜的問題。

★ **eyelid** [ˋaɪˏlɪd] 名 眼皮 片語 **double eyelid surgery** 雙眼皮手術
☆ **gut** [gʌt] 名 膽量；腸子 動 取出內臟 片語 **have the guts** 有膽量
★ **nostril** [ˋnɑstrəl] 名 鼻孔 相關 **nasal cavity** 鼻腔
☆ **pimple** [ˋpɪmpl̩] 名 面皰 衍生 **pimply** [ˋpɪmplɪ] 形 腫泡的

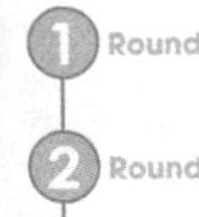

(　) 63. Her temples _______ **a little**, indicating a headache.
(A) pulsed (B) tanned (C) applauded (D) clung

Point 她的太陽穴微微搏動，有頭痛的徵兆。

★ **pulse** [pʌls] 動 搏動 名 脈搏 片語 **intense pulsed light (IPL)** 脈衝光
☆ **tan** [tæn] 動 曬黑 名 曬後膚色 衍生 **tanned** [tænd] 形 曬作棕褐色的
★ **applaud** [əˋplɔd] 動 為…鼓掌；向…喝采 同義 **clap** [klæp]
☆ **cling** [klɪŋ] 動 抓牢；附著 片語 **cling like a leech** 盯住不放

(　) 64. Vanessa _______ **at** a pole to prevent falling down.
(A) spines (B) clutches (C) crouch (D) thigh

Point 溫妮莎抓住扶桿以防跌倒。

單字速記

★ **spine** [spaɪn] 名 脊柱 相關 **spineless** [`spaɪnlɪs] 形 無脊椎的
☆ **clutch** [klʌtʃ] 動 名 緊抓；緊握 片語 **clutch at** 試圖抓住
★ **crouch** [kraʊtʃ] 動 名 蹲伏 同義 **squat** [skwɑt]
☆ **thigh** [θaɪ] 名 大腿；股

( ) 65. I need some time to _______ the meaning of life.
(A) falter (B) contemplate (C) gasp (D) glare

Point 我需要一點時間來思考人生的意義。

單字速記

★ **falter** [`fɔltɚ ] 動 結巴地說；蹣跚 同義 **stumble** [ `stʌmbḷ]
☆ **contemplate** [`kɑntɛm͵plet ] 動 苦思 同義 **ponder** [ `pɑndɚ]
★ **gasp** [gæsp] 動 倒抽一口氣 名 喘息 片語 **at one's last gasp** 在最後時刻
☆ **glare** [glɛr] 動 名 怒視 片語 **in the full glare of publicity** 眾目睽睽之下

( ) 66. The crowd _______ **the winner** with excitement.
(A) gulped (B) hailed (C) gobbled (D) jeered

Point 群眾興奮地為贏家喝采。

單字速記

★ **gulp** [gʌlp] 動 牛飲；狼吞虎嚥 名 滿滿一口
☆ **hail** [hel] 動 名 歡呼；招呼 片語 **Hail Mary** (天主教的)聖母經
★ **gobble** [`gɑbḷ ] 動 狼吞虎嚥 同義 **devour** [ dɪ`vaʊr]
☆ **jeer** [dʒɪr] 動 名 嘲弄 同義 **scoff** [skɔf]

( ) 67. That old man often _______ in the park to smell the flowers.
(A) mashes (B) mounts (C) mumbles (D) lingers

Point 那個老人經常在公園裡徘徊，以聞聞花香。

單字速記

★ **mash** [mæʃ] 動 搗碎 名 麥芽漿 片語 **mashed potato** 馬鈴薯泥
☆ **mount** [maʊnt] 動 攀登 名 山 同義 **climb** [klaɪm]
★ **mumble** [`mʌmbḷ ] 動 含糊地說 名 含糊不清的話 同義 **mutter** [ `mʌtɚ]
☆ **linger** [`lɪŋgɚ ] 動 徘徊 衍生 **lingering** [ `lɪŋgərɪŋ] 形 逗留不去的

( ) 68. Elvis likes to quietly _______ **to himself**.
(A) peek (B) pinch (C) mutter (D) piss

Point 艾維斯喜歡靜靜地喃喃自語。

單字速記
- ★ **peek** [pik] 動 名 偷看；窺視 同義 **peep** [pip]
- ☆ **pinch** [pɪntʃ] 動 捏；掐 名 捏；少量 片語 **pinch off** 掐掉
- ★ **mutter** [`mʌtɚ ] 動 低聲含糊地說 名 抱怨 同義 **mumble** [ `mʌmbl̩]
- ☆ **piss** [pɪs] 動 名 小便 片語 **piss sb. off** 激怒某人

( ) 69. The young lady _______ some flowers from the garden.
(A) plucks (B) plunges (C) pokes (D) rips

Point 那位年輕的女士從花園裡摘了一些花。

單字速記
- ★ **pluck** [plʌk] 動 摘；採；拔 名 勇氣 片語 **pluck up** 鼓起；振作
- ☆ **plunge** [plʌndʒ] 動 名 跳入 片語 **plunge into** 跳入
- ★ **poke** [pok] 動 名 戳；插 片語 **poke one's nose into** 探聽；干涉
- ☆ **rip** [rɪp] 動 扯裂 名 裂口 同義 **tear** [tɛr]

( ) 70. Alice accidentally _______ her car last Wednesday.
(A) scrambled (B) shoved (C) shuddered (D) scraped

Point 艾莉絲上個星期不小心刮傷了她的車。

單字速記
- ★ **scramble** [`skræmbl̩] 動 名 攀爬；爭奪 片語 **scrambled egg** 炒蛋
- ☆ **shove** [ʃʌv] 動 名 推；撞；強使 同義 **push** [pʊʃ]
- ★ **shudder** [`ʃʌdɚ ] 動 名 顫抖 同義 **tremble** [ `trɛmbl̩]
- ☆ **scrape** [skrep] 動 刮；擦 名 摩擦 片語 **scrape off** 刮去

( ) 71. Mary _______ her husband **in the face** with anger.
(A) snatched (B) slapped (C) sneaked (D) sniffed

Point 瑪莉生氣地打了她丈夫一個耳光。

單字速記
- ★ **snatch** [snætʃ] 動 搶奪；抓取；抓住機會 名 奪取；片段
- ☆ **slap** [slæp] 動 打耳光 名 耳光 片語 **slap in the face** 一記耳光；侮辱
- ★ **sneak** [snik] 動 偷偷地走 名 告狀者 片語 **sneak attack** 偷襲
- ☆ **sniff** [snɪf] 動 名 聞；吸入 片語 **sniff at** 嗤之以鼻

( ) 72. Jeff _______ that he will never come back.

(A) snored (B) strolled (C) snorted (D) stumbled

Point 傑夫哼著說他再也不回來了。

單字速記
- ★ **snore** [snor] 動 打鼾 名 鼾聲 衍生 **snorer** [\`snɔrɚ] 名 打鼾者
- ☆ **stroll** [strol] 動 名 漫步；蹓躂 同義 **saunter** [\`sɔntɚ]
- ★ **snort** [snɔrt] 動 哼著說 名 鼻息 衍生 **snorter** [\`snɔrtɚ] 名 不尋常的人
- ☆ **stumble** [\`stʌmbl̩] 動 跌倒 名 絆倒 片語 **stumbling block** 絆腳石；障礙

( ) 73. Richard _______ in front of strangers.
(A) stuttered (B) tackled (C) taunted (D) thrusted

Point 理查在陌生人面前說話結巴。

單字速記
- ★ **stutter** [\`stʌtɚ ] 動 結巴地說 名 口吃 同義 **stammer** [ \`stæmɚ]
- ☆ **tackle** [\`tæk l̩] 動 著手處理 片語 **tackle sb. about sth.** 就某事向某人交涉
- ★ **taunt** [tɔnt] 動 嘲弄 名 辱罵 同義 **mock** [mɑk]
- ☆ **thrust** [θrʌst] 動 猛塞；推 名 用力推 片語 **thrust in** 突然提出

( ) 74. Monica _______ in the room because the baby was sleeping.
(A) tramped (B) trampled (C) waded (D) tiptoed

Point 因為小嬰兒在睡覺，莫妮卡便在房間裡踮腳走。

單字速記
- ★ **tramp** [træmp] 動 名 長途跋涉 片語 **tramp steamer** 不定期輪船
- ☆ **trample** [\`træmpl̩] 動 名 踐踏 同義 **tramp** [træmp]
- ★ **wade** [wed] 動 名 跋涉 片語 **wading pool** 淺水池
- ☆ **tiptoe** [\`tɪp͵to] 動 踮腳尖走 名 腳尖 片語 **on tiptoe** 用腳尖地；悄悄地

( ) 75. The heavy rain _______ our **vision**.
(A) alternated (B) blurred (C) bounded (D) bulged

Point 大雨模糊了我們的視線。

單字速記
- ★ **alternate** [\`ɔltɚ͵net] 動 交替 片語 **alternating current** 交流電
- ☆ **blur** [blɝ] 動 使模糊 名 模糊；朦朧 衍生 **blurry** [\`blɝɪ] 形 模糊的
- ★ **bound** [baʊnd] 動 名 跳躍 同義 **jump** [dʒʌmp]
- ☆ **bulge** [bʌldʒ] 動 名 腫脹 衍生 **bulger** [\`bʌldʒɚ] 名 突出物

( ) 76. Sunshine _______ my eyes.
(A) compelled (B) curbed (C) dazzled (D) deceived

Point 陽光使我目光炫迷。

單字速記
- ★ **compel** [kəm`pɛl] 動 迫使 同義 **force** [fors]
- ☆ **curb** [kɝb] 動 遏止 名 抑制 同義 **restrain** [rɪ`stren]
- ★ **dazzle** [`dæzḷ ] 動 炫目 名 燦爛 衍生 **dazzling** [ `dæzḷɪŋ] 形 燦爛的
- ☆ **deceive** [dɪ`siv ] 動 欺騙 衍生 **deceiver** [ dɪ`sivɚ] 名 騙子

( ) 77. Richard _______ all his old textbooks.
(A) embraced (B) ensured (C) discarded (D) entitled

Point 理查將他所有的舊課本都扔掉。

單字速記
- ★ **embrace** [ɪm`bres] 動 包圍 名 擁抱 同義 **hug** [hʌg]
- ☆ **ensure** [ɪn`ʃʊr ] 動 確保 同義 **guarantee** [ ˌgærən`ti]
- ★ **discard** [dɪs`kɑrd] 動 拋棄；丟掉 名 被拋棄的人
- ☆ **entitle** [ɪn`taɪtḷ] 動 取名為 同義 **name** [nem]

( ) 78. Iris _______ in excitement.
(A) esteemed (B) exclaimed (C) escorted (D) excluded

Point 艾蕊絲因驚喜而大叫。

單字速記
- ★ **esteem** [ə`stim] 動 名 尊重；尊敬 片語 **hold in high esteem** 對…評價高
- ☆ **exclaim** [ɪk`sklem ] 動 驚叫 衍生 **exclamation** [ ˌɛksklə`meʃən] 名 驚叫
- ★ **escort** [`ɛskɔrt] 動 護送 名 護衛者 片語 **destroyer escort** 護航驅逐艦
- ☆ **exclude** [ɪk`sklud ] 動 不包含 反義 **include** [ ɪn`klud] 動 包含

( ) 79. James was _______ by Nancy's beauty.
(A) exiled (B) flipped (C) fascinated (D) gleamed

Point 詹姆士被南西的美貌給迷住了。

單字速記
- ★ **exile** [`ɛksaɪl ] 動 名 放逐；流亡 同義 **banish** [ `bænɪʃ] 動 流放
- ☆ **flip** [flɪp] 動 輕拍；翻轉 名 跳動 片語 **flip a coin** 拋硬幣(決定)
- ★ **fascinate** [`fæsəˌnet ] 動 迷住 同義 **enthrall** [ ɪn`θrɔl]
- ☆ **gleam** [glim] 動 閃爍 名 一絲光線 片語 **not a gleam of hope** 毫無希望

(　) 80. Olivia's diamond ring _______ on her finger.
(A) glitters (B) grips (C) haunts (D) heeds

Point 奧莉薇亞的鑽戒在她的手指上閃閃發亮。

單字速記
★ **glitter** [ˋglɪtɚ] 動 閃爍 名 光輝 同義 **sparkle** [ˋspɑrkḷ] 動 名 閃耀
☆ **grip** [grɪp] 名 緊握 動 抓住 片語 **take a grip on oneself** 控制住自己
★ **haunt** [hɔnt] 動 常出沒於 名 常去之處 衍生 **haunted** [ˋhɔntɪd] 形 鬧鬼的
☆ **heed** [hid] 動 名 注意；留心 片語 **take heed of** 注意；留心

(　) 81. Janice _______ her ideas on her sister.
(A) hurled (B) imposed (C) incensed (D) induced

Point 珍妮絲強迫她妹妹接受她的想法。

單字速記
★ **hurl** [hɝl] 名 動 投擲；發射；投球 同義 **throw** [θro]
☆ **impose** [ɪmˋpoz] 動 強加於 衍生 **imposing** [ɪmˋpozɪŋ] 形 氣勢宏偉的
★ **incense** [ˋɪnsɛns] 動 激怒 名 香 衍生 **incensed** [ɪnˋsɛnst] 形 激怒了的
☆ **induce** [ɪnˋdjus] 動 引誘；引起 反義 **deduce** [dɪˋdjus] 動 追溯；推論

(　) 82. Tom _______ in drinking and smoking.
(A) justified (B) kindled (C) limped (D) indulged

Point 湯姆沉溺於喝酒與抽菸。

單字速記
★ **justify** [ˋdʒʌstə͵faɪ] 動 證明合法 反義 **condemn** [kənˋdɛm] 動 宣告有罪
☆ **kindle** [ˋkɪndḷ] 動 生火 同義 **ignite** [ɪgˋnaɪt]
★ **limp** [lɪmp] 動 名 跛行 衍生 **limp-wristed** [ˋlɪmprɪstɪd] 形 女子氣的
☆ **indulge** [ɪnˋdʌldʒ] 動 沉溺 衍生 **indulgent** [ɪnˋdʌldʒənt] 形 放縱的

(　) 83. Dennis _______ me with his fist.
(A) mediated (B) menaced (C) manifested (D) mingled

Point 丹尼斯握著拳頭威脅我。

單字速記
★ **mediate** [ˋmidɪ͵et] 動 調解 同義 **settle** [ˋsɛtḷ]
☆ **menace** [ˋmɛnɪs] 動 名 威脅 同義 **threat** [θrɛt]
★ **manifest** [ˋmænə͵fɛst] 動 顯示 形 明顯的 同義 **apparent** [əˋpærənt]
☆ **mingle** [ˋmɪŋgḷ] 動 混合 同義 **mix** [mɪks]

( ) 84. You should _______ the scooter to make it faster.
(A) orient (B) outdo (C) overhear (D) modify

Point 你應該改裝這台摩托車，以使它速度更快。

單字速記
★ **orient** [`orɪənt ] 動 使適應 名 東方 同義 **adjust** [ ə`dʒʌst]
☆ **outdo** [aut`du ] 動 勝過 同義 **surpass** [ sɚ`pæs]
★ **overhear** [ˌovɚ`hɪr] 動 無意中聽到；偷聽；偶然聽到
☆ **modify** [`mɑdəˌfaɪ] 動 調整 片語 **modified car** 改裝車

( ) 85. Penny _______ and was late for work again.
(A) periled (B) perceived (C) overworked (D) overslept

Point 潘妮再次睡過頭而上班遲到了。

單字速記
★ **peril** [`pɛrəl] 動 使…有危險 名 危險 片語 **at one's peril** 自己擔風險
☆ **perceive** [pɚ`siv ] 動 察覺 同義 **observe** [ əb`zɝv]
★ **overwork** [`ovɚ`wɝk] 動 過度工作；使過分勞累 名 工作過度
☆ **oversleep** [`ovɚ`slip] 動 睡過頭 衍生 **overslept** [`ovɚ`slɛpt] 形 睡晚的

( ) 86. Luke decided to _______ his **vacation** to January.
(A) prolong (B) prop (C) puff (D) prevail

Point 路克決定延長他的假期至一月。

單字速記
★ **prolong** [prə`lɔŋ ] 動 延長 同義 **extend** [ ɪk`stɛnd]
☆ **prop** [prɑp] 動 名 支撐 片語 **prop up** 扶持；支持
★ **puff** [pʌf] 動 噴出 名 噴；吹 片語 **puff away** 吹散；吹走
☆ **prevail** [prɪ`vel] 動 普及；戰勝 片語 **prevail on/upon/with** 說服；勸說

( ) 87. Even though she passed away many years ago, she is still _______ to be the most beautiful woman of all time.
(A) quivered (B) rejoiced (C) reckoned (D) repaid

Point 雖然她已逝世多年，仍被人們認為是絕世美女。

單字速記
★ **quiver** [`kwɪvɚ ] 動 顫抖 名 顫動 同義 **tremble** [ `trɛmbl̩]
☆ **rejoice** [rɪ`dʒɔɪs ] 動 歡喜；高興 同義 **gladden** [ `glædn̩]
★ **reckon** [`rɛkən] 動 認為；考慮 片語 **reckon without** 未考慮到
☆ **repay** [rɪ`pe] 動 償還；報答 同義 **pay back**

( ) 88. After being robbed, Teddy _______ to buying a gun.
(A) restrained (B) resorted (C) reversed (D) revived

Point 被搶劫後，泰迪訴諸購買槍枝。

單字速記
- ★ **restrain** [rɪˋstren] 動 抑制 衍生 **restraint** [rɪˋstrent] 名 抑制
- ☆ **resort** [rɪˋzɔrt] 動 求助；訴諸 名 休閒勝地 片語 **resort to** 依靠；求助於
- ★ **reverse** [rɪˋvɜs] 動 反轉 形 相反的 片語 **reverse gear** 倒車齒輪
- ☆ **revive** [rɪˋvaɪv] 動 復原；復甦 同義 **renew** [rɪˋnju]

( ) 89. Can you _______ this pencil with a sharpener for me?
(A) scrap (B) sharpen (C) revolve (D) shatter

Point 能不能請你用削鉛筆機，幫我把這隻鉛筆削尖？

單字速記
- ★ **scrap** [skræp] 動 丟棄 名 碎片；少許 片語 **scrap paper** 單面可用的廢紙
- ☆ **sharpen** [ˋʃɑrpn̩] 動 使銳利 衍生 **sharpener** [ˋʃɑrpn̩ɚ] 名 磨具
- ★ **revolve** [rɪˋvɑlv] 動 旋轉；循環 片語 **revolving credit** 循環信用
- ☆ **shatter** [ˋʃætɚ] 動 粉碎 同義 **smash** [smæʃ]

( ) 90. Linda _______ in the cold rain.
(A) shredded (B) shivered (C) smashed (D) squashed

Point 琳達在冷雨中顫抖。

單字速記
- ★ **shred** [ʃrɛd] 動 撕成碎片 名 碎片 片語 **tear to shreds** 毀壞
- ☆ **shiver** [ˋʃɪvɚ] 動 名 顫抖 片語 **give the shivers** 使顫慄
- ★ **smash** [smæʃ] 動 名 粉碎；碰撞 片語 **smash hit** 轟動的演出；巨大的成功
- ☆ **squash** [skwɑʃ] 動 壓扁 名 擠壓；果汁飲料 片語 **orange squash** 柳橙汁

Answer Key 61-90

61~65 C B A B B　66~70 B D C A D　71~75 B C A D B
76~80 C C B C A　81~85 B D B D D　86~90 A C B B B

ROUND

Question 91～120

( ) 91. The drunken man ______ across the road.
(A) staggered (B) squatted (C) stalled (D) startled

Point 那名酒醉男子搖搖晃晃地穿過馬路。

★ **stagger** [`stægə] 動 搖晃 名 蹣跚 同義 **sway** [swe]
☆ **squat** [skwɑt] 名 蹲姿 動 蹲下 同義 **crouch** [`krautʃ]
★ **stall** [stɔl] 動 拖延 名 商品攤位 片語 **stall off** 拖延
☆ **startle** [`stɑrtḷ] 動 使驚嚇 同義 **scare** [skɛr]

( ) 92. The hair stylist suggested Mia to ______ **her hair**.
(A) stoop (B) stink (C) straighten (D) strain

Point 造型師建議米亞將頭髮弄直。

★ **stoop** [stup] 動 名 彎腰；駝背 衍生 **stooped** [`stupt] 形 駝背的
☆ **stink** [stɪŋk] 動 發出惡臭 名 惡臭 同義 **stench** [stɛntʃ]
★ **straighten** [`stretṇ] 動 弄直；整頓 片語 **straighten out** 清理；澄清
☆ **strain** [stren] 動 拉緊 名 張力 片語 **strain oneself** 竭盡全力

( ) 93. Larry likes to ______ along the street.
(A) strap (B) stride (C) stun (D) submit

Point 賴利喜歡在街上大步走。

★ **strap** [stræp] 動 綑綁 名 皮帶 片語 **spaghetti strap** (女裝的)細肩帶
☆ **stride** [straɪd] 名 跨步 動 大步走 片語 **make great strides** 取得極大進步
★ **stun** [stʌn] 動 大吃一驚 同義 **shock** [ʃɑk]
☆ **submit** [səb`mɪt] 動 屈服；提交 片語 **submit oneself to** 屈服於

( ) 94. The General ______ **the army** to protect the President.
(A) surged (B) tempted (C) tangled (D) summoned

Point 將軍召集軍隊保護總統。

1 Round
2 Round
3 Round
4 Round
5 Round
6 Round
7 Round
8 Round
9 Round
10 Round

單字速記

★ **surge** [sɝdʒ] 動 洶湧 名 大浪 近義 **wave** [`wev] 名 波浪
☆ **tempt** [tɛmpt] 動 誘惑；引起 同義 **attract** [ə`trækt]
★ **tangle** [`tæŋgḷ] 動 使糾結 名 糾結 片語 **in a tangle** 混亂；困惑
☆ **summon** [`sʌmən] 動 召集 片語 **writ of summons** 傳票

( ) 95. That bad boy maliciously _______ these poor dogs.
(A) sustained (B) tilted (C) toiled (D) tortured

Point 那個壞孩子惡意地折磨這些可憐的小狗。

單字速記

★ **sustain** [sə`sten ] 動 支持；支撐 同義 **support** [ sə`port]
☆ **tilt** [tɪlt] 動 名 傾斜；偏向 片語 **at full tilt** 全速地
★ **toil** [tɔɪl] 動 苦幹 名 辛勞 同義 **travail** [`trævel]
☆ **torture** [`tɔrtʃɚ ] 動 名 折磨；拷打 衍生 **torturous** [ `tɔrtʃərəs] 形 折磨人的

( ) 96. Jerry asked the barber to _______ **his hair**.
(A) underline (B) trim (C) vibrate (D) whirl

Point 傑瑞請理髮師修剪他的頭髮。

單字速記

★ **underline** [ˏʌndɚ`laɪn ] 動 畫底線 名 底線 同義 **underscore** [ ʌndɚ`skor]
☆ **trim** [trɪm] 動 名 修剪；修整 同義 **shave** [ʃev]
★ **vibrate** [`vaɪbret] 動 振動；被撼動；震動 同義 **quake** [kwek]
☆ **whirl** [hwɝl] 動 迴轉 名 旋轉 片語 **in a whirl** 混亂的

( ) 97. These apple trees _______ two tons of apples every year.
(A) compliment (B) conceal (C) grant (D) yield

Point 這些蘋果樹每年生產兩噸的蘋果。

單字速記

★ **compliment** [`kɑmpləmənt] 名 動 恭維 片語 **compliment on** 讚揚
☆ **conceal** [kən`sil] 動 隱瞞；隱藏 片語 **conceal sth. from sb.** 對…隱瞞…
★ **grant** [grænt] 動 答應 名 許可 反義 **blame** [blem] 動 責備；指責
☆ **yield** [jild] 動 生產；讓出 名 產量 片語 **high-yield bond** 高收益債券

( ) 98. The reporter tried to _______ **about** Sally's personal life.
(A) lame (B) notify (C) plead (D) inquire

Point 那個記者試圖詢問莎莉的私生活。

單字速記

★ **lame** [lem] 形 無說服力的 動 使跛腳 片語 **lame duck** 不中用的人
☆ **notify** [ˋnotə͵faɪ] 動 通知；報告 片語 **notify sb. of sth.** 將某事通知某人
★ **plead** [plid] 動 懇求 片語 **plead for** 請求
☆ **inquire** [ɪnˋkwaɪr] 動 詢問 片語 **inquire after** 問候

( ) 99. Oliver _______ that we try this dish.
(A) retorts (B) pledges (C) recommends (D) scorns

Point 奧利弗推薦我們試試這道菜。

單字速記

★ **retort** [rɪˋtɔrt] 動 名 反駁；報復 衍生 **retortion** [rɪˋtɔrʃən] 名 報復
☆ **pledge** [plɛdʒ] 名 誓言 動 發誓 同義 **vow** [vaʊ]
★ **recommend** [͵rɛkəˋmɛnd] 動 推薦 同義 **suggest** [səˋdʒɛst]
☆ **scorn** [skɔrn] 動 名 輕蔑 片語 **laugh sb. to scorn** 嘲笑某人

( ) 100. Those workers _______ the machine to the factory.
(A) hauled (B) beware (C) mock (D) contended

Point 那些工人將機器拖到工廠裡。

單字速記

★ **haul** [hɔl] 動 名 拖拉 片語 **long haul** 持久
☆ **beware** [bɪˋwɛr] 動 當心 片語 **beware of** 小心…；謹防…
★ **mock** [mɑk] 動 嘲笑 形 模擬的 片語 **mock exam** 模擬考
☆ **contend** [kənˋtɛnd] 動 抗爭；奮鬥 片語 **contend with** 對付

( ) 101. James had a hard time **getting** _______ **to** the New York living environment.
(A) discriminated (B) refuted (C) vowed (D) accustomed

Point 詹姆士很難適應紐約的生活環境。

單字速記

★ **discriminate** [dɪˋskrɪmə͵net] 動 差別對待；歧視
☆ **refute** [rɪˋfjut] 動 反駁；駁斥 同義 **contradict** [͵kɑntrəˋdɪkt]
★ **vow** [vaʊ] 名 誓言 動 發誓 片語 **say one's vows** 立下誓言
☆ **accustom** [əˋkʌstəm] 動 使習慣於 片語 **accustomed to** 習慣於…

( ) 102. They **took a/an** _______ in the ceremony.

(A) notion (B) category (C) oath (D) priority

Point 他們在典禮中宣誓。

單字速記

★ **notion** [ˋnoʃən] 名 觀念；意見 片語 **have no notion of** 不知道；不明白

☆ **category** [ˋkætə͵gorɪ] 名 分類 同義 **classification** [͵klæsəfəˋkeʃən]

★ **oath** [oθ] 名 誓約；宣示 片語 **be on oath** 發誓說真話

☆ **priority** [praɪˋɔrətɪ] 名 優先權 片語 **top priority** 第一優先的

( ) 103. Jack left home **in** _______ **of** adventure.

(A) stereotype (B) quest (C) behalf (D) acknowledgement

Point 傑克為追求冒險而離家。

單字速記

★ **stereotype** [ˋstɛrɪə͵taɪp] 名 刻板印象 動 使成為陳規

☆ **quest** [kwɛst] 名 探索；探求 片語 **in quest of** 探尋；追求

★ **behalf** [bɪˋhæf] 名 代表；利益 片語 **in behalf of** 代表…

☆ **acknowledgement** [əkˋnɑlɪdʒmənt] 名 承認；致謝

( ) 104. Laura _______ her husband's cooking very much.

(A) acknowledges (B) compromises (C) confronts (D) adores

Point 蘿拉很欣賞她先生的廚藝。

單字速記

★ **acknowledge** [əkˋnɑlɪdʒ] 動 承認 片語 **acknowledge the corn** 認錯

☆ **compromise** [ˋkɑmprə͵maɪz] 名 和解 動 妥協 同義 **settle** [ˋsɛtl̩]

★ **confront** [kənˋfrʌnt] 動 面對 片語 **confront with** 使面對

☆ **adore** [əˋdor] 動 崇拜；敬愛 同義 **worship** [ˋwɝʃɪp]

( ) 105. In order to earn his family a better life, he **made a sincere** _______ to do well at his job.

(A) endeavor (B) consent (C) motive (D) affection

Point 為了讓家人享受更好的生活，他非常努力工作。

單字速記

★ **endeavor** [ɪnˋdɛvɚ] 名 動 努力；盡力 同義 **strive** [straɪv]

☆ **consent** [kənˋsɛnt] 動 名 同意；贊同 片語 **with one consent** 一致贊同地

★ **motive** [ˋmotɪv] 名 動機 形 成為原動力的 動 使產生動機

☆ **affection** [əˋfɛkʃən] 名 情感；情愛 反義 **hatred** [ˋhetrɪd] 名 憎恨；敵意

( ) 106. Anya always _______ in reaching a goal she desired.
(A) astonishes (B) persists (C) awes (D) consoles

Point 安雅總是堅持著追求她渴望的目標。

單字速記
- ★ **astonish** [ə`stanɪʃ ] 動 使吃驚 同義 **surprise** [ sə`praɪz]
- ☆ **persist** [pɚ`sɪst] 動 堅持 片語 **persist in** 堅持
- ★ **awe** [ɔ] 動 名 敬畏；畏怯 衍生 **awful** [`ɔful] 形 可怕的
- ☆ **console** [kən`sol ] 動 安慰；慰問 同義 **comfort** [ `kʌmfɚt]

( ) 107. To my _______, I saw a snake swallowing a mouse.
(A) astonishment (B) boredom (C) caution (D) compassion

Point 令我吃驚的是，我看到一條蛇吞下一隻老鼠。

單字速記
- ★ **astonishment** [ə`stanɪʃmənt ] 名 吃驚 同義 **amazement** [ ə`mezmənt]
- ☆ **boredom** [`bordəm ] 名 無聊；乏味 同義 **ennui** [ `anwi]
- ★ **caution** [`kɔʃən ] 名 警告；謹慎 動 使小心 同義 **carefulness** [ `kɛrfəlnɪs]
- ☆ **compassion** [kəm`pæʃən ] 名 同情 同義 **pity** [ `pɪtɪ]

( ) 108. Please be _______ when walking across the wet floor.
(A) cautious (B) carefree (C) compassionate (D) considerate

Point 走過潮濕的地板時請小心。

單字速記
- ★ **cautious** [`kɔʃəs ] 形 小心的 同義 **careful** [ `kɛrfəl]
- ☆ **carefree** [`kɛr,fri ] 形 無憂無慮的 同義 **jolly** [ `dʒalɪ]
- ★ **compassionate** [kəm`pæʃənɪt ] 形 憐憫的 同義 **pitying** [ `pɪtɪɪŋ]
- ☆ **considerate** [kən`sɪdərɪt] 形 體貼的 片語 **considerate of** 體貼；體諒

( ) 109. I _______ people who lie all the time.
(A) despair (B) fuss (C) despise (D) distress

Point 我鄙視老是說謊的人。

單字速記
- ★ **despair** [dɪ`spɛr] 名 動 絕望 反義 **hope** [hop] 名 動 希望
- ☆ **fuss** [fʌs] 名 大驚小怪 動 焦急 片語 **make a fuss** 大驚小怪
- ★ **despise** [dɪ`spaɪz] 動 鄙視；看不起 同義 **scorn** [skɔrn]
- ☆ **distress** [dɪ`strɛs ] 名 苦惱 動 使悲痛 同義 **afflict** [ ə`flɪkt]

( ) 110. I have great _______ to my wife.
(A) greed (B) growl (C) grumble (D) devotion

Point 我非常熱愛我的人生。

單字速記
- ★ **greed** [grid] 名 貪心；貪婪 同義 **avarice** [`ævərɪs]
- ☆ **growl** [graʊl] 動 (動物)嗥叫 名 咆哮聲 同義 **snarl** [snɑrl̩]
- ★ **grumble** [`grʌmbl̩ ] 動 抱怨 名 牢騷 同義 **complain** [ kəm`plen]
- ☆ **devotion** [dɪ`voʃən ] 名 摯愛；奉獻 相關 **devote** [ dɪ`vot] 動 將…奉獻給

( ) 111. The _______ man ran around looking for his missing wallet.
(A) frantic (B) enthusiastic (C) cowardly (D) understandable

Point 這個發狂的男人四處奔走，以找尋他遺失的皮夾。

單字速記
- ★ **frantic** [`fræntɪk ] 形 發狂的 同義 **frenzied** [ `frɛnzɪd]
- ☆ **enthusiastic** [ɪn͵θjuzɪ`æstɪk] 形 熱情的 同義 **keen** [kin]
- ★ **cowardly** [`kaʊədlɪ ] 副 形 怯懦地(的) 同義 **craven** [ `krevən]
- ☆ **understandable** [͵ʌndɚ`stændəbl̩] 形 可理解的；能懂的

( ) 112. The toothache has been _______ me for a while.
(A) howling (B) nagging (C) resenting (D) sympathizing

Point 牙痛已經困擾我好一陣子了。

單字速記
- ★ **howl** [haʊl] 動 怒吼 名 怒號 衍生 **howling** [`haʊlɪŋ] 形 咆哮的
- ☆ **nag** [næg] 動 使煩惱 名 嘮叨的人 衍生 **nagging** [`nægɪŋ] 形 嘮叨的
- ★ **resent** [rɪ`zɛnt ] 動 憤恨 衍生 **resentful** [ rɪ`zɛntfəl] 形 怨恨的
- ☆ **sympathize** [`sɪmpə͵θaɪz] 動 同情 片語 **sympathize with** 同情…

( ) 113. You are such a/an _______ person who always ignores others' feelings.
(A) indignant (B) jolly (C) passionate (D) indifferent

Point 你真是個冷漠的人，總是無視他人的感受。

單字速記
- ★ **indignant** [ɪn`dɪgnənt ] 形 憤怒的 同義 **wrathful** [ `ræθfəl]
- ☆ **jolly** [`dʒɑlɪ ] 形 愉快的 動 開玩笑 同義 **merry** [ `mɛrɪ]
- ★ **passionate** [`pæʃənɪt ] 形 熱情的 同義 **enthusiastic** [ ɪn͵θjuzɪ`æstɪk]
- ☆ **indifferent** [ɪn`dɪfərənt] 形 漠不關心的 同義 **cold** [kold]

(　) 114. I will take either one; I **have no** ______ .
(A) indifference (B) preference (C) pessimism (D) resentment

Point 我兩者都不會拿；我沒有任何偏好。

單字速記
★ **indifference** [ɪn`dɪfərəns ] 名 冷漠 同義 **coldness** [ `koldnɪs]
☆ **preference** [`prɛfərəns] 名 偏好 片語 **preference setting** 偏好設定
★ **pessimism** [`pɛsəmɪzəm ] 名 悲觀 反義 **optimism** [ `ɑptəmɪzəm] 名 樂觀
☆ **resentment** [rɪ`zɛntmənt ] 名 憤慨 同義 **vexation** [ vɛk`seʃən]

(　) 115. The new camera I bought has good **light** ______.
(A) sensitivity (B) sensation (C) sentiment (D) vanity

Point 我新買的相機感光度很好。

單字速記
★ **sensitivity** [ˌsɛnsə`tɪvətɪ] 名 敏感度 相關 **sense** [sɛns] 名 感受
☆ **sensation** [sɛn`seʃən ] 名 知覺；感覺 同義 **feeling** [ `filɪŋ]
★ **sentiment** [`sɛntəmənt ] 名 傷感；情緒；觀點 同義 **opinion** [ ə`pɪnjən]
☆ **vanity** [`vænətɪ] 名 虛榮心；小粉盒 片語 **vanity table** 梳妝臺

(　) 116. The ______ **driver** caused this car accident.
(A) obstinate (B) sly (C) reckless (D) stern

Point 那個魯莽的司機造成這次的車禍事件。

單字速記
★ **obstinate** [`ɑbstənɪt ] 形 頑固的 同義 **stubborn** [ `stʌbən]
☆ **sly** [slaɪ] 形 狡猾的 片語 **on the sly** 偷偷地
★ **reckless** [`rɛklɪs] 形 魯莽的 同義 **rash** [ræʃ]
☆ **stern** [stɝn] 形 嚴格的 片語 **from stem to stern** 從頭到尾；完全

(　) 117. Luke works hard to prove that he's not just an **ordinary** ______.
(A) lad (B) maiden (C) jack (D) masculine

Point 路克認真工作，以證明自己不只是個普通人。

單字速記
★ **lad** [læd] 名 (口語)老弟；男孩 同義 **boy** [bɔɪ]
☆ **maiden** [`medn̩] 形 少女的 名 少女 片語 **maiden flight** 處女航；首航
★ **jack** [dʒæk] 名 普通人；男孩 動 用起重機舉起 片語 **jack up** 頂起；提高
☆ **masculine** [`mæskjəlɪn ] 形 男性的 名 男性 同義 **manly** [ `mænlɪ]

( ) 118. Ashley only shares her true feelings with her _______ **friends**.
(A) combat (B) flaw (C) idiot (D) bosom

Point 艾希莉只與知心好友分享真實感受。

單字速記
- ★ **combat** [`kɑmbæt] 動 名 戰鬥 片語 **combat aircraft** 戰鬥機
- ☆ **flaw** [flɔ] 名 瑕疵 動 使破裂 同義 **defect** [dɪ`fɛkt]
- ★ **idiot** [`ɪdɪət] 名 笨蛋；傻瓜 同義 **fool** [ful]
- ☆ **bosom** [`buzəm] 名 胸懷 形 親密的 片語 **bosom friend** 知心朋友

( ) 119. Do you know how many Jews _______ **to** Buddhism?
(A) exceed (B) excel (C) profile (D) convert

Point 你知道有多少猶太教徒轉換信仰佛教嗎？

單字速記
- ★ **exceed** [ɪk`sid ] 動 超過；勝過 同義 **surpass** [ sɚ`pæs]
- ☆ **excel** [ɪk`sɛl ] 動 擅長；突出；勝過 同義 **surpass** [ sɚ`pæs]
- ★ **profile** [`profaɪl] 名 輪廓；側面 動 畫側面像 片語 **low profile** 低調
- ☆ **convert** [kən`vɝt ] 動 變換；轉變 同義 **transform** [ træns`fɔrm]

( ) 120. The man was accused of having the _______ to murder.
(A) intuition (B) potential (C) intent (D) shortcoming

Point 這個男人因具有謀殺意圖而遭起訴。

單字速記
- ★ **intuition** [ˌɪntju`ɪʃən ] 名 直覺 同義 **instinct** [ `ɪnstɪŋkt]
- ☆ **potential** [pə`tɛnʃəl ] 名 潛力 形 潛在的；可能的 同義 **possible** [ `pɑsəbl̩]
- ★ **intent** [ɪn`tɛnt] 名 意圖 形 熱切的 片語 **intent on** 熱衷於…
- ☆ **shortcoming** [`ʃɔrtˌkʌmɪŋ ] 名 缺點；短處 同義 **weakness** [ `wiknɪs]

Answer Key 91-120

91 ~ 95 ➜ A C B D D	96~100 ➜ B D D C A	101~105 ➜ D C B D A
106~110 ➜ B A A C D	111~115 ➜ A B D B A	116~120 ➜ C C D D C

ROUND 5 Question 121～150

( ) 121. Eunice is a _______ in cooking.

(A) comrade (B) specialist (C) throng (D) viewer

Point 尤尼斯是烹飪專家。

單字速記

★ **comrade** [`kɑmræd] 名 同事；夥伴 同義 **pal** [pæl]

☆ **specialist** [`spɛʃəlɪst ] 名 專家 同義 **expert** [ `ɛkspɝt]

★ **throng** [θrɔŋ] 名 群眾 動 群集 片語 **be thronged with** 擠滿

☆ **viewer** [`vjuɚ ] 名 觀看者 同義 **spectator** [ spɛk`tetɚ]

( ) 122. Joe prayed to God that his _______ wife could have a child.

(A) heavenly (B) shabby (C) stout (D) barren

Point 喬向上帝祈禱他不孕的妻子可以生一個孩子。

單字速記

★ **heavenly** [`hɛvənlɪ ] 形 神聖的；天空的 相關 **heaven** [ `hɛvən] 名 天堂

☆ **shabby** [`ʃæbɪ ] 形 衣衫襤褸的 反義 **decent** [ `disnt] 形 體面的

★ **stout** [staʊt] 形 肥胖的；堅固的 反義 **feeble** [fibḷ] 形 虛弱的；無力的

☆ **barren** [`bærən ] 形 不生育的 反義 **fertile** [ `fɝtḷ] 形 多產的；能生育的

( ) 123. Please give up smoking before you plan to _______ a child.

(A) conceive (B) mourn (C) perish (D) chant

Point 請在你計畫懷孕之前戒菸。

單字速記

★ **conceive** [kən`siv] 動 懷孕；構思 片語 **conceive of** 想像；設想

☆ **mourn** [morn] 動 哀慟；哀悼 片語 **go into mourning** 服喪

★ **perish** [`pɛrɪʃ ] 動 死去；消滅 反義 **survive** [ sɚ`vaɪv] 動 活下來；倖存

☆ **chant** [tʃænt] 名 讚美詩歌 動 吟唱 同義 **psalm** [sɑm]

( ) 124. He bought a new _______ and several baby suits for his expected baby.

(A) cathedral (B) disciple (C) gospel (D) crib

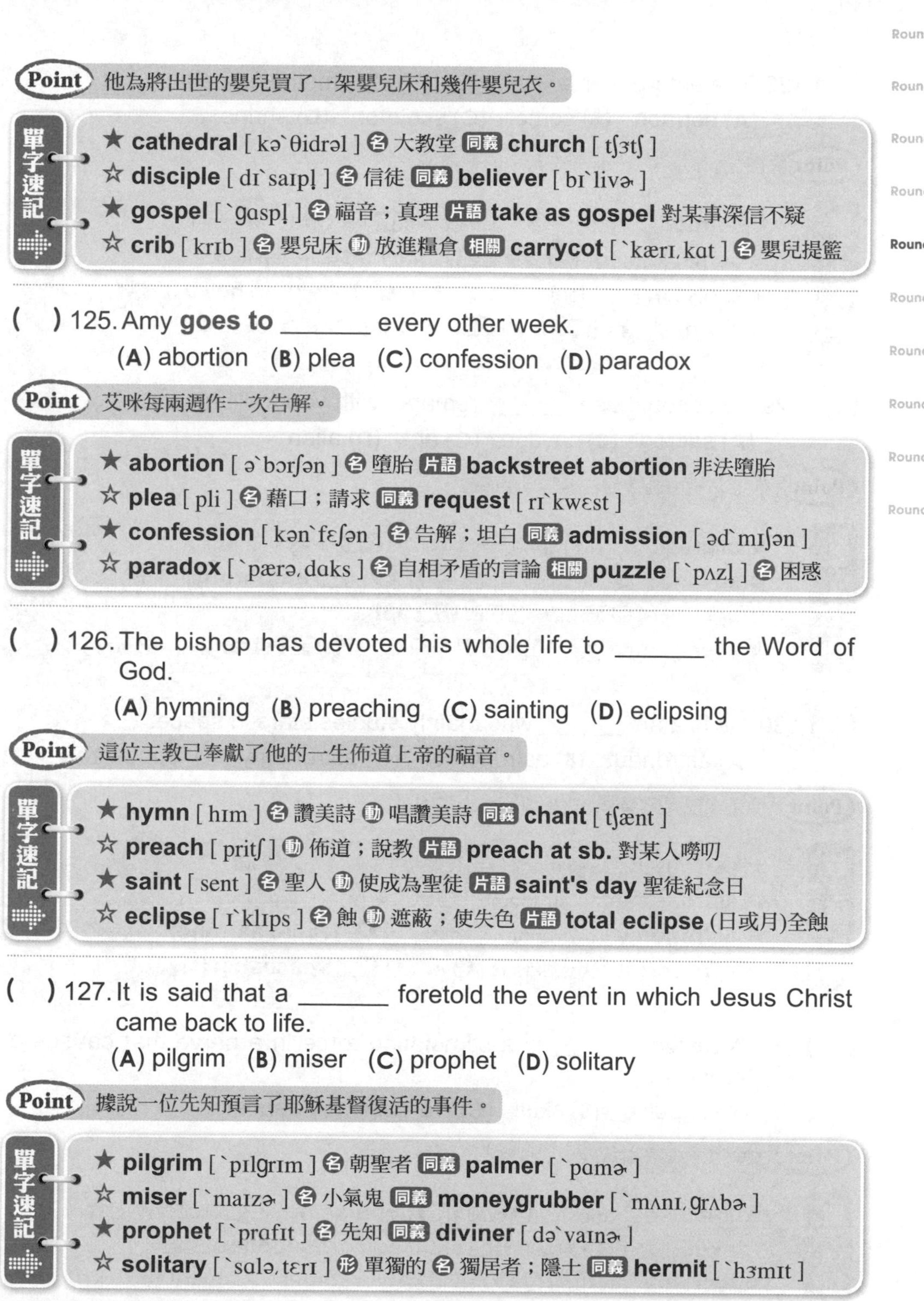

Point 他為將出世的嬰兒買了一架嬰兒床和幾件嬰兒衣。

單字速記
- ★ **cathedral** [kə`θidrəl] 名 大教堂 同義 **church** [tʃɜtʃ]
- ☆ **disciple** [dɪ`saɪpl̩ ] 名 信徒 同義 **believer** [ bɪ`livɚ]
- ★ **gospel** [`gɑspl̩] 名 福音；真理 片語 **take as gospel** 對某事深信不疑
- ☆ **crib** [krɪb] 名 嬰兒床 動 放進糧倉 相關 **carrycot** [`kærɪ͵kɑt] 名 嬰兒提籃

( ) 125. Amy **goes to** _______ every other week.

(A) abortion (B) plea (C) confession (D) paradox

Point 艾咪每兩週作一次告解。

單字速記
- ★ **abortion** [ə`bɔrʃən] 名 墮胎 片語 **backstreet abortion** 非法墮胎
- ☆ **plea** [pli] 名 藉口；請求 同義 **request** [rɪ`kwɛst]
- ★ **confession** [kən`fɛʃən ] 名 告解；坦白 同義 **admission** [ əd`mɪʃən]
- ☆ **paradox** [`pærə͵dɑks ] 名 自相矛盾的言論 相關 **puzzle** [ `pʌzl̩] 名 困惑

( ) 126. The bishop has devoted his whole life to _______ the Word of God.

(A) hymning (B) preaching (C) sainting (D) eclipsing

Point 這位主教已奉獻了他的一生佈道上帝的福音。

單字速記
- ★ **hymn** [hɪm] 名 讚美詩 動 唱讚美詩 同義 **chant** [tʃænt]
- ☆ **preach** [pritʃ] 動 佈道；說教 片語 **preach at sb.** 對某人嘮叨
- ★ **saint** [sent] 名 聖人 動 使成為聖徒 片語 **saint's day** 聖徒紀念日
- ☆ **eclipse** [ɪ`klɪps] 名 蝕 動 遮蔽；使失色 片語 **total eclipse** (日或月)全蝕

( ) 127. It is said that a _______ foretold the event in which Jesus Christ came back to life.

(A) pilgrim (B) miser (C) prophet (D) solitary

Point 據說一位先知預言了耶穌基督復活的事件。

單字速記
- ★ **pilgrim** [`pɪlgrɪm ] 名 朝聖者 同義 **palmer** [ `pɑmɚ]
- ☆ **miser** [`maɪzɚ ] 名 小氣鬼 同義 **moneygrubber** [ `mʌnɪ͵grʌbɚ]
- ★ **prophet** [`prɑfɪt ] 名 先知 同義 **diviner** [ də`vaɪnɚ]
- ☆ **solitary** [`sɑlə͵tɛrɪ ] 形 單獨的 名 獨居者；隱士 同義 **hermit** [ `hɝmɪt]

( ) 128. The enterpriser built a _______ to his mother's memory.
(A) sermon (B) comet (C) skeleton (D) shrine

Point 這位企業家建了一座紀念母親的聖祠。

單字速記
★ **sermon** [`sɜmən ] 名 佈道；說教 同義 **lecture** [ `lɛktʃɚ]
☆ **comet** [`kɑmɪt] 名 彗星 片語 **Halley's comet** 哈雷彗星
★ **skeleton** [`skɛlətn̩] 名 骨架；概略 片語 **skeleton key** 萬能鑰匙
☆ **shrine** [ʃraɪn] 名 祠；廟 同義 **reliquary** [`rɛlə͵kwɛrɪ]

( ) 129. You should use _______ remarks with your colleagues.
(A) sacred (B) savage (C) apt (D) alien

Point 你應該使用適當的言辭與同事溝通。

單字速記
★ **sacred** [`sekrɪd ] 形 神聖的；宗教的 同義 **holy** [ `holɪ]
☆ **savage** [`sævɪdʒ ] 名 野蠻人 形 野蠻的 同義 **barbarous** [ `bɑrbərəs]
★ **apt** [æpt] 形 適當的；聰明的 片語 **apt at** 善於
☆ **alien** [`elɪən] 名 外星人 形 外國的；外星的 同義 **strange** [strendʒ]

( ) 130. He is a/an _______ who mainly studies stars in space.
(A) astronaut (B) astronomer (C) astronomy (D) spacecraft

Point 他是一位天文學家，主要研究太空中的星體。

單字速記
★ **astronaut** [`æstrə͵nɔt] 名 太空人；宇航員；太空旅行者
☆ **astronomer** [ə`strɑnəmɚ] 名 天文學家
★ **astronomy** [əs`trɑnəmɪ] 名 天文學 片語 **radio astronomy** 電波天文學
☆ **spacecraft** [`spes͵kræft ] 名 太空船 同義 **spaceship** [ `spes͵ʃɪp]

( ) 131. A **nerve** _______ is a stimulating force in a nerve that causes a reaction.
(A) impulse (B) skull (C) worship (D) gender

Point 神經衝動是在神經裡引起反應的一種刺激力量。

單字速記
★ **impulse** [`ɪmpʌls] 名 衝動 片語 **impulse buying** 衝動的購物行為
☆ **skull** [skʌl] 名 頭蓋骨 片語 **skull and crossbones** 骷髏畫
★ **worship** [`wɜʃɪp ] 動 名 祭祀 衍生 **worshiper** [ `wɜʃɪpɚ] 名 崇拜者
☆ **gender** [`dʒɛndɚ] 名 性別 片語 **gender gap** 性別鴻溝

( ) 132. Most human cells are **frequently** ______ and replaced during the life of an individual.

(A) thrill (B) reproduced (C) tilted (D) modify

Point 大多數的人類細胞會在一生中不斷再生及更新。

單字速記

★ **thrill** [θrɪl] 動 使激動 名 顫慄；興奮 同義 **excite** [ɪk`saɪt]
☆ **reproduce** [,riprə`djus ] 動 再生；複製 同義 **copy** [ `kɑpɪ]
★ **tilt** [tɪlt] 動 名 傾斜；偏向 片語 **tilt hammer** 輪錘
☆ **modify** [`mɑdə,faɪ] 動 調整 同義 **change** [tʃɛndʒ]

( ) 133. Cars and motorcycles need **constant** ______ to avoid accidents.

(A) maintenance (B) interference (C) gathering (D) trample

Point 汽機車需要時常保養，以避免發生事故。

單字速記

★ **maintenance** [`mentənəns] 名 維修；保持 近義 **care** [kɛr] 名 照料
☆ **interference** [,ɪntɚ`fɪrəns ] 名 妨礙；干擾 同義 **meddling** [ `mɛdḷɪŋ]
★ **gathering** [`gæðərɪŋ] 名 聚集 片語 **gather up the threads** 重新繼續
☆ **trample** [`træmpḷ] 動 名 踐踏 同義 **tramp** [træmp]

( ) 134. Eating is more than just a ______ **need**.

(A) muscular (B) contemporary (C) stylish (D) bodily

Point 吃不只是身體上的需求。

單字速記

★ **muscular** [`mʌskjəlɚ] 形 肌肉的 片語 **muscular dystrophy** 肌肉萎縮症
☆ **contemporary** [kən`tɛmpə,rɛrɪ] 形 當代的；同年齡的 名 當代人；同齡者
★ **stylish** [`staɪlɪʃ ] 形 時髦的 同義 **fashionable** [ `fæʃənəbḷ]
☆ **bodily** [`bɑdɪlɪ ] 形 身體上的 副 親身地 反義 **mental** [ `mɛntḷ] 形 精神的

( ) 135. She wants to ______ **in** an academy of music.

(A) compel (B) curb (C) ensure (D) enroll

Point 她想要註冊就讀音樂學院。

單字速記

★ **compel** [kəm`pɛl] 動 迫使 同義 **force** [fors]
☆ **curb** [kɝb] 動 遏止 名 抑制 同義 **restrain** [rɪ`stren]
★ **ensure** [ɪn`ʃur ] 動 確保 同義 **assure** [ ə`ʃur]
☆ **enroll** [ɪn`rol ] 動 註冊 同義 **register** [ `rɛdʒɪstɚ]

( ) 136. Christopher can not resist the _______ of sweets.
(A) declaration (B) notion (C) temptation (D) affection

Point 克里斯多夫無法抵抗甜食的誘惑。

單字速記
★ **declaration** [ˌdɛklə`reʃən] 名 宣告；聲明；申訴；證言；申報
☆ **notion** [`noʃən] 名 觀念；意見 片語 **have no notion of** 不知道；不明白
★ **temptation** [tɛmp`teʃən ] 名 誘惑 同義 **enticement** [ ɪn`taɪsmənt]
☆ **affection** [ə`fɛkʃən ] 名 情感；情愛 反義 **hatred** [ `hetrɪd] 名 憎恨

( ) 137. Tom Hanks is a/an _______ actor; his acting skills win him fame, awards and applause.
(A) exceptional (B) feminine (C) hostile (D) descriptive

Point 湯姆漢克是位傑出的演員，以演技贏得名氣、獎項及掌聲。

單字速記
★ **exceptional** [ɪk`sɛpʃənl̩ ] 形 優秀的 反義 **common** [ `kamən] 形 普通的
☆ **feminine** [`fɛmənɪn ] 形 女性的 名 女性 反義 **virile** [ `vɪrəl] 形 男人的
★ **hostile** [`hastl̩ ] 形 敵意的 反義 **friendly** [ `frɛndlɪ] 形 友好的
☆ **descriptive** [dɪ`skrɪptɪv] 形 描述的；描寫的；記述的

( ) 138. These are my _______ wishes for you.
(A) chubby (B) contemporary (C) destructive (D) hearty

Point 這些是我對你由衷的祝福。

單字速記
★ **chubby** [`tʃʌbɪ] 形 圓胖的 同義 **plump** [plʌmp]
☆ **contemporary** [kən`tɛmpəˌrɛrɪ] 形 當代的 名 當代人
★ **destructive** [dɪ`strʌktɪv ] 形 毀滅性的 同義 **ruinous** [ `ruɪnəs]
☆ **hearty** [`hartɪ ] 形 由衷的 同義 **sincere** [ sɪn`sɪr]

( ) 139. I accept this award on _______ of my mother.
(A) whirl (B) behalf (C) denial (D) endeavor

Point 我謹代表我的母親領取此獎。

單字速記
★ **whirl** [hwɜl] 動 迴轉 名 旋轉 片語 **in a whirl** 混亂的
☆ **behalf** [bɪ`hæf] 名 代表；利益 片語 **on behalf of** 為了…；代表…
★ **denial** [dɪ`naɪəl ] 名 否認 同義 **denegation** [ ˌdɛnə`geʃən]
☆ **endeavor** [ɪn`dɛvɚ] 名 動 努力；盡力 同義 **strive** [straɪv]

( ) 140. All the _______ should bring their kids to attend this activity.
(A) nags (B) participants (C) lads (D) prophets

Point 所有參與者都要帶著孩子參加活動。

單字速記
- ★ **nag** [næg] 動 使煩惱 名 嘮叨的人 衍生 **nagger** [`nægɚ] 名 嘮叨者
- ☆ **participant** [pɑr`tɪsəpənt] 名 參與者；關係者 形 參與的；有關係的
- ★ **lad** [lad] 名 (口語)老弟 同義 **youth** [`juθ]
- ☆ **prophet** [`prɑfɪt ] 名 先知 同義 **seer** [ `sir]

( ) 141. Over one hundred _______ of the virus are kept in the laboratory.
(A) veins (B) chemists (C) specimens (D) molecules

Point 這間實驗室存放了超過一百個病毒樣本。

單字速記
- ★ **vein** [ven] 名 靜脈 片語 **jugular vein** 頸靜脈
- ☆ **chemist** [`kɛmɪst] 名 藥劑師；化學家 片語 **dispensing chemist** 藥劑師
- ★ **specimen** [`spɛsəmən ] 名 樣本；樣品 同義 **sample** [ `sæmpḷ]
- ☆ **molecule** [`mɑlə͵kjul ] 名 分子 衍生 **molecular** [ mə`lɛkjəlɚ] 形 分子的

( ) 142. Interestingly, both diamonds and coal are made up of _______.
(A) carbon (B) sulfur (C) tin (D) zinc

Point 有趣的是，鑽石和煤都是由碳組成的。

單字速記
- ★ **carbon** [`kɑrbən] 名 碳 片語 **carbon emission** 碳排放
- ☆ **sulfur** [`sʌlfɚ] 名 硫磺 片語 **sulfur dioxide** 二氧化硫
- ★ **tin** [tɪn] 名 錫 動 鍍錫 片語 **tin plate** 洋鐵
- ☆ **zinc** [zɪŋk] 名 鋅 片語 **zinc oxide** 氧化鋅

( ) 143. An **economic** _______ followed, especially in luxuries.
(A) commodity (B) boom (C) dialect (D) algebra

Point 經濟繁榮隨之而來，尤其在奢侈品方面。

單字速記
- ★ **commodity** [kə`mɑdətɪ ] 名 日用品；商品 同義 **product** [ `prɑdəkt]
- ☆ **boom** [bum] 名 繁榮；隆隆聲 動 發出隆隆聲；名聲大噪；使興旺
- ★ **dialect** [`daɪəlɛkt ] 名 方言 同義 **idiom** [ `ɪdɪəm]
- ☆ **algebra** [`ældʒəbrə ] 名 代數學 衍生 **algebraic** [ ͵ældʒə`breɪk] 形 代數的

( ) 144. She speaks Spanish with **great** ______.
(A) auxiliary (B) stanza (C) fluency (D) interpretation

Point 她的西班牙語說得非常流利。

單字速記
- ★ **auxiliary** [ɔgˋzɪljərɪ] 名 助動詞 形 輔助的 片語 **auxiliary verb** 助動詞
- ☆ **stanza** [ˋstænzə] 名 節；段 近義 **verse** [vɝs] 名 詩節
- ★ **fluency** [ˋfluənsɪ] 名 流暢；流利 相關 **fluent** [ˋfluənt] 形 流利的
- ☆ **interpretation** [ɪn͵tɝprɪˋteʃən] 名 解釋；說明

( ) 145. Sentences sometimes contain one or more ______.
(A) clauses (B) playwrights (C) geometry (D) statistics

Point 句子有時候包含一個或多個子句。

單字速記
- ★ **clause** [klɔz] 名 子句 片語 **main clause** 獨立子句
- ☆ **playwright** [ˋple͵raɪt] 名 劇作家 同義 **screenwriter** [ˋskrin͵raɪtɚ]
- ★ **geometry** [dʒɪˋɑmətrɪ] 名 幾何學 片語 **plane geometry** 平面幾何學
- ☆ **statistics** [stəˋtɪstɪks] 名 統計 片語 **vital statistics** 生命統計資料

( ) 146. After the typhoon, farmers tried to ______ the cash value of their losses.
(A) parallel (B) compute (C) overeat (D) bribe

Point 颱風過後，農夫們試著計算損失的現金價值。

單字速記
- ★ **parallel** [ˋpærə͵lɛl] 形 平行的 動 與…平行 片語 **parallel with** 相提並論
- ☆ **compute** [kəmˋpjut] 動 計算 片語 **beyond compute** 難以估計
- ★ **overeat** [ˋovɚˋit] 動 吃得過多 同義 **surfeit** [ˋsɝfɪt]
- ☆ **bribe** [braɪb] 動 名 賄賂 同義 **buy off**

( ) 147. Have you finished calculating the **circle's** ______ yet?
(A) ratio (B) laser (C) radius (D) nucleus

Point 你計算好這個圓的半徑了嗎？

單字速記
- ★ **ratio** [ˋreʃo] 名 比率；比例 同義 **proportion** [prəˋporʃən]
- ☆ **laser** [ˋlezɚ] 名 雷射 片語 **laser printer** 雷射印表機
- ★ **radius** [ˋredɪəs] 名 半徑 複數 **radii** [ˋredɪ͵aɪ]
- ☆ **nucleus** [ˋnjuklɪəs] 名 原子核；中心 同義 **core** [kor]

1 Round
2 Round
3 Round
4 Round
5 Round
6 Round
7 Round
8 Round
9 Round
10 Round

( ) 148. The census report contains a great deal of _______ **data**.
(A) statistical (B) Celsius (C) continental (D) inland

Point 這份普查報告含有很多統計資料。

單字速記
★ **statistical** [stə`tɪstɪkḷ] 形 統計的；統計學的
☆ **Celsius** [`sɛlsɪəs ] 形 攝氏的 同義 **Centigrade** [ `sɛntə,gred]
★ **continental** [,kɑntə`nɛntḷ] 形 大陸的 片語 **continental drift** 大陸漂移
☆ **inland** [`ɪnlənd] 形 內陸的 名 內陸 片語 **inland bill** 國內匯票

( ) 149. _______ is a form of government that aims for a classless society.
(A) Communist (B) Communism (C) Democrat (D) Revolt

Point 共產主義是種致力於組成無階級社會的政體。

單字速記
★ **communist** [`kɑmjʊnɪst] 名 共產主義者 片語 **Communist Party** 共產黨
☆ **communism** [`kɑmjʊ,nɪzəm] 名 共產主義；共產主義政體
★ **democrat** [`dɛmə,kræt] 名 民主主義者；(美國)民主黨人
☆ **revolt** [rɪ`volt] 名 反叛；反感 動 叛變 片語 **in revolt** 嫌惡地

( ) 150. Lucy's shyness made public speaking a _______ to her.
(A) veto (B) hermit (C) torment (D) frontier

Point 露西生性羞怯，當眾說話對她而言是個困擾。

單字速記
★ **veto** [`vito ] 動 名 否決；反對 同義 **deny** [ dɪ`naɪ]
☆ **hermit** [`hɝmɪt] 名 隱士 片語 **hermit crab** 寄生蟹
★ **torment** [`tɔrmɛnt ] 名 苦惱 動 [ tɔr`mɛnt] 使受苦 同義 **afflict** [ə`flɪkt]
☆ **frontier** [frʌn`tɪr ] 名 邊境 同義 **border** [ `bɔrdɚ]

Answer Key 121-150

121~125 B D A D C 126~130 B C D C B 131~135 A B A D D
136~140 C A D B B 141~145 C A B C A 146~150 B C A B C

ROUND

6 Question 151～180

(　) 151. We dipped our feet **in the** ______ for a while.
(A) glacier　(B) gorge　(C) isle　(D) creek

Point 我們將腳浸入小溪裡一會兒。

★ **glacier** [`gleʃɚ] 名 冰河 片語 **continental glacier** 大陸冰川
☆ **gorge** [gɔrdʒ] 名 峽谷 動 狼吞虎嚥 同義 **gulp** [gʌlp]
★ **isle** [aɪl] 名 小島 片語 **British Isles** 布列顛群島
☆ **creek** [krik] 名 小溪 片語 **up the creek** 遇到困難

(　) 152. The first pilgrims headed for ______ **America** in 1620.
(A) latitude　(B) mainland　(C) longitude　(D) oasis

Point 第一批清教徒於一六二〇年前往美洲大陸。

★ **latitude** [`lætə͵tjud] 名 緯度 片語 **horse latitudes** (北大西洋)無風帶
☆ **mainland** [`menlənd] 名 大陸 片語 **mainland China** 中國大陸
★ **longitude** [`lɑndʒə͵tjud ] 名 經度 反義 **latitude** [ `lætə͵tjud] 名 緯度
☆ **oasis** [o`esɪs] 名 綠洲；(比喻)困境中令人寬慰的事物

(　) 153. The global warming melted some of the ______ **ice**.
(A) oriental　(B) extinct　(C) polar　(D) poetic

Point 地球的暖化融化了一些極地的冰。

★ **oriental** [͵orɪ`ɛntl̩] 形 東方的；亞洲的 名 東方人；亞洲人
☆ **extinct** [ɪk`stɪŋkt] 形 滅絕的 片語 **extinct book** 絕版書
★ **polar** [`polɚ] 形 極地的 片語 **polar bear** 北極熊
☆ **poetic** [po`ɛtɪk] 形 詩意的 片語 **poetic justice** 理想的因果報應

(　) 154. The narrowest part of the **Taiwan** ______ is 130 km wide.
(A) Strand　(B) Gallop　(C) Strait　(D) Prairie

Point 臺灣海峽最狹窄的部分為一百三十公里寬。

1 Round
2 Round
3 Round
4 Round
5 Round
6 Round
7 Round
8 Round
9 Round
10 Round

單字速記

★ **strand** [strænd] 名 海灘；濱 動 處於困境 片語 **be stranded** 使處於困境
☆ **gallop** [\`gæləp] 動 名 奔馳 片語 **galloping inflation** 惡性通膨
★ **strait** [stret] 名 海峽 片語 **Taiwan Strait** 台灣海峽
☆ **prairie** [\`prɛrɪ] 名 大草原；牧場 片語 **prairie wolf** 郊狼

( ) 155. It is dangerous to walk across the _______ alone.
(A) wilderness (B) province (C) slump (D) nucleus

Point 獨自走過這片荒野很危險。

單字速記

★ **wilderness** [\`wɪldənɪs] 名 荒野 片語 **wilderness area** (美)荒野保護區
☆ **province** [\`prɑvɪns ] 名 省 衍生 **provincial** [ prə\`vɪnʃəl] 形 省的
★ **slump** [slʌmp] 動 下跌 名 不景氣 衍生 **slumped** [slʌmpt] 形 下跌的
☆ **nucleus** [\`njuklɪəs ] 名 原子核；中心 同義 **kernel** [ \`kɝnl̩]

( ) 156. She has an enormous _______; never would she admit she was wrong.
(A) ass (B) ego (C) calf (D) fin

Point 她白我意識強烈，決不會承認她有錯。

單字速記

★ **ass** [æs] 名 笨蛋；驢子 衍生 **smart-ass** [\`smɑrt\`æs] 形 自以為是的
☆ **ego** [\`igo] 名 自我 片語 **ego ideal** 自我理想
★ **calf** [kæf] 名 小牛；小腿 片語 **calf love** 少男初戀
☆ **fin** [fɪn] 名 鰭 片語 **tail fin** 尾鰭

( ) 157. The dog wants to _______ **a bone**.
(A) graze (B) hound (C) gnaw (D) prey

Point 那隻狗想啃骨頭。

單字速記

★ **graze** [grez] 動 放牧；吃草 衍生 **grazing** [\`grezɪŋ] 名 放牧
☆ **hound** [haʊnd] 名 獵犬 動 追獵 片語 **rock hound** 收集奇石成癖的人
★ **gnaw** [nɔ] 動 啃；噬；咬 衍生 **gnawing** [nɔɪŋ] 名 咬 形 折磨人的
☆ **prey** [pre] 名 獵物 動 捕食 片語 **bird of prey** 食肉鳥；猛禽

( ) 158. The _______ is made of leather.
(A) chimpanzee (B) gorilla (C) harness (D) hoof

Point 這個馬具由皮革製成。

單字速記

★ **chimpanzee** [ˌtʃɪmpæn`zi] 名 黑猩猩
☆ **gorilla** [gə`rɪlə] 名 大猩猩
★ **harness** [`hɑrnɪs] 名 馬具 動 裝上馬具 片語 **in harness** 在工作中
☆ **hoof** [huf] 名 蹄；步行；跳舞 片語 **on the hoof** 即興地

( ) 159. I would like to keep a **frilled** _______ as a pet.
(A) mammal (B) rhinoceros (C) spur (D) lizard

Point 我想要養一隻傘蜥蜴當寵物。

單字速記

★ **mammal** [`mæmḷ] 名 哺乳動物 片語 **aquatic mammal** 水生哺乳動物
☆ **rhinoceros** [raɪ`nɑsərəs ] 名 犀牛 同義 **rhino** [ `raɪno]
★ **spur** [spɜ] 名 馬刺 動 策馬奔騰 片語 **spur track** 鐵路支線
☆ **lizard** [`lɪzəd] 名 蜥蜴 片語 **lounge lizard** 女人所喜歡的男人；小白臉

( ) 160. They heard wild ducks _______ at the pond.
(A) quacking (B) saddling (C) straying (D) trotting

Point 他們聽見野鴨在池塘邊呱呱叫。

單字速記

★ **quack** [kwæk] 動 鴨叫；大聲閒聊 名 鴨叫聲；庸醫
☆ **saddle** [`sædḷ] 名 馬鞍 動 套上馬鞍 片語 **saddle up** 套上馬鞍
★ **stray** [stre] 形 迷途的 動 迷路 片語 **stray from** 偏離
☆ **trot** [trɑt] 名 動 小跑步 片語 **jog trot** 漫步而行

( ) 161. Sandy is allergic to shellfish like _______.
(A) clams (B) carps (C) alligators (D) corals

Point 珊蒂對像是蛤蜊的貝類過敏。

單字速記

★ **clam** [klæm] 名 蛤；蚌 片語 **clam up** 停止說話；保持沈默
☆ **carp** [kɑrp] 名 鯉魚 動 揭瘡疤；吹毛求疵
★ **alligator** [`æləˌgetə] 名 鱷魚；短吻鱷；鱷口式工具
☆ **coral** [`kɔrəl] 名 珊瑚 形 珊瑚製的 片語 **coral reef** 珊瑚礁

( ) 162. _______ live in rivers and eat meat.

(A) Wildlife (B) Crocodiles (C) Eels (D) Octopuses

Point 鱷魚住在河流裡而且食肉。

單字速記
- ★ **wildlife** [`waɪld͵laɪf] 名 野生動植物 片語 **wildlife park** 野生動物園
- ☆ **crocodile** [`krɑkə͵daɪl] 名 鱷魚 片語 **crocodile tears** 假慈悲
- ★ **eel** [il] 名 鰻魚 片語 **electric eel** 電鰻
- ☆ **octopus** [`ɑktəpəs] 名 章魚；如章魚般伸出觸角的事物

( ) 163. _______ spend less time in water than frogs.
(A) Trouts (B) Broods (C) Toads (D) Fowls

Point 癩蛤蟆待在水中的時間比青蛙短。

單字速記
- ★ **trout** [traʊt] 名 鱒魚 片語 **rainbow trout** 虹鱒魚
- ☆ **brood** [brud] 動 孵出 名 一窩幼鳥 衍生 **brooding** [`brudɪŋ] 形 沉思的
- ★ **toad** [tod] 名 癩蛤蟆 片語 **tree toad** 樹蛙
- ☆ **fowl** [faʊl] 名 鳥；野禽 片語 **fowl pest** 雞瘟；家禽疫

( ) 164. A **male** _______ sings beautifully at night.
(A) ostrich (B) peacock (C) locust (D) nightingale

Point 公夜鶯在夜晚時優美地鳴叫。

單字速記
- ★ **ostrich** [`ɑstrɪtʃ ] 名 鴕鳥 衍生 **ostrichism** [ `ɑstrɪtʃɪzm̩] 名 自欺
- ☆ **peacock** [`pikɑk] 名 孔雀 片語 **proud as a peacock** 非常高傲
- ★ **locust** [`lokəst] 名 蝗蟲；蟬；洋槐木
- ☆ **nightingale** [`naɪtɪŋ͵gel] 名 夜鶯；(N大寫)南丁格爾

( ) 165. The sparrows _______ **at** the grains in the field.
(A) perched (B) pecked (C) cocooned (D) swarmed

Point 這些麻雀在田裡啄食穀粒。

單字速記
- ★ **perch** [pɜtʃ] 動 名 棲息 片語 **knock sb. off his perch** 把某人毀掉
- ☆ **peck** [pɛk] 動 啄食 名 啄；啄痕 片語 **peck at** 啄
- ★ **cocoon** [kə`kun ] 名 繭 動 緊緊包住 衍生 **cocooned** [ kə`kund] 形 裹住的
- ☆ **swarm** [swɔrm] 名 一群 動 群集 片語 **swarm with** 充滿

( ) 166. A _______ uses its beak to make holes in tree trunks.
(A) woodpecker (B) robin (C) migrant (D) silkworm

Point 啄木鳥用牠的鳥嘴在樹幹上鑿洞。

單字速記
★ **woodpecker** [`wʊd,pɛkɚ ] 名 啄木鳥 同義 **woodjobber** [ `wʊd,dʒɑbɚ]
☆ **robin** [`rɑbɪn] 名 知更鳥 片語 **round robin** 循環賽
★ **migrant** [`maɪgrənt] 形 移居的 名 候鳥；移民 片語 **migrant worker** 外勞
☆ **silkworm** [`sɪlk,wɝm ] 名 蠶 相關 **mulberry** [ `mʌl,bɛrɪ] 名 桑樹

( ) 167. Janet gave her mother a **handmade** _______ on Mother's Day.
(A) cactus (B) carnation (C) evergreen (D) ivy

Point 珍娜在母親節時送她媽媽一朵手工製康乃馨。

單字速記
★ **cactus** [`kæktəs ] 名 仙人掌 複數 **cacti** [ `kæktaɪ]
☆ **carnation** [kɑr`neʃən] 名 康乃馨；淡紅色 形 肉色的
★ **evergreen** [`ɛvɚ,grin] 形 常綠的 名 常綠樹；萬年青
☆ **ivy** [`aɪvɪ] 名 長春藤 片語 **Ivy League** 長春藤聯盟

( ) 168. He sent me a birthday card with a **four leaf** _______ on it.
(A) herb (B) jasmine (C) clover (D) lotus

Point 他寄給我一張上面有株幸運草的生日卡。

單字速記
★ **herb** [hɝb] 名 草本植物 片語 **herb garden** 芳草園
☆ **jasmine** [`dʒæsmɪn] 名 茉莉；茉莉花茶；淡黃色
★ **clover** [`klovɚ] 名 幸運草 片語 **in clover** 生活優裕
☆ **lotus** [`lotəs] 名 蓮花 片語 **lotus root** 蓮藕

( ) 169. The floor of the patio is covered over with _______.
(A) moss (B) maples (C) lumber (D) olive

Point 這座露臺的地板覆滿青苔。

單字速記
★ **moss** [mɔs] 名 苔 動 用苔覆蓋 片語 **peat moss** 泥煤苔
☆ **maple** [`mepḷ] 名 楓樹 片語 **maple sugar** 楓糖
★ **lumber** [`lʌmbɚ] 名 木材 動 伐木 片語 **lumber room** 破舊物品堆藏室
☆ **olive** [`ɑlɪv] 名 橄欖 形 橄欖色的 片語 **olive drab** 淡綠褐色的

( ) 170. The blossoms of plants, ______ and trees on the street are so beautiful.

(A) orchards (B) stumps (C) thorns (D) shrubs

Point 這條街上的植物、灌木和樹木的花真是美麗。

單字速記

★ **orchard** [`ɔrtʃɚd] 名 果園 同義 **fruit farm**

☆ **stump** [stʌmp] 名 殘幹；殘餘部分 動 遊說 片語 **on the stump** 遊說

★ **thorn** [θɔrn] 名 刺；荊棘 片語 **a thorn in sb.'s flesh** 某人的眼中釘

☆ **shrub** [ʃrʌb] 名 灌木；矮樹 衍生 **shrubby** [`ʃrʌbɪ] 形 灌木的

( ) 171. The holiday camp has a garden of **tropical** ______.

(A) vegetation (B) vine (C) ozone (D) coastline

Point 這個度假村有個熱帶植物園。

單字速記

★ **vegetation** [ˌvɛdʒə`teʃən] 名 植物；草木 同義 **plant** [plænt]

☆ **vine** [vaɪn] 名 葡萄樹；藤蔓 衍生 **vineyard** [`vɪnjɚd] 名 葡萄園

★ **ozone** [`ozon] 名 臭氧 片語 **ozone shield** 臭氧層

☆ **coastline** [`kostˌlaɪn ] 名 海岸線 同義 **shoreline** [ `ʃorlaɪn]

( ) 172. Developing countries should try to ______ their forests.

(A) wither (B) blast (C) conserve (D) contaminate

Point 開發中國家應試著保存他們的森林。

單字速記

★ **wither** [`wɪðɚ ] 動 枯萎；衰弱 同義 **shrivel** [ `ʃrɪvl̩]

☆ **blast** [blæst] 名 強風 動 損害 片語 **full blast** 最有效率地

★ **conserve** [kən`sɝv ] 動 名 保存；保護 同義 **preserve** [ prɪ`zɝv]

☆ **contaminate** [kən`tæməˌnet ] 動 汙染 同義 **pollute** [ pə`lut]

( ) 173. I don't want to walk through that **muddy** ______.

(A) blaze (B) blizzard (C) crater (D) bog

Point 我不想走過那片泥濘的沼澤。

單字速記

★ **blaze** [blez] 名 火焰 動 燃燒 片語 **blaze away** 連續猛擊

☆ **blizzard** [`blɪzɚd] 名 暴風雪 片語 **black blizzard** 黑色風暴

★ **crater** [`kretɚ] 名 火山口；隕石坑 動 使成坑；形成坑

☆ **bog** [bɑg] 名 沼澤；濕地 動 使陷泥沼 片語 **bog down** 使陷入泥沼

( ) 174. The _______ of the hurricane has abated.
(A) flake (B) flourish (C) fury (D) ridge

Point 颶風的猛烈程度已經減弱了。

單字速記
★ **flake** [flek] 名 雪花；小薄片 動 剝落；如雪花般覆蓋
☆ **flourish** [flɜɪʃ] 動 繁盛 名 繁盛；榮耀 同義 **prosper** [ˋprɑspɚ]
★ **fury** [ˋfjʊrɪ] 名 (天氣等的)猛烈；狂怒 片語 **like fury** 奮力地
☆ **ridge** [rɪdʒ] 名 山脊 動 使成脊狀 衍生 **ridged** [ˋrɪdʒd] 形 有脊狀線的

( ) 175. **A** _______ **of wind** blew off part of the barn's roof.
(A) gust (B) mound (C) pacific (D) reef

Point 一陣強風吹掉了穀倉一部分的屋頂。

單字速記
★ **gust** [gʌst] 名 一陣強風 動 狂吹 片語 **peak gust** 一級陣風
☆ **mound** [maʊnd] 名 小丘 動 堆積 片語 **grave mound** 塚
★ **pacific** [pəˋsɪfɪk] 名 太平洋 形 平靜的 片語 **Pacific Ocean** 太平洋
☆ **reef** [rif] 名 礁；沙洲 動 捲動 片語 **coral reef** 珊瑚礁

( ) 176. People highly praised the **natural** _______.
(A) swamp (B) torrent (C) flap (D) spectacle

Point 大家讚嘆這個自然奇觀。

單字速記
★ **swamp** [swɑmp] 名 沼澤 動 陷入 片語 **swamp fever** 瘧疾
☆ **torrent** [ˋtɔrənt] 名 洪流 片語 **in torrents** 如急流般地
★ **flap** [flæp] 動 飄揚；拍動 名 慌亂；激動 片語 **table flap** 摺板
☆ **spectacle** [ˋspɛktək!̩] 名 奇觀 片語 **make a spectacle of** 出洋相

( ) 177. This kind of flower **gives off** no _______.
(A) scent (B) airway (C) fume (D) steward

Point 這種花不散發香味。

單字速記
★ **scent** [sɛnt] 名 氣味 動 聞；嗅 片語 **off the scent** 失去線索
☆ **airway** [ˋɛr͵we] 名 航空路線 片語 **airway bill** 空運單
★ **fume** [fjum] 名 蒸氣 動 激怒 衍生 **fumed** [fjumd] 形 燻過的
☆ **steward** [ˋstjuwɚd] 名 空服員 同義 **flight attendant**

( ) 178. Our plane is leaving from **the third** _______ at the airport.
(A) vapor (B) anchor (C) canal (D) terminal

Point 我們的飛機會從機場的第三航廈起飛。

單字速記
- ★ **vapor** [`vepɚ] 名 蒸氣 片語 **water vapor** 水蒸氣
- ☆ **anchor** [`æŋkɚ] 動 停泊；使穩固 名 主播 片語 **weigh anchor** 啟航
- ★ **canal** [kə`næl] 名 運河 片語 **ship canal** 運河；航道
- ☆ **terminal** [`tɜmənḷ] 名 航空站；終點 形 終點的；晚期的

( ) 179. The _______ was docked at Seattle.
(A) oar (B) paddle (C) ripple (D) yacht

Point 這艘遊艇停靠在西雅圖。

單字速記
- ★ **oar** [or] 名 槳 片語 **bow oar** 前槳手
- ☆ **paddle** [`pædḷ] 動 以槳划動 名 槳 片語 **paddle boat** 明輪輪船
- ★ **ripple** [`rɪpḷ] 名 漣漪 動 起漣漪 片語 **ripple effect** 漣漪作用
- ☆ **yacht** [jɑt] 名 遊艇 動 駕駛遊艇 同義 **boat** [bot]

( ) 180. The political defector **found** _______ **in** an embassy.
(A) pier (B) wharf (C) refuge (D) residence

Point 這名政治叛徒在某國大使館裡尋得庇護。

單字速記
- ★ **pier** [pɪr] 名 碼頭 同義 **wharf** [hwɔrf]
- ☆ **wharf** [hwɔrf] 名 碼頭 動 停靠於碼頭 同義 **dock** [dɑk]
- ★ **refuge** [`rɛfjudʒ] 名 庇護；避難 片語 **take refuge** 避難
- ☆ **residence** [`rɛzədəns] 名 住家；住宅 片語 **in residence** 住校的

Answer Key 151-180

151~155 ❯ D B C C A　156~160 ❯ B C C D A　161~165 ❯ A B C D B
166~170 ❯ A B C A D　171~175 ❯ A C D C A　176~180 ❯ D A D D C

ROUND

Question 181～210

(　　) 181. The community center is open to the **local** ______.

(A) patriots　(B) residents　(C) barbarians　(D) delegates

Point 社區活動中心開放本地居民使用。

★ **patriot** [`petrɪət] 名 愛國者 片語 **patriot hacker** 愛國者駭客

☆ **resident** [`rɛzədənt] 名 居民；住院醫生 形 居留的；住校的

★ **barbarian** [bɑr`bɛrɪən] 名 野蠻人 形 野蠻的；無教養的

☆ **delegate** [`dɛlə͵get] 動 派遣 名 使節 片語 **walking delegate** 工會代表

(　　) 182. There is a long ______ between the two countries.

(A) customs　(B) boundary　(C) institute　(D) marine

Point 這兩個國家之間有一條很長的邊界線。

★ **customs** [`kʌstəmz] 名 海關 片語 **Customs and Excise** 關稅與消費稅

☆ **boundary** [`baʊndrɪ] 名 邊界 片語 **boundary current** 邊界洋流

★ **institute** [`ɪnstətjut] 名 機構 動 設立 片語 **Confucius Institute** 孔子學院

☆ **marine** [mə`rin] 形 海洋的 名 海軍 片語 **Marine Corps** (美國)海軍陸戰隊

(　　) 183. A **national** ______ is someone who is not loyal to their country.

(A) gypsy　(B) traitor　(C) chairperson　(D) delegation

Point 對國家不忠誠的人，稱之為賣國賊。

★ **gypsy** [`dʒɪpsɪ] 名 吉普賽人 片語 **gypsy cab** 無營業執照的計程車

☆ **traitor** [`tretɚ ] 名 叛徒 同義 **betrayer** [ bɪ`treɚ]

★ **chairperson** [`tʃɛr͵pɝsn̩ ] 名 主席 同義 **chairman** [ `tʃɛrmən]

☆ **delegation** [͵dɛlə`geʃən] 名 代表團；委任；授權

(　　) 184. All her friends ______ her for abandoning her family.

(A) bullied　(B) condemned　(C) assaulted　(D) schemed

Point 她所有朋友都因她拋家棄子而譴責她。

1 Round
2 Round
3 Round
4 Round
5 Round
6 Round
7 Round
8 Round
9 Round
10 Round

單字速記

★ **bully** [`bulɪ] 動 名 威嚇；霸凌 片語 **bully boy** 以武力推行其計劃的人
☆ **condemn** [kən`dɛm] 動 譴責 片語 **condemned cell** 囚禁死刑犯的牢房
★ **assault** [ə`sɔlt] 動 名 攻擊 片語 **assault and battery** 人身傷害
☆ **scheme** [skim] 名 動 計畫；密謀 片語 **wildcat scheme** 不可靠的計畫

( ) 185. Lawrence likes to _______ **poems** in his writings.
(A) slay (B) cite (C) slaughter (D) hijack

Point 羅倫斯喜歡在寫作的時候引用詩句。

單字速記

★ **slay** [sle] 動 殺害；殺死；致死 同義 **put to death**
☆ **cite** [saɪt] 動 引用 衍生 **above-cited** [ə`bʌv͵saɪtɪd] 形 上面所引的
★ **slaughter** [`slɔtɚ ] 動 名 屠宰；屠殺 同義 **butcher** [ `butʃɚ]
☆ **hijack** [`haɪ͵dʒæk ] 動 劫持 名 劫機 同義 **highjack** [ `haɪ͵dʒæk]

( ) 186. Judges have _______ **rights** to sentence crimes.
(A) constitutional (B) civic (C) reptile (D) martial

Point 法官具有符合憲法的權利來判決犯罪。

單字速記

★ **constitutional** [͵kɑnstə`tjuʃənḷ] 形 憲法的；基本的 名 保健運動
☆ **civic** [`sɪvɪk] 形 公民的 片語 **civic centre** (英)市中心
★ **reptile** [`rɛptaɪl] 名 爬蟲類；可鄙的人 形 爬行的；卑下的
☆ **martial** [`mɑrʃəl] 形 軍事的；尚武的 片語 **martial art** 武術

( ) 187. The _______ voted to pass a new criminal law.
(A) counsels (B) lawmakers (C) counselors (D) villains

Point 立法者投票通過了一項新的犯罪法。

單字速記

★ **counsel** [`kaunsəl] 名 法律顧問 片語 **premarital counseling** 婚前諮詢
☆ **lawmaker** [`lɔ`mekɚ] 名 立法者 同義 **legislator** [`lɛdʒɪs͵letɚ]
★ **counselor** [`kaunsəlɚ ] 名 律師；顧問 同義 **adviser** [ əd`vaɪzɚ]
☆ **villain** [`vɪlən ] 名 惡棍；罪犯 同義 **rascal** [ `ræskḷ]

( ) 188. **A group of** _______ broke into the bank.
(A) heirs (B) bandits (C) patrols (D) sheriffs

Point 一群劫匪闖進銀行。

★ **heir** [ɛr] 名 繼承人 片語 **heir apparent** 法定繼承人
☆ **bandit** [`bændɪt] 名 劫匪；強盜 片語 **bandit phone** 山寨機
★ **patrol** [pə`trol] 名 巡邏；巡邏者 動 巡邏 片語 **patrol car** 巡邏車
☆ **sheriff** [`ʃɛrɪf] 名 警長 片語 **sheriff's court** (蘇格蘭)郡法院

( ) 189. The lawyer demonstrated to the _______ that the witness was lying.
(A) legislation (B) jury (C) patent (D) refuge

Point 律師向陪審團證明證人說謊。

★ **legislation** [ˌlɛdʒɪs`leʃən ] 名 立法 同義 **lawmaking** [ `lɔ`mekɪŋ]
☆ **jury** [`dʒʊrɪ] 名 陪審團 片語 **jury box** 陪審團席
★ **patent** [`pætənt] 名 專利權 形 專利的；公開的 片語 **patent office** 專利局
☆ **refuge** [`rɛfjudʒ] 名 庇護；避難 片語 **take refuge** 避難

( ) 190. The _______ **Court** will judge her case next month.
(A) Civic (B) Resident (C) Barbarian (D) Supreme

Point 最高法院下個月將審理她的案子。

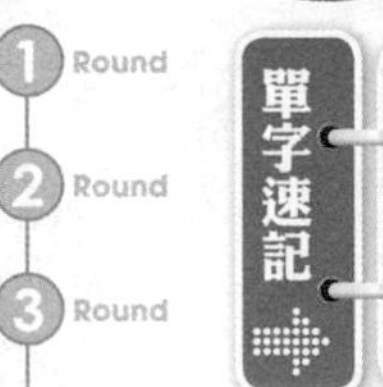

★ **civic** [`sɪvɪk ] 形 公民的 衍生 **civics** [ `sɪvɪks] 名 市政學
☆ **resident** [`rɛzədənt ] 名 居民 形 居留的 同義 **habitant** [ `hæbətənt]
★ **barbarian** [bɑr`bɛrɪən ] 名 野蠻人 形 野蠻的 同義 **brutal** [ `brutḷ]
☆ **supreme** [sə`prim] 形 至高無上的 片語 **Supreme Court** 最高法院

( ) 191. Finland will _______ smoking in all public places later this year.
(A) ally (B) ban (C) ballot (D) armor

Point 下半年，芬蘭將禁止在所有公共場所吸菸。

★ **ally** [ə`laɪ] 動 使同盟 名 同盟者 片語 **Allied Forces** 盟軍
☆ **ban** [bæn] 動 禁止 片語 **banned film** 禁播影片
★ **ballot** [`bælət] 名 選票 動 投票 片語 **second ballot** 決選投票
☆ **armor** [`ɑrmɚ ] 名 動 裝甲 衍生 **armor-clad** [ `ɑrmɚˌklæd] 形 武裝的

( ) 192. The British ______ rule has been overthrown by the Indian people.
(A) colonial (B) bureau (C) imperialism (D) sovereign

Point 英國殖民地的政權已被印度人推翻。

單字速記
- ★ **colonial** [kə`lonɪəl] 形 殖民地的 名 殖民地居民
- ☆ **bureau** [`bjʊro] 名 局；事務處 片語 **marriage bureau** 婚姻介紹所
- ★ **imperial** [ɪm`pɪrɪəl] 形 帝國的 衍生 **imperialism** 名 帝國主義
- ☆ **sovereign** [`sɑvrɪn] 名 君主；主權國家 形 擁有主權的；至高無上的

( ) 193. Negotiations over a ______ on global warming are still going on.
(A) republican (B) executive (C) treaty (D) realm

Point 一項全球暖化的條約仍在進行協商。

單字速記
- ★ **republican** [rɪ`pʌblɪkən] 名 共和主義者 片語 **Republican Party** 共和黨
- ☆ **executive** [ɪg`zɛkjʊtɪv] 名 行政官；執行者 片語 **Executive Yuan** 行政院
- ★ **treaty** [`tritɪ] 名 條約 片語 **treaty port** 根據條約開放之通商口岸
- ☆ **realm** [rɛlm] 名 王國；範圍 同義 **region** [`ridʒən]

( ) 194. The elder prince will **succeed to the** ______.
(A) tyrant (B) badge (C) reign (D) throne

Point 大王子將繼承王位。

單字速記
- ★ **tyrant** [`taɪrənt ] 名 暴君；專制君主 同義 **despot** [ `dɛspɑt]
- ☆ **badge** [bædʒ] 名 勳章 片語 **badge bandit** (戲謔)警察
- ★ **reign** [ren] 動 名 統治 片語 **reign of terror** 恐怖統治
- ☆ **throne** [θron] 名 王位；寶座 動 登上王座

( ) 195. George III is the longest reigning ______ of Britain.
(A) statesman (B) monarch (C) sheriff (D) heir

Point 喬治三世是統治英國最久的君主。

單字速記
- ★ **statesman** [`stetsmən] 名 政治家 片語 **elder statesman** (政界)元老
- ☆ **monarch** [`mɑnək ] 名 君主；最高統治者 同義 **emperor** [ `ɛmpərə]
- ★ **sheriff** [`ʃɛrɪf ] 名 警長 衍生 **sheriffdom** [ `ʃɛrɪfdəm] 名 警長之職務
- ☆ **heir** [ɛr] 名 繼承人 同義 **inheritor** [ɪn`hɛrɪtə]

( ) 196. How far can you throw the _______?
(A) cannons (B) pistols (C) darts (D) rifles

Point 你能夠把飛鏢擲得多遠？

單字速記
★ **cannon** [`kænən] 名 大砲 動 用砲轟 片語 **cannon fodder** 士兵；炮灰
☆ **pistol** [`pɪstḷ] 名 槍 動 以槍射擊 片語 **machine pistol** 自動手槍
★ **dart** [dɑrt] 名 飛鏢 動 投擲 衍生 **darts** [dɑrts] 名 射飛鏢遊戲
☆ **rifle** [`raɪfḷ] 名 來福槍 動 掠奪 片語 **rifle range** 靶場

( ) 197. The robber kept three _______, including two men and a little boy.
(A) hostages (B) admirals (C) colonels (D) lieutenants

Point 強盜挾持了三名人質，包括兩名男子與一名男童。

單字速記
★ **hostage** [`hɑstɪdʒ ] 名 人質 同義 **captive** [ `kæptɪv]
☆ **admiral** [`ædmərəl] 名 海軍上將 片語 **admiral's mate** 貪心不足的人
★ **colonel** [`kɝnḷ] 名 陸軍上校 片語 **Colonel Blimp** 極端保守的人
☆ **lieutenant** [lu`tɛnənt] 名 中尉 片語 **lieutenant colonel** 陸軍中校

( ) 198. _______ Wayne commanded the air force in the battle.
(A) Martial (B) Shield (C) Marshal (D) Foe

Point 偉恩元帥在這場戰役中指揮空軍。

單字速記
★ **martial** [`mɑrʃəl] 形 軍事的 片語 **martial art** 武術
☆ **shield** [ʃild] 動 掩護；遮蔽 名 盾 片語 **ozone shield** 臭氧層
★ **marshal** [`mɑrʃəl] 名 元帥 片語 **field marshal** 陸軍元帥
☆ **foe** [fo] 名 敵軍；敵人 同義 **enemy** [`ɛnəmɪ]

( ) 199. The enemy troops were _______ by superior forces.
(A) saluted (B) overwhelmed (C) trenched (D) honked

Point 敵軍被大量的兵力擊潰。

單字速記
★ **salute** [sə`lut] 名 敬禮 動 致敬 近義 **hail** [hel] 名 動 歡呼
☆ **overwhelm** [ˌovə`hwɛlm ] 動 擊敗 同義 **defeat** [ dɪ`fit]
★ **trench** [trɛntʃ] 動 挖溝渠 名 溝渠 片語 **trench coat** 軍用雨衣
☆ **honk** [hɔŋk] 動 按喇叭 名 汽車喇叭聲 同義 **toot** [tut]

( ) 200. The enemy forces were _______ under the bombardment.
(A) suppressed (B) steered (C) commuted (D) navigated

Point 敵軍受到砲擊鎮壓。

單字速記
- ★ **suppress** [səˋprɛs] 動 壓抑 衍生 **suppressed** [səˋprɛst] 形 抑制的
- ☆ **steer** [stɪr] 動 掌舵；駕駛 名 建議 片語 **steer clear of** 避開
- ★ **commute** [kəˋmjut] 動 通勤；改變；減輕刑罰 名 通勤
- ☆ **navigate** [ˋnævə͵get] 動 駕駛；導航 同義 **steer** [stɪr]

( ) 201. This is the most beautiful _______, with trees along both sides.
(A) crossing (B) boulevard (C) rail (D) aisle

Point 這條最美麗的林蔭大道兩旁都有樹木。

單字速記
- ★ **crossing** [ˋkrɔsɪŋ] 名 十字路口 片語 **zebra crossing** 斑馬線
- ☆ **boulevard** [ˋbulə͵vɑrd] 名 林蔭大道；大馬路
- ★ **rail** [rel] 名 鐵軌 片語 **light rail station** 輕軌站
- ☆ **aisle** [aɪl] 名 通道 同義 **passageway** [ˋpæsɪdʒ͵we]

( ) 202. They have these _______ serviced regularly.
(A) warriors (B) commuters (C) locomotives (D) architecture

Point 他們定期維修這些火車頭。

單字速記
- ★ **warrior** [ˋwɔrɪɚ] 名 武士；戰士 片語 **cold warrior** 冷戰政治家
- ☆ **commuter** [kəˋmjutɚ] 名 通勤者 片語 **commuter belt** 月票居民帶
- ★ **locomotive** [͵lokəˋmotɪv] 名 火車頭 形 活動的；旅行的
- ☆ **architecture** [ˋɑrkə͵tɛktʃɚ] 名 建築物；建築學；結構

( ) 203. There are many rooms on both sides of the **long** _______.
(A) cellar (B) courtyard (C) corridor (D) estate

Point 這條長廊的兩邊有許多房間。

單字速記
- ★ **cellar** [ˋsɛlɚ] 名 地窖 動 貯存於 片語 **wine cellar** 酒之儲藏室
- ☆ **courtyard** [ˋkort͵jɑrd] 名 庭院 同義 **yard** [jɑrd]
- ★ **corridor** [ˋkɔrədɚ] 名 走廊；通道 片語 **air corridor** 空中走廊
- ☆ **estate** [ɪˋstet] 名 莊園；財產 片語 **estate car** 旅行車

( ) 204. The police have ______ **barricades** on roads leading to the courthouse.
(A) lodged (B) erected (C) terraced (D) tiled

Point 警方已在通往法院大樓的路上豎起路障。

單字速記
★ **lodge** [lɑdʒ] 名 小屋 動 寄宿；存放 片語 **lodge a complaint** 控告
☆ **erect** [ɪ`rɛkt] 動 豎立 形 直立的 同義 **raise** [rez]
★ **terrace** [`tɛrəs] 名 看臺 動 使成梯形地 片語 **river terrace** 河階
☆ **tile** [taɪl] 名 磁磚；瓦溝；地磚 動 鋪磁磚；使保守秘密

( ) 205. The chart showed a ______ movement of prices for wheat.
(A) tentative (B) downward (C) exterior (D) external

Point 圖表顯示小麥的價格下降了。

單字速記
★ **tentative** [`tɛntətɪv] 形 暫時的；試驗性的；躊躇的
☆ **downward** [`daʊnwɚd ] 形 下降的 反義 **upward** [ `ʌpwɚd] 形 向上的
★ **exterior** [ɪk`stɪrɪɚ] 形 外部的 名 外面 片語 **exterior angle** 外角
☆ **external** [ɪk`stɝnl̩] 形 外在的 名 外表 片語 **external trade** 對外貿易

( ) 206. Let's wait for Jamie **for** ______.
(A) meantime (B) awhile (C) prior (D) downwards

Point 我們等一下傑米吧！

單字速記
★ **meantime** [`min͵taɪm] 名 副 同時 片語 **in the meantime** 在此時
☆ **awhile** [ə`hwaɪl] 副 暫時；片刻 同義 **a while**
★ **prior** [`praɪɚ] 形 優先的；在前的 副 居先；先前 片語 **prior to** 在…之前
☆ **downwards** [`daʊnwɚdz ] 副 下降地 同義 **descending** [ dɪ`sɛndɪŋ]

( ) 207. Ms. Chang always gets everything prepared ______.
(A) beforehand (B) astray (C) clockwise (D) inward

Point 張小姐總是預先準備好所有東西。

單字速記
★ **beforehand** [bɪ`for͵hænd ] 副 預先 反義 **afterward** [ `æftɚwɚd] 副 之後
☆ **astray** [ə`stre] 副 迷失地 形 迷途的 片語 **lead astray** 把…引入歧途
★ **clockwise** [`klɑk͵waɪz] 形 副 順時針方向的(地)；右旋的(地)
☆ **inward** [`ɪnwɚd] 形 裡面的；內心的 副 內心裡 名 內部；裡面

(　) 208. The _______ of the speech given by the Minister of Education was 2 hours.

(A) continuity (B) dusk (C) duration (D) bulk

Point 教育部長的演說持續兩小時。

單字速記

★ **continuity** [ˌkɑntə`njuətɪ] 名 連續的狀態；持續性；一連串

☆ **dusk** [dʌsk] 名 黃昏 同義 **twilight** [`twaɪˌlaɪt]

★ **duration** [djʊ`reʃən] 名 持續；持久 片語 **for the duration** 在…未完期間

☆ **bulk** [bʌlk] 名 容量 形 大批的 片語 **bulk sale** 整批零售

(　) 209. They have decided to _______ **legal proceedings** against the evil company.

(A) eternal (B) initiate (C) lifelong (D) abrupt

Point 他們已決定對那家邪惡的公司進行法律訴訟。

單字速記

★ **eternal** [ɪ`tɝnḷ] 形 永恆的 片語 **eternal triangle** 三角戀愛關係

☆ **initiate** [ɪ`nɪʃɪˌet] 動 開始 形 新加入的 同義 **start** [stɑrt]

★ **lifelong** [`laɪfˌlɔŋ ] 形 終身的 同義 **perpetual** [ pɚ`pɛtʃʊəl]

☆ **abrupt** [ə`brʌpt ] 形 突然的 同義 **sudden** [ `sʌdṇ]

(　) 210. The melting glacier caused the sea level to _______ an average of two millimeters every year.

(A) broaden (B) dispose (C) suspend (D) ascend

Point 冰川融化導致海平面每年平均上升兩毫米。

單字速記

★ **broaden** [`brɔdṇ ] 動 加寬 同義 **widen** [ `waɪdṇ]

☆ **dispose** [dɪ`spoz] 動 處理；配置 片語 **dispose of** 解決；處理

★ **suspend** [sə`spɛnd] 動 暫停；懸掛 片語 **suspended sentence** 緩刑

☆ **ascend** [ə`sɛnd ] 動 上升；升高 反義 **descend** [ dɪ`sɛnd] 動 下降

Answer Key 181-210

181~185 B B B B B　186~190 A B B B D　191~195 B A C D B

196~200 C A C B A　201~205 B C C B B　206~210 B A C B D

ROUND 8 Question 211～240

MP3 5-08

( ) 211. He has excellent _______ for a bright future.
(A) prospects (B) destinations (C) hovers (D) interiors

Point 他的未來前景一片光明。

單字速記

★ **prospect** [`prɑspɛkt] 名 期望；前景 動 勘查 片語 **prospect for** 勘探
☆ **destination** [ˌdɛstə`neʃən] 名 目的地；終點；目標；目的
★ **hover** [`hʌvɚ] 動 名 盤旋；徘徊 片語 **hover mower** 氣墊除草機
☆ **interior** [ɪn`tɪrɪɚ] 形 內部的 名 內部 片語 **interior decoration** 內部裝飾

( ) 212. Make sure to _______ your injured leg **above** your heart to prevent blood loss.
(A) heighten (B) roam (C) elevate (D) stack

Point 確保將受傷的腿抬至高於心臟，以預防失血。

單字速記

★ **heighten** [`haɪtn̩ ] 動 提高 反義 **lower** [ `loɚ] 動 降低
☆ **roam** [rom] 動 漫步 名 徘徊 片語 **roam over** 漫談…
★ **elevate** [`ɛləˌvet] 動 舉起；提高 片語 **elevated highroad** 高架公路
☆ **stack** [stæk] 名 一堆 動 堆疊 片語 **stack up** 把…堆起

( ) 213. She is very _______, so many people like to make friends with her.
(A) horizontal (B) outgoing (C) marginal (D) infinite

Point 她很外向，所以很多人都喜歡和她做朋友。

單字速記

★ **horizontal** [ˌhɑrə`zɑntl̩ ] 形 水平的 名 水平線 同義 **level** [ `lɛvl̩]
☆ **outgoing** [`autˌgoɪŋ ] 形 外向的；外出的 同義 **outbound** [ `aut`baund]
★ **marginal** [`mɑrdʒɪnl̩] 形 邊緣的 片語 **marginal notes** 旁註
☆ **infinite** [`ɪnfənɪt] 形 無限的 片語 **infinite loop** 無限循環

( ) 214. Karen has a house **in the** _______ **of town.**
(A) rear (B) rim (C) outskirts (D) whereabouts

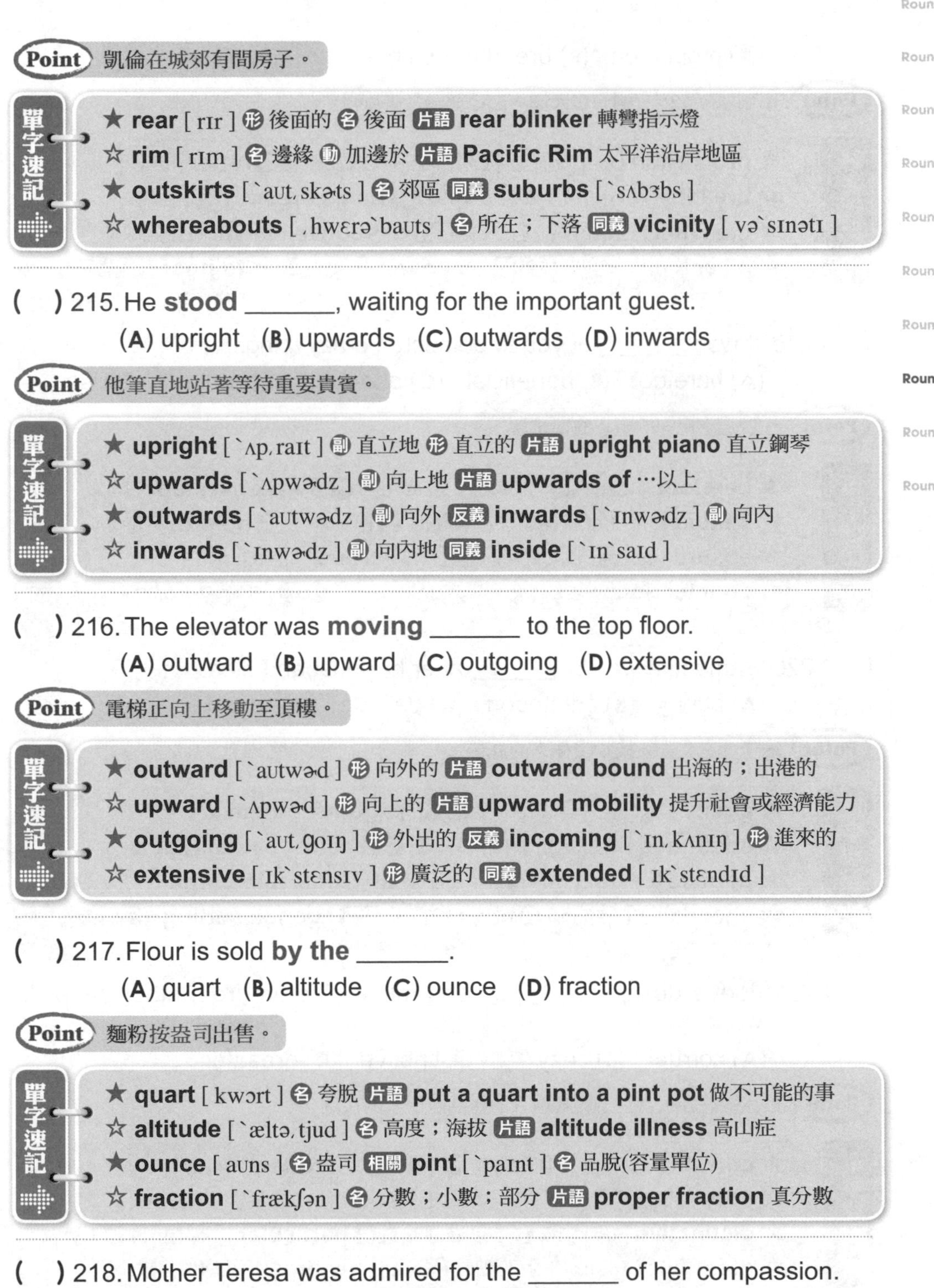

Point 凱倫在城郊有間房子。

單字速記

★ **rear** [rɪr] 形 後面的 名 後面 片語 **rear blinker** 轉彎指示燈
☆ **rim** [rɪm] 名 邊緣 動 加邊於 片語 **Pacific Rim** 太平洋沿岸地區
★ **outskirts** [`aut͵skɝts ] 名 郊區 同義 **suburbs** [ `sʌbɝbs]
☆ **whereabouts** [͵hwɛrə`bauts ] 名 所在；下落 同義 **vicinity** [ və`sɪnətɪ]

( ) 215. He **stood** _______, waiting for the important guest.
(A) upright (B) upwards (C) outwards (D) inwards

Point 他筆直地站著等待重要貴賓。

單字速記

★ **upright** [`ʌp͵raɪt] 副 直立地 形 直立的 片語 **upright piano** 直立鋼琴
☆ **upwards** [`ʌpwɚdz] 副 向上地 片語 **upwards of** …以上
★ **outwards** [`autwɚdz ] 副 向外 反義 **inwards** [ `ɪnwɚdz] 副 向內
☆ **inwards** [`ɪnwɚdz ] 副 向內地 同義 **inside** [ `ɪn`saɪd]

( ) 216. The elevator was **moving** _______ to the top floor.
(A) outward (B) upward (C) outgoing (D) extensive

Point 電梯正向上移動至頂樓。

單字速記

★ **outward** [`autwɚd] 形 向外的 片語 **outward bound** 出海的；出港的
☆ **upward** [`ʌpwɚd] 形 向上的 片語 **upward mobility** 提升社會或經濟能力
★ **outgoing** [`aut͵goɪŋ ] 形 外出的 反義 **incoming** [ `ɪn͵kʌnɪŋ] 形 進來的
☆ **extensive** [ɪk`stɛnsɪv ] 形 廣泛的 同義 **extended** [ ɪk`stɛndɪd]

( ) 217. Flour is sold **by the** _______.
(A) quart (B) altitude (C) ounce (D) fraction

Point 麵粉按盎司出售。

單字速記

★ **quart** [kwɔrt] 名 夸脫 片語 **put a quart into a pint pot** 做不可能的事
☆ **altitude** [`æltə͵tjud] 名 高度；海拔 片語 **altitude illness** 高山症
★ **ounce** [auns] 名 盎司 相關 **pint** [`paɪnt] 名 品脫(容量單位)
☆ **fraction** [`frækʃən] 名 分數；小數；部分 片語 **proper fraction** 真分數

( ) 218. Mother Teresa was admired for the _______ of her compassion.

(A) proportion (B) breadth (C) mansion (D) pillar

Point 泰瑞莎修女因寬闊的悲天憫人之心而受到推崇。

單字速記
★ **proportion** [prə`porʃən ] 名 比例 動 使成比例 同義 **ratio** [ `reʃo]
☆ **breadth** [brɛdθ] 名 寬度；幅度 片語 **hair's breadth** 間不容髮
★ **mansion** [`mænʃən] 名 大廈 片語 **Executive Mansion** 白宮
☆ **pillar** [`pɪlɚ] 名 樑柱 片語 **be driven from pillar to post** 到處碰壁

( ) 219. It was _______ of you to do such a crazy thing.
(A) barefoot (B) beneficial (C) absurd (D) counterclockwise

Point 你做這麼瘋狂的事真的很荒謬。

單字速記
★ **barefoot** [`bɛr,fut] 副 赤足地 形 赤足的 片語 **walk barefoot** 打赤腳
☆ **beneficial** [,bɛnə`fɪʃəl ] 形 有益的；有幫助的 同義 **helpful** [ `hɛlpfəl]
★ **absurd** [əb`sɜd ] 形 荒謬的 同義 **ludicrous** [ `ludɪkrəs]
☆ **counterclockwise** [,kauntɚ`klɑk,waɪz] 形 副 逆時針方向的(地)

( ) 220. Samantha was in _______ after her husband died.
(A) agony (B) adulthood (C) particle (D) agenda

Point 珊曼莎在丈夫死後承受極大的痛苦。

單字速記
★ **agony** [`ægənɪ] 名 痛苦；折磨 片語 **agony column** 人事廣告欄
☆ **adulthood** [ə`dʌlt,hud ] 名 成年期 相關 **adult** [ ə`dʌlt] 名 成人
★ **particle** [`pɑrtɪkl̩] 名 微粒；極小量 片語 **inhalable particle** 可吸入顆粒
☆ **agenda** [ə`dʒɛndə] 名 議程；節目單 片語 **agenda setting** 議程設定

( ) 221. Joey's design is _______ and much different from other people's work.
(A) corrupt (B) cozy (C) distinctive (D) dreadful

Point 喬伊的設計很特別，與其他人的作品有很大的區別。

單字速記
★ **corrupt** [kə`rʌpt ] 動 使腐敗 形 腐敗的 同義 **rotten** [ `rɑtn̩]
☆ **cozy** [`kozɪ ] 形 舒適的；愜意的 同義 **comfortable** [ `kʌmfɚtəbl̩]
★ **distinctive** [dɪ`stɪŋktɪv ] 形 區別的 同義 **particular** [ pɚ`tɪkjəlɚ]
☆ **dreadful** [`drɛdfəl] 形 可怕的 片語 **penny dreadful** 廉價驚險小說

1 Round
2 Round
3 Round
4 Round
5 Round
6 Round
7 Round
8 Round
9 Round
10 Round

( ) 222. Mike was beaten by _______ and fell asleep.

(A) crystal (B) fatigue (C) disbelief (D) distinction

Point 麥可不敵疲勞而睡著了。

單字速記

★ **crystal** [`krɪstḷ] 形 水晶的 名 水晶 片語 **crystal ball** 水晶球

☆ **fatigue** [fə`tig ] 名 動 疲勞 同義 **exhaust** [ ɪg`zɔst]

★ **disbelief** [ˌdɪsbə`lif] 名 懷疑；不信 同義 **doubt** [daʊt]

☆ **distinction** [dɪ`stɪŋkʃən] 名 區別；對比；特性；榮譽；卓越

( ) 223. Lydia caught a bad cold and now she is still very _______.

(A) feeble (B) forgetful (C) extraordinary (D) gorgeous

Point 莉迪亞染上重感冒，現在仍然很虛弱。

單字速記

★ **feeble** [`fibḷ ] 形 虛弱的 衍生 **feebleness** [ `fibḷnɪs] 名 虛弱

☆ **forgetful** [fɚ`gɛtfəl ] 形 健忘的；疏忽的 同義 **distracted** [ dɪ`stræktɪd]

★ **extraordinary** [ɪk`strɔrdṇˌɛrɪ ] 形 特別的 同義 **unusual** [ ʌn`juʒʊəl]

☆ **gorgeous** [`gɔrdʒəs] 形 華麗的 片語 **drop-dead gorgeous** 極吸引人的

( ) 224. It's not healthy to hide yourself **in the** _______ all day long. You need to go out.

(A) gloom (B) guideline (C) mainstream (D) majesty

Point 讓自己整天躲在陰暗中是不健康的，你需要出去走走。

單字速記

★ **gloom** [glum] 名 陰暗 動 悶悶不樂 片語 **doom and gloom** 前途暗淡

☆ **guideline** [`gaɪdˌlaɪn ] 名 指導方針 同義 **principle** [ `prɪnsəpḷ]

★ **mainstream** [`menˌstrim] 名 主流 片語 **mainstream media** 主流媒體

☆ **majesty** [`mædʒɪstɪ] 名 威嚴 片語 **lese majesty** 冒犯君主罪

( ) 225. The buildings in the downtown are _______.

(A) heterosexual (B) homosexual (C) hardy (D) lofty

Point 市中心的建築物十分高聳。

單字速記

★ **heterosexual** [ˌhɛtərə`sɛkʃʊəl] 名 異性戀者 形 異性戀的

☆ **homosexual** [ˌhomə`sɛkʃʊəl] 名 同性戀者 形 同性戀的

★ **hardy** [`hɑrdɪ] 形 強健的；耐寒的；大膽的 同義 **strong** [strɔŋ]

☆ **lofty** [`lɔftɪ] 形 高聳的；高傲的；極高的 同義 **high** [haɪ]

( ) 226. Mandy got sick and her voice was ______.
(A) innumerable (B) hoarse (C) lonesome (D) majestic

Point 曼蒂生病了，她的聲音很沙啞。

單字速記
★ **innumerable** [ɪn`njumərəbḷ ] 形 數不盡的 同義 **countless** [ `kaʊntlɪs]
☆ **hoarse** [hors] 形 沙啞的；刺耳的 近義 **rough** [rʌf] 形 粗糙的
★ **lonesome** [`lonsəm ] 形 孤獨的；寂寞的 同義 **lonely** [ `lonlɪ]
☆ **majestic** [mə`dʒɛstɪk] 形 莊嚴的 同義 **grand** [grænd]

( ) 227. Many tourists come a long way to see this ______.
(A) mode (B) precaution (C) scandal (D) marvel

Point 許多遊客長途跋涉來看這個驚人的景緻。

單字速記
★ **mode** [mod] 名 模式 片語 **landscape mode** 橫幅模式
☆ **precaution** [prɪ`kɔʃən] 名 預防措施；警惕；預防；謹慎
★ **scandal** [`skændḷ] 名 醜聞 片語 **scandal sheet** 渲染醜聞的報刊
☆ **marvel** [`mɑrvḷ ] 名 令人驚奇的事物 動 驚訝 同義 **prodigy** [ `prɑdədʒɪ]

( ) 228. That restaurant is ______. Many celebrities love to go there for meals.
(A) nonviolent (B) nasty (C) notable (D) naïve

Point 那家餐廳非常有名，許多名人喜歡到那裡用餐。

單字速記
★ **nonviolent** [nɑn`vaɪələnt] 形 非暴力的
☆ **nasty** [`næstɪ ] 形 污穢的 同義 **disgusting** [ dɪs`gʌstɪŋ]
★ **notable** [`notəbḷ] 形 出名的；值得注意的 名 名人；顯要人物
☆ **naïve** [nɑ`iv ] 形 天真的 同義 **innocent** [ `ɪnəsn̩t]

( ) 229. That building is ______. You are not going to miss it.
(A) nude (B) noticeable (C) permissible (D) priceless

Point 那棟建築物十分顯眼，你不可能沒看到。

單字速記
★ **nude** [njud] 形 裸的 名 裸體 反義 **clothed** [kloðd] 形 穿…衣服的
☆ **noticeable** [`notɪsəbḷ] 形 顯眼的；重要的；值得注意的
★ **permissible** [pə`mɪsəbḷ ] 形 可允許的 同義 **allowable** [ ə`laʊəbḷ]
☆ **priceless** [`praɪslɪs ] 形 無價的 近義 **valuable** [ `væljuəbḷ] 形 貴重的

( ) 230. Henry lost his wallet and had no money, ______ he had to walk all the way home.

(A) hence (B) nonetheless (C) whereas (D) lest

Point 亨利掉了皮夾、身上沒錢，因此只好一路走回家。

單字速記

★ **hence** [hɛns] 副 因此 同義 **consequently** [ˋkɑnsə͵kwɛntlɪ]

☆ **nonetheless** [͵nʌnðəˋlɛs] 副 儘管如此 連 但是；仍然

★ **whereas** [hwɛrˋæz] 連 然而；卻 同義 **inasmuch** [ɪnəzˋmʌtʃ]

☆ **lest** [lɛst] 連 以免；惟恐 同義 **for fear that**

( ) 231. The homeless old man is wearing a ______ **shirt**.

(A) ragged (B) ridiculous (C) robust (D) secure

Point 那個無家可歸的老人穿著一件破衣裳。

單字速記

★ **ragged** [ˋrægɪd] 形 破爛的 同義 **shabby** [ˋʃæbɪ]

☆ **ridiculous** [rɪˋdɪkjələs] 形 荒謬的 同義 **nonsensical** [nɑnˋsɛnsɪkl̩]

★ **robust** [roˋbʌst] 形 強健的 片語 **thriving and robust** 蓬勃向上

☆ **secure** [sɪˋkjʊr] 形 安全的 動 保護 片語 **secure shell** 安全護盾

( ) 232. You should **keep** yourself ______ when you drive.

(A) sloppy (B) sole (C) solemn (D) sober

Point 開車的時候，你應該要保持清醒。

單字速記

★ **sloppy** [ˋslɑpɪ] 形 不整潔的；草率的 片語 **sloppy joe** 寬大套衫

☆ **sole** [sol] 形 唯一的 名 鞋底 片語 **sole proprietorship** 獨資企業

★ **solemn** [ˋsɑləm] 形 嚴肅的；鄭重的 同義 **serious** [ˋsɪrɪəs]

☆ **sober** [ˋsobɚ] 形 清醒的 動 使清醒 片語 **sober up** 使清醒

( ) 233. The weather is great today. The sun shines in ______.

(A) procession (B) splendor (C) tribute (D) trifle

Point 今天天氣很好，陽光十分燦爛。

單字速記

★ **procession** [prəˋsɛʃən] 名 行列；行進 同義 **cortege** [kɔrˋteʒ]

☆ **splendor** [ˋsplɛndɚ] 名 燦爛；光輝 近義 **glory** [ˋglorɪ] 名 光榮

★ **tribute** [ˋtrɪbjut] 名 致敬 片語 **pay a tribute to** 向…致敬

☆ **trifle** [ˋtraɪfl̩] 名 瑣事 動 疏忽；輕視 片語 **trifle with** 輕視

( ) 234. Don't worry. This is just a ______ **wound** and will be healed soon.

(A) transparent (B) sturdy (C) superficial (D) vague

Point 別擔心，這只是皮肉傷，很快就會復原。

單字速記

★ **transparent** [træns`pɛrənt ] 形 透明的 反義 **opaque** [ o`pek] 形 不透明的
☆ **sturdy** [`stɝdɪ] 形 強健的；穩固的 同義 **firm** [fɝm]
★ **superficial** [`supɚ`fɪʃəl] 形 表面的 同義 **surface** [`sɝfɪs]
☆ **vague** [veg] 形 模糊的；曖昧的 同義 **unclear** [ʌn`klɪr]

( ) 235. Maria has no ______ after working all day.

(A) vigor (B) vertical (C) update (D) excess

Point 工作一整天之後，瑪麗亞沒有一絲活力了。

單字速記

★ **vigor** [`vɪgɚ ] 名 活力；精力 衍生 **vigorous** [ `vɪgərəs] 形 精力充沛的
☆ **vertical** [`vɝtɪkl̩] 形 垂直的 名 垂直線 片語 **vertical integration** 垂直整合
★ **update** [`ʌpdet ] 名 最新資訊；更新 動 [ ʌp`det] 更新；使現代化
☆ **excess** [ɪk`sɛs] 形 過量的 名 超過 片語 **in excess** 過度

( ) 236. Danny sat down with a deep sigh because he was so ______.

(A) vigorous (B) wary (C) weary (D) structural

Point 丹尼嘆了口長氣坐了下來，因為他非常疲倦。

單字速記

★ **vigorous** [`vɪgərəs ] 形 有活力的 同義 **energetic** [ ˏɛnɚ`dʒɛtɪk]
☆ **wary** [`wɛrɪ ] 形 注意的；警惕的 同義 **cautious** [ `kɔʃəs]
★ **weary** [`wɪrɪ] 形 疲倦的；厭煩的 動 厭倦 片語 **weary of** 厭煩於
☆ **structural** [`strʌktʃərəl] 形 結構上的 片語 **structural gene** 結構基因

( ) 237. Kevin's good deeds have been ______ in the neighborhood.

(A) weird (B) wholesome (C) worthwhile (D) widespread

Point 凱文的善行已在鄰里間廣為流傳。

單字速記

★ **weird** [wɪrd] 形 怪異的；不可思議的 同義 **strange** [strendʒ]
☆ **wholesome** [`holsəm] 形 有益健康的；強健的 同義 **sound** [saʊnd]
★ **worthwhile** [`wɝθˏhwaɪl] 形 值得的；有真實價值的
☆ **widespread** [`waɪdˏsprɛd] 形 廣為流傳的；普遍的；廣泛的

(　) 238. I can guarantee you that this watch is ______ **to buy**.
(A) worthy (B) abundant (C) ample (D) grim

Point 我向你保證，這支手錶值得購買。

單字速記
- ★ **worthy** [`wɝðɪ] 形 有價值的 片語 **worthy to** 值得
- ☆ **abundant** [ə`bʌndənt ] 形 豐富的 同義 **plentiful** [ `plɛntɪfəl]
- ★ **ample** [`æmpl̩ ] 形 充分的 同義 **abundant** [ ə`bʌndənt]
- ☆ **grim** [grɪm] 形 嚴格的；冷酷的 近義 **stern** [stɝn] 形 苛刻的

(　) 239. Sunshine, air, water and food **are** ______ **to** our existence.
(A) immense (B) indispensable (C) commonplace (D) minimal

Point 陽光、空氣、水和食物對我們的生存而言不可或缺。

單字速記
- ★ **immense** [ɪ`mɛns] 形 巨大的 同義 **huge** [hjudʒ]
- ☆ **indispensable** [ˌɪndɪs`pɛnsəbl̩ ] 形 必需的 同義 **essential** [ ɪ`sɛnʃəl]
- ★ **commonplace** [`kɑmənˌples ] 形 平凡的 同義 **usual** [ `juʒuəl]
- ☆ **minimal** [`mɪnɪml̩] 形 最小的 片語 **minimal art** 抽象藝術

(　) 240. The invention of computers is a/an ______ in human history.
(A) likelihood (B) milestone (C) exaggeration (D) mortal

Point 電腦的發明是人類歷史上的里程碑。

單字速記
- ★ **likelihood** [`laɪklɪˌhʊd] 名 可能性 片語 **in all likelihood** 極有可能
- ☆ **milestone** [`maɪlˌston ] 名 里程碑 同義 **landmark** [ `lændˌmɑrk]
- ★ **exaggeration** [ɪgˌzædʒə`reʃən ] 名 誇張 同義 **puffery** [ `pʌfərɪ]
- ☆ **mortal** [`mɔrtl̩] 形 致命的 名 凡人 片語 **mortal sin** 不赦之罪

Answer Key 211-240

211~215 ❯ A C B C A　216~220 ❯ B C B C A　221~225 ❯ C B A A D
226~230 ❯ B D C B A　231~235 ❯ A D B C A　236~240 ❯ C D A B C

ROUND 9 Question 241～270

(　) 241. The baby's smile ______ her heart.
(A) magnifies (B) lessens (C) softens (D) equates

Point 嬰兒的微笑柔軟了她的心。

單字速記
- ★ **magnify** [ˋmægnə͵faɪ] 動 擴大 片語 **magnifying glass** 放大鏡
- ☆ **lessen** [ˋlɛsn̩] 動 減少 同義 **decrease** [dɪˋkris]
- ★ **soften** [ˋsɔfən] 動 使柔軟 反義 **harden** [ˋhɑrdn̩] 動 使變硬
- ☆ **equate** [ɪˋkwet] 動 使相等 衍生 **equation** [ɪˋkweʃən] 名 數學等式

(　) 242. This factory produces **a** ______ **amount of** components to supply their distributors.
(A) massive (B) monstrous (C) rigid (D) rugged

Point 這家工廠大量生產零件以供應批發商。

單字速記
- ★ **massive** [ˋmæsɪv] 形 大量的；厚實的 同義 **large** [ˋlɑrdʒ]
- ☆ **monstrous** [ˋmɑnstrəs] 形 巨大的；怪異的 同義 **horrible** [ˋhɔrəbl̩]
- ★ **rigid** [ˋrɪdʒɪd] 形 嚴格的；不易彎曲的 同義 **unbending** [ʌnˋbɛndɪŋ]
- ☆ **rugged** [ˋrʌgɪd] 形 粗糙的 同義 **rough** [rʌf]

(　) 243. After the typhoon, we are concerned about the ______ of food, water, and electricity.
(A) segment (B) checkbook (C) currency (D) shortage

Point 颱風過後，我們擔心食物、水和電力的短缺。

單字速記
- ★ **segment** [ˋsɛgmənt] 名 片段；部分 動 劃分 同義 **section** [ˋsɛkʃən]
- ☆ **checkbook** [ˋtʃɛk͵bʊk] 名 支票簿 相關 **check** [tʃɛk] 名 支票
- ★ **currency** [ˋkɝənsɪ] 名 貨幣 片語 **artificial currency** 人工貨幣
- ☆ **shortage** [ˋʃɔrtɪdʒ] 名 短缺；不足 片語 **labor shortage** 勞工短缺

(　) 244. Many ______ **products** were exported to Southeast Asia last year.
(A) triple (B) agricultural (C) substantial (D) barefoot

Point 去年出口許多農產品到東南亞。

單字速記

★ **triple** [`trɪpl̩] 形 三倍的 動 變成三倍 片語 **triple jump** 三級跳遠
☆ **agricultural** [ˏægrɪ`kʌltʃərəl] 形 農業的；務農的；農藝的
★ **substantial** [səb`stænʃəl ] 形 實際的；重大的 同義 **actual** [ `æktʃʊəl]
☆ **barefoot** [`bɛrˏfʊt] 副 赤足地 形 赤足的 片語 **go barefoot** 打赤腳

( ) 245. By the end of 2010, the company had _______ of one billion dollars.
(A) assets (B) nickels (C) gross (D) treasury

Point 這家公司在西元二〇一〇年底有十億美元的資產。

單字速記

★ **asset** [`æsɛt] 名 資產 片語 **value asset** 資產價值
☆ **nickel** [`nɪkl̩] 名 五分鎳幣 動 鍍鎳於 相關 **dime** [daɪm] 名 一角硬幣
★ **gross** [gros] 形 總量的 名 總量 片語 **gross margin** 毛利
☆ **treasury** [`trɛʒərɪ] 名 國庫；金庫 同義 **vault** [vɔlt]

( ) 246. She has no child to _______ her **wealth**.
(A) utter (B) bid (C) inherit (D) freight

Point 她膝下無子繼承她的財富。

單字速記

★ **utter** [`ʌtɚ ] 形 完全的 動 發言；發出 同義 **absolute** [ `æbsəˏlut]
☆ **bid** [bɪd] 名 投標價 動 投標 衍生 **bidder** [`bɪdɚ] 名 投標者
★ **inherit** [ɪn`hɛrɪt ] 動 繼承；接受 衍生 **inheritance** [ ɪn`hɛrɪtəns] 名 繼承
☆ **freight** [fret] 名 貨運 動 運輸 片語 **freight car** 貨運車廂

( ) 247. The broker earned a large _______ by selling this house.
(A) compacts (B) commission (C) coupons (D) logos

Point 這位房屋仲介因為賣掉這間房子而獲得一大筆佣金。

單字速記

★ **compact** [`kɑmpækt] 名 契約 形 堅實的 片語 **compact car** 小型汽車
☆ **commission** [kə`mɪʃən ] 名 佣金 動 委託 同義 **brokerage** [ `brokərɪdʒ]
★ **coupon** [`kupɑn] 名 優待券；折價券 片語 **tourism coupon** 旅遊券
☆ **logo** [`lɔgo ] 名 商標 同義 **logotype** [ `lɑgəˏtaɪp]

( ) 248. I bought this scarf in Bali's **open-air** _______.

(A) peddler (B) patron (C) output (D) bazaar

Point 我在巴里島的露天市集裡買了這條圍巾。

單字速記

★ **peddler** [`pɛdlɚ ] 名 小販；兜售者 同義 **vendor** [ `vɛndɚ]
☆ **patron** [`petrən] 名 贊助者；保護者；老顧客 片語 **patron saint** 守護神
★ **output** [`aut͵put ] 名 生產；產量 動 輸出 反義 **input** [ `ɪn͵put] 名 動 輸入
☆ **bazaar** [bə`zɑr] 名 市集 同義 **market place**

( ) 249. We _______ a washing machine in that supercenter.
(A) enterprise (B) supervisor (C) purchased (D) tenanted

Point 我們在那家大賣場購買了一台洗衣機。

單字速記

★ **enterprise** [`ɛntɚ͵praɪz ] 名 企業 同義 **undertaking** [ ͵ʌndɚ`tekɪŋ]
☆ **supervisor** [͵supɚ`vaɪzɚ] 名 指導者；監督人；管理人
★ **purchase** [`pɝtʃəs] 動 名 購買 片語 **group purchase** 團購
☆ **tenant** [`tɛnənt] 名 承租人 動 租賃 片語 **tenant farmer** 佃農

( ) 250. We hired an art designer to design the cafè's _______.
(A) venture (B) wholesale (C) bonus (D) trademark

Point 我們雇用一位美術設計師來設計咖啡廳的商標。

單字速記

★ **venture** [`vɛntʃɚ] 動 名 投機；冒險 片語 **venture capitalist** 風險資本家
☆ **wholesale** [`hol͵sel] 名 批發 形 批發的 片語 **wholesale price** 批發價
★ **bonus** [`bonəs] 名 紅利 片語 **annual bonus** 年終獎金
☆ **trademark** [`tred͵mɑrk] 名 商標 片語 **registered trademark** 註冊商標

( ) 251. Andy didn't get along well with his _______.
(A) corporations (B) colleagues (C) personnels (D) vacancies

Point 安迪和他的同事處得不好。

單字速記

★ **corporation** [͵kɔrpə`reʃən] 名 公司；企業 片語 **corporation tax** 企業稅
☆ **colleague** [`kɑlig ] 名 同事 同義 **coworker** [ `ko͵wɝkɚ]
★ **personnel** [͵pɝsn̩`ɛl] 名 人事 片語 **personnel management** 人事管理
☆ **vacancy** [`vekənsɪ] 名 空缺；空白 片語 **housing vacancy rate** 空房率

1 Round
2 Round
3 Round
4 Round
5 Round
6 Round
7 Round
8 Round
9 Round
10 Round

( ) 252. The musician briefly appeared on television to ______ her latest violin album.

(A) qualify (B) rèsumè (C) publicize (D) videotape

Point 這名音樂家在電視上短暫露面，宣傳她最新的小提琴專輯。

單字速記

★ **qualify** [`kwɑlə,faɪ] 動 使合格 片語 **qualified for** 有…的資格
☆ **rèsumè** [,rɛzjʊ`me ] 名 履歷表 動 [ rɪ`zjum] 重新開始 同義 **go on with**
★ **publicize** [`pʌblɪ,saɪz ] 動 公布；宣傳 同義 **advertise** [ `ædvə,taɪz]
☆ **videotape** [`vɪdɪo,tep] 名 錄影帶 動 錄影

( ) 253. I'm going back to my seat. You can dial my ______.

(A) extension (B) newscast (C) cell phone (D) series

Point 我要回座位了。可以打分機給我。

單字速記

★ **extension** [ɪk`stɛnʃən] 名 分機；擴張；延長 同義 **spread** [sprɛd]
☆ **newscast** [`njuz,kæst] 名 新聞報導 相關 **news** [njuz] 名 新聞
★ **cell phone** [`sɛl,fon ] 名 行動電話 同義 **mobile** [ `mobɪl]
☆ **series** [`siriz] 名 連續；系列 片語 **active series** 在版叢書

( ) 254. Widespread flooding killed **scores of** ______.

(A) fertilizer (B) fishery (C) mowers (D) livestock

Point 氾濫的洪水淹死了很多家畜。

單字速記

★ **fertilizer** [`fɝtḷ,aɪzɚ ] 名 肥料 同義 **compost** [ `kɑmpost]
☆ **fishery** [`fɪʃərɪ ] 名 漁業 近義 **fishing** [ `fɪʃɪŋ] 名 捕魚；漁場
★ **mower** [`moɚ] 名 割草機 同義 **lawn mower**
☆ **livestock** [`laɪv,stɑk ] 名 家畜；牲口 同義 **cattle** [ `kætḷ]

( ) 255. Eugene works on a **banana** ______ in Costa Rica.

(A) plow (B) plantation (C) poultry (D) warehouse

Point 尤金在哥斯大黎加的一個香蕉農場工作。

單字速記

★ **plow** [plaʊ] 動 耕作 名 犁 片語 **plow down** 費力穿過
☆ **plantation** [plæn`teʃən ] 名 農場；農園 同義 **farm** [ `fɑrm]
★ **poultry** [`poltrɪ] 名 家禽；家禽肉 同義 **fowl** [faʊl]
☆ **warehouse** [`wɛr,haʊs ] 名 倉庫 動 放置於倉庫 同義 **depot** [ `dipo]

( ) 256. We are planning to ______ our school.
(A) sow (B) reap (C) modernize (D) ranch

Point 我們計畫將學校現代化。

單字速記
★ **sow** [so] 動 播種 衍生 **self-sown** [`sɛlf son] 形 自然成長的
☆ **reap** [rip] 動 收割；獲得 同義 **gather** [`gæðɚ]
★ **modernize** [`mɑdɚn͵aɪz ] 動 現代化 相關 **modern** [ `mɑdɚn] 形 現代的
☆ **ranch** [ræntʃ] 名 大農場 動 經營農場 同義 **range** [rendʒ]

( ) 257. All the ______ are fabricated from high quality materials.
(A) banner (B) wares (C) copyright (D) formats

Point 所有貨品都是由高品質原料製造的。

單字速記
★ **banner** [`bænɚ] 名 旗幟；橫幅 片語 **banner headline** (報紙)通欄大標題
☆ **ware** [wɛr] 名 貨品 片語 **bogus ware** 電子病毒
★ **copyright** [`kɑpɪ͵raɪt] 名 版權 動 取得版權 形 有版權保護的
☆ **format** [`fɔrmæt] 名 格式；開本 動 格式化 片語 **global format** 全局格式

( ) 258. There is an **alphabetical** ______ at the back of the book.
(A) index (B) issue (C) filter (D) framework

Point 這本書的後面有按字母編次的索引。

單字速記
★ **index** [`ɪndɛks] 名 索引 動 編索引 片語 **index file** 索引文件
☆ **issue** [`ɪʃjʊ ] 名 議題 動 發行 衍生 **issuer** [ `ɪʃjʊr] 名 發行者
★ **filter** [`fɪltɚ] 名 過濾器 動 過濾 片語 **filter out** 濾除
☆ **framework** [`frem͵wɝk ] 名 架構 同義 **structure** [ `stʌktʃɚ]

( ) 259. The ______ is making a pair of scissors by hand.
(A) journalist (B) bodyguard (C) blacksmith (D) butcher

Point 鐵匠正在親手製作一把剪刀。

單字速記
★ **journalist** [`dʒɝnḷɪst ] 名 記者 同義 **newspaperman** [ `njuz͵pepɚ͵mæn]
☆ **bodyguard** [`bɑdɪ͵gɑrd ] 名 保鑣 同義 **escort** [ `ɛskɔrt]
★ **blacksmith** [`blæk͵smɪθ ] 名 鐵匠 相關 **iron** [ `aɪɚn] 名 鐵
☆ **butcher** [`bʊtʃɚ ] 名 屠夫；肉販 動 屠殺 同義 **slaughter** [ `slɔtɚ]

( ) 260. She is a/an _______ for the Chinese embassador to the U.S.
(A) herald (B) interpreter (C) chef (D) celebrity

Point 她是一名中國大使館對美國的口譯員。

單字速記
- ★ **herald** [`hɛrəld ] 名 通報者 動 宣示 同義 **announce** [ ə`naʊns]
- ☆ **interpreter** [ɪn`tɝprɪtɚ ] 名 譯者；解釋者 同義 **explainer** [ ɪk`splenɚ]
- ★ **chef** [ʃɛf] 名 廚師；主廚 片語 **chef d'oeuvre** 傑作；名作
- ☆ **celebrity** [sə`lɛbrətɪ] 名 名人 片語 **celebrity romance** 名人戀情

( ) 261. _______ here still harvest their crops by hand.
(A) Peasants (B) Landlords (C) Landladies (D) Janitors

Point 這裡的農夫仍然手工收割他們的作物。

單字速記
- ★ **peasant** [`pɛzn̩t ] 名 農夫 衍生 **peasantry** [ `pɛzn̩trɪ] 名 (總稱)農民
- ☆ **landlord** [`lænd͵lɔrd ] 名 房東 同義 **proprietor** [ prə`praɪətɚ]
- ★ **landlady** [`lænd͵ledɪ ] 名 女房東 同義 **proprietress** [ prə`praɪətrɪs]
- ☆ **janitor** [`dʒænətɚ ] 名 管理員 同義 **caretaker** [ `kɛr͵tekɚ]

( ) 262. The _______ made a big mistake and was dismissed from the bank.
(A) herald (B) celebrity (C) teller (D) blacksmith

Point 這名出納員犯了個大錯，並遭銀行免職。

單字速記
- ★ **herald** [`hɛrəld ] 名 通報者 動 宣示 同義 **proclaim** [ prə`klem]
- ☆ **celebrity** [sə`lɛbrətɪ ] 名 名人 同義 **notable** [ `notəbl̩]
- ★ **teller** [`tɛlɚ] 名 敘述者；出納員；講故事者；計票人
- ☆ **blacksmith** [`blæk͵smɪθ] 名 鐵匠；鍛工

( ) 263. _______ his cheerful appearance, Joe is actually afraid of people.
(A) Midst (B) Versus (C) Partly (D) Underneath

Point 在喬開朗的外表之下，他其實是害怕人群的。

單字速記
- ★ **midst** [mɪdst] 介 名 中間 片語 **in the midst of** 在…之中
- ☆ **versus** [`vɝsəs] 介 對抗；與…相對 縮寫 **vs.**
- ★ **partly** [`pɑrtlɪ] 副 部分地 片語 **partly cloudy** 部分多雲
- ☆ **underneath** [͵ʌndɚ`niθ ] 介 副 在…下面 同義 **beneath** [ bɪ`niθ]

( ) 264. The charitable principal ______ food to the poor students who haven't eaten for a few days.
(A) dispensed (B) magnified (C) segmented (D) secured

Point 這位仁慈的校長分發食物給好幾天沒吃飯的窮學生們。

單字速記
★ **dispense** [dɪˋspɛns] 動 分配；分送；免除 片語 **dispense with** 省掉
☆ **magnify** [ˋmægnə͵faɪ] 動 擴大 反義 **minify** [ˋmɪnɪ͵faɪ] 動 削減
★ **segment** [ˋsɛgmənt] 名 片段；部分 動 劃分 同義 **part** [pɑrt]
☆ **secure** [sɪˋkjʊr] 形 安全的 動 保護 同義 **safe** [sef]

( ) 265. The political party has been ______ by extremists.
(A) instituted (B) penetrated (C) delegated (D) resided

Point 這個政黨已經被激進份子滲透了。

單字速記
★ **institute** [ˋɪnstətjut] 名 機構 動 設立 同義 **set up**
☆ **penetrate** [ˋpɛnə͵tret] 動 滲透；刺入 片語 **be penetrated with** 瀰漫著
★ **delegate** [ˋdɛlə͵get] 動 派遣 名 使節 同義 **assign** [əˋsaɪn] 動 分派
☆ **reside** [rɪˋzaɪd] 動 居住；權利歸於 片語 **reside in** 屬於

( ) 266. Ruby is the ______ of the club.
(A) organizer (B) gypsy (C) barbarian (D) delegation

Point 露比是這個俱樂部的組織幹部。

單字速記
★ **organizer** [ˋɔrgə͵naɪzɚ] 名 組織者 片語 **personal organizer** 備忘記事本
☆ **gypsy** [ˋdʒɪpsɪ] 名 吉普賽人；吉普賽語；流浪者
★ **barbarian** [bɑrˋbɛrɪən] 名 野蠻人 形 野蠻的 同義 **uncouth** [ʌnˋkuθ]
☆ **delegation** [͵dɛləˋgeʃən] 名 代表團；委任；授權

( ) 267. The Formosan Clouded Leopard is a/an ______ **species**.
(A) extinct (B) reptile (C) geographical (D) migrant

Point 臺灣雲豹是一種已滅絕的物種。

單字速記
★ **extinct** [ɪkˋstɪŋkt] 形 滅絕的 片語 **extinct volcano** 死火山
☆ **reptile** [ˋrɛptaɪl] 名 爬蟲類 形 爬行的；卑躬屈膝的
★ **geographical** [͵dʒɪəˋgræfɪkḷ] 形 地理的；地理學的
☆ **migrant** [ˋmaɪgrənt] 形 移居的 名 候鳥；移民 片語 **migrant worker** 移工

(　) 268. "Jogging" is a _______ **noun** in the sentence "Jogging is good for your health."

(A) heroic (B) compound (C) verbal (D) poetic

Point 「Jogging」在「Jogging is good for your health.」的句子中是一個動名詞。

單字速記

★ **heroic** [hɪˋroɪk] 形 英雄的 片語 **heroic verse** 英雄詩體

☆ **compound** [ˋkɑmpaʊnd] 形 複合的 片語 **compound eye** 複眼

★ **verbal** [ˋvɝbl̩] 形 動詞的；口頭上的 名 準動詞 片語 **verbal noun** 動名詞

☆ **poetic** [poˋɛtɪk] 形 詩意的 片語 **poetic licence** 詩的破格

(　) 269. Please draw two _______ **lines** with a ruler.

(A) prehistoric (B) statistical (C) parallel (D) continental

Point 請用尺畫出兩條平行線。

單字速記

★ **prehistoric** [ˏprihɪsˋtɔrɪk] 形 史前的；非常古老的；完全過時的

☆ **statistical** [stəˋtɪstɪkl̩] 形 統計的 片語 **statistical analysis** 統計分析

★ **parallel** [ˋpærəˏlɛl] 形 平行的 動 與…平行 片語 **parallel test** 平行測試

☆ **continental** [ˏkɑntəˋnɛntl̩] 形 大陸的 片語 **continental slope** 大陸坡

(　) 270. It has been many years since the volcano last _______.

(A) revolted (B) erupted (C) gorged (D) galloped

Point 這座火山距上次爆發至今已過了很多年。

單字速記

★ **revolt** [rɪˋvolt] 名 反叛；反感 動 叛變 片語 **in revolt** 嫌惡地

☆ **erupt** [ɪˋrʌpt] 動 爆發 衍生 **eruptive** [ɪˋrʌptɪv] 形 爆發的

★ **gorge** [gɔrdʒ] 名 峽谷 動 狼吞虎嚥 同義 **canyon** [ˋkænjən]

☆ **gallop** [ˋgæləp] 動 名 奔馳 衍生 **galloper** [ˋgæləpɚ] 名 疾馳者

Answer Key 241-270

241~245 C A D B A　246~250 C B D C D　251~255 B C A D B

256~260 C B A C B　261~265 A C D A B　266~270 A A C C B

ROUND 10 Question 271～284

( ) 271. Such popular concerts always attract many ______.
(A) sergeants (B) advertisers (C) mistresses (D) Fahrenheit

Point 這樣受歡迎的演唱會總是吸引許多廣告主。

單字速記
★ **sergeant** [`sɑrdʒənt] 名 士官；中士 片語 **sergeant first class** 陸軍上士
☆ **advertiser** [`ædvə͵taɪzə ] 名 廣告主 同義 **adman** [ `ædmən]
★ **mistress** [`mɪstrɪs ] 名 女主人；女教師 相關 **master** [ `mæstə] 名 主人
☆ **Fahrenheit** [`færən͵haɪt] 名 華氏溫度計 形 華氏溫度計的

( ) 272. The crackers should be stored in a/an ______ jug.
(A) airtight (B) elaborate (C) toxic (D) federal

Point 這些脆餅應該被保存在密封罐裡。

單字速記
★ **airtight** [`ɛr͵taɪt ] 形 密閉的；密封的 同義 **sealed** [ `sild]
☆ **elaborate** [ɪ`læbərɪt] 形 精巧的；詳述 片語 **elaborate on** 詳細說明
★ **toxic** [`tɑksɪk] 形 有毒的 片語 **toxic reaction** 中毒反應
☆ **federal** [`fɛdərəl ] 形 聯邦的 衍生 **federation** [ ͵fɛdə`reʃən] 名 聯邦政府

( ) 273. Mr. Jackson teaches us ______ and biology.
(A) attendance (B) slam (C) applause (D) botany

Point 傑克森先生教我們植物學和生物。

單字速記
★ **attendance** [ə`tɛndəns ] 名 出席；參加 同義 **presence** [ `prɛzn̩s]
☆ **slam** [slæm] 動 砰地關上 名 砰然聲 片語 **slam dunk** 扣籃
★ **applause** [ə`plɔz ] 名 喝采；鼓勵 相關 **applaud** [ ə`plɔd] 動 鼓掌；喝采
☆ **botany** [`bɑtənɪ ] 名 植物學 衍生 **botanic** [ bo`tænɪk] 形 植物的

( ) 274. Tom also wants to be a/an ______ like his father.
(A) jade (B) woe (C) fiancé (D) architect

Point 湯姆也想像父親一樣成為一名建築師。

單字速記

★ **jade** [dʒed] 名 玉 片語 **jade shop** 玉器店
☆ **woe** [wo] 名 悲痛；不幸 同義 **grief** [grif]
★ **fiancé/fiancée** [ˌfiən`se ] 名 未婚夫(妻) 同義 **betrothed** [ bɪ`trɔθt]
☆ **architect** [`ɑrkəˌtɛkt] 名 建築師 片語 **landscape architect** 造園技師

( ) 275. I am just a/an _______. Don't get me involved in this.
(A) outsider (B) gay (C) observer (D) commentator

Point 我只是個局外人，別把我扯進來。

單字速記

★ **outsider** [`aʊt`saɪdɚ] 名 局外人 反義 **insider** [`ɪn`saɪdɚ] 名 局內人
☆ **gay** [ge] 名 男同志 形 開心的 片語 **gay liberation** 同性戀解放運動
★ **observer** [əb`zɝvɚ ] 名 觀察者 同義 **spectator** [ spɛk`tetɚ]
☆ **commentator** [`kɑmənˌtetɚ] 名 時事評論家；實況播音員

( ) 276. Please take care of your **personal** _______.
(A) hi-fi (B) belongings (C) workshop (D) gravity

Point 請注意您的個人物品。

單字速記

★ **hi-fi/high fidelity** [`haɪ`faɪ] 名 高傳真音響 形 高傳真的
☆ **belongings** [bə`lɔŋɪŋz ] 名 所有物 同義 **property** [ `prɑpətɪ]
★ **workshop** [`wɝkʃɑp ] 名 研討會；工作坊 同義 **workroom** [ `wɝkˌrʊm]
☆ **gravity** [`grævətɪ] 名 地心引力 片語 **zero gravity** 失重

( ) 277. This note is just a _______ for you.
(A) reminder (B) contempt (C) journalism (D) destiny

Point 這張小紙條只是用來提醒你的。

單字速記

★ **reminder** [rɪ`maɪndɚ] 名 提醒物 相關 **note** [not] 名 便條
☆ **contempt** [kən`tɛmpt] 名 輕蔑；鄙視 片語 **contempt of court** 蔑視法庭
★ **journalism** [`dʒɝnḷˌɪzṃ] 名 新聞業 片語 **street journalism** 市井新聞
☆ **destiny** [`dɛstənɪ] 名 命運 同義 **fate** [fet]

( ) 278. There was insufficient evidence to _______ **her**.
(A) execute (B) convict (C) abolish (D) abide

Point 證據不足，無法判定她有罪。

單字速記
★ **execute** [`ɛksɪ͵kjut ] 動 實行 同義 **perform** [ pɚ`fɔrm]
☆ **convict** [kən`vɪkt ] 動 判定有罪 衍生 **conviction** [ kən`vɪkʃən] 名 定罪
★ **abolish** [ə`bɑlɪʃ ] 動 廢除 反義 **establish** [ ə`stæblɪʃ] 動 建立
☆ **abide** [ə`baɪd] 動 容忍；忍受 片語 **abide by** 遵守；承受

( ) 279. Professor Cornell is our _______ teacher.
(A) occurrence (B) optimism (C) mileage (D) mechanics

Point 康奈爾教授是我們的力學老師。

單字速記
★ **occurrence** [ə`kɝəns ] 名 發生；出現；事件 同義 **event** [ ɪ`vɛnt]
☆ **optimism** [`ɑptə͵mɪzəm] 名 樂觀；樂觀主義
★ **mileage** [`maɪlɪdʒ] 名 行駛哩數；旅費；利益；用處
☆ **mechanics** [mə`kænɪks] 名 力學 片語 **quantum mechanics** 量子力學

( ) 280. It is very dangerous to _______. Never do that again.
(A) jaywalk (B) supervise (C) yarn (D) zoom

Point 任意穿越馬路相當危險，千萬不要再這麼做。

單字速記
★ **jaywalk** [`dʒe͵wɔk] 動 任意穿越馬路 相關 **jay walker** 任意穿越馬路者
☆ **supervise** [`supɚvaɪz ] 動 監督；管理 同義 **govern** [ `gʌvɚn]
★ **yarn** [jɑrn] 名 紗 動 講故事 片語 **spin a yarn** 講故事；胡謅
☆ **zoom** [zum] 動 將畫面拉近或拉遠 名 嗡嗡聲；急遽上升

( ) 281. I **went** _______ during my summer vacation this year.
(A) via (B) nowhere (C) undoubtedly (D) straightforward

Point 我今年暑假期間哪兒都沒去。

單字速記
★ **via** [`vaɪə] 介 經由 片語 **via media** (拉)中庸之道
☆ **nowhere** [`no͵hwɛr] 代 副 任何地方都不 片語 **nowhere near** 離…很遠
★ **undoubtedly** [ʌn`daʊtɪdlɪ] 副 毋庸置疑地；肯定地；毫無疑問地
☆ **straightforward** [`stret͵fɔrwɚd ] 副 直接地 同義 **direct** [ də`rɛkt]

( ) 282. The man **feels** _______ **for** unfaithful people because his father

cheated on his mother.
(A) contempt (B) odds (C) flick (D) slam

Point 這個男人藐視不忠的人，因為他父親對他母親不忠。

單字速記

★ **contempt** [kən`tɛmpt] 名 輕蔑；鄙視 同義 **scorn** [skɔrn]
☆ **odds** [ɑdz] 名 勝算；可能性 片語 **odds and ends** 零星物品
★ **flick** [flɪk] 名 輕打；輕彈 片語 **flick knife** 彈簧刀
☆ **slam** [slæm] 動 砰地關上 名 砰然聲 片語 **slam dancing** 碰碰舞

( ) 283. His _____ for power is taking over his life.
(A) fascinate (B) frantic (C) greed (D) undergraduate

Point 他對於權力的貪婪逐漸佔據他的人生。

單字速記

★ **fascinate** [`fæsə͵net ] 動 迷住 同義 **attract** [ ə`trækt]
☆ **frantic** [`fræntɪk] 形 發狂的；狂亂的 同義 **wild** [waɪld]
★ **greed** [ɡrid] 名 貪心；貪婪 同義 **cupidity** [kju`pɪdətɪ]
☆ **undergraduate** [͵ʌndə`ɡrædʒuɪt] 名 大學生 形 大學生的

( ) 284. Whales and dolphins are _____ animals.
(A) salmon (B) fishery (C) marine (D) spacecraft

Point 鯨魚和海豚是海洋動物。

單字速記

★ **salmon** [`sæmən] 名 鮭魚 形 鮭魚色的 片語 **coho salmon** 銀鮭魚
☆ **fishery** [`fɪʃərɪ] 名 漁業；養魚場；水產業；漁場
★ **marine** [mə`rin ] 形 海洋的；海生的 同義 **oceanic** [ ͵oʃɪ`ænɪk]
☆ **spacecraft** [`spes͵kræft] 名 太空船；航天器

Answer Key 271-284

271~275 ➜ B A D D A 276~280 ➜ B A B D A 281~284 ➜ B A C C

Where there is a will, there is a way.

有志者，事竟成。

Level 6

突破6級重圍的277道關鍵題

符合美國六年級學生
所學範圍

名 名　詞
動 動　詞
形 形容詞
副 副　詞
冠 冠　詞
連 連接詞
介 介系詞
代 代名詞

ROUND

Question 1～30

(　) 1. Carefully remove the ______ **of the fruit** with a knife.

(A) beverage (B) brew (C) core (D) caffeine

Point 小心地用刀去除水果的果核。

★ **beverage** [`bɛvərɪdʒ] 名 飲料 同義 **drink** [drɪŋk]
☆ **brew** [bru] 動 釀製 名 釀製物 衍生 **brewer** [`bruɚ] 名 酒製造者
★ **core** [kor] 名 果核；核心 動 去核 片語 **core curriculum** 基礎課程
☆ **caffeine** [`kæfiɪn ] 名 咖啡因 相關 **café** [ kə`fe] 名 咖啡；咖啡廳

(　) 2. **The ______ inside a nut** is edible.

(A) kernel (B) champagne (C) cordial (D) refreshment

Point 堅果仁是可食用的。

★ **kernel** [`kɝnḷ] 名 果仁；穀粒 片語 **sunflower kernel** 葵花子仁
☆ **champagne** [ʃæm`pen ] 名 香檳 辨析 **champaign** [ ʃæm`pen] 名 平原
★ **cordial** [`kɔrdʒəl] 形 有興奮作用的 名 甘露酒
☆ **refreshment(s)** [rɪ`frɛʃmənt(s)] 名 飲料；提神物

(　) 3. ______ **the steak** for 10 minutes on each side.

(A) Poached (B) Grill (C) Starched (D) Cater

Point 牛排兩面各烤十分鐘。

★ **poach** [potʃ] 動 水煮；隔水燉；偷獵 衍生 **poacher** [`potʃɚ] 名 蒸鍋
☆ **grill** [grɪl] 動 烤 名 烤架 片語 **barbecue grill** 烤肉架
★ **starch** [startʃ] 名 澱粉 動 上漿 衍生 **starched** [startʃt] 形 漿硬的；硬挺的
☆ **cater** [`ketɚ] 動 承辦宴席 片語 **cater to** 為…服務；迎合

(　) 4. Almost everyone likes **the flavor of** ______.

(A) GMO (B) chunk (C) crumb (D) vanilla

Point 幾乎每個人都喜歡香草的味道。

單字速記

★ **GMO** 名 基因改造食品 原稱 **genetically modified organism**
☆ **chunk** [tʃʌŋk] 名 厚塊；大部分 片語 **blow chunks** 嘔吐
★ **crumb** [krʌm] 名 碎屑；小塊 同義 **bit** [bɪt]
☆ **vanilla** [və`nɪlə] 名 香草 片語 **vanilla pudding** 香草布丁

( ) 5. He drank three glasses of _______ **wine** at the party.
(A) mellow (B) edible (C) disposable (D) compatible

Point 他在派對上喝了三杯芳醇的葡萄酒。

單字速記

★ **mellow** [`mɛlo] 形 芳醇的；成熟的 動 成熟 片語 **mellow out** 放鬆；舒心
☆ **edible** [`ɛdəb!̩ ] 形 食用的；可食的 同義 **eatable** [ `itəb!̩]
★ **disposable** [dɪ`spozəb!̩] 形 免洗的；可任意處理的
☆ **compatible** [kəm`pætəb!̩ ] 形 相容的 同義 **harmonious** [ hɑr`monɪəs]

( ) 6. To keep healthy, we should **take** _______ from natural food.
(A) serving (B) glassware (C) nourishment (D) clamp

Point 為了保持健康，我們應該從天然食物中攝取營養。

單字速記

★ **serving** [`sɝvɪŋ ] 名 一份 衍生 **self-serving** [ `sɛlf`sɝvɪŋ] 形 自私的
☆ **glassware** [`glæs͵wɛr] 名 玻璃器皿
★ **nourishment** [`nɝɪʃmənt ] 名 營養 同義 **nutrition** [ nju`trɪʃən]
☆ **clamp** [klæmp] 名 夾子；鉗子 動 以鉗子夾 片語 **clamp down** 關緊

( ) 7. Please _______ **your seat belt** from now on.
(A) nourish (B) buckle (C) dissolve (D) outfit

Point 從現在起請扣上你的安全帶。

單字速記

★ **nourish** [`nɝɪʃ ] 動 滋養 衍生 **nourishing** [ `nɝɪʃɪŋ] 形 滋養的
☆ **buckle** [`bʌk!̩] 動 用扣環扣住 名 皮帶扣環 片語 **shoe buckle** 鞋扣
★ **dissolve** [dɪ`zɑlv] 動 使溶解 同義 **melt** [mɛlt]
☆ **outfit** [`aʊt͵fɪt ] 名 全套服裝 動 裝備 同義 **equip** [ ɪ`kwɪp]

( ) 8. It is healthy to be extra careful about **personal** _______ in the summer.
(A) LCD (B) staple (C) byte (D) hygiene

Point 夏天時，特別留意個人衛生有益健康。

單字速記
★ **LCD** 名 液晶顯示器 原稱 **liquid crystal display**
☆ **staple** [`stepḷ ] 名 訂書針 動 用訂書針訂 衍生 **stapler** [ `steplɚ] 名 訂書機
★ **byte** [baɪt] 名 (電腦)位元組 相關 **megabyte** [`mɛgə͵baɪt] 名 百萬位元
☆ **hygiene** [`haɪdʒin ] 名 衛生 衍生 **hygienic** [ ͵haɪdʒɪ`ɛnɪk] 形 衛生的

( ) 9. The **computer** _______ broke into the system and demanded money.
(A) hacker (B) stapler (C) stationery (D) PDA

Point 這名電腦駭客侵入系統並要求贖金。

單字速記
★ **hacker** [`hækɚ] 名 駭客 片語 **patriot hacker** 愛國駭客
☆ **stapler** [`steplɚ] 名 訂書機 近義 **staple gun** 訂槍
★ **stationery** [`steʃən͵ɛrɪ ] 名 文具 辨析 **stationary** [ `steʃən͵ɛrɪ] 形 不動的
☆ **PDA** 名 個人數位助理 原稱 **Personal Digital Assistant**

( ) 10. The computer program is being arranged and _______ now.
(A) hacked (B) compiled (C) minimizing (D) retrieving

Point 這個電腦程式現在正在整理與編譯中。

單字速記
★ **hack** [hæk] 動 駭；割；亂砍 片語 **hack it** 處理；對付
☆ **compile** [kəm`paɪl ] 動 編譯；彙整；蒐集 同義 **gather** [ `gæðɚ]
★ **minimize** [`mɪnə͵maɪz] 動 減到最小 同義 **prune** [prun]
☆ **retrieve** [rɪ`triv ] 動 取回 同義 **recoup** [ rɪ`kup]

( ) 11. The letter has two _______ attached by a paper clip.
(A) enclosures (B) envelopes (C) generators (D) slots

Point 這封信件用迴紋針夾有兩個附件。

單字速記
★ **enclosure** [ɪn`kloʒɚ ] 名 附件；圍住 同義 **appendix** [ ə`pɛndɪks]
☆ **envelope** [`ɛnvə͵lop] 名 信封 片語 **red envelope** 紅包
★ **generator** [`dʒɛnə͵retɚ ] 名 發電機；產生者 同義 **dynamo** [ `daɪnə͵mo]
☆ **slot** [slɑt] 名 插槽；狹槽 動 放入狹槽中 片語 **slot machine** 自動販賣機

(　) 12. They burn logs to _______ **heat**.
(A) upgrade (B) generate (C) mute (D) assess

Point 他們燃燒原木以產生熱。

單字速記
★ **upgrade** [ʌp`ɡred ] 動 提高 反義 **downgrade** [ `daʊn͵ɡred] 動 降低
☆ **generate** [`dʒɛnə͵ret] 動 產生；引起 片語 **generating station** 發電廠
★ **mute** [mjut] 動 消音 形 沉默的 衍生 **deaf-mute** [`dɛf mjut] 名 聾啞者
☆ **assess** [ə`sɛs ] 動 評估；評價 同義 **evaluate** [ ɪ`væljʊ͵et]

(　) 13. A _______ can amplify current or be used as a switch.
(A) complexion (B) cosmetics (C) transistor (D) textile

Point 電晶體可以放大電流或是作開關使用。

單字速記
★ **complexion** [kəm`plɛkʃən] 名 氣色；血色 同義 **look** [lʊk]
☆ **cosmetics** [kɑz`mɛtɪks] 名 化妝品 片語 **cosmetic surgery** 整容手術
★ **transistor** [træn`zɪstɚ] 名 電晶體
☆ **textile** [`tɛkstaɪl ] 名 織布 形 紡織的 同義 **fabric** [ `fæbrɪk]

(　) 14. I recommend you bring _______ **clothing** to the mountains.
(A) cosmetic (B) accessory (C) vulgar (D) waterproof

Point 我建議你帶防水的衣服去山區。

單字速記
★ **cosmetic** [kɑz`mɛtɪk] 形 化妝用的；整容的；表面的
☆ **accessory** [æk`sɛsərɪ] 名 配件 形 附屬的
★ **vulgar** [`vʌlɡɚ ] 形 粗俗的；粗糙的 同義 **unrefined** [ ͵ʌnrɪ`faɪnd]
☆ **waterproof** [`wɔtɚ͵pruf ] 形 防水的 同義 **watertight** [ `wɔtɚ`taɪt]

(　) 15. You could take part in _______ **activities** more.
(A) spiral (B) sheer (C) supersonic (D) recreational

Point 你可以多參加娛樂活動。

單字速記
★ **spiral** [`spaɪrəl] 形 螺旋的 名 螺旋 片語 **spiral staircase** 螺旋式樓梯
☆ **sheer** [ʃɪr] 形 極薄的；純粹的 同義 **pure** [`pjʊr]
★ **supersonic** [͵supɚ`sɑnɪk] 形 超音速的 名 超音速
☆ **recreational** [͵rɛkrɪ`eʃənl̩] 形 娛樂的 片語 **recreational vehicle** 露營車

( ) 16. This orange is not a perfect ______.
(A) sphere (B) ruby (C) vogue (D) texture

Point 這顆柳丁不是一個正圓的球體。

單字速記
★ **sphere** [sfɪr] 名 球；天體 片語 **sphere of influence** 勢力範圍
☆ **ruby** [`rubɪ] 名 紅寶石 形 紅寶石色的 片語 **ruby wedding** 紅寶石婚
★ **vogue** [vog] 名 時尚；流行物 片語 **in vogue** 正在流行
☆ **texture** [`tɛkstʃɚ ] 名 質地；結構 同義 **structure** [ `strʌktʃɚ]

( ) 17. I like the beauty and ______ of a snowflake.
(A) faculty (B) literacy (C) symmetry (D) IQ

Point 我喜歡雪花的美麗和對稱。

單字速記
★ **faculty** [`fækəltɪ] 名 全體教員；身體機能；大學科系
☆ **literacy** [`lɪtərəsɪ] 名 知識；能力 片語 **information literacy** 資訊素養
★ **symmetry** [`sɪmɪtrɪ ] 名 對稱 反義 **asymmetry** [ ə`sɪmɪtrɪ] 名 不對稱
☆ **IQ/intelligence quotient** 名 智商；智力商數

( ) 18. Mrs. Huang made **continuous** ______ of all her students.
(A) assessment (B) nomination (C) seminar (D) transcript

Point 黃老師對她的所有學生作了連續性評估。

單字速記
★ **assessment** [ə`sɛsmənt ] 名 評估 同義 **evaluation** [ ɪˏvæljʊ`eʃən]
☆ **nomination** [ˏnɑmə`neʃən] 名 提名；任命；登記
★ **seminar** [`sɛmənɑr ] 名 研討會 同義 **meeting** [ `mitɪŋ]
☆ **transcript** [`trænˏskrɪpt] 名 成績單；副本 同義 **report card**

( ) 19. We are required to participate in ______ **activities** at school.
(A) comprehensive (B) miniature (C) theatrical (D) extracurricular

Point 我們在學校被要求參與課外活動。

單字速記
★ **comprehensive** [ˏkɑmprɪ`hɛnsɪv] 形 廣泛的；有充分理解力的
☆ **miniature** [`mɪnɪətʃɚ] 名 小畫像 形 小型的 片語 **in miniature** 小型的
★ **theatrical** [θɪ`ætrɪkḷ ] 形 戲劇的 同義 **dramatic** [ drə`mætɪk]
☆ **extracurricular** [ˏɛkstrəkə`rɪkjəlɚ] 形 課外的；業餘的；婚外的

( ) 20. There were five ______ for the position, and all of them were male.
(A) truants (B) nominees (C) pitchers (D) sponsors

Point 被提名人一共有五位，且全部都是男性。

單字速記
- ★ **truant** [`truənt] 名 翹課學生 動 翹課；逃學 片語 **play truant** 逃學
- ☆ **nominee** [ˌnɑmə`ni ] 名 被提名人 相關 **nominate** [ `nɑməˌnet] 動 提名
- ★ **pitcher** [`pɪtʃɚ] 名 投手 諺語 **Pitchers have ears.** 隔牆有耳。
- ☆ **sponsor** [`spɑnsɚ ] 名 贊助者 動 贊助 同義 **supporter** [ sə`portɚ]

( ) 21. The **news** ______ of the war has been biased and incomplete.
(A) coverage (B) documentary (C) projection (D) rivalry

Point 關於戰爭的這篇新聞報導既偏頗又不完整。

單字速記
- ★ **coverage** [`kʌvərɪdʒ ] 名 覆蓋；新聞報導 相關 **cover** [ `kʌvɚ] 動 覆蓋
- ☆ **documentary** [ˌdɑkjə`mɛntərɪ] 名 記錄片 形 文件的；記錄的
- ★ **projection** [prə`dʒɛkʃən ] 名 投射 相關 **project** [ prə`dʒɛkt] 動 投射
- ☆ **rivalry** [`raɪvəlrɪ ] 名 競爭；對抗 相關 **rival** [ `raɪvl̩] 動 競爭

( ) 22. The runner jumped over three ______ with ease.
(A) bouts (B) hurdles (C) snares (D) trophies

Point 賽跑選手輕而易舉跳過三個跨欄。

單字速記
- ★ **bout** [`baʊt ] 名 (競賽)一回合；比賽 同義 **contest** [ `kɑntɛst]
- ☆ **hurdle** [`hɝdl̩] 名 跨欄；障礙物 動 跳過障礙 同義 **jump** [dʒʌmp]
- ★ **snare** [snɛr] 名 陷阱 動 誘惑 同義 **trap** [træp]
- ☆ **trophy** [`trofɪ] 名 戰利品；獎品 同義 **prize** [praɪz]

( ) 23. We ranked second in the four-hundred-meter ______.
(A) wrestle (B) relish (C) relay (D) charcoal

Point 我們在四百公尺接力賽中名列第二。

單字速記
- ★ **wrestle** [`rɛsl̩] 名 動 摔角；角力；搏鬥 片語 **wrestling mat** 摔角墊
- ☆ **relish** [`rɛlɪʃ ] 名 嗜好 動 愛好 反義 **disrelish** [ dɪs`rɛlɪʃ] 名 動 討厭；嫌惡
- ★ **relay** [rɪ`le] 名 接力賽 動 傳達 片語 **by relay** 以實況轉播的方式
- ☆ **charcoal** [`tʃɑrˌkol] 名 炭 片語 **activated charcoal** 活性碳

( ) 24. Children are usually easily _______.
(A) lounged (B) rehearsed (C) cleansed (D) diverted

Point 通常孩子很容易就會被逗笑。

單字速記
- ★ **lounge** [laʊndʒ] 名 交誼廳 動 閒逛 片語 **departure lounge** 候機室
- ☆ **rehearse** [rɪ`hɝs ] 動 預演；練習 同義 **practice** [ `præktɪs]
- ★ **cleanse** [klɛnz] 動 淨化；整潔 同義 **purify** [`pjʊrə͵faɪ]
- ☆ **divert** [daɪ`vɝt] 動 逗…開心；使分心 片語 **divert from** 使從…分心

( ) 25. We have reserved a **grand** _______ at a hotel.
(A) outing (B) suite (C) saloon (D) artifact

Point 我們已在一家旅館預訂一間豪華套房。

單字速記
- ★ **outing** [`aʊtɪŋ] 名 郊遊；遠足 同義 **jaunt** [dʒɔnt]
- ☆ **suite** [swit] 名 套房 片語 **presidential suite** 總統套房
- ★ **saloon** [sə`lun] 名 酒吧；酒店 片語 **saloon bar** 高級酒店
- ☆ **artifact** [`ɑrtɪ͵fækt] 名 手工藝品 相關 **arts and crafts** 手工藝

( ) 26. In **Greek** _______, Hera was Zeus's sister and wife.
(A) canvas (B) realism (C) renaissance (D) mythology

Point 希臘神話中，赫拉是宙斯的姊姊和妻子。

單字速記
- ★ **canvas** [`kænvəs] 名 帆布 動 以帆布覆蓋 片語 **canvas bag** 帆布包
- ☆ **realism** [`rɪəl͵ɪzəm] 名 現實主義；現實性；哲學唯實論
- ★ **renaissance** [rə`nesn̩s] 名 文藝復興；再生
- ☆ **mythology** [mɪ`θɑlədʒɪ] 名 神話 同義 **myth** [mɪθ]

( ) 27. We sang _______ from door to door at Christmas.
(A) carols (B) lyrics (C) rehearsals (D) mouthpieces

Point 聖誕節時，我們挨家挨戶唱頌歌。

單字速記
- ★ **carol** [`kærəl] 名 頌歌；讚美詞 片語 **Christmas carol** 聖誕節頌歌
- ☆ **lyric** [`lɪrɪk] 名 歌詞；抒情詩 形 抒情的 片語 **lyric poem** 抒情詩
- ★ **rehearsal** [rɪ`hɝsl̩] 名 排演 片語 **dress rehearsal** 彩排
- ☆ **mouthpiece** [`maʊθ͵pis] 名 樂器吹口；代言人；拳擊護齒套

( ) 28. I enjoyed the steady, _______ beat of the drum.
(A) customary (B) legendary (C) rhythmic (D) superstitious

Point 我很喜愛鼓聲穩定的節奏。

單字速記
★ **customary** [`kʌstə͵mɛrɪ ] 形 慣常的 同義 **accustomed** [ ə`kʌstəmd]
☆ **legendary** [`lɛdʒənd͵ɛrɪ] 形 傳說的；著名的 名 傳說集
★ **rhythmic** [`rɪðmɪk] 形 有節奏的 片語 **rhythmic gymnastics** 節奏性體操
☆ **superstitious** [͵supə`stɪʃəs] 形 迷信的 近義 **blind** [blaɪnd] 形 盲目的

( ) 29. The boy has become more ______ after he went to school.
(A) photographic (B) communicative (C) clinical (D) dental

Point 這個男孩去上學之後已變得比較愛說話。

單字速記
★ **photographic** [͵fotə`græfɪk ] 形 攝影的 相關 **photo** [ `foto] 名 照片
☆ **communicative** [kə`mjunə͵ketɪv] 形 暢談的；愛說話的；交際的
★ **clinical** [`klɪnɪkḷ] 形 臨床的；門診的 片語 **clinical thermometer** 體溫計
☆ **dental** [`dɛntḷ] 形 牙齒的；牙科的 片語 **dental floss** 牙線

( ) 30. I have a **European** _______ from my great-grandmother.
(A) descendant (B) heritage (C) intimacy (D) newlywed

Point 我從曾祖母那裡遺傳到歐洲血統。

單字速記
★ **descendant** [dɪ`sɛndənt ] 名 後裔 反義 **ancestor** [ `ænsɛstɚ] 名 祖宗
☆ **heritage** [`hɛrətɪdʒ ] 名 遺產；繼承物 同義 **inheritance** [ ɪn`hɛrɪtəns]
★ **intimacy** [`ɪntəməsɪ ] 名 親密 同義 **closeness** [ `klosnɪs]
☆ **newlywed** [`njulɪ͵wɛd] 名 新婚夫妻；新結婚的人

Answer Key 1-30

1~5 C A B D A	6~10 C B D A B	11~15 A B C D D
16~20 A C A D B	21~25 A B C D B	26~30 D A C B B

ROUND

( ) 31. The comet is going to come back in 2061 and our _______ will be able to see it.

(A) offspring (B) predecessors (C) spouses (D) radiators

Point 這顆慧星將在西元二〇六一年回來，我們的子孫將能看見它。

★ **offspring** [`ɔf͵sprɪŋ ] 名 子孫；後裔 同義 **descendant** [ dɪ`sɛndənt]
☆ **predecessor** [`prɛdɪ͵sɛsɚ ] 名 祖先；前輩 同義 **forebear** [ `for͵bɛr]
★ **spouse** [spauz] 名 夫妻；配偶 同義 **mate** [met]
☆ **radiator** [`redɪ͵etɚ] 名 暖氣機 片語 **radiator grille** (汽車的)水箱

( ) 32. I decided to let Scott be my _______.

(A) mattress (B) wardrobe (C) successor (D) threshold

Point 我決定讓史考特擔任我的繼位者。

★ **mattress** [`mætrɪs] 名 床墊 片語 **air mattress** 空氣墊
☆ **wardrobe** [`wɔrd͵rob] 名 衣櫃 片語 **summer wardrobe** 夏裝
★ **successor** [sək`sɛsɚ ] 名 後繼者 同義 **inheritor** [ ɪn`hɛrɪtɚ]
☆ **threshold** [`θrɛʃold] 名 入口；門口 片語 **on the threshold of** 在開端

( ) 33. The _______ **of my shoes** are good at gripping wet pavement.

(A) nurture (B) upbringing (C) clearance (D) treads

Point 我的鞋底在潮濕的人行道上擁有良好的抓地力。

★ **nurture** [`nɜtʃɚ] 動 養育 名 培育 同義 **rear** [rɪr]
☆ **upbringing** [`ʌp͵brɪŋɪŋ] 名 養育；教養；培養
★ **clearance** [`klɪrəns] 名 清潔；打掃 片語 **clearance item** 清倉貨；零碼貨
☆ **tread** [trɛd] 名 踏板；鞋底 動 踩；踏；走 同義 **step** [stɛp]

( ) 34. Mom poaches eggs in the _______ every morning.

(A) poacher (B) sanitation (C) utensil (D) ambulance

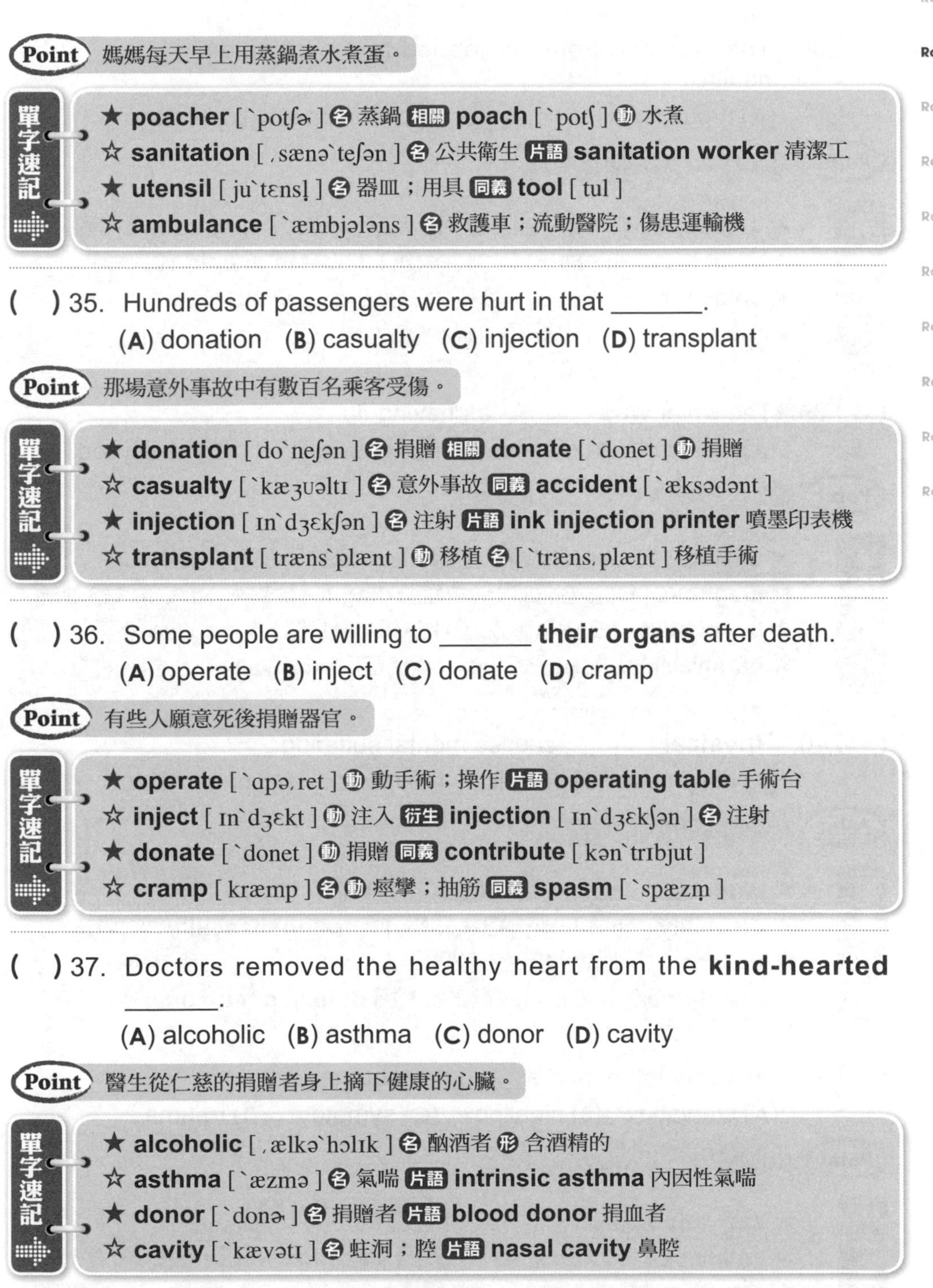

Point 媽媽每天早上用蒸鍋煮水煮蛋。

單字速記

★ **poacher** [`potʃɚ ] 名 蒸鍋 相關 **poach** [ `potʃ] 動 水煮

☆ **sanitation** [ˌsænə`teʃən] 名 公共衛生 片語 **sanitation worker** 清潔工

★ **utensil** [ju`tɛnsḷ] 名 器皿；用具 同義 **tool** [tul]

☆ **ambulance** [`æmbjələns] 名 救護車；流動醫院；傷患運輸機

( ) 35. Hundreds of passengers were hurt in that ______.

(A) donation (B) casualty (C) injection (D) transplant

Point 那場意外事故中有數百名乘客受傷。

單字速記

★ **donation** [do`neʃən ] 名 捐贈 相關 **donate** [ `donet] 動 捐贈

☆ **casualty** [`kæʒuəltɪ ] 名 意外事故 同義 **accident** [ `æksədənt]

★ **injection** [ɪn`dʒɛkʃən] 名 注射 片語 **ink injection printer** 噴墨印表機

☆ **transplant** [træns`plænt ] 動 移植 名 [ `trænsˌplænt] 移植手術

( ) 36. Some people are willing to ______ **their organs** after death.

(A) operate (B) inject (C) donate (D) cramp

Point 有些人願意死後捐贈器官。

單字速記

★ **operate** [`ɑpəˌret] 動 動手術；操作 片語 **operating table** 手術台

☆ **inject** [ɪn`dʒɛkt ] 動 注入 衍生 **injection** [ ɪn`dʒɛkʃən] 名 注射

★ **donate** [`donet ] 動 捐贈 同義 **contribute** [ kən`trɪbjut]

☆ **cramp** [kræmp] 名 動 痙攣；抽筋 同義 **spasm** [`spæzṃ]

( ) 37. Doctors removed the healthy heart from the **kind-hearted** ______.

(A) alcoholic (B) asthma (C) donor (D) cavity

Point 醫生從仁慈的捐贈者身上摘下健康的心臟。

單字速記

★ **alcoholic** [ˌælkə`hɔlɪk] 名 酗酒者 形 含酒精的

☆ **asthma** [`æzmə] 名 氣喘 片語 **intrinsic asthma** 內因性氣喘

★ **donor** [`donɚ] 名 捐贈者 片語 **blood donor** 捐血者

☆ **cavity** [`kævətɪ] 名 蛀洞；腔 片語 **nasal cavity** 鼻腔

( ) 38. The pressure from her job led to the complete _______ of her health.
(A) breakdown (B) diabetes (C) epidemic (D) fracture

Point 來自工作的壓力讓她累垮了。

單字速記
★ **breakdown** [`brek,daun] 名 崩潰 片語 **nervous breakdown** 精神崩潰
☆ **diabetes** [,daɪə`bitiz] 名 糖尿病 片語 **diabetes insipidus** 尿崩症
★ **epidemic** [,ɛpɪ`dɛmɪk] 名 傳染病 形 流行的；傳染的
☆ **fracture** [`fræktʃɚ] 名 動 骨折；挫傷；破碎 同義 **crack** [kræk]

( ) 39. The writer **was** _______ **as** having flu.
(A) disabled (B) diagnosed (C) hospitalized (D) paralyzed

Point 這位作者被診斷罹患了流行性感冒。

單字速記
★ **disable** [dɪs`ebl̩ ] 動 使傷殘 衍生 **disabled** [ dɪs`ebl̩d] 形 有缺陷的
☆ **diagnose** [`daɪəgnoz ] 動 診斷 相關 **diagnosis** [ ,daɪəg`nosɪs] 名 診斷
★ **hospitalize** [`hɑspɪtə,laɪz] 動 使入院治療 英式 **hospitalise**
☆ **paralyze** [`pærə,laɪz ] 動 麻痺；癱瘓 同義 **paralyse** [ `pærə,laɪz]

( ) 40. **Physical** _______ causes mental suffering.
(A) diagnosis (B) disability (C) malaria (D) pneumonia

Point 身體失能會引起心理痛苦。

單字速記
★ **diagnosis** [,daɪəg`nosɪs] 名 診斷；診斷結果；診斷書；判斷
☆ **disability** [,dɪsə`bɪlətɪ] 名 失能 片語 **learning disability** 學習障礙
★ **malaria** [mə`lɛrɪə ] 名 瘧疾 衍生 **malarial** [ mə`lɛrɪəl] 形 瘧疾的
☆ **pneumonia** [nju`monjə] 名 肺炎 片語 **double pneumonia** 雙肺炎

( ) 41. Has your infant had a _______ **vaccine** yet?
(A) starvation (B) smallpox (C) symptom (D) trauma

Point 你的嬰兒注射過天花疫苗了嗎？

單字速記
★ **starvation** [stɑr`veʃən ] 名 飢餓 同義 **famine** [ `fæmɪn]
☆ **smallpox** [`smɔlpɑks] 名 天花 片語 **smallpox warning** 天花警告
★ **symptom** [`sɪmptəm] 名 徵兆 片語 **symptoms of dementia** 精神病徵
☆ **trauma** [`trɔmə ] 名 創傷；損傷 衍生 **traumatic** [ trɔ`mætɪk] 形 創傷的

( ) 42. Chickenpox is so common in childhood that 90% of adults **are** _______ **to** it.
(A) infectious (B) immune (C) hysterical (D) rash

Point 水痘非常流行於兒童時期，以至於百分之九十的成年人都免疫。

單字速記
- ★ **infectious** [ɪn`fɛkʃəs] 形 傳染的；傳染性的；有感染力的；易傳播的
- ☆ **immune** [ɪ`mjun] 形 免疫的 片語 **immune system** 免疫系統
- ★ **hysterical** [hɪs`tɛrɪkḷ] 形 歇斯底里的；情緒異常激動的；極可笑的
- ☆ **rash** [ræʃ] 名 疹子 形 輕率的 片語 **diaper rash** 尿布疹

( ) 43. They discovered that there was a **malignant** _______ in her breast.
(A) tuberculosis (B) ulcer (C) vomit (D) tumor

Point 他們在她的乳房發現惡性腫瘤。

單字速記
- ★ **tuberculosis** [tju͵bɝkjə`losɪs] 名 肺結核
- ☆ **ulcer** [`ʌlsɚ] 名 潰瘍 片語 **gastric ulcer** 胃潰瘍
- ★ **vomit** [`vɑmɪt] 動 名 嘔吐 同義 **spew** [spju]
- ☆ **tumor** [`tjumɚ] 名 腫瘤；腫塊

( ) 44. Brian fell from his bike and _______ **his wrist**.
(A) wrenched (B) addicted (C) prescribed (D) throbbed

Point 布萊恩從單車上跌下，扭傷了手腕。

單字速記
- ★ **wrench** [`rɛntʃ] 動 名 扭傷；扭轉 片語 **screw wrench** 螺旋扳手
- ☆ **addict** [ə`dɪkt ] 動 上癮 名 [ `ædɪkt] 上癮者
- ★ **prescribe** [prɪ`skraɪb] 動 開處方；規定；指定
- ☆ **throb** [θrɑb] 名 動 跳動；搏動 衍生 **heart-throb** [`hɑrt͵θrɑb] 名 情人

( ) 45. This ointment is available **by** _______ only.
(A) addiction (B) medication (C) prescription (D) ecstasy

Point 這種藥膏憑處方才買得到。

單字速記
- ★ **addiction** [ə`dɪkʃən ] 名 上癮；熱衷 相關 **addict** [ `ædɪkt] 名 上癮者
- ☆ **medication** [͵mɛdɪ`keʃən] 名 藥物治療；藥物
- ★ **prescription** [prɪ`skrɪpʃən] 名 處方 片語 **fill a prescription** 按處方抓藥
- ☆ **ecstasy** [`ɛkstəsɪ] 名 狂喜；入迷；合成迷幻藥；出神

( ) 46. The doctor prescribed _______ to treat her infection.
(A) antibodies (B) antibiotics (C) heroin (D) fluid

Point 醫生開了抗生素治療她的感染。

單字速記
- ★ **antibody** [`æntɪ,bɑdɪ] 名 抗體
- ☆ **antibiotic** [,æntɪbaɪ`ɑtɪk] 名 抗生素 形 抗生的
- ★ **heroin** [`hɛroɪn ] 名 海洛因 辨析 **heroine** [ `hɛro,ɪn] 名 女英雄
- ☆ **fluid** [`fluɪd] 名 流體 形 流質的 片語 **correction fluid** 修正液

( ) 47. Never exceed the **recommended** _______.
(A) dosage (B) vaccine (C) capsule (D) dandruff

Point 決不要服用超過建議藥量。

單字速記
- ★ **dosage** [`dosɪdʒ] 名 藥量；劑量 相關 **dose** [dos] 名 一劑
- ☆ **vaccine** [`væksin] 名 疫苗 片語 **BCG vaccine** 卡介苗
- ★ **capsule** [`kæpsḷ] 名 膠囊 片語 **capsule hotel** 膠囊旅館
- ☆ **dandruff** [`dændrəf] 名 頭皮屑 同義 **scurf** [skɝf]

( ) 48. The friendly _______ instructed her to take a dose of cod-liver oil every morning.
(A) pharmacy (B) therapist (C) therapy (D) pharmacist

Point 友善的藥師吩咐她每天早上服用一劑魚肝油。

單字速記
- ★ **pharmacy** [`fɑrməsɪ ] 名 藥劑學 同義 **pharmacology** [ ,fɑrmə`kɑlədʒɪ]
- ☆ **therapist** [`θɛrəpɪst] 名 治療師 片語 **speech therapist** 語言治療師
- ★ **therapy** [`θɛrəpɪ] 名 治療 片語 **diet therapy** 食療
- ☆ **pharmacist** [`fɑrməsɪst ] 名 藥師 同義 **druggist** [ `drʌgɪst]

( ) 49. _______ carry fresh blood from your heart to the rest of your body.
(A) Accommodations (B) Tranquilizers (C) Arteries (D) Navels

Point 動脈從你的心臟輸送新鮮的血液到身體的其他部位。

單字速記
- ★ **accommodation** [ə,kɑmə`deʃən] 名 適應；調節；和解；膳宿
- ☆ **tranquilizer** [`træŋkwɪ,laɪzɚ] 名 鎮靜劑；精神安定劑
- ★ **artery** [`ɑrtərɪ] 名 動脈；幹道 反義 **vein** [ven] 名 靜脈
- ☆ **navel** [`nevḷ ] 名 肚臍；中心點 同義 **umbilicus** [ ʌm`bɪlɪkəs]

( ) 50. Her body will be able to **make a/an** _______ to the new drug soon.
(A) adaptation (B) abuse (C) clench (D) eyesight

Point 她的身體將能夠快速適應新藥。

單字速記
- ★ **adaptation** [ˌædæpˋteʃən] 名 適應 相關 **adapt** [əˋdæpt] 動 適應
- ☆ **abuse** [əˋbjuz] 動 虐待 名 濫用 同義 **maltreat** [mælˋtrit]
- ★ **clench** [klɛntʃ] 動 名 緊握 同義 **grasp** [græsp]
- ☆ **eyesight** [ˋaɪˌsaɪt] 名 視力；視野；視界

( ) 51. The baby _______ when he saw his father's funny face.
(A) caressed (B) autographed (C) beckoned (D) chuckled

Point 嬰兒看到爸爸逗趣的臉時輕笑了。

單字速記
- ★ **caress** [kəˋrɛs] 動 名 愛撫；善待 同義 **fondle** [ˋfandḷ]
- ☆ **autograph** [ˋɔtəˌgræf] 名 動 親筆簽名 同義 **sign** [saɪn]
- ★ **beckon** [ˋbɛkən] 動 點頭示意；招手 同義 **gesture** [ˋdʒɛstʃɚ]
- ☆ **chuckle** [ˋtʃʌkḷ] 動 輕笑 名 滿足的輕笑 同義 **giggle** [ˋgɪgḷ]

( ) 52. The cat _______ **its back** when a dog walked by.
(A) hunched (B) crumbled (C) ridiculed (D) shunned

Point 這隻貓在一隻狗走過時弓起背部。

單字速記
- ★ **hunch** [hʌntʃ] 動 弓起背部 名 瘤 衍生 **hunched** [hʌntʃt] 形 弓著身子的
- ☆ **crumble** [ˋkrʌmbḷ] 動 弄碎；破壞 同義 **decay** [dɪˋke]
- ★ **ridicule** [ˋrɪdɪkjul] 動 名 嘲笑 片語 **hold sb. up to ridicule** 嘲笑某人
- ☆ **shun** [ʃʌn] 動 避開；躲開；迴避 同義 **avoid** [əˋvɔɪd]

( ) 53. Teachers nowadays are not allowed to _______ **students**.
(A) smother (B) sprawl (C) smack (D) stammer

Point 現在的老師禁止體罰學生。

單字速記
- ★ **smother** [ˋsmʌðɚ] 動 窒息 名 令人窒息之物 片語 **suffocate** [ˋsʌfəˌket]
- ☆ **sprawl** [sprɔl] 動 名 任意伸展 衍生 **sprawled** [sprɔld] 形 四肢懶散伸開的
- ★ **smack** [smæk] 動 打；拍擊 名 拍擊聲 片語 **a wet smack** 討厭的人
- ☆ **stammer** [ˋstæmɚ] 動 結巴地說 名 口吃 同義 **stutter** [ˋstʌtɚ]

( ) 54. The murderer _______ the victim and dumped the body in a cave.
(A) trekked (B) animated (C) blundered (D) suffocated

Point 兇手將受害者悶死，並棄屍洞穴。

單字速記
★ **trek** [trɛk] 動 長途跋涉 名 移居 同義 **travel** [`trævḷ]
☆ **animate** [`ænə͵met] 動 使有活力；賦予生命 形 有活力的
★ **blunder** [`blʌndɚ ] 動 犯錯 名 大錯 同義 **mistake** [ mɪ`stek]
☆ **suffocate** [`sʌfə͵ket ] 動 使窒息 同義 **smother** [ `smʌðɚ]

( ) 55. Those two cars _______ at the intersection.
(A) complemented (B) collided (C) conformed (D) coveted

Point 那兩輛車在十字路口相撞。

單字速記
★ **complement** [`kɑmpləmɛnt ] 動 補充 名 [ `kɑmpləmənt] 補充物
☆ **collide** [kə`laɪd] 動 碰撞；牴觸 同義 **clash** [klæʃ]
★ **conform** [kən`fɔrm] 動 使符合；類似 片語 **conform to** 符合
☆ **covet** [`kʌvɪt ] 動 貪圖；垂涎 衍生 **coveted** [ `kʌvɪtɪd] 形 渴望得到的

( ) 56. Sam's words were _______ a serious insult.
(A) degraded (B) deemed (C) deprived (D) derived

Point 山姆說的話被視為是嚴重的污辱。

單字速記
★ **degrade** [dɪ`gred ] 動 降級；降等 同義 **demote** [ dɪ`mot]
☆ **deem** [dim] 動 視為；認為 同義 **think** [θɪŋk]
★ **deprive** [dɪ`praɪv] 動 剝奪 片語 **deprive of** 剝奪；使喪失
☆ **derive** [dɪ`raɪv] 動 源自；引出 片語 **derive from** 起源於；來自

( ) 57. We need to _______ **him from** making a mess of his life.
(A) detain (B) deter (C) detach (D) discharge

Point 我們必須阻止他搞砸他的人生。

單字速記
★ **detain** [dɪ`ten ] 動 留住；耽擱 同義 **delay** [ dɪ`le]
☆ **deter** [dɪ`tɝ ] 動 妨礙；使停止做 反義 **recommend** [ ͵rɛkə`mɛnd] 動 推薦
★ **detach** [dɪ`tætʃ ] 動 派遣；分開 衍生 **detached** [ dɪ`tætʃt] 形 分離的
☆ **discharge** [dɪs`tʃɑrdʒ] 動 卸下 名 排出 反義 **charge** [tʃɑrdʒ] 動 索價

(　) 58. Susan's health _______ quickly.

(A) discomforted　(B) deteriorated　(C) distorted　(D) enhanced

Point 蘇珊的健康狀況急速惡化。

單字速記

★ **discomfort** [dɪs`kʌmfət] 動 使不安 名 不適；不安；困苦

☆ **deteriorate** [dɪ`tɪrɪə͵ret ] 動 惡化 反義 **ameliorate** [ ə`miljə͵ret] 動 改善

★ **distort** [dɪs`tɔrt ] 動 扭曲 衍生 **distorted** [ dɪs`tɔrtɪd] 形 歪曲的

☆ **enhance** [ɪn`hæns ] 動 提高；增強 衍生 **enhanced** [ ɪn`hænst] 形 增大的

(　) 59. Carl is always seeking _______ of his assets.

(A) collision　(B) excerpt　(C) expedition　(D) enhancement

Point 卡爾汲營於增加資產。

單字速記

★ **collision** [kə`lɪʒən ] 名 碰撞 相關 **collide** [ kə`laɪd] 動 相撞

☆ **excerpt** [`ɛksɝpt ] 名 摘錄 動 [ ɪk`sɝpt] 引用；摘錄

★ **expedition** [͵ɛkspɪ`dɪʃən ] 名 探險；遠征 同義 **journey** [ `dʒɝnɪ]

☆ **enhancement** [ɪn`hænsmənt] 名 增進；提高；增加

(　) 60. The MRT _______ our transportation in the city.

(A) exerts　(B) evacuates　(C) extracts　(D) facilitates

Point 捷運讓我們在城市裡的交通更為便利。

單字速記

★ **exert** [ɪg`zɝt] 動 運用；盡力 片語 **exert oneself** 努力；盡力

☆ **evacuate** [ɪ`vækjʊ͵et ] 動 撤離；疏散 同義 **withdraw** [ wɪð`drɔ]

★ **extract** [ɪk`strækt] 動 拔出 名 提取物 片語 **yeast extract** 酵母提取物

☆ **facilitate** [fə`sɪlə͵tet] 動 利於；使容易 同義 **ease** [iz]

Answer Key 31-60

31~35 A C D A B　36~40 C C A B B　41~45 B B D A C

46~50 B A D C A　51~55 D A C D B　56~60 B B B D D

ROUND 3 Question 61～90

MP3 6-03

( ) 61. Richard is trying hard to _______ **for the truth**.

(A) fling (B) flicker (C) illuminate (D) grope

Point 理查努力試著尋找真相。

單字速記

★ **fling** [flɪŋ] 名 投；猛衝 動 投擲 片語 **fling mud at sb.** 中傷某人

☆ **flicker** [`flɪkɚ ] 動 飄揚；震動 名 閃耀 同義 **glitter** [ `glɪtɚ]

★ **illuminate** [ɪ`luməˌnet] 動 照明；點亮 同義 **light up**

☆ **grope** [grop] 動 名 尋找；摸索 同義 **search** [sɝtʃ]

( ) 62. We are constantly _______ by the next door neighbors.

(A) harassed (B) illuminated (C) implemented (D) inclined

Point 我們經常被隔壁鄰居騷擾。

單字速記

★ **harass** [`hærəs ] 動 騷擾；使煩惱 同義 **molest** [ mə`lɛst]

☆ **illuminate** [ɪ`luməˌnet ] 動 照明 相關 **luminant** [ `lumɪnənt] 形 發光的

★ **implement** [`ɪmpləmənt] 動 施行 名 工具 同義 **tool** [tul]

☆ **incline** [ɪn`klaɪn] 動 傾向 名 傾斜面 片語 **inclined to** 想要；有…傾向

( ) 63. This failure _______ Mr. Wang **to the core**.

(A) inferred (B) humiliated (C) inhabited (D) integrated

Point 這次的失敗讓王先生蒙羞至極。

單字速記

★ **infer** [ɪn`fɝ ] 動 推斷；推理 同義 **deduce** [ dɪ`djus]

☆ **humiliate** [hju`mɪlɪˌet ] 動 汙辱 同義 **disgrace** [ dɪs`gres]

★ **inhabit** [ɪn`hæbɪt] 動 居住 同義 **dwell** [dwɛl]

☆ **integrate** [`ɪntəˌgret] 動 整合 片語 **integrated management** 綜合管理

( ) 64. Somebody _______ **into** his house last night.

(A) intimidated (B) intervened (C) intruded (D) lamented

Point 昨晚有人侵入了他家。

單字速記
- ★ **intimidate** [ɪn`tɪmə,det ] 動 恐嚇 同義 **threaten** [ `θrɛtn̩]
- ☆ **intervene** [,ɪntɚ`vin ] 動 干擾；干預 同義 **arbitrate** [ `ɑrbə,tret]
- ★ **intrude** [ɪn`trud ] 動 侵入；打擾 同義 **obtrude** [ əb`trud]
- ☆ **lament** [lə`mɛnt] 動 哀悼 名 悲痛 片語 **lament over** 為…而悲痛

( ) 65. It's nearly impossible to make an **accurate** _______ with such little information.

(A) harassment (B) exploration (C) inference (D) intervention

Point 透過如此少量的資訊，要做出準確推理幾乎是不可能的。

單字速記
- ★ **harassment** [`hærəsmənt] 名 騷擾 片語 **sexual harassment** 性騷擾
- ☆ **exploration** [,ɛksplə`reʃən] 名 探索；探究；研究；調查
- ★ **inference** [`ɪnfərəns ] 名 推理；推斷 相關 **infer** [ ɪn`fɝ] 動 推論
- ☆ **intervention** [,ɪntɚ`vɛnʃən] 名 干預；調停；介入；插入；斡旋

( ) 66. Jack _______ his company's financial records to cheat his boss.

(A) manipulated (B) lured (C) liberated (D) marred

Point 傑克竄改公司財務紀錄來欺騙他的老闆。

單字速記
- ★ **manipulate** [mə`nɪpjə,let] 動 竄改(帳目)；巧妙地處理；操縱
- ☆ **lure** [lʊr] 動 誘惑 名 誘餌 同義 **seduce** [sɪ`djus]
- ★ **liberate** [`lɪbə,ret ] 動 使自由 反義 **restrict** [ rɪ`strɪkt] 動 限制；約束
- ☆ **mar** [mɑr] 動 毀損 名 汙點 同義 **blemish** [`blɛmɪʃ]

( ) 67. The _______ **of the war** shocked the whole world.

(A) liberation (B) overlap (C) outbreak (D) mold

Point 這場戰爭的爆發震驚全世界。

單字速記
- ★ **liberation** [,lɪbə`reʃən] 名 解放 片語 **gay liberation** 同志解放運動
- ☆ **overlap** [,ovɚ`læp ] 動 重疊 名 [ `ovɚ,læp] 重疊的部分
- ★ **outbreak** [`aʊt,brek ] 名 爆發；暴動 同義 **uprising** [ `ʌp,raɪzɪŋ]
- ☆ **mold** [mold] 動 塑造 名 模子；黴菌 片語 **molding board** 揉麵板

( ) 68. It is Mr. Wang who will _______ **over** the meeting next Tuesday.

(A) mimic (B) pierce (C) preside (D) quench

Point 將主持下週二會議的人是王先生。

單字速記
- ★ **mimic** [`mɪmɪk ] 動 模仿 名 模仿者 同義 **imitate** [ `ɪmə,tet]
- ☆ **pierce** [pɪrs] 動 刺穿 片語 **pierce through** 穿刺入；突破
- ★ **preside** [prɪ`zaɪd] 動 主持 片語 **preside at/over** 主持；負責
- ☆ **quench** [kwɛntʃ] 動 解渴；弄熄；抑制 同義 **suppress** [sə`prɛs]

( ) 69. **The** _______ **of the earth** is completed in about 24 hours.
(A) revelation (B) perception (C) rotation (D) stimulation

Point 地球自轉約需二十四小時完成。

單字速記
- ★ **revelation** [,rɛvə`leʃən ] 名 揭發 相關 **reveal** [ rɪ`vil] 動 揭發
- ☆ **perception** [pɚ`sɛpʃən] 名 感覺 片語 **music perception** 音樂知覺
- ★ **rotation** [ro`teʃən] 名 旋轉；自轉 片語 **in rotation** 循環
- ☆ **stimulation** [,stɪmjə`leʃən] 名 刺激；興奮；激勵；鼓舞

( ) 70. After fighting with each other, the two boys were soon _______.
(A) reconciled (B) recurred (C) reinforced (D) ravaged

Point 和彼此吵架後，這兩個男孩子很快就言歸於好了。

單字速記
- ★ **reconcile** [`rɛkən,saɪl ] 動 和解；調停 同義 **settle** [ `sɛtl̩]
- ☆ **recur** [rɪ`kɝ] 動 重現；循環 片語 **recurring decimal** 循環小數
- ★ **reinforce** [,riɪn`fɔrs] 動 增強 片語 **glass reinforce** 強化玻璃
- ☆ **ravage** [`rævɪdʒ ] 動 名 毀壞 反義 **preserve** [ prɪ`zɝv] 動 保存；維護

( ) 71. The _______ of his name from the list is not my idea.
(A) removal (B) restraint (C) revival (D) stalk

Point 將他從名單上刪除不是我的主意。

單字速記
- ★ **removal** [rɪ`muvl̩] 名 移動；除去 片語 **fat removal** 抽脂
- ☆ **restraint** [rɪ`strent] 名 限制；抑制 片語 **without restraint** 無拘無束地
- ★ **revival** [rɪ`vaɪvl̩ ] 名 重演；復甦 相關 **revive** [ rɪ`vaɪv] 動 復甦
- ☆ **stalk** [stɔk] 動 追蹤；跟蹤 名 偷偷靠近；植物的莖

( ) 72. Vanessa _______ **her seat** to an old lady on the bus.

(A) repressed (B) retaliated (C) rendered (D) rotated

Point 凡妮莎在公車上將她的座位讓給一名老婦人。

單字速記
- ★ **repress** [rɪ`prɛs ] 動 抑制；鎮壓 反義 **incite** [ ɪn`saɪt] 動 激勵；煽動
- ☆ **retaliate** [rɪ`tælɪˏet ] 動 報復 同義 **revenge** [ rɪ`vɛndʒ]
- ★ **render** [`rɛndɚ ] 動 讓與；翻譯 衍生 **rendering** [ `rɛndərɪŋ] 名 譯文
- ☆ **rotate** [`rotet] 動 旋轉；轉動 同義 **turn** [tɝn]

( ) 73. The security guard will _______ the ring **from** theft.

(A) seduce (B) skim (C) soar (D) safeguard

Point 保全人員將會保護這枚戒指免於被偷。

單字速記
- ★ **seduce** [sɪ`djus] 動 引誘；慫恿 同義 **lure** [lʊr]
- ☆ **skim** [skɪm] 動 撇除 名 撇去 片語 **skim milk** 脫脂牛奶
- ★ **soar** [sor] 動 上升；高飛 同義 **hover** [`hʌvɚ]
- ☆ **safeguard** [`sefˏgɑrd ] 動 保護 名 保護者 同義 **shield** [ `ʃild]

( ) 74. I took some medicine to _______ **my headache**.

(A) soothe (B) spike (C) stimulate (D) stock

Point 我服了一些藥來減緩頭痛。

單字速記
- ★ **soothe** [suð] 動 安慰；緩和 反義 **enrage** [ɪn`redʒ] 動 激怒；使憤怒
- ☆ **spike** [spaɪk] 動 以尖釘釘牢 名 長釘 片語 **spike heel** 高跟鞋的後跟
- ★ **stimulate** [`stɪmjəˏlet ] 動 刺激 同義 **motivate** [ `motəˏvet]
- ☆ **stock** [stɑk] 動 貯存 名 股票；家畜；存貨 片語 **stock in trade** 現貨

( ) 75. Lack of sleep will _______ the growth of children.

(A) surpass (B) swap (C) terminate (D) stunt

Point 缺乏睡眠會阻礙孩童成長。

單字速記
- ★ **surpass** [sɚ`pæs ] 動 超越；勝過；優於 同義 **excel** [ ɪk`sɛl]
- ☆ **swap** [swɑp] 動 名 交換 片語 **swap shop** 以物易物的商店
- ★ **terminate** [`tɝməˏnet] 動 使終止 同義 **end** [ɛnd]
- ☆ **stunt** [stʌnt] 動 阻礙 名 特技表演 片語 **pull a stunt** 開玩笑；耍花招

( ) 76. What's done cannot be _______.
(A) underestimated (B) undermined (C) uncovered (D) undone

Point 覆水難收。

單字速記
★ **underestimate** [`ʌndɚ`ɛstə͵met] 名 動 低估；估計不足
☆ **undermine** [͵ʌndɚ`maɪn ] 動 破壞；削弱基礎 同義 **destroy** [ dɪ`strɔɪ]
★ **uncover** [ʌn`kʌvɚ ] 動 揭開 衍生 **uncovered** [ ʌn`kʌvɚd] 形 未覆蓋的
☆ **undo** [ʌn`du ] 動 消除；取消 衍生 **undone** [ ʌn`dʌn] 形 沒有做的

( ) 77. Before entering the room, you have to use a key to _______ **the door** from outside.
(A) unfold (B) unify (C) unlock (D) unpack

Point 進房前，你必須使用鑰匙從外面打開門鎖。

單字速記
★ **unfold** [ʌn`fold ] 動 打開；攤開 同義 **open** [ `opən]
☆ **unify** [`junə͵faɪ ] 動 聯合；使一致 同義 **combine** [ kəm`baɪn]
★ **unlock** [ʌn`lɑk] 動 開鎖；揭開 反義 **lock** [lɑk] 動 鎖上
☆ **unpack** [ʌn`pæk] 動 解開；卸下；打開行李 反義 **pack** [pæk] 動 包；捆

( ) 78. To stay healthy, you have to _______ the temptation of junk food.
(A) victimize (B) withstand (C) woo (D) usher

Point 為了健康，你必須抵擋垃圾食物的誘惑。

單字速記
★ **victimize** [`vɪktɪm͵aɪz ] 動 使受苦；使受騙 同義 **victimise** [ `vɪtɪ͵maɪz]
☆ **withstand** [wɪð`stænd ] 動 抵擋；耐得住 同義 **resist** [ rɪ`zɪst]
★ **woo** [wu] 動 求婚；求愛 同義 **court** [kort]
☆ **usher** [`ʌʃɚ] 動 護送；招待 名 引導員 片語 **usher in** 領進；引進

( ) 79. Katrina helps me to _______ and classify these documents.
(A) articulate (B) concede (C) xerox (D) commemorate

Point 卡崔娜幫我影印及分類這些文件。

單字速記
★ **articulate** [ɑr`tɪkjəlet ] 動 清晰地發音 形 [ ɑr`tɪkjəlɪt] 發音清晰的
☆ **concede** [kən`sid] 動 承認；讓步 片語 **concede that** (勉強)承認
★ **Xerox/xerox** [`zirɑks] 動 名 影印 片語 **Xerox machine** 影印機
☆ **commemorate** [kə`mɛmə͵ret ] 動 慶祝 同義 **celebrate** [ `sɛlə͵bret]

( ) 80. I have to _______ **with** my lawyer before giving you an answer.
(A) denounce (B) depict (C) confer (D) disapprove

Point 在答覆你之前，我必須先與我的律師商量。

單字速記
- ★ **denounce** [dɪ`naʊns] 動 公然抨擊 同義 **blame** [blem]
- ☆ **depict** [dɪ`pɪkt ] 動 描述 同義 **portray** [ por`tre]
- ★ **confer** [kən`fɝ] 動 商議；商討 片語 **confer with** 與…商討
- ☆ **disapprove** [,dɪsə`pruv] 動 反對 片語 **disapprove of** 不贊成

( ) 81. Louie tried to _______ Dillon **from** going surfing in the furious weather.
(A) disclose (B) dissuade (C) formulate (D) highlight

Point 路易勸阻狄倫不要在這種鬼天氣去衝浪。

單字速記
- ★ **disclose** [dɪs`kloz ] 動 暴露 同義 **uncover** [ ʌn`kʌvɚ]
- ☆ **dissuade** [dɪ`swed ] 動 勸阻；阻止 同義 **deter** [ dɪ`tɝ]
- ★ **formulate** [`fɔrmjə,let ] 動 明確陳述 同義 **express** [ ɪk`sprɛs]
- ☆ **highlight** [`haɪ,laɪt] 動 照亮；強調 名 精彩畫面

( ) 82. Can you give us some _______ on our proposal?
(A) feedback (B) eloquence (C) disclosure (D) controversy

Point 針對我們的提案，能不能給我們一些回應？

單字速記
- ★ **feedback** [`fid,bæk] 名 回饋；回應 片語 **feedback control** 反饋控制
- ☆ **eloquence** [`ɛləkwəns ] 名 雄辯的口才 同義 **cogency** [ `kodʒənsɪ]
- ★ **disclosure** [dɪs`kloʒɚ ] 名 揭發 同義 **revelation** [ rɛvḷ`eʃən]
- ☆ **controversy** [`kɑntrə,vɝsɪ] 名 爭論；辯論；爭議

( ) 83. Same-sex marriage has been a/an _______ **issue** for years.
(A) dissident (B) emphatic (C) eloquent (D) controversial

Point 好幾年來，同性婚姻一直是個具爭議性的話題。

單字速記
- ★ **dissident** [`dɪsədənt] 形 有異議的 名 異議者
- ☆ **emphatic** [ɪm`fætɪk ] 形 強調的 同義 **emphasized** [ `ɛmfə,saɪzd]
- ★ **eloquent** [`ɛləkwənt ] 形 辯才無礙的 同義 **well-spoken** [ `wɛl`spokən]
- ☆ **controversial** [,kɑntrə`vɝʃəl] 形 爭議的；可疑的；爭論的

( ) 84. Alec took his shoes off **in** ______ **with** the custom.
(A) assumption (B) implication (C) accordance (D) prediction

Point 亞力克遵循傳統，把他的鞋脫掉。

單字速記
★ **assumption** [ə`sʌmpʃən] 名 假設；假定；承擔；僭越；假裝
☆ **implication** [ˏɪmplɪ`keʃən] 名 暗示 片語 **by implication** 暗示地
★ **accordance** [ə`kɔrdəns] 名 依照 片語 **in accordance with** 與…一致
☆ **prediction** [prɪ`dɪkʃən ] 名 預言 同義 **forecast** [ `forˏkæst]

( ) 85. You have the ______ of going with us or staying home alone.
(A) inquiry (B) consultation (C) alternative (D) recommendation

Point 你可以選擇跟我們去，或是獨自待在家裡。

單字速記
★ **inquiry** [ɪn`kwaɪrɪ] 名 詢問；調查 片語 **on inquiry** 調查之後
☆ **consultation** [ˏkɑnsəl`teʃən] 名 諮詢 片語 **in consultation with** 諮詢
★ **alternative** [ɔl`tɜnətɪv] 名 二選一；選擇 形 二選一的
☆ **recommendation** [ˏrɛkəmɛn`deʃən] 名 推薦

( ) 86. Jacob ______ himself **from** his family for some reason.
(A) asserted (B) alienated (C) signified (D) betrayed

Point 雅各因為某種理由和家人疏離了。

單字速記
★ **assert** [ə`sɜt] 動 主張；斷言 片語 **assert oneself** 堅持自己的權利
☆ **alienate** [`eljənˏet ] 動 使疏遠 衍生 **alienated** [ `eljənetɪd] 形 不合群的
★ **signify** [`sɪgnəˏfaɪ ] 動 表示 相關 **signal** [ `sɪgnḷ] 動 用動作示意
☆ **betray** [bɪ`tre ] 動 出賣；背叛 近義 **deceive** [ dɪ`siv] 動 蒙蔽

( ) 87. Our manager would like to ______ Gavin **as** the team leader.
(A) quarrelsome (B) designate (C) implicit (D) perspective

Point 我們的經理欲指定蓋文擔任小組長。

單字速記
★ **quarrelsome** [`kwɔrəlsəm] 形 愛爭吵的
☆ **designate** [`dɛzɪgˏnet ] 動 指定 形 選派的 同義 **assign** [ ə`saɪn]
★ **implicit** [ɪm`plɪsɪt] 形 含蓄的 片語 **implicit knowledge** 隱性知識
☆ **perspective** [pɚ`spɛktɪv] 名 觀點 形 透視的 片語 **in perspective** 正確地

Round 1 Round 2 Round 3 Round 4 Round 5 Round 6 Round 7 Round 8 Round 9 Round 10

( ) 88. The price of that product has been _______ three times in two years.
(A) boycotted (B) boosted (C) biased (D) distracted

Point 那件商品的價格在兩年內已漲了三次。

單字速記
- ★ **boycott** [`bɔɪ,kɑt] 動 名 杯葛；抵制 同義 **ban** [bæn]
- ☆ **boost** [bust] 動 提高；推動 名 幫助；促進 同義 **lift** [lɪft]
- ★ **bias** [`baɪəs ] 名 偏見；偏心 動 使存偏見 衍生 **biased** [ `baɪəst] 形 偏見的
- ☆ **distract** [dɪ`strækt ] 動 分散 衍生 **distracting** [ dɪ`stræktɪŋ] 形 分心的

( ) 89. Margaret's voice is famous for its _______.
(A) breakthrough (B) breakup (C) conception (D) clarity

Point 瑪格麗特的歌聲以純淨聞名。

單字速記
- ★ **breakthrough** [`brek,θru] 名 突破；突圍；突破性的進展
- ☆ **breakup** [`brek,ʌp] 名 分手；瓦解 同義 **part** [pɑrt]
- ★ **conception** [kən`sɛpʃən] 名 概念；構想；懷孕；創始
- ☆ **clarity** [`klærətɪ ] 名 透明；清楚 同義 **clearness** [ `klɪrnɪs]

( ) 90. That fortuneteller has the ability to _______ **the future**.
(A) coordinate (B) characterize (C) doom (D) foresee

Point 那位占卜師有預知未來的能力。

單字速記
- ★ **coordinate** [ko`ɔrdənet ] 動 協調；使同等 形 [ ko`ɔrdn̩ɪt] 同等的
- ☆ **characterize** [`kærɪktə,raɪz] 動 具有…特徵 英式 **characterise**
- ★ **doom** [dum] 名 厄運 動 注定 片語 **doom and gloom** 前景暗淡
- ☆ **foresee** [for`si ] 動 預知；看穿 同義 **forecast** [ `for,kæst]

Answer Key 61-90

61~65 ❯ D A B C C	66~70 ❯ A C C C A	71~75 ❯ A C D A D
76~80 ❯ D C B C C	81~85 ❯ B A D C C	86~90 ❯ B B B D D

ROUND 4 Question 91～120

(　) 91. ______ helps Michelle to clear her thoughts.
(A) Concession (B) Criterion (C) Distraction (D) Contemplation

Point 沉思讓蜜雪兒釐清她的思緒。

單字速記
- ★ **concession** [kən`sɛʃən] 名 妥協；讓步 片語 **concession stand** 貨攤
- ☆ **criterion** [kraɪ`tɪrɪən ] 名 標準；基準 複數 **criteria** [ kraɪ`tɪrɪə]
- ★ **distraction** [dɪ`strækʃən ] 名 分心；不安 同義 **diversion** [ daɪ`vɜʒən]
- ☆ **contemplation** [ˏkantɛm`pleʃən] 名 沉思；研究；期望

(　) 92. What is your **life** ______?
(A) motto (B) hostility (C) fidelity (D) reliance

Point 你的人生座右銘是什麼呢？

單字速記
- ★ **motto** [`mato ] 名 座右銘；格言 同義 **adage** [ `ædɪdʒ]
- ☆ **hostility** [has`tɪlətɪ ] 名 敵意 衍生 **hostilities** [ has`tɪlətɪz] 名 戰爭
- ★ **fidelity** [fɪ`dɛlətɪ] 名 忠實；誠實 片語 **high fidelity** 音響高度傳真性
- ☆ **reliance** [rɪ`laɪəns ] 名 信賴 衍生 **self-reliance** [ `sɛlfrɪ`laɪəns] 名 自恃

(　) 93. Why would you ______ your only friend?
(A) ponder (B) forsake (C) specify (D) speculate

Point 你為何要拋下你唯一的朋友？

單字速記
- ★ **ponder** [`pandɚ] 動 仔細考慮 片語 **ponder over** 考慮
- ☆ **forsake** [fɚ`sek ] 動 拋棄；放棄 同義 **abandon** [ ə`bændən]
- ★ **specify** [`spɛsəˏfaɪ] 動 詳述；具體指定；把…列入說明書
- ☆ **speculate** [`spɛkjəˏlet ] 動 沉思；投機 同義 **gamble** [ `gæmbḷ]

(　) 94. Your ______ will be answered by our public relations manager.
(A) sanctions (B) queries (C) confrontations (D) subjectives

Point 您的問題將由我們的公關經理回答。

單字速記

★ **sanction** [`sæŋkʃən] 名 認可 動 批准 片語 **pragmatic sanction** 國家詔書
☆ **query** [`kwɪrɪ ] 名 問題 動 質疑 同義 **inquire** [ ɪn`kwaɪr]
★ **confrontation** [ˌkɑnfrən`teʃən] 名 對抗；對質；比較
☆ **subjective** [səb`dʒɛktɪv] 形 主觀的 片語 **subjective case** 主格

( ) 95. My mother _______ her life **to** our family.
(A) yearns (B) dedicates (C) upholds (D) perseveres

Point 我的母親一生奉獻於家庭。

單字速記

★ **yearn** [jɝn] 動 渴望；懷念 片語 **yearn for** 盼望
☆ **dedicate** [`dɛdəˌket] 動 奉獻；貢獻 片語 **dedicate to** 奉獻於
★ **uphold** [ʌp`hold ] 動 支持；舉起 同義 **support** [ sə`port]
☆ **persevere** [ˌpɝsə`vɪr] 動 堅持 片語 **persevere at** 堅持

( ) 96. Please **fill in this** _______ for me.
(A) commitment (B) questionnaire (C) dedication (D) insistence

Point 請幫我填寫這份問卷。

單字速記

★ **commitment** [kə`mɪtmənt ] 名 承諾 相關 **commit** [ kə`mɪt] 動 承諾
☆ **questionnaire** [ˌkwɛstʃə`nɛr] 名 問卷；意見調查表
★ **dedication** [ˌdɛdə`keʃən] 名 奉獻 片語 **dedication to** 獻身於
☆ **insistence** [ɪn`sɪstəns ] 名 堅持 同義 **persistence** [ pɚ`sɪstəns]

( ) 97. Taking care of children's health and safety is parents' _______.
(A) persistence (B) perseverance (C) annoyance (D) obligation

Point 照顧孩子的健康以及安全是父母的責任。

單字速記

★ **persistence** [pɚ`sɪstəns ] 名 堅持；持久 同義 **insistence** [ ɪn`sɪstəns]
☆ **perseverance** [ˌpɝsə`vɪrəns] 名 堅忍；毅力；不屈不撓
★ **annoyance** [ə`nɔɪəns ] 名 煩惱 相關 **annoy** [ ə`nɔɪ] 動 惹惱
☆ **obligation** [ˌɑblə`geʃən ] 名 責任；義務 同義 **duty** [ `djutɪ]

( ) 98. John is not a person with persistence; he'**s** _______ **to** quit everything quickly.
(A) resolute (B) selective (C) prone (D) persistent

Point 約翰不是個有毅力的人，他易於放棄。

單字速記
- ★ **resolute** [ˋrɛzə͵lut] 形 堅決的 同義 **resolved** [rɪˋzɑlvd]
- ☆ **selective** [səˋlɛktɪv] 形 精挑細選的 片語 **selective service** 選擇性徵兵制
- ★ **prone** [pron] 形 易於 片語 **prone to** 易於；有…傾向的
- ☆ **persistent** [pɚˋsɪstənt] 形 固執的 同義 **stubborn** [ˋstʌbɚn]

( ) 99. Although she's pretty and wealthy, her _______ **attitude** drives everyone away.
(A) arrogant (B) spontaneous (C) affectionate (D) amiable

Point 雖然她既漂亮又有錢，但她傲慢的態度讓大家敬而遠之。

單字速記
- ★ **arrogant** [ˋærəgənt] 形 傲慢的 同義 **haughty** [ˋhɔtɪ]
- ☆ **spontaneous** [spɑnˋtenɪəs] 形 自發的；非出於強制的；無意識的
- ★ **affectionate** [əˋfɛkʃənɪt] 形 和藹的；摯愛的；充滿深情的
- ☆ **amiable** [ˋemɪəbl̩] 形 友善的；和藹可親的 同義 **lovable** [ˋlʌvəbl̩]

( ) 100. Much to my parents' _______, I chose not to go to college.
(A) anticipation (B) anecdotes (C) consolation (D) dismay

Point 令我雙親非常沮喪的是，我選擇不唸大學。

單字速記
- ★ **anticipation** [æn͵tɪsəˋpeʃən] 名 期待；預期 片語 **in anticipation** 預先
- ☆ **anecdote** [ˋænɪk͵dot] 名 趣聞；軼事 同義 **tidbit** [ˋtɪd͵bɪt]
- ★ **consolation** [͵kɑnsəˋleʃən] 名 撫慰 片語 **consolation prize** 安慰獎
- ☆ **dismay** [dɪsˋme] 名 沮喪 動 使沮喪 同義 **dispirit** [dɪˋspɪrɪt]

( ) 101. They are very _______ **about** their finals.
(A) conscientious (B) charitable (C) crude (D) deliberated

Point 他們非常認真準備期末考。

單字速記
- ★ **conscientious** [͵kɑnʃɪˋɛnʃəs] 形 認真的 同義 **diligent** [ˋdɪlədʒənt]
- ☆ **charitable** [ˋtʃærətəbl̩] 形 仁慈的 同義 **kindly** [ˋkaɪndlɪ]
- ★ **crude** [krud] 形 生的；粗俗的；天然的 片語 **crude oil** 原油
- ☆ **deliberate** [dɪˋlɪbəret] 形 故意的 動 仔細考慮 同義 **ponder** [ˋpɑndɚ]

( ) 102. Olivia happily _______ joining the party this weekend.

(A) obliged (B) anticipated (C) displeased (D) distrusted

Point 奧利維亞開心地期待著參加這個週末的派對。

單字速記
★ **oblige** [əˋblaɪdʒ] 動 強迫；使感激 衍生 **obliged** [əˋblaɪdʒd] 形 感激的
☆ **anticipate** [ænˋtɪsə͵pet] 動 期待；預期 同義 **expect** [ɪkˋspɛkt]
★ **displease** [dɪsˋpliz] 動 使不快；得罪 反義 **please** [pliz] 動 討好
☆ **distrust** [dɪsˋtrʌst] 動 名 不信任 反義 **trust** [trʌst] 動 名 信任

( ) 103. Traffic accidents are sometimes caused by pedestrians who ______ **the traffic rules**.
(A) flare (B) fret (C) disregard (D) irritate

Point 交通事故有時導因於行人忽視交通規則。

單字速記
★ **flare** [flɛr] 動 發怒 名 閃光 片語 **flare up** (怒氣、疾病等)突然爆發
☆ **fret** [frɛt] 動 煩躁；焦慮 衍生 **fretted** [ˋftɛtɪd] 形 焦躁的
★ **disregard** [͵dɪsrɪˋgɑrd] 動 名 輕蔑；忽視 同義 **ignore** [ɪgˋnor]
☆ **irritate** [ˋɪrə͵tet] 動 使生氣；使煩躁 同義 **annoy** [əˋnɔɪ]

( ) 104. **To my** ______, this serial killer was only sentenced 25 years.
(A) EQ (B) outlook (C) nuisance (D) indignation

Point 令我憤怒的是，這個連續殺人犯只被判處二十五年刑期。

單字速記
★ **EQ** [iˋkju] 名 情緒智商 原稱 **emotional quotient**
☆ **outlook** [ˋaʊt͵lʊk] 名 觀點；態度 同義 **attitude** [ˋætətjud]
★ **nuisance** [ˋnjusəns] 名 惹厭者；麻煩事 片語 **nuisance tax** 小額消費品稅
☆ **indignation** [͵ɪndɪgˋneʃən] 名 憤怒 片語 **indignation about** 對…憤怒

( ) 105. **It is** ______ **that** the unfaithful business tycoon held a press conference, swearing how much he loves his wife.
(A) ironic (B) irritable (C) dreary (D) joyous

Point 諷刺的是，這位不忠的企業大亨開了場記者會，發誓他有多愛老婆。

單字速記
★ **ironic** [aɪˋrɑnɪk] 形 諷刺的 同義 **ironical** [aɪˋrɑnɪkḷ]
☆ **irritable** [ˋɪrətəbḷ] 形 易怒的；暴躁的 同義 **cranky** [ˋkræŋkɪ]
★ **dreary** [ˋdrɪərɪ] 形 陰鬱的 同義 **gloomy** [ˋglumɪ]
☆ **joyous** [ˋdʒɔɪəs] 形 歡喜的；高興的 反義 **grievous** [ˋgrivəs] 形 悲傷的

(　) 106. The other group voiced a strong ______ **against** the plan.
(A) irritation (B) opposition (C) prejudice (D) temperament

Point 另一個團體對這個提案發出了強烈的反對聲浪。

單字速記
- ★ **irritation** [ˌɪrəˋteʃən] 名 煩躁；惱怒；生氣；發炎
- ☆ **opposition** [ˌɑpəˋzɪʃən] 名 反對 片語 **in opposition to** 與…意見相反
- ★ **prejudice** [ˋprɛdʒədɪs] 名 偏見 動 使存有偏見 同義 **bias** [ˋbaɪəs]
- ☆ **temperament** [ˋtɛmprəmənt] 名 氣質；性情；喜怒無常；急躁

(　) 107. The landowner ______ the poor tenant farmer year after year.
(A) provoking (B) sneering (C) oppressed (D) freaked

Point 地主年復一年壓迫著佃農。

單字速記
- ★ **provoke** [prəˋvok] 動 激起 衍生 **provoking** [prəˋvokɪŋ] 形 刺激的
- ☆ **sneer** [snɪr] 動 嘲笑著說 名 冷笑 衍生 **sneering** [ˋsnɪrɪŋ] 形 輕蔑的
- ★ **oppress** [əˋprɛs] 動 壓迫 衍生 **oppressed** [ɔˋprɛst] 形 受壓迫的
- ☆ **freak** [frik] 名 怪胎 動 使發瘋 片語 **freak of nature** 不正常的事物

(　) 108. After breaking up with her boyfriend, Nichole was still too ______ to start a new relationship.
(A) sentimental (B) pathetic (C) discreet (D) vulnerable

Point 自從與男友分手後，妮可仍然非常脆弱，無法展開新戀情。

單字速記
- ★ **sentimental** [ˌsɛntəˋmɛntḷ] 形 易感的 同義 **emotional** [ɪˋmoʃənḷ]
- ☆ **pathetic** [pəˋθɛtɪk] 形 悲慘的 同義 **deplorable** [dɪˋplorəbḷ]
- ★ **discreet** [dɪˋskrit] 形 謹慎的 同義 **prudent** [ˋprudṇt]
- ☆ **vulnerable** [ˋvʌlnərəbḷ] 形 脆弱的；敏感的 同義 **sensitive** [ˋsɛnsətɪv]

(　) 109. Cindy fights for child welfare with ______ and dedication.
(A) conceit (B) zeal (C) eccentric (D) lunatic

Point 辛蒂熱忱奉獻於爭取兒童福利。

單字速記
- ★ **conceit** [kənˋsit] 名 自負；自大 衍生 **self-conceit** [ˌsɛlfkənˋsit] 名 自負
- ☆ **zeal** [zil] 名 熱忱；熱心 同義 **enthusiasm** [ɪnˋθjuzɪˌæzəm]
- ★ **eccentric** [ɪkˋsɛntrɪk] 形 古怪的 名 古怪的人 同義 **erratic** [ɪˋrætɪk]
- ☆ **lunatic** [ˋlunəˌtɪk] 名 瘋子 形 瘋癲的 片語 **lunatic asylum** 瘋人院

( ) 110. A ______ is someone who acts in a manner that he or she specifically criticizes.

(A) hypocrite (B) integrity (C) hypocrisy (D) morality

Point 偽君子是嘴上批評得冠冕堂皇、但行為卻醜惡的人。

單字速記

★ **hypocrite** [`hɪpəkrɪt ] 名 偽君子 同義 **pretender** [ prɪ`tɛndɚ]
☆ **integrity** [ɪn`tɛgrətɪ] 名 正直；完善 片語 **data integrity** 數據完整性
★ **hypocrisy** [hɪ`pɑkrəsɪ ] 名 虛偽 同義 **pretense** [ prɪ`tɛns]
☆ **morality** [mə`rælətɪ] 名 道德；德行 片語 **morality play** 道德劇

( ) 111. After the car accident, the **pain** in her legs was ______.

(A) sophisticated (B) acute (C) applicable (D) vicious

Point 車禍後，她的腿疼得很厲害。

單字速記

★ **sophisticated** [sə`fɪstɪˏketɪd] 形 久經世故的；富有經驗的
☆ **acute** [ə`kjut] 形 敏銳的；劇烈的 片語 **acute angle** 銳角
★ **applicable** [`æplɪkəbl̩ ] 形 適用的 同義 **germane** [ dʒɜ`men]
☆ **vicious** [`vɪʃəs] 形 邪惡的；不道德的 片語 **vicious circle** 惡性循環

( ) 112. He has ______ abundant wealth and decided to move to the U.S.

(A) accumulated (B) accommodated (C) affirmed (D) certified

Point 他已累積了一筆雄厚的財富，並決定搬到美國。

單字速記

★ **accumulate** [ə`kjumjəˏlet] 動 累積 片語 **accumulated value** 累積結餘
☆ **accommodate** [ə`kɑməˏdet ] 動 使適應 同義 **adjust** [ ə`dʒʌst]
★ **affirm** [ə`fɝm ] 動 斷言；證實；申明 同義 **assert** [ ə`sɝt]
☆ **certify** [`sɝtəˏfaɪ] 動 證明；擔保 片語 **certified mail** 掛號信

( ) 113. She indeed has the ______ to be a singer.

(A) acquisition (B) accumulation (C) aptitude (D) attainment

Point 她的確有當歌手的資質。

單字速記

★ **acquisition** [ˏækwə`zɪʃən] 名 獲得 片語 **acquisition of land** 土地徵收
☆ **accumulation** [əˏkjumjə`leʃən] 名 累積；資本增值；累積物
★ **aptitude** [`æptəˏtjud] 名 才能；資質 片語 **aptitude test** 能力傾向測驗
☆ **attainment** [ə`tenmənt] 名 到達；獲得；才能；成就

( ) 114. That swimmer made a/an _______ effort to save the drowning child.
(A) credible (B) valiant (C) elite (D) decisive

Point 那名泳客見義勇為，救了溺水的小孩。

單字速記
★ **credible** [`krɛdəbḷ ] 形 可信的 同義 **believable** [ bə`livəbḷ]
☆ **valiant** [`væljənt] 形 勇敢的 同義 **brave** [brev]
★ **elite** [e`lit] 名 菁英；精華；優秀分子 形 菁英的
☆ **decisive** [dɪ`saɪsɪv ] 形 決定性的 同義 **determinative** [ dɪ`tɝmə͵netɪv]

( ) 115. Lack of communication skills is **one of his major** _______.
(A) certainty (B) capabilities (C) deficiency (D) drawbacks

Point 缺乏溝通技巧是他的主要缺點之一。

單字速記
★ **certainty** [`sɝtəntɪ] 名 確實；必然的情況 片語 **for a certainty** 確定無疑地
☆ **capability** [͵kepə`bɪlətɪ ] 名 能力 同義 **ability** [ ə`bɪlətɪ]
★ **deficiency** [dɪ`fɪʃənsɪ] 名 缺陷；不足 片語 **skill deficiency** 技能不足
☆ **drawback** [`drɔ͵bæk] 名 缺點；不利條件；撤銷

( ) 116. Your evidence has no _______; we won't take it into consideration.
(A) tact (B) endurance (C) credibility (D) defect

Point 你的證據沒有可信度，我們不會予以採信。

單字速記
★ **tact** [tækt] 名 老練；圓滑 同義 **decency** [`disṇsɪ]
☆ **endurance** [ɪn`djʊrəns ] 名 耐力；耐久 同義 **stamina** [ `stæmənə]
★ **credibility** [͵krɛdə`bɪlətɪ] 名 可信度 片語 **credibility gap** 信任差距
☆ **defect** [`dɪfɛkt] 名 缺陷；缺點 動 逃離 片語 **birth defect** 天生缺陷

( ) 117. He successfully _______ **the sales target** this month.
(A) differentiated (B) attained (C) originated (D) specialized

Point 他成功地在這個月達到業績目標。

單字速記
★ **differentiate** [dɪfə`rɛnʃɪ͵et] 動 區辨；區分 同義 **tell apart**
☆ **attain** [ə`ten] 動 達成；獲得 片語 **attain to** 達到
★ **originate** [ə`rɪdʒə͵net] 動 創造；來自；引起 片語 **originate from** 發源於
☆ **specialize** [`spɛʃəl͵aɪz] 動 專長於；專門從事；列舉

( ) 118. The television is one of the most important _______ in the 20th century.
(A) exploits (B) insights (C) norms (D) innovations

Point 電視是二十世紀最重要的新發明之一。

單字速記
- ★ **exploit** [`ɛksplɔɪt ] 動 利用 名 功績 同義 **achievement** [ ə`tʃivmənt]
- ☆ **insight** [`ɪn,saɪt ] 名 洞察力；洞悉 同義 **perception** [ pɚ`sɛpʃən]
- ★ **norm** [nɔrm] 名 規範；基準 同義 **criterion** [kraɪ`tɪrɪən]
- ☆ **innovation** [,ɪnə`veʃən] 名 革新；改革；新事物

( ) 119. The _______ can be strengthened by reading many books.
(A) fascination (B) glamour (C) intellect (D) ingenuity

Point 聰明才智可藉由閱讀許多書籍而強化。

單字速記
- ★ **fascination** [,fæsə`neʃən] 名 魅力；迷惑；有魅力的東西
- ☆ **glamour** [`glæmɚ ] 名 魅力 同義 **fascination** [ ,fæsə`neʃən]
- ★ **intellect** [`ɪntə,lɛkt] 名 理解力；智力；才華出眾者
- ☆ **ingenuity** [,ɪndʒə`nuətɪ] 名 發明才能；獨創性；足智多謀

( ) 120. Her **English** _______ enables her to interact effectively with foreign clients.
(A) proficiency (B) originality (C) plight (D) realization

Point 她的英文精通程度讓她能跟外國客戶有效地互動。

單字速記
- ★ **proficiency** [prə`fɪʃənsɪ ] 名 精通 相關 **proficient** [ prə`fɪʃənt] 名 專家
- ☆ **originality** [ə,rɪdʒə`nælətɪ] 名 獨創力；創見；創舉；創造力
- ★ **plight** [plaɪt] 名 困境 片語 **plight one's troth** 答應結婚、訂婚
- ☆ **realization** [,rɪələ`zeʃən ] 名 領悟 相關 **realize** [ `rɪə,laɪz] 動 了解；實現

Answer Key 91-120

91 ~ 95 ➤ D A B B B	96~100 ➤ B D C A D	101~105 ➤ A B C D A
106~110 ➤ B C D B A	111~115 ➤ B A C B D	116~120 ➤ C B D C A

ROUND 5 Question 121～150

( ) 121. _______ **solutions** are urgently needed during the process of reengineering the organization.

(A) Innovative (B) Resistant (C) Triumphant (D) Inherent

Point 組織再造過程中，急需創新的解決方案。

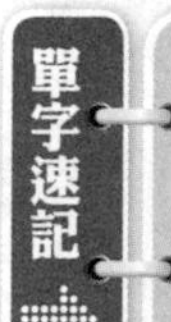

單字速記

★ **innovative** [`ɪno͵vetɪv ] 形 創新的 同義 **inventive** [ ɪn`vɛntɪv]
☆ **resistant** [rɪ`zɪstənt] 形 抵抗的 片語 **water resistant** 抗水的(布料)
★ **triumphant** [traɪ`ʌmfənt ] 形 成功的 同義 **victorious** [ vɪk`torɪəs]
☆ **inherent** [ɪn`hɪrənt] 形 與生俱來的；固有的；內在的

( ) 122. The idea of **racial** _______ was popular in Europe in the 19th century; whites thought they were just naturally better than blacks.

(A) specialty (B) setback (C) mastery (D) superiority

Point 種族優越主義在十九世紀的歐洲很普遍；白種人自認天生比黑人優越。

單字速記

★ **specialty** [`spɛʃəltɪ] 名 專門職業；專長 片語 **specialty shop** 專門店
☆ **setback** [`sɛt͵bæk ] 名 挫折；失敗 同義 **failure** [ `feljɚ]
★ **mastery** [`mæstərɪ ] 名 掌握；精通 相關 **master** [ `mæstɚ] 動 精通
☆ **superiority** [sə͵pɪrɪ`ɔrətɪ] 名 優越；卓越；上級；優勢

( ) 123. I have _______ a miserable period of time.

(A) undertook (B) utilized (C) undergone (D) expired

Point 我曾經歷過一段悲慘歲月。

單字速記

★ **undertake** [͵ʌndɚ`tek ] 動 承擔 衍生 **undertaking** [ ͵ʌndɚ`tekɪŋ] 名 事業
☆ **utilize** [`jutḷ͵aɪz ] 動 利用 同義 **employ** [ ɪm`plɔɪ]
★ **undergo** [͵ʌndɚ`go] 動 經歷；度過 同義 **go through**
☆ **expire** [ɪk`spaɪr] 動 死亡；終止 同義 **cease** [sis]

( ) 124. They waved goodbye and got on their _______ buses.

(A) witty (B) versatile (C) respective (D) ingenious

Point 他們揮手道別，然後搭上各自的公車。

單字速記

★ **witty** [`wɪtɪ ] 形 機智的 同義 **clever** [ `klɛvɚ]
☆ **versatile** [`vɝsətəl ] 形 多才多藝的 同義 **competent** [ `kɑmpətənt]
★ **respective** [rɪ`spɛktɪv ] 形 個別的 同義 **individual** [ ˏɪndə`vɪdʒuəl]
☆ **ingenious** [ɪn`dʒinjəs ] 形 巧妙的；製作精巧的 同義 **skillful** [ `skɪlfəl]

( ) 125. The _______ of this new machine impressed us.
(A) stature (B) companionship (C) solidarity (D) utility

Point 這台新機器的效用讓我們印象深刻。

單字速記

★ **stature** [`stætʃɚ] 名 身高；高度 同義 **height** [haɪt]
☆ **companionship** [kəm`pænjənˏʃɪp] 名 友誼；交往；伴侶關係
★ **solidarity** [ˏsɑlə`dærətɪ ] 名 團結 同義 **unity** [ `junətɪ]
☆ **utility** [ju`tɪlətɪ] 名 效用；公用事業 片語 **utility pole** 電線杆

( ) 126. My grandfather was buried in a **Catholic** _______.
(A) burial (B) solitude (C) cemetery (D) corpse

Point 我爺爺被葬在一個天主教墓園裡。

單字速記

★ **burial** [`bɛrɪəl] 名 葬禮；下葬；埋葬 片語 **burial ground** 墓地
☆ **solitude** [`sɑləˏtjud ] 名 獨居；獨處 同義 **isolation** [ ˏaɪsl̩`eʃən]
★ **cemetery** [`sɛməˏtɛrɪ ] 名 公墓；墓地 同義 **graveyard** [ `grevˏjɑrd]
☆ **corpse** [kɔrps] 名 屍體 辨析 **corps** [kɔr] 名 兵團

( ) 127. I can't forget the _______ **expression** on the widow's face.
(A) mournful (B) sociable (C) missionary (D) ritual

Point 我無法忘記那個寡婦臉上令人悲慟的神情。

單字速記

★ **mournful** [`mornfəl ] 形 令人悲慟的 同義 **sorrowful** [ `sɑrəfəl]
☆ **sociable** [`soʃəbl̩ ] 形 愛交際的；友善的 同義 **cordial** [ `kɔrdʒəl]
★ **missionary** [`mɪʃənˏɛrɪ ] 名 傳教士 形 傳教的 同義 **missioner** [ `mɪʃənɚ]
☆ **ritual** [`rɪtʃuəl ] 名 儀式 形 儀式的 同義 **ceremony** [ `sɛrəˏmonɪ]

( ) 128. She studied hard to comprehend Catholic _______ and rules.

(A) doctrines (B) coffins (C) meditation (D) sanctuaries

Point 她努力用功以便理解天主教教條與規則。

單字速記
★ **doctrine** [`daktrɪn] 名 教條 片語 **Nixon Doctrine** 尼克森主義
☆ **coffin** [`kɔfɪn] 名 棺材 片語 **coffin nail** (俚)香菸
★ **meditation** [ˌmɛdə`teʃən] 名 冥想；熟慮；沉思；默念
☆ **sanctuary** [`sæŋktʃʊˌɛrɪ ] 名 聖堂；庇護所 同義 **refuge** [ `rɛfjudʒ]

( ) 129. Her _______ is not unusual; it's common among her kin.
(A) enlightenment (B) piety (C) salvation (D) rite

Point 她的虔誠並非不尋常；這在她的親屬之間很平常。

單字速記
★ **enlightenment** [ɪn`laɪtn̩mənt] 名 啟蒙；教化；開明
☆ **piety** [`paɪətɪ] 名 虔誠；孝順 片語 **filial piety** 孝道
★ **salvation** [sæl`veʃən] 名 拯救；救助 片語 **Salvation Army** 救世軍
☆ **rite** [raɪt] 名 儀式；典禮 片語 **rite of passage** 人生大事及其慶祝儀式

( ) 130. His recovery from unconsciousness was regarded as a/an _______ healing caused by God.
(A) pious (B) ethnic (C) miraculous (D) biological

Point 他的恢復意識被認為是來自上帝的奇蹟。

單字速記
★ **pious** [`paɪəs ] 形 虔誠的 同義 **devout** [ dɪ`vaʊt]
☆ **ethnic** [`ɛθnɪk] 形 民族的 片語 **ethnic cleansing** 種族淨化
★ **miraculous** [mə`rækjələs] 形 奇蹟的；超自然的；驚人的
☆ **biological** [ˌbaɪə`lɑdʒɪkl̩] 形 生物學的；生物的 名 生物製品

( ) 131. Could you _______ me on the dilemma?
(A) enlighten (B) meditate (C) purify (D) civilize

Point 你可以在這個難題上啟發我嗎？

單字速記
★ **enlighten** [ɪn`laɪtn̩ ] 動 啟發 衍生 **enlightened** [ ɪn`laɪtn̩d] 形 開明的
☆ **meditate** [`mɛdəˌtet ] 動 冥想；沉思 同義 **reflect** [ rɪ`flɛkt]
★ **purify** [`pjʊrəˌfaɪ] 動 淨化 片語 **purified water** 純淨水
☆ **civilize** [`sɪvəˌlaɪz ] 動 使文明 衍生 **civilized** [ `sɪvəˌlaɪzd] 形 文明的

( ) 132. Several astronomers have discovered a new _______ in the distance.
(A) biochemistry (B) clone (C) galaxy (D) genetics

Point 幾位天文學家已發現遠處一個新的星系。

單字速記
★ **biochemistry** [ˌbaɪoˋkɛmɪstrɪ] 名 生物化學
☆ **clone** [klon] 動 名 複製 片語 **molecular cloning** 分子無性生殖
★ **galaxy** [ˋgæləksɪ] 名 星系；星雲 片語 **radio galaxy** 放電星系
☆ **genetics** [dʒəˋnɛtɪks] 名 遺傳學 片語 **behavioral genetics** 行為遺傳學

( ) 133. In its **natural** _______, this frog will grow up to 20 cm in length.
(A) hormone (B) organism (C) evolution (D) habitat

Point 這種青蛙在自然棲息地會生長到二十公分長。

單字速記
★ **hormone** [ˋhɔrmon] 名 荷爾蒙 片語 **sex hormone** 性荷爾蒙
☆ **organism** [ˋɔrgənˌɪzəm] 名 生物體；有機體；有機組織
★ **evolution** [ˌɛvəˋluʃən] 名 發展；進展；進化
☆ **habitat** [ˋhæbəˌtæt] 名 棲息地 片語 **wildlife habitat** 野生動物棲息地

( ) 134. He suffers from a _______ **disease** passed on from his father.
(A) premature (B) genetic (C) surplus (D) medieval

Point 他受遺傳自父親的遺傳性疾病所苦。

單字速記
★ **premature** [ˌpriməˋtjʊr] 形 過早的；未熟的 名 早產兒
☆ **genetic** [dʒəˋnɛtɪk] 形 遺傳學的 片語 **genetic material** 遺傳物質
★ **surplus** [ˋsɝplʌs] 形 過多的 名 盈餘 片語 **surplus value** 剩餘價值
☆ **medieval** [ˌmɪdɪˋivəl] 形 中世紀的；中古風的；守舊的；老式的

( ) 135. Water vapor in the sky will _______ to form clouds soon.
(A) evolve (B) comprise (C) diversify (D) condense

Point 天空中的水蒸氣很快就會凝結成雲。

單字速記
★ **evolve** [ɪˋvɑlv] 動 演化 片語 **evolve from** 由…演變而來
☆ **comprise** [kəmˋpraɪz] 動 由…構成 同義 **consist of**
★ **diversify** [daɪˋvɝsəˌfaɪ] 動 使多樣化；從事多樣化經營
☆ **condense** [kənˋdɛns] 動 凝結 衍生 **condensed** [kənˋdɛnst] 形 濃縮的

( ) 136. The nutrients in the soil act as a _______ to make the tree grow.
(A) urine (B) neon (C) stimulus (D) calcium

Point 土壤中的養分作為讓這棵樹成長的刺激物。

單字速記
★ **urine** [`jʊrɪn ] 名 尿 相關 **urinal** [ `jʊrənl̩] 名 小便處
☆ **neon** [`ni͵ɑn] 名 霓虹燈；氖 片語 **neon light** 霓虹燈
★ **stimulus** [`stɪmjələs ] 名 刺激物 衍生 **stimulate** [ `stɪmjə͵let] 動 刺激
☆ **calcium** [`kælsɪəm] 名 鈣 片語 **calcium carbonate** 碳酸鈣

( ) 137. We have been in the midst of an **economic** _______ for many years.
(A) recession (B) consumption (C) migration (D) innovation

Point 我們已多年處於經濟衰退。

單字速記
★ **recession** [rɪ`sɛʃən] 名 衰退期 片語 **recession chic** 衰退時尚
☆ **consumption** [kən`sʌmpʃən] 名 消耗量；消費；用盡
★ **migration** [maɪ`greʃən ] 名 遷移 相關 **migrant** [ `maɪgrənt] 名 移民
☆ **innovation** [͵ɪnə`veʃən] 名 革新 片語 **Chief Innovation Officer** 創新長

( ) 138. "Tall" is the _______ of "short."
(A) silicon (B) sodium (C) antonym (D) uranium

Point 「高」是「矮」的反義字。

單字速記
★ **silicon** [`sɪlɪkən] 名 矽 片語 **silicon chip** 矽晶片
☆ **sodium** [`sodɪəm] 名 鈉 片語 **sodium bicarbonate** 小蘇打
★ **antonym** [`æntə͵nɪm ] 名 反義字 反義 **synonym** [ `sɪnə͵nɪm] 名 同義字
☆ **uranium** [jʊ`renɪəm] 名 鈾 片語 **enriched uranium** 濃縮鈾

( ) 139. Scott plans to fight the _______ from the top.
(A) oppression (B) component (C) irritation (D) contestant

Point 史考特計畫反抗上層的壓迫。

單字速記
★ **oppression** [ə`prɛʃən ] 名 壓迫；壓制 同義 **persecution** [ ͵pɜsɪ`kjuʃən]
☆ **component** [kəm`ponənt] 名 成分；零件；構成要素 形 構成的
★ **irritation** [͵ɪrə`teʃən] 名 煩躁 片語 **irritation at/with** 對…生氣
☆ **contestant** [kən`tɛstənt] 名 競爭者；角逐者；質疑者

(　) 140. Who do you want to _______ **as** the team leader?
(A) regardless (B) designate (C) accountable (D) implicit

Point 你想要指派誰當小組長？

單字速記
- ★ **regardless** [rɪ`gɑrdlɪs] 副 形 不關心地(的) 片語 **regardless of** 不管
- ☆ **designate** [`dɛzɪg͵net] 動 指定；委任；標出 形 選派的
- ★ **accountable** [ə`kaʊntəbl̩ ] 形 應負責的 同義 **liable** [ `laɪəbl̩]
- ☆ **implicit** [ɪm`plɪsɪt] 形 含蓄的；不明確的 片語 **implicit sign** 隱式符號

(　) 141. He used lots of _______ to chat with one of his old neighbors.
(A) dictation (B) slang (C) synonyms (D) abbreviation

Point 他用了很多俚語和他的一位老鄰居聊天。

單字速記
- ★ **dictation** [dɪk`teʃən ] 名 口述；命令 同義 **command** [ kə`mænd]
- ☆ **slang** [slæŋ] 名 俚語 動 用粗話罵 片語 **rhyming slang** 同韻俚語
- ★ **synonym** [`sɪnə͵nɪm ] 名 同義字 反義 **antonym** [ `æntə͵nɪm] 名 反義字
- ☆ **abbreviation** [ə͵brivɪ`eʃən] 名 縮寫；縮寫字；省略號

(　) 142. The tongue, the lips and the _______ **cords** are all vocal organs.
(A) vocal (B) colloquial (C) finite (D) literal

Point 舌頭、雙唇和聲帶都是發音器官。

單字速記
- ★ **vocal** [`vokl̩] 形 聲音的；直言不諱的 片語 **vocal cords** 聲帶
- ☆ **colloquial** [kə`lokwɪəl] 形 口語的；白話的；會話的
- ★ **finite** [`faɪnaɪt ] 形 限定的；有限的 同義 **bounded** [ `baʊndɪd]
- ☆ **literal** [`lɪtərəl] 形 文字的 片語 **literal language** 文學語言

(　) 143. Elizabeth _______ her first name to Eliza.
(A) abbreviated (B) slashed (C) dictated (D) prefaced

Point 伊莉莎白將她的名字縮寫成伊萊莎。

單字速記
- ★ **abbreviate** [ə`brivɪ͵et ] 動 縮寫 同義 **shorten** [ `ʃɔrtn̩]
- ☆ **slash** [slæʃ] 名 斜線；砍傷 動 亂砍 衍生 **slashing** [`slæʃɪŋ] 形 猛烈的
- ★ **dictate** [`dɪktet ] 動 口述；命令 同義 **order** [ `ɔrdɚ]
- ☆ **preface** [`prɛfɪs ] 名 序言 動 加序言 同義 **foreword** [ `for͵wɜd]

( ) 144. "Better" is the _______ of "good."
(A) analects (B) irony (C) metaphor (D) comparative

Point 「Better」是「good」的比較級。

單字速記
- ★ **analects** [`ænə,lɛkts] 名 語錄；選集 片語 **Analects of Confucius** 論語
- ☆ **irony** [`aɪrənɪ] 名 反諷；冷嘲 片語 **dramatic irony** 戲劇性隱喻
- ★ **metaphor** [`mɛtəfə] 名 隱喻；象徵 片語 **mixed metaphor** 混雜隱喻
- ☆ **comparative** [kəm`pærətɪv] 名 比較級 形 比較的；相對的

( ) 145. I am lucky to read the novelist's early chapters in _______.
(A) narrative (B) manuscript (C) prose (D) rhetoric

Point 我很幸運能閱讀這位小說家的前幾章手稿。

單字速記
- ★ **narrative** [`nærətɪv] 形 敘事的 名 敘述 片語 **narrative poem** 敘事詩
- ☆ **manuscript** [`mænjə,skrɪpt] 名 手稿；原稿 形 手稿的；原稿的
- ★ **prose** [proz] 名 散文；平凡 形 散文的 反義 **poetry** [`poɪtrɪ] 名 詩
- ☆ **rhetoric** [`rɛtərɪk ] 名 修辭學 衍生 **rhetorical** [ rɪ`tɔrɪkl̩] 形 華麗的

( ) 146. The **movie** _______ was based on real life.
(A) script (B) diagram (C) diameter (D) equation

Point 這個電影劇本是根據真實生活寫成的。

單字速記
- ★ **script** [skrɪpt] 名 劇本；原稿 動 編寫 片語 **regular script** 楷書
- ☆ **diagram** [`daɪə,græm] 名 圖表；線圖 動 圖解；圖示
- ★ **diameter** [daɪ`æmətə ] 名 直徑 相關 **radius** [ `redɪəs] 名 半徑
- ☆ **equation** [ɪ`kweʃən] 名 方程式 片語 **quadratic equation** 二次方程式

( ) 147. There are two _______ in the equation.
(A) graphs (B) linguists (C) narrators (D) variables

Point 這個方程式裡有兩個變數。

單字速記
- ★ **graph** [græf] 名 圖表 動 圖解 片語 **graph paper** 方格紙
- ☆ **linguist** [`lɪŋgwɪst] 名 語言學家；通曉數種外語者
- ★ **narrator** [næ`retə ] 名 敘述者 同義 **teller** [ `tɛlə]
- ☆ **variable** [`vɛrɪəbl̩] 名 變數 形 易變的 片語 **variable rate** 變動利率

( ) 148. The _______ lashed the windward side of the mountain.

(A) thermometer (B) carbohydrate (C) tempest (D) cholesterol

Point 暴風雨猛烈拍打這座山脈的迎風面。

單字速記

★ **thermometer** [θɚˋmɑmətɚ] 名 溫度計 相關 **thermo** [ˋθɝmo] 形 熱的
☆ **carbohydrate** [ˌkɑrboˋhaɪdret] 名 碳水化合物；醣；含醣食物
★ **tempest** [ˋtɛmpɪst] 名 暴風雨 動 騷動 同義 **storm** [stɔrm]
☆ **cholesterol** [kəˋlɛstəˌrol] 名 膽固醇

( ) 149. These fresh vegetables contain vitamins, minerals and other **essential** _______.

(A) nutrition (B) tornadoes (C) nutrients (D) graphics

Point 這些新鮮蔬菜含有維他命、礦物質和其他不可或缺的養分。

單字速記

★ **nutrition** [njuˋtrɪʃən] 名 營養學；滋養
☆ **tornado** [tɔrˋnedo] 名 龍捲風 同義 **whirlwind** [ˋhwɝlˌwɪnd]
★ **nutrient** [ˋnjutrɪənt] 名 營養物 形 滋養的
☆ **graphic** [ˋgræfɪk] 形 圖解的 名 圖表 片語 **graphic design** 平面設計

( ) 150. This statue **is** _______ **of** love and justice.

(A) nutritious (B) symbolic (C) radiate (D) analytical

Point 這座雕像象徵愛與正義。

單字速記

★ **nutritious** [njuˋtrɪʃəs] 形 有養分的；滋養的
☆ **symbolic** [sɪmˋbɑlɪk] 形 象徵的 片語 **symbolic logic** 數理邏輯
★ **radiate** [ˋredɪˌet] 動 放射；煥發 形 放射狀的
☆ **analytical** [ˌænəˋlɪtɪkḷ] 形 分析的 同義 **analytic** [ˌænḷˋɪtɪk]

Answer Key 121-150

121~125 A D C C D
126~130 C A A B C
131~135 A C D B D
136~140 C A C A B
141~145 B A A D B
146~150 A D C C B

ROUND

Question 151～180

( ) 151. Emma is a/an ______. She cares about human welfare.
(A) activist (B) humanitarian (C) literate (D) inhabitant

Point 艾瑪是人道主義者，她關心人類福祉。

★ **activist** [`æktɪvɪst ] 名 激進主義份子 相關 **act** [ `ækt] 動 行動
☆ **humanitarian** [hju͵mænə`tɛrɪən] 名 人道主義者 形 人道主義的
★ **literate** [`lɪtərɪt] 形 有文化修養的 名 有學識的人；能讀寫的人
☆ **inhabitant** [ɪn`hæbətənt ] 名 居民 同義 **dweller** [ `dwɛlɚ]

( ) 152. The sledge gained ______ as it ran down the steep hill.
(A) momentum (B) materialism (C) spectrum (D) asylum

Point 雪橇從陡峭的山坡向下俯衝時，動能越來越大。

★ **momentum** [mo`mɛntəm ] 名 動量；動能 複數 **momenta** [ mo`mɛntə]
☆ **materialism** [mə`tɪrɪə͵lɪzm̩] 名 唯物論；唯物主義；實利主義
★ **spectrum** [`spɛktrəm ] 名 光譜 複數 **spectra** [ `spɛktrə]
☆ **asylum** [ə`saɪləm] 名 避難；收容所 片語 **asylum seeker** 尋求政治避難者

( ) 153. The two countries negotiated to form a **military** ______.
(A) radiation (B) consensus (C) alliance (D) faction

Point 這兩個國家協商以組成軍事同盟。

★ **radiation** [͵redɪ`eʃən] 名 輻射；發光 片語 **radiation sickness** 輻射中毒
☆ **consensus** [kən`sɛnsəs] 名 一致；全體意見 同義 **general agreement**
★ **alliance** [ə`laɪəns] 名 同盟 片語 **join an alliance** 加盟
☆ **faction** [`fækʃən] 名 派系；小集團 同義 **group** [grup]

( ) 154. The playlet is sheer **political** ______ from a particular party.
(A) restoration (B) propaganda (C) session (D) bondage

Point 這齣短劇純粹是來自特定政黨的政治宣傳。

單字速記

★ **restoration** [ˌrɛstəˋreʃən] 名 恢復 片語 **image restoration** 影像復原
☆ **propaganda** [ˌprɑpəˋɡændə] 名 宣傳活動
★ **session** [ˋsɛʃən] 名 會議 片語 **rap session** 非正式談話會
☆ **bondage** [ˋbɑndɪdʒ] 名 束縛；奴役 同義 **slavery** [ˋslevərɪ]

( ) 155. Poor educational performance is related to **emotional** _______.
(A) mentality (B) discrimination (C) disturbance (D) slavery

Point 不良的教育表現和情緒干擾有關。

單字速記

★ **mentality** [mɛnˋtælətɪ] 名 心理狀態 片語 **siege mentality** 受困心態
☆ **discrimination** [dɪˌskrɪməˋneʃən] 名 歧視；辨別；識別力
★ **disturbance** [dɪsˋtɝbəns] 名 騷亂；擾亂 同義 **disorder** [dɪsˋɔrdɚ]
☆ **slavery** [ˋslevərɪ] 名 奴隸制度 片語 **white slavery** 逼良為娼

( ) 156. We should combine the best features of _______ and capitalism.
(A) materialism (B) sociology (C) socialist (D) socialism

Point 我們應該將社會主義和資本主義兩者最好的特點結合起來。

單字速記

★ **materialism** [məˋtɪrɪəˌlɪzm̩] 名 唯物論
☆ **sociology** [ˌsoʃɪˋɑlədʒɪ] 名 社會學
★ **socialist** [ˋsoʃəlɪst] 名 社會主義者
☆ **socialism** [ˋsoʃəlˌɪzəm] 名 社會主義 片語 **guild socialism** 行為社會主義

( ) 157. Pigeons are often used to _______ peace.
(A) narrate (B) symbolize (C) socialize (D) erode

Point 鴿子常被用來象徵和平。

單字速記

★ **narrate** [næˋret] 動 敘述故事；作旁白 同義 **relate** [rɪˋlet]
☆ **symbolize** [ˋsɪmbəˌlaɪz] 動 作為…象徵 同義 **stand for**
★ **socialize** [ˋsoʃəˌlaɪz] 動 社會化 片語 **socialized medicine** 公費醫療制度
☆ **erode** [ɪˋrod] 動 侵蝕；腐蝕 同義 **corrode** [kəˋrod]

( ) 158. Fewer and fewer polar bears survive inside the _______ **circle**.
(A) Arctic (B) Antarctic (C) hemisphere (D) peninsula

Point 越來越少的北極熊存活於北極圈內。

★ **Arctic** [`arktɪk] 名 北極地區 形 北極的 片語 **Arctic Circle** 北極圈
☆ **Antarctic** [æn`tɑrktɪk] 名 南極洲 形 南極的 片語 **Antarctic Circle** 南極圈
★ **hemisphere** [`hɛməs͵fɪr] 名 半球 片語 **northern hemisphere** 北半球
☆ **peninsula** [pə`nɪnsələ] 名 半島 片語 **Liaotung Peninsula** 遼東半島

( ) 159. The last _______ of the volcano on the island was in 1920.
(A) lava (B) tremor (C) flutter (D) eruption

Point 這座島上的火山上一次爆發於西元一九二〇年。

★ **lava** [`lɑvə] 名 熔岩 片語 **rhyolitic lavas** 流紋岩熔岩
☆ **tremor** [`trɛmɚ ] 名 震動；戰慄 同義 **quiver** [ `kwɪvɚ]
★ **flutter** [`flʌtɚ] 動 拍翅；振動 名 心亂；不安 片語 **flutter kick** 淺打水
☆ **eruption** [ɪ`rʌpʃən ] 名 爆發 衍生 **eruptive** [ ɪ`tʌptɪv] 形 噴發的

( ) 160. The earthquake in September left slits in the **earth's** _______.
(A) slum (B) crust (C) tropic (D) prowl

Point 九月時的地震在地殼上留下了裂縫。

1 Round
2 Round
3 Round
4 Round
5 Round
6 Round
7 Round
8 Round
9 Round
10 Round

★ **slum** [slʌm] 名 貧民區 動 進入貧民區 片語 **yuppie slum** 雅痞高檔社區
☆ **crust** [krʌst] 名 地殼；麵包皮 動 覆以外皮 片語 **upper crust** 上流社會
★ **tropic** [`trɑpɪk] 名 回歸線 形 熱帶的 片語 **tropic of Capricorn** 南回歸線
☆ **prowl** [praʊl] 動 徘徊；(野獸等)四處覓食 名 徘徊 片語 **prowl car** 警備車

( ) 161. More and more people are migrating away from cities and into _______ **areas**.
(A) theoretical (B) lush (C) suburban (D) pollutant

Point 越來越多人從市區移入郊區。

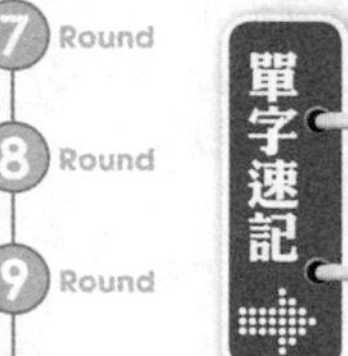

★ **theoretical** [͵θiə`rɛtɪkḷ ] 形 理論上的 同義 **theoretic** [ ͵θiə`rɛtɪk]
☆ **lush** [lʌʃ] 形 青翠的；豐富的 名 酒 動 喝酒；向…灌酒
★ **suburban** [sə`bɝbən ] 形 郊外的 同義 **countryside** [ `kʌntrɪ͵saɪd]
☆ **pollutant** [pə`lutənt] 名 汙染物；汙染源 形 受汙染的

( ) 162. The island was heavily _______ by immigrants.
(A) populated (B) drizzled (C) propelled (D) cruised

Point 這座島上住著很多外來移民。

單字速記
★ **populate** [`pɑpjə,let] 動 居住 同義 **dwell** [dwɛl]
☆ **drizzle** [`drɪzḷ ] 名 毛毛細雨 動 下毛毛雨 同義 **sprinkle** [ `sprɪŋkḷ]
★ **propel** [prə`pɛl ] 動 推動 衍生 **propellent** [ prə`pɛlənt] 形 推進的
☆ **cruise** [kruz] 動 名 航行；巡邏 片語 **cruise car** 巡邏車

( ) 163. Cockroaches use their _______ to feel things.
(A) daffodils (B) antennae (C) catastrophes (D) droughts

Point 蟑螂用觸鬚感覺事物。

單字速記
★ **daffodil** [`dæfə,dɪl] 名 黃水仙；淡黃色
☆ **antenna** [æn`tɛnə] 名 觸鬚 片語 **antenna shop** 直銷商店
★ **catastrophe** [kə`tæstrəfɪ ] 名 大災難 同義 **calamity** [ kə`læmətɪ]
☆ **drought** [draʊt] 名 乾旱 同義 **aridity** [æ`rɪdətɪ]

( ) 164. Many _______ **projects** are carried out to protect our environment.
(A) preposition (B) aviation (C) conservation (D) navigation

Point 許多保存計畫被實施，以保護我們的自然環境。

單字速記
★ **preposition** [,prɛpə`zɪʃən] 名 介系詞；前置詞
☆ **aviation** [,evɪ`eʃən] 名 飛行；航空學 片語 **aviation blonde** 金髮女郎
★ **conservation** [,kɑnsə`veʃən] 名 保存；維護；守恆
☆ **navigation** [,nævə`geʃən] 名 航海；航空；導航

( ) 165. She dreamt of becoming a **flight** _______ five years ago.
(A) attendant (B) naturalist (C) propeller (D) cruiser

Point 五年前，她夢想成為空服員。

單字速記
★ **attendant** [ə`tɛndənt] 名 侍者 形 陪從的 片語 **flight attendant** 空服人員
☆ **naturalist** [`nætʃərəlɪst] 名 自然主義者；博物學家
★ **propeller** [prə`pɛlɚ] 名 推進器 片語 **propeller-driven aircraft** 螺旋飛機
☆ **cruiser** [`kruzɚ] 名 巡洋艦；遊艇 片語 **cabin cruiser** 有艙汽艇

( ) 166. The _______ transportation in the U.S. is really convenient.
(A) scenic (B) spectacular (C) metropolitan (D) naval

Point 美國大都市的交通運輸非常方便。

單字速記

★ **scenic** [`sinɪk] 形 風景優美的 片語 **scenic railway** 觀光小鐵路
☆ **spectacular** [spɛkˋtækjələ] 名 奇觀 形 可觀的；壯麗的；引人注目的
★ **metropolitan** [͵mɛtrəˋpɑlətn̩] 形 大都市的 同義 **urban** [ˋɝbən]
☆ **naval** [ˋnevl̩] 形 海軍的；船的 衍生 **navalism** [ˋnevl̩ɪzm̩] 名 海軍主義

( ) 167. Go and see if the tide is **on the** _______.
(A) fleet (B) liner (C) ebb (D) raft

Point 去看看是否正在退潮。

單字速記

★ **fleet** [flit] 名 船隊；艦隊 片語 **fleet admiral** 海軍一級上將
☆ **liner** [ˋlaɪnə] 名 定期輪船或班機 片語 **ocean liner** 遠洋班輪
★ **ebb** [ɛb] 名 退潮 動 衰落 片語 **at a low ebb** 衰退
☆ **raft** [ræft] 名 筏 動 乘筏 片語 **raft of** 大量的

( ) 168. We _______ **on** a yacht for Samui Island at noon.
(A) embarked (B) thrived (C) migrated (D) emigrated

Point 我們中午登上快艇前往蘇美島。

單字速記

★ **embark** [ɪmˋbɑrk] 動 搭乘；從事 片語 **embark on** 登上船
☆ **thrive** [θraɪv] 動 繁茂 片語 **thriving and robust** 蓬勃向上
★ **migrate** [ˋmaɪ͵gret] 動 移居 相關 **migrant** [ˋmaɪgrənt] 形 移居的 名 移民
☆ **emigrate** [ˋɛmə͵gret] 動 移居外國 相關 **emigrant** [ˋɛməgrənt] 名 移出者

( ) 169. Those workers are building a/an _______.
(A) aborigine (B) cosmopolitan (C) emigrant (D) reservoir

Point 這些工人正在興建一座蓄水池。

單字速記

★ **aborigine** [æbəˋrɪdʒəni] 名 原住民 同義 **aboriginal** [͵æbəˋrɪdʒənl̩]
☆ **cosmopolitan** [͵kɑzməˋpɑlətn̩] 名 四海為家者 形 世界主義的
★ **emigrant** [ˋɛməgrənt] 名 移民者 同義 **émigré** [ˋɛmɪgre]
☆ **reservoir** [ˋrɛzə͵vɔr] 名 蓄水池；倉庫 同義 **receptacle** [rɪˋsɛptəkl̩]

1 Round
2 Round
3 Round
4 Round
5 Round
6 Round
7 Round
8 Round
9 Round
10 Round

( ) 170. The special envoy is responsible for dealing with _______ **affairs**.
(A) residential (B) patriotic (C) legislative (D) diplomatic

Point 這位特使負責處理外交事務。

單字速記
★ **residential** [ˌrɛzəˋdɛnʃəl] 形 居住的 片語 **residential area** 居民區
☆ **patriotic** [ˌpetrɪˋɑtɪk] 形 愛國的 相關 **patriot** [ˋpetrɪət] 名 愛國者
★ **legislative** [ˋlɛdʒɪsˌletɪv] 形 立法的 片語 **Legislative Council** 立法會
☆ **diplomatic** [ˌdɪpləˋmætɪk] 形 外交的 片語 **diplomatic corps** 外使團

( ) 171. Patrick was accused of _______.
(A) emigration (B) treason (C) nationalism (D) federation

Point 派翠克被控叛國。

單字速記
★ **emigration** [ˌɛməˋgreʃən] 名 移民；移居；移民出境
☆ **treason** [ˋtrizn̩] 名 叛國；謀反 片語 **high treason** 叛國罪
★ **nationalism** [ˋnæʃənl̩ɪzəm] 名 國家主義；民族主義；民族獨立運動
☆ **federation** [ˌfɛdəˋreʃən] 名 聯邦政府；聯邦制度；聯盟

( ) 172. The bank is Bangkok's largest **financial** _______.
(A) assassination (B) institution (C) conspiracy (D) massacre

Point 這家銀行是曼谷最大的金融機構。

單字速記
★ **assassination** [əˌsæsəˋneʃən] 名 行刺；暗殺
☆ **institution** [ˌɪnstəˋtjuʃən] 名 機構；團體；制度；設立
★ **conspiracy** [kənˋspɪrəsɪ] 名 陰謀 同義 **plot** [plɑt]
☆ **massacre** [ˋmæsəkɚ] 名 大屠殺 動 屠殺 同義 **slaughter** [ˋslɔtɚ]

( ) 173. The woman _______ Mr. Smith's valuable jewelry.
(A) crooked (B) kidnapped (C) outlawed (D) ransomed

Point 這個女人騙走了史密斯先生貴重的珠寶。

單字速記
★ **crook** [krʊk] 動 欺騙；偷竊 名 騙子 片語 **by hook or by crook** 不擇手段
☆ **kidnap** [ˋkɪdnæp] 動 綁架；劫持 同義 **abduct** [æbˋdʌkt]
★ **outlaw** [ˋautˌlɔ] 名 逃犯 動 禁止 同義 **outcast** [ˋautˌkæst]
☆ **ransom** [ˋrænsəm] 名 贖金 動 贖回 片語 **hold sb. to ransom** 綁架勒贖

( ) 174. Nine inmates were injured during a/an _______ at the prison.
(A) accusation (B) compensation (C) conviction (D) riot

Point 九名囚犯在監獄的一場暴動中受傷。

單字速記
★ **accusation** [ˌækjəˋzeʃən] 名 控告 同義 **charge** [tʃardʒ]
☆ **compensation** [ˌkɑmpənˋseʃən] 名 賠償 同義 **make up for**
★ **conviction** [kənˋvɪkʃən] 名 定罪；說服力 同義 **proof of guilt**
☆ **riot** [ˋraɪət] 名 暴動 動 騷動 片語 **riot gear** 防暴裝備

( ) 175. A guy openly _______ from the convenience store.
(A) shoplifted (B) smuggled (C) strangled (D) enacted

Point 一個傢伙公然在便利商店順手牽羊。

單字速記
★ **shoplift** [ˋʃɑpˌlɪft] 動 逛商店時偷竊；順手牽羊
☆ **smuggle** [ˋsmʌgḷ] 動 走私 衍生 **smuggling** [ˋsmʌgḷɪŋ] 名 走私
★ **strangle** [ˋstræŋgḷ] 動 絞死；勒死 衍生 **strangled** [ˋstræŋgḷd] 形 卡住的
☆ **enact** [ɪnˋækt] 動 制定 衍生 **re-enact** [ˌriɪnˋækt] 動 重新制定

( ) 176. He was arrested on a charge of _______.
(A) deputy (B) theft (C) enactment (D) execution

Point 他因竊盜罪被捕。

單字速記
★ **deputy** [ˋdɛpjətɪ] 名 代表；副手 同義 **representative** [rɛprɪˋzɛntətɪv]
☆ **theft** [θɛft] 名 竊盜 相關 **thief** [θif] 名 賊；小偷
★ **enactment** [ɪnˋæktmənt] 名 法規；制定 相關 **enact** [ɪnˋækt] 動 制定
☆ **execution** [ˌɛksɪˋkjuʃən] 名 實行 片語 **put into execution** 實行

( ) 177. Mrs. Wilson left all her books to the remand homes for _______ teenagers.
(A) intruder (B) delinquent (C) legislator (D) aboriginal

Point 威爾森太太將她所有的書都留給青少年犯罪拘留所。

單字速記
★ **intruder** [ɪnˋtrudɚ] 名 侵入者 相關 **intrude** [ɪnˋtrud] 動 侵入
☆ **delinquent** [dɪˋlɪŋkwənt] 形 犯法的；怠忽職守的 名 違法者
★ **legislator** [ˋlɛdʒɪsˌletɚ] 名 立法者 同義 **lawmaker** [ˋlɔˋmekɚ]
☆ **aboriginal** [ˌæbəˋrɪdʒənḷ] 名 原住民 形 原始的；最早就有的

( ) 178. Their legal proposal has been in the _______ for 2 months.
(A) prohibition (B) prosecution (C) legislature (D) pension

Point 他們的法案已經擺在立法機關裡兩個月了。

單字速記
- ★ **prohibition** [ˌproəˋbɪʃən] 名 禁止 同義 **ban** [bæn]
- ☆ **prosecution** [ˌprɑsɪˋkjuʃən] 名 起訴；告發；檢舉
- ★ **legislature** [ˋlɛdʒɪsˌletʃɚ] 名 立法機關
- ☆ **pension** [ˋpɛnʃən] 名 退休金 動 給退休金 片語 **pension fund** 退休基金

( ) 179. According to the law, an accused man is _______ innocent until he is proved guilty.
(A) legitimated (B) presumed (C) prohibited (D) prosecuted

Point 根據法律，被告在證明有罪之前，都被認定是清白的。

單字速記
- ★ **legitimate** [lɪˋdʒɪtəmɪt] 形 合法的 動 使合法 同義 **lawful** [ˋlɔfəl]
- ☆ **presume** [prɪˋzum] 動 認定；假設 片語 **presume on** 指望
- ★ **prohibit** [prəˋhɪbɪt] 動 禁止 片語 **prohibit from** 阻止
- ☆ **prosecute** [ˋprɑsɪˌkjut] 動 起訴；告發；執行

( ) 180. She sued him for _______ on private property.
(A) authorizing (B) trespassing (C) overturning (D) toppling

Point 她以侵害私人財產為由對他提出告訴。

單字速記
- ★ **authorize** [ˋɔθəˌraɪz] 動 批准；授權 同義 **assign** [əˋsaɪn]
- ☆ **trespass** [ˋtrɛspəs] 動 侵害；踰越 名 侵害行為 片語 **trespass on** 打擾
- ★ **overturn** [ˌovɚˋtɝn] 動 推翻 名 顛覆 同義 **overthrow** [ˌovɚˋθro]
- ☆ **topple** [ˋtɑpl̩] 動 推翻；推倒 同義 **overturn** [ˌovɚˋtɝn]

Answer Key 151-180

151~155 ➤ B A C B C	156~160 ➤ D B A D B	161~165 ➤ C A B C A
166~170 ➤ C C A D D	171~175 ➤ B B A D A	176~180 ➤ B B C B B

ROUND 7 Question 181～210

( ) 181. We have a highly experienced ambassador to conduct our ______ with the African country.

(A) bureaucracy (B) autonomy (C) diplomacy (D) sovereignty

Point 我們有位經驗豐富的大使，處理我國與這個非洲國家的外交事務。

單字速記

★ **bureaucracy** [bjʊ`rɑkrəsɪ] 名 官僚體制；繁文縟節
☆ **autonomy** [ɔ`tɑnəmɪ] 名 自治；自治權；有自主權的國家
★ **diplomacy** [dɪ`ploməsɪ] 名 外交 片語 **gunboat diplomacy** 武力外交
☆ **sovereignty** [`sɑvrɪntɪ ] 名 主權 同義 **supremacy** [ sə`prɛməsɪ]

( ) 182. The bank robbers released all the ______ and surrendered.

(A) neutrals (B) premiers (C) municipals (D) captives

Point 銀行搶匪釋放所有的俘虜，並且投降。

單字速記

★ **neutral** [`njutrəl] 形 中立的 名 中立國 片語 **neutral country** 中立國
☆ **premier** [`primɪɚ] 形 首要的 名 首長 同義 **prime minister**
★ **municipal** [mju`nɪsəpḷ ] 形 市政的；自治的 同義 **civic** [ `sɪvɪk]
☆ **captive** [`kæptɪv] 名 俘虜 形 被俘的

( ) 183. The ______ held a session to discuss the proposed policies.

(A) parliament (B) dispatch (C) regime (D) tyranny

Point 議會開會討論這些政策提案。

單字速記

★ **parliament** [`pɑrləmənt ] 名 議會 同義 **legislature** [ `lɛdʒɪs,letʃɚ]
☆ **dispatch** [dɪ`spætʃ] 名 (公文)急件；快速 片語 **dispatch box** 公文箱
★ **regime** [rɪ`ʒim ] 名 政權；政體 同義 **government** [ `gʌvənmənt]
☆ **tyranny** [`tɪrənɪ ] 名 暴政；專橫；殘暴 同義 **despotism** [ `dɛspət,ɪzṃ]

( ) 184. Hitler is the most notorious ______ in history.

(A) congressman (B) senator (C) constituent (D) dictator

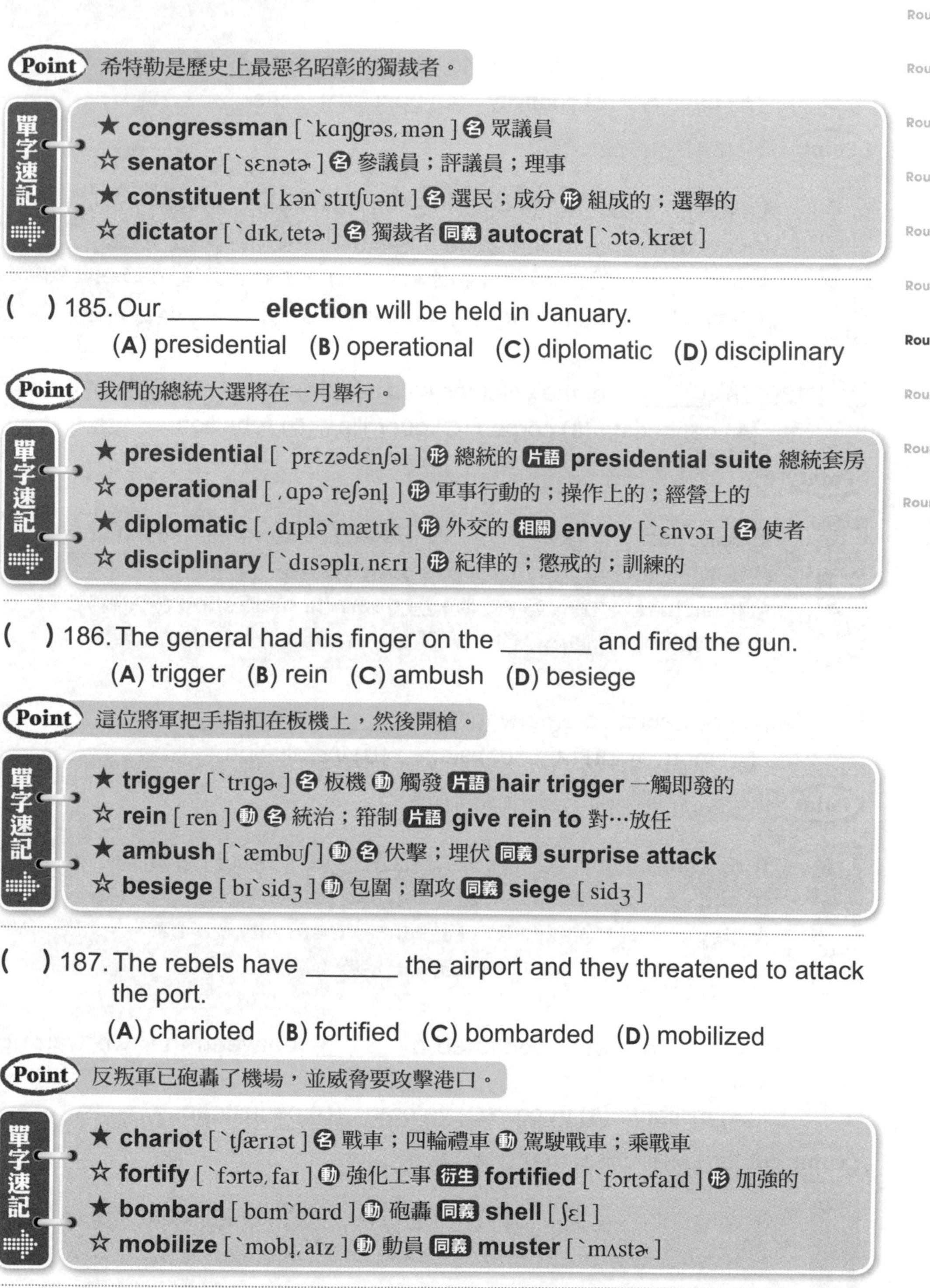

Point 希特勒是歷史上最惡名昭彰的獨裁者。

單字速記
- ★ **congressman** [ˋkɑŋgrəs͵mən] 名 眾議員
- ☆ **senator** [ˋsɛnətɚ] 名 參議員；評議員；理事
- ★ **constituent** [kənˋstɪtʃʊənt] 名 選民；成分 形 組成的；選舉的
- ☆ **dictator** [ˋdɪk͵tetɚ] 名 獨裁者 同義 **autocrat** [ˋɔtə͵kræt]

(　) 185. Our ______ **election** will be held in January.
(A) presidential (B) operational (C) diplomatic (D) disciplinary

Point 我們的總統大選將在一月舉行。

單字速記
- ★ **presidential** [ˋprɛzədɛnʃəl] 形 總統的 片語 **presidential suite** 總統套房
- ☆ **operational** [͵ɑpəˋreʃənḷ] 形 軍事行動的；操作上的；經營上的
- ★ **diplomatic** [͵dɪpləˋmætɪk] 形 外交的 相關 **envoy** [ˋɛnvɔɪ] 名 使者
- ☆ **disciplinary** [ˋdɪsəplɪ͵nɛrɪ] 形 紀律的；懲戒的；訓練的

(　) 186. The general had his finger on the ______ and fired the gun.
(A) trigger (B) rein (C) ambush (D) besiege

Point 這位將軍把手指扣在板機上，然後開槍。

單字速記
- ★ **trigger** [ˋtrɪgɚ] 名 板機 動 觸發 片語 **hair trigger** 一觸即發的
- ☆ **rein** [ren] 動 名 統治；箝制 片語 **give rein to** 對…放任
- ★ **ambush** [ˋæmbʊʃ] 動 名 伏擊；埋伏 同義 **surprise attack**
- ☆ **besiege** [bɪˋsidʒ] 動 包圍；圍攻 同義 **siege** [sidʒ]

(　) 187. The rebels have ______ the airport and they threatened to attack the port.
(A) charioted (B) fortified (C) bombarded (D) mobilized

Point 反叛軍已砲轟了機場，並威脅要攻擊港口。

單字速記
- ★ **chariot** [ˋtʃærɪət] 名 戰車；四輪禮車 動 駕駛戰車；乘戰車
- ☆ **fortify** [ˋfɔrtə͵faɪ] 動 強化工事 衍生 **fortified** [ˋfɔrtəfaɪd] 形 加強的
- ★ **bombard** [bɑmˋbɑrd] 動 砲轟 同義 **shell** [ʃɛl]
- ☆ **mobilize** [ˋmobḷ͵aɪz] 動 動員 同義 **muster** [ˋmʌstɚ]

( ) 188. It is honorable to be able to join the **mounted** _______.
(A) cavalry (B) captivity (C) pact (D) tactic

Point 能夠加入騎兵隊很光榮。

單字速記
★ **cavalry** [`kævəlrɪ] 名 騎兵隊 片語 **air cavalry** 空中偵察隊
☆ **captivity** [kæp`tɪvətɪ] 名 監禁；囚禁；被俘；束縛
★ **pact** [pækt] 名 協定；契約 片語 **suicide pact** (兩人以上一起的)自殺合約
☆ **tactic** [`tæktɪk] 名 戰略；策略 片語 **shock tactic** 突擊戰術

( ) 189. The _______ of the colonies was suppressed in a couple of days.
(A) conquest (B) corps (C) guerrilla (D) rebellion

Point 殖民地的叛亂在幾天之內被鎮壓下來。

單字速記
★ **conquest** [`kaŋkwɛst ] 名 征服；獲勝 同義 **triumph** [ `traɪəmf]
☆ **corps** [kɔr] 名 軍團 片語 **press corps** 記者團
★ **guerrilla** [gə`rɪlə] 名 游擊隊 片語 **guerrilla marketing** 游擊行銷
☆ **rebellion** [rɪ`bɛljən] 名 叛亂 片語 **tax rebellion** 減稅運動

( ) 190. They held a ceremony for the _______ of a new general.
(A) morale (B) raid (C) siege (D) installation

Point 他們為一位新將軍舉行了一場就職典禮。

單字速記
★ **morale** [mə`ræl ] 名 士氣；道德 辨析 **moral** [ `mɔrəl] 形 道德的
☆ **raid** [red] 名 突襲 動 襲擊 片語 **air raid** 空襲
★ **siege** [sidʒ] 名 包圍；圍攻 片語 **siege mentality** 受困心態
☆ **installation** [ˌɪnstə`leʃən] 名 就任；裝置；安裝；設備

( ) 191. The third party negotiated a _______ between the two warring countries.
(A) militant (B) truce (C) veteran (D) pedestrian

Point 第三方替兩個交戰國談成了休戰協議。

單字速記
★ **militant** [`mɪlətənt ] 形 好戰的 名 好戰分子 同義 **combative** [ kəm`bætɪv]
☆ **truce** [trus] 名 休戰；停戰 片語 **flag of truce** 休戰旗
★ **veteran** [`vɛtərən] 名 老兵；老手 片語 **veteran car** (英)老式汽車
☆ **pedestrian** [pə`dɛstrɪən ] 名 行人 形 徒步的 同義 **walker** [ `wɔkɚ]

1 Round
2 Round
3 Round
4 Round
5 Round
6 Round
7 Round
8 Round
9 Round
10 Round

(　) 192. **Nuclear** _______ may annihilate a country.
(A) warfare (B) squad (C) toll (D) attic

Point 核戰能毀滅一個國家。

單字速記
- ★ **warfare** [`wɔr,fɛr] 名 戰爭 片語 **biological warfare** 生物戰
- ☆ **squad** [skwɑd] 名 小隊；班 片語 **vice squad** 刑警隊
- ★ **toll** [tol] 名 通行費；鐘聲 動 徵收稅捐 片語 **toll call** 長途電話
- ☆ **attic** [`ætɪk] 名 閣樓 片語 **Attic salt** 高尚的智趣

(　) 193. They got into an accident at a/an _______ of two main avenues.
(A) intersection (B) diversion (C) acceleration (D) transit

Point 他們在兩條主要幹道的交叉處出了意外。

單字速記
- ★ **intersection** [,ɪntɚ`sɛkʃən] 名 交叉；橫斷；十字路口
- ☆ **diversion** [daɪ`vɝʒən] 名 改道；轉換；轉向；分散注意力
- ★ **acceleration** [æk,sɛlə`reʃən] 名 加速；促進；加速度
- ☆ **transit** [`trænsɪt] 名 運輸 動 通過 片語 **transit camp** 臨時難民營

(　) 194. The _______ is so dirty that I could hardly see the road ahead.
(A) petroleum (B) limousine (C) windshield (D) dome

Point 這個擋風玻璃髒到我幾乎看不到前方的路。

單字速記
- ★ **petroleum** [pə`trolɪəm] 名 石油 片語 **petroleum jelly** 凡士林
- ☆ **limousine** [`lɪmə,zin ] 名 大型豪華轎車 同義 **limo** [ `lɪmo]
- ★ **windshield** [`wɪnd,ʃild] 名 擋風玻璃 片語 **windshield wiper** 雨刷
- ☆ **dome** [dom] 名 圓屋頂 動 覆以圓頂 衍生 **domed** [domd] 形 半球形的

(　) 195. That car _______ suddenly and scared the pedestrians.
(A) accelerated (B) spanned (C) spired (D) accorded

Point 那輛車突然加速，嚇到路人。

單字速記
- ★ **accelerate** [æk`sɛlə,ret] 動 加速；促進 同義 **speed up**
- ☆ **span** [spæn] 名 跨距 動 橫跨 片語 **life span** 壽命
- ★ **spire** [spaɪr] 名 尖塔 動 螺旋式上升 衍生 **spired** [spaɪrd] 形 有尖塔的
- ☆ **accord** [ə`kɔrd] 動 和…一致 名 一致；和諧 片語 **in accord with** 與…一致

( ) 196. **What a** ______! We were born on the same day.
(A) closure (B) suspension (C) villa (D) coincidence

Point 真巧！我們同一天生日。

單字速記
- ★ **closure** [`kloʒɚ] 名 關閉；結束 同義 **wind up**
- ☆ **suspension** [sə`spɛnʃən] 名 懸吊；暫停 片語 **suspension bridge** 吊橋
- ★ **villa** [`vɪlə ] 名 別墅 近義 **estate** [ ɪs`tet] 名 莊園
- ☆ **coincidence** [ko`ɪnsɪdəns] 名 巧合 同義 **by chance**

( ) 197. The island has ______ **military** importance to our country.
(A) coherent (B) strategic (C) crooked (D) provincial

Point 對我們國家而言，這座島嶼具有軍事戰略上的重要意義。

單字速記
- ★ **coherent** [ko`hɪrənt] 形 連貫的；一致的；協調的
- ☆ **strategic** [strə`tidʒɪk] 形 戰略的 片語 **strategic superiority** 戰略優勢
- ★ **crooked** [`krukɪd] 形 不正派的；彎曲的 同義 **bent** [bɛnt]
- ☆ **provincial** [prə`vɪnʃəl] 形 省的；粗野的 名 省民；鄉下人

( ) 198. Good planning often ______ effective action.
(A) precedes (B) commence (C) abound (D) descends

Point 良好的規劃通常先於有效的行動。

單字速記
- ★ **precede** [pri`sid ] 動 在前；加引言 衍生 **preceding** [ pri`sidɪŋ] 形 在前的
- ☆ **commence** [kə`mɛns ] 動 開始；著手 同義 **begin** [ bɪ`gɪn]
- ★ **abound** [ə`baund] 動 充滿；大量存在 片語 **abound in** 富於
- ☆ **descend** [dɪ`sɛnd] 動 源於；下降 片語 **descend from** 起源於…

( ) 199. His father gets up at ______ every morning.
(A) eternity (B) hereafter (C) outset (D) daybreak

Point 他的父親每天在破曉時分起床。

單字速記
- ★ **eternity** [ɪ`tɝnətɪ ] 名 永恆；永遠 相關 **eternal** [ ɪ`tɝnl̩] 形 永恆的
- ☆ **hereafter** [hɪr`æftɚ] 名 來世；死後的生活 副 此後；在死後
- ★ **outset** [`aut,sɛt] 名 開始；開頭 片語 **from the outset** 從一開始
- ☆ **daybreak** [`de,brek ] 名 破曉；黎明 同義 **sunrise** [ `sʌn,raɪz]

(　) 200. He is really sorry for being late this time and promises that he will be _______ next time.

(A) preliminary (B) prospective (C) forthcoming (D) punctual

Point 他對這次遲到感到非常抱歉，並表示下次會準時。

單字速記

★ **preliminary** [prɪˋlɪmə͵nɛrɪ] 形 初步的 名 初步
☆ **prospective** [prəˋspɛktɪv] 形 將來的；預期的；盼望中的
★ **forthcoming** [͵forθˋkʌmɪŋ] 形 即將到來的 同義 **coming** [ˋkʌmɪŋ]
☆ **punctual** [ˋpʌŋktʃʊəl] 形 準時的 同義 **prompt** [prampt]

(　) 201. Luke came back here after **an** _______ **of** five years.

(A) longevity (B) interval (C) precedent (D) sequence

Point 路克時隔五年之後回到這裡。

單字速記

★ **longevity** [lanˋdʒɛvətɪ] 名 長壽；長命；壽命
☆ **interval** [ˋɪntɚvḷ] 名 間隔；時間 片語 **closed interval** (數)區間
★ **precedent** [ˋprɛsədənt] 名 前例 片語 **without precedent** 史無前例
☆ **sequence** [ˋsikwəns] 名 連續；順序 同義 **series** [ˋsiriz]

(　) 202. This article is too _______; the author keeps repeating himself.

(A) simultaneous (B) ultimate (C) redundant (D) bulky

Point 這篇文章太過冗長；作者不停地自我重複著。

單字速記

★ **simultaneous** [͵saɪmḷˋtenɪəs] 形 同時發生的；同步的
☆ **ultimate** [ˋʌltəmɪt] 形 最終的 名 基本原則 片語 **in the ultimate** 最後通牒
★ **redundant** [rɪˋdʌndənt] 形 冗長的 片語 **made redundant** (英)失業的
☆ **bulky** [ˋbʌlkɪ] 形 龐大的；笨重的 同義 **immense** [ɪˋmɛns]

(　) 203. The willow trees grew **on the** _______ **of the stream**.

(A) brink (B) twilight (C) decline (D) density

Point 柳樹生長在溪邊。

單字速記

★ **brink** [brɪŋk] 名 邊緣 片語 **on the brink of** 在…之邊緣
☆ **twilight** [ˋtwaɪ͵laɪt] 名 黃昏；黎明 片語 **twilight zone** 模糊狀態
★ **decline** [dɪˋklaɪn] 名 動 下降；衰敗 片語 **on the decline** 在衰退中
☆ **density** [ˋdɛnsətɪ] 名 稠密；濃密 片語 **information density** 資訊密度

( ) 204. In order to ______ labor cost, the president decided to lay off some employees.

(A) disperse (B) displace (C) diminish (D) escalate

Point 為了減少人力成本，總裁決定資遣部分員工。

單字速記

★ **disperse** [dɪˋspɜs] 動 驅散 衍生 **dispersed** [dɪˋspɜst] 形 被驅散的

☆ **displace** [dɪsˋples] 動 移走；移置 片語 **displaced person** 難民

★ **diminish** [dəˋmɪnɪʃ] 動 減少；縮小 同義 **reduce** [rɪˋdjus]

☆ **escalate** [ˋɛskə͵let] 動 使逐步上升；擴大 同義 **elevate** [ˋɛlə͵vet]

( ) 205. I am **at your** ______ whenever you need my help.

(A) descent (B) verge (C) barometer (D) disposal

Point 需要我的協助時，我隨時供你支配。

單字速記

★ **descent** [dɪˋsɛnt] 名 下降；下坡 同義 **fall** [fɔl]

☆ **verge** [vɝdʒ] 名 邊際；邊緣 動 接近；逼近 片語 **verge on** 接近

★ **barometer** [bəˋrɑmətɚ] 名 氣壓計 片語 **aneroid barometer** 無液氣壓計

☆ **disposal** [dɪˋspozḷ] 名 配置；分布 片語 **at one's disposal** 供某人支配

( ) 206. This foreign-owned restaurant has a/an ______ atmosphere.

(A) exotic (B) spacious (C) abnormal (D) anonymous

Point 這間外國人開的餐廳帶有異國風情。

單字速記

★ **exotic** [ɛgˋzɑtɪk] 形 異國的；外來的 片語 **exotic species** 外來物種

☆ **spacious** [ˋspeʃəs] 形 寬敞的 同義 **roomy** [ˋrumɪ]

★ **abnormal** [æbˋnɔrmḷ] 形 反常的 片語 **abnormal demand** 反常需求

☆ **anonymous** [əˋnɑnəməs] 形 匿名的 相關 **anonym** [ˋænə͵nɪm] 名 假名

( ) 207. The way a submarine ______ the torpedoes is quite interesting.

(A) blunts (B) disgraces (C) expels (D) fosters

Point 潛水艇驅走魚雷的方式蠻有趣的。

單字速記

★ **blunt** [blʌnt] 形 遲鈍的 動 使遲鈍 同義 **dull** [dʌl]

☆ **disgrace** [dɪsˋgres] 名 不名譽 動 羞辱 片語 **disgrace oneself** 使名譽受損

★ **expel** [ɪkˋspɛl] 動 逐出 衍生 **re-expel** [͵riɛkˋspɛl] 動 再逐出

☆ **foster** [ˋfɔstɚ] 形 收養的 動 收養 片語 **foster child** 養子(女)

( ) 208. Soda often comes in **one** _______ bottles.

(A) dimension (B) abstraction (C) abundance (D) liter

Point 汽水通常為一公升瓶裝。

單字速記

★ **dimension** [dɪ`mɛnʃən] 名 尺寸；方面 片語 **third dimension** 三度空間

☆ **abstraction** [æb`strækʃən] 名 抽象；抽象概念；心不在焉

★ **abundance** [ə`bʌndəns ] 名 充裕；富足 同義 **plenty** [ `plɛntɪ]

☆ **liter** [`litɚ ] 名 公升 相關 **milliliter** [ `mɪlɪˏlitɚ] 名 毫升

( ) 209. It's _______ to wear a raincoat on a sunny day.

(A) awesome (B) bleak (C) bizarre (D) brisk

Point 晴天穿雨衣很怪。

單字速記

★ **awesome** [`ɔsəm] 形 有威嚴的；令人敬畏的；可怕的

☆ **bleak** [blik] 形 暗淡的；荒涼的 同義 **bare** [bɛr]

★ **bizarre** [bɪ`zɑr] 形 古怪的；奇異的 同義 **weird** [wɪrd]

☆ **brisk** [brɪsk] 形 輕快的；活潑的 動 使輕快 同義 **lively** [`laɪvlɪ]

( ) 210. The Internet **is** _______ only **to** guests in this hotel.

(A) brute (B) accessible (C) collective (D) cumulative

Point 只有這家飯店的房客能使用網路。

單字速記

★ **brute** [brut] 形 粗暴的 名 殘暴的人 片語 **brute force** (物)原力

☆ **accessible** [æk`sɛsəbḷ ] 形 易接近的 同義 **approachable** [ ə`protʃəbḷ]

★ **collective** [kə`lɛktɪv] 形 集體的 名 集體 片語 **collective noun** 集合名詞

☆ **cumulative** [`kjumjʊˏletɪv ] 形 累加的 同義 **adding** [ `ædɪŋ]

Answer Key 181-210

181~185 ➤ C D A D A　186~190 ➤ A C A D D　191~195 ➤ B A A C A

196~200 ➤ D B A D D　201~205 ➤ B C A C D　206~210 ➤ A C D C B

ROUND 8 Question 211～240

(　) 211. Politicians were being bought with money and the government **was filled with** ______.
(A) corruption (B) complication (C) complexity (D) dilemma

Point 政客收賄，而政府充斥著腐敗。

單字速記
★ **corruption** [kə`rʌpʃən ] 名 腐敗；墮落 相關 **corrupt** [ kə`rʌpt] 動 腐爛
☆ **complication** [ˌkɑmplə`keʃən] 名 複雜化；併發症；糾葛；困難
★ **complexity** [kəm`plɛksətɪ ] 名 複雜 同義 **complicacy** [ `kɑmpləkəsɪ]
☆ **dilemma** [də`lɛmə] 名 兩難；困境 片語 **in a dilemma** 進退兩難

(　) 212. During the economic recession period, it is difficult to find a ______ **job**.
(A) decent (B) destined (C) disastrous (D) disgraceful

Point 經濟衰退期間，要找到像樣的工作是困難的。

單字速記
★ **decent** [`disn̩t ] 形 正當的；還不錯的 同義 **proper** [ `prɑpɚ]
☆ **destined** [`dɛstɪnd ] 形 命中注定的 相關 **destine** [ `dɛstɪn] 動 命定
★ **disastrous** [dɪz`æstrəs ] 形 悲慘的 同義 **catastrophic** [ ˌkætə`strɑfɪk]
☆ **disgraceful** [dɪs`gresfəl ] 形 不名譽的 同義 **shameful** [ `ʃemfəl]

(　) 213. Typewriters are ______ if you have computers.
(A) diverse (B) dispensable (C) drastic (D) dual

Point 如果你有電腦的話，打字機就可有可無了。

單字速記
★ **diverse** [daɪ`vɝs ] 形 互異的；多樣的 同義 **distinct** [ dɪ`stɪŋkt]
☆ **dispensable** [dɪ`spɛnsəbl̩] 形 非必要的；可分配的；可寬恕的
★ **drastic** [`dræstɪk ] 形 激烈的 同義 **severe** [ sə`vɪr]
☆ **dual** [`djuəl] 形 雙重的 片語 **dual citizenship** 雙重國籍

(　) 214. Keith gave me a/an ______ **answer**, so I got more confused.
(A) dubious (B) ethical (C) equivalent (D) fireproof

Point 凱斯給了我一個含糊的回答，因此我更加困惑。

單字速記

★ **dubious** [`djubɪəs] 形 含糊的 片語 **dubious about** 半信半疑
☆ **ethical** [`ɛθɪkḷ] 形 道德的 片語 **ethical film** 倫理片
★ **equivalent** [ɪ`kwɪvələnt ] 形 相當的 名 相等物 同義 **equal** [ `ikwəl]
☆ **fireproof** [`faɪr͵pruf] 形 防火的；耐火的 動 使具防火性能

( ) 215. The _______ **date** of this pie is five days from today.
(A) essence (B) diversity (C) expiration (D) familiarity

Point 這個派的保存期限到五天後。

單字速記

★ **essence** [`ɛsəns] 名 本質 片語 **in essence** 在本質上
☆ **diversity** [daɪ`vɝsətɪ ] 名 多樣性 相關 **diversify** [ daɪ`vɝsə͵faɪ] 動 多樣化
★ **expiration** [͵ɛkspə`reʃən] 名 終結；期滿 片語 **expiration date** 到期日
☆ **familiarity** [fə͵mɪlɪ`ærətɪ] 名 親密；熟悉；放肆的言行

( ) 216. We are the _______ **agent** of that international boutique brand in Taiwan.
(A) explicit (B) exquisite (C) exclusive (D) fabulous

Point 我們是那家國際精品在台灣的獨家代理商。

單字速記

★ **explicit** [ɪk`splɪsɪt ] 形 明確的；清楚的 同義 **definite** [ `dɛfənɪt]
☆ **exquisite** [`ɛkskwɪzɪt ] 形 精巧的 同義 **delicate** [ `dɛləkət]
★ **exclusive** [ɪk`sklusɪv] 形 唯一的 片語 **exclusive news** 獨家新聞
☆ **fabulous** [`fæbjələs ] 形 出色的；極好的 同義 **amazing** [ ə`mezɪŋ]

( ) 217. As long as this plan is _______, it should be implemented in no time.
(A) formidable (B) feasible (C) fragile (D) frail

Point 只要這個計畫是可行的，就應馬上執行。

單字速記

★ **formidable** [`fɔrmɪdəbḷ ] 形 難應付的 同義 **arduous** [ `ɑrdʒʊəs]
☆ **feasible** [`fizəbḷ ] 形 可實行的 同義 **practical** [ `præktɪkḷ]
★ **fragile** [`frædʒəl ] 形 易碎的；脆的 同義 **dainty** [ `dentɪ]
☆ **frail** [frel] 形 虛弱的；脆弱的 同義 **weak** [wik]

( ) 218. Bobby **ran the** _______ **of** going back to the house on fire to save Jenny's life.

(A) fragment (B) hazard (C) famine (D) hospitality

Point 巴比冒著生命危險，回到失火的房子救珍妮。

單字速記

★ **fragment** [`frægmənt ] 名 碎片 動 裂成碎片 同義 **segment** [ `sɛgmənt]
☆ **hazard** [`hæzɚd] 名 危險 動 冒險 片語 **hazard light** 警示燈
★ **famine** [`fæmɪn ] 名 饑荒 同義 **starvation** [ stɑr`veʃən]
☆ **hospitality** [ˌhɑspɪ`tælətɪ] 名 好客；對新事物的接受力

( ) 219. Could you turn the lights on? This room is a little bit _______.

(A) honorary (B) imposing (C) incentive (D) gloomy

Point 能不能請你開燈？這個房間有點暗。

單字速記

★ **honorary** [`ɑnəˌrɛrɪ ] 形 榮譽的 相關 **honor** [ `ɑnɚ] 名 榮譽
☆ **imposing** [ɪm`pozɪŋ ] 形 顯眼的；雄偉的 相關 **impose** [ ɪm`poz] 動 強加
★ **incentive** [ɪn`sɛntɪv] 名 誘因 形 刺激的 片語 **financial incentive** 獎酬
☆ **gloomy** [`glumɪ] 形 幽暗的；黯淡的 同義 **dim** [dɪm]

( ) 220. Is this real or just an _______?

(A) initiative (B) injustice (C) illusion (D) integration

Point 這是真的，或者只是個幻覺？

單字速記

★ **initiative** [ɪ`nɪʃətɪv] 名 主動權 形 率先的 片語 **take the initiative** 採主動
☆ **injustice** [ɪn`dʒʌstɪs ] 名 不公平 同義 **inequity** [ ɪn`ɛkwɪtɪ]
★ **illusion** [ɪ`luʒən] 名 幻覺 片語 **optical illusion** 光幻覺
☆ **integration** [ˌɪntə`greʃən] 名 完成 片語 **vertical integration** 垂直整合

( ) 221. Gloria is always _______. She likes to invite friends to her place.

(A) incidental (B) hospitable (C) inclusive (D) invaluable

Point 葛洛莉亞總是相當好客，她喜歡邀請朋友到她家作客。

單字速記

★ **incidental** [ˌɪnsə`dɛntl̩] 形 偶然發生的 片語 **incidental music** 配樂
☆ **hospitable** [`hɑspɪtəbl̩ ] 形 善於待客的 同義 **cordial** [ `kɔrdʒəl]
★ **inclusive** [ɪn`klusɪv ] 形 包含在內的 相關 **include** [ ɪn`klud] 動 包含
☆ **invaluable** [ɪn`væljəbl̩ ] 形 無價的；貴重的 同義 **priceless** [ `praɪslɪs]

( ) 222. That seal of that box of chocolate is still ______.
(A) liable (B) obscure (C) intact (D) orderly

Point 那盒巧克力的包裝仍原封不動。

單字速記
- ★ **liable** [`laɪəbḷ] 形 可能的；易於；可能會 片語 **liable to** 易於
- ☆ **obscure** [əb`skjʊr] 形 模糊的 動 使不清楚 同義 **faint** [fent]
- ★ **intact** [ɪn`tækt ] 形 原封不動的；未損傷的 同義 **uninjured** [ ʌn`ɪndʒɚd]
- ☆ **orderly** [`ɔrdɚlɪ] 形 整潔的 名 護理員；勤務兵 同義 **neat** [nit]

( ) 223. Please remain steady in that ______ while I am working on your portrait.
(A) ordeal (B) outrage (C) melancholy (D) posture

Point 在我描繪你的肖像時，請保持那個姿勢不動。

單字速記
- ★ **ordeal** [ɔr`diəl ] 名 嚴酷的考驗 同義 **trial** [ `traɪəl]
- ☆ **outrage** [`aʊt͵redʒ] 名 暴力；暴行；冒犯 動 激怒；對…施暴
- ★ **melancholy** [`mɛlən͵kalɪ ] 形 憂鬱的 名 憂鬱 同義 **dismal** [ `dɪzmḷ]
- ☆ **posture** [`pastʃɚ ] 名 姿勢 動 擺姿勢 同義 **position** [ pə`zɪʃən]

( ) 224. We should focus more on schoolwork than ______ **distractions**.
(A) notorious (B) outrageous (C) petty (D) mischievous

Point 我們應多專注於學業，少專注於瑣碎外務。

單字速記
- ★ **notorious** [no`torɪəs ] 形 聲名狼藉的 同義 **infamous** [ `ɪnfəməs]
- ☆ **outrageous** [aʊt`redʒəs] 形 暴力的；可憎的；不道德的；無節制的
- ★ **petty** [`pɛtɪ] 形 瑣碎的 片語 **petty cash** 小額收支現金
- ☆ **mischievous** [`mɪstʃɪvəs ] 形 淘氣的；有害的 同義 **naughty** [ `nɔtɪ]

( ) 225. Please **take** ______ **measures** before the situation gets worse.
(A) picturesque (B) outright (C) preventive (D) radiant

Point 在情況轉壞之前，請採取預防措施。

單字速記
- ★ **picturesque** [͵pɪktʃə`rɛsk] 形 如畫的；美麗的；別具風格的
- ☆ **outright** [`aʊt͵raɪt ] 形 副 毫無保留的(地) 同義 **entirely** [ ɪn`taɪrlɪ]
- ★ **preventive** [prɪ`vɛntɪv] 形 預防的 名 預防物；預防措施
- ☆ **radiant** [`redjənt] 形 發光的 名 發光體 片語 **radiant energy** 輻射能

( ) 226. ______ **sampling** is the appropriate method for ensuring that a sample is representative of the larger population.
(A) Profound (B) Radical (C) Random (D) Progressive

Point 隨機取樣是確保樣本具有代表性的適當方法。

單字速記
★ **profound** [prə`faund ] 形 深奧的；深的 同義 **bottomless** [ `bɑtəmlɪs]
☆ **radical** [`rædɪkḷ] 形 根源的 名 根本
★ **random** [`rændəm] 形 隨機的 片語 **random variable** 隨機變數
☆ **progressive** [prə`grɛsɪv ] 形 進步的 相關 **progress** [ `prɑgrəs] 名 進步

( ) 227. The surgeons operated with ______ and care on that tumor.
(A) precision (B) purity (C) prestige (D) phase

Point 外科醫師們精準且仔細地對腫瘤開刀。

單字速記
★ **precision** [prɪ`sɪʒən] 名 精確；準確 形 精密的；精確的
☆ **purity** [`pjʊrətɪ] 名 純粹 片語 **ethnic purity** 民族統一性
★ **prestige** [prɛs`tidʒ] 名 聲望
☆ **phase** [fez] 名 階段 動 分段實行 片語 **phase in** 逐步引入

( ) 228. The ______ **sky** can always calm my nerves.
(A) rational (B) reflective (C) relevant (D) serene

Point 晴空總能使我放鬆。

單字速記
★ **rational** [`ræʃənḷ ] 形 理性的 反義 **irrational** [ ɪ`ræʃənḷ] 形 荒謬的
☆ **reflective** [rɪ`flɛktɪv ] 形 反射的；反映的 相關 **reflect** [ rɪ`flɛkt] 動 反射
★ **relevant** [`rɛləvənt ] 形 相關的；切題的 同義 **apropos** [ ˌæprə`po]
☆ **serene** [sə`rin ] 形 寧靜的；晴朗的；安詳的 同義 **peaceful** [ `pisfəl]

( ) 229. His actions always ______ his words. What should I believe?
(A) contradict (B) enrich (C) generalize (D) amplify

Point 他的行為與他說的話總是相互矛盾。我該相信什麼？

單字速記
★ **contradict** [ˌkɑntrə`dɪkt ] 動 矛盾；反駁 同義 **oppose** [ ə`poz]
☆ **enrich** [ɪn`rɪtʃ ] 動 使富有；使豐富 同義 **better** [ `bɛtɚ]
★ **generalize** [`dʒɛnərəˌlaɪz] 動 一般化；泛論 英式 **generalise**
☆ **amplify** [`æmpləˌfaɪ ] 動 擴大；放大；增強 同義 **increase** [ ɪn`kris]

( ) 230. UCLA **is** _______ **for** its athletic success.
(A) sane (B) renowned (C) shrewd (D) sneaky

Point 加州大學洛杉磯分校以體育成就著名。

單字速記
★ **sane** [sen] 形 神智清明的 反義 **insane** [ɪn`sen] 形 瘋狂的
☆ **renowned** [rɪ`naʊnd ] 形 著名的 同義 **famous** [ `feməs]
★ **shrewd** [ʃrud] 形 精明的；敏捷的 同義 **clever** [`klɛvɚ]
☆ **sneaky** [`snikɪ ] 形 鬼祟的 同義 **furtive** [ `fɝtɪv]

( ) 231. As a doubter, Larry **is** _______ **of** anything he hears.
(A) skeptical (B) stationary (C) subordinate (D) subtle

Point 身為懷疑論者，賴利對於他所聽聞的任何事情都保持懷疑。

單字速記
★ **skeptical** [`skɛptɪkḷ ] 形 懷疑的 同義 **doubtful** [ `daʊtfəl]
☆ **stationary** [`steʃən͵ɛrɪ] 形 不動的 片語 **stationary bike** 健身腳踏車
★ **subordinate** [sə`bɔrdənɪt ] 形 從屬的 同義 **secondary** [ `sɛkən͵dɛrɪ]
☆ **subtle** [`sʌtḷ ] 形 微妙的；精巧的 相關 **subtlety** [ `sʌtḷtɪ] 名 微妙

( ) 232. In order to safeguard the _______ of the stock market, government intervention should be implemented.
(A) substitution (B) succession (C) stability (D) supplement

Point 為了保護股市的穩定，政府應採取干預。

單字速記
★ **substitution** [͵sʌbstə`tjuʃən] 名 代理；代替；代替物；代用品
☆ **succession** [sək`sɛʃən] 名 連續 片語 **in succession** 連續地
★ **stability** [stə`bɪlətɪ ] 名 穩定 同義 **fixedness** [ `fɪkstnəs]
☆ **supplement** [`sʌpləmənt] 名 動 補充 片語 **color supplement** 彩色插頁

( ) 233. They finally **came to a** _______ **decision** on the issue.
(A) tedious (B) subsequent (C) successive (D) unanimous

Point 對於那個問題，他們終於達成共識。

單字速記
★ **tedious** [`tidɪəs] 形 沉悶的；冗長乏味的 同義 **dull** [dʌl]
☆ **subsequent** [`sʌbsɪ͵kwɛnt] 形 伴隨發生的 片語 **subsequent to** 在之後
★ **successive** [sək`sɛsɪv ] 形 連續的 同義 **serial** [ `sɪrɪəl]
☆ **unanimous** [jʊ`nænəməs ] 形 一致的；和諧的 同義 **agreed** [ ə`grid]

(　) 234. _______ is a highly-treasured value in traditional Chinese culture.
(A) Thrift (B) Suspense (C) Trait (D) Turmoil

Point 節儉是傳統中華文化中，受到高度重視的價值。

單字速記
★ **thrift** [θrɪft] 名 節儉 片語 **thrift shop** 慈善二手商店；節儉商店
☆ **suspense** [sə`spɛns] 名 懸而未決 片語 **suspense novel** 懸疑小說
★ **trait** [tret] 名 特色；特性 同義 **feature** [`fitʃɚ]
☆ **turmoil** [`tɜmɔɪl ] 名 騷動；混亂 同義 **commotion** [ kə`moʃən]

(　) 235. This ticket is _______ in two days.
(A) tranquil (B) victorious (C) virtual (D) valid

Point 這張票兩天內有效。

單字速記
★ **tranquil** [`træŋkwɪl ] 形 安靜的；寧靜的 同義 **serene** [ sə`rin]
☆ **victorious** [vɪk`torɪəs ] 形 勝利的 同義 **triumphant** [ traɪ`ʌmfənt]
★ **virtual** [`vɜtʃuəl] 形 事實上的；虛擬的 片語 **virtual keyboard** 虛擬鍵盤
☆ **valid** [`vælɪd ] 形 有效的；有根據的 同義 **effective** [ ɪ`fɛktɪv]

(　) 236. In a/an _______ **situation** like this, you have to make a prompt decision.
(A) urgent (B) valid (C) variation (D) vice

Point 在這樣的緊急狀況下，你必須當機立斷。

單字速記
★ **urgency** [`ɜdʒənsɪ ] 名 迫切；急事 相關 **urgent** [ `ɜdʒənt] 形 緊急的
☆ **validity** [və`lɪdətɪ ] 名 正當；正確 相關 **valid** [ `vælɪd] 形 合法的；有效的
★ **variation** [ˌvɛrɪ`eʃən] 名 變動 片語 **variation margin** 變動保證金
☆ **vice** [vaɪs] 名 不道德的行為 反義 **virtue** [`vɜtʃu] 名 美德

(　) 237. The tiny plant shows a lot of _______.
(A) ambiguity (B) analogy (C) vitality (D) contradiction

Point 這株小植物展現著活躍的生命力。

單字速記
★ **ambiguity** [ˌæmbɪ`gjuətɪ] 名 模稜兩可；意義不明確
☆ **analogy** [ə`nælədʒɪ] 名 類似 片語 **by analogy with** 運用類比
★ **vitality** [vaɪ`tælətɪ ] 名 生命力；活力 同義 **vigor** [ `vɪgɚ]
☆ **contradiction** [ˌkɑntrə`dɪkʃən] 名 矛盾；否定

( ) 238. Gina's painting is not bad, but it's hardly _______ **to** her artistically talented sister's.
(A) ambiguous (B) approximate (C) comparable (D) authentic

Point 吉娜的畫很不錯，但很難比得上她有美術天分的姐姐的畫。

單字速記
- ★ **ambiguous** [æm`bɪgjuəs ] 形 含糊的 同義 **equivocal** [ ɪ`kwɪvəkḷ]
- ☆ **approximate** [ə`prɑksə͵mɪt] 形 近似的 片語 **approximate to** 接近
- ★ **comparable** [`kɑmpərəbḷ] 形 可比較的；比得上的
- ☆ **authentic** [ɔ`θɛntɪk] 形 真實的；可信的 同義 **true** [tru]

( ) 239. Lauren has thrown most of her old books away. **The** _______ are the ones she really loves.
(A) remainder (B) resemblance (C) refinement (D) serenity

Point 蘿倫將她大部分的舊書都扔掉，剩餘的都是她非常喜愛的書籍。

單字速記
- ★ **remainder** [rɪ`mendɚ ] 名 剩餘物 同義 **remnant** [ `rɛmnənt]
- ☆ **resemblance** [rɪ`zɛmbləns ] 名 類似 同義 **likeness** [ `laɪknɪs]
- ★ **refinement** [rɪ`faɪnmənt ] 名 精確；優雅 同義 **elegance** [ `ɛləgəns]
- ☆ **serenity** [sə`rɛnətɪ ] 名 平靜；沉著 同義 **calmness** [ `kɑmnɪs]

( ) 240. The FBI keeps many files _______ for security purposes.
(A) concise (B) eligible (C) confidential (D) excessive

Point 聯邦調查局以安全為目的而保留許多機密文件。

單字速記
- ★ **concise** [kən`saɪs] 形 簡潔的；簡明的 同義 **brief** [brif]
- ☆ **eligible** [`ɛlɪdʒəbḷ ] 形 適當的；合格的 同義 **qualified** [ `kwɑlə͵faɪd]
- ★ **confidential** [͵kɑnfə`dɛnʃəl ] 形 機密的 同義 **secret** [ `sikrɪt]
- ☆ **excessive** [ɪk`sɛsɪv] 形 過度的 片語 **excessive defense** 防衛過當

Answer Key 211-240

211~215 A A B A C　216~220 C B B D C　221~225 B C D C C
226~230 C A D A B　231~235 A C D A D　236~240 A C C A C

ROUND 9 Question 241～270

(　) 241. It is ______ that as they age, all human beings will experience a gradual decline in their health.
(A) crucial (B) imperative (C) deadly (D) inevitable

Point 隨年齡增長，人類無可避免會經歷健康的衰退。

單字速記
- ★ **crucial** [ˋkruʃəl] 形 關係重大的 同義 **critical** [ˋkrɪtɪkḷ]
- ☆ **imperative** [ɪmˋpɛrətɪv] 形 絕對必要的 同義 **necessary** [ˋnɛsə͵sɛrɪ]
- ★ **deadly** [ˋdɛdlɪ] 形 致命的 副 極度地 同義 **lethal** [ˋliθəl]
- ☆ **inevitable** [ɪnˋɛvətəbḷ] 形 不可避免的 同義 **destined** [ˋdɛstɪnd]

(　) 242. It's a/an ______ **class**. You can decide whether you take it or not.
(A) lengthy (B) optional (C) utmost (D) trivial

Point 這是門選修科目，你可以決定要不要修。

單字速記
- ★ **lengthy** [ˋlɛŋθɪ] 形 漫長的；冗長的 同義 **prolix** [ˋprolɪks]
- ☆ **optional** [ˋɑpʃənḷ] 形 非必要的 同義 **elective** [ɪˋlɛktɪv]
- ★ **utmost** [ˋʌt͵most] 名 最大可能 形 最大的 片語 **utmost purpose** 最高宗旨
- ☆ **trivial** [ˋtrɪvɪəl] 形 平凡的；瑣碎的；淺薄的 同義 **petty** [ˋpɛtɪ]

(　) 243. The **private** ______ is the part of the economy that is not controlled by the state.
(A) scope (B) sector (C) magnitude (D) option

Point 私部門為非歸國家控制的經濟部門。

單字速記
- ★ **scope** [skop] 名 範圍；領域 片語 **scope management** 範圍管理
- ☆ **sector** [ˋsɛktɚ] 名 部分 片語 **private sector** 私營部門
- ★ **magnitude** [ˋmægnə͵tjud] 名 重要性；重大 同義 **extent** [ɪkˋstɛnt]
- ☆ **option** [ˋɑpʃən] 名 選擇 片語 **little option** 沒有選擇的餘地

(　) 244. I always fall asleep in class because my teacher's voice is so ______.

1 Round 2 Round 3 Round 4 Round 5 Round 6 Round 7 Round 8 Round 9 Round 10 Round

(A) monotonous (B) rigorous (C) superb (D) administrative

Point 我總是在上課時睡著，因為老師的聲音很單調。

單字速記
- ★ **monotonous** [mə`nɑtənəs] 名 單調的；無抑揚頓挫的
- ☆ **rigorous** [`rɪgərəs] 形 嚴格的 同義 **strict** [strɪkt]
- ★ **superb** [sʊ`pɝb ] 形 極好的；超群的 同義 **magnificent** [ mæg`nɪfəsənt]
- ☆ **administrative** [əd`mɪnə͵stretɪv] 形 管理上的；行政的

( ) 245. Mr. Whitman intended to _______ the equation in order to make students understand it more easily.

(A) devalue (B) compensate (C) administer (D) simplify

Point 惠特曼先生試著簡化公式，以讓學生更容易了解。

單字速記
- ★ **devalue** [di`vælju ] 動 貶低價值 同義 **devaluate** [ di`væjʊ͵et]
- ☆ **compensate** [`kɑmpən͵set] 動 補償；抵銷 片語 **compensate for** 補償
- ★ **administer** [əd`mɪnəstɚ] 動 管理；照料 片語 **administer to** 有助於
- ☆ **simplify** [`sɪmplə͵faɪ] 動 使單純 片語 **simplified character** 簡體字

( ) 246. The government wants to raise _______ on luxury items.

(A) administration (B) accounting (C) shilling (D) tariffs

Point 政府想要提高奢侈品的關稅。

單字速記
- ★ **administration** [əd͵mɪnə`streʃən] 名 管理；行政；監督
- ☆ **accounting** [ə`kaʊntɪŋ] 名 會計學 片語 **accounting earnings** 會計盈餘
- ★ **shilling** [`ʃɪlɪŋ] 名 先令(原英國貨幣單位)
- ☆ **tariff** [`tærɪf] 名 關稅 片語 **prohibitive tariff** 禁止性關稅

( ) 247. Jessica is the _______ of the institution, so she is responsible for hiring and firing.

(A) cashier (B) administrator (C) intruder (D) victor

Point 潔西卡是這個機構的管理者，因此她對聘用及解聘負責。

單字速記
- ★ **cashier** [kæ`ʃɪr] 名 出納員；出納 片語 **cashier's check** 銀行本票
- ☆ **administrator** [əd`mɪnə͵stretɚ] 名 管理者；行政官員
- ★ **intruder** [ɪn`trudɚ ] 名 侵入者 同義 **trespasser** [ `trɛspəsɚ]
- ☆ **victor** [`vɪktɚ ] 名 勝利者；戰勝者 同義 **winner** [ `wɪnɚ]

( ) 248. **Under his** _______, the task was finished in two hours.
(A) supervision (B) auction (C) monopoly (D) inventory

Point 在他的監督之下，這項任務在兩個小時內便完成了。

單字速記
- ★ **supervision** [ˌsupɚˋvɪʒən] 名 監督 片語 **online supervision** 線上審查
- ☆ **auction** [ˋɔkʃən] 動 名 拍賣 片語 **auction market** 拍賣市場
- ★ **monopoly** [məˋnɑpl̩ɪ] 名 壟斷；專賣；獨佔權
- ☆ **inventory** [ˋɪnvənˌtorɪ] 名 物品清單 片語 **zero inventory** 零庫存

( ) 249. The manager _______ a task to each of us.
(A) merchandised (B) allocated (C) peddled (D) refunded

Point 經理分派給我們每個人一項任務。

單字速記
- ★ **merchandise** [ˋmɝtʃənˌdaɪz] 動 買賣 名 商品 同義 **goods** [gudz]
- ☆ **allocate** [ˋæləˌket] 動 分配；分派 同義 **designate** [ˋdɛzɪgˌnet]
- ★ **peddle** [ˋpɛdl̩] 動 叫賣；兜售 衍生 **peddling** [ˋpɛdl̩ɪŋ] 形 不重要的
- ☆ **refund** [ˌrɪˋfʌnd] 動 名 償還；歸還 同義 **repay** [rɪˋpe]

( ) 250. We paid for the copyright royalty of the book **in three** _______.
(A) negotiations (B) offerings (C) installments (D) transactions

Point 我們分三期支付這本書的版權費。

單字速記
- ★ **negotiation** [nɪˌgoʃɪˋeʃən] 名 協商；談判；成功地越過
- ☆ **offering** [ˋɔfərɪŋ] 名 供給 片語 **peace offering** 友好贈品
- ★ **installment** [ɪnˋstɔlmənt] 名 分期付款；分冊；就任；設置
- ☆ **transaction** [trænˋsækʃən] 名 交易 片語 **property transaction** 房產交易

( ) 251. This car is available for sale or _______ .
(A) rental (B) retail (C) outlet (D) revenue

Point 這台車供出售、也供租用。

單字速記
- ★ **rental** [ˋrɛntl̩] 名 租金；租賃 片語 **vacation rental** 假日租賃
- ☆ **retail** [ˋritel] 形 零售的 名 零售 片語 **retail elephant** 零售巨頭
- ★ **outlet** [ˋautˌlɛt] 名 出口；商店 反義 **inlet** [ˋɪnˌlɛt] 名 入口
- ☆ **revenue** [ˋrɛvəˌnju] 名 收入 片語 **revenue stamp** 印花稅票

(　) 252. It is illegal to _______ merchandise on the street without a license.

(A) merge (B) vend (C) transmit (D) visualize

Point 沒有取得執照就在街上販售物品是違法的。

單字速記

★ **merge** [mɝdʒ] 動 合併；同化 片語 **merge into** 使合併

☆ **vend** [vɛnd] 動 叫賣；販賣 片語 **vending machine** 自動販賣機

★ **transmit** [træns`mɪt] 動 轉播；傳送 片語 **transmit button** 發送開關

☆ **visualize** [`vɪʒuəl͵aɪz ] 動 使可見；想像 同義 **visualise** [ `vɪʒuəl͵aɪz]

(　) 253. In addition to these basic rights, you can get a twelve-month _______.

(A) warranty (B) counterpart (C) competence (D) qualification

Point 除了這些基本權利外，你可以得到一份為期十二個月的保證書。

單字速記

★ **warranty** [`wɔrəntɪ ] 名 保證書 同義 **guaranty** [ `gærəntɪ]

☆ **counterpart** [`kaʊntɚ͵pɑrt] 名 對應的人或物；契約副本

★ **competence** [`kɑmpətəns ] 名 能力；才能 同義 **ability** [ ə`bɪlətɪ]

☆ **qualification(s)** [͵kwɑləfə`keʃən(s)] 名 資格；賦予資格；執照

(　) 254. Jimmy's performance was _______ but not excellent.

(A) recipient (B) corporate (C) excessive (D) competent

Point 吉米的表現是合格的，但不是優異的。

單字速記

★ **recipient** [rɪ`sɪpɪənt ] 名 接受者 同義 **receiver** [ rɪ`sivɚ]

☆ **corporate** [`kɔrpərɪt] 形 公司的 片語 **corporate bond** 公司債

★ **excessive** [ɪk`sɛsɪv] 形 過度的 片語 **excessive defense** 過當防衛

☆ **competent** [`kɑmpətənt ] 形 合格的 同義 **capable** [ `kepəbl̩]

(　) 255. The city has the highest _______ **rate** in the US.

(A) recruit (B) unemployment (C) directory (D) episode

Point 這座城市在美國的失業率是最高的。

單字速記

★ **recruit** [rɪ`krut ] 動 招募 名 新手 同義 **enlist** [ ɪn`lɪst]

☆ **unemployment** [͵ʌnɪm`plɔɪmənt] 名 失業 同義 **out of job**

★ **directory** [də`rɛktərɪ] 名 姓名地址錄 片語 **directory enquiries** 查號台

☆ **episode** [`ɛpə͵sod ] 名 (影集的)一集；事件 同義 **event** [ ɪ`vɛnt]

( ) 256. The ______ wrote the headlines today.
(A) newscaster (B) vendor (C) miller (D) collector

Point 新聞播報員寫了今天的頭條新聞。

單字速記
★ **newscaster** [`nuz,kæstɚ ] 名 新聞播報員 同義 **anchor** [ `æŋkɚ]
☆ **vendor** [`vɛndɚ] 名 攤販 片語 **news vendor** 書報攤販
★ **miller** [`mɪlɚ] 名 磨坊主人；製粉業者
☆ **collector** [kə`lɛktɚ] 名 收藏家 片語 **stamp collector** 集郵家

( ) 257. There was a break in ______ due to a technical fault this afternoon.
(A) transmission (B) qualification (C) modernization (D) caption

Point 今天下午由於技術故障造成傳輸中斷。

單字速記
★ **transmission** [træns`mɪʃən] 名 傳播；傳達；傳輸
☆ **qualification** [,kwɑləfə`keʃən] 名 資格；賦予資格；執照
★ **modernization** [,mɑdɚnə`zeʃən] 名 現代化 英式 **modernisation**
☆ **caption** [`kæpʃən ] 名 標題；簡短說明 同義 **title** [ `taɪtḷ]

( ) 258. My parents ______ a small garden in the back yard.
(A) dismantled (B) cultivated (C) refined (D) shed

Point 我爸媽在後院培育了一座小菜園。

單字速記
★ **dismantle** [dɪs`mæntḷ] 動 拆開；分解 同義 **tear down**
☆ **cultivate** [`kʌltə,vet] 動 培育；耕種；建立友誼
★ **refine** [rɪ`faɪn] 動 精煉 片語 **oil refining** 煉油
☆ **shed** [ʃɛd] 名 庫房；廠房 動 流出 片語 **tool shed** 工具房

( ) 259. The ______ of the soil enables the plant to grow taller.
(A) pesticide (B) vineyard (C) fertility (D) pipeline

Point 肥沃的土地可使植物長得較高。

單字速記
★ **pesticide** [`pɛstɪ,saɪd ] 名 殺蟲劑 同義 **insecticide** [ ɪn`sɛktə,saɪd]
☆ **vineyard** [`vɪnjəd] 名 葡萄園 片語 **Naboth's vineyard** 受他人垂涎之物
★ **fertility** [fɝ`tɪlətɪ] 名 肥沃；繁殖力 片語 **fertility drug** 受孕藥
☆ **pipeline** [`paɪp,laɪn] 名 管線；導管 動 用導管輸送

( ) 260. People tend to have a sense of uncertainty during ______ **periods** of life.

(A) productivity (B) commentary (C) transitional (D) grocer

Point 在人生的轉變期，人容易有不確定感。

單字速記

★ **productivity** [ˌprodʌkˋtɪvətɪ] 名 生產力 同義 **fertileness** [ˋfɜtl̩nɪs]
☆ **commentary** [ˋkɑmənˌtɛrɪ] 名 注釋；說明 同義 **note** [not]
★ **transition** [trænˋzɪʃən] 名 轉移 形 **transitional** [trænˋzɪʃən̩l] 轉變的
☆ **grocer** [ˋgrosɚ] 名 雜貨商 衍生 **grocery** [ˋgrosərɪ] 名 雜貨(店)

( ) 261. He enjoys watching the **political** ______'s TV program.

(A) analyst (B) transformation (C) columnist (D) layman

Point 他喜愛收看這位政治分析家的電視節目。

單字速記

★ **analyst** [ˋænəlɪst] 名 分析家 片語 **systems analyst** 系統分析專家
☆ **transformation** [ˌtrænsfɚˋmeʃən] 名 轉變；變形；變質
★ **columnist** [ˋkɑləmɪst] 名 專欄作家；專欄編輯
☆ **layman** [ˋlemən] 名 門外漢；俗人 反義 **priest** [prist] 名 僧人

( ) 262. She writes ______ for the China Times.

(A) editorials (B) encyclopedia (C) layouts (D) subscriptions

Point 她為中國時報寫社論。

單字速記

★ **editorial** [ˌɛdəˋtorɪəl] 名 社論 形 編輯的 同義 **column** [ˋkɑləm]
☆ **encyclopedia** [ɪnˌsaɪkləˋpidɪə] 名 百科全書；大全
★ **layout** [ˋleˌaut] 名 版面設計；佈局；陳列；一套工具
☆ **subscription** [səbˋskrɪpʃən] 名 訂閱；捐款；同意；署名

( ) 263. I was **paging through a** ______ when she called me.

(A) version (B) pamphlet (C) binoculars (D) dynamite

Point 她打給我的時候，我正在翻閱一本小冊子。

單字速記

★ **version** [ˋvɜʒən] 名 版本 片語 **beta version** 試用版
☆ **pamphlet** [ˋpæmflɪt] 名 小手冊 同義 **booklet** [ˋbuklɪt]
★ **binoculars** [bɪˋnɑkjələz] 名 雙筒望遠鏡
☆ **dynamite** [ˋdaɪnəˌmaɪt] 名 炸藥 動 爆破 形 (俚語)優質的

( ) 264. _______ to at least one scientific periodical if you want to keep abreast of advances in science.

(A) Advocate (B) Subscribe (C) Stabilize (D) Outnumber

Point 如果你想跟上科學的腳步，得訂閱至少一本科學期刊。

單字速記

★ **advocate** [`ædvə,kɪt ] 名 提倡者 動 [ `ædvə,ket] 提倡
☆ **subscribe** [səb`skraɪb] 動 訂閱；捐款；簽署 片語 **subscribe for** 預定
★ **stabilize** [`stebə,laɪz ] 動 保持穩定 同義 **stabilise** [ `stebə,laɪz]
☆ **outnumber** [aʊt`nʌmbɚ ] 動 數目勝過 同義 **exceed** [ ɪk`sid]

( ) 265. The boy was curious about the **locking** _______ of the new lock.

(A) simplicity (B) enrichment (C) mechanism (D) socialism

Point 男孩對這個新鎖的上鎖裝置感到好奇。

單字速記

★ **simplicity** [sɪm`plɪsətɪ] 名 簡單；單純 片語 **simplicity itself** 極為容易
☆ **enrichment** [ɪn`rɪtʃmənt ] 名 豐富 同義 **betterment** [ `bɛtɚmənt]
★ **mechanism** [`mɛkə,nɪzəm] 名 機械裝置；機械作用；結構；辦法
☆ **socialism** [`soʃəl,ɪzəm] 名 社會主義

( ) 266. Drinking alcohol increases levels of _______.

(A) thereby (B) abstraction (C) aggression (D) complication

Point 喝酒會增加併發症的嚴重程度。

單字速記

★ **thereby** [ðɛr`baɪ ] 副 因此；藉此 同義 **therefore** [ `ðɛr,for]
☆ **abstraction** [æb`strækʃən] 名 抽象；抽象概念；心不在焉
★ **aggression** [ə`grɛʃən ] 名 侵略；進攻 同義 **invasion** [ ɪn`veʒən]
☆ **complication** [,kɑmplə`keʃən] 名 複雜化；併發症；困難

( ) 267. The police _______ him for drunk driving.

(A) amplified (B) propelled (C) imprisoned (D) thrived

Point 他因為酒駕遭警方拘禁。

單字速記

★ **amplify** [`æmplə,faɪ ] 動 擴大；放大 同義 **increase** [ ɪn`kris]
☆ **propel** [prə`pɛl ] 動 推動 衍生 **propellant** [ prə`pɛlənt] 名 推進物
★ **imprison** [ɪm`prɪzn̩] 動 禁閉；監禁 同義 **jail** [dʒel]
☆ **thrive** [θraɪv] 動 繁茂 片語 **thriving and robust** 蓬勃向上

(　) 268. He was jailed for 3 years for _______.
(A) ecology (B) fraud (C) royalty (D) presidency

Point 他因詐騙而坐牢三年。

單字速記
- ★ **ecology** [ɪ`kɑlədʒɪ] 名 生態學 片語 **wildlife ecology** 野生動物生態學
- ☆ **fraud** [frɔd] 名 詐騙 片語 **trailer fraud** 廣告片陷阱
- ★ **royalty** [`rɔɪəltɪ] 名 貴族；王權；版稅 片語 **royalty income** 版稅收入
- ☆ **presidency** [`prɛzədənsɪ] 名 總統職位；公司總裁職位

(　) 269. A/An _______ is a man or a woman who has been chosen to speak officially for a group.
(A) correspondent (B) investigator (C) sewer (D) spokesperson

Point 發言人是選來為一個團體正式發言的人。

單字速記
- ★ **correspondent** [ˌkɔrə`spɑndənt ] 名 特派員 同義 **reporter** [ rɪ`portɚ]
- ☆ **investigator** [ɪn`vɛstəˌgetɚ ] 名 研究者 同義 **researcher** [ ri`sɜtʃɚ]
- ★ **sewer** [`soɚ ] 名 縫製者；縫紉工 他義 [ `suɚ] 名 下水道
- ☆ **spokesperson** [`spoksˌpɜsn̩ ] 名 發言人 同義 **spokesman** [ `spoksmən]

(　) 270. Edna joined a course designed to provide _______ training in nursing.
(A) vocation (B) whatsoever (C) ambiguous (D) vocational

Point 艾德娜參加了一門職業護理培訓課程。

單字速記
- ★ **vocation** [vo`keʃən ] 名 職業 同義 **occupation** [ ˌɑkjə`peʃən]
- ☆ **whatsoever** [ˌhwɑtso`ɛvɚ ] 代 任何事物 同義 **whatever** [ ˌhwɑt`ɛvɚ]
- ★ **ambiguous** [æm`bɪgjuəs] 形 含糊的 反義 **clear** [klɪr] 形 清楚的
- ☆ **vocational** [vo`keʃənl̩] 形 職業的 片語 **vocational school** 職業學校

Answer Key 241-270

241~245 ➜ D B B A D　246~250 ➜ D B A B C　251~255 ➜ A B A D B
256~260 ➜ A A B C C　261~265 ➜ A A B B C　266~270 ➜ D C B D D

ROUND 10 Question 271～277

MP3 6-10

( ) 271. The luxury yacht anchored _______ **the harbor**.
(A) accordingly (B) thereafter (C) likewise (D) alongside

Point 這艘豪華遊艇停靠在港口邊。

單字速記

★ **accordingly** [əˋkɔrdɪŋlɪ] 副 因此；於是 同義 **therefore** [ˋðɛr͵for]
☆ **thereafter** [ðɛrˋæftɚ] 副 此後 同義 **hereafter** [͵hɪrˋæftɚ]
★ **likewise** [ˋlaɪk͵waɪz] 副 同樣地 同義 **similarly** [ˋsɪmɪlɚlɪ]
☆ **alongside** [əˋlɔŋˋsaɪd] 介 在…旁邊 副 沿著 同義 **along** [əˋlɔŋ]

( ) 272. Jerry has the _______ in computer science.
(A) electron (B) expertise (C) chaos (D) brochure

Point 傑瑞擁有電機方面的專門知識。

單字速記

★ **electron** [ɪˋlɛktrɑn] 名 電子 片語 **electron lens** 電子透鏡
☆ **expertise** [͵ɛkspɚˋtiz] 名 專門知識；專門技術
★ **chaos** [ˋkeɑs] 名 大混亂；無秩序；混沌
☆ **brochure** [broˋʃʊr] 名 小冊子 片語 **holiday brochure** 度假指南

( ) 273. This famous chef has three _______ under his mentor.
(A) electrons (B) veterinarians (C) apprentices (D) contractors

Point 這位有名的大廚師旗下有三名學徒。

單字速記

★ **electron** [ɪˋlɛktrɑn] 名 電子 片語 **electron geometry** 電子幾何學
☆ **veterinarian** [͵vɛtərəˋnɛrɪən] 名 獸醫 同義 **vet** [vɛt]
★ **apprentice** [əˋprɛntɪs] 名 學徒 動 使…做學徒 同義 **tyro** [ˋtaɪro]
☆ **contractor** [ˋkɑntræktɚ] 名 承包商；立契約者；收縮物

( ) 274. We have planned to publish an **advertising** _______ for the series of books.
(A) monotony (B) brochure (C) imprisonment (D) friction

Point 我們已計畫為這系列書籍發行一本廣告小冊。

單字速記
- ★ **monotony** [mə`nɑtənɪ ] 名 單調 反義 **variety** [ və`raɪətɪ] 名 變化
- ☆ **brochure** [bro`ʃur ] 名 小冊子 同義 **leaflet** [ `liflɪt]
- ★ **imprisonment** [ɪm`prɪzn̩mənt] 名 坐牢；監禁
- ☆ **friction** [`frɪkʃən] 名 摩擦力 片語 **trade friction** 貿易摩擦

( ) 275. Dr. Martin Luther King Jr. was trying to end _______.
(A) vibration (B) racism (C) chaos (D) thrifty

Point 馬丁路德金恩博士試著終結種族歧視。

單字速記
- ★ **vibration** [vaɪ`breʃən] 名 振動 片語 **withstand vibration** 耐振度
- ☆ **racism** [`resɪzəm ] 名 種族歧視 相關 **racist** [ `resɪst] 名 種族主義者
- ★ **chaos** [`keɑs ] 名 大混亂；無秩序 同義 **disorder** [ dɪs`ɔrdɚ]
- ☆ **thrifty** [`θrɪftɪ ] 形 節儉的；節約的 同義 **frugal** [ `frugl̩]

( ) 276. My grandmother has had _______ **arthritis** for 6 years.
(A) synthetic (B) chronic (C) overhead (D) absentminded

Point 我奶奶罹患慢性關節炎已經六年了。

單字速記
- ★ **synthetic** [sɪn`θɛtɪk] 名 合成物 形 人造的；虛構的
- ☆ **chronic** [`krɑnɪk ] 形 慢性病的；長期的 同義 **lasting** [ `læstɪŋ]
- ★ **overhead** [`ovɚ`hɛd] 副 在頭頂上 片語 **overhead projector** 高射投影機
- ☆ **absentminded** [`æbsn̩t`maɪndɪd] 形 心不在焉的；健忘的

( ) 277. In what year was John F. Kennedy _______?
(A) coincided (B) glistened (C) assassinated (D) hailed

Point 甘迺迪總統是在哪一年被刺殺的？

單字速記
- ★ **coincide** [ˌkoɪn`saɪd] 動 一致；同時發生 片語 **coincide with** 與⋯一致
- ☆ **glisten** [`glɪsn̩ ] 動 名 閃耀；閃爍 同義 **sparkle** [ `spɑrkl̩]
- ★ **assassinate** [ə`sæsɪnˌet] 動 暗殺 同義 **kill** [kɪl]
- ☆ **hail** [hel] 動 名 向⋯歡呼 片語 **hail from** 來自

Answer Key 271-277

271~275 ➜ D B C B B　276~277 ➜ B C

A TO Z → 單字索引表

B

C

D

A B C D E F G H I J K L M N O P Q R S T U V W X Y Z

F

H

J

M

N

A B C D E F G H I J K L M N O P Q R S T U V W X Y Z

O

P

A B C D E F G H I J K L M N O P Q R S T U V W X Y Z

NOTE

國家圖書館出版品預行編目資料

1題背4單字！用選擇題破解7000單字 / 張翔 編著.
--初版.--新北市：華文網, 2012.12 面；公分 ·
-- (Excellent；53)
ISBN 978-986-271-295-5 (平裝)

1. 英語 2. 詞彙

805.12 101023148

知識工場 · Excellent 53

1題背4單字！用選擇題破解7000單字

出 版 者／全球華文聯合出版平台 · 知識工場
作　　者／張翔
出版總監／王寶玲
總 編 輯／歐綾纖
印 行 者／知識工場
英文編輯／何牧蓉
美術設計／蔡瑪麗

台灣出版中心／新北市中和區中山路2段366巷10號10樓
電話／（02）2248-7896
傳真／（02）2248-7758
ISBN-13／978-986-271-295-5
出版日期／2023年最新版

全球華文國際市場總代理／采舍國際
地址／新北市中和區中山路2段366巷10號3樓
電話／（02）8245-8786
傳真／（02）8245-8718

港澳地區總經銷／和平圖書
地址／香港柴灣嘉業街12號百樂門大廈17樓
電話／（852）2804-6687
傳真／（852）2804-6409

全系列書系特約展示
新絲路網路書店
地址／新北市中和區中山路2段366巷10號10樓
電話／（02）8245-9896
傳真／（02）8245-3918
網址／www.silkbook.com

本書採減碳印製流程並使用優質中性紙（Acid & Alkali Free）通過綠色碳中和印刷認證，最符環保要求。

本書為名師張翔及出版社編輯小組精心編著覆核，如仍有疏漏，請各位先進不吝指正。來函請寄mujung@mail.book4u.com.tw，若經查證無誤，我們將有精美小禮物贈送！

nowledge. 知識工場
Knowledge is everything！

nowledge. 知識工場
Knowledge is everything！